Combat Ready
Keiner kämpft allein

von Justin Marzadek

Vorwort des Autoren: Die Geschichte dieses Buches ist vollkommen frei erfunden und auch die hier vorkommenden Personen sind keinen realen Personen nachempfunden.
Bis auf die Namen des US Präsidenten soll keine Ähnlichkeit zu lebenden Personen bestehen.
Jegliche Ähnlichkeit ist rein zufällig.
Auch die hier beschriebenen Operationen der Protagonisten sind keinen realen und oder laufenden Operationen nachempfunden.
Ich wünsche euch Lesern und Leserinnen viel Spaß beim Lesen und ich hoffe, dass euch dieses Buch anspricht und gefällt.

Bibliografische Information der Deutschen Nationalbibliothek: Die Deutsche Nationalbibliothek verzeichnet diese Publikation in der Deutschen Nationalbibliografie; detaillierte bibliografische Daten sind im Internet über dnb.dnb.de abrufbar.

© 2016 Justin Marzadek
Herstellung und Verlag:
BoD-Books on Demand, Norderstedt

ISBN: 9783743143500

Dieses Buch ist allen mutigen Soldaten und Soldatinnen gewidmet, die jeden Tag auf´s Neue ihr Leben in Gefahr bringen oder ihr Leben ließen, damit wir Alle in Ruhe schlafen können, da wir wissen, dass Sie da sind, um uns vor jeglichem Übel zu beschützen.

Auch gebührt mein Dank und Respekt den mutigen Operators der vielen Spezialeinheiten, sowohl NATO weit, als auch allen anderen Operators, die jeden Tag auf´´s Neue ihr Leben riskieren. Möget Ihr euren Weg weiterhin erfolgreich beschreiten und den Dank und Respekt bekommen, den Sie alle verdienen.

Inhalt

Prolog..5

Kapitel 1: Operation Archangel..............................6

Kapitel 2: Wie Geister.....................................29

Kapitel 3: Grausamkeiten des Krieges.......................45

Kapitel 4: „Erholsame" Freie Tage..........................59

Kapitel 5: Routinemäßiger Gefängniseinbruch................76

Kapitel 6: Die NATO Joint Operation........................90

Kapitel 7: Die wiedervereinte AFO Reaper..................117

Kapitel 8: Der Exodus.....................................133

Kapitel 9: Nur Übung macht den Meister....................147

Kapitel 10: Seehunde in Aktion............................163

Kapitel 11: Undercover Einsatz............................182

Kapitel 12: Blutige Weihnacht.............................195

Kapitel 13: Präventivschlag...............................216

Kapitel 14: Der Innenraum..233

Kapitel 15: Stolz ein Amerikaner zu sein..247

Kapitel 16: Ein neuer Reaper...272

Kapitel 17: DEVGRU Gold Team...300

Kapitel 18: Ganz wie in alten Zeiten...320

Kapitel 19: Eine Kugel im Dunkeln...348

Kapitel 20: Für Gott und das Vaterland...381

Kapitel 21: The only easy day was yesterday...414

__Prolog:__

Mein Name ist Derek Frost, ich bin Commander der US Navy SEALs
der Unitet States Navy.
Ich bin der Leiter der AFO (**A**dvanced **F**orce **O**peration) Reaper, eines spezialisierten Einsatztrupps innerhalb der Navy mit der Klassifizierung Tier-1.
Wir unterstanden direkt dem Joint Special Operations Command, kurz JSOC und waren auch eine JSOC Anti-Terror-Einheit.
Zu meinem Team gehören drei Soldaten dreier Spezialeinheiten:

Master-Sergeant Harper Johnson: Er gehört zur Delta Force und ist Leiter des Delta Team Havoc.

Staff Sergeant Logan Blackthorn: Er ist ein führendes Mitglied der Ranger Einheit Hunter-5 des 1st Bataillon des 75. Ranger Regiments.

Und zu guter Letzt,
Colonel Henry King: Ein hoher Offizier des United States Marine Corps und Anführer der Badger-1 Einheit des United States Marine Corps Special Operations Command, kurz MARSOC.

Wir waren die Besten der Besten und das wussten wir. Wir vier funktionierten wie eine gut geölte Maschine und waren beste Freunde.

Kapitel 1: Operation Archangel

Es war geschätzt viertel vor Sieben, als ich von King aus dem Schlaf gerissen wurde.
Er sagte mir, ich solle mich schnell anziehen, denn unsere Auftragsbesprechung ginge gleich los.
Ich stand auf, nahm mir meine Multicam Cargohose und das Multicam Combatshirt, zog beides an, schnürte meine Stiefel und
folgte den Jungs in einen großen Saal, wo unser Vorgesetzter, General Harrold JC. Morgan und Brigadier General Marshall Bates, zusammen mit ein paar Marines um einen großen Tisch mit einer großen darauf liegenden Karte und Satellitenbildern standen.
Wir gesellten uns zu ihnen und schon riss einer der Marines den ersten Witz <Na auch schon wach Dornröschen?>.
Ich sah ihn mit einem „eiskalten" Blick an, wie Logan mir immer
wieder erzählte, woraufhin der Marine sofort mit dem Lachen aufhörte und eingeschüchtert auf den Boden sah.
Ich öffnete die linke Brusttasche meiner Jacke, zog eine Zigarette hervor, holte mein Feuerzeug ebenfalls hervor und zündete sie mir an.
Der Brigadier General und der General unterhielten sich noch kurz, bis sich beide zu uns wandten und uns schnell begrüßten um früher mit der Besprechung anzufangen.
Unser Auftrag war es in Südkorea eine wichtige Regierungsgeisel aus einem Hochhaus inmitten der Stadt Seoul aus den Fängen einer nordkoreanischen Terrororganisation zu befreien.
Es war ein gut ausgetüftelter Plan.
Unsere Vorgehensweise suchten wir uns selbst aus, das war ein Privileg, welches Mitgliedern der Navy SEALs und auch der Delta Force gebührten.
<OK, seht mal hier, das ist das Gebäude, Harper, du und ich wir seilen uns aus einem Osprey auf das Dach ab, der ist leise genug um keine Aufmerksamkeit zu erregen.
Logan, King, ihr geht drei Blocks weiter, dort befindet sich ein Zugang in die Kanalisation, und zwar hier.
Von dort aus geht ihr in die Kanalisation und geht zum Gebäude.
Ihr müsstet im Keller wieder herauskommen, dort befindet sich eine Abwasserschleuse, dann kämpft ihr euch durch das rechte Treppenhaus und wir durch das linke Treppenhaus vor.
Seid dabei so leise wie möglich.

Wir treffen uns dann eine Etage unter dem Ziel> erklärte ich ausführlich und tippte mehrmals während meiner Erklärung auf einige Orte auf den Karten und den Satellitenbildern.
<Irgendwelche Fragen oder Vorschläge?> fragte ich daraufhin und blickte in die nachdenklichen Gesichter von meinen Jungs.
<Ja Boss, wieso gehen wir nicht alle vier vom Dach aus rein, zusammen hätten wir dann doch eine bessere Chance auf Erfolg> fragte King.
<Ganz einfach King, wenn wir von zwei Seiten aus angreifen, dann haben wir ein höheres Überraschungsmoment auf unserer Seite und wir können auch so die lästige Verstärkung des Feindes dezimieren, wenn nicht sogar vollständig neutralisieren können> erklärte Harper ihm.
Unser Vorgehen klang recht Passabel und auch unsere Evakuierung wurde von unseren Vorgesetzten mit eingeplant. Wenn wir die Zielperson gesichert hatten, wartete drei Blocks weiter eine Humvee und Leichtpanzer Eskorte zur Evakuierung auf unser
Signal.
Wir besprachen noch einige Details und erhielten das Codewort für
den Beginn der Mission: "Angel".
Ich warf meine Zigarette auf den Boden und trat sie aus.
Auf dem Weg zurück zur Stube meinte General Morgan
<Jungs, denkt dran, Präsidentenstufe 1, vermasselt das nicht>
<Roger General, verlassen sie sich auf uns> gab ich respektvoll und selbstsicher zurück.
Da meine AFO Reaper eine Tier-1 Klassifizierung hatte, wurden wir in erster Linie für die allerwichtigsten Operationen eingesetzt, welche sowohl Kriegstechnisch, als auch oft politisch von entscheidender Bedeutung waren.
Deshalb erhielten unsere Operationen auch oft eine Präsidentenstufe 1 Klassifizierung und wurden in den wenigsten Fällen vom Präsidenten der Vereinigten Staaten selbst angeordnet.
Im normalen Fall wurden unsere Operationen weiterhin vom JSOC angeordnet, jedoch auch vom Präsidenten mit der höchsten Prioritätsstufe gekennzeichnet..
Wir gingen nun zurück auf unsere Stube um uns noch etwas auszuruhen und alle Auftragseinzelheiten nochmal durchzugehen.
Angekommen, setzten wir uns sofort alle an unseren Tisch, nahmen uns vier Getränke und einen Bauplan des Zielgebäudes, sowie einen Stadtplan von Seoul hervor.
Nach einer halben Stunde hatten wir alles bis ins kleinste

Detail besprochen und waren bereit für den Auftrag.
Jetzt hieß es erst mal warten.
Ich ging zur Kammer unserer Stube, in der wir unsere Waffen und unsere restliche Ausrüstung verstauten und stellte mir mein Waffenpaket für diese Operation zusammen.
Wir hatten eine große Auswahl an Bewaffnung, zumal wir zu den besten Einheiten der US Navy bzw. der Army gehörten.
SEALs und Deltas spielten nach den sogenannten „Big Boys Rules" im Sinne von „Du möchtest es haben, dann bekommst du es auch" und durften sich deswegen höchstens drei Hauptwaffen ihrer Wahl aussuchen, welche jeder Operator dann auch für den Rest seiner Dienstzeit behielt.
Logan und King gehörten zwar weder zur Delta Force, noch zu den Navy SEALs, doch sie waren in meinem Team, deswegen gestattete ich ihnen dieses Privileg.
Da war zu erst meine Standartwaffe, ein H&K 416 Karabiner der deutschen Waffenfirma Heckler&Koch, welcher mit einem Hybridvisier bestehend aus einem holographischen Visier und einem Infrarotzielfernrohr, sowie einem Vordergriff, einem Schalldämpfer, einem Taclight für den Häuserkampf und einem Infrarot-Laser versehen war.
Außerdem war im Kolben des ausziehbaren Schaftes Platz für Batterien oder Ersatzteile, worin ich aber meist Batterien für das Taclight oder den Laser aufbewahrte und ein Ready Mag war ebenfalls an meinem Gewehr befestigt.
Das Ready Mag war eine Halterung für ein zweites Magazin neben dem regulären Magazin und ermöglichte so ein schnelleres Nachladen.
Dann besaß ich eine Heckler & Koch MP5 Maschinenpistole, ein Muss für jeden Elitesoldaten, welche viele Modifizierungen, wie ein holographisches Visier, einen Schalldämpfer und ein Taclight montiert hatte.
Auch an dieser Waffe waren ein Infrarot-Laser und ein Ready Mag angebracht.
Den Handschutz hatte ich so an mein persönliches Bedürfnis angepasst, dass dieser ein besseres Haltegefühl aufwies, was auch von taktischem Vorteil für mich war.
Dann besaß ich noch ein MacMillan M-86 Geradezugverschluss Scharfschützengewehr, welches ich immer im Kaliber 338. Lapua Magnum benutzte, mit einem Hunter Zielfernrohr mit 25-facher Vergrößerung, einem Schalldämpfer und einem Zweibein montiert.
Den standartmäßigen Stahl-bolzen hatte ich durch einen leichten Bolzen aus Aluminium für schnelleres Handling beim Durchladen ausgetauscht.

Meine Zweitwaffen bestanden aus einer Sig Sauer P226, welche meist einen Schalldämpfer montiert hatte, eine IMI Desert Eagle, eine stark modifizierte 40mm Granatwerfer Pistole, welche ich aber nur in den wenigsten Fällen verwendete, und die persönliche Gebrauchswaffe meiner Wahl, eine Colt 1911 Government im Kaliber 45. ACP.
Zudem führte ich bei jedem Auftrag drei Messer und auch oft einen Tomahawk bei mir.
Wie man ja jetzt sehen konnte, war der Großteil meiner Waffen aus deutscher Fertigung.
Ich mochte zwar auch das M4 oder das M16 aber die deutschen Waffen waren aus meiner Sicht um ein vielfaches Besser, der deutschen Waffenindustrie konnten nur wenige das Wasser reichen.
Für diese Operation wählte ich mir meine H&K MP5 Maschinenpistole aus.
Ich nahm meinen Rucksack in die Hand und stellte ihn auf den Tisch.
Ich packte Handschuhe, Nachtsichtgerät, Gasmaske, Halbfingerhandschuhe und Abseil-Ausrüstung in ihn.
Ich setzte mich nun auf einen Stuhl und wartete auf meine Jungs, die ebenfalls gerade in unsere „Persönliche Waffenkammer", wie wir sie immer nannten, gingen
Logan kam mit einer Heckler & Koch MP7 Maschinenpistole, die mit einem holographischen Visier, einem Vordergriff, einem Schalldämpfer und einem Infrarot-Laser versehen war sowie mit einer schallgedämpften Beretta M9 heraus.
Er benutze nur Maschinenpistolen und ergänzte diese auch so, dass er sie für jede Entfernung gut einsetzen konnte. Neben seiner H&K MP7 besaß er auch auch eine IMI Uzi, welche er mit einem ausklappbarem Schaft, welcher speziell für ihn gerade anstatt nach unten gebogen angefertigt wurde um den Rückstoß zu dämpfen, einem Rotpunktvisier, einem Vordergriff und einem Schalldämpfer modifiziert hatte, sowie eine TDI Kriss Vektor Maschinenpistole, welche mit einem Reflexvisier, einem Vordergriff, einem Taclight, einem speziell für ihn angefertigten verlängerten Schaft und einem verlängertem Lauf für erhöhte Reichweite ausgestattet.
Daneben benutzte er für diese Waffe die neu entwickelten Vektor Stangenmagazine, die anstatt nur 13 Patronen, 28 Patronen fassten.
Die Vektor benutzte er im Kaliber 45 ACP., was eine hohe Durchschlagskraft mit dieser Waffe bewirkte.
Als Sekundärwaffe besaß er die oben genannte Beretta M9 Pistole, welche wie bei uns anderen wegen unseren speziellen

Aufträgen, die auf Heimlichkeit beruhten, meist mit einem Schalldämpfer versehen war.
Im Team war er unser Medic, der ausgebildete Sanitäter im Team und trug daher immer den Medic-Kampfrucksack bei sich, welcher mit seinem speziellen Equipment die Notversorgung von Verletzten möglich machte und sogar kleinere chirurgische Eingriffe ermöglichte.
Harper war ein Sturmgewehr Fanatiker und benutzte nur solche als Hauptwaffen.
Für diese Operation wählte er sich das M4 Karabiner SOPMOD,
welches mit einem Vordergriff, einem am Handschutz montiertem Reflexvisier, einem Klappschaft, einem Ready Mag und einem Infrarot-Laser versehen war.
Neben diesem besaß Harper ein FN MK18 Sturmgewehr, auch Scar-H genannt, woran ein EGLM MK23 40mm Granatwerfer, ein Rotpunktvisier und ein Infrarot-Laser angebracht waren.
Den Lauf hatte er verkürzt, was von großem Vorteil für den Häuserkampf oder auch dem CQB, dem Close Quarter Battle, von großem Vorteil war.
Und als dritte Primärwaffe besaß er ein AAC Honey Badger Sturmgewehr, welches von dem US Hersteller Advanced Armament Corporation, kurz AAC hergestellt wurde.
Diese Waffe war perfekt für das leise Vorgehen geeignet, da ein Schalldämpfer integriert war aber dennoch auf eine gute Reichweite eingesetzt werden konnte.
Diese Waffe benutzte außerdem nicht die standartmäßigen 5,56 x 45 oder 7,62 x 51 mm NATO Patronen, sondern eine spezielle Unterschallmunition im Kaliber 300 AAC Blackout (7,62 x 35 mm).
An dieser Waffe hatte er ein holographisches Visier mit einem dafür angepassten Verstärker für 4-fache Vergrößerung und einen Vordergriff angebracht.
Den normalen Handgriff des Gewehres hatte er durch einen Pistolengriff für ein besseres Haltegefühl ausgetauscht.
Außerdem waren am Handschutz ein Taclight und ein Infrarot-Laser angebracht.
Den Standartschaft hatte er durch einen einschiebbaren Schaft ausgetauscht, wodurch das Gewehr gut in beengten Verhältnissen eingesetzt werden konnte.
Seine Zweitwaffe bildete eine H&K USP im Kaliber 45. ACP.
Harper war wie ich als Waffenexperte im Team ausgebildet.
Aber er war kein Scharfschütze, diese Position besetzte nur ich.
Und als letztes King.

Er war unser Breacher, der Sprengstoffexperte im Team.
Er war immer mit einem Maschinengewehr bewaffnet.
Dieses Mal hatte er sich sein M249 SAW, woran er einen Schalldämpfer, einen Vordergriff, ein davor angebrachtes Zweibein Zweibein und ein Reflexvisier montiert hatte.
Für den nächtlichen Einsatz konnte er ein Nachtsichtgerät an das vordere Ende des Visiers anschrauben.
Der Schaft des Maschinengewehres war mit einer kleinen Halterung für Batterien bestückt.
Als Zweitwaffe hatte er sich seine schallgedämpfte Glock 17 Pistole, bei der der standartmäßige Schlitten durch einen Schlitten aus Aluminium für ein besseres Handling ersetzt wurde, ausgewählt.
Sein anderes Maschinengewehr war ein Heckler & Koch 21 Maschinengewehr, an welches er ein doppelten Trommelmagazin, ein Zweibein und ein holographisches Visier und einen dafür
ausgelegten Verstärker mit 4-facher Vergrößerung montiert hatte.
Hinter dem Zweibein war ebenfalls ein Vordergriff angebracht.
Das Maschinengewehr trug er meist im Kaliber 7,62 x 51 mm NATO, rüstete das Kaliber aber auch für besondere Operationen um.
Auch der Schaft der Waffe war verändert, denn er hatte den festen
Schaft durch einen einschiebbaren Schaft ersetzt.
Neben seiner Glock 17 zählte auch eine mit einem Reflexvisier ausgestattete Remington 870 Schrotflinte und auch ein 44 Magnum Revolver zu seinen Zweitwaffen.
Wie man jetzt sehen konnte, war mein Team mit sehr professionellem Equipment ausgerüstet, was für unsere Operationen aber auch nötig war.
Und selbst wenn es jetzt so aussieht, als ob jeder einzelne nur mit einer bestimmten Waffenkategorie umgehen könnte aufgrund dessen, dass er nur solche benutzt, war es nicht so, denn jeder von meinen Jungs konnte mit jeder Waffe umgehen, selbst mit schweren Panzerabwehrwaffen wie dem RPG oder Javelin Raketenwerfer.
Wir setzten uns ein weiteres Mal zusammen, nachdem alle ihre Rucksäcke gepackt hatten um unseren Marschbefehl abzuwarten.
Wir warteten noch geschätzt zwei Stunden, als der Brigadier General auf unsere Stube kam und uns Bescheid sagte, dass wir uns bereit zum abrücken machen sollten.
Wir gingen also gemeinsam zu unserer C130 Hercules,

verstauten
unsere Ausrüstung und bestiegen das Flugzeug.
Der General kam zu uns in das Flugzeug und
verabschiedete uns mit dem Satz <Denkt dran, keiner bleibt
zurück>
Er verließ das Flugzeug und schon kurz darauf schloss sich die
Laderampe und wir hoben ab.
Nun hieß es zwölf Stunden in dieser Maschine zu verbringen.
Wir unterhielten uns über jedes Thema was uns einfiel, über
Autos, Familie, Sport, usw.
Als uns nichts mehr einfiel, waren leider erst vier Stunden
vergangen.
Mir war nun egal, was die anderen machten, denn ich schloss
einfach die Augen und schlief.
Als ich aufwachte, sah ich Logan neben mir Musik auf seinem
Handy hören.
Ich tippte ihm auf die Schulter.
Er drehte sich zu mir und ich gab ihm das Zeichen, die
Kopfhörer aus den Ohren zu nehmen.
Er tat dies und ich fragte ihn, wie lange wir denn noch
bräuchten, bis
wir ankämen
Er meinte nur, dass es noch ungefähr eineinhalb Stunden
dauern würde.
Jetzt saß ich einfach nur noch da und dachte noch einmal über
unseren Auftrag nach.
Ich hatte die Pläne der Stadt und des Gebäudes noch gut im
Kopf, so war es einfacher mich für alle Eventualitäten zu
wappnen.
Als ich alles genau durch gedacht hatte, erhielten wir die
Information, das wir in fünf Minuten landen würden, was mich
sehr erfreute, denn zwölf Stunden senkrecht in einem Flugzeug
zu sitzen ging einem sehr aufs Kreuz.
Wir landeten.
Ich freute mich, als sich die Laderampe senkte und ich endlich
wieder Sonne auf meiner Haut spürte.
Wir nahmen unsere Rucksäcke und verließen die C130.
Wir wurden direkt vom leitenden Offizier der Feuerbasis Zion
empfangen, Major General David Grigsby.
Er begrüßte uns mit einem schnellen Händeschütteln.
Er führte uns durch die Basis und zeigte uns unsere Quartiere.
Es war nicht gerade so, wie wir uns es vorgestellt hatten.
Aber na ja, es war ja auch Südkorea, die Asiaten hausen ja eh
anders als wir.
Egal, es war ja nur für zwei Tage.

Wir legten unsere Sachen in unseren jeweiligen Räumen ab, trafen uns und gingen erst einmal zur Kantine um etwas zu essen.
Ich nahm mir einfach nur einen Apfel und ein Glas Wasser, da mir
der lange Flug den Appetit verdorben hatte.
Aber ich musste etwas essen, ich hatte ja auch keine Lust, irgendwo
auf der Basis zusammenzuklappen.
Als wir fertig waren, waren schon alle anderen Soldaten wieder auf
ihren Stuben.
Uns machte das nichts.
Wir gingen in unsere jeweiligen Räume zurück, um uns noch etwas auszuruhen.
Ich schloss die Tür und legte mich auf das Bett.
Meine Uniform ließ ich an und sah auf meine Uhr, es war viertel vor Vier.
Ich nahm mein Handy und stellte meinen Wecker auf Sieben Uhr, da wir um Acht Uhr die letzte Einsatzbesprechung hatten.
Ich schlief recht schnell ein.
Punkt Sieben Uhr klingelte mein Wecker und ich stand auch sofort auf und zog mich an.
Ich traf mich mit den anderen im Gemeinschaftsraum, wo wir gemeinsam auf den Major General warteten.
Um fünf vor Acht kam er hinein und bat uns, mit ihm zu kommen.
Wir folgten ihm und er führte uns in einen Raum mit vielen Computern und einer Karte von Seoul, sowie einem Plan des Zielgebäudes.
Wir gingen alles noch einmal ganz genau in allen Einzelheiten durch.
Wir holten unsere Ausrüstung aus unseren Stuben und setzen uns wieder in den Gemeinschaftsraum, wo wir auf den Ausruf des
Codeworts warteten.
Es kam ein junger Soldat zu uns in den Raum.
Er stellte sich vor.
Ich glaube er hieß Josh Reynolds.
Er war zusammen mit dem kommandierenden Offizier der Südkoreanischen Spezialkräfte für unsere Evakuierung zuständig.
Ich verstand sowieso nicht, warum die Südkoreaner uns gerufen hatte, anstatt ihre ROKN SEALs oder ihre anderen Spezialkräfte dort hineinzuschicken.

Aber egal, wir stellten uns Reynolds vor und er setzte sich zu uns.
Kurz machten wir uns miteinander bekannt, als Grigsby zu uns kam und uns das OK für den Beginn des Auftrags gab
Wir nahmen unsere Waffen in die Hand und Harper und ich rannten zum CV-22 Osprey, der draußen stand und auf uns wartete.
Von weitem riefen King und Logan uns zu, dass wir bloß nicht abstürzen sollten.
Ich zeigte den beiden den Mittelfinger, was sie mit einem weiten Grinsen erwiderten.
Wir stiegen in den Osprey.
Unsere Abseil-Ausrüstung war schon an Bord.
Ich checkte meine Ausrüstung erneut und setzte mich dann auf eine der Sitzflächen.
Harper tat dies auch und setzte sich mir gegenüber.
Die Piloten sagten uns, dass wir jetzt erst einmal nicht mehr aufs Klo gehen könnten, worauf Harper und ich kurz zu Lachen begangen.
Nach zehn Minuten kamen wir über dem Gebäude an und die Laderampe öffnete sich.
Die Piloten gaben uns das Zeichen, dass wir uns jetzt abseilen könnten und wünschten uns viel Spaß.
Wir hakten uns an den Seilen ein und rutschten nun die zehn Meter hinunter auf das Dach.
Das Abseilen fühlte sich immer ein wenig unangenehm für die Finger an, da es sehr schnell, sehr heiß wurde und man sich selbst durch die Handschuhe leichte Brandblasen holen konnte.
Wir sahen jetzt, dass der Osprey abdrehte und in Richtung Basis zurückflog.
Wir setzten unsere Nachtsichtgeräte auf und entsicherten unsere Waffen.
Wir stellten uns an der Dachtür auf und setzten einen Sprengsatz daran.
Wir zündeten ihn, gingen rasch hinein und sahen uns um.
Der Gang war sicher.
Wir liefen weiter, bis wir zur Tür des Treppenhauses kamen.
Wir hörten mehrere Stimmen hinter der Tür.
Ich gab Harper das Zeichen, eine Blendgranate ins Treppenhaus zu werfen.
Er tat dies.
Als wir das Geräusch der Detonation hörten, trat ich die Tür auf und wir eröffneten das Feuer.
Wir prüften, ob sie auch alle tot waren und gaben zur Sicherheit noch einen Nachschuss hinterher.

Wir liefen die Treppe mit eiligen, doch leisen Schritten hinunter, bis wir zur gewünschten Etage kamen.
Ich ging zur Tür, Harper stellte sich hinter mich und schaute die Treppe hinunter, um nachzusehen, ob sich dort Feinde befanden.
Alles war sicher.
Ich drehte meinen Kopf zu Harper und gab ihm das Zeichen zum Vorstoß.
Ich öffnete langsam und leise die Tür und sah mich nach Feinden um.
Es war niemand zu sehen.
Nun öffnete ich die Tür ganz und ging langsam in den großen Korridor hinein.
Harper war direkt hinter mir.
Zwei Feinde kamen aus einem der Zimmer und gingen genau in unsere Richtung.
Wir duckten uns, zielten rasch auf die Feinde und schossen.
Ich bemerkte eine Tür, die wie wir auf dem Gebäudeplan sahen, zu einem Wartungsraum führte.
<Boss, gib mir Deckung während ich das Schloss knacke> bat er.
<Roger> gab ich zurück, stellte mich mit dem Rücken zu ihm, kniete mich hin und überwachte den Gang
Er nahm einen Dietrich und sein Kampfmesser hervor und begann
am Schloss herumzuhantieren.
Nach kurzer Zeit hörte ich das Nachgeben des Scharniers.
Wir gingen hinein und suchten den Stromkasten.
Er war in der linken Ecke des Raumes, gleich neben dem Lüftungsschacht.
Harper öffnete den Stromkasten und schnitt die Kabel für Licht und die automatischen Türschlossverriegelungen durch.
Das kam uns recht gelegen, da wir nun mit unseren Nachtsichtgeräten einen Vorteil gegenüber unseren Feinden hatten.
Wir gingen immer weiter, bis wir mindestens 5 Stimmen hinter der Tür hörten.
Ich gab Harper das Zeichen, dass wir in drei Sekunden angreifen würden.
Ich zählte mit meinen Fingern von drei hinunter und wir wollten gerade um die Ecke laufen und angreifen, als wir hörten, dass die
Feinde von vielen Schüssen überwältigt wurden.
Wir gingen, immer noch schussbereit, um die Ecke und sahen das MG von King, welches sofort auffiel.

Wir gingen zueinander hin und ich riss einen kleinen Witz, ob es denn Spaß gemacht hätte im Dreck der Kanalisation zu spielen.
Logan erwiderte dies mit den Worten <Fick dich> worauf wir kurz zu Lachen begannen.
Sofort waren wir wieder ernst und gingen zur Zielsuite.
Weder in diesem, noch im Zielstockwerk waren Feinde anwesend, das war verdächtig.
Trotz dieser Hintergedanken machten wir weiter.
King nahm einen Sprengsatz hervor und setzte ihn an der Tür an.
Wir positionierten uns rechts und links von der Tür und zündeten die Ladung.
Wir betraten den Raum und erschossen zwei Feinde, die in der Mitte des Raumes standen.
Von der Zielperson war nichts zu sehen, wir mussten falsche Informationen gehabt haben.
Doch einer der Terroristen hatte ein Funkgerät dabei, auf dem ich eine sehr vertraute Stimme hörte.
Es war Boris Siderov, ein sehr mächtiger und gefürchteter Waffenhändler, Terrorist und Ex-Speznas.
Ihn und mich verband eine lange Geschichte, angefangen in meiner Vergangenheit.
Ich hasste ihn und wollte ihn tot sehen, da er meine erste und einzige Ehefrau und mein einziges Kind getötet hatte.
Es war vor acht Jahren.
Auf dem Navy Stützpunkt Dam Neck, Virginia.
Ich war noch Lieutenant, habe noch die Drecksarbeit erledigt.
Ich wurde von meinem früheren Vorgesetzten, Navy Captain Larry Wittford, in sein Büro gebeten.
Als ich hineinkam, bat er mich die Tür zu schließen.
Er stand auf und drehte den Bildschirm seines Computers zu mir und zeigte mir ein Aufzeichnung, auf der meine erste Frau Amanda Frost und meine Tochter Kelly, gefesselt und geknebelt auf zwei Stühlen saßen.
Neben ihnen stand Siderov mit einem Messer in der Hand, womit er
Amanda immer wieder am Gesicht entlang schliff und Kelly das Messer an die Kehle hielt und sie daraufhin eiskalt ermordete.
Er sagte auf russisch, dass ich doch kommen und doch wenigstens meine Frau retten sollte.
Ich hatte nie gewusst, was ich ihm angetan hatte, damit er dies tat.
Ich stoppte die Aufzeichnung, denn ich hatte genug gesehen.

Unsere IT Spezialisten fanden heraus, dass die Aufzeichnung 38 Kilometer südlich von Astana, Kasachstan aufgenommen wurde.
Ich bat um Erlaubnis dorthin aufzubrechen, um sie zu retten.
Captain Wittford stimmte der Umstände wegen zu.
Ich ging auf meine Stube zurück, um mich von meinem früheren Team zu verabschieden.
Früher war ich noch offizieller DEVGRU Operator und Teamleiter des ersten DEVGRU Platoons.
Ich führte innerhalb des Platoons vorrangig ein Vier-Mann Team, welches aus diesen tapferen Männern bestand:

Chief Petty Officer Harry T. Anderson
Senior Chief Petty Officer James Huarez
Und Chief Petty Officer Thomas Barrelton

Sie sahen mich verwundert an und brachten kein Wort heraus.
Harry stand auf und packte mich am Arm.
<Verdammt Derek, bist du verrückt, uns einfach hier zurückzulassen?! Ob du willst oder nicht, wir kommen mit dir!> brüllte er.
Ich sagte ihnen immer wieder, dass ich dies allein regeln müsse, doch sie blieben hartnäckig, bis ich klein beigab und ihnen erlaubte mit mir zu kommen.
Wir gingen zur Waffenkammer, wo wir uns bewaffneten.
Ich hatte mein H&K 416 Sturmgewehr dabei, die anderen hatten jeweils ein M4 SOPMOD Sturmgewehr mit Reflexvisier Visier, M203 Granatwerfer und Infrarot-Laser versehen dabei.
Nur Thomas trug ein Colt M60 Maschinengewehr für den frontalen Angriff bei sich.
Als Sekundärwaffe hatte ich ein MK 14 EBR sowie meine Pistolen dabei.
Wir erhielten auch Thermo-Anzüge für unseren Einsatz, da wir nicht in Kasachstan erfrieren wollten.
Wir gingen hinaus zu einer, für uns aufgetankte C130, die auf uns wartete.
Wir stiegen ein und setzten uns auf die Sitzflächen.
Wir prüften unsere Ausrüstung und warteten auf den Start.
Kurze Zeit später erhielten die Piloten die Starterlaubnis.
Ich versuchte mich gerade zu entspannen, als Thomas mir auf die Schulter tippte und mich fragte, wie überhaupt unser Plan aussähe.
Ich erwiderte seine Frage mit einem nichts wissenden Blick und dem Satz <Ich habe keine Ahnung>
Er sah mich mit einem verwunderten und leicht

enttäuschendem Blick an.
<Thomas, dieser Drecksack hat Amanda, ich konnte an nichts anderes mehr denken als an sie und ich...> versuchte ich zu erklären, doch Thomas packte mich bei der Schulter und versicherte mir, dass wir es schaffen würden und sie sicher nach Hause zurück holen würden.
Ich glaubte ihm zu dieser Zeit, da wir die früher die Besten der Besten waren und den Großteil unserer Aufträge problemlos ausführten.
Wir machten einen Zwischenstopp in Rheinland Pfalz, bei der Ramstein Luftwaffenbasis in Deutschland.
Dort tankte unser Flugzeug für die restliche Strecke auf und flog nun auf direktem Wege nach Kasachstan.
Nach einem langen Flug kamen wir im kasachischen Luftraum an.
Nach einer weiteren halben Stunde befanden wir uns über dem Zielgebiet, was uns die Piloten bestätigten.
In einer Reihe stellten wir uns an der Laderampe auf, prüften gegenseitig unsere Fallschirme und machten uns zum Absprung bereit.
Harry öffnete die Laderampe und ein eiskalter Wind blies uns durch den winzigen Spalt entgegen.
Die Laderampe öffnete sich nun gänzlich und der Pilot gab uns das „GO" für den Absprung.
Wir sprangen, jeweils mit einem gewissen Abstand voneinander, aus dem Flugzeug.
Wir waren recht schnell auf 500 Metern Höhe, wo wir dann unsere Fallschirme öffneten.
Wir sanken schnell tiefer, bis wir schließlich am Boden ankamen.
Wir landeten auf einem Hügel in einem großen Waldgebiet, knapp drei Kilometer südlich von unserem Ziel, einer verlassenen Militärbasis, entfernt.
Wir ließen unsere Fallschirme auf dem Boden liegen und machten uns auf den Weg in Richtung Süden.
Wir kamen recht schnell und ohne Probleme voran.
Etwa einen Kilometer vom Zielort entfernt, trafen wir auf die ersten Feindbewegungen: Russische Soldaten von Siderovs Privatarmee.
Wir hatten eine Patrouille von etwa 20 Mann direkt vor uns und mussten jetzt entscheiden, ob wir sie ausschalten oder nicht.
Wir warteten, bis sie sich trennten und schalteten sie nun bröckelhaft aus.
Die ersten vier blieben auf der Stelle, während die anderen 16

Mann weitergingen.
Wir nahmen unsere Messer hervor und schlichen uns langsam durch den Schnee und einige Büsche von hinten an sie heran.
Wir schalteten sie gemeinsam aus und zogen die Leichen in die Sträucher, damit sie nicht entdeckt wurden.
Wir hatten nun eine 16 Mann Patrouille vor uns, die sich nicht mehr trennten.
Sie machten an einer alten Tankstelle halt.
Wir mussten sie also alle auf einmal ausschalten.
Ich nahm mein Mk. 14 EBR hervor und sah durch das Zielfernrohr.
Ein gepanzertes Fahrzeug machte halt und drei weitere Feinde stiegen aus.
Es waren jetzt insgesamt 19 Feinde.
Wir warteten ab und beobachteten was sie machten.
Sie gingen in die Tankstelle hinein und holten zwei Benzinfässer hinaus.
Das war unsere Gelegenheit.
Ich wartete, bis sie die Fässer zu den Autos gestellt hatten und wartete dann den perfekten Moment für meinen Schuss ab.
Thomas, James und Harry machten ihre Granatwerfer bereit, um direkt nach meinem Schuss auf die Benzinfässer die restlichen Feinde zu erledigen.
Ich wartete noch ein wenig, bis alle in einem perfekten Winkel standen und schoss dann auf beide Fässer.
Sie explodierten und die Explosion riss nun insgesamt 13 Feinde mit in den Tod.
Sofort eröffneten die drei das Feuer mit ihren Granatwerfern.
Sie schossen und trafen, sodass wir alle Feinde erwischten.
Wir liefen hin, sicherten den Bereich um die Tankstelle herum und prüften, ob auch wirklich alle tot waren.
Alle waren tot.
Wir gingen weiter, bis wir zu einem Kamm kamen, von dem wir die ganze Militärbasis überblicken konnten.
Wir sprachen kurz eine Strategie ab, wie wir sie am besten infiltrieren konnten.
Wir sahen uns um und entdeckten eine kleine Truppe Soldaten, die eine Zigarettenpause etwa 200 Meter Nord-Östlich von unserer Position aus machten.
Sie hatten ein Fahrzeug dabei, damit konnten wir reinkommen.
<OK Jungs, da haben wir unseren Plan.
200 Meter, 2 Uhr, die Kerle machen ne Pause, erledigen wir sie und schnappen wir uns den Wagen> meinte ich und blickte insbesondere Thomas an, da er mich im Flugzeug doch wegen meiner mangelnden

Einsatzplanung dumm angemacht hatte.
Mein Blick war jedoch rein Freundschaftlich gemeint.
Wir liefen den Kamm hinunter und versuchten die Truppe vor dem Ende ihrer kleinen Pause zu erreichen.
Wir schlichen uns über einen kleinen Hügel und ein paar Sträucher
an sie heran und schossen sie nieder.
Das Auto wurde glücklicherweise nicht beschädigt.
Wir setzten uns hinein und fuhren los.
Thomas fuhr, ich saß auf dem Beifahrersitz und Harry und James saßen auf der Rücksitzbank.
Wir kamen an der Basis an und uns wurde auch gleich das Tor geöffnet.
Wir fuhren immer weiter hinein, doch nach einer kurzen Zeit kamen wir an einer Schranke an und die Soldaten wollten uns persönlich in Augenschein nehmen.
Jetzt hatten wir keine andere Wahl, als zu schießen.
Ich legte mein Gewehr an der getönten Scheibe des Autos an und gab einer Wache, die zum Überprüfen des Wagens herangekommen war, einen direkten Kopfschuss.
Die anderen taten dies auch.
Thomas fuhr schnell weiter, brach durch die Schranke hindurch und machte eine halbe Umdrehung.
Der Wagen stand jetzt seitlich da.
Ich stieg nach Thomas auf der Fahrerseite aus und stellte mich neben ihn.
Wir waren etwa dreißig zu vier unterlegen.
Aber wir schossen unermüdlich weiter.
Ich musste nachladen.
Ich bat Harry mir Deckung zu geben, während ich nachlud.
Ich duckte mich, lehnte mich leicht gegen den Wagen und griff mir ein neues Magazin aus meiner Einsatzweste.
Harry stellte sich derweil wieder auf und wollte weiter schießen, als er einen Schuss in die Schulter abbekam.
<Thomas, bring Harry in den Lagerraum hinter uns, flick ihn wieder zusammen, wir geben Deckung> befahl ich Thomas.
Er packte ihn an den Armen und zog ihn über den mit Ruß überzogenen, schneebedeckten Boden in den kleinen Lagerraum, um seine Wunde zu versorgen.
Währenddessen schossen James und ich weiter.
Es dauerte zwar lange aber wir erledigten alle Feinde und sicherten den Bereich.
Wir begaben uns in den Lagerraum, wo Thomas Harry gerade aufhalf.
Er hatte seine Schulter fest verbunden, sodass Harry

weiterkämpfen konnte.
Es erreichte uns die Nachricht aus dem JSOC, dass wir nun eine UAV zur Verfügung stehen hatten.
Es wurden uns die Positionsdaten von drei Wärmesignaturen durchgegeben, die sich der Kommandoraum der Basis befanden.
Wir machten uns sofort auf den Weg dorthin.
Wir hatten ein paar Feindtruppen auf dem Weg, welche aber kein Problem für uns darstellten.
Im Gang zum Kommandoraum waren mehrere Feinde, die die Tür sicherten.
Sie waren mit Maschinen- und Sturmgewehren bewaffnet und hatten eine gute Sicht auf den Gang.
Wir verharrten kurz an der Mauer und atmeten kurz durch.
Mit einem Handzeichen gab ich James den Befehl, eine Blendgranate in den Gang zu werfen.
Nach dessen Detonation stürmten wir nacheinander in den Gang und schossen die Feinde nieder.
Ihr Blut war an der Tür und an den Wänden verteilt und keiner rührte sich.
Wir stellten uns an der Tür auf.
Jetzt trennte mich nur noch eine Tür von meiner Frau und diesem Arschloch Boris Siderov.
Wir machten uns bereit zum Vorstoß.
Ich trat die Tür auf und war auch der erste der den Raum betrat.
Was ich sah, erschreckte mich.
MEINE FRAU WAR NICHT HIER!
Es waren nur zwei Terroristen, gefesselt und geknebelt an zwei Stühle, daneben zwei ferngesteuerte Miniguns.
Ich schrie mir das Wort <RUNTER!> regelrecht von der Seele und schmiss mich auf den Boden.
Das Feuer der Gatlinguns begann und ich nahm eine EMP Granate von meiner Weste, warf diese zwischen sie und hielt meinen Kopf auf den Boden, meine Hände darüber.
Ich fühlte die Erschütterung und meine Sinne wurden leicht getrübt.
Die Miniguns waren damit ausgeschaltet.
Ich stand langsam auf und drehte mich um.
James, Thomas und Harry waren tot.
Sie hatten sich nicht schnell genug hingeworfen und wurden von dem durchgehenden automatischen Feuer regelrecht zerfetzt.
Ich brachte keinen einzigen Ton über meine Lippen.
Auch die Tränen blieben mir verwehrt, da meine Trauer durch Hass auf Siderov überwiegt wurde.
Jetzt hatte ich nur noch ein Ziel vor Augen: Siderov`s Tod.
Ich brachte ihre Erkennungsmarken zum Vorschein und gab dem

JSOC durch, dass ein Extraktionsteam ihre Leichen bergen sollte.
<Command Center, sehen sie irgendwelche Wärmesignaturen, over> fragte ich per Funk nach.
Keine Antwort.
<Command Center hören sie mich?> fragte ich laut rufend.
<Lieutenant Frost, hier Command Center, wir sehen einen Truck der die Basis schnell verlässt, Bemannung unbekannt. Beeilen sie sich, sonst entwischt er, wir halten sie auf dem Laufenden, Command Center out> erhielt ich als Information.
Ich verließ die Kommandozentrale und versuchte so schnell wie möglich ein Fahrzeug zu finden.
Das erstbeste was ich fand, war der Wagen, mit dem wir angekommen waren.
Ich stieg so schnell wie möglich ein und startete den Wagen.
Der Wagen startete sofort und ich machte eine 90 Grad Wende aus dem Stand heraus und fuhr direkt los.
Ich kam aus der Basis heraus und sah weit vor mir auf der Straße entfernt den Truck.
Darin mussten sich Siderov und Amanda befinden.
Ich trat das Gaspedal so durch, dass ich dachte, das Pedal würde durch den Boden der Karosserie dringen.
Ich kam dem Truck langsam aber stetig immer näher.
Ich verfolgte ihn immer weiter, als ich plötzlich einen Schock, mit einem darauffolgendem, ziehenden Schmerz an der Wange fühlte.
Ich hatte einen Streifschuss an der Wange abbekommen.
Ich ignorierte den Schmerz und fuhr weiter.
Immer wieder schoss ein Feind aus dem Truck heraus auf meinen Wagen.
Ich kam immer näher, bis jedoch die Tankanzeige meines Wagens zu Blinken begann.
Der Wagen wurde immer langsamer und der Truck fing an sich von mir zu entfernen.
Ich öffnete die Tür meines Wagens, ließ das Lenkrad los und sprang schlagartig ab.
Ich sprang an den hinteren Teil des Trucks und hangelte mich jetzt in Richtung Fahrerkabine.
Ein Soldat lehnte sich mit einer Makarov Pistole aus dem Fenster und versuchte auf mich zu zielen.
Ich ließ den Truck mit einer Hand los und packte an mein Beinholster.
Ich zog meine Colt 1911 heraus, zielte grob in die Richtung des Terroristen und schoss.
Ich traf ihn am Kopf und er fiel aus dem Truck heraus.
Ich wollte gerade weiter zur Fahrerkabine hangeln, als wir zu einer einseitigen Klippe kamen.

Und ausgerechnet ich hatte das Glück, auf der Seite zu sein, bei der es geschätzt 50 Meter in die Tiefe ging.
Mein Körper wurde von Adrenalin überflutet, ich war total aufgeputscht.
Ich versuchte nicht daran zu denken und hangelte weiter.
Nun kam ich endlich an der Fahrerkabine an.
Ich öffnete eine Tür, schwang mich in den Truck hinein und erschoss einen zweiten Terroristen.
Ich ging ans Lenkrad und trat auf die Bremse.
Der Truck rutschte noch lange auf der von Schnee und dünnem Eis bedeckten Straße, doch schließlich stoppte er.
Weder Siderov, noch Amanda waren im Truck.
Ich konnte es nicht glauben, ich dachte ich wäre so nah dran und was kam dann? - ES WAR EIN FAKE!!!!!!!!!!!, EINE VERARSCHE!!!!!
So wie ich es mir nun denken konnte, war Siderov bereits über alle Berge.
Ich hörte aus der Ferne das immer lauter werdende Geräusch der Rotoren eines russischen MI-17 Transporthelikopters.
Ich drehte mich schlagartig um und sah Siderov, der Amanda eine 44 Magnum an den Kopf hielt.
Er hielt sie an den Haaren und hielt sie aus dem Helikopter raus.
Er sah mich mit einem heuchlerischem Lächeln an und rief <do svidaniya, Amischwein!!!> und erschoss Amanda.
Bevor sich der Schuss löste konnte ich sie noch einmal hilfesuchend und verzweifelt meinen Namen rufen hören.
Ihr lebloser Körper fiel den Abgrund hinunter.
Ich schrie auf russisch <Du mieser kleiner Hurensohn, wenn ich dich erwische, reiße ich dir jedes deiner Gedärme einzeln raus und werfe sie den Tieren zum Fraß vor!!!>.
Er lachte nur und gab dem Piloten das Zeichen zu verschwinden.
Ich sah nur noch den Helikopter, der nun davonflog.
Ich konnte mich nun nicht mehr halten und brüllte mir die Seele vom Leib.
Mir kamen die Tränen.
Schließlich fiel ich nur noch zu Boden und saß nun auf Knien auf der schneebedeckten Straße.
Captain Wittford kontaktierte mich über den Operationskanal und fragte, ob ich Siderov erwischen konnte.
Ich antwortete nicht.
Ich war stumm vor Trauer.
Nach einer kurzen Zeit hörte ich wieder das Geräusch herannahender Rotoren.
Ich blickte zum Himmel hinauf.
Es war ein C-47 Chinook.

Er landete, geschätzt 15 Meter von mir entfernt.
Die Laderampe fuhr herunter und sieben Marines kamen heraus.
Sechs von ihnen sicherten die Umgebung und einer kam zu mir gerannt und sah nach, ob es mir gut ging.
Ich brachte immer noch kein Wort über meine Lippen.
Er half mir auf und brachte mich zum Helikopter.
Ich setzte mich auf eine der Sitzflächen.
Die Marines kamen alle nacheinander zurück in den Helikopter.
Der Marine, der mir aufhalf, setzte sich zu mir und versuchte mit mir zu reden.
Er versuchte es so lange, bis ich nachgab und anfing, mit ihm über das geschehene zu sprechen.
Dieser Marine, der mir half und meine Seele beruhigte, war mein heutiger Freund und mein Teammitglied Henry King, der damals noch Marine Captain war.
Er brachte mich zur USS John F. Kennedy im Golf von Pakistan, um mich erst einmal zu versorgen und mit mir alles Geschehene für den Einsatzbericht und andere Akten durchzugehen.
Drei Jahre jagte ich mit meinen Teamkameraden der DEVGRU zusammen Siderov hinterher, doch die Spur verlor sich irgendwann.
Wir glaubten nun, dass er gestorben war, was sich jedoch nun als falsch herausstellen sollte.
Zurück in Dam Neck schilderte ich Captain Wittford den ganzen Einsatz in allen Einzelheiten und er beförderte mich, meiner Tapferkeit wegen, zum Lieutenant-Commander.
Insgesamt sechs Jahre war ich ein Mitglied der DEVGRU, orderte jedoch dann ein neues Team, da ich anderen Männern die Chance überlassen wollte, ein Teil dieser Heldentruppe zu sein, eine schwere Entscheidung aber wohl überlegt, wobei mir Wittford Harper und Logan vorschlug.
Beide nahm ich an, bat aber auch King, meinem neuen Team beizutreten.
Die AFO Reaper war somit geboren, ein Team für ganz besondere Operationen.
Wir vier erkämpften uns in den folgenden Jahren den Titel Tier-1 Operation Team, eine große Ehre innerhalb der US Streitkräfte.
Diese Geschichte zog mir in diesem Moment, als ich Siderov´s Stimme hörte, wieder an meinen Augen vorbei.
Sofort staute sich in mir wieder die gleiche Wut wie vor acht Jahren an.
Doch ich durfte mich jetzt nicht von meiner Wut übermannen lassen,
da ich mich sonst nicht mehr richtig konzentrieren konnte.
Wir sahen uns im Zimmer um und durchsuchten jeden Fleck nach

etwas nützlichem.
Wir fanden nichts.
Ich vernahm ein leises piepen und befahl den Jungs ruhig zu sein.
Wir sahen uns noch einmal im Wohnzimmer der Suite um und entdeckten einen großen C4 Sprengsatz unter einem Tisch.
Ich hörte Siderov über Funk den gleichen Satz wie von vor acht Jahren sagen: <do svidaniya, Amischweine!>
Ich schrie mir die Worte <Los, raus hier!> von der Seele und warf mich durch den Türrahmen hinaus aus der Suite
King, Harper und Logan sprangen hinterher.
Die gewaltige Druckwelle der Explosion stieß uns noch schneller und noch härter hinaus.
Mit einem harten Aufprall landeten wir auf dem Boden des Ganges.
Ich stützte mich langsam auf.
<Alle Okay?> fragte ich rufend, da meine Ohren noch leicht von der lauten Explosion betäubt waren
Alle waren unversehrt, welch ein Glück.
Ich stand auf und half einem nach dem anderen hoch.
Wir wollten gerade unsere weitere Vorgehensweise besprechen, als wir schnelle Schritte und viele Stimmen im Treppenhaus ganz am Ende des Ganges hörten.
Wir entschieden uns, den Terroristen zu folgen, da wir vermuteten, dass sie die Geisel bei sich hatten.
Wir gingen leise den Gang zum Treppenhaus entlang, als ich ein nahes zischen eines vorbeifliegenden Projektils vernahm.
Wir drehten uns schlagartig um und eröffneten das Feuer.
Wir waren vier zu acht unterlegen.
Die Terroristen waren durch eine dicke Panzerung geschützt.
Harper meinte, ich solle allein versuchen, die Geisel zu retten und dass die drei hier versuchen würden, die Feinde aufzuhalten.
Ich nickte und rannte zum Treppenhaus.
Die Terroristen wollten zum Dach.
Ich rannte mit eiligen Schritten hinterher.
Als ich oben angekommen war, sah ich, dass ein Helikopter gerade am Abheben war.
Ich rannte so schnell wie ich konnte hinterher und sprang.
Ich konnte die Kufen des Helikopters mit meinen Händen ergreifen und mich an ihnen festhalten.
Ich zog mich immer weiter nach oben und befand mich nun im Helikopter.
Und wieder war ich Terroristen auf den Leim gegangen, denn die Geisel war nicht hier.
Ich zog meine Colt 1911 und erschoss den Piloten.
Ich warf seinen Leichnam aus dem Helikopter heraus und setzte

mich selbst an den Steuerknüppel des Helikopters und versuchte ihn sanft zu landen, dennoch ohne Erfolg.
Ich zog den Knüppel nach links, woraufhin der Helikopter auf ein Gebäude zusteuerte, an welchem zur Zeit Bauarbeiten vorgenommen wurden.
Ich passte den perfekten Moment ab und sprang hinaus.
Ich landete auf dem mehrstöckigen Holzgerüst, welches dann leider zu meinem Pech zusammenbrach und ich durch jede der Etagen hindurch fiel.
Mit einem harten Aufprall landete ich auf dem Steinboden.
Ich lag eine kurze Zeit nur da und tat nichts, noch geschockt vom Sturz.
Ich stützte mich langsam auf und versuchte die drei per Funk zu erreichen.
Genau in diesem Moment fuhr ein silberner Hyundai I 30 an mir vorbei und hielt auch direkt neben mir.
Logan öffnete die Tür und sagte mir, ich solle einsteigen.
Der Unser Geheimdienst hatte mit einer UAV bewaffnete Männer am Göttergarten im südlichen Seoul gesichtet.
Ich stieg ein und wir fuhren weiter.
Nach einer kurzen Zeit waren wir den Terroristen dicht auf den Fersen.
Ich lehnte mich aus dem Fenster und versuchte die Räder des schwarzen Van`s, in welchem die Terroristen flohen, zu treffen.
Harper machte derweil eine Durchsage an Josh Reynolds, den Soldaten der für unsere Evakuierung zuständig war, dass er mit seiner Humvee Kolonne und den koreanischen Spezialkräften die Straße vom Göttergarten zur Pragjang Brücke abriegeln sollte.
Er fuhr sofort los.
Nach der Durchsage lehnten sich Harper und King ebenfalls aus den Fenstern und schossen auf den Van.
Der Van bog nach links ab und sah sofort eine Straßensperre durch Reynold`s Humvee Kolonne.
Der Van bog nach rechts, auf eine weite gerade Straße ab.
Jetzt war der Zeitpunkt gekommen, jetzt konnten wir sie erwischen.
Wir zielten auf die Reifen und schossen.
Wir durchlöcherten die Reifen, wobei der Van sich drehte, sich von der Straße ablöste und sich dann seitlich überschlug.
Wir hielten schlagartig an und stiegen mit erhobenen Waffen aus.
Wir rannten zum Van und sicherten die Umgebung.
Ich drehte mich um und bat King mir dabei zu helfen, nach Überlebenden zu suchen.
Wir gingen hinter den Van und öffneten die hinteren Türen.
Die Geisel und ein Terrorist hatten überlebt.

Wir zogen einem nach dem Anderen aus dem Autowrack heraus und legten dem Terroristen Handschellen an.
Wir forderten CASEVAC und einen MEDVAC für die Verarztung und Eskortierung der Geisel an.
Sie kamen recht schnell an.
Es war eine große Eskorte, bestehen aus fünf stark gepanzerten Humvees mit oben montiertem Browning M2 Kaliber 50. Maschinengewehr, drei mit 22 Millimeter Kanonen bewaffneten Stryker Schützenpanzern und einem noch besser gepanzertem Sanitäterpanzer, mit einem oben montierten 30 Millimeter Bordgeschütz und einer eingebauten Krankenstation darin.
Wir stiegen in die Humvees und fuhren los.
Da Logan unser Sanitäter im Team war, assistierte er den Medics im Sanitäterpanzer.
Wir fuhren nun zur Feuerbasis Zion zurück.
Nach ca. zehn Minuten Fahrt kamen wir an.
Wir brachten die Regierungsgeisel, welcher sich als Verteidigungsminister Südkoreas Xu Grangjang herausstellte, zum Major General Grigsby, der Grangjang dann zu den Vorfällen befragte und nach Gründen fragte, warum dessen Entführung sinnvoll wäre.
Der Verteidigungsminister erzählte uns von einer geheimen Technologie, die zum Verdunsten feindlicher Wasservorräte nützlich war und momentan in der Planungsphase war.
Der Verteidigungsminister war der leitende Kopf vom Bau dieser Maschine.
Jetzt wussten wir, warum er entführt worden war.
Grigsby kam zu uns und sagte uns, dass unsere Mission hiermit vorüber sei und wir nun in die Vereinigten Staaten zurückkehren konnten.
Es ging doch alles schneller, als erwartet, sonst waren wir über Monate im Ausland, aber nun konnten wir schon nach einem Tag wieder Heim.
Das war ziemlich ungewohnt für uns.
Wir verabschiedeten uns von allen in der Basis und bestiegen eine C130 Hercules.
Nun hieß es wieder Zwölf Stunden in der Luft zu verbringen.
Wir verbrachten die Zeit auf die selbe Weise wie beim Hinflug: erst über jedes Thema reden was uns in den Sinn kommt, dann den ganzen restlichen Flug über schlafen.
So ging die Zeit recht schnell um.
Wir kamen um etwa 9.30 morgens am Flugfeld von Dam Neck an.
Wir stiegen aus dem Flugzeug aus und bekamen einen herzlichen Empfang vom General und vom Kommandant des JSOC, General Mortimer Abrahams persönlich.

Wir begrüßten uns anständig mit einem „Männer Händedruck" und einem kurzen Salutieren.
Unsere beiden Vorgesetzten gingen mit uns in Richtung des Kasernengebäudes und befragten uns über den Hergang der Mission.
Ich erzählte den beiden Vorgesetzten von der verbalen Wiederbegegnung mit Siderov und von den Vorfällen von vor acht Jahren.
Die beiden Generäle waren bestürzt über diese Nachricht und wollten von nun an alle Hebel in Bewegung setzen, um Siderov aufzuspüren.
Ich bedankte mich für diese Maßnahme bei den beiden Vorgesetzten.
<Ruhen sie sich aus Commander, sie und ihr Team haben es sich verdient> meinte General Morgan und begleitete den JSOC Kommandeur zu seinem Auto, an dem schon seine Leibwächter standen, um ihn sicher nach Hause zu bringen.
<Kommt schon Jungs, ruhen wir uns aus> meinte ich zu den Jungs und ging langsam in Richtung unserer Stube.
Siderov war am Leben und wieder im Spiel, das verhieß nichts Gutes, weder für mich, noch für meine Jungs, noch für den Rest der Welt.
Ich wusste, dass er nicht halt davor machen würde, jedes Mittel einzusetzen, um mich und alle die mir nahestehen zu töten.
Vielleicht hatten sich aber auch seine Ziele mit der Zeit verändert, das konnten wir nicht wissen.
Aber wenn Siderov wieder da war, dann war es meine Aufgabe, ihn, seine Untergebenen und den durch ihn verübten Terror in der Welt ein für alle Mal ein Ende zu setzen.
Doch da waren mehr Fragen als Antworten.
Wo steckte er? Von wo übte er seine Bluttaten aus?
Das galt es herauszufinden.

Kapitel 2: ...Wie Geister

Ich war gerade auf dem Flugdeck des Schiffes auf dem ich freiwillig diente, der USS Varan, welche sich zurzeit im Atlantischen Ozean, kurz vor der Küste Angolas befand und rauchte eine Zigarette, als Admiral David Torcher zu mir kam.
Er hatte Berichte erhalten, dass die afrikanische Miliz in Kamerun nun eine schwerwiegende Tat verübt hatte.
Die Miliz hatte den Präsidenten Afrikas entführt und die Macht an sich gerissen.
Der Auftrag für mich und mein Team lautete nun, ein Attentat auf den Anführer der Miliz zu verüben und den Präsidenten, welcher in Sierra Leone festgehalten wurde, wie uns eins unserer Aufklärungsteams berichtete, zu finden und zu retten.
Der Auftrag klang recht simpel, zumal ich nach meiner Ausbildung zum SEAL von dem besten Scharfschützen der NATO, Jack Elias Drewis, alias „Golden Eye" ausgebildet wurde.
Dieser verstarb leider vor drei Jahren durch einen Herzinfarkt.
Seither wurde ich als bester Scharfschütze innerhalb der NATO bezeichnet, was ich persönlich ganz anders sah.
Ich ging nun auf meine Schiffskajüte zurück, um den dreien vom Auftrag zu erzählen.
Ich erzählte ihnen von den Umständen und die Zeit unserer Auftragsbesprechung.
Sie fand um 17.30 Uhr statt.
Wir gingen um 17.15 Uhr zum Operationsraum und waren pünktlich um halb sechs darin.
Der Admiral kam etwa zwei Minuten später hinein.
Er begrüßte uns und kam auch gleich zur Sache.
Unser Auftrag sah so aus, ich sollte zusammen mit einem Spotter den General der afrikanischen Miliz in Kamerun ausschalten, während in Sierra Leone die zwei anderen meines Teams, zusammen mit dem Aufklärungsteam Rider, den Präsidenten Arthur Mahal finden und mit einer Evakuierung per Helikopter zur USS Varan bringen sollten.
General Bhaghol hielt seine Ansprache um 07.30 Uhr am Präsidentenhaus von Jaunde.
Admiral Torcher hatte mit einem Beamer die Karte von Jaunde auf eine kleine Leinwand projiziert.
Ich tippte auf einen Punkt, an dem sich ein altes mehrstöckiges Gebäude befand und wählte dies als meine Schützenposition.
Der Präsident befand sich in einer Festung der Miliz im Herzen von Sierra Leone, lokale Schützen bewachten die Anlage, hohe Mauern aus Granit, Stahltore, Scharfschützen, keine einfache Aufgabe für Harper, Logan und das Aufklärungsteam aber ich

hatte Vertrauen in sie alle.
Wir erhielten noch einige Informationen über gute Schuss-, Flucht- und Infiltrationswege in Sierra Leone und Kamerun vom Aufklärungsteam.
Wir gingen nun zur Kantine um etwas zu essen und uns noch etwas zu beraten, wer jetzt mein Spotter sein würde und wer mit dem Aufklärungsteam zusammenarbeiten wird.
Ich entschied mich für King als meinen Spotter.
King, sowie Harper und Logan waren mit der Entscheidung einverstanden.
Wir saßen ungefähr eine halbe Stunde da, aßen, tranken und sprachen noch etwas.
Ich persönlich mochte das Essen an Bord, außer wenn die Vorräte langsam knapp wurden, denn dann gab es nur noch einen labbrigen, geschmacklosen und farblosen Brei.
Der erinnerte an das ekelhafte Monster aus dem Horrorfilm „The Blob".
Sonst gab es immer reichlich abwechslungsreiche Speisen, wie Steaks, frisches Obst, Frischen Fisch, frisches Gemüse und noch viel mehr.
Wir gingen nun auf unsere Schiffskajüte zurück, um uns noch etwas abzusprechen und unsere Ausrüstung vorzubereiten.
Da ich als Scharfschütze in dieser Operation fungierte, nahm ich mir mein McMillan M-86 Scharfschützengewehr und mein H&K 416 Sturmgewehr mit.
King wählte sich sein M249 SAW und dazu auch ein paar Claymore Minen aus.
Er nahm außerdem sein Fernglas mit und bekam eine tragbare Seilrutsche, welche er in einer großen Tasche verstaute, ausgehändigt.
Harper nahm sein AAC Honey Badger Sturmgewehr mit und hatte auch C4 Sprengstoff für den Ernstfall dabei.
Zu guter Letzt Logan, er wählte seine Kriss Vektor aus.
Es waren jetzt nur noch drei Stunden bis zum Beginn des Auftrags, welcher um 21.00 Uhr begann.
Doch diese vergingen auch recht schnell, da wir diese Zeit nutzten, um alles zu besprechen und uns für jede Eventualität zu wappnen.
Nun ging es los.
King und ich bestiegen ein RHIB, ein Rigid Hull Inflatable Boat, ein Festrumpfschlauchboot für das schnelle Erreichen von Land oder auch von Schiffen, während Logan und Harper, sowie das Aufklärungsteam mit einem Osprey davonflogen.
Sie waren jetzt auf direktem Wege nach Sierra Leone.
King und ich fuhren mit dem RHIB ins südliche Kamerun, wo wir etwa 500 Meter entfernt von einem Dorf halt machten und uns

ohne Boot durch den Fluss fortbewegten.
Wir setzten unsere Atemgeräte auf und tauchten etwa bis drei Meter unter die Wasseroberfläche.
Jetzt schwammen wir bis zum Rand des Dorfes.
Dort angekommen tauchten wir auf, setzten unsere Atemgeräte ab und kletterten aus dem Fluss.
Ich rannte bis zur vorderen Baumgrenze und sicherte das Gebiet um mich herum.
Als ich alles überprüft hatte, gab ich King das Zeichen mir leise zu folgen.
Er tat dies und machte mich auf zwei Feinde am nördlichen Rand des Dorfes aufmerksam.
<Nein, zu gefährlich, wir wissen nicht wie viele Feinde noch im Dorf sind und wenn wir jetzt entdeckt werden, ist unsere Mission schneller vorbei als sie angefangen hat> meinte ich leise und blickte wieder durch mein Zielfernrohr zum Dorf.
Ich hatte eine Idee.
Ich bat King mir Deckung zu geben, während ich auf einen hohen Baum kletterte, um das Dorf nach Feinden zu überprüfen.
Als ich auf einer guten Höhe angekommen war, überprüfte ich mithilfe meines Zielfernrohres das Dorf nach Feinden.
Ich konnte insgesamt sechs Milizsoldaten und eine Geisel ausmachen.
Ich gab King das Zeichen vorzurücken und einen der Feinde, die wir eben entdeckt hatten, zu erledigen.
Er nahm den Linken und ich den Rechten.
Ein Schuss und ein Treffer.
Beide Feinde waren ausgeschaltet und King zog sie in ein paar Gebüsche, damit sie keiner entdeckte.
Er sollte weiter vorrücken.
Ich machte zwei Feinde in einem kleinen Haus aus.
King sollte sich diese ebenfalls vornehmen.
Er nahm eine Claymore-Mine hervor und stellte sie am Eingang des Hauses auf.
Ich zielte derweil auf zwei Soldaten, die gerade eine einheimische Frau quälten.
Ich wartete, bis beide nebeneinander standen, sodass ich einen Doppeltreffer landen konnte.
Ich gab King das Zeichen, dass er nun seine zwei Feinde im Gebäude erledigen könnte und schoss auf die zwei Feinde neben der Geisel.
Mein Projektil durchdrang beide Köpfe.
Die Geisel sah erschreckt auf und blickte in alle Himmelsrichtungen.
King hatte derweil die Feinde aus dem Gebäude gelockt, wobei sie

auf die Claymore-Mine traten.
Diese zerfetzte beide Milizsoldaten förmlich.
Das Dorf war augenscheinlich gesäubert.
Ich stieg vom Baum hinab und rannte zu King ins Dorf.
Wir gingen nun gemeinsam zur Geisel, um sie zu befreien und zu befragen.
Ich zog mein Bowie Messer und schnitt die Fesseln an Händen und Füßen der Geisel los.
Sie umarmte uns erfreut und weinend.
<Ma´m, keine Sorge, wir sind die Guten.
Wer sind sie und was wollten die Soldaten von ihnen?
Sie antwortete, dass ihr Name Dhani Ghehil und sie nur eine Bäuerin war.
Sie erzählte uns, dass die Miliz in das Dorf kam, die Frauen und kleinen Mädchen vergewaltigten und dann töteten.
Die Männer und Jungen wurden verschleppt, um für die Miliz zu kämpfen.
Sie dankte uns noch einmal und fing wieder zu weinen an.
Ich versicherte ihr, dass wir sie in Sicherheit bringen würden und forderte per Funk eine Evakuierung per Boot für sie an.
Der Admiral sagte zu und entsandte sofort einen kleinen Trupp Marines, der sie auf die USS Varan bringen sollte.
Ich nahm die Ak 47 von einer Leiche der Milizsoldaten und gab sie der Bäuerin in die Hand.
<Verstecken sie sich, Marines sind auf dem Weg um sie in Sicherheit zu bringen> sagte ich und deutete in Richtung des kleinen Hauses, welches King eben gesichert hatte.
Sie nickte und ging in das Haus.
King und ich machten uns schnell weiter auf den Weg, da wir wertvolle Zeit verloren hatten.
Ich schnürte mir nun ein paar Äste, Blätter und weiteres Material zusammen und baute mir einen Ghillie Suit.
King schnürte sich ebenfalls einen.
Wir liefen nun weiter in den Dschungel hinein.
Uns kam nach zwei Kilometern eine große Patrouille von etwa zwanzig Mann, mit automatischen Waffen entgegen.
<King, hohes Gras, fünf Meter> meinte ich leise und zeigte auf das hohe Gras vor uns.
Durch diese schlichen wir uns langsam und fast lautlos vor.
Als die Patrouille fast bei uns war blieben wir liegen und drehten uns auf den Rücken.
Ich nahm mein H&K 416 hervor und wechselte mit meinem Hybridvisier in den Infrarotmodus, nur für den Fall der Fälle.
Die Patrouille kam immer näher.
Wir ließen sie vorbei, denn King und ich hätten nur eine geringe

Überlebenschance, wenn wir angreifen würden.
Sie gingen langsam an uns vorbei.
Mein Herz schlug immer schneller.
Nachdem sie etwa zehn Meter von uns entfernt waren, fingen King und ich an, uns weiter fortzubewegen.
Wir krochen langsam durch das hohe Gras.
Ich kroch über einen Ast, welcher ein lautes Knacken von sich gab.
Das alarmierte die Milizsoldaten.
Sie machten sich auf die Suche nach dem Ursprung des Geräusches.
Zu unserem Vorteil war es Nacht.
Die Patrouille zog langsam aber wachsam weiter.
Das Glück war wieder ein mal auf unserer Seite.
Ein Milizsoldat kam mir zu nahe, ich musste ihn erledigen.
Ich zog mein Bowie Messer und erhob mich schnell aus dem Gras.
Ich packte ihn von hinten, schlug ihm mein Messer seitlich durch die Kehle, hielt ihm den Mund zu warf mich mit ihm zusammen zurück in das Gras.
Ich zog das Messer heraus und ließ ihn hier liegen.
Wir krochen weiter.
Als die Patrouille weit genug von uns entfernt war, erhoben wir uns aus dem Gras und gingen rasch weiter Richtung Norden.
Nach etwa dreieinhalb Stunden waren wir nur noch einen Kilometer von der Stadt Jaunde entfernt.
Wir gingen weiter, als wir auf ein Nachtlager der Milizsoldaten stießen.
Es war nicht sehr groß aber auch nicht sehr klein.
Wir sahen geschätzt 15 Feinde.
Ich rannte zu einem Baum und positionierte mich dort.
King tat das gleiche, etwa zehn Meter von mir entfernt.
Wir eröffneten das Feuer aus dem Hinterhalt heraus.
Wir töteten die Feinde, ohne das einer schreien konnte.
Harper kontaktierte uns danach über Funk.
<Boss, wir sind am Stützpunkt angekommen, das ist wirklich ne verdammte Festung, infiltrieren diese jetzt gleich, wie sieht es bei euch aus over?>
<Wir sind noch zwei Kilometer vom Einsatzort entfernt, melden uns wenn wir das sind, out> gab ich zurück.
Sie hatten drei Stunden länger als wir gebraucht, jedenfalls bis sie am
Zielort angekommen waren.
Warum sie sich nicht gemeldet haben, als sie in Sierra Leone angekommen waren, wusste ich bis heute nicht.
Harper bestätigte schnell mit einem einfachen <Roger> und wünschte uns viel Glück.

Um 5.00 Uhr morgens kamen wir endlich in Jaunde an.
Unser Ziel war nun zum greifen nahe.
Ich meldete mich bei Harper, Logan und dem Aufklärungsteam und gab ihnen durch, dass wir angekommen waren.
Sie machten derweil den Präsidenten von Kamerun aus.
Sie hatten ihn in einem alten UN Parlamentsgebäude inmitten des Miliz Stützpunktes ausgemacht.
Ich wollte sie nicht weiter aufhalten und wünschte ihnen mit dem Kampfschrei <Hooyah> viel Glück.
Logan erwiderte dies aus dem Hintergrund heraus, mit dem Kampfschrei <Huah> und King neben mir mit dem Kampfschrei <Ooorah>.
Wir vereinbarten eine Funkstille, bis eins der jeweiligen Operationsziele erfüllt sei.
King und ich gingen eine Straße entlang, als wir einen Scharfschützen auf einem hoch gelegenen Balkon sahen, der das Gebiet überblickte.
Ich nahm mein Scharfschützengewehr hervor, zielte auf seinen Brustkorb und schoss.
Ich traf ihn genau an der an der rechten Brusthälfte, was ihn auch sofort tötete.
Er fiel vom Balkon herunter und landete auf der Straße vor uns.
Seine Leiche versteckten wir in einer Seitengasse.
Wir gingen weiter, als wir zwei Wagen mit daran montierten Kaliber 50. Maschinengewehren sahen, die auf uns zu fuhren.
Ich sah mich um, rannte zu einem Gebäude und öffnete die Tür.
King rannte zu mir und folgte mir in das mehrstöckige Gebäude.
Wir warteten, bis das laute Geräusch der beiden Motoren langsam verstummte.
Wir gingen jedoch nicht zurück auf die Straße, da wir nicht wussten wie viele Feinde sich noch auf unserem Weg befanden.
Ich ging eine Treppe zum zweiten Stock des Hauses hinauf.
King blieb dicht hinter mir und deckte meinen Rücken.
Ich öffnete die Tür zur Wohnung der zweiten Etage und ging langsam hinein.
King blieb im Treppenhaus und achtete auf eventuell herannahende Feinde.
Ich überprüfte jedes Zimmer.
Die Wohnung war leer.
Das taten wir abwechselnd mit jeder Etage, bis wir zur obersten Etage kamen.
Wir standen nun an der Tür der Wohnung, der fünften Etage.
King öffnete die Tür und ging schnell, jedoch wachsam hinein.
Ich folgte ihm.
Die Wohnung war ebenfalls leer.

Ich lief zu einem großen Fenster, nahm mein McMillan M-86 hervor, klappte das Zweibein aus und stellte es an der Fensterbank auf.
King begab sich schnell zu mir.
Er nahm ein Fernglas und einen Windmesser hervor und überprüfte die Gegend.
Er gab mir drei Feindpositionen durch.
Ein weiterer Scharfschütze, etwa fünf Gebäude weiter auf dem Dach und zwei Infanteriesoldaten, jeweils mit Ak 47 Sturmgewehren bewaffnet, die gerade ein Fahrzeug reparierten.
Ich wollte mir als erstes den Scharfschützen vornehmen.
Ich zielte in seine Richtung und King teilte mir Wind und Entfernung zum Feind mit.
Er war 580 Meter entfernt und der Abweichungswinkel der Kugel durch den Wind betrug etwa 22,58 Grad.
Die Windgeschwindigkeit betrug 3,80 m/s in südlicher Richtung.
Ich stellte mein ZF darauf ein und wartete auf King´s Feuerbefehl.
Er zählte von fünf herunter und gab mir dann das "GO" für meinen Schuss.
Ich hielt die Luft an und schoss.
Ich traf den Schützen am vorderen linken Schädelseite durch das Ohr und durchschlug seinen Schädel, was ihn auch sofort tötete.
Nun zielte ich auf die beiden Feinde am Wagen.
Ich zielte auf den linken Feind und wartete auf King´s Angaben und seinen Feuerbefehl.
King gab mir erneut das "GO" für den Schuss.
Mein Projektil durchdrang die Kehle des Milizsoldaten.
Der Rechte drehte sich schlagartig und erschreckt um und suchte nach dem Schützen.
Ich lud meinen nächsten Schuss durch und schoss erneut.
Mein Projektil traf den Feind am Brustkorb.
Er fiel tot zu Boden.
King musterte die Umgebung nach weiteren Feinden, konnte aber keine mehr ausmachen.
Wir gingen nun aus dem Gebäude hinaus zurück auf die Straße.
Wir kamen dem Präsidentenhaus immer näher, dort befand sich auch
Pierre Bahghol, der General der Afrikanischen Miliz.
Durch geheime Informationen, die wir von unserem Aufklärungsteam erhielten, erfuhren wir, dass General Pierre Bahghol heute eine Ansprache an die Bevölkerung Jaundes halten wollte.
Das war unsere Chance.
<Also King, wie wir es besprochen hatten, ich bringe mich in diesem Gebäude dort in Stellung, während du dich in der Nähe des

Präsidentenhauses in Stellung bringst, nur für den Fall der Fälle, dass ich Bahghol verfehlen sollte> erklärte ich und deutete auf das Gebäude, welches ich als Schützenpunkt ausgewählt hatte.
King war damit einverstanden.
Er gab mir die Tasche mit der Seilrutsche, da ich sie besser gebrauchen konnte als er.
Es waren eine menge Feinde auf dem Weg zum Präsidentenhaus, die wir erst ausschalten mussten, da sie uns bei unserer Flucht ein Dorn im Auge sein würden.
Ich ging in ein sechsstöckiges Gebäude, während King am Boden blieb und eine gute Fluchtroute suchte und versuchte zum Präsidentenhaus zu kommen.
Ich ging ins oberste Stockwerk und legte mich an ein großes Loch in der Ecke der Wohnung.
Ich stellte das Zweibein auf und überprüfte das Gebiet durch das Zielfernrohr.
Ich sah fünf Feinde an einer alten Tankstelle.
Ich zielte auf den mittleren Soldaten und gab King das Signal per Funk, dass er mich unterstützen solle.
Er bejahte diesen Befehl mit den Worten <Verstanden Boss>
Diesen Spitznamen für mich hatten sich meine Jungs ausgedacht, mit der Begründung das er zu mir passte.
Ich sah mich noch schnell ein mal in der Gegend um und zielte sofort wieder auf den Kerl in der Mitte.
Ich feuerte einen Schuss ab und traf den Soldaten in der Mitte mit einem direkten Kopfschuss.
King eröffnete ein Dauerfeuer mit seinem schallgedämpften MG und tötete die restlichen vier Feinde.
King ging nun durch eine Gasse, sodass ich ihn nicht mehr sehen konnte.
Ich musste meine Position wechseln.
Ich sah mich um und rannte auf eine große, leicht angeschlagene Fensterscheibe zu.
Ich sprang durch sie hindurch und sprang auf ein anderes Gebäude.
Jedoch fiel ich schneller tiefer als gerade aus.
Gerade so konnte ich mich noch an der Kante einer ganz zerstörten Wand festhalten.
Ich zog mich schwerlich hoch, meinen Blick immer nach oben gerichtet und ging an einer weiteren zersplitterten Fensterscheibe in Position.
King stand am Ende der Gasse, die er gerade entlang gelaufen war.
Ich wollte ihm gerade Positionsdaten der Feinde durchgeben, als ich Feindstimmen im Gebäude hörte.
Ich gab King durch, dass sich Feinde bei mir im Gebäude befanden und ich für kurze Zeit nicht verfügbar sein würde.

Drei Feinde betraten die Wohnung.
Ich ließ das Gewehr stehen, legte mich auf den Rücken, nahm mein
Bowie Messer in die linke und meine schallgedämpfte P226 in die rechte Hand und wartete auf die Feinde.
Sie kamen zu mir und hielten mich zu meinem Glück für tot.
Einer wollte mich überprüfen und bückte sich zu mir herunter.
Ich stach ihm mein Messer in die Kehle und erschoss die zwei anderen Feinde mit meiner Pistole.
Ich konnte sie alle töten, ohne das sich ein Schuss aus ihren Waffen lösen konnte oder sie schreien und ihre Kameraden damit alarmieren konnten.
Nur das Geräusch des Aufpralls ihrer Sturmgewehre auf dem Boden waren zu hören.
Ich kroch zurück zu meinem Gewehr und musterte die Straße.
Ich konnte niemanden entdecken.
Nun gab ich King das Signal zum vorrücken.
King lief schnell über die Straße, als ich eine große Fahrzeug Patrouille ausmachen konnte.
Sie bestand aus vier, mit Soldaten bestückten Trucks und drei Wagen, mit oben montierten Kaliber 50. Maschinengewehren.
Ich teilte King dies mit und befahl ihm, in Deckung zu gehen.
Er versteckte sich hinter einem kaputten Auto, welches am Straßenrand stand.
Die Fahrzeuge fuhren schnell an ihm vorbei.
Wir warteten, bis die Fahrzeuge weit genug entfernt waren und fuhren dann mit der Mission fort.
King lief weiter, als er mir über Funk mitteilte, dass drei Feinde auf ihn zukämen.
Ich checkte dies mit meinem Zielfernrohr und sah sie.
Ich befahl King zu schießen.
Er tat dies und überwältigte sie.
Ich musste erneut meine Position wechseln, da King wieder durch eine Gasse gerannt war.
Ich legte die Tasche mit der Seilrutsche auf den Boden, zog sie hinaus und stellte sie ein.
Ich zielte auf ein etwa 50 Meter von mir entferntes fünfstöckiges Gebäude und schoss den Enterhaken ab.
Ich klinkte mich am Seil ein und rutschte zum anderen Gebäude.
Nun kappte ich das Seil zur Sicherheit und legte mich an einer kaputten Mauer in Stellung.
Es war zwar nur ein kleines Loch aus dieser herausgebrochen aber es reichte, um saubere Schüsse abzugeben und auch genug zu sehen.
<Boss, sie haben mich, am Ende der Gasse, siehst du mich?>

fragte er unauffällig über den Funkkanal.
Ich erblickte zwei Feinde, die King ihre Waffen an den Kopf hielten.
Ein Soldat war mit einer Ak 74u, der andere mit einer Modell 1887 Unterhebelrepetier Schrotflinte bewaffnet.
Ich überlegte kurz und zielte dann auf den linken Feind.
Ich schoss.
Mein Projektil traf den Milizsoldaten im Brustbereich, was ihn sofort tötete.
Der rechte Soldat sah erschreckt in alle Himmelsrichtungen, worauf King aufstand, den Soldaten von hinten griff und ihm sein Genick brach.
Er dankte mir, griff sich sein MG und ging langsam weiter.
King brachte sich nun in Stellung, da das Präsidentenhaus nicht mehr weit entfernt war.
Per Funk hörte ich Harper, der mir mitteilte, dass sie den Präsidenten gefunden hatten und nun auf einen Helikopter für ihre Evakuierung warteten.
Ich beriet ihn über unsere derzeitige Lage, worauf er uns viel Glück wünschte.
Das Präsidentenhaus war etwa 500 Meter entfernt, also lief ich zu dem achtstöckigen Hochhaus, welches sich 350 Meter Südwestlich vom Präsidentenhaus befand, um mich ebenfalls in Position zu bringen.
Nun hieß es einfach abzuwarten, bis die Ansprache General Bhaghol's begann.
Zu unserem Glück warteten wir nicht sehr lange, denn etwa eine halbe Stunde später kam der General mit einigen, mit Ak 47 Sturmgewehren und RPK MG´s bewaffneten Leibwächtern aus dem Präsidentenhaus heraus.
Ich stellte mein Zweibein auf, blickte durch das Zielfernrohr und zielte auf Bhaghols Brustkorb.
Doch ich entschied mich vor meinem Schuss dafür, vorerst die Umgebung anzuschauen.
Ich sah fünf Scharfschützen, die auf dem Dach des Präsidentenhauses und zwei umliegenden Dächern Wache hielten.
Die Scharfschützen mussten als erstes weg.
Als erstes zielte ich auf die, die auf den umliegenden Dächern patrouillierten
Ich wartete, bis einer der Scharfschützen wegsah und erschoss daraufhin den anderen.
Ich lud mein Gewehr durch und erschoss sofort den anderen.
Ich lud erneut durch.
Nun zielte ich auf die Scharfschützen auf dem Präsidentenhaus.
Sie standen nun in einer perfekten Formation für einen Dreifach

Abschuss.
Ich schoss.
Mein Projektil durchdrang jeden der drei Köpfe, durch die eine Schläfe rein, aus der anderen wieder raus.
Ohne, dass es selbstverliebt klingen soll, aber das war wirklich einen Schulterklopfer wert.
Jetzt konnten wir uns um Bhaghol kümmern.
Ich lud mein Gewehr ein weiteres Mal durch und gab King durch, dass ich jetzt schießen würde.
Dieser Schuss musste treffen, da dies meine letzte Patrone im Magazin war, wenn ich ihn jetzt verfehlen würde, wäre alles für die Katz gewesen.
Ich atmete tief ein, konzentrierte mich auf mein Ziel und meine Atmung und schoss.
Mein Herz raste.
Mir lief ein kalter Schauer über den Rücken vor Angst.
Doch meine Sorge war unberechtigt, denn ich traf General Bhaghol genau durch den Brustkorb.
Er viel verblutend zu Boden.
Sofort fingen alle Leute, die der Ansprache lauschten, zu schreien an und verfielen in Panik.
King rannte nun zur Menschenmenge hin, erschoss die restlichen Leibwächter und rannte auf die Tribüne, um die Leiche noch einmal zu identifizieren.
<D., es ist Bhaghol, wiederhole, es ist Bhaghol, Mission erfolgreich, Treffen vor dem Gebäude bei deiner Position> gab er mir durch.
<Roger King, bis gleich> antwortete ich, klappte das Zweibein ein und begab mich mit meinem Gewehr die acht Stockwerke hinunter zur Straße.
Draußen nahm ich mein H&K 416 hervor und sicherte meine Position.
Ich hörte Schritte und zielte in die Richtung ihres Ursprungs.
Die Schritte kamen immer näher.
Ich sah den Lauf einer Waffe und schrie noch im selben Moment <Fallenlassen!>
Doch meine Gedanken täuschten mich, denn es war King.
Wir versuchten nun gemeinsam zum Evakuierungspunkt "Sierra" zu kommen, welcher sich auf einem großen, leerstehenden Fabrikgelände, eineinhalb Kilometer östlich von unserer Position befand.
Wir gingen langsam eine große Straße entlang, bis uns die Fahrzeugpatrouille, welche wir vor etwa 40 Minuten gesehen hatten, entgegenkam.
Wir liefen in eine Gasse.

Dort befand sich eine etwa 2,50 Meter große Mauer, die zu einem alten Schrottplatz führte.
Ich stellte mich an die Mauer, meinen Rücken zu dieser gewandt und faltete die Hände zusammen.
King ging zu mir und stieg mit einem Fuß auf meine Hände.
Ich hob ihn herüber.
Er kniete sich auf die Mauer und streckte mir seine Hand entgegen.
Ich ergriff diese und er hob mich herüber.
Wir gingen nun langsam über den Schrottplatz, bis plötzlich ein Hund angelaufen kam, auf mich sprang und mir mit seinen scharfen
Zähnen in den Arm biss.
Er biss sich fest, dass ich ihn nicht von meinem Arm lösen konnte.
Ich konnte seine Zähne an meinem Knochen spüren und spürte daraufhin einen ziehenden Schmerz an diesem.
Im nächsten Augenblick spritzte mir das Blut des Hundes ins Gesicht.
King hatte ihn mit seinem Revolver erschossen, eine Kugel mitten durch den Schädel.
Ich stieß den toten Hund von mir herunter und King half mir hoch.
Er meinte, dass wir kurz Rast machen und meine Wunde versorgen sollten, denn ich hatte viel Blut verloren und es tropfte immer mehr aus der Wunde.
Ich erwiderte dies damit, dass ich einen Stofffetzen, welchen mir der Hund von meinem Ghillie Suit abbiss, um die Wunde wickelte und die Worte <Zum Glück habe ich meine Tetanusimpfung erneuern lassen> aussprach.
King sah mich mit einem leicht wütenden Blick an, fing dann doch wieder mit dem Lächeln an und reichte mir seine Hand.
Ich ergriff diese und wir gingen weiter.
Ich sah auf meine Uhr.
Wir hatten nur noch zehn Minuten, bis unsere Evakuierung an Landezone "Sierra" ankommen würde.
Wir wurden schneller und hofften, dass wir auf dem Weg so wenig Feinden wie möglich beggenen würden.
Wir kletterten wieder über eine Mauer.
Nun befanden wir uns auf der offenen Straße.
Wir liefen schnell hinüber, bis uns eine etwa zehn Mann starke Patrouille entgegen kam.
Wir machten halt und versteckten uns hinter einem Auto.
Die Feinde kamen immer näher.
Ich erhob mich leicht und sah durch die Fensterscheiben des Autos.
Drei Milizsoldaten machten halt, während die anderen Sieben weitergingen.

Sie gingen an uns vorbei.
Wir schlichen uns hinüber zum Ende der Straße.
Wir entschieden, dass wir die ganze Patrouille ausschalten sollten.
King und ich erhoben unsere Gewehre und schlichen uns langsam an die drei rastenden Feinde heran.
Wir blieben fünfeinhalb Meter von ihnen entfernt stehen und zielten auf sie.
Wir gaben eine Salve mit unseren Gewehren ab.
Die Milizsoldaten fielen tot zu Boden.
Ich lief allein zu ihren Leichen um zu checken, ob sie auch wirklich tot waren.
Zur Sicherheit gab ich noch einen Nachschuss auf jede der drei Leichen.
Wir gingen nun den sieben restlichen Soldaten hinterher um diese auch noch auszuschalten.
Als ich unauffällig um die Ecke blickte konnte ich erkennen, dass sich die sieben Milizsoldaten wieder getrennt hatten.
Drei gingen in ein Gebäude, einer blieb draußen stehen und hielt Wache.
Die restlichen drei gingen weiter die Straße entlang, um dort zu patrouillieren.
Ich nahm mein Bowie Messer hervor und wartete kurz, bis sich die drei restlichen Feinde weit genug entfernt hatten.
Nun schlich mich an den einen, der draußen Wache hielt, an, hielt ihm den Mund zu und stach ihm mein Messer in die Kehle.
Ich packte ihn an den Armen, während King mir Deckung gab.
Ich zog den Soldaten weg und versteckte ihn in einem Müllcontainer in einer kleinen Gasse.
Nun mussten wir nur noch die drei Kerle drinnen erledigen, um die restlichen drei Milizsoldaten, welche weiter die Straße entlanggingen, machten wir uns erst einmal keine Sorgen.
Ich griff nun an mein Brustholster und zog meine schallgedämpfte P226 heraus.
Ich hielt sie aufrecht in der linken Hand, mit meinem Messer in der rechten Hand unter meinem linken Arm, um schneller im Nahkampf agieren zu können.
King nahm ebenfalls seine Magnum hervor.
Leise schob ich die Eingangstür des Gebäudes auf und entschied mich dazu, dass wir uns aufteilen sollten.
King sicherte das Erdgeschoss, während ich den zweiten Stock sicherte.
Ich ging leise die Treppe zum zweiten Stock hinauf, als mir einer der Milizsoldaten entgegen kam.
Ich erschoss ihn sofort mit drei Schüssen aus meiner Pistole und fing seine Leiche auf, da sie mir entgegen kam.

Diese fiel leider sehr unglücklich und ließ mich beim Fangen leicht von der Treppe abrutschen.
Die Leiche legte ich an der Wand ab.
Nun betrat ich die Wohnung.
Ich befand mich im Wohnzimmer, als mich eine Hand an der Schulter packte, mich umdrehte und mir ins Gesicht schlug.
Es war der zweite Milizsoldat.
Er sah meine Verletzung am Arm und konzentrierte seine weiteren Schläge darauf.
Wegen seinem Schlag in mein Gesicht sah ich leicht verschwommen, was es mir erschwerte, einen perfekten Zeitpunkt zu finden, um seine Angriffe zu blocken und zurückzuschlagen.
Doch dann verfehlte er einen seiner Schläge, was mir eine Chance bot, ihn zu überwältigen.
Er holte erneut aus, wobei ich seinen folgenden Schlag blockte und ihm fest in den Magen schlug.
Er ging mit dem Oberkörper nach unten.
Jetzt packte ich ihn bei den Schultern, hob seinen Kopf mit einer Hand an und gab ihm eine feste Kopfnuss.
Er taumelte zurück, wodurch sich mir mehrere Chancen boten, ihn zu erledigen.
Drei Mal schlug ich ihm ins Gesicht und warf ihn mit einem Schulterüberwurf zu Boden.
Als er am Boden lag packte ich ihn an Nacken und Unterkiefer und brach ihm mit einer ruckartigen 60 Grad Drehung das Genick.
Ich nahm meine Pistole und mein Messer wieder auf und ging hinunter zu King.
Dieser hatte es leicht, da er nur einen Milizsoldaten zu erledigen hatte und diesen einfach von hinten erschossen hatte.
Wir begaben uns nun wieder zurück auf die Straße und gingen weiter Richtung Evakuierungspunkt.
Die drei übrigen Milizsoldaten von eben waren nun auch nicht mehr zu sehen und stellten somit kein Problem mehr dar.
Er war noch ungefähr 320 Meter entfernt.
Wir gingen rasch weiter und kamen auch recht schnell an.
Als wir das Fabrikgelände betraten, sahen wir schon einen CV-22 Osprey.
Er landete und wir gingen an Bord.
Einer der Besatzungsleute sah meine Verletzung und nahm sofort einen Erste-Hilfe Koffer hervor, desinfizierte und verband meine Wunde mit einem frischen, sterilen Verband.
<Bringen sie den Vogel in die Luft> befahl ich den beiden Piloten.
Der Osprey brachte uns nun zurück zur USS Varan.
Dort angekommen, warteten schon Harper und Logan gespannt auf uns.

Der Osprey landete auf dem Deck und ließ die Laderampe herunter.
Wir stiegen aus, doch bevor wir Harper und Logan auch nur begrüßen konnten, kam ein Marine zu uns gelaufen.
<Sir`s, Admiral Torcher verlangt sie auf der Brücke> meinte der Marine.
Auf dem Weg dorthin erzählten wir uns gegenseitig von unseren Aufträgen.
Logan bat mich auch, wegen meiner Verletzung später auf die Krankenstation zu gehen.
Er war wie eine Mutter, die sich um ihr Kind sorgte, wenn einer von uns verletzt war.
Auch wenn wir dies schätzten, zogen wir ihn immer wieder damit auf.
Als wir an der Brücke ankamen, sahen wir Admiral Torcher, Präsident Mahal und die junge Bäuerin Dheni Ghehil, die King und ich aus der Gefangenschaft in dem kleinen Dorf gerettet hatten.
Der Admiral, sowie Präsident Mahal kamen zu uns und begrüßten mich mit einem kurzen Händeschütteln.
Die Bäuerin begrüßte mich mit einem kurzen Lächeln.
Präsident Mahal bedankte sich bei mir und meinem Team für seine Rettung.
Der Admiral hatte ihm bereits erzählt, dass wir General Bhaghol ausgeschaltet hatten und er nun wieder an der Macht sein könnte.
Der Präsident bedankte sich ein weiteres Mal.
<Sir, sie müssen sich nicht bedanken, dass ist unser Job, wo auch immer die Freien und Unterdrückten in Gefahr schweben, kommen wir und greifen ein> entgegnete ich und verschränkte mit einem stolzen Gesichtsausdruck meine Arme.
Admiral Torcher sah mich an und lobte mich in höchsten Tönen vor dem Präsidenten.
Der Admiral meinte nun, dass wir erst einmal etwas essen und uns ausruhen sollten.
Wir salutierten kurz und verließen die Brücke.
Wir hatten uns nun etwas zu Essen verdient.
In der Schiffskantine aßen wir alle ein saftiges Stück Fleisch.
Dazu eine erfrischende Limonade und einen Apfel.
Wir saßen lange dort und beredeten alles über unsere Auftragsverläufe, da Harper und Logan uns noch nichts genaues erzählt hatten.
Wir erhielten die Nachricht, dass Präsident Mahal und Dheni nun zurück nach Kamerun gebracht werden würden.
Also begaben wir uns auf das Flugdeck und verabschiedeten uns von

den beiden.
Sie bestiegen einen CH-47 Chinook, welcher mit einem Marine Team zur Sicherheit besetzt war und einem F-15 Jagdflugzeug begleitet wurde.
Ich nahm eine Zigarette aus der Schachtel in meiner linken Brusttasche und zündete sie mir an.
Nach diesem Auftrag hatte ich sie mir redlich verdient.
Admiral Torcher kam zu uns und lobte uns noch einmal für unsere Einsatzbereitschaft und unseren Mut.
Danach gingen wir auf unsere Schiffskajüte zurück und legten uns etwas hin, da uns der Auftrag sehr ausgelaugt hatte.
Doch schon nach vier Stunden wurden wir von einem Marine geweckt.
Admiral Torcher wollte uns auf der Brücke sprechen.
Wir zogen uns also wieder an und gingen zur Kommandobrücke.
Der Admiral begrüßte uns und entschuldigte sich für die Störung.
Er erzählte uns, dass wir von Captain Larry Wittford, meinem früheren Vorgesetzten, als Unterstützungseinheit für einen Spezialeinsatz nach Afghanistan beordert wurden.
<Sie bekommen alle Einzelheiten von Captain Wittford und jetzt wegtreten> sprach er und schickte uns zurück zur Kajüte.
Wir sollten Morgen um 01.00 Uhr nach Afghanistan aufbrechen.
Also hatten wir jetzt noch etwa fünf Stunden Zeit, um zu schlafen.
Wir nutzten dies aus, gingen sofort auf die Schiffskajüte zurück und legten uns auch sofort schlafen.

Kapitel 3: Die Grausamkeiten des Krieges

Nun war es soweit, 00.15 Uhr.
Wir alle standen auf, zogen uns an und gingen zur Kantine.
Wir aßen eine Kleinigkeit und meldeten uns noch ein letztes Mal bei Admiral Torcher.
Er wünschte uns einen guten Morgen und schickte uns sofort zur Kajüte zurück um uns für den Auftrag auszurüsten.
Wir erwiderten seinen Befehl mit einem synchronen <Sir, Ja Sir> und gingen dann zurück.
Ich wählte für diesen Auftrag mein H&K 416.
Ich nahm außerdem C4 Sprengladungen, leere Ersatzmagazine und 5,56mm Patronen für mein Gewehr und meine drei Messer mit.
Logan wählte sich seine IMI Uzi.
King wählte sein H&K 21 und wie immer seinen die 44 Magnum Revolver aus.
Die Schrotflinte trug er wie immer auf dem Rücken.
Und zu guter Letzt Harper.
Er wählte sein M4 Karabiner SOPMOD.
Als Ausrüstung bekam er einen Lasermarkierer für Luftunterstützung.
Nun gingen wir auf unsere Schiffskajüte zurück, um unsere restliche Ausrüstung, wie Nachtsichtgeräte, dazugehörige Batterien und noch viele weitere Gegenstände zu holen.
Jetzt war es 00.45 Uhr, also noch 15 Minuten, bis es für uns nach Afghanistan ging.
Wir machten uns nun langsam auf den Weg zum Flugdeck, wo ein UH-60 Blackhawk auf uns wartete.
Wir gingen nun langsam auf den Helikopter zu.
Bevor es losgehen würde, zündete ich mir noch eine Zigarette an.
Diese rauchte ich dann genüsslich auf und bestieg danach mit allen den Blackhawk.
Nun flogen wir Richtung Afghanistan.
Der Flug dauerte etwa eine Stunde.
Wir landeten um Punkt 02.00 Uhr auf der Feuerbasis Echo, fünf Kilometer westlich von Kabul entfernt.
Wir wurden von drei US Army Rangers empfangen, die uns auch gleich nach der Landung zum Planungsraum brachten.
Wir betraten nun den Raum.
Mir kam der dicke, graue Qualm einer Zigarre entgegen.
Er roch etwas holzig und war sehr reizend für die Lunge, es musste eine kubanische gewesen sein.
Captain Wittford sah uns mit einem breiten Lächeln quer durch den

ganzen Raum an.
Er freute sich, mich nach all den Jahren wiederzusehen.
Auch freute er sich, Harper, Logan und King wiederzusehen und das wir immer noch ein Team waren, da er es war, der mir die drei nach dem Tod von James, Thomas und Harry als Teammitglieder zuteilte.
Ich begab mich zu Captain Wittford und wir begrüßten uns ganz höflich.
Nun ging es an den Auftrag.
Unser Auftrag war es, ein Ausbildungslager der Al Quaida auszuräuchern.
Und ich hätte gedacht, dass wir die Al Quaida mit Osama Bin Ladens Tod gänzlich zerschlagen hätten.
Dabei würden wir Hilfe von einer Marine Einheit erhalten.
Das Camp befand sich im südwestlichen Kandahar, etwa 12 Kilometer von hier.
Es war etwa 250 Meter mal 250 Meter groß.
Wir sollten das Lager von Nordosten, über einen kleinen Kamm aus angreifen.
Ein ganz simpler Plan.
Etwa 850 Meter Nördlich, auf einem Berg befinden sich zwei USMC Scout Sniper, die uns Deckung geben sollten.
Doch das Ausbildungscamp selbst war eine größere Herausforderung, da wir nicht wussten, wie viele Terroristen sich dort befanden.
Außerdem war es vom Aufbau her, sehr gut gesichert.
Nachdem wir alle allein erledigt hatten oder wir Hilfe bräuchten, sollten wir mit den Luftunterstützungssignale eine A-10 Thunderbolt mit 22 Millimeter Geschützen und JDAM Raketen bewaffnet, rufen.
Nachdem wir das Lager erledigt haben, sollten wir eine Helikopterstaffel, bestehend aus UH-60 Blackbirds und AH-6 Little
Birds, die Angriffsvariante des MH-6 Little Bird Helikopters für schnelle Eingreiftruppen, herbeirufen um eine sichere Evakuierung zu gewährleisten.
Nun stellte uns Captain Wittford die Marines, die uns unterstützen sollten, vor.
Er begab sich mit uns zum Gemeinschaftsraum der Kaserne.
Er rief den Befehl <Rubine angetreten!!!!> aus.
Nun gingen vier Marines in die Respektstellung und stellten sich nebeneinander in der Mitte des Raumes auf.
Zwei Scout Sniper sahen uns verwundert an.
Captain Wittford stellte uns nun das Team vor.
Zu erst, Sergeant Johnathan Blake, er war der Anführer des Rubine

Teams.
Als nächstes, Corporal Martin Ramirez, ein großer, braunhaariger, stark gebauter Mann.
Dann, Petty Officer 1st Class Cornelius Harris, ein etwas kleinerer, Schwarzhaariger aber dennoch kräftiger junger Bursche.
Und zu guter Letzt, Lance Corporal Jessica Anderson, eine etwas kleinere, blonde Frau, etwa 22, mit einem kleinen, süßen Stupsnäschen und Kristallblauen Augen.
Alles in Allem, war das Team professionell anzusehen, doch ob sie auch das leisten konnten, wonach sie aussahen, mussten sie mir erst noch beweisen.
Captain Wittford stellte nun uns dem Team vor.
Wie immer trug er dabei sehr dick auf, betitelte uns als „Bestes Team der US Navy".
Das Rubine Team sah uns an und salutierte direkt, in einer steifen, leicht nervösen Haltung vor uns.
Ich gab den Befehl <Rühren!!!> worauf die Marines sich direkt in diese Pose begaben.
Harper, Logan, King und ich gingen näher an sie heran, streckten einem nach dem anderen die Hand aus und musterten sie von oben bis unten.
<Marines, wir freuen uns auf die Zusammenarbeit> sprach ich stolz für uns vier.
Sie meinten, dass sie geehrt wären und erwiderten diese Freude.
Nun verteilten sie sich wieder im Aufenthaltsraum, wobei mir Lance Corporal Jessica Anderson mir noch ein kurzes Lächeln gab. Ich erwiderte dies.
Nun stellte uns Captain Wittford noch die beiden Scout Sniper vor: Staff Sergeant Albert Covic und Private 3rd Class Henry Brannigan.
Wir gaben uns kurz die Hände und ich gab ein kleines Witzchen, dass sie erst einmal versuchen sollten mit mir als Scharfschütze mitzuhalten und dass sie uns bloß nicht in die Ärsche schießen sollten, nur weil sie die Ballistik missachten.
Sie gaben ein kurzes Lachen und setzten sich zurück zum Fernseher.
Ich fragte Wittford, warum die Marines nicht schlafen würden, worauf er beteuerte, dass sie die letzten Tage sehr lange geschlafen hätten, um den ganzen Tag und die ganze Nacht vor der Mission wach bleiben würden.
Um uns die Zeit noch ein wenig zu vertreiben, spielten King, Logan,
Harper und ich, sowie das Rubine Team abwechselnd einige Partien Billard.
Nach einiger Zeit gesellten sich auch noch die beiden Sniper zu

uns und spielten mit.
Das ging noch die ganze Nacht so.
Um etwa sieben Uhr morgens gingen wir alle gemeinsam zur Kantine, um etwas zu essen und zu trinken.
Ich aß eine Schüssel Müsli, einen Apfel, eine Banane, zwei Scheiben Brot mit Aufschnitt und trank dazu einen Kaffee und einen Multi-Vitamin Saft.
Das war ein ausgewogenes Frühstück, um Energie für den Tag zu haben.
Danach gingen wir auf den Schießstand, damit ich einmal sehen konnte, wie die Marines schießen konnten.
Die Scout Sniper kamen zu mir und fragten mich, ob ich nicht Lust hätte, ein Wettschießen mit dem Scharfschützengewehr gegen sie zu veranstalten.
Ich willigte ein.
Ich ging also mit ihnen zum Übungsplatz für Scharfschützen, während die anderen drei die Marines zum normalen Schießstand führten.
Die beiden wählten sich jeweils ein MacMillan Tac 300 Gewehr und ich mir ein Remington M700 Gewehr aus.
Nun ging es los.
Unsere Ziel: Drei Ebenen von Feinden zu säubern und das in einer kurzen Zeit und mit so wenig Fehlschüssen wie möglich.
Staff Sergeant Covic startete.
Er schoss gut, sicherte die Ebenen schnell, hatte jedoch einige Fehlschüsse, besonders bei den sich bewegenden Zielen aber dennoch gut.
Nun war Private Brannigan an der Reihe.
Er war ebenfalls gut, hatte auch nur zwei Fehlschüsse, war jedoch etwas langsam und hatte einen Feind übersehen.
Meine Einschätzung war, dass wir diesen beiden Männern mit ruhigem Gewissen unser Leben unten im Al Quaida Lager überlassen konnten.
Nun Schoss ich.
Ich war gut, traf jedes der Ziele und war auch recht schnell mit allen Ebenen durch.
Ich stand wieder auf und wendete mich den Beiden zu.
Sie standen mit offenen Mündern und einem verwundertem Blick da.
Beide schwiegen.
Sie betitelten mich als größten Scharfschützen, den sie je gesehen hatte.
Auf dem Weg zurück zum Schießstand erklärte ich ihnen, warum ich so gut dabei war.
Beide bedauerten es, nicht auch von „Golden Eye" ausgebildet

worden zu sein.
Am Schießstand angekommen, sahen wir die sieben miteinander reden und lachen.
Wir gingen zu ihnen und ich fragte King, Harper und Logan, wie das Team denn so im Schießen sei.
Sie beteuerten, dass jeder der Marines ein tadelloses Ergebnis von 90% oder höher an den Tag legte.
Ich war erstaunt und hatte nun ein sicheres Gefühl für den Auftrag.
Es war momentan 10.30 Uhr und wir entschieden uns gerade zum Aufenthaltsraum zu gehen.
Doch auf halbem Wege kam uns Captain Wittford entgegen.
<Es geht los, Reaper und Rubine, die Operation startet> meinte er <Viel Glück meine Herren und meine Dame>
Wir gingen als nach draußen und setzten uns auf die Sitzflächen des Helikopters.
Sie hoben ab.
Es waren einige Kilometer bis zum Lager.
Die Helikopter sollten uns etwa einen Kilometer davor absetzen.
Der Flug dauerte zum Glück nicht lange, da einem bei zu langem Sitzen auf einer solchen Tragfläche schnell der Hintern einschlief.
Nach etwa einer halben Stunde waren wir da.
Die Helikopter setzten uns ab.
Es waren etwa noch 650 Meter bis zum Ausbildungslager.
Ich überprüfte die Funk Verbindung zum Scharfschützenteam.
Die Verbindung stand.
Nun ging es los.
Wir marschierten schnell Richtung Ausbildungslager, als wir schließlich am Kamm vor dem Lager ankamen.
Ich nahm mein Fernglas hervor und überprüfte die Lage.
Es waren doch mehr Feinde als gedacht.
Ich konnte draußen etwa um die 50 Terroristen ausmachen, doch wie viele sich in den Gebäuden befanden, war unklar.
Wir besprachen unsere Taktik.
Wir entschieden uns dafür, von verschiedenen Seiten aus anzugreifen.
<Rubine, sie gehen links entlang und infiltrieren von dort, Harper, Logan, King, ihr kommt mit mir, wir gehen rechts rum> befahl ich.
Alle waren damit einverstanden.
Nun trennten wir uns.
Die Sniper sollten uns mit den beiden ersten Schüssen das Startsignal geben.
Wir warteten auf unseren jeweiligen Seiten.
Harper, Logan, King und ich hoben uns gegenseitig über die Wände
des Lagers.

Was das Rubine Team vorhatte, überprüften wir nicht, da jetzt höchste Konzentration gefragt war.
Vor uns lagen viele kleine Gebäude, dazwischen nur ein enger Gang.
Taktisches Vorgehen war hier gefragt.
Wir arbeiteten uns langsam von Häuserecke zu Häuserecke vor und
suchten eine gute Gefechtsposition.
Uns kamen drei Terroristen entgegen.
Wir mussten sie erledigen, bevor sie uns entdecken würden.
Wir liefen schnell zu ihnen, warfen jeden ruckartig auf den Boden und brachen ihnen das Genick.
Sie konnten keinen Alarm schlagen, das Glück war wieder auf unserer Seite.
Nun gab uns Staff Sergeant Covic die Position von Rubine durch.
Sie befanden sich am anderen Ende des Lagers und suchten ebenfalls eine gute Gefechtsposition.
Covic gab durch, dass er nun den ersten Schuss abgeben würde, genauso Private Brannigan.
Genau nach dieser Durchgabe hörte ich in der Ferne zwei Schüsse, es ging nun los.
Wir hatten zwei Feinde vor uns, diese wurden dann von den ersten zwei Schüssen getötet.
Nun waren wir dran.
Wir warteten, bis andere kamen, um dies zu überprüfen, was dann auch geschah.
Es waren acht Feinde.
Wir vier schossen sie mit einem Dauerfeuer nieder.
Wir versteckten die Leichen und liefen zu einem kleinen Gebäude etwa acht Meter vor uns.
Wir sahen etwa 30 Feinde, alle Gefechtsbereit und wachsam.
Wir besprachen uns per Funk mit Rubine.
<Rubine, hier Reaper 0-1, haben eine gute Position gefunden, wie sieht es bei euch aus, over?> fragte ich.
<Commander Frost, hier Rubine 0-1, haben ebenfalls eine gute Position bezogen, mehr als 20, vielleicht sogar 30 Feinde liegen vor uns, warten auf Befehl, out> antwortete Sergeant Blake.
Ich sah mich um und gab King ein Handzeichen, mir zu folgen.
Harper und Logan befahl ich, hier an der Ecke auf meinen weiteren Befehl zu warten.
Ich öffnete die Tür des zweistöckigen Gebäudes neben uns und lief mit King die Treppe zum Dach hinauf.
Es war ein Flachdach, keine Deckung, hier war also Vorsicht und Schnelligkeit geboten.
<Rubine, hier Frost, haben Stellung auf einem Dach bezogen,

over> gab ich durch.
<Scout Sniper, bereitmachen zum Schuss> gab ich den beiden Snipern durch.
Ich zählte bis zum Schussbefehl von drei aus herunter.
Wir schossen nun von verschiedenen Positionen aus.
Es begann ein etwas größeres Feuergefecht, doch als alle Feinde tot am Boden lagen, gingen King und ich zurück nach unten, um uns mit Harper, Logan und dem Rubine Team zu treffen.
Ich ging als zweiter aus der Tür nach draußen.
Fünf Feinde kamen nun aus einem Haus gerannt und eröffneten das Feuer.
Ich versteckte mich hinter einer Häuserecke etwas weiter hinten, während alle anderen sich an einer Mauer, zehn Meter vor mir verschanzten.
Nach ein paar Schüssen von meiner Seite aus, war mein Magazin leer geschossen und ich musste nachladen.
Ich duckte mich und griff mir ein neues Magazin, doch plötzlich öffnete sich hinter mir eine Tür und ein Terrorist kam heraus.
Ich drehte mich schlagartig um, doch bevor ich ihn ansehen konnte, hatte er mir sein, an seiner Kalashnikow befestigtes Bajonette in den Rücken gestochen.
Er zog es wieder heraus und stach erneut zu.
Ich hörte einen Schuss und sah Jessica hinter ihm, die ihm einen direkten Kopfschuss verpasst hatte.
Sie bückte sich zu mir herunter und half mir, mich aufzusetzen.
Sie rief das gesamte Team zusammen, um mir Deckung zu geben.
Logan kam zu mir, nahm eine Spritze mit Morphium hervor und versorgte danach meine Wunde.
Corporal Ramirez wandte sich ebenfalls zu mir, legte seinen Rucksack ab, öffnete ihn und nahm einen Verband hervor, womit er mich dann verarztete.
Ich nahm nun mein Gewehr und das neue Magazin, welche ich beide bei dem Angriff des Terroristen fallen ließ und lud nun mein Gewehr nach.
Harper half mir hoch und wir kämpften uns nun langsam vor.
Doch bevor wir auch nur ein Stück weiter vorankamen, entdeckten wir etwa 50 Mann, die auf uns zu kamen.
Ich hatte eine Idee.
Harper hatte ja noch den Lasermarkierer für Luftunterstützung dabei, diesen sollte er mir nun geben.
Er tat dies.
Ich aktivierte ihn und warf ihn in die Mitte der Menge, welche sich fast in der Mitte des Camps befand.
Ich forderte nun eine F-18 Hornet mit dem Codenamen „Valkyrie" zur Unterstützung an.

Nun mussten wir so schnell wie möglich aus dem Camp verschwinden, da uns in 30 Sekunden die JDAM Raketen um die Ohren fliegen würden.
Jessica und Logan stützten mich, während die Anderen uns Feuerschutz gaben.
Wir waren recht schnell draußen.
Wir sahen "Valkyrie" am Himmel heranfliegen und auch in Sekundenschnelle die Raketen.
Das war schon ein unangenehmes Gefühl für die Ohren aber ich war aus welchem Grund auch immer, daran gewöhnt, wahrscheinlich, da ich auf einem Navy Flugzeugträger diente und Tag täglich Kampfjets und dergleichen starten und landen sehe und höre.
Während wir weiter flüchteten, riefen Sergeant Blake und Corporal Ramirez unsere Evakuierung.
Er bekam die Information, dass sie in zehn Minuten an Landezone Alpha auf uns warten würden.
Diese lag etwa zweieinhalb Kilometer westlich, an einem alten Lagerdepot, vor einer verlassenen Kleinstadt.
Also machten wir uns auf den Weg dahin.
Auf dem Weg trafen wir Staff Sergeant Covic und Private Brannigan, die ihre Tarnanzüge bereits abgelegt hatten.
Nun waren wir alle beisammen und konnten fliehen.
Wir liefen auf einer Straße, bis ich ein Glänzen auf einem Minarette einer Moschee in der Kleinstadt entdecken konnte.
Es musste ein feindlicher Heckenschütze gewesen sein und da ich selbst als Scharfschütze ausgebildet war, konnte ich dieses Anzeichen sofort deuten.
Sofort schubste ich Logan von der Straße in einen kleinen Graben, woraufhin uns alle anderen hinein folgten.
Nun ertönte ein Schuss und ein Projektil flog über uns hinweg, genau dort, wo Logan eben noch stand.
Um uns befanden sich überall kleinere Felsen, die uns eine gute Deckung boten.
Doch selbst hier waren wir nicht sicher, denn immer wieder griffen uns Al Quaida Kämpfer von den Erhöhungen des immer größer werdenden Grabens, in den wir immer weiter hineinzugehen schienen.
Zwar stellten diese kein großes Problem für uns dar, aber für unsere Munition schon, da wir stetig viel davon verschossen.
Um nachzusehen, ob wir sicher waren, kletterte Private Brannigan auf einen kleinen Vorsprung und überprüfte die Umgebung.
In der Ferne löste sich ein Schuss und Brannigan fiel tot zu Boden.
Der Heckenschütze machte also immer noch Jagd auf uns, wir waren seine Beute.

Und dieser Heckenschütze war augenscheinlich kein Amateur, da er Private Brannigan genau durch das Auge geschossen hatte, was schon einiges an Präzision verlangte.
Wir rannten nun weiter durch den Graben bis wir ein altes, kleines Lagerhaus, in der nähe der Kleinstadt fanden.
Leider war auch dieses kleine Lagerhaus im Blickwinkel des Heckenschützen und wir hatten somit immer noch keinen Vorteil.
<Commander, ich gehe ins Lagerhaus, ich schnapp mir den Wichser> meinte Covic und öffnete vorsichtig die Tür des Lagerhauses.
Ich folgte ihm mit Harper und King hinein, während Logan mit dem Rubine Team draußen aufpassen und Deckung geben sollte.
Covic stellte das Zweibein seines PSG-1 Scharfschützengewehres an der Fensterbank auf, checkte schnell das Magazin und suchte nach dem Scharfschützen.
<Hab ihn> meinte er, wurde jedoch bevor er den Abzug durchdrücken konnte vom gegnerischen Heckenschützen erschossen.
King, Harper und ich gingen in Deckung, wobei ich Covic's PSG-1 ansah.
Nach diesem streckte ich meine Hand aus, griff es mir und kroch in Richtung der Tür.
Als ich diese langsam aufschob, schlug ein Projektil des feindlichen Scharfschützengewehres in dieser ein, er war also immer wachsam, höchste Vorsicht war hier geboten.
Als wir drei draußen waren, erhob ich mich vom Boden und ging gleich aus dem Blickfeld des Heckenschützen, wobei ich mir kurz eine Taktik überlegte.
<OK, ich brauche für ein paar Sekunden Deckung, schießt auf mein Zeichen, dann erledige ich den Rest> befahl ich allen.
Mit meinen Fingern zählte ich von drei herunter.
Danach fingen sie alle zu schießen an, um den Heckenschützen zu flankieren und mir Zeit zu verschaffen.
Ich lief zurück in den Graben, kletterte auf einen Vorsprung und legte mich flach auf den Boden.
Das Zweibein stellte ich auf dem Boden auf und blinzelte durch das Zielfernrohr.
Das Unterstützungsfeuer meiner Kameraden milderte sich und der Heckenschütze kam zum Vorschein, oberste Etage des Minarettes, etwa 880 Meter von meiner Position entfernt.
Nun begann der Kampf: Scharfschütze gegen Scharfschütze.
Er hatte mich anvisiert und ich ihn, in solchen Fällen stellten sich mir auch das eine oder andere Mal die Nackenhaare auf, da ich genau wusste wenn mein Schuss nicht treffen würde, würde seiner treffen.

Doch hoffte ich auch, dass sich mein Gegner genau so fühlen würde, was meinen Puls wieder sinken ließ und mich ruhiger atmen ließ.
Mein Gegner erhob sich aus seiner Deckung, im selben Moment schoss ich.
Der Schuss verfehlte sein Ziel, brachte jedoch den Heckenschützen dazu, seine Position zu wechseln.
Ich konnte ihn nicht entdecken, was mir aber auch kurz Zeit zum Luft holen gab.
Petty Officer Harris rief etwas zu mir herüber, was ich jedoch nicht verstehen konnte, da ein Schuss seine Stimme unterdrückte.
Im nächsten Moment hörte ich einen dumpfen Aufprall und einen lauten Aufschrei von Harris.
Alle duckten sich sofort und Logan zog ihn hinter die Wand des Lagerhauses, um ihn zu versorgen.
In mir staute sich nun Wut an, was mich jedoch heftiger atmen ließ und somit unpräziser zielen ließ.
Er hatte zum Glück nur einen glatten Durchschuss abbekommen, wir mir Logan herüberrief.
Ich wartete auf den perfekten Moment, da sich der Heckenschütze nun verraten hatte.
Er befand sich auf der dritten Etage von oben.
Er zeigte sich nun, im selben Moment hielt ich die Luft an und schoss.
Ich traf ihn.
Er fiel tot aus dem Fenster der Etage.
Mit einem lauten Rufen informierte ich alle, dass ich den Heckenschützen erwischt hatte und fragte ob alle OK waren.
Jedem, auch Harris ging es erstaunlich gut.
Langsam und immer noch wachsam kroch ich zu den anderen zurück, da wir nicht wissen konnten, ob sich nicht noch irgendwo ein Hinterhalt ereignen könnte.
Augenscheinlich war die Umgebung sicher.
Doch plötzlich fing Jessica zu weinen an.
Sie beteuerte, dass sie nie auf diesen Auftrag hätte mitkommen sollen, da wir nun ihrer Meinung nach sowieso sterben würden.
Ich dachte nicht nach, holte weit mit meiner Hand aus und schlug ihr mit meinem Handrücken ein mal an der linken Wange entlang.
Sie packte sich nun an diese und sah mich erschreckt an.
Alle anderen waren ebenfalls überrascht und Harper meinte, dass ich
noch nie handgreiflich gegenüber anderen Soldaten, besonders nicht Frauen geworden bin.
Mir zogen alle ihre Sätze an den Ohren vorbei und ich packte Jessica

am Arm.
<Corporal, hören sie mir zu, wir schaffen das, sie sind doch ein Marine und diese geben niemals auf> meinte ich <Jessica, Ich verspreche dir, dass ich dich und dein Team hier lebend herausbringen werde>
Sie schenkte mir ein erleichtertes und dankbares Lächeln und wischte sich die letzten Tränen aus dem Gesicht.
Ich hob ihr heruntergefallenes M16A4 auf und reichte ihr es in ihre Hände.
Nun gingen wir alle weiter zum Evakuierungspunkt Oscar, welche sich auf einem alten, leergeräumten Marktplatz in der Kleinstadt befand.
Auf dem Weg dorthin griffen uns noch einige kleine Gruppen der Al Quaida an.
Diese stellten jedoch kein großes Problem mehr dar
Als wir dort ankamen, sahen wir auch schon unsere Helikopterstaffel zur Evakuierung.
Es landeten zwei UH-60 Blackhawks, in die wir dann getrennt einstiegen.
Sergeant Blake, King, Harper und Logan stiegen in den einen und Jessica, Corporal Ramirez, Private Harris und ich in den anderen.
Ich wusste bis heute nicht, warum wir uns so aufgeteilt hatten und dachte auch nicht weiter darüber nach.
Nun flogen wir los.
Nun dachten wir sicher zu sein, doch dies sollte sich sehr schnell ändern.
Denn auf uns kamen mehrere Raketen zu.
Sie waren nicht aus RPG´s abgefeuert worden, sondern aus Raketenwerfern mit Zielerfassung.
Wir verloren zwei der vier AH-6 Little Birds und auch der Blackhawk, in dem ich saß, wurde von einer Rakete getroffen.
Der Helikopter drehte sich mehrfach um die eigene Achse und krachte schließlich zu Boden.
Im selben Moment wurde mir schwarz vor Augen.
Kurze Zeit später kam ich wieder zu Bewusstsein.
Ich keuchte und hustete und versuchte, mich durch langsames und kontrolliertes Winden aus dem Wrack des Helikopters zu befreien, ohne mich an den Wrackteilen oder Glassplittern zu verletzen.
Ich hatte Schmerzen am ganzen Körper, dennoch erhob ich mich vom Boden und stand langsam und nur schwerlich auf.
Ich sah Corporal Ramirez, welcher unter dem Wrack des Helikopters eingequetscht war.
Ich ging zu ihm und fühlte seinen Puls.
Er war tot.
Auch fand ich Private Harris.

Er war beim Sturz aus dem Helikopter heraus gefallen und wurde durch die Rotorblätter in zwei Hälften geteilt, sein Blut war im Sand verronnen und ein Teil seines Darmes ragte aus seiner oberen Körperhälfte.
Es war ein schrecklicher Anblick, bei dem einem schon übel werden konnte.
Neben dem Wrack lag auch Jessica, stark blutend.
Auch bei ihr fühlte ich den Puls, sie war am Leben, doch ihre Lebenszeichen waren schwach.
Ich wollte gerade Hilfe anfordern, als sie mich am Arm packte.
Sie sah mich mit einem glücklichem aber gleichzeitig bettelndem Blick an und deutete dabei auf meine Pistole.
Ich erkannte ihren Wunsch sofort.
Dennoch fragte ich nach <Je...Je...Jessica, du möchtest wirklich, dass ich.......?>
doch bevor ich meine Frage beenden konnte, packte sie mich bei der
Hand und nickte leicht.
Nun gab ich nach, denn einer so netten und schönen Frau konnte ich ihren letzten Wunsch nicht verwehren.
Ich packte nun an mein Beinholster und zog meine Colt 1911 heraus.
Nun entsicherte ich die Pistole und richtete sie auf Jessica.
Ich sah sie an und dann wieder weg.
Sie lächelte nur, sie war froh dass ich derjenige war, der sie erlösen würde.
Mein Atem stockte.
Mein Herz raste.
Ich sah sie noch ein letztes Mal an und drückte nun den Abzug.
Im selben Augenblick, in dem sich der Schuss löste, sah ich weg.
Ich hörte nur noch das Eindringen der Patrone in Jessicas Brustkorb.
Ich wendete meinen Blick wieder zu ihrem leblosen Körper.
Sie war mit einem Lächeln gestorben, genau mit dem gleichen Lächeln, mit dem ich sie kennengelernt hatte.
Komisch, jeder der in diesem Helikopter saß ist gestorben, außer mir.
War dies gerecht?
Ich stellte mir diese Frage immer und immer wieder, doch fand ich nie eine Antwort darauf.
Plötzlich wurde mir wieder schwarz vor Augen und ich fiel zu Boden.
Ich wachte erst ein paar Stunden später, auf der Feuerbasis Echo wieder auf.
Alle standen um mich herum und waren erleichtert, als sie sahen,

dass ich wieder zu Bewusstsein kam.
Ich fragte, was passiert war und wie ich von der Absturzstelle weg kam.
King erzählte mir, dass sie nach mir gesucht hatten und den abgestürzten Blackhawk sahen, worauf sie die Absturzstelle sofort untersuchten.
Er schilderte mir weiterhin, dass meine Verletzung am Rücken wieder aufgerissen sei und viel meines Blutes in den Sand geflossen war.
Ich hätte es nicht überlebt, wenn ich nicht von ihnen gefunden worden wäre.
Sergeant Blake kam zu mir und fragte mich, ob ich Jessica die letzte
Ehre erwiesen hatte.
Ich beantwortete seine Frage mit einem kurzen Nicken und einem leisen, darauffolgendem <mhmm>.
Blake sah mich mit einem trauerndem Blick an und dankte mir daraufhin.
Er verließ die Krankenstation des Lagers.
Captain Wittford kam herein und trat zu mir an das Krankenbett.
Er freute sich, dass ich wohlauf war.
Er lobte mich für meinen Mut und meine Bereitschaft für das Nötigste.
Er sagte weiterhin, dass er einen sicheren Abtransport zurück in die Vereinigten Staaten arrangiert hatte.
Ich dankte ihm und erhob mich aus dem Krankenbett.
Meine Wunde war genäht und ich konnte mich einigermaßen Schmerzfrei bewegen.
Wir gingen nun alle zur C-130 Hercules und bestiegen das Flugzeug.
Der Flug dauerte einige Stunden und wir verbrachten die längste Zeit schweigend, da wir alle erst einmal die Ereignisse verkraften mussten.
Zurück in den Staaten wurden wir von General Morgan
und einigen Soldaten der Militärpolizei empfangen.
Er begrüßten uns und befragte uns zu den Vorfällen der Operation.
Wir schilderten ihm alles darüber.
Aufgrund unseres Handelns in dieser Krisensituation, sowie unserem Mut lobte er uns ebenfalls.
Der General entschied, uns aufgrund der Vorfälle und zur Erholung der erlittenen Verletzungen, eine gewisse Zeit frei zu geben.
Wir bedankten uns dafür und gingen auf unsere Stube, um unsere Ausrüstung abzulegen und uns abfahrbereit zu machen.

Kapitel 4: „Erholsame" freie Tage

Das erste, was ich tat als wir auf unserer Stube angekommen waren, war eine Zigarette zu rauchen.
Ich hatte seit dem Beginn der Operation in Afghanistan keine mehr geraucht.
Es tat gut, sogar verdammt gut.
King zündete sich ebenfalls eine Zigarre an.
Wir legten unsere Ausrüstung in unserer „Waffenkammer" ab und gingen nun zurück auf die Stube.
Wir packten alles ein, was wir mit nach Hause nehmen wollten und machten uns dann auf den Weg zum Parkplatz.
King bot uns an, dass er uns nach Hause fahren würde, zumal er der einzige von uns war, der momentan ein Auto auf dem Parkplatz stehen hatte.
Wir willigten ein.
King hatte einen großen Dodge RAM 1500 4x4 in metallic schwarzer Lackierung.
Aber dazu muss gesagt werden, der Wagen passte zu King.
Wir stiegen ein.
King fuhr, ich war der Beifahrer und Harper und Logan saßen hinten.
King lud uns noch für ein Bier zu sich ein.
Wir sagten zu.
Also fuhren wir jetzt zu King.
Es waren ungefähr dreieinhalb Kilometer bis dorthin.
Die Zeit verging recht schnell, da wir uns wie immer über Alles mögliche unterhielten.
Wir kamen an.
King´s Haus erstaunte mich immer wieder.
Im Grunde war es kein Haus, sondern eine Villa.
Zwei Etagen, vier Badezimmer und insgesamt zwölf Zimmer.
Aber bei ihm konnte man sich dies vorstellen, immerhin hatte er einen sehr hohen Dienstgrad inne und hatte über die Jahre viel gespart.
Wir stiegen aus dem Wagen und folgten King zur Haustür.
Er zückte seinen Schlüssel und öffnete die Tür.
Wir betraten nach ihm das Haus.
Ihm kam seine Frau Jaqueline, mit der er schon mehr als 30 Jahre verheiratet war, entgegen.
Sie umarmte ihn fest und sah uns danach überrascht an.
Doch sofort fing sie wieder zu Lächeln an und begrüßte uns.
King erklärte ihr, dass er uns zu ihnen eingeladen habe, um ein wenig auszuspannen und das Geschehene zu vergessen.
Sie freute sich und bat uns ein mal mehr herein.

Wir folgten den Beiden in das Wohnzimmer der ersten Etage und setzten uns auf das breite Sofa.
King und Jaqueline gingen in die Küche.
King kam nun mit vier Bier wieder zu uns.
Er gab jedem von uns eins und setzte sich nun auf einen Sessel rechts vom Sofa.
King reichte uns einen Flaschenöffner und wir öffneten nun nacheinander unsere Flaschen.
Nachdem alle offen waren, stießen wir auf den Mut der gefallenen Soldaten der Operation an.
Ich stellte mein Bier auf dem Tisch ab und packte an mein Holster, denn wenn ich zivil unterwegs war oder einen freien Tag hatte trug ich immer meine Colt 1911 Government zur Eigensicherung bei mir.
Momentan trug ich noch meine ganze Uniform, doch das war auch wirklich nur eine Ausnahme, da wir eben von der Kaserne losgefahren waren.
Da es mir leider nicht erlaubt war, meine Uniform auch in Zivil zu tragen, konnte ich diesen „Luxus" nur im Einsatz und auf der Kaserne genießen.
Ich entfernte das Holster mit der Pistole darin von meinem Gürtel und legte beides auf den Tisch.
Die anderen taten dies ebenfalls, da es einfach gemütlicher war zu sitzen, ohne dass einem die Pistole in die Seite gedrückt wurde.
Nun tranken wir entspannt unser Bier und sprachen über viele Themen.
Plötzlich klingelte es.
Es waren Kyle und Melina, King´s Kinder.
Kyle war 25 und Melina 22 Jahre alt.
Sie begrüßten King mit einem fröhlichem <Dad>
Er umarmte die beiden und führte sie zu uns ins Wohnzimmer.
Die beiden begrüßten uns sehr herzlich.
Wie immer nannten sie uns Onkel Derek, Onkel Harper und Onkel Logan.
Ich persönlich fühlte mich immer so alt, wenn sie mich so nannten und ich war gerade mal 35.
Aber irgendwie erfreute es mich immer wieder wenn sie mich so nannten.
Sie gingen kurz in die Küche, um ihre Mutter zu begrüßen.
Nur Kyle kam wieder heraus, mit einem Bier in der Hand.
Wir machten ihm auf dem Sofa platz und er gesellte sich zu uns.
Er öffnete sein Bier und wollte an unserem Gespräch teilhaben.
Jaqueline kam herein und brachte uns ein paar Schnittchen zum essen.
Wir dankten ihr und sie ging wieder in der Küche.

Nun führten wir unser Gespräch fort.
Das Hauptthema war Logan´s neuer Autowunsch.
Er hatte vor, sich ein Audi R8 Cabrio zuzulegen, als Neuwagen, mit teurer weiß-metallic Lackierung und kostspieligen Felgen und Stoßstangen und vielen anderem Schnickschnack.
Er nannte uns auch den Preis, 320.000$.
Wir fingen alle zu Lachen an und sagten Logan, dass er darauf lange warten könne.
Er sah sein Bier enttäuscht an und erwiderte dies mit den Worten <Man darf doch noch träumen>
<So Kyle, jetzt erzähl doch mal von deiner Freundin, ja dein Dad hat uns schon erzählt das du eine hast> meinte ich hämisch aber freudig lachend.
Kyle wurde sofort rot im Gesicht.
Er fing zu stottern an.
<Komm schon Junge, wir sind hier unter Männern, wir können über so etwas reden, vertrau mir> meinte ich, während ich ihm zuzwinkerte.
Er atmete tief durch und fing an.
Er meinte, dass seine Freundin Anna Mirawo hieß, 21 Jahre alt war und Medizin studierte.
Er selbst studierte Naturwissenschaften im Fachbereich Physik.
Er fuhr fort.
Sie hatten sich auf einem Fest der Uni kennengelernt und es war Liebe auf den ersten Blick, wie er uns schilderte.
Ich packte ihm auf die Schulter und teilte ihm meine Glückwünsche mit.
Ich meinte ebenfalls, dass er ganz nach seinem Onkel Derek käme, worauf alle zu Lachen begannen.
Ich lachte ebenfalls.
Kyle zog sein Handy und zeigte uns ein Bild von ihr.
Sie war sehr hübsch.
Sie war etwa um die 1,66 Meter groß und sehr schlank.
Sie hatte rotbraune Haare und grüne Augen.
Der Junge hatte einen einen tollen Fang gemacht.
Nun kam auch Melina zu uns und setzte sich auf den Sessel links vom Sofa.
Ich fragte gerade heraus, wie es denn mit ihrem Freund liefe.
Sie sah traurig zu Boden und meinte, dass sie sich getrennt hätten.
Ich fragte, warum dies geschah, worauf sie erzählte, dass er immer nur „das Eine" wollte und sie sich nicht darauf einlassen wollte.
Ich gab ein leises <Arschloch> von mir.
<Soll ich mit diesem Mistkerl mal ein Wörtchen reden?> fragte ich,
woraufhin sie sofort knallrot wurde und mehrmals hintereinander

<nein> sagte.
Ich beteuerte, dass ich das gerne für sie machen würde, doch sie blieb bei ihrer Antwort.
Kyle sah sich immer wieder die Pistolen auf dem Tisch an, worauf King ihn böse ansah und meinte, dass er sich das aus dem Kopf schlagen solle.
Ich nahm meine Pistole, entfernte das Magazin, sicherte die Pistole und gab sie Kyle in die Hand.
Ich sagte King, dass es doch nicht so schlimm sei, wenn der Junge ein mal eine Waffe in der Hand halten würde.
Kyle sah sie sich genau an und fragte seinen Vater, ob er nicht mal mit ihm auf den Schießstand gehen könnte.
King willigte nach einem kurzen Blickabtausch mit mir ein.
Kyle gab mir nun meine Colt 1911 zurück.
Ich lud das Magazin nach, packte die Waffe zurück in das Holster und danach wieder auf den Tisch.
King versprach Kyle an seinem 26. Geburtstag mit ihm auf den Schießstand zu gehen.
Kyle freute sich tierisch und bedankte sich mehrfach.
Harper nahm einen Schluck von seinem Bier und sah Kyle an.
<Hey Kyle, ich hab gehört du hast einen neuen Wagen, macht es dir was aus, ihn uns zu zeigen?> fragte er ihn.
Kyle bat uns, mit ihm nach draußen zu kommen, um ihn uns zu zeigen.
Wir folgten ihm nach draußen und da stand er auch schon.
Es war ein süßer kleiner Ford Fiesta in Silber.
Bis jetzt war noch nichts an dem Wagen vorgenommen worden.
Dies musste schnell geändert werden, denn für einen Jungen wie Kyle musste ein besserer Wagen her.
Logan hatte eine Ausbildung als KFZ-Mechatroniker in einer kleinen Schrauberbude durchlebt.
Ich räusperte mich auffällig und sah Logan dabei an.
Er verstand sofort, zückte einen Kugelschreiber und ein Blatt Papier und schrieb nun Namen, Adresse und Öffnungszeiten der Schrauberbude darauf.
<Fahr zu dieser Adresse und lass den Wagen aufbessern> meinte Logan, während er Kyle den Zettel in die Hand gab <Ach ja, sag dem Chef, dass Logan Blackthorn dich geschickt hat> hing er an.
Kyle gab Logan die Hand und bedankte sich.
Wir gingen wieder in King´s Haus.
Wir setzten uns wieder in das Wohnzimmer und entspannten uns noch etwas.
Ich sah auf meine Uhr.
Es war bereits 22.36 Uhr.
Zeit nach Hause zu fahren.

Ich zückte mein Handy und wählte die Nummer eines Taxiunternehmens, denn keiner von uns hatte seinen Wagen dabei und für Kyle oder King wäre es ein Umweg gewesen.
Ich rief uns nun ein Taxi.
Es kam geschätzt 30 Minuten später an.
Wir verabschiedeten uns von allen und Harper, Logan und ich stiegen nun in dieses.
Auf der Fahrt unterhielten wir uns noch etwas, bis wir an meinem Haus ankamen.
Es war keine Villa wie bei King, aber auch keine Ein-Zimmer Wohnung.
Es hatte insgesamt vier Zimmer plus einen großen Keller und eine Garage.
Alles in Allem war dieses Haus perfekt für mich.
Ich stieg aus, gab dem Taxifahrer den bis jetzt zu zahlenden Betrag: 11,80$ und verabschiedete mich von den beiden.
Das Taxi fuhr weiter und ich nahm meinen Schlüssel hervor.
Ich schloss die Tür auf und betrat meine Wohnung.
Ich ging sofort in mein Schlafzimmer, entkleidete mich und ging auch sofort schlafen.
Es dauerte nicht lange, bis ich einschlief, aber das hatte auch was mit dem Schlafmangel eines Soldaten und das ich heute ein paar Bier getrunken hatte, zu tun.
Ich wachte am nächsten Morgen um 08.00 Uhr auf.
Ich ging als erstes in die Küche, um mir einen Kaffee zu machen.
Dazu beschmierte ich ein Brot, welches ich noch in meinem Brotkorb liegen hatte mit Butter und legte mir eine Scheibe Blutwurst darauf.
Nun setzte ich mich auf einen Stuhl, stellte den Kaffee vor mir auf dem Tisch ab und aß mein Brot.
Nachdem ich beides zu mir genommen hatte, ging ich in mein Badezimmer, um mir meine Zähne zu putzen und mich zu rasieren.
Für die, die es nicht wissen, ich trug immer einen etwas dickeren Dreitagebart.
Als dies auch erledigt war, zog ich mir ein bequemes Poloshirt und eine schwarze Cargohose an.
Ich entschied mich dafür, einmal wieder meinen alten Freund Sergeant Frank Steel zu besuchen.
Er war Polizist beim New York Police Departement, genauer gesagt bei der S.W.A.T. Spezialeinheit, S.W.A.T. steht für Special Weapons and Tactics, aber wir kannten uns schon seit dem College, denn ich bin in New York aufgewachsen aber wegen der SEAL Ausbildung nach Virginia gezogen.
Wir wurden beste Freunde und konnten diese Freundschaft selbst während meiner Dienstzeit aufrechterhalten, da er vor seiner Zeit

beim NYPD ein Marine war.
In vielen Operationen in Afghanistan und im Irak kämpften wir Seite
an Seite.
Ich suchte also im Internet nach Flugtickets nach New York.
Ich hatte Glück und konnte ein Ticket für einen Nachtflug finden.
Der Flug ging morgen früh um 2.00 Uhr Morgens.
Den heutigen Tag verbrachte ich nur zu Hause und bereitete alles für meine Reise vor.
Meinen Kampfanzug ließ ich im Schrank hängen, obwohl ich wirklich darüber nachdachte, ihn einzupacken.
Aber die Multicam Hose konnte ich ja ruhig einpacken, genauso wie ein olivgrünes T-shirt mit Hoheitsabzeichen.
Am Abend fuhr mich Harper zum Flughafen, da es einfacher für mich war, so dorthin zu kommen, als meinen Mustang dort für eine Woche unbeaufsichtigt stehen zu lassen.
Harper kam um 0.30 Uhr morgens, um mich abzuholen.
Bevor wir losfuhren, saßen wir noch etwas in meinem Haus und tranken noch gemeinsam einen Kaffee.
<Boss, du hast mir nie erzählt, wer dieser Frank eigentlich ist> meinte er leicht vorwurfsvoll.
<Ja, das liegt daran, dass ich nie Grund dazu hatte euch von ihm zu erzählen> gab ich erklärend zurück.
<Aber du willst wissen wer Frank ist, gut, dann erzähle ich es dir> hing ich an.
<Dankeschön Boss, jetzt bin ich gespannt> sagte er bevor ich anfangen konnte.
<Es war im Jahr 1998, ich kam gerade von der Highschool und wechselte nun zur Columbia University in Manhattan.
Tja und dort, dort lernte ich Frank Steel kennen.
Ein sportbegeisterter, cleverer, patriotisch veranlagter Junge, das beschreibt ihn am besten.
Wir belegten die selben Kurse, Sport und Militärgeschichte, jedoch wählte er als dritten Kurs Technik und ich den russischen Sprachkurs.
Frank gehörte auch zum Football-Team, wir hatten ein mieses Football-Team.
Nach und nach wurden wir beste Freunde, zogen jeden Kurs, den wir zusammen belegt hatten, gemeinsam durch.
Nach dem College ging ich zur Navy und fing auch bald danach die Ausbildung zum SEAL an>
<Und was war mit Frank?> fragte Harper, gespannt auf die Antwort.
<Tja und Frank ging ebenfalls zur Navy, doch er wurde Marine und blieb in New York, in der Marine Corps Logistics Base in

Albany.
Drei Jahre sahen wir uns nicht, bis es zu einer Operation im Irak kam.
Wir sollten mit einer Marine Einheit einen Gebäudekomplex nach mutmaßlichen Terroristen absuchen.
Tja und dann im Irak, da sah ich ihn.
Er hatte nun einen dicken Schnauzer und eine kurz geschorene Militärfrisur.
Er erkannte mich sofort und ich erkannte ihn sofort.
Seite an Seite kämpften wir uns durch feindliche Kräfte und das insgesamt fünf mal.
Dann quittierte er den Dienst beim Corps und wurde Polizist beim NYPD S.W.A.T.
Seitdem sahen er und ich uns nicht mehr allzu oft, da wir einfach zu weit voneinander entfernt waren, um einfach mal übers Wochenende zu Besuch zu kommen und er und ich hatten zudem auch Pflichten.
Das letzte Mal, dass Frank und ich uns gesehen hatten war auf der Beerdigung von Amanda, vor siebeneinhalb Jahren>
<Und da wir jetzt einen erzwungenen Urlaub haben, dachte ich mir, dass ich ihn mal besuchen könnte> hing ich an.
<Eine wirklich interessante Geschichte Boss, aber schade dass ihr euch seitdem nicht mehr gesehen habt> meinte er daraufhin.
<Ja schon, aber es ging ja nicht anders> erwiderte ich.
Wir tranken unseren Kaffee aus und ich sah auf die Uhr.
Ich erschrak.
Es war bereits 1.15 Uhr, wir mussten uns beeilen.
Ich nahm schnell meinen Koffer und meinen Rucksack in die Hand und ging Harper zu seinem Auto hinterher.
Ich schloss noch schnell die Tür ab und legte dann meinen Koffer in Harpers Kofferraum.
Er hatte einen Audi A4 Kombi, dunkelblau mit schönen Aluminium Felgen, neuen Scheinwerfern und noch vielen anderen Verbesserungen.
Wir stiegen ein und fuhren zum Flughafen.
Dort angekommen nahm ich meinen Koffer und drückte Harper schnell noch einmal brüderlich.
Ich bekam meinen Flug noch rechtzeitig und mich erwartete jetzt ein Flug von 1 Stunde und 15 Minuten.
Ich blätterte ein wenig in einem alten Militärbuch, welches ich noch bei den Sachen meines Vaters gefunden hatte.
Es war ein Buch über den Vietnam Krieg, sehr spannend und sehr gut geschrieben, ich glaube sogar, dass es von einem Kameraden meines Vaters oder vielleicht von dem kommandierenden Offizier geschrieben wurde, da es auf eine gewisse Weise einem Tagebuch

ähnelte.
Ich kam um 3.15 Uhr in New York an.
Jetzt bereute ich es irgendwie, einen Nachtflug gebucht zu haben, denn jetzt musste ich irgendwie die Zeit bis 9.00 Uhr überbrücken.
Ich wartete auf meinen Koffer und verließ den Flughafen.
Ich dachte lange darüber nach, was ich nun machen konnte, doch schließlich fiel mir etwas gutes ein.
Es gab ein kleines Diner in der nähe von Queens, neben einem Highway, der aus der Stadt führte.
Ich war dort des öfteren mit Frank, denn der Kaffee und das Rührei mit Speck waren dort einfach köstlich.
Ich fuhr also mit einem Taxi dorthin.
Als ich den Laden betrat, fiel mir sofort die Kellnerin auf, eine junge Frau, blonde lange Haare, blaue Augen, eine schlanke Figur und etwa 1,72 Meter groß.
Sie erinnerte mich an eine Person, Ellaine Morrows, eine Kellnerin in diesem Diner von früher.
Ich setzte mich an die Theke und sprach die Frau an, fragte sie nach ihrem Nachnamen.
Sie hieß Miranda Morrows.
Meine nächste Frage war, ob sie Ellaine Morrows kannte.
<Ja sie ist meine Mutter> war ihre Antwort.
Also war es doch so wie ich es mir dachte, Ellaines Tochter, sie war ihr wie aus dem Gesicht geschnitten.
Ich bestellte mir Rührei mit Speck und Kaffee und Miranda und ich sprachen noch sehr lange.
Sie war genauso sympathisch wie ihre Mutter und ich verstand mich sofort mit ihr.
Ich blickte auf die Uhr im Diner, es war bereits 8.30 Uhr, sie und ich hatten um die fünf Stunden geredet.
<Also gut, Miranda, man sieht sich, grüß deine Mutter von mir, Derek Frost, sie wird diesen Namen kennen> verabschiedete ich mich und rief mir ein Taxi, welches mich zur Dienststelle des NYPD in Manhattan bringen sollte.
Kurze Zeit stand ich dort, vor den Türen der Dienststelle, wo Frank
arbeitete.
Ich betrat das Gebäude und folgte einen langen Flur zum Büro der Officers.
<Hey Sergeant Steele, Vorgesetzter an Deck, angetreten und stillgestanden> rief ich lachend quer durch den ganzen Raum.
Sowohl er, als auch alle seine Kollegen im Raum drehten sich schlagartig zu mir um und sahen mich verwirrt an.
Erst einige Momente später machte es in Franks Kopf klick und er erkannte mich.

<Derek? Derek, du bist es wirklich, komm her du altes Arschloch!> rief er mir entgegen und ging auf mich zu.
<Denk dran Frank, du redest mit einem Vorgesetzten> meinte ich anschließend humorvoll.
<Ja, ja ja> meinte er <Hört mal alle her Leute, das ist mein alter Freund Derek Frost, Lieutenand-Commander der US Navy> rief er zu seinen Kollegen.
<Jetzt Commander> verbesserte ich.
<Entschuldigung, Commander der US Navy> erzählte er seinen Kollegen erneut.
Ich reichte Frank meine Hand.
Er sah mich an und umarmte mich brüderlich.
<Tut gut dich nach langer Zeit mal wieder zu sehen Bruder> sagte er.
<Ja, ich bin ganz deiner Meinung Frank, es tut so gut dich wiederzusehen> gab ich zurück.
Er stellte mich nun nach und nach seinen Kollegen und Kolleginnen vor.
Ich blieb den gesamten Tag auf der Dienststelle und unterhielt mich, wenn es der Commissioner erlaubte und gerade nichts für Frank zu tun war, mit ihm.
Um ca. 19.00 Uhr war Franks Schicht vorüber und wir fuhren zu seiner Wohnung.
Er wohnte in einem Appartement im fünften Stock eines großen Gebäudes, etwa drei Blocks vom Times Square entfernt.
Wir gingen die Treppen hinauf und Frank schloss seine Wohnungstür auf.
Ich stellte meine Tasche direkt neben der Tür ab und setzte mich auf Franks Sofa in der Mitte des Wohnzimmers.
<Kaffee?> fragte mich Frank aus der Küche heraus.
<Ja gerne, du weißt ja wie ich ihn trinke> antwortete ich.
Frank brachte zwei Tassen Kaffee in das Wohnzimmer und setzte sich neben mich auf das Sofa.
<Also Commander, weshalb bist du hier, müsstest du nicht auf der Kaserne sein und trainieren oder so?> fragte er gerade heraus.
<Tja Frank, ich wurde im Einsatz verletzt und habe jetzt einen erzwungenen Urlaub> meinte ich schmunzelnd und zeigte ihm die Naht an meinem Rücken.
<Ach du scheiße, was ist passiert, Alter?> fragte er mich lautstark und entsetzt.
<Mir wurde ein Bajonette von so einem Wichser von Terroristen reingejagt...und das zwei mal> erzählte ich.
<Du armer, aber zum Glück bist du ja wieder auf den Beinen> meinte er schließlich.
<Ja, das bin ich, mach dir keine Sorgen, mir ist schon schlimmeres

passiert> gab ich zurück.
Wir tranken beide unsere Kaffees und sprachen noch über allerlei Themen.
Doch langsam meldete sich in mir der Wunsch eine Zigarette zu rauchen.
Wir gingen gemeinsam auf Franks Balkon und er zog sich ein Blättchen und Tabak hervor.
<Ach ja, du drehst ja selbst welche, das hab ich ganz vergessen> meinte ich scherzhaft abfällig.
<Ja, schon seit dem College. Weißt du noch, als uns der Dekan mal beim Rauchen erwischt hat, als ich gerade am drehen war und ich ihm noch weiß machen konnte, dass mein Tabak Krümmel von unseren Chips waren?> fragte er lachend.
<Ja das weiß ich noch genau, du hast deinen eigenen Tabak gefressen> antwortete ich lachend.
<Ja, diesen Fehler habe ich auch nur ein einziges Mal gemacht, danach saß ich auch einen scheiß Tag auf dem Klo> sagte er anschließend.
Wir lachten uns bildlich gesprochen die Seele aus dem Leib, doch als er mit dem Drehen seiner Zigarette fertig war, bat ich ihn mir auch eine zu drehen.
Ich hatte nämlich vergessen, mir welche auf dem Weg zu kaufen und meine eigenen hatte ich zu Hause in DC auf meinem Tisch liegen lassen.
Dafür spendierte ich ihm auch das Feuer, was ich witzigerweise dabei hatte.
Wir rauchten an der kalten Abendluft Manhattans genüsslich unsere Zigaretten und sprachen nebenbei noch etwas über die alte Zeit.
Ich fühlte mich gleich wieder wie daheim.
Als wir unsere Zigaretten aufgeraucht hatten, verbrachten wir den restlichen Abend noch damit Fernzusehen und noch miteinander zu reden.
Frank bot mir an, bei ihm zu schlafen.
<Frank, ich hätte so oder so bei dir geschlafen, egal ob du wollen würdest oder nicht> meinte ich lachend.
<Ja ja ja, hätte ich das nicht gewollt, hätte ich dich irgendwann schon rausgeschmissen, denk dran, ich bin Bulle> gab er sarkastisch zurück.
<Denk dran, du schuldest mir noch was, ich hab dir früher mehrmals im Irak und Afghanistan den Arsch gerettet...ach ja und denk dran, ich bin ein SEAL, wer hat also mehr zu sagen?> meinte ich arrogant gespielt und lachte mich über Franks Reaktion kaputt, weil er genau wusste, dass ich recht hatte.

Um ca. 3 Uhr Morgens legten wir uns schlafen, zum Übel von Frank, da er wieder um 9.00 Uhr arbeiten musste.
Zum Glück musste er morgen nur bei der internationalen Polizei-Spezialeinheiten Messe anwesend sein, da er das S.W.A.T. unserer beliebten New Yorker Polizei vertrat.
Um halb Acht stand er auf, duschte und rasierte sich, aber er wusste ja wie das mit dem wenigen Schlaf war, ein kleines Bisschen Marine steckte noch in ihm.
Er trug auch immer noch den dicken Schnauzer wie damals beim Corps.
Ich stand ebenfalls auf und machte, während er im Bad war, zwei Tassen Kaffee.
Nachdem er fertig war, ging ich ins Bad, machte mich fertig und zog mir danach meine Multicam Cargohose und das olivgrüne T-Shirt an.
<Angeber> lachte Frank mich an, als er aus dem Bad kam, weil mein Bizeps durch das Shirt schon sehr betont wurde.
<Hey, ich kann nichts dafür, wenn man jeden Tag hunderte von Klimmzügen und Liegestützen in allen Variationen machen muss, dann bauen sich halt Muskeln auf> antwortete ich.
Frank konnte man, wenn man ihn länger kannte schon immer kilometerweit an seiner Kleidung erkennen, entweder trug er ein loses Hemd und eine Jeans oder er trug nur ein T-shirt, seine alten Erkennungsmarken vom Corps und eine schwarze Cargohose.
<Frank, du hast nicht zufällig ne Waffe für mich? Ich fühle mich sicherer wenn ich eine Pistole bei mir trage> fragte ich.
<Na klar, du kannst meine Zweitwaffe für den Tag haben> antwortete er und holte eine Glock 17 aus der untersten Schublade seines Schrankes.
<Danke Frank> meinte ich
<Glock 17, ist lange her, dass ich so eine mal benutzt habe> hing ich an.
Frank bevorzugte eine Walther P99 als Pistole und trug diese auch immer bei sich.
Beim S.W.A.T lief es ähnlich wie bei uns, von der Waffenauswahl, zumindest bei der Wahl der eigenen Pistole, hatten die Officers freie Wahl, aber auch nur, wenn die Waffe auf dem internationalen Waffenmarkt der NATO erhältlich war.
Wir tranken noch beide unseren Kaffee und gingen dann nach draußen.
Wir stiegen in Franks wagen, er fuhr einen metallic-lila farbenen Dodge Challenger srt8.
Ein schöner Wagen, aber ich fand meinen Mustang immer noch besser und hielt ihm das auch immer vor Augen.
Acht Minuten dauerte die Fahrt zur Manhattaner Stadthalle, wo

das Treffen stattfand.
Vor der Stadthalle standen viele Autos, es musste also eine verdammt große Messe gewesen sein.
Als wir das Gebäude betraten, standen wir an einer Sicherheitskontrolle, vor uns zwei große Gorillas von Securitymännern, in schwarzen Anzügen und mit Ohrhörern ausgestattet.
Sie überprüften uns mit einem Metalldetektor und prüften Personalausweis oder etwas so Ähnliches.
Frank und ich kamen ohne Probleme durch und die Wachmänner öffneten uns die Tür zum großen Saal.
Hunderte von Menschen waren anwesend, Polizisten aus aller Welt, die GIGN aus Frankreich, der GIS aus Italien, die OMON aus Russland und viele andere Polizeieinheiten der NATO waren hier anwesend.
Frank führte mich ein wenig herum, stellte mich einigen seiner Bekanntschaften der ausländischen Spezialeinheiten und auch der anderen S.W.A.T Mitgliedern aus anderen Staaten vor und wir unterhielten uns mit diesen.
Wir gingen weiter herum, bis ich ein mir bekanntes Gesicht erblickte.
Eine junge Frau namens Natascha Markov.
Frank wollte gerade versuchen sie mir vorzustellen.
<Also Derek, wenn ich vorstellen darf, das ist...> fing er an.
<Hey Natascha, es ist schön dich wiederzusehen, es ist lange her> unterbrach ich ihn und reichte Natascha meine Hand.
Sie ging nicht darauf ein, sondern umarmte mich kurz.
<Ja Derek, es tut auch gut dich wiederzusehen, du hast dich kaum verändert> meinte sie.
<Du hast dich auch nicht verändert, immer noch genauso hübsch wie früher> erwiderte ich.
Sie wurde etwas rot im Gesicht, lachte mich danach jedoch wieder an.
Natascha war die beste Freundin eines sehr sehr guten Freundes von mir, welcher beim KSK der deutschen Bundeswehr tätig war.
Sie selbst war bei der deutschen GSG9 Anti-Terroreinheit tätig und auch die erste Frau, die die Ausbildung dort überstand.
Sie hatte außerdem noch einen Bruder, auf den wir jedoch später eingehen.
Um Frank ein wenig zu ärgern, sprach ich lange mit Natascha und das auf russisch, denn Frank hasste es, wenn man in anderen Sprachen vor ihm sprach ohne dass er ein Wort verstand.
Natascha war zwar in Deutschland aufgewachsen, war jedoch eigentlich Russin, sie konnte also fließend russisch sprechen.
Frank wurde es irgendwann zu viel und er ging zu einem seiner

Freunde bei der israelischen JAMAN.
Natascha und ich lachten kurz, da wir unser Ziel erreicht hatten,
Frank so richtig auf die Palme zu bringen.
Wir sprachen noch etwas länger, bis Frank wieder zu uns kam und
nur meinte <Macht...das...nie...wieder>
Natascha und ich konnten uns das Lachen nicht verkneifen, vor
allem nicht nach seiner jetzigen Stimmlage.
Doch plötzlich brach das Gelächter, denn alle, Frank, Natascha
und mich eingeschlossen, sahen zur Tür.
Ich war mir sicher, dass ich einen Schuss gehört hatte.
Ich zog die Glock 17 aus meinem Holster, woraufhin Natascha und
Frank das gleiche mit ihren Pistolen taten.
<Ich hab eine bessere Idee> meinte Natascha und verschwand kurz
in der Menge.
Einen kurzen Augenblick später kam sie wieder zu uns, drei H&K
MP5 Maschinenpistolen samt Magazine in den Händen.
Sie gab mir und Frank jeweils eine in die Hand und wir drei luden
diese nach.
Im nächsten Moment traten Gangster die Tür auf, insgesamt fünf
Männer, schwarze Anzüge, Lederhandschuhe und Skimasken.
Bewaffnet waren sie mit AK 12 und G36C Sturmgewehren.
Sie redeten nicht, sondern schossen ohne Vorwarnung und töteten
einige der anwesenden Polizisten.
Ich zielte auf die Brust des Kerls, der in der Mitte stand und
feuerte.
Meine Schüsse machten ihm nichts aus, er musste eine
Schutzweste unter seinem Hemd getragen haben.
Nachdem sie viele wehrlose Polizisten getötet hatten, flüchteten
sie aus der Stadthalle.
Wir folgten ihnen nach draußen und sahen, dass
sie in einem schwarzen Audi A6 flüchteten.
Mit Franks Dodge nahmen wir die Verfolgung auf.
Während der Fahrt forderte er Unterstützung per Helikopter an.
Dieser erschien auch kurz darauf, mit Scharfschützen an Bord.
Wir verfolgten den Wagen durch ganz Manhattan, versuchten
immer nahe an ihnen dran zu bleiben, sogar als sie auf die falsche
Fahrbahn wechselten um uns abzuhängen.
Bis zu einem alten Fabrikgelände verfolgten wir sie.
Die Gangster stiegen aus und liefen in das Hauptgebäude.
Vorher gaben sie noch einige Schüsse auf uns ab, damit wir ein
wenig zurückfielen.
Wir hielten vor dem Gelände an, stiegen aus und gingen in
Deckung.
Frank forderte Verstärkung im Sinne von S.W.A.T Einheiten an.
Nach zehn Minuten trafen die Officers ein.

An einem ihrer Trucks rüsteten wir uns mit neuen Magazinen für die MP5 und die Pistolen aus und zogen uns Schutzwesten an.
Frank steckte sich auch ein paar Blendgranaten ein, während Natascha einen Rucksack mitnahm in dem Sprengsätze lagen.
<OK, Andy, sie halten hier mit ihrem Team Stellung und warten auf meine Anweisungen> befahl er einem Officer.
<Alles klar, Frank, wir machen das> entgegnete er.
<Aber was machen sie dann?> fragte er hinterher.
<Mein Freund Commander Frost, Kommissarin Markov und ich gehen rein und holen uns die bösen Jungs> erklärte er.
Frank drehte sich nun zu Nicola und mir um.
Er drehte seinen Kopf noch kurz zu dem Officer und meinte <Und Andy, wenn wir Unterstützung anfordern, stürmen sie die Gebäude> meinte er.
Der Polizist nickte kurz und lief zu seinen S.W.A.T Kollegen.
<Alles klar, Derek, Natascha, ziehen wir es durch> meinte Frank und hielt uns seine Faust hin.
Wir schlugen kurz ein und betraten das Gelände.
Es war in drei Gebäude und eine kleine Lagerhalle aufgeteilt.
Ein großes Hauptgebäude in der Mitte, ein etwas kleineres auf der rechten Seite, welches per Brücke auf dem Dach mit dem Hauptgebäude verbunden war und die kleine Lagerhalle auf der linken Seite.
Da die Lagerhalle am nächsten von uns war, liefen wir als erstes zu dieser um sie zu überprüfen.
Das Garagentor der Halle war verschlossen.
Da wir vorerst noch nicht sprengen wollten, suchten wir einen anderen Weg hinein.
Ich entdeckte ein kleines Fenster an der rechten Seite der Lagerhalle.
Wir machten eine Räuberleiter und hoben Natascha hoch, da nur sie von uns dort hindurchpasste.
Es war gut, dass sie hier dabei war, denn sie hatte die perfekte Größe für das Fenster, denn sie war etwas kleiner als wir und passte ohne Probleme durch.
Sie schlug das Fenster ein und befand sich direkt danach in der Halle.
Das Garagentor öffnete sich und Natascha rief von innen heraus, dass wir hineinkommen sollten.
In der Halle standen drei Autos, schwarze Audis, getönte Scheiben und schusssichere Reifen.
Das konnten keine normalen Gangster gewesen sein, wenn sie so gut ausgerüstet waren, denn auch Waffenkisten befanden sich in dieser Halle.
Vollautomatische Glock 18 Pistolen, M4 Karabiner, H&K G36C

Sturmgewehre und Schutzwesten.
<Scheiße!> gab Frank wütend von sich.
Natascha und ich sahen ihn mit einem fragenden Blick an.
<Frank, was ist los?> fragte ich daraufhin.
<Das ist schlimmer als ich gedacht habe, diese Autos, die gehören zur Mafia> antwortete er, vor Wut leicht stotternd.
Es war also die Mafia, gegen die wir hier vorgingen, also mussten wir große Vorsicht walten lassen, denn mit diesen Männern war nicht zu spaßen.
Frank meldete kurz unseren Fund und gab den Befehl, dass die Waffen und die Autos von zwei Officers gesichert werden sollten.
Wir nährten uns dem Hauptgebäude, worin sich höchstwahrscheinlich die Mafiosi aufhielten.
Die Tür war von innen verriegelt, also mussten wir entweder sprengen oder erneut einen anderen Weg suchen.
Wir entschieden uns dafür, ins rechte Gebäude einzudringen und dort über das Dach in das Hauptgebäude zu kommen.
Die Tür des rechten Gebäudes war offen, wir betraten es und liefen rasch aber dennoch vorsichtig hinauf zum Dach.
Über die Brücke liefen wir zum Hauptgebäude.
Jetzt waren wir aufgeflogen, denn ein Mafiosi patrouillierte an der Brücke und sah uns.
Mit seinem Sturmgewehr zielte er schnell auf uns und gab ein paar Schüsse ab, welche uns zum Glück verfehlten.
Wir drei erschossen ihn daraufhin.
Eine Etage unter uns befand sich ein großer Raum, der uns sofort auffiel.
Darin mussten sich die restlichen Mafiosi aufhalten.
Frank ging an Nataschas Rucksack und zog eine Stielkamera heraus.
Eine Stielkamera war eine kleine Kamera, welche wie eine kleine Rolle aussah, die an einem etwas dickeren Draht, den man stark verbiegen konnte, hing.
Diese wurde zum ausspähen und überprüfen von Räumen benutzt, weil man sie problemlos unter der Tür oder durch ein altmodisches und breites Türschloss hindurchschieben konnte.
Er setzte die Kamera unter der Tür an und schob sie in den Raum hinein.
Er sah auf dem Bildschirm am Ende des Drahtes.
Unsere Annahme fand Bestätigung, denn die Mafiosi waren im Raum anwesend, jedoch mehr als wir erwartet hatten.
Es waren insgesamt zwölf Mafiosi, einer von denen war der große Boss, ein alter Mann schwarzer Anzug, roter Rollkragenpullover und saß auf einem Stuhl, ganz schön klischeehaft wie ich fand, es fehlte nur noch die weiße Katze.

Die drei weitere saßen am Tisch und sprachen mit dem Boss.
Die anderen acht standen im Raum verteilt, mit Spas 12 Schrotflinten und G36 Sturmgewehren bewaffnet.
<Nicht einfach, aber machbar> meinte Natascha leise.
<War klar, dass das jetzt von dir kommt Natascha, du bist immer optimistisch> meinte ich leise mit einem breiten Lächeln.
Frank zog die Kamera von der Tür weg und überprüfte das Türschloss.
Die Tür war abgeschlossen.
Über Funk forderte Frank nun die S.W.A.T Einheit an, die vor dem Gebäude auf Anweisungen wartete und bat um Unterstützung.
Er gab außerdem die Information durch, dass sie durch das rechte Gebäude gehen sollten, sowie unsere Position im Hauptgebäude.
Wir warteten auf sie und stellten uns danach alle gemeinsam an der Tür auf.
Zwei Sprengsätze kamen an die Tür und eine Blendgranate hielten wir im Anschlag.
Nach der Detonation der Sprengsätze warf Frank die Blendgranate in den Raum und wir stürmten diesen.
<NYPD, Waffen runter und auf den Boden> rief Frank aggressiv.
Da wir in der Überzahl waren, leisteten sie der Ansage folge und legten sich entwaffnet auf den Boden.
Das war einfach, so einfach war ich es gar nicht gewohnt, denn auf meinen Operationen leisteten alle eigentlich immer Widerstand.
Aber es war eine willkommene Abwechslung.
Jeder der Mafiosi wurde nun in Handschellen gehüllt und abgeführt.
Den Boss sicherten Frank, Natascha und ich gemeinsam.
<Möchtest du die Ehre haben?> fragte Frank mich und reichte mir die Handschellen.
Ich legte ihm diese an und danach meinten Natasha, Frank und ich im Chor <Sie haben das Recht zu schweigen, alles was sie sagen kann und wird vor Gericht gegen sie verwendet werden> und klatschten danach miteinander ab.
Später erst erfuhr ich, dass wir mit unserer Aktion den meistgesuchten Mafiosi im Bereich New York und Washington DC dingfest machen konnten: Don Albert Valencino.
Ein ordentlicher Bonuscheck stand also für Frank aus.
Natasha und ich bekamen für unsere Hilfe einen kleinen Orden vom Commissioner des Departements verliehen.
Eine ganze Woche blieb ich noch in New York, bis dann mein Rückflug anstand.
Frank brachte mich zum Flughafen und und versicherte mir, dass er auch bald mal zum Besuch kommen würde und dann bei mir schlafen würde, so wie er es sagte als „Revanche".

<Ja klar, träum weiter Frank haha.
Pass auf dich auf Bruder und gib meiner Patentochter einen Kuss von mir>
Für Franks Tochter war ich als Patenonkel eingetragen, ein besonderes Geschenk und Privileg, das mir Frank früher geschenkt hatte.

Kapitel 5: Routinemäßiger Gefängnisausbruch

Ich verbrachte noch sieben Wochen zu Hause, bis mein erzwungener „Urlaub" zu Ende war.
Ich freute mich darauf, endlich wieder zur Kaserne zu fahren und wieder an einer Operation teilzunehmen, falls es denn etwas zu erledigen gab.
Ich stieg also in meinen Mustang und fuhr zur Kaserne.
Ich brauchte etwa eine Dreiviertelstunde Stunden für die Fahrt.
Als ich ankam, war es bereits 08.50 Uhr.
Als erstes meldete ich mich bei General Morgan.
Auch Harper, Logan und King hatten dies vor, weshalb wir uns kurz vorher im Gang zu seinem Büro trafen.
Als wir alle beisammen bei ihm waren, meinte der General, dass er einen Auftrag für uns hätte.
Wir sollten in der Wildnis von Sibirien ein russisches Hochsicherheitsgefängnis infiltrieren und ein paar von unseren Jungs da raus holen.
Das Gefängnis wurde von russischen Terroristen als Versteck und eine der vielen Operationsbasen besetzt.
General Morgan meinte, dass auch eine hohe Chance bestehe, dass Boris Siderov dort anwesend sei, da es die am besten gesicherte Basis der Terroristen sei, von der wir bis jetzt wussten.
Wir willigten in diesen Auftrag ein, daraufhin führte uns der General in unseren Operationsraum, wo viele Karten der Basis von außen, als auch von innen, auf dem Tisch ausgebreitet waren.
Wir stellten uns um den großen Tisch herum und besprachen unsere Vorgehensweise.
Der General meinte weiterhin, dass wir für diese Operation am besten einen Computerexperten als Hacker mitnehmen sollten.
Er stellte uns einen bereit: Lucas Dallamoy, IT Abteilung Cyberterrorismus.
Ich begrüßte ihn, lehnte ihn jedoch als Hacker ab, da ich jemand besseres für diesen Auftrag kannte.
Und für diesen Jemand führte mich mein Weg nach Deutschland, ins schöne Nordhrein-Westfalen.
Denn dort, genauer gesagt in Bielefeld lebte einer meiner besten Freunde, Justin Jäger, Oberstleutnant des Kommando Spezialkräfte oder kurz KSK, der deutschen Bundeswehr.
Er und ich waren uns in vielen Punkten sehr ähnlich: wir waren beide sehr patriotisch, wussten guten Scotch zu wissen, waren beide Elitesoldaten und sehr gut ausgebildete Scharfschützen.
Er war auf der Rangordnung der NATO weiten Rangliste der Scharfschützen auf Platz 2, genau unter mir.

Ich hatte ihn auf der CTC (Combat Team Conference), auf der sich die Spezialeinheiten der NATO über Ausrüstung, Taktiken und vieles mehr austauschten, kennengelernt, aber auch schon unzählige Operationen in Afghanistan, im Irak, in Afrika und vielen anderen Orten dieser Welt durchgeführt.
Und Justins bester Freund, Nicolai Markov (wir nannten ihn nur Nic), der Bruder von Natascha Markov und IT Spezialist bei der deutschen Telekom war meiner Meinung nach besser als Hacker geeignet, als ein Kerl, den ich nicht kannte, da ich wusste, dass Nic einer der besten auf dem Gebiet der Computer war.
Ich meine, ich verstand auch einiges von Computern aber ich wählte trotzdem Nic, da er um ein hundertfaches besser darin war als ich, zumal er auch im Fachbereich IT und Computer gelehrt war.
Ich kannte ihn persönlich, denn Justin hatte ihn mir vorgestellt, als ich in Deutschland zu Besuch war.
Ich stieg also in eine C130 und flog nach Deutschland, doch dieses mal alleine, da die anderen schon einmal alles Notwendige für die Operation vorbereiten sollten.
Der Flug dauerte sieben Stunden.
Das Flugzeug landete in Calw, im Schwarzwald, wo sich auch die Kaserne des KSK, in der sich Justin aufhielt, befand.
Ich stieg aus dem Flugzeug und er kam mir auch direkt entgegen.
Wir gaben uns die Hand und begrüßten uns anständig.
Er brachte mich zu seinem Brigadegeneral, Herbert Briggs.
Ich erklärte ihm die Lage und den Grund meiner Anwesenheit.
Justin meinte, dass er seinen besten Freund nicht allein mit einem SEAL Trupp in ein Krisengebiet gehen lassen würde, so sehr er mir auch vertraute.
Er bat den General darum, bei dieser Mission assistieren zu dürfen.
General Briggs willigte ein.
Um schneller nach Bielefeld zu kommen, stellte uns General Briggs einen Helikopter bereit, der uns zur Panzerbrigade Augustdorf bringen sollte.
Wir stiegen in den Helikopter und flogen los.
Der Flug verlief recht schnell.
In Augustdorf angekommen, fuhren wir mit einem Dienstwagen der Feldjäger zum Gebäude der Telekom in Bielefeld.
Dort angekommen, stiegen wir aus dem Wagen aus und betraten das Gebäude.
Die Frau an der Rezeption sah uns mit einem überraschten und verwunderten Blick an, denn es kam nicht alle Tage vor, dass ein Offizier der Bundeswehr und ein Offizier der US Navy dort zu Besuch waren.
Wir trugen unser Anliegen vor und sie rief in den obersten Etagen

an.
Wir erhielten die Zustimmung, um die oberen Büros zu betreten.
Wir fuhren in den 12 Stock und dort saß er auch schon, im ersten Büro auf der linken Seite.
Er saß konzentriert an seinem Computer.
Wir betraten sein Büro und Justin begrüßte ihn.
Er sah verwundert auf und begrüßte ihn ebenfalls.
Nun war ich an der Reihe.
Ich ging zu ihm und streckte die Hand aus.
Er erwiderte dies und wir begrüßten uns ebenfalls anständig.
Wir erklärten den Grund unserer Anwesenheit, woraufhin Nic meinte, dass er nicht der Richtige für diesen Job sei.
Wir erklärten ihm mehrmals, dass er der Richtige sei und nur er uns dabei helfen konnte.
Er willigte ein, meinte aber, dass er zu erst seinen Chef fragen müsste.
Wir stellten ihn beiseite und Justin und ich betraten das, von Nic gezeigte Büro des Chefs.
Nach etwa fünf Minuten kamen wir wieder heraus und meinten, dass er seine Sachen packen sollte, denn er würde uns begleiten.
Wir vereinbarten, dass er uns um 19.30 am Eingang der Augustdorfer Kaserne treffen sollte.
Nic kam pünktlich an, mit einem Laptop in der Hand.
Wir begaben uns zu einem Helikopter, welcher uns dann zurück nach Calw brachte.
Dort angekommen, meldete sich Justin noch ein mal bei General Briggs, um seinen Unterstützungseinsatz offiziell zu beginnen.
Nic und ich warteten am Flugfeld und redeten über allerlei Themen.
Ein paar Minuten später kam Justin mit seinem KSK Trupp zum Flugfeld.
Alle waren einfach ausgerüstet: ein H&K 416 Sturmgewehr, eine H&K Mp5 Maschinenpistole und ein H&K 21 Maschinengewehr.
Doch Justin war spezieller ausgerüstet, er hatte ein H&K G36C Sturmgewehr, mit einem ACOG Visier, einem Vordergriff, einem Infrarot Laser und einem Ready Mag versiert, dabei.
Den Handgriff hatte er durch einen Pistolengriff ausgetauscht.
Als Sekundärwaffe konnte ich sehen, dass er eine Walther P8 dabei hatte.
Wenn es um Waffen ging, konnte ihm niemand das Wasser reichen, selbst ich staunte ab und zu und das wollte schon etwas heißen, denn ich wusste auch verdammt viel über Waffen.
Wir stiegen nun in eine Airbus A400M.
Wir flogen nun auf die USS Varan, die sich zurzeit im Arabischen Meer befand.

Dort angekommen, trafen wir auch schon auf Harper, Logan und King.
Als Ausrüstung hatte King sein M249 SAW und seine Remington 870 Schrotflinte dabei.
Harper hatte sich sein Scar-H ausgewählt.
Logan war mit seiner Uzi ausgestattet.
Nun musste nur noch ich meine Ausrüstung vorbereiten.
Ich ging zu unserer Kajüte des Schiffes und wählte mir meine Waffen.
Ich nahm mein H&K 416, jedoch ohne den Schalldämpfer mit.
Eine Beretta M9 konnte ich dem Waffenwart des Schiffes abschwatzen, diese sollte Nic bekommen, jedenfalls zur Sicherheit.
Wir alle erhielten außerdem Thermo-Kampfanzüge in einem Snow Camo Muster für die Operation.
Es war nun alles bereit.
Wir warteten nur noch auf Admiral Torchers Startbefehl.
Wir aßen noch etwas, während wir warteten.
Doch dann kam der Marschbefehl.
Wir gingen alle nach draußen.
Dort standen drei MH-6 Little Birds, die auf uns warteten.
Admiral Torcher stand vor ihnen und rauchte eine Zigarre.
Wir begaben uns zu ihm.
Er begrüßte uns, besonders Nic, Justin und seinen KSK Trupp, da er nur Justin kannte.
Wir gingen noch einmal unseren Plan durch, Harper, King, Nic und ich bestiegen den ersten, Justin und sein KSK Trupp den zweiten und Logan und drei SEALs des SEAL Team Two den dritten Little Bird.
Auf diesen sollten wir zum Hochsicherheitsgefängnis fliegen, unterstützt von einer F-22 Hornet und einer AH-1 Viper, einem leichten Kampfhubschrauber.
Als nächstes sollten wir im Innenhof landen, dafür mussten wir vorher die Flugabwehrwaffen auf den umliegenden vier Wachtürmen zerstören.
In´s Gefängnis eingebrochen, sollten wir uns in das riesige, unterirdische Zellentraktsystem begeben und unsere gefangenen Jungs suchen und befreien.
Dann sollten wir auf die Gefängnismauern vordringen und von dort aus in einen CH-47 Chinook zu unserer Evakuierung einsteigen.
Zu unserer Lage wurde die Information „Alle Ziele sind feindlich" gegeben.
Ich liebte diesen Status, da man also auf volles Risiko spielen konnte
Wir bestiegen die Little Birds und flogen los.

Als wir abhoben und etwa 55 bis 60 Meter über der Wasseroberfläche waren, bekam Nic panische Angst, denn ich vergaß, dass er nicht an solch eine Höhe, ohne Sicherung gewöhnt war.
Ich griff hinter mich in den Little Bird hinein und nahm ein Seil und einen Karabinerhaken heraus.
Ich räkelte das Seil um Nic´s Gürtelkoppel des Kampfanzugs und die Griffstange des Little Birds.
Er war jetzt vollends gesichert.
Wir flogen etwa fünf Minuten später über dem sibirischen Festland.
Von hinten nährten sich die Hornet und die Viper.
Die Hornet feuerte zwei Raketen ab.
Sie zerstörten zwei Wachtürme und erzeugten eine riesige Rauchwand, durch die wir schnell und unentdeckt vordringen konnten.
Nun lag das Gefängnis direkt vor uns.
Doch die Terroristen hatten uns entdeckt, denn sie standen Gefechtsbereit mit Aug HBAR Sturmgewehren, PKP Petchenek Maschinengewehren und RPG Raketenwerfern bewaffnet auf den Wachtürmen und den Gefängnismauern.
Auch einige Scharfschützen waren auf den Türmen postiert.
Nun mussten wir schießen.
Wir konzentrierten uns besonders auf die RPG Schützen, da sie die größten Risikofaktoren waren.
Doch die Viper erledigte diesen Job für uns: zwei Anti Personenraketen und ein Dauerfeuer der 7,62mm Gatling Gun und zwei Türme waren zerstört.
Die F-22 Hornet leistete ebenfalls einen großen Anteil.
Wir gaben den beiden Luftfahrzeugen den Befehl, uns zu decken und die restlichen beiden Türme zu zerstören.
Sie leisteten unserem Befehl folge und griffen die Türme an.
Unsere Little Birds flogen in den Innenhof und landeten dort in einer Reihe.
Ich löste Nic von dem Seil und wir stiegen ab.
Wir liefen als eine Gruppe zu einer Mauer.
Von dort aus hatten wir eine gute Deckung gegen den Beschuss von
vorne und den Mauern.
Wir kämpften uns immer weiter vorwärts.
Doch der Widerstand durch die Terroristen wurde nicht weniger.
Wir bildeten kleine Grüppchen und rückten weiter zu einer besseren Deckung.
Justin ging mit Nic vor, während wir Deckung gaben.
Als nächstes ging sein KSK Trupp vor.

Nun gingen Harper und King und dann Logan und ich vor.
An einer dickeren und etwas höheren Mauer gingen wir wieder in Deckung.
Die SEALs gaben uns weiterhin Deckung von hinten.
Wir erschossen weitere Feinde, die uns von den hohen Mauern aus beschossen.
Ich musste nachladen.
Ich bat Logan, mir Deckung zu geben, während ich nachlud.
Im selben Moment luden Justin und King nach.
Alle anderen gaben uns Feuerschutz.
Das Feindfeuer milderte sich allmählich, aber dennoch sehr sehr langsam.
Doch wir hatten das Glück wieder auf unserer Seite und sicherten den Innenhof ohne Verluste.
Da es gerade ruhig war, zog ich die Beretta Pistole und überreichte sie Nic.
Es war eine einmalige Ausnahme.
Justin hatte Nic zwar einmal gezeigt, wie man richtig schießt, aber dennoch hofften wir, dass er heute kein Leben nehmen müsse, da wir darin ausgebildet waren Leben zu beenden und er war es nun einmal nicht.
Es konnte also niemand wissen, wie es sich auf seine Psyche auswirken würde.
Er nahm sie an und packte sich das Halfter an den Gürtel.
Nun drangen wir in das Innere des Gefängnisses ein.
Wir sprengten die Sicherheitstüren mit C4 Sprengsätzen und betraten nun die riesengroße Anlage.
Wir liefen einen langen Gang entlang, bis wir auf eine kleine Truppe von Feinden trafen.
Sie hatten die Explosion der Sprengsätze gehört und auf uns gewartet.
Als sie uns erblickten, schossen sie mit einem Dauerfeuer gegen uns an.
Wir gingen schnell hinter zwei überstehenden Wänden in Deckung und warteten darauf, dass sie nachladen mussten.
Doch an dem Klang der Patronen und der Feuerrate der Waffen, konnte ich erkennen, dass es sich um PKP Petchenek Maschinengewehre handelte.
Das hieß für uns, dass wir uns etwas anderes überlegen mussten, als
auf das Nachladen der Feinde zu warten.
Ich nahm eine Blendgranate hervor, zündete sie und warf sie mitten
in den Gang.
Ich hörte den Knall der Blendgranate und die Reaktion der

geblendeten Feinde.
Im Anschluss zückte ich eine Splittergranate und wies Justin an, das gleiche zu tun.
Er verstand sofort, was ich wollte.
Er nahm ebenfalls eine Splittergranate hervor.
Wir zogen beide gleichzeitig den Stift und warfen diese in den Gang.
Diese detonierten zwei Sekunden später, da wir sie vor dem werfen „abgekocht" hatten.
Ich sah kurz um die Ecke und konnte erkennen, dass alle Feinde tot am Boden lagen.
Wir liefen nun eilig aber dennoch wachsam den Gang weiter entlang.
Am Ende des Gangs befand sich der Kontrollraum des Gefängnisses.
Wir betraten diesen und Nic setzte sich sofort eigenwillig auf einen Stuhl.
Er nahm seinen Rucksack und zog einen Laptop heraus.
<Ich suche nach euren Männern, dauert nur eine kleine Minute> meinte er und tippte auf der Tastatur herum.
Gesagt, getan, er hatte sich hinein gehackt und hatte nun vollen Zugriff auf das System.
Doch plötzlich hörten wir verdammt viele Stimmen und Schritte herannahender Feinde.
Sie schossen immer wieder mehrere Salven gegen die Fenster des Kontrollraumes, doch sie bemerkten nicht, das es Panzerglas war.
Ich sagte Nic, dass er schneller machen sollte, da es langsam zu viele Feinde wurden.
<Ja ja, ich mache ja schon so schnell ich kann> meinte er hektisch und tippte weiter auf die Tasten seines Laptops.
Doch jetzt zogen die Terroristen alle Register, denn sie schossen mehrere RPG Raketen auf das Glas.
Es zerbrach nun, denn selbst Panzerglas konnte keinen sechs Raketen standhalten.
Alle von uns fielen, wegen des Drucks der Explosionen, zu Boden.
Wir standen auf und Justin und ich überprüften zu erst, ob es Nik gut ging.
Es war alles OK, nur ein paar Schürfungen, mehr nicht.
Doch leider hatten wir nun die Arschkarte gezogen, da wir unsere Deckung verloren hatten.
Die Feinde eröffneten nun wieder das Feuer gegen uns.
Wir setzten ihnen alles entgegen, doch es brachte nicht viel, da die Feinde in der Überzahl waren.
Ich gab den Befehl, dass alle sich sofort auf den Boden legen sollten.

Alle taten dies auch, doch ein SEAL war zu langsam und ein Projektil hatte seinen Kopf getroffen und ihn getötet.
Nic hackte währenddessen weiter und hatte auch endlich unsere Kameraden gefunden.
Sie befanden sich im unteren Zellentrakt, etwa vier Stockwerke unter uns.
Jetzt hatten wir alles, was wir brauchten.
Plötzlich stoppte das feindliche Feuer.
Ich hockte mich hin und sah vorsichtig nach, was passiert war.
Die Feinde bewegten sich von ihrer Position in Richtung Treppe, um zu uns vorzustoßen.
Sie hatten wohl gedacht, dass es uns erwischt hatte und wollten nun nachsehen, ob wir auch wirklich tot seien.
Sie rannten mit eiligen Schritten die Eisenstufen hinauf.
Ich gab allen das Zeichen, sich liegend in Richtung Treppe zu drehen und die Waffen im Anschlag zu halten.
Wir legten uns in einer Schachbrett Formation hin, das heißt einer liegt Links, beispielsweise, der zweite liegt etwas weiter rechts hinten, der nächste wieder weiter vorne rechts und das immer weiter so.
Justin bat Nic, sich ganz hinter uns zu legen, damit er sicherer war.
Als die ersten Feinde den Raum betraten, begrüßten wir sie mit einem Salvenfeuer.
Sie fielen tot zu Boden.
Nun kamen weitere hinein.
Wir taten genau das gleiche wie beim ersten Mal.
Und diesmal fielen die Feinde tot die Treppe hinunter und zogen sogar einige ihrer Kameraden mit.
Wir wagten den Versuch aufzustehen, was auch recht gut funktionierte, denn anscheinend hatten wir alle Feinde getötet.
Wir gingen nun weiter.
Doch als der erste SEAL gerade die Treppe hinuntergehen wollte, schlug darauf eine Rakete ein.
Der SEAL, der vorangegangen war, taumelte am Rand und fiel anschließend.
Ich konnte ihn gerade noch am Arm festhalten.
Ich versuchte ihn hochzuziehen, doch plötzlich durchschlug ein Projektil seinen Unterarm und dieser löste sich von seinem Körper.
Er fiel den Abgrund des Gefängnisses herunter.
Justin reagierte sofort und erschoss die beiden Schützen.
Wir hatten keine Zeit um zu trauern, denn wir mussten weiter.
Der Kontrollraum wurde immer instabiler.
Wir entschieden uns zu springen.
Wir stellten uns schnell hintereinander auf und sprangen in geringen Abständen auf die andere Seite der Treppen.

Uns allen gelang dies ohne weitere Verluste.
Uns kam eine weitere Truppe entgegen, welche allerdings kein Problem darstellten.
Wir schossen sie nieder und liefen eilig weiter.
Doch anstatt jetzt jedes der Stockwerke hinunterzulaufen und damit zu riskieren, einer zu großen Überzahl an Feinden zu begegnen, entschieden wir uns dafür, eine Abkürzung zu nehmen.
Wir alle hakten uns am Geländer ein.
King nahm Nic mit nach unten.
Wir seilten uns schnell ab, doch plötzlich löste sich Justins Seil, ein Projektil aus dem Stockwerk über uns, hatte sein Seil durchschlagen.
Er fiel, doch ich konnte seine Hand gerade noch ergreifen und ihn festhalten.
<Danke Alter, ich schulde dir ein Bier, wenn wir wieder daheim sind> meinte Justin.
<Darauf komme ich zurück> erwiderte ich.
Wir seilten uns weiter ab, bis wir an der Zieletage ankamen.
Wir klinkten uns aus und liefen rasch weiter.
Doch am Ende des Gangs war eine Sicherheitstür.
Nic meinte, dass wir ihn für eine kurze Zeit decken sollten, da er sich in das Türsystem hacken würde und uns diese Tür öffnen würde.
Wir gaben ihm also Deckung, während er die Tür öffnete.
Dies passierte recht schnell.
Die Tür öffnete sich und wir gingen hinein.
Dort befanden sich mehrere Zellen, welche Nic auch mit seinem Laptop öffnete.
Doch unsere Jungs waren nicht hier, wir mussten also weitersuchen.
Das Gefängnis wandelte sich immer mehr in eine Mine um, je tiefer wir in dieses eindrangen.
Zwar wussten wir, dass sie auf dieser Etage festgehalten wurden, wusste aber nicht genau wo auf dieser Etage.
Wir kamen zu einer weiteren Sicherheitstür.
Ein kleiner Spalt war geöffnet, das sah verdächtig aus.
<Einen Moment Jungs, die Situation gefällt mir nicht, das will ich mir ansehen> meinte ich.
Ich ging zur Tür und stellte mich auf.
Nun öffnete ich sie vorsichtig und ging langsam hinein.
Plötzlich griff mich eine Hand beim Arm und warf mich auf den Boden.
Als ich mich zu meinem Angreifer wand, sah ich, dass es ein Terrorist war, welcher einen 357. Magnum Revolver auf mich richtete.

Er lachte mich hämisch an und zog den Stift nach hinten.
Im selben Moment, kam Justin von hinten an ihn heran gelaufen und
schlug ihm den Schaft seines G36C in den Nacken.
Der Terrorist ging auf die Knie und ließ seinen Revolver fallen.
Er drehte sich zu Justin um und sah nun genau in den Lauf des Gewehres.
Justin betätigte, ohne mit der Wimper zu zucken den Abzug den Abzug.
Das Projektil traf den Terroristen genau zwischen die Augen und kam aus dem Hinterkopf wieder herausgeflogen.
Justin reichte mir seine Hand und meinte lachend <Das mit dem Bier hat sich dann wohl erledigt...wir sind quitt>
<Alles klar einverstanden, Danke Justin> meinte ich, während er mir hoch half.
Wir kamen an einem kleinen Gang mit einer anliegenden Abzweigung an.
Wir liefen eilig hindurch, bis wir an der Abzweigung drei gepanzerte Terroristen entdeckten.
Sie hatten M60 Maschinengewehre und setzten uns ein Dauerfeuer entgegen.
Wir liefen wieder hinter die Ecke und suchten Deckung.
Ich sah mich um und hatte einen Einfall.
An den Wänden befanden sich Gasleitungen, wenn wir die Feinde hierher locken würden und dann diese Gasleitungen angreifen würden, dann würden die drei ein paar Flammen entgegengesetzt bekommen.
Logan meldete sich freiwillig zum herlocken.
Wir entfernten uns nun etwas und warteten auf Logans Zeichen.
Er rannte um die Ecke und wieder zurück.
Wir hörten die Schüsse der MGs und der Schritte der gepanzerten Einheiten.
Nun sahen wir die Feinde und schossen auf sie und die Gasleitungen.
Mein Plan ging auf, denn das Gas entflammte und nun setzte ihre Panzerung leicht in Flammen.
Sie räkelten sich und versuchten die Flammen zu löschen.
Ohne nachzudenken liefen wir alle los und schlugen ihnen die Waffen aus der Hand, rissen ihnen die Helme vom Kopf und schnitten ihnen schnell mit unseren Messern die Kehlen durch.
Diese Aufgabe war damit auch bewältigt.
Nun gingen wir weiter und es schien so, als ob wir unser Ziel erreicht hatten, denn vor uns befand sich eine weitere Sicherheitstür.
Wir setzten dieses Mal zwei Sprengsätze an die Tür, einen oben,

einen unten.
Wir stellten uns an der Tür auf und sprengten sie.
Wir gingen rasch hinein.
Dort standen sie, unsere Kameraden, zu fünft im Raum stehend und drei tote Wachen auf dem Boden.
Sie hatten versucht, unseren Rettungsversuch als Ausbruchsversuch zu nutzen.
<Jungs, Waffen runter, US Navy SEALS, wir sind hier um euch zu retten> rief ich ihnen entgegen.
Sie taten dies und bedankten sich für die Rettung.
<Alles gut Jungs, es ist noch zu früh um sich zu bedanken, erst einmal müssen wir hier weg.
Wir haben eine Evakuierung angefordert, sie holen uns auf den Gefängnismauern ab, also Bewegung Marines> meinte ich und nickte mit meinem Kopf in Richtung der Tür.
Die Soldaten gaben ein <Sir, ja, Sir!!!> zurück.
Drei der Soldaten nahmen sich die Kalaschnikows der toten Terroristen.
King und Logan gaben den beiden anderen jeweils eine Pistole.
Unsere Jungs meinten, dass es ein paar Gänge weiter einen Fahrstuhl gäbe.
Wir meinten, dass sie voran gehen sollten und folgte ihnen.
Wir kamen auch ohne Probleme am Fahrstuhl an.
Einer nach dem anderen ging in den Fahrstuhl hinein und wir fuhren nach oben.
Plötzlich hielt der Fahrstuhl an und Schüsse trafen ihn.
Logan machte den Vorschlag, an den Stahlseilen, die den Fahrstuhl hielten, hochzuklettern.
Es war zwar fordernd und gefährlich aber keine unlösbare Aufgabe.
Nic hatte sich an King´s Gürtel eingehakt, da es sicherer für Nic war.
Wir kamen eine Etage unter den Gefängnismauern an.
Weiter ging es nicht.
Wir funkten die USS Varan an, dass sie nun den C-47 Chinook schicken konnten.
Admiral Torcher versicherte uns, dass der Helikopter sofort abheben würde und dieser in etwa sechs Minuten ankommen würde.
Wir bejahten dies mit unseren „Kampfschreien".
Wir gingen in Richtung Treppenhaus, als uns eine große Gruppe von
Terroristen entgegen kam.
Sie waren in der Überzahl und drängten uns wieder zurück.
Wir suchten uns Deckung und versuchten uns so gut wie möglich

zu verteidigen.
Wir hatten wohl mehr Glück als Verstand, da wir dies ohne erkennbare Schäden überstanden.
Doch ein Ende war nicht in Sicht, da immer mehr Feinde das Treppenhaus hinunter kamen.
Ich musste erneut nachladen.
Doch anstatt dies zu tun, griff ich an mein Beinhalfter und zog meine Desert Eagle und meine Colt 1911 heraus.
Dies war die erste Regel, die einem als Soldat beigebracht wurde: „Zur Pistole zu greifen ist schneller als nachladen"
Plötzlich hörten wir einen lauten Knall uns spürten eine große Vibration auf dem Boden.
Auch schien unseren Rücken nun mehr Licht entgegen.
Justin, Nic und ich drehten uns um und sahen, dass der Chinook, welcher für unsere Evakuierung zuständig war, in einen der Wachtürme gestürzt war.
Nun rutschte er aus dem Turm heraus und verschwand.
Ich griff zum äußersten Mittel und warf eine weitere Blendgranate .
Als alle Feinde geblendet waren, rief ich allen zu, dass sie mir folgen sollten.
Wir liefen nun gemeinsam zum Loch im Turm.
Ich sah hinaus und was ich sah, erschreckte mich zum Teil, denn etwa 25 bis 30 Meter unter uns, befand sich das Meer.
Wir konnten nichts anderes tun, als herauszuspringen.
Nik wollte zu erst nicht, da es sehr hoch war und er seinen Laptop nicht zerstören wollte.
<Was ist dir lieber, dein Leben oder dein scheiß Laptop!?> fragte ich ihn in einem lauten Ton.
Er sagte kurz <Aber...>, doch mir wurde es dann zu viel und ich warf seinen Laptop den Abgrund hinunter.
Danach griffen Justin und ich ihn und sprangen hinaus.
Alle anderen kamen hinterher gesprungen.Es war immer wieder ein Adrenalinputsch, so etwas gefährliches zu tun.
Irgendwie machte es aber auch immer wieder Spaß.
Uns kam nun wieder die Viper zur Hilfe.
Der zweite Chinook kam uns nun entgegen, da Admiral Torcher sofort einen zweiten geschickt hatte, als er vom Absturz des ersten Helikopters hörte.
Der C-47 Chinook setze auf der Wasseroberfläche auf und wir schwammen in Richtung der Laderampe.
Wir kletterten hinein und setzen uns auf die Sitzflächen.
<Das Wasser war scheiß kalt> meinte einer von Justins KSK Soldaten.
<Stell dich nicht so an, du Weichei> meinte Justin hämisch

lachend und klopfte ihm drei Mal auf den Rücken.
In Begleitung der Viper flogen wir nun zur USS Varan zurück.
Auf dem Flugdeck angekommen, stiegen wir alle aus dem Chinook heraus.
Es herrschte Stille.
Um diese zu durchbrechen, versprach ich Nic, ihm einen neuen Laptop zu kaufen.
Er meinte lachend, dass ich ihm diesen auch schulden würde.
Unsere befreiten Kameraden gingen jetzt erst einmal zur Kantine, um nach dem langen Aufenthalt dort, wieder etwas vernünftiges zu essen.
Wir gingen nun alle gemeinsam auf die Brücke der Varan, um uns bei Admiral Torcher zu melden.
Wir betraten die Brücke und er kam uns mit einem breiten Lächeln entgegen.
Er beglückwünschte uns zu unserem Erfolg und meinte, dass in unseren Brustkörben die Herzen von Helden schlagen würden.
Wir bedankten uns für dieses Kompliment, erzählten ihm aber auch von dem Tod der zwei tapferen gefallenen SEALs.
Er bedauerte dies, meinte jedoch, dass sie ihr Leben für ihr Land ließen und es nichts Ehrenvolleres gäbe.
Er sah nun Justin und seinen KSK Trupp an und bedankte sich für die Zusammenarbeit.
Er meinte ebenfalls, dass er auf der USS Varan immer willkommen sei.
Nun sah er Nic an.
Er bedankte sich auch bei ihm und nahm einen Orden hervor.
Er steckte ihn Nic an und meinte, dass er einen großen Dienst für die Vereinigten Staaten von Amerika erwiesen hatte.
Den Kampfanzug durfte er ebenfalls behalten, da ich es ihm erlaubte und auch der Admiral hatte nichts einzuwenden.
Wir gingen zurück auf das Flugdeck, wo bereits eine C130 wartete.
Wir alle standen nun draußen.
Ich zündete mir noch eine Zigarette an und wir redeten noch etwas.
<Justin, wenn es dir nichts aus macht, komme ich bald mal wieder zu Besuch, dann haben wir etwas mehr Zeit um zu quatschen> meinte ich.
<Klar Derek, ich freue mich schon darauf> antwortete er.
Nic meinte, dass ich dann bloß nicht den Laptop vergessen sollte.
Ich hatte jedoch eine bessere Idee.
Ich nahm meine Geldbörse hervor und zog 300$ heraus.
Nun drückte ich ihm diese in die Hand und meinte, dass er sich davon einen neuen Laptop kaufen sollte.
Er sah mich leicht erstaunt an und bedankte sich bei mir.

Die Piloten der C130 meinten, dass sie jetzt langsam los müssten und Justin, Nic und die drei KSK Soldaten ihre Ärsche bewegen sollten.
Harper, Logan, King und ich streckten jedem nacheinander die Hände hin und verabschiedeten uns anständig.
Nun gingen die fünf in die Frachtmaschine.
Die Laderampe schloss sich und die C130 hob ab.
King, Harper und Logan meinten, dass Justin ein guter Soldat sei und er sie auf irgendeine Weise an mich erinnern würde.
Sie nannten ihn „Die deutsche Version von mir, der deutsche Derek".
Ich fand, dass sie damit auch recht hatten.
Als ich wieder in den Himmel sah, konnte ich die C130 nur noch schwach erkennen.
Ich wäre ja gerne noch mit geflogen, um mich mit Justin und Nic noch etwas zu unterhalten, da wir uns vor dieser Operation schon ewig nicht mehr gesehen hatten aber leider hatte ich die „Große Ehre", den Einsatzbericht zu verfassen.
Das war nun einmal ein Nachteil eines Truppenführers.
Doch die obersten Stellen waren etwas pingelig und wollten den Auftrag nicht nur verbal, sondern auch schriftlich mitgeteilt haben.
Aber zum Glück war das Schreiben eines Auftragsberichtes nicht so schwer, zumindest wenn man es gelernt hatte.
Schade, leider war Siderov nicht im Gefängnis anwesend.
Ich hätte mit diesem miesen kleinen Hurensohn gerne ein mal unter vier Augen "gesprochen".
Na ja, die Zeit in der wir wir ihn finden, wird noch kommen.
Dann kann ich mich endlich für den Tod meiner ersten Frau und meiner Tochter rächen.
Harper, Logan und King gingen zur Kantine, währenddessen ich sofort auf die Kajüte zurück ging, um den Auftragsbericht zu schreiben.

Kapitel 6: Die NATO Joint Operation

Einen Monat nach unserer Operation in Sibirien, erhielt ich den Befehl, mich sofort auf der Kommandobrücke der USS Varan zu melden.
Ich zog mich an und ging auch sofort dorthin.
Admiral Torcher stand mir mit dem Rücken zugewandt entgegen und sah aus dem breiten Fenster auf das klare blaue Meer.
Nun drehte er sich zu mir.
Er lächelte mich an.
Ich wusste, was nun kommen würde: Eine weitere lebensgefährliche Operation für mich und mein Team.
Meine Annahme fand auch Bestätigung.
Doch ich fragte Torcher vorher, warum er nur mich sprechen wollte.
Eine weitere Person betrat die Brücke.
Ich drehte mich schnell um.
Es war ein etwa 1,90 großer, leicht muskulöser, braunhaariger Mann in einem feinen, Schwarzen dreiteiligen Anzug.
Man erkannte es sofort: Ein Agent der CIA.
Ich konnte diese Schreibtischhengste nicht ausstehen, denn fast alle von denen waren arrogant und hatten ne große Schnauze aber nichts dahinter.
Admiral Torcher sprach mich erneut an.
Ich drehte mich nun wieder zu ihm.
Er meinte, dass er mich alleine hierher bestellt hatte, da nur ich auf diese Mission gehen würde, denn Harper, Logan und King wurden in ihrem jeweiligen Metier gebraucht: Harper wurde wieder zu seiner Delta Einheit Havoc abkommandiert, Logan wurde von Hunter 5 angefordert und King wurde von seiner Einheit der 1st Recon Marines gebraucht.
Tja, dass war der Nachteil eines Multi-Special Forces Squats, denn die eigenen Metiers der Teammitglieder gingen nun einmal vor.
Admiral Torcher fuhr fort.
Er meinte, dass Boris Siderov nun endlich aufgespürt wurde.
Eine Aufklärungseinheit der Green Berets hatte ihn in einer riesigen, gut gesicherten Radarstation im Kaukasus Gebirge der Ukraine mit ein paar seiner wichtigsten Sympathisanten ausgemacht.
Dies war meine Chance, dieses Schwein ein für alle mal zu töten.
Jetzt kam der Admiral zu diesem Sesselfurzer von einem CIA Agenten.

Er meinte, dass ich ihn aus politischen Gründen als „Beobachter" und aus militärischer Sicht als Spotter mitnehmen sollte.
Ich meinte, dass er doch eh nicht die Eier dazu hätte, mit mir auf
Terroristenjagd in Feindesland mitzukommen.
Der Admiral meinte, dass er ein sehr guter Agent sei, woraufhin ich ein lautes und genervtes Stöhnen von mir gab, denn gut hieß im Millieu der CIA auch, dass er ein riesiges Arschloch sei.
Der Agent sah mich nun an und reichte mir seine Hand.
Der Höflichkeit wegen, erwiderte ich dies.
<Special Agent Mike Diaz, CIA, es freut mich sie kennen zu lernen Commander> meint er mit einem breiten Lächeln.
<Commander Derek Frost, US Navy SEALs> meinte ich gelangweilt und beendete das Händeschütteln.
Er meinte, dass er schon viel von mir gehört hatte und sich auf die Zusammenarbeit freuen würde.
Ich entgegnete dies mit einem schnellen <jaja>.
Admiral Torcher sagte mir, dass ich mich wegen der Auftragsdetails an Agent Diaz wenden sollte.
Nun gab er den Befehl <Wegtreten>.
Agent Diaz und ich verließen nun die Brücke.
Wir begaben uns gemeinsam zur Kantine, da ich einen leichten Appetit verspürte.
Wir holten uns nun etwas zu essen und setzen uns an einen Tisch der Kantine.
Das letzte Mal, als ich mit der CIA zusammenarbeitete war bei der Operation "Neptunes Spear", bei der ich zusammen mit der DEVGRU den Chef der Al Quaida, Osama Bin Laden, tötete.
Es war eine schöne Zeit bei der DEVGRU, doch mein jetziges Team war meine neue Familie, was jedoch nicht hieß, dass ich nie mit dem Gedanken spielte zur DEVGRU zurückzukehren
<Also Diaz, die Operation...Wie läuft die jetzt genau ab?> fragte ich.
Er meinte, dass ich als Scharfschütze und er als mein Spotter agieren würde und wir so gemeinsam, nach der Sicherungen der umliegenden Wachposten in die Basis eindringen würden und dann Siderov und seine Sympathisanten gefangen nehmen würden.
In diesem Augenblick unterbrach ich ihn und hinterfragte seinen Plan mit einer lauten und leicht wütenden Betonung auf dem Wort <GEFANGENNEHMEN???!!!!>.
Er bejahte dies und fragte, warum ich so überrascht und wütend darüber sei.

Ich sagte nur stumpf, dass ich auf das Gefangennehmen pfeifen und Siderov eine Kugel zwischen die Augen schieben würde.
Er fragte weiter, warum ich so scharf darauf sei, ihn umzubringen.
Ich schilderte ihm kurz die Taten, die Siderov vor acht Jahren begangen hatte, woraufhin Diaz meine Aufregung verstand.
Wir saßen nun einfach stumm da, sprachen kein Wort miteinander,
bis Agent Diaz meinte, dass er sich nun vorbereiten und ausrüsten
müsse.
<Treffen sie mich um 16.00 Uhr auf dem Flugdeck, Commander Frost> meinte er, bevor er wegging.
Ich nickte kurz und aß nun weiter.
Danach ging ich zur Kajüte, um mich auch schon auf die Operation vorzubereiten.
Da ich als Scharfschütze operieren sollte, wählte ich mir mein MacMillan M-86 Scharfschützengewehr, dazu noch meine MP5 und auch meine Pistolen.
Ich nahm als weitere Ausrüstung noch C4 Sprengsätze, M67 Splittergranaten, Blendgranaten und meine üblichen drei Messer mit.
Es war sehr ungewohnt.
Sonst saß ich hier immer mit den Jungs und wir unterhielten uns immer gemeinsam über die Auftragsdetails, lachten und sprachen über alles.
Doch nun war es anders, denn ich saß jetzt alleine hier.
Ich hoffte, dass diese Beorderungen meiner Jungs nicht allzu lange dauern würden.
Ich stand schon um halb vier auf dem Flugdeck, da ich noch eine Zigarette rauchen wollte und noch ein wenig die warme Sonne und die schönen Seeluftbrisen spüren wollte, bevor es für mich in die verdammte Kälte des Kaukasus ginge.
Agent Diaz kam exakt um 16 Uhr auf das Flugdeck.
Er war mit einem M16A4 Sturmgewehr, mit Granatwerfer und Holographischem Visier und einer Beretta M9 Ausgestattet.
Ein CV-22 Osprey stand für uns auf dem Flugdeck bereit.
Wir bestiegen diesen nun und flogen auch im Anschluss los.
Die Fallschirme für unseren Absprung lagen bereits im Osprey.
<Commander, haben sie sich endlich wider beruhigt? Und haben sie sich auf alles vorbereitet?> fragte er mich.
Ich bejahte beides, blieb aber bei meiner Meinung, dass ich Siderov umbringen würde, sobald ich ihn sehen würde.
Diaz gab ein genervtes Stöhnen von sich und betitelte mich als Sturkopf.

<Hey Diaz, ich habe sie nicht gebeten auf diese Operation mitzukommen also halten sie ihr vorlautes Maul, denn sie wissen eh nicht, wie es ist, im Krieg mitzuwirken und unter Feindfeuer zu stehen und das Tag für Tag> rief ich ihm wütend und vorwurfsvoll ins Gesicht.
Er unterbrach mich und meinte, dass er schon mehrere Male in Afghanistan gewesen sei und dort schon allerlei schreckliche Taten
gesehen hätte.
Ich wollte gerade antworten, als er mich unterbrach und meinte, dass diese Streitereien nichts bringen würden und wir uns jetzt einfach auf die Operation konzentrieren sollten.
Ich gab ein einfaches <Na gut> von mir.
<Hey Diaz, haben sie sich denn schon einmal einen Ghillie Suit gebaut?> fragte ich, weil Scharfschützen sich vielfältig und spontan einen zusammenbinden mussten, da sich die Blatt, Gras und Strauch Verhältnisse im Einsatzgebiet immer ändern konnten.
<Ich bin mir dessen bewusst und weiß, wie man sich solch einen Tarnanzug baut, keine Sorge> entgegnete er.
Wir saßen nun wieder stumm da, bis wir unsere Absprungzone erreicht hatten.
Ich nahm meinen Fallschirm und legte ihn mir an.
Den Helm und die Atemmaske setzte ich danach auf.
Agent Diaz tat das gleiche.
Wir überprüften unsere Fallschirme gegenseitig und stellten uns an der Laderampe auf.
Der Pilot öffnete diese und wünschte uns viel Glück.
Nun ging es los.
Ich sprang als Erster, Agent Diaz als Zweiter.
Wir fielen schnell und kontrolliert.
Ab 500 Metern Höhe zogen wir unsere Reißleinen und die Fallschirme öffneten sich.
Wir sanken sehr schnell und kamen somit auch schnell am Boden an.
Die Operation begann jetzt offiziell.
Unser erstes Ziel war es, drei Wachposten vor der eigentlichen Radarstation zu sichern, damit wir einen sicheren Angriff auf diese starten konnten.
Die Wachposten befanden sich in Abständen von jeweils 450-600 Metern zu den anderen Wachposten und der Radarstation.
Der erste Posten befand sich etwa 500 Meter nördlich von uns.
Wir liefen eilig einen schmalen Pfad hinauf, bis der Posten in Sicht war.
Er befand sich etwa 150 Meter vor und 30 Meter unter uns.

Diaz und ich gingen an der Klippenkante in Stellung und bereiteten uns für die Sicherung vor.
Ich klappte das Zweibein meines Gewehres aus und stellte es an der Kante auf.
Nun lag es an Diaz, mir die Ziele und die Daten zur Kalibrierung meines ZF's für meinen Schuss durchzugeben.
Er machte es recht gut, gab auch alles im guten alten Militärjargon durch, vielleicht hatte ich mich in ihm getäuscht.
Vielleicht aber auch nicht, dies blieb abzuwarten.
Ich stellte mein Gewehr auf seine Angaben ein und wartete auf seine Schussanweisung.
Es waren insgesamt sechs Feinde an diesem Posten, darunter ein
Scharfschütze, welcher sich auf einem Turm in der Mitte befand.
Der musste als erstes weg.
<Grünes Licht Commander> meinte Diaz.
Dies ließ ich mir nicht zwei mal sagen und betätigte den Abzug.
Im nächsten Moment fiel der Scharfschütze tot um.
Keiner der Terroristen hatte etwas gemerkt, welch ein Glück.
Nun warteten wir und sprachen eine Strategie ab.
Es standen drei Feinde beieinander und sprachen, einer patrouillierte von links nach rechts am Posten und einer stand an einem Funkgerät und überprüfte das Gebiet mit einem Fernglas.
Doch etwas war anders, denn ich konnte einen kleinen Kompensator an diesem Fernglas entdecken, es musste also eine Wärmebildsicht besitzen.
Wir waren uns einig, der müsste als nächstes weg.
Ich visierte ihn an und wartete, bis ich das OK für den Schuss bekam.
Diaz gab mir das Zeichen und ich schoss.
Das Projektil durchdrang den Brustkorb des Feindes, was ihn auch sofort tötete.
Als nächstes war der patrouillierende dran.
Ich verfolgte seine Strecke mit meinem Zielfernrohr und wartete auf den besten Moment.
Es war zum Glück gerade nur ein leichter Wind, 1 m/s.
Diaz gab das Zeichen.
Der Schuss folgte darauf.
Ich traf den Feind, welcher tot umfiel.
Die drei letzten auszuschalten war nun eine etwas kniffligere Aufgabe, da wir sie gemeinsam erledigen mussten, denn wenn sich ein Schuss aus einer der Waffe lösen würde, würden die

anderen Posten dies über das Funkgerät hören.
<Commander, das Funkgerät, feuern sie darauf> meinte Diaz, während er weiterhin durch sein Fernglas schaute.
Eine recht gute Idee.
Ich tat dies und feuerte darauf.
Es gab nun einen lauten, zischenden Ton von sich.
Einer der drei Feinde überprüfte dies und entfernte sich von der Gruppe.
Meine Chance.
Ich erschoss nun jenen Terroristen, welcher das Funkgerät überprüfte und landete danach einen Doppeltreffer bei den beiden letzten.
Wir gingen nun etwas zurück und fanden einen Pfad, der zum ersten Wachposten hinunterführte.
Wir überprüften den Posten, fanden jedoch nichts Nennenswertes.
Jetzt ging es zum nächsten weiter.
Da wir von nun an nur noch schneebedecktes Gebiet vor uns hatten,
bauten wir uns aus Sträuchern, blättern und anderen Pflanzen unsere Ghillie Suits.
So waren wir im Schnee sicherer, zumal es jetzt auch noch anfing zu schneien.
Ich tarnte ebenfalls mein Gewehr, da so die Lichtspiegelung des Zielfernrohres unterdrückt wurde.
Wir liefen eilig weiter, bis wir das laute Geräusch eines herannahenden Helikopters hörten.Wir legten uns schlagartig auf den schneebedeckten Boden und warteten darauf, dass er an uns vorbeiflog.
Wir hatten wieder einmal Glück, da er uns am Boden nicht entdeckte.
Wäre sonst auch blöd gewesen, denn mit unseren Waffen hätten wir nicht gegen die Kaliber 50. MG´s des Helikopters standhalten können.
Wir erhoben uns vom Boden und gingen weiter.
Der zweite Posten war in Sicht.
Wir suchten uns eine gute Position und beobachteten den Posten.
Dieser war größer und besser gesichert.
An diesem befanden sich insgesamt zehn Feinde, welche nah beieinander standen und kaum von einander wegsahen.
Unter den Feinden waren dieses Mal drei Scharfschützen.
Einer wieder auf einem Turm, einer auf einer etwa 250 Meter weiter entfernten Klippe und einer unter den anderen Feinden.
Es war jetzt schon etwas kniffliger.

Der Scharfschütze auf der Klippe war mein erstes Ziel, da er uns sehr gefährlich werden konnte.
Diaz gab mir die Daten durch.
Ich schoss.
Dieses Risiko war damit gedämmt.
Der Scharfschütze auf dem Turm war als nächstes dran.
Doch als ich schoss und ihn traf, kam es anders als erwartet, denn der leblose Körper des Schützen fiel den Turm hinunter und alarmierte die anderen Wachen.
Ich versuchte nun so schnell wie möglich sie zu töten, jedoch erwischte ich nur drei der restlichen sieben.
Diese rannten nun zu einem Einsatzwagen und fuhren davon.
Ich zielte auf den Fahrer und schoss.
Ich traf diesen auch direkt am Kopf und der wagen verlor die Kontrolle.
Er kam von der Straße ab und krachte gegen einen Baum.
Die restlichen Terroristen versuchten auszusteigen und weiter zu
fliehen.
Doch ihre Flucht sollte ein jähes Ende nehmen, da ich mit einem
direkten Schuss auf den Tankdeckel und somit den Tank des Wagens, diesen zum explodieren brachte.
Ich konnte erkennen, dass die Explosion die Feinde in Fetzen riss.
Es hatte alle erwischt.
Diaz meinte, dass ich ein verdammt guter Schütze sei, woraufhin ich ein leises <Arschkriecher> von mir gab.
Im Anschluss gab ich ein leichtes Schmunzeln und Lachen von mir.
Er lachte ebenfalls.
Wir erhoben uns nun vom Boden und gingen nun zum dritten Wachposten, welcher sich etwa 480 Meter Nord-Westlich von unserer jetzigen Position befand.
Auf dem Weg begegneten wir einem verdammt großen sibirischen Tiger.
Er sah uns mit seinen glänzenden Augen an und fauchte.
Wir legten uns auf den Boden, um unseren Respekt zu zollen.
Dies war eine Regel, die einem beim Überlebenstraining beigebracht wurde.
Der Tiger wurde ruhiger und kam uns langsam entgegen.
Wir blieben ganz ruhig und bewegten uns nicht.
Er fauchte erneut.
Plötzlich griff Diaz sich ein Messer.
Er erhob sich schlagartig und stach dem Tiger dieses genau in

die Kehle.
Er zog sich nun seine Pistole und schoss dem Tiger drei mal in den Kopf.
<Diaz, sie Hitzkopf, der Tiger hätte uns in Ruhe gelassen verdammt noch mal!> rief ich Diaz entgegen.
Er entgegnete, dass das ein gefährliches Raubtier sei und uns getötet hätte, wenn er nicht so gehandelt hätte.
<Egal, es bringt jetzt nichts uns zu streiten, gehen wir weiter> meinte ich und wandte meinen Blick wieder gerade aus auf unsere Strecke, stöhnte vorher jedoch noch einmal wütend.
Er bejahte dies und folgte mir.
Doch bevor wir weitergingen, griff ich mir eine der Bergblumen und legte sie dem toten Tiger auf den Körper, um ihn zu ehren.
Ein so majestätisches Tier hatte die letzte Ehre verdient.
Nun gingen wir weiter.
Wir kamen Siderov mit jedem Wachposten, den wir sicherten immer
näher.
Der letzte Posten war einige Minuten später schon in Sicht.
Er war etwa 300 Meter entfernt.
Komischerweise war dieser nur klein und sehr schwach gesichert,
gerade mal drei Mann waren dort anwesend.
Einer am Beobachten der Gegend mit dem Fernglas, der zweite am
Reparieren eines Einsatzwagens und der letzte rauchte genüsslich eine Zigarette.
Sie waren leichte Ziele.
Als erstes war der Beobachter dran und danach war der rauchende Kerl ein toter Mann.
Und als letztes war der Kerl am Wagen dran.
Damit waren alle Wachposten gesäubert.
Plötzlich hörte ich einen Schuss in der Ferne, welcher dann auch etwa einen halben Meter rechts neben mir einschlug.
Es musste ein Scharfschützengewehr im Kaliber 50. BMG sein.
Diaz überprüfte schnell die Gegend und sah denn die Lichtspiegelung des feindlichen Gewehrs.
Der Heckenschütze war 1100 Meter von uns entfernt.
Wir erhoben uns schnell vom Boden.
Ein weiterer Schuss traf die Klippenkante.
Der Boden unter unseren Füßen brach.
Ich fiel, doch eine Hand fing mich auf.
Ich sah nach oben, Diaz hatte meinen einen Arm gegriffen und

versuchte nun, mich hochzuziehen.
Er tat sein Bestes und rettete mir so mein Leben.
Wir liefen nun schnell hinter einem Felsen in Deckung und berieten uns.
Wir einigten uns darauf, uns erst dem feindlichen Schützen zu nähren und ihn dann zu erledigen.
<Danke, Agent Diaz, ich schulde ihnen etwas> gab ich noch schwer atmend zurück.
<Nichts zu danken Commander, wir müssen als Kameraden doch zusammenhalten> gab er mit einem leichten Lächeln zurück.
Jetzt war ich mir sicher.
Ich hatte ihn falsch eingeschätzt.
Er war kein Arschloch, so wie andere CIA Agenten, er war ein echter Kämpfer.
Wir liefen nun eine breite Straße entlang.
Hier hatten wir nur wenig Deckung, nur ein paar Sträucher.
Wir legten uns zu diesen, tarnten uns und krochen am Straßenrand
entlang.
Der Heckenschütze konnte uns nicht entdecken, zu unserem Glück.
Wir kamen am Wachposten an und suchten uns Deckung.
Wir sahen uns nun um, um einen Weg zum Schützen zu finden.
Ich entdeckte einen kleinen Schacht, der in eine Höhle führte.
Diaz folgte mir hinein und wir suchten uns einen Weg hindurch.
Wir kletterten einige Felsen hinauf, bis wir einen Ausgang sahen.
Nachdem wir den Tunnel verlassen hatten, suchten wir uns erneut eine Deckung und eine gute Position, um den feindlichen Schützen zu flankieren
Der Scharfschütze befand sich nun in meinem Schussradius, denn er war nun 750 Meter von mir entfernt.
Ich stellte das Gewehr mit dem Zweibein auf dem Boden auf, blickte durch mein Zielfernrohr und visierte ihn an.
Plötzlich fiel Diaz, der dummerweise noch stand, schreiend zu Boden.
Der Scharfschütze hatte ihn am Bein getroffen und das mit einem Kaliber 50.
Er blutete sehr stark und krümmte sich vor Schmerz.
<Druck auf die Wunde ausüben Diaz und nicht damit aufhören> meinte ich helfend und leistete Erste-Hilfe.
Nachdem er sich wieder etwas beruhigt hatte und nun selbst Druck ausübte, legte ich mich zurück an mein Gewehr und

zielte auf den Schützen.
750 Meter nördlich, Wind 3 m/s.
Ich blinzelte hastig durch das Zielfernrohr und schoss.
Im nächsten Augenblick war der Schütze tot, mit einer Kugel in Brustkorb.
Es war ein Glückstreffer, denn ich hatte nicht gerade sorgfältig gezielt.
Aber dieser Glückstreffer kam uns recht gelegen.
Ich kümmerte mich nun um Diaz Wunde.
Die Kugel hatte seine große Körperarterie zum Teil aufgerissen und somit seine Körperaktionen ausgeschaltet.
Er konnte weder gehen noch schießen.
Ich meinte, dass er hier auf einen MEDEVAC warten sollte, den ich auch im Anschluss anforderte.
Admiral Torcher teilte mir per Funk mit, dass er diesen sofort losschicken würde.
Wir warteten nun.
Der MEDEVAC Helikopter kam etwa zehn Minuten später an.
Diaz hatte Glück, normalerweise wäre man an so einer Verletzung wenige Minuten danach gestorben.
Ich rauchte nun meine Zigarette zu Ende und meinte <Diaz, ich gehe alleine weiter, jetzt liegt ja nur noch die Station vor mir...halten sie durch und überleben sie>
Ich half Agent Diaz in den Helikopter zu verfrachten und gab den Piloten das Zeichen zum Abheben.
<Commander...Viel Glück> meinte Diaz, bevor der Helikopter abhob.
Zum Glück war es kein allzu weiter Weg mehr.
Ich befand mich sehr hoch im Kaukasus Gebirge.
Die Luft wurde immer dünner und somit wurde das atmen auch immer schwerer.
Die Radarstation befand sich im Gebirge selbst.
Ich sah einen großen Funkturm, das war mein Ziel, denn von dort aus konnte ich in die Station eindringen.
Am Funkturm befanden sich zwei Feinde, die an einem Geländer eine Zigarettenpause machten.
Ich bewegte mich langsam und lautlos durch den Schnee.
Ich war nun etwa acht Meter von den beiden Terroristen entfernt.
Ich zog nun zwei Messer und ging lautlos hinter die beiden.
Ich stach beiden gleichzeitig in den Rücken und zog meine Messer
hoch und riss ihnen so den Rücken auf.
Im nächsten Augenblick warf ich sie den Abgrund hinunter.
Ich nahm meinen Gurt für schnelles Abseilen aus meinem

Rucksack, band es um meinen Karabinerhaken, hakte mich am Geländer ein und seilte mich ab.
Ich kam auf einer kleinen Aussichtsplattform an.
Dort war auch ein Eingang in die Station.
Ich nahm nun meine MP5 hervor und öffnete die schmale Tür, die in die Station führte
Ich durchsuchte nun diese nach Siderov.
Ich befand mich zunächst in einem schmalen Gang, nur eine Tür am Ende des Ganges.
Ich sah durch ein kleines Fenster an dieser Tür und stellte mich an dieser auf.
Ich trat nun diese auf und erschoss insgesamt drei Terroristen, jedoch war Siderov nicht unter ihnen.
Im nächsten Augenblick trat jemand eine weitere Tür auf und betrat den Raum.
Es war Justin.
Sofort ging eine weitere Tür auf.
Es war Captain John McAllister, Operator des britischen Special Air Service, kurz SAS.
Ich hatte ihn während meines Auslandsjahres beim SAS in England
kennengelernt.
Er war mir sofort sympathisch.
Nach einer längeren Zeit dort und auch vielen gemeinsamen Operationen in Afghanistan, dem Irak oder auch am Horn von Afrika, wurden wir sehr gute Freunde.
Plötzlich zerbrach ein Fenster und eine weitere Person kam hinein.
Es war Major Dmitri Wokalov, Offizier der GRU Speznas, des russischen Militärnachrichtendienstes GRU.
Ihn und mich verband eine etwas längere Geschichte.
Er wurde vor acht Jahren als Attentäter auf mich angesetzt, da die russische Regierung durch einen Überläufer, welcher sich später als
Terrorist herausstellte, mich als einen potenziellen Überläufer der Al
Quaida identifizierte.
Er wurde also mit seinem Team auf mich angesetzt, als ich gerade in einem Auftrag in Afghanistan war.
Sie hatten mich an einer unbewachten Stelle in eine Falle gelockt und wollten mich umbringen, doch war ich ein härterer Brocken als sie erwartet hatten, denn ich tötete jeden von Dmitris Trupp.
Dann waren da nur noch er und ich.
Wir schlugen uns gegenseitig die Waffen aus der Hand und es

entbrannte ein langer Zweikampf.
Wir waren beide sehr sehr gut im Nahkampf, niemand hatte also einen Vorteil und niemand hatte einen Nachteil.
Wir fielen anschließend gemeinsam erschöpft zu Boden und aus diesem Kampf auf Leben und Tod entbrannte ein Gespräch.
Durch unsere dadurch erfolgende Zusammenarbeit konnte alles richtiggestellt werden und wir entlarvten den Überläufer als Terroristen.
Dmitri und ich wurden somit auch beste Freunde.
Eine weitere Person betrat den Raum, dieses Mal wieder mit einem Schwung durch eines der Fenster.
Es war Major Mikolaj Zajac.
Er war ein Mitglied der polnischen Jednoska Wojoskowa GROM Spezialeinheit, kurz JW GROM
Ihn kannte ich von der Operation in Afghanistan, bei der wir ein Munitions- und Sprengstoffdepot der Al Quaida ausräuchern und plündern sollten.
Tja, der Raum war jetzt voll mit Elitesoldaten der NATO, die Waffen noch aufeinander gerichtet.
Wir kannten uns alle von der CTC oder auch privat.
Wir nahmen alle die Waffen herunter, stellten uns in einem Kreis auf und ich fragte <Hey Jungs, schön euch zu sehen aber was macht ihr hier?>
Jeder war aus dem gleichen Grund hier, die Tötung des Terroristen
Boris Siderov, also genau der Grund, aus dem auch ich hier war.
Plötzlich kamen die verschiedenen Teammitglieder meiner Freunde in den Raum.
Wir waren nun eine Gruppe von insgesamt 13 Mann.
Wir entschieden uns dafür, dass wir in Zweierteams vorgehen sollten und die ganze Station nach Siderov durchsuchen sollten.
Ich ging mit McAllister und einem seiner SAS Soldaten.
Wir überprüften jede Etage, doch Siderov war nicht aufzufinden.
Dafür waren zu viele seiner Anhänger hier, welche wir natürlich vorschriftsmäßig aufgrund der von ihnen ausgehenden Gefahr ausschalteten.
Wir mussten nur noch eine Etage durchsuchen und schlossen uns alle wieder zusammen.
Wir schossen jeden Feind nieder den wir sahen, bis wir an einer großen Tür ankamen.
Mit etwas Glück hätte sich Siderov in dem Raum dahinter befinden

können.
Wir griffen von verschiedenen Seiten aus an.
Dmitri, sein Team, McAllister und sein Team und ich gingen von
dieser Tür und Mikolaj und sein Team und Justin mit seinem Team gingen den Gang zur Tür auf der anderen Seite des Raumes.
Ich gab per Funk das Zeichen zum Vorstoß.
Wir sprengten gleichzeitig die Tür auf und betraten den Raum.
Wir erschossen alle Feinde, bis auf einen, denn er war anders angezogen, als die anderen.
Er hatte ein graues Sakko, darüber eine dicke Winterjacke, eine Armeehose mit dem Tarnmuster der russischen Armee und Kampfstiefel an.
Er zog eine Pistole aus der Innentasche seines Sakkos und versuchte sich zu koordinieren und auf uns zu zielen.
Wir liefen schnell auf ihn zu und warfen ihn auf den Boden.
Mikolaj schlug ihm schnell die Pistole aus der Hand und trat sie weg.
Wir überprüften ihn auf weitere Waffen, Sprengstoffe und andere gefährliche und unsere Mission gefährdende Objekte.
Er war sicher.
Wir fesselten ihn an einen Stuhl und verhörten ihn.
Wir fragten ihn nach Siderov, seinen Verstecken und seinen nächsten
Plänen.
Er sprach die ganze Zeit auf russisch, da er dachte, dass wir nichts verstehen würden.
Doch er lag falsch, denn jeder von uns sprach fließend russisch.
Ich schlug ihm noch einmal fest ins Gesicht und wiederholte meine Frage, jetzt noch einmal auf russisch.
Er gab immer noch keine Antwort.
Justin schlug ihm einmal ins Gesicht.
Ich zog nun meine Pistole und schoss ihm ins rechte Bein.
Er schrie vor Schmerz.
<Ich weiß nichts, ich bin nur ein einfacher Soldat, ich habe Siederov nie persönlich getroffen> beteuerte er.
Nun zog Dmitri seine Pistole und schoss ihm in sein linkes Bein.
Er packte schlussendlich doch aus.
Er erzählte uns von Siderovs Verbindung zu einem mexikanischen Drogenkartell.
Er lieferte ihnen Waffen und sie finanzierten seine Terrororganisation mit ihrem Drogenhandel und gaben ihnen

politische Unsichtbarkeit, da sie viele der Politiker geschmiert hatten.
Nun beteuerte der Terrorist, dass er wirklich nichts mehr wüsste.
McAllister schlug ihm sein Messer in die Wunde an seinem rechten Bein.
Wir wollten wissen, wo genau sich das Kartell befand und wer es leiten würde.
<Es...Es befindet sich dreieinhalb Kilometer westlich von Mexiko-City und wird von Ricardo Mendoza geleitet> meinte er, sich vor schmerzen krümmend.
Ich hatte schon einmal von ihm gehört.
Er war vor dem Aufstieg zum Kartellgroßgangster ein Söldner.
Er war also kein einfaches Ziel.
<Ich habe ihnen alles gesagt was ich weiß und habe ihnen auch weitergeholfen, lassen sie mich nun gehen, ich flehe sie an> flehte er armselig.
Ich bejahte dies und schnitt ihn los.
Ich sah Dmitri an und er verstand sofort.
Wir packten ihn an seinen Armen und gingen in Richtung Fenster.
Nachdem wir dieses zerschlagen hatten, warfen wir ihn mit einem schnellen Schwung hinaus.
Er war unser Feind und ich wusste genau, dass wenn wir ihn hätten leben lassen, er sofort Siderov und Mendoza gewarnt hätte.
Jetzt hatten wir alles, was wir brauchten.
Ich weiß unsere Methoden klangen hart und grauenvoll aber inmitten eines so abnormalen Krieges waren sie nun einmal nötig und ich handelte auch nur so weil es nötig war.
Ich brachte genau an jeder Ecke dieses Raumes eines C4 Sprengsatz
an, da sich dieser Raum genau in der Mitte der Station befand und
wir somit diese gänzlich in die Luft jagen konnten.
Wir verließen nun die Station und forderten eine Evakuierung an.
Drei Helikopter flogen von Norden aus heran..
Wir befahlen den Soldaten, in ihre jeweiligen Länder zurückzufliegen, während Dmitri, Mikolaj, Justin, John und ich gemeinsam in die Vereinigten Staaten fliegen würden.
Ich forderte nun einen C-47 Chinook an, der uns erst einmal zur Varan zurückbringen sollte.
Admiral Torcher schickte auch sofort einen los.
Er kam etwa eine halbe Stunde später an.

Während wir warteten, sprachen wir vier noch etwas, um die Zeit noch schneller zu überbrücken.
Wir erhoben uns, als wir den Helikopter sahen.
Er flog dicht an die Plattform heran und öffnete die Laderampe.
Wir sprangen alle nacheinander hinein und setzten uns auf die Sitzflächen.
Ab einer sicheren Reichweite zog ich meinen Zünder und sprengte das C4.
Durch die Explosion trat eine riesige Lawine auf und riss die ganze Station mit sich.
Der Chinook brachte uns nun zur USS Varan.
Dort angekommen, stand auch schon Admiral Torcher auf dem Flugdeck.
Als sich die Laderampe des Helikopters öffnete, sah er uns überrascht an, da er nicht erwartet hatte, gleich vier weitere NATO Elitesoldaten mit anzutreffen.
Wir gingen nun mit dem Admiral auf die Brücke.
Ich schilderte ihm den Operationshergang bis zum Treffen mit den
drei NATO Teams.
Ab da schilderten wir vier es ihm zusammen.
Wir baten den Admiral darum, mit den Vorgesetzten meiner Freunde und auch mit der US Regierung zu sprechen, um die Erlaubnis einer NATO Joint Operation zu erlangen.
Er meinte, dass dies wohl kein Problem sein würde und schickte uns nun wieder zum Flugdeck, um gemeinsam in die Vereinigten Staaten zurückzufliegen, um Captain Wittford und Brigadier General Morgan über die Lage zu informieren und auf das OK der Regierungen zu warten.
Wir salutierten vor Admiral Torcher und gingen erneut auf das Flugdeck.
Nun warteten wir auf unser Flugzeug.
Ich zündete mir eine Zigarette an und rauchte diese genüsslich.
Etwa eine halbe Stunde später sahen wir eine C-2 Greyhound am
Himmel.
Dies musste unser Flieger gewesen sein.
Er landete an Deck und wir stiegen auch sofort ein.
Es dauerte zwar, bis wir wieder abheben konnten, doch das störte
keinen von uns, da wir nicht darüber nachdachten, sondern einfach miteinander sprachen und die Ruhe genossen.
So verging die Wartezeit sehr schnell und ehe wir uns versahen, befanden wir uns schon in der Luft.

Es war leider ein etwas längerer Flug, da sich die Varan immer noch im arabischen Meer befand.
Es war eine Flugzeit von insgesamt achteinhalb Stunden.
Wir nutzten alle die Zeit zum schlafen.
Die Piloten weckten uns, als wir wieder in Dam Neck ankamen.
Nachdem sich die Laderampe gesenkt hatte, kamen uns die warmen Sonnenstrahlen und der Marschgesang der Ausbilder und Rekruten entgegen.
Wir stiegen aus und standen erst einmal einfach nur da und genossen die Wärme.
Nach ein paar Minuten gingen wir zu Captain Wittford, welcher sich immer noch in dem gleichen Büro wie vor acht Jahren befand.
Wir betraten es und er gab mir auch sofort ein sehr breites Lächeln entgegen.
Er stand sofort auf und reichte mir hektisch, aber erfreut seine Hand.
Ich erwiderte dies und entgegnete, dass ich froh war ihn wiederzusehen.
Er gab mir das gleiche zurück und begrüßte nun auch die anderen.
Ich stellte ihm einen nach dem anderen vor.
<Captain, es tut mir leid aber wir müssen schon wieder los, ich muss noch dringend mit General Morgan sprechen> meinte ich und ging in Richtung der Tür.
Wittford ging sofort zum Telefon und rief ihn an.
General Morgan willigte in das Treffen ein und kam sofort in das Büro.
Er begrüßte mich und sah die anderen verwundert an.
Dennoch begrüßte er sie herzlich und fragte nach dem Grund ihres Aufenthaltes.
Wir erklärten Captain Wittford und General Morgan den Grund ihrer Anwesenheit und die derzeitige Lage mit Siderov.
Er verstand und war der Idee einer NATO Joint Operation nicht abgeneigt.
Auch Captain Wittford begrüßte diese Idee.
Jetzt mussten nur noch die deutsche, die russische, die britische und die polnische Regierung zustimmen.
Wir warteten nun auf die Nachricht unserer Vorgesetzten.
Diese kam auch zwei Stunden später.
Die NATO Joint Operation wurde genehmigt.
Ich ging nur kurz zur Ausrüstungskammer, um mich neu auszurüsten, da ich für diese Operation kein Scharfschützengewehr benötigte.

Meine MP5 behielt ich für die Operation, rüstete mich aber noch mit ausreichend Magazinen aus.
Nun war ich genau wie die anderen, passend ausgestattet.
Justin hatte sein sehr stark modifiziertes G36C Sturmgewehr, welches ich früher schon einmal detailliert beschrieben hatten sowie eine H&K P8 Pistole mit einem Schalldämpfer dabei.
Mikolaj hatte eine Ak 74M mit Schalldämpfer, einem Vordergriff, einem Taclight und Infrarot-Laser und einem ACOG Visier ausgestattet, sowie eine H&K USP .45 mit Schalldämpfer dabei.
John war mit einer H&K MP5SD, mit einem Vordergriff und einem Reflexvisier versehen, sowie mit einer schallgedämpften Sig Sauer P226 ausgerüstet.
Und zu guter Letzt Dmitri.
Er war mit einer As Val, welche mit einem Cobra Rotpunktvisier, einem Taclight, einem Infrarot Laser und einem Vordergriff versehen war und mit einer schallgedämpften Tokarev TT-33 Modell 54 Black Star ausgerüstet.
Ich ging wieder zu den anderen zurück, um unsere Vorgehensweise
zu besprechen.
Unser Ziel war es, alle Kartellgangster, bis auf Ricardo Mendoza persönlich, auszuschalten und somit Siderovs wichtigste Einnahmequelle zu zerstören.
Mendoza könnte uns dann auch wichtige Informationen über Siderov verraten, da er, unseren bisherigen Infos zufolge, seine rechte Hand war, so wie wir es von dem Terroristen im Kaukasus erfahren hatten.
Unser Plan sah so aus: Wir mussten hier leise vorgehen, da das Gelände einfach zu groß und zu gut bewacht war, um einen direkten Angriff zu starten.
Außerdem waren dort im Falle eines Angriffs unsererseits, zu viele Fluchtwege für Mendoza vorhanden.
Wir entschieden uns dafür, in einem Team vorzugehen, da wir so im Vorteil waren, zumal wir alle gut ausgebildete Offiziere vierer Eliteeinheiten waren.
Wir mussten als erstes den Innenhof sichern, damit wir freie Bahn zu
Mendoza hatten.
Auf dem Gelände waren ebenfalls viele Kameras, welche unsere
Operation erschweren konnten.
Diese mussten also als erstes ausgeschaltet werden.
Dazu musste einer von uns sich in das Kamerasystem hacken

und die weitere Aufnahme des Gebietes deaktivieren, jedoch ohne sie dabei auszuschalten.
Diesen Part konnte ich übernehmen.
Danach ging es darum, zu überprüfen, ob sich Mendoza, wenn nicht sogar Siderov dort befand.
Dazu musste sich einer freiwillig melden, um sich alleine in das Hauptgebäude zu schleichen und diese Lage dann zu überprüfen.
Dieser Jemand musste aber lautlos vorgehen und durfte dabei auch niemanden töten, er musste also wie ein Geist sein.
Danach musste er sich wieder zu uns in den Innenhof gelangen, damit wir, falls sich der Aufenthalt bestätigen würde, einen Zugriff unternehmen konnten.
Dmitri meldete sich freiwillig.
Ich hoffte auch, dass er sich dafür entschied, da er am meisten davon verstand, lautlos zu agieren, da die Speznas einfach nun mal die Besten darin waren.
Nun war da noch das Sicherstellen des Innenhofes, während des Verhörs im Falle der Verhaftung Mendozas.
Dazu meldeten sich Justin und Mikolaj freiwillig.
Damit war nun alles geklärt.
Wir waren bereit für die Operation.
Wir entschieden uns dafür, auch sofort loszulegen.
Wir flogen mit einem C-47 Chinook zum Grenzposten an der Mexikanischen Grenze.
Dort angekommen, stiegen wir in einen unauffälligen alten Ford und fuhren von dort aus weiter.
Captain Wittford hatte die Jungs und Mädels der US Border Patrol bereits über unsere Operation informiert und so konnten wir einfach die Grenze passieren.
Wir mussten nur schnell unsere Militärausweise vorzeigen.
Die Fahrt dauerte etwa zweieinhalb Stunden, doch dann war das Kartellgelände zu sehen.
Wir hielten an und gingen von hier aus weiter, da der Wagen zu schnell entdeckt werden würde, wenn wir noch näher heran fahren
würden.
Das Kartellgelände war noch etwa 350 Meter entfernt und wir entschieden uns, uns über die linke Flanke aus anzunähern.
Wir begaben uns nun unauffällig zur linken Seite des Geländes und stellten uns an der circa 2,80 Meter großen Mauer auf.
<Mikolaj, komm hierüber, machen wir eine Räuberleiter, damit ich
den Innenhof checken kann> meinte ich leise zu Mikolaj.
Er hob mich also hoch und ich hielt mich an der oberen Kante

der
Mauer fest.
Ich zog mich leicht hoch und sah mir nun das Gelände an.
Es waren fünf Mann auf dem Hof, mit FN P90 Maschinenpistolen und und Sg 553 Sturmgewehren ausgerüstet und vier Gangstern mit deutschen Walther 2000 Scharfschützengewehren auf den Mauern, die das Gebiet überprüften.
Diese mussten als erstes weg.
Doch bevor wir sie und ausschalten und oder das Kartellgelände betreten konnten, musste ich mich als erstes in das Kamerasystem hacken.
Ich sprang nun wieder auf den Boden und hockte mich hin.
Ich zog mein Handy, denn Nic hatte mir ein Programm darauf geschickt, welches zum hacken gut geeignet war.
Ich öffnete das Programm und hackte mich damit nun in das Kamerasystem.
Ich musste nun mein Handy einfach bei mir tragen, denn in einem Radius von 100 Metern in jede Himmelsrichtung wurde der Hack des ausgewählten Systems konstant gehalten.
Justin zog nun etwas aus seiner linken Brusttasche.
Es war ein Foto von Nic, Natascha und ihm.
Justin erzählte mir einmal, dass er sich dieses Bild vor jeder Mission
ansehen würde, da die beiden für ihn der Grund waren, zu überleben
und sicher nach Hause zurückzukommen.
Das nannte man wirklich beste Freundschaft.
Er packte das Foto zurück in seine Brusttasche und wir begannen nun die Mission.
Wir gingen auf zwei Routen hinein.
Dmitri und ich gingen per Räuberleiter auf die Mauern und Justin, Mikolaj und John gingen durch den Haupteingang, denn so konnten wir alle Feinde gezielt ausschalten.
Dmitri hob mich hoch und ich kletterte auf die Mauer.
Der erste Scharfschütze lag vor mir.
Ich nahm ein Messer hervor und schlich mich nun an ihn heran.
Ich zog ihn nach hinten und stach es ihm in die Kehle.
Dann warf ich seinen leblosen Körper die Mauer hinunter.
Ich legte mich nun flach auf den Bauch und streckte Dmitri meine Hand entgegen.
Dmitri nahm Anlauf, rannte auf die Mauer zu, stieß sich von dieser nach oben ab und ergriff meine Hand.
Nun zog ich ihn hoch.

Gemeinsam schalteten wir die restlichen drei Scharfschützen ungesehen mit unseren Messern aus.
Nun hatte Team 2 Angriffserlaubnis.
Sie rannten auf den Hof und griffen die fünf Feinde an, während Dmitri und ich Unterstützung von oben gaben.
Die Feinde waren so schnell überwältigt, dass sie noch nicht einmal einen Schuss aus ihren Waffen abgeben konnten.
Der Innenhof war gesichert und niemand wusste von unserer Anwesenheit.
Nun war Dmitri dran.
Wir machten eine doppelte Räuberleiter an der Wand des Haupthauses, damit er durch ein Fenster im zweiten Stock aus eindringen konnte.
Wir warteten draußen, überprüften die Leichen und versteckten sie anschließend.
Wir machten ebenfalls Fotos, damit die Leichen identifiziert werden konnten.
Ein paar Minuten später kam Dmitri wieder heraus.
<Mendoza ist im Gebäude, wir können ihn uns schnappen> meinte Dmitri und fing heuchlerisch zu Lächeln an.
Siderov war nicht anwesend, wäre auch zu schön gewesen.
Mendoza wurde allerdings gut gesichert, insgesamt dreizehn Feinde befanden sich im Gebäude.
Wir stellten uns nun an der Tür auf und betraten das Haus gemeinsam.
Nur Justin und Mikolaj blieben draußen.
Wir schlichen uns den Flur zum Hauptraum des ersten Stocks entlang, bis uns drei Feinde entgegen kamen.
Ich öffnete eine Tür, die in eine kleine Abstellkammer führte und wir drei versteckten uns vor den Gangstern.
Als die Feinde an der Tür vorbeigingen, öffnete ich die Tür leise und gab Dmitri und John per Handzeichen den Befehl, ihre Messer zu zücken, um die Feinde zu erledigen.
Die Leichen fingen wir auf, nachdem wir sie getötet hatten und versteckten sie in dem Abstellraum.
Am Ende des Gangs blickte ich leicht am Türrahmen des Hauptraumes entlang.
<Insgesamt vier, einer am Fenster, der andere geht gerade nach draußen an den Pool und zwei an der Minibar> meinte ich leise und checkte das Magazin meiner MP5.
Meinen Blick wand ich nun erneut zu Dmitri und John und zählte mit meinen Fingern langsam von fünf herunter.
Danach lehnte ich meine MP5 um den Türrahmen und zielte auf die beiden an der Minibar, da sie ein perfektes Ziel für einen

Doppeltreffer abgaben.
Dmitri zielte auf den Kerl am Fenster und John auf den am Pool.
Nach dem ersten Schuss, der sich aus meiner Waffe löste, begannen auch die beide zu schießen.
Die Leichen überprüften wir, gaben zur Sicherheit aber noch einen Nachschuss hinterher.
<Einen Drink?> fragte ich Dmitri und John sarkastisch.
<Gerne, aber bitte nachdem wir Mendoza und die Infos haben> gab John zurück, während er gerade die Leiche des Kartellgangsters aus dem Pool fischte.
Ich lud ein neues Magazin in meine Maschinenpistole und ging zur Treppe, welche zum zweiten Stock führte, voran.
Nun war der zweite Stock dran.
Die Treppe sicherten wir vorsichtig, die Waffen jederzeit im Anschlag.
Wir schlichen einen weiteren Gang entlang, auch hier waren wie im ersten Stock mehrere Räume auf jeder Seite.
Leise überprüften wir diese.
In einem Badezimmer rasierte sich gerade einer der Gangster und gab somit ein leichtes Ziel ab.
Ich schlich mich von hinten an ihn heran, umgriff sein Kinn und seinen Hinterkopf und brach ihm das Genick.
Die Leiche legte ich langsam und leise auf den Boden.
Dmitri und John hatten derweil zwei weitere Räume gesichert und zwei weitere Feinde ausgeschaltet.
Mendoza befand sich in einem großen Arbeitszimmer am Ende des Gangs.
Er sprach mit jemandem.
Wahrscheinlich mit seinen Leibwächtern.
Wir stellten uns nun an der Tür auf und lauschten dem Gespräch.
<Verdammt, Team 3 Bericht!> rief Mendoza wütend über ein Funkgerät.
Er versuchte anscheinend das Team im Innenhof zu erreichen.
<Ihr drei, geht und seht nach, was da los ist> meinte er anschließend zu seinen Leibwächtern.
<Si> gab einer von denen zurück.
Wir wagte nun einen Vorstoß.
Ich trat die Tür auf und erschoss einen der drei Leibwächter.
John erschoss den zweiten und Dmitri den dritten.
Wir hatten Mendoza nun genau da, wo wir ihn haben wollten, alleine und ungeschützt.
Wir fesselten ihn an einen Stuhl fingen an, ihn zu verhören
<Wo ist Siderov?> fragte ich Mendoza mit einem lautstarken

Ton.
Er lachte nur und meinte, dass er keine Ahnung davon hätte.
Ich schlug ihm fest ins Gesicht.
Er spukte einen Zahn und etwas Blut aus.
Ich wiederholte meine Frage.
<Spuck es schon aus, du mexikanisches Stück Scheiße> hing ich an diese an.
Er fing wieder leicht an zu lachen <Sie sind ein Idiot, sie scheiß Yankee, ich war jahrelang ein Söldner, ich kenne mich mit Schmerzen aus, mehr als sie glauben> meinte er heuchlerisch und selbstsicher.
<Tja, wenn das so ist, kann ich den Schmerz auch erhöhen> erwiderte ich, zog mein Bowie Messer und schlug es ihm in die rechte Hand.
Das Messer hatte seine Hand gänzlich durchstoßen.
Er krümmte sich vor Schmerz <Schon besser, aber nicht annährend schmerzhaft genug, um mich zum reden zu bringen> meinte er.
Ich schlug ihn erneut ins Gesicht und schlug ihm noch im Anschluss mein zweites Kampfmesser durch seine linke Hand.
Er saß stumm da und sah mich mit einem heuchlerischen Lächeln an.
Ich fragte Mendoza nun, was Siderov als nächstes vorhabe.
Er saß weiterhin nur stumm da.
Ich schrie ihm die Worte <REDE ENDLICH!!!!> direkt ins Gesicht.
Weil er immer noch nichts sagte, zog ich mein Karambit Messer,
schliff ihm fest an der Wange vorbei und riss ihm so einen großen Hautfetzen weg.
Anschließend schlug ich ihm das Messer ins linke Bein.
Er konnte wirklich verdammt viel aushalten.
Ich zündete mir nun eine Zigarette an.
Immer wieder pustete ich den Qualm der Zigarette ins Gesicht.
Ich wiederholte meine Frage erneut, woraufhin er mir die Worte
<leck mich> entgegenbrachte und mir ins Gesicht spuckte.
Mir wurde es nun zu viel und ich bat Dmitri, Mendoza den Mund
offen zu halten.
Er tat dies.
Nun nahm ich einen letzten Zug von meiner Zigarette und schlug ihm diese anschließend fest in die Kehle.
Die Zigarette durchbrannte seine Kehle und tötete Mendoza.
Ich weiß, dass diese Vorgehensweise grausam erscheinen mag

aber er hatte nichts besseres verdient.
Tausende starben durch ihn und oder seine Befehle.
Tja, dieser Teil des Auftrages war somit für die Katz, jedenfalls was die Informationen über Siderov anging.
Jedoch nahmen wir einen Laptop, welcher Mendoza gehörte, als „kleines Andenken" mit.
Vielleicht ließen sich darauf Informationen über Siderovs derzeitigen
Aufenthaltsort finden.
Justin teilte mir per Funk mit, dass sich ein großer Trupp von Kartellgangstern auf uns zubewegen würde.
Sie umkreisten das Gelände von allen Seiten.
Wir forderten schnell einen Evakuierungshelikopter und gingen auf Position.
Ich warf Justin und Mikolaj einige Claymore Minen aus dem Fenster, damit sie das Gelände verminen konnten.
Dann bat ich Mikolaj, mir ein Walther 2000 von einem der toten Scharfschützen, sowie die Magazine der anderen Gewehre und
Schützen, hochzuwerfen.
Wir suchten uns alle eine gute Gefechtsposition.
Mikolaj und Justin gingen hinter einer Mauer direkt vor der Eingangstür des Haupthauses in Deckung.
Dmitri ging auf den Balkon von Mendozas Schlafzimmer.
John lief zu einem Fenster, von dem man die Rückseite des Geländes überblicken konnte.
Ich ging zum Dachboden des Hauses und schlug die Holzwand leicht ein.
Ich legte mich flach auf den Boden und stellte das Walther 2000 mit dem angebrachten Zweibein auf.
Die Magazine legte ich griffbereit neben mich.
So konnte ich perfekt als Scharfschütze agieren.
Nun warteten wir auf die Feinde.
Wir hörten viele Fahrzeuge heranfahren, die Feinde waren hier.
Sie betraten als erstes den vorderen Innenhof durch das Haupttor.
Die ersten Kartellgangster wurden sofort durch die platzierten Claymore Minen getötet.
Nun eröffneten wir das Feuer.
Den nächsten Feinden die das Gelände betraten verpasste ich jeweils eine Kugel, mal zwischen die Augen, mal in den Brustkorb.
So mussten jetzt insgesamt acht Minuten durchhalten.
Mit jeder Minute, die wir überstanden, wurde der Angriff brutaler.

Doch endlich kam unser Helikopter.
Leider ließ uns unser Glück im Stich, da ein Wagen mit montiertem Kaliber 50. Maschinengewehr auf unseren Blackhawk feuerte.
Dieser stürzte auch im Anschluss ab und krachte in den Innenhof des
Anwesens.
Der Heckrotor sprang ab und flog immer noch schnell rotierend durch den Innenhof, gefährlich nahe an Mikolaj und Justin, vorbei.
Wir mussten uns nun etwas anderes einfallen lassen.
Ich konnte von oben aus erkennen, dass ein intakter Landrover vor
dem Kartellgelände stand.
Diesen konnten wir zur Flucht nutzen.
Ich sammelte mich nun mit allen aus dem Haus und wir gingen gemeinsam nach unten zu Mikolaj und Justin.
Alle beisammen, kämpften wir uns nun immer weiter nach draußen.
Am Eingangstor des Anwesens stoppte mich ein Gangster, packte an den Handschutz meiner Maschinenpistole und hielt mir den Lauf seiner Pistole entgegen.
Sofort griff ich an seinen Arm und drückte die Pistole von mir weg.
Doch bevor ich weiter reagieren konnte, trafen ihn drei Kugeln aus Johns Maschinenpistole.
Durch gegenseitige Rückendeckung erreichten den Landrover und stiegen schnell ein.
Dmitri startete den Wagen, drückte auf das Gaspedal und fuhr mit einem lauten Reifenquietschen los.
Ich forderte nun einen A-10 Bomber an, der das Kartell ein für allemal zerstören sollte.
Meine Anforderung fand Bestätigung, leider wurde uns nicht gesagt in welchem Zeitraum die A-10 ankommen würde.
Aus unserer Flucht entbrannte eine rasante Verfolgungsjagd.
Viele Kartellgangster waren uns auf den Fersen.
Ich zerschlug die Fensterscheibe des Autos und schoss mit meiner MP5 auf die Verfolger.
Dmitri hatte den Wagen gut im Griff, sodass wir fast ohne Probleme schießen konnten.
John, Mikolaj und Justin unterstützten mich und feuerten ebenfalls auf unsere Verfolger.
Ich musste nachladen.
Ich lehnte mich zurück in den Wagen und griff mir ein neues Magazin aus einer Magazintasche meiner Einsatzweste.

Dieses lud ich in meine leergeschossene Maschinenpistole.
Ich lehnte mich wieder aus dem Wagen und schoss weiter.
Die Kartellgangster landeten einen Glückstreffer und schossen einen unserer Reifen platt.
Wir mussten anhalten und auf Bodenunterstützung warten.
Dmitri machte eine 90 Grad Umdrehung und hielt an.
Wir stiegen alle nacheinander auf seiner Seite aus und gingen hinter dem Auto in Deckung.
Nun hieß es abwarten und überleben.
Das war zum Glück unser Fachgebiet.
Ich forderte eine Extraktionseinheit an, welche uns hier unterstützen und herausbringen sollte.
General Morgan beteuerte, dass er sofort Hilfe schicken würde.
Dies sollte leider in einem unbekannten Zeitraum geschehen.
Wir schossen unermüdlich weiter, bis wir einen A-10 am Himmel sahen.
Das war wohl unser Angriffsbomber für das Kartellgelände.
Wir hörten die Explosion der Raketen bis hier und hatten nun unsere
eigentliche Mission erfüllt, das Drogenkartell von Mendoza endgültig zu vernichten und somit Siderovs größte Einnahmequelle zu beseitigen.
Doch nun stellte sich ein anderes Problem, denn unsere Munition schwand schnell dahin.
Von uns griff Einer nach dem Anderen zu seiner Pistole.
Jetzt waren wir um ganz genau zu sein am Arsch, denn es kamen immer mehr Feinde auf uns zu.
Wir griffen zum äußersten, denn nun war alles futsch, selbst unsere Messer und Granaten.
Doch in diesem Moment, als wir dachten, dass unsere letzte Stunde geschlagen hatte, hörten wir das Geräusch herannahender Fahrzeuge.
Ich konnte erkennen, dass es mehrere Teams der Delta Force waren.
Es stiegen viele Deltas aus den Einsatzwagen aus und gaben uns mit Automatischen Waffen und zwei Kaliber 50. MG´s von ihren Humvees Unterstützung.
Doch war auch Harpers Delta Team mit dabei, Codename Havoc.
Unter der Feuerunterstützung durch sein und drei andere Delta Teams, brachte uns Harper sicher hinter die Humvees.
Die Deltas töteten die letzten Kartellgangster, die uns gejagt hatten.
Nun fuhren wir mit allen zur mexikanischen Grenze zurück, wo auch schon General Morgan und viele Mitglieder der

MP auf uns warteten.
Wir stiegen aus den Fahrzeugen aus und begaben uns zum General. Commander, schön sie und ihre Kameraden lebend wiederzusehen> meinte er und wandte sich zu Harper <Ich wusste, dass ich ihnen das überlassen konnte Master Sergeant Johnson> lobte er Harper im Anschluss.
Wir bedankten uns bei Harper und seinen Deltas.
Wir stiegen zurück Humvees und fuhren nun zurück zur nächstgelegenen Militärbasis.
Von dieser aus, nahmen wir einen Helikopter und flogen nach Dam Neck zurück.
Als wir dort zwei Stunden später ankamen, empfing uns auch schon Captain Wittford, zusammen mit Agent Diaz.
Er hatte es also überlebt.
Doch etwas war anders, er saß in einem Rollstuhl.
Die Kugel hatte ihn also schlimmer erwischt, als ich dachte.
Aber er lebte, dass war die Hauptsache.
Ich begrüßte beide anständig und teilte Diaz meine Freude, dass er überlebt hatte, mit.
Er bedankte sich bei mir und fragte, wie der restliche Auftrag voranging und was wir in Mexiko zu schaffen hatten.
Wir begaben uns in Wittfords Büro und schilderten beiden alles.
Nun überreichte ich Diaz den Laptop aus Mendozas Anwesen und fragte, ob er darauf vielleicht nach Informationen über Siderov, seinen Aufenthaltsort und andere Informationen über seine
Machenschaften suchen könnte.
Er bejahte dies und nahm den Laptop an sich.
Er verließ nun das Büro und wartete am Wagen seines Partners.
Dieser half Diaz auch gleich danach in den Wagen hinein und verstaute den Rollstuhl auf der Rücksitzbank.
Wir gingen nun alle gemeinsam zum Flugfeld und warteten auf eine
C130.
Diese sollte nun alle in ihre jeweiligen Länder zurückbringen.
Sie war nach etwa zehn Minuten startbereit.
Wir verabschiedeten uns ganz brüderlich und ich meinte, dass ich alle bald mal wieder besuchen würde.
Sie bestiegen nun das Flugzeug und flogen los.
Ich stand noch lange da, genoss die Sonne und den warmen Wind.
Im Anschluss zündete ich mir noch eine Zigarette an.
In diesem Augenblick packte mir eine Hand auf die Schulter.

Ich drehte mich schlagartig um und ich sah einen dicken Schnurrbart, der mir schon fast im Gesicht hing.
Man erkannte diesen Schnauzer sofort, es war King.
Drei der vier Reaper Operator waren nun wieder vereint.
Wir gaben uns die Hände und ich fragte, ob sie etwas von Logans Aufenthaltsort wüssten.
<Er ist noch in Afghanistan mit seinen Rangers, war wohl eine größere Operation, aber ich hab gehört, dass er auch bald wieder zurückkommt> meinte Harper.
Ich freute mich über diese Antwort und wir drei gingen gemeinsam
auf unsere Stube zurück, um uns gegenseitig von unseren Missionen zu erzählen.
<Klar Boss, geh voran> meinten sie, während wir zu unserer Stube gingen.

Kapitel 7: Die wiedervereinte AFO Reaper

Wir warteten etwa noch vier Tage, bis Logan von seiner Mission mit Ranger-Einheit Hunter 5 aus Afghanistan zurückkam.
Wir verbrachten diese vier Tage in Dam Neck und trainierten hauptsächlich die ganze Zeit lang im Killhouse oder taten etwas für unsere Fitness.
Doch die Zeit dabei verging recht schnell.
In einem Katzensprung war es Dienstag und Logan kam zurück.
Wir warteten die ganze Zeit auf die C130, welche ihn nach Hause zurückbringen würde.
Sie kam um den Mittag herum, etwa um 15.00 Uhr.
Die Laderampe öffnete sich und Logan kam als erstes heraus.
Ich kam ihm auf seinem Weg entgegen und streckte die Hand aus.
Er legte seine Tasche ab und erwiderte meine Begrüßung.
Ich packte ihm nun mit meinem rechten Arm um seine Schulter.
<Willkommen zu Hause Bruder> sagte ich leise und lächelte stolz.
King nahm seine Tasche und wir gingen zurück auf unsere Stube, um ihn über seine Operation auszufragen.
Auf unserer Stube angekommen, nahmen wir uns ein paar Bier aus unserem Mini Kühlschrank, welchen wir uns selbst für unsere Stube gekauft hatten und setzten uns an unseren Tisch.
Ich erzählte Logan von Diaz und seiner Verwundung, sowie von der Begegnung mit Justin, Mikolaj, John und Dmitri.
Er war erstaunt und meinte, dass er gerne dabei gewesen wäre.
Ich meinte ebenfalls, dass es angenehmer für mich gewesen wäre, wenn er oder besser gesagt alle drei mich auf diese Operation begleitet hätten.
Wir saßen noch eine Weile da, bis auf einmal Captain Wittford auf unsere Stube kam.
<Wunderschön, die AFO Reaper ist wieder vereint, das freut mich von ganzem Herzen meine Herren> sagte er und lächelte uns an.
Doch dann nahm er wieder eine ernste Miene an.
Ich erhob mich sofort und fragte <Was für eine Operation steht an, Sir?>
Er erklärte uns, dass wir zurück auf die USS Varan mussten, da Admiral Torcher unsere Unterstützung bei einem Hilferuf eines deutschen Marine Schiffes benötigte.

Wir packten unsere Taschen und gingen nach draußen.
Wir ließen unser Bier stehen und gingen nach draußen zum Flugfeld.
Auf dem Weg dorthin, nahm ich eine Zigarette hervor und zündete sie mir an.
Ich rauchte sie während der Zeit, in der wir auf unsere C130 warteten.
Sie kam aus Hangar 3, ganz am Ende der Rollbahn, angefahren.
Wir stiegen in diese ein und setzten uns auf die Sitzflächen.
Das Flugzeug brauchte zwar etwas, bis es gänzlich startbereit war aber die Zeit verging wieder recht schnell, da wir wie immer über alles miteinander sprachen.
Etwa fünfeinhalb Minuten später ging es dann los.
Die USS Varan befand sich zurzeit im Atlantischen Ozean.
Wir landeten dort eine Stunden später.
Sofort meldeten wir uns bei Admiral Torcher auf der Brücke, um unsere Operation zu beginnen.
Der Admiral erzählte uns, dass die deutsche Fregatte „Rommel" ein SOS Signal gesendet hatte und um Hilfe ersuchte.
Terroristen hatten das Schiff angegriffen.
Ich war mir sicher das Siderov etwas damit zu tun hatte.
Wir mussten also auf das Marine Schiff und dieses zusammen mit den deutschen Marinesoldaten verteidigen.
Der Admiral schickte uns nun schnellstens zur Kajüte zurück, damit wir dem Schiff so schnell wie möglich helfen konnten.
Ich wählte mir das H&K 416 Sturmgewehr für diese Operation, da etwas mehr Feuerkraft gebraucht wurde.
Zwar war die MP5 ein Klassiker im Schiffskampf, aber wir waren ja nicht dort, um ein Schiff zu entern oder zu sichern, sondern es gegen einen Feind zu verteidigen.
Harper wählte sein AAC Honey Badger aus.
Logan nahm seine MP7 mit.
Und King wählte sich sein M249 SAW aus.
Doch für diesen Auftrag entfernten wir die Schalldämpfer vorerst von unseren Waffen.
Wir liefen nun sofort auf das Flugdeck, wo auch schon ein UH-69 Blackhawk für uns bereit stand.
Wir stiegen in diesen und flogen auch sofort los.
Etwa drei Minuten später sahen wir die Rommel.
Sie befand sich vor der Küste von Brasilien.
Sie wurde von einem komischerweise mit schweren Artilleriewaffen und schweren Anti-Personenwaffen aufgebessertem Frachtschiff angegriffen.

Wir eröffneten das Feuer auf dieses Schiff.
Wir umkreisten immer wieder beide Schiffe.
Als sich das Feuer des Frachters etwas milderte, flog der Helikopter
über die Rommel und wir seilten uns schnell auf das Flugdeck ab.
Wir stießen zu einigen Soldaten der deutschen Marine.
Sie meinten, dass sie sich freuen würden uns dort zu haben und bedankten sich für unsere schnelle Hilfe.
Ich erwiderte, dass es noch zu früh sei um sich zu bedanken.
Plötzlich gab es eine große Erschütterung auf dem Schiff.
Ich sah mich um und konnte erkennen, dass das Frachtschiff mehrere Raketenbatterien an Bord hatte.
Eine Rakete musste das Schiff getroffen haben.
Ich sagte den deutschen Soldaten, dass sie den Infanteriesoldaten des Feindes weiterhin Einhalt gebieten sollten, während wir uns etwas einfallen lassen würden, um die Raketenbatterien zu zerstören.
Ich rannte nun mit meinen Jungs zur Kommandobrücke des Schiffes, um uns mit dem Kapitän des Schiffes zu unterhalten.
Als wir dort ankamen, besprachen wir schnell einige Eventualitäten und entschieden uns dann letztendlich dafür, dass wir zusammen mit einem deutschen Boarding Team das feindliche Schiff angreifen würden.
Er rief sofort das Boarding Team auf die Brücke.
Wir begrüßten uns schnell und der Kapitän erklärte dem Team die Lage und schilderte ihnen unseren Plan.
Sie waren einverstanden und gingen mit uns zu zwei RHIBs.
Wir stiegen getrennt in diese ein und fuhren ungesehen zum Frachtschiff.
An der Seite des Schiffes angekommen, warfen wir unsere Enterhaken am Schiff hoch, falteten die daran befestigten Strickleitern aus und kletterten hinauf.
Wir erschossen zunächst einige Feinde, die weiterhin auf das die Rommel feuerten.
Als nächstes mussten wir die Raketenbatterien zerstören.
Es waren insgesamt drei Batterien, mit je vier Mann Besatzung und fünf Feinden zur Sicherung.
Eine Batterie befand sich am Bug, eine am Heck und eine in der Mitte des Schiffes.
Wir gingen als erstes zu der in der Mitte.
Uns kamen die ersten fünf Feinde entgegen.
Wir wollten gerade das Feuer eröffnen, als diese plötzlich getötet wurden.
Scharfschützen der deutschen Kampfschwimmer hatten sie

erschossen.
Diese unterstützten uns von der Rommel aus und töteten auch so viele Feinde wie möglich, um uns ungestört unsere Arbeit erledigen zu lassen.
Wir liefen also zur ersten Batterie und säuberten diese von Feinden.
Nun nahm King mehrere C4 Sprengsätze hervor und setzte diese an der Batterie an.
Wir räumten nun den Sprengradius und zündeten die Ladungen.
Das selbe taten wir mit den beiden letzten Raketenbatterien.
Das Deck war damit gesichert.
Nun gingen wir in das Innere des Schiffes.
Wir teilten uns in Zweierteams auf.
So konnten wir das Schiff schnell von Terroristen säubern.
So ging es recht schnell, wir überprüften jeden Winkel des Schiffes und töteten jeden Terroristen im Inneren des Schiffes
Jetzt war nur noch die Brücke übrig.
Wir trafen uns alle am Eingang der Brücke.
King setzte einen Sprengsatz an der Tür an und sprengte sie daraufhin.
Wir betraten die Brücke, jedoch waren hier keine Terroristen anwesend.
Anscheinend hatten wir alle Feinde getötet.
Das Schiff war gesichert.
Wir gingen zurück auf das Oberdeck, doch plötzlich erhielt einer der Boarding Soldaten eine Nachricht per Funk.
Die Rommel wurde zu schwer beschädigt und würde bald gänzlich den Geist aufgeben und sinken.
Wir kehrten also mit den RHIBs zur Rommel zurück, um uns etwas einfallen zu lassen.
Wir gingen sofort wieder zum Kapitän, welcher sich nun auf dem Flugdeck bei seinen Soldaten befand.
Einige der deutschen Marinesoldaten hatte es übel erwischt, es gab sogar einige wenige Tote.
Die Verletzten brauchten aber sofortige Hilfe, denn sie brauchten mehr Versorgung als nur eine Morphium Dosis und Verbände.
Wir gesellten uns zu der Gruppe, woraufhin sich der Kapitän zu uns wandte und uns allen nacheinander die Hand reichte.
Er und seine Soldaten bedankten sich mehrmals bei uns für unsere Hilfe.
Doch nun nahmen alle wieder eine ernste Miene an, da wir immer noch nicht wussten, was wir jetzt machen konnten.
Ich sah mich um.

Ich konnte im Osten die Varan erkennen, wir konnten also Admiral Torcher um Hilfe beten.
<Kapitän, ich habe eine Idee, sehen sie das Schiff dort? Das ist unser Schiff, wir können sie darauf evakuieren> meinte ich und zeigte auf die Varan.
<Das wäre zu freundlich, bitte kontaktieren sie ihren Vorgesetzten, nicht um meines Willen, sondern für das Leben meiner Soldaten> gab er leicht verlegen und traurig zurück.
Ich kontaktierte Torcher und bat ihm um die Aufnahme der deutschen Besatzung.
Admiral Torcher stimmte ohne einen neuen Atemzug zu nehmen zu.
Etwa eine Minute später sah ich viele C-47 Chinooks am Himmel erschienen.
Sie landeten nun auf dem Flugdeck der Rommel.
Die Laderampen öffneten sich.
Mittlerweile hatte der Kapitän die ganze Besatzung des Schiffes auf das Flugdeck gerufen.
Wir mussten nun etwa 250 Männer und Frauen evakuieren.
Es bestiegen nun zu erst die Techniker, Radarmelder, halt all die Männer und Frauen die für die Erhaltung des Schiffes zuständig waren, die Helikopter.
Diese flogen nun zurück auf die Varan und wieder zur Rommel.
Die USS Varan kam immer näher.
Sie war nach kurzer Zeit so nahe, dass Admiral Torcher „boarding walks" (lange Planken aus Stahl, die das betreten von einem Schiff zu einem anderen Schiff ermöglichen) mit der Rommel verband, damit die restliche Besatzung auf die Varan evakuiert werden konnte.
Nachdem alle evakuiert waren, entfernte sich die Varan von der Rommel.
Wir sahen alle mit an, wie die Rommel im Ozean versank.
Der Kapitän der Rommel und Admiral Torcher nahmen ihre Kopfbedeckungen ab und King und ich taten das gleiche mit unsere Helmen und salutierten vor dem Schiff, da wir als Navy angehörige einem zerstörtem Schiff unseren Respekt zollen mussten und wollten.
Auch meine Oakley Sonnenbrille nahm ich ab.
Die Besatzung des Schiffes ging nun in das Innere der Varan, während der Kapitän der Rommel mit Admiral Torcher auf die Brücke der Varan ging.
Harper, Logan, King und ich standen jetzt alleine auf dem Flugdeck.
Aber die drei Scharfschützen der Kampfschwimmer gesellten

sich zu uns.
Ich zündete mir im selben Moment eine Zigarette an.
Ich bemerkte erst, dass die Kampfschwimmer bei uns waren, als mir einer von ihnen auf die Schulter packte.
Ich drehte mich zu ihnen um.
Harper, Logan und King taten das gleiche.
Wir gaben den Kampfschwimmern einen ordentlichen Händedruck.
<Gute Arbeit auf dem Frachter eben, ohne sie wären wir alle erledigt gewesen, vielen Dank Froschmann Kollegen> meinte einer der
Scharfschützen.
<Das haben wir doch gern gemacht, aber wir haben zu danken, ohne euch und eure Unterstützung wäre unsere Hilfe nicht so gut abgelaufen> erwiderte ich.
Wir sprachen noch etwas, während ich immer wieder einen Zug von meiner Zigarette nahm.
Doch unser Gespräch wurde mitten im Satz unterbrochen, da Harper, Logan, King und ich auf die Brücke gerufen wurden.
Wir verabschiedeten uns vorerst von den Kampfschwimmern und gingen zur Brücke.
Als wir diese betraten, waren der deutsche Kapitän und Admiral Torcher gerade im Gespräch.
Wir stellten uns in die „rühren" Stellung und warteten darauf, dass die beiden ihr Gespräch zu ende führten.
Sie drehten sich nun zu uns.
<Sir´s, sie wollten uns sprechen> meinte ich respektvoll.
Admiral Torcher stellte uns zu erst offiziell den deutschen Kapitän vor.
Er hieß Ralf Bergmann, Kapitän zur See der deutschen Bundesmarine.
Dieser reichte uns nun allen nacheinander die Hand.
Nun erzählten uns die beiden von unserem nächsten Auftrag.
Ein Team der Kampfschwimmer, mit der Kennung Bravo-1 sollte in Brasilien der Information über
einen Deal zwischen Terroristen und der brasilianischen Miliz nachgehen.
Worum es bei dem Deal ging, war unbekannt.
Bravo-1 hatte sich nicht zurückgemeldet, nachdem sie im Zielgebiet ankamen.
Kapitän Bergmann war sich sicher, dass ihnen etwas zugestoßen sei oder sie gefangen genommen wurden.
Wir hatten nun die Aufgabe, herauszufinden was geschehen war und im Falle einer Gefangennahme, die Kampfschwimmer zu befreien.

Wir sollten uns um 00.30 Uhr mit einem RHIB zum Strand von Brasilien fahren und uns von dort aus zur letzten Position von Bravo-1 begeben.
Dort angekommen, sollten wir nach Spuren des Teams suchen und ihren Aufenthaltsort herausfinden.
Ich fragte Kapitän Bergmann, ob uns die drei Kampfschwimmer Scharfschützen, welche uns heute Mittag Deckung gaben, auf diese Mission begleiten könnten.
Er dachte kurz nach, stimmte jedoch zu.
Wir salutierten vor den beiden Vorgesetzten und gingen nun auf
unsere Kajüte.
Dort legten wir unsere Ausrüstung ab und gingen anschließend zur Kantine, um etwas zu essen und zu trinken.
Wir nahmen uns ein deftiges Stück Fleisch, viel Obst, viel Gemüse und einen schönen heißen Kaffee und setzten uns an einen der Tische.
Ich blickte in der Kantine herum und sah die Kampfschwimmer Scharfschützen.
Ich winkte sie zu uns herüber.
Sie nahmen sich ebenfalls etwas zu Essen und zu Trinken und gesellten sich zu uns.
Wir führten unser Gespräch, welches auf dem Flugdeck unterbrochen wurde, zu ende.
Danach bot ich ihnen an, mit uns nach dem verschollenen Team zu suchen.
Sie sagten ohne mit der Wimper zu zucken zu.
Wir erzählten ihnen nun alles, was wir bis jetzt wussten und teilten ihnen die Zeit für den Beginn der Operation mit.
Sie meinten, dass sie dann am unteren Flugdeck, bei den RHIBs auf uns warten würden.
Wir aßen nun auf und gingen dann auf unsere Kajüte.
Wir hatten jetzt noch etwa sechseinhalb Stunden bis zum Beginn der Mission.
Wir legten uns nun für diese Zeit schlafen, damit wir jedenfalls zum
Teil ausgeruht in den Auftrag gehen konnten.
Wir standen exakt um 00.00 wieder Uhr auf.
Wir packten unsere Ausrüstung in unsere Taschen und nahmen unsere Waffen.
Wir gingen nun zum unteren Fahrzeugdeck.
Dort warteten wir auf die drei Kampfschwimmer.
Sie kamen 15 Minuten später zu den RHIBs.
Wir standen noch da und besprachen kurz unsere Vorgehensweise.

Wir alle hatten uns für unsere Waffen wieder Schalldämpfer besorgt, da es besser für uns war, bei dieser Mission nicht aufzufallen.
Wir stiegen in zwei RHIBs und fuhren nun zur brasilianischen Küste.
Die Fahrt dauerte etwa eine Dreiviertelstunde.
Wir ließen die Boote am Strand stehen, denn vielleicht brauchten wir sie noch für unsere Flucht.
Wir ließen sie hinter einigen, im Wasser stehenden Felsen stehen.
Nun gingen wir an Land.
Wir setzten unsere Nachtsichtgeräte auf, da wir in dieser Dunkelheit nicht einmal die Hand vor Augen sehen konnten.
Wir liefen in den Dschungel.
Wir gingen nun zur letzten Position des Kampfschwimmerteams Bravo 1.
Sie befand sich auf einem Hügel, etwa zweieinhalb Kilometer nördlich von uns, 330 westlich Meter von einem großen Anwesen und 220 östlich Meter von einem großen Dorf entfernt.
Es dauerte zwar etwas, bis wir am Hügel ankamen aber wir schafften es ohne Probleme dorthin.
Leider fanden wir keine Anzeichen für den jetzigen Aufenthaltsort von Bravo-1.
Wir entschieden uns dafür, an diesem Hügel unseren Observationsposten aufzubauen, damit wir das ganze Gebiet überwachen konnten und somit auch hoffentlich Bravo 1 finden konnten.
Wir bauten uns schnell einen Posten und auch ein Nachtlager auf.
Von hier aus beobachteten wir das Anwesen und das Dorf und dessen Umgebungen.
Schnell hatten wir die Patrouillengänge der Wachen gemerkt und konnten uns so perfekt hindurch schleichen.
Genau um 04.30 machten wir uns bereit zum Infiltrieren des Dorfes und des Anwesens.
Wir entschieden uns dafür, dass die drei Scharfschützen hier auf dem Hügel bleiben sollten, während Logan und ich das Anwesen und Harper und King das Dorf infiltrieren und durchsuchen würden.
Nun ging es los.
Logan und ich gingen nun in Richtung des Anwesens.
Je ein Scharfschütze gab Logan und mir und auch King und Harper Deckung.
Der letzte Scharfschütze sicherte die restliche Umgebung.

Uns kamen drei Milizsoldaten entgegen.
Logan und ich versteckten uns hinter zwei dichten Sträuchern.
Die Scharfschützen erschossen daraufhin die Soldaten.
Logan und ich gingen weiter.
Das Anwesen war gut gesichert: Kameras, Alarmanlagen, hohe und dicke Granitmauern und Elektrozäune.
Es war zwar knifflig aber keine unlösbare Aufgabe für die AFO Reaper.
Wir schlichen uns von Westen aus heran.
Die Scharfschützen gaben uns Feindpositionen und Kamerapositionen durch.
<Reaper 0-1, hier Charlie 1-1, warten sie, die Elektrozäune werden sie grillen, wenn sie die berühren, suchen sie sich besser einen anderen Weg> meinte der Scharfschütze, der uns beiden Deckung gab, per Funk.
<Roger, irgendwelche schlauen Einfälle?> fragte ich leise nach.
<Hmm...kurzen Augenblick Reaper 0-1, suche einen anderen Weg> OK ich hab eine kleine Lücke bei dem Elektrozaun gefunden, die Stelle ist alt und verrostet und wahrscheinlich nicht mehr funktionstüchtig> meinte er.
<Wahrscheinlich?> fragte ich leicht empört.
<Roger ja, versuchen sie es, ich bin mir zu 98% sicher...nun gut sagen wir zu 91%> gab er leicht stotternd und leicht unsicher zurück.
<Oh, fick dich doch, wir versuchen´s> meinte ich sarkastisch aber dennoch leicht sauer.
Ich stellte mich mit dem Rücken zur Mauer und faltete meine Hände.
Damit hob ich Logan auf die Mauer.
Er bückte sich zu mir herunter und reichte mir seine Hand.
Als ich diese ergriff, zog er mich hoch.
Nun stiegen wir leicht über die verrostete Stelle im Elektrozaun, wobei ich diesen berührte und sofort einen Schrecken bekam.
Doch der Scharfschütze hatte mit seiner Einschätzung recht, der Zaun war an dieser Stelle nicht mehr funktionstüchtig, ein Glück für mich, sonst wäre mein Bein jetzt kross gebraten.
Leise sprangen wir von der Mauer herunter und versuchten uns auf dem Gelände so gut wie möglich an die Ansagen des Scharfschützen über Kameras und Feindbewegungen zu halten.
Das kein Alarm ertönte oder keiner der Feinde hektisch mit erhobener Waffe auf uns zu rannte, war ein Zeichen, dass wir weiterhin unentdeckt blieben.
Vor der großen Eichentür des Hauptgebäudes standen zwei

Soldaten, mit SG 553 Sturmgewehren und FN Five Seven Pistolen bewaffnet.
Um nichts unüberlegtes zu tun, knieten wir uns erst einmal in ein großes Gebüsch links vor dem Haupteingang.
Wir entschieden uns erst einmal abzuwarten und zu sehen, was die Wachen machen würden.
Der Scharfschütze teilte uns per Funk mit, dass es keinen anderen für uns erreichbaren Weg in das Hauptgebäude außer diesem Eingang geben würde.
Doch wir mussten uns beeilen, denn auf dem Gelände wimmelte es nur von gut ausgerüsteten Soldaten.
Die Wachen an der Tür sprachen auf spanisch miteinander.
Wir hörten ihrem Gespräch genau zu, um vielleicht mögliche Informationen über Bravo-1 zu erhalten.
Zum Glück hatte sich Logan bei der Fremdsprachenausbildung der
Rangers für Spanisch entschieden und konnte somit jedes einzelne Wort von ihnen verstehen.
Er übersetzte mir detailliert, über was sie sprachen.
Sie sprachen über vier Gefangene, die sich im Keller des Anwesens befinden würden.
Und dazu über deren Folterung und auch über den Deal der heute ablief.
Nun hatten wir genug gehört und Logan und ich zielten auf die Wachen.
Ich fragte den Scharfschützen, ob andere Milizsoldaten oder Kameras gerade die Wachen an der Tür im Blickfeld hätten.
<Grünes Licht, wiederhole ihr habt grünes Licht> meinten unser
Scharfschütze
Nun schossen Logan und ich.
Die Wachen fielen tot zu Boden.
Wir liefen zur Tür und jeder von uns griff sich einen und zog ihn in
das Gebüsch, in welchem Logan und ich uns eben gerade noch versteckt hielten.
Nun liefen wir zur Tür zurück.
Logan nahm ein Messer und einen Dietrich hervor und versuchte nun das Schloss der Eingangstür zu knacken, während ich ihm Deckung gab.
Nach etwa einer halben Minute hörte ich das klicken des Scharniers.
Logan schob nun langsam die Tür auf.
Wir betraten das Anwesen und schlossen die Tür hinter uns.
Nun meldete sich King bei mir.

<Boss, wir haben ein Waffenlager des Feindes entdeckt, verdammt gute Waffen, damit könnten die uns echt gefährlich werden> teilte mir King über Funk mit.
Dort befanden sich SG 553 Sturmgewehre, M4 Karabiner, M16A4 Sturmgewehre, H&K MG5 Maschinengewehre, M249 SAW Maschinengewehre, FN Five Seven Pistolen, IMI Desert Eagle Pistolen, sowie viele SMAW und RPG-7 Raketenwerfer.
<Macht das Depot dem Erdboden gleich Jungs> befahl ich.
Beide meinten nur <Klar, Boss> und machten weiter mit unseren jeweiligen Missionen.
Logan und ich schlichen uns nun weiter durch das Anwesen.
Wir entschieden, dass wir hier keine Wachen töten würden, außer dann, wenn es unbedingt nötig sei.
Uns kamen zwei Wachen entgegen.
Wir öffneten nun eine Tür und betraten den Raum dahinter.
Es stellte sich heraus, dass es ein kleiner Abstellraum war.
Wir hörten die Wachen an der Tür vorbeigehen und miteinander
sprechen.
Ich hatte die Sorge, dass sie etwas im Abstellraum suchen und uns ertappen würden.
Doch meine Sorge blieb unberechtigt, denn sie zogen ab und gingen weiter den Gang entlang.
Wir verließen den Abstellraum und gingen weiter.
Wir fanden eine kleine Treppe im hinteren Abteil der ersten Etage, die in einen engen und dunklen Gang führte.
Wir hatten wohl nun das Verlies gefunden.
Wir folgten dem Gang, bis wir viele kleine Zellen fanden.
Diese waren klein, dreckig und durch große Stahlstangen und alte Stahlschlösser versiegelt.
Und in diesen Zellen befanden sich die Operator von Bravo-1.
Sie hatten also überlebt.
Nun nahmen Logan und ich je einen Dietrich und ein Messer hervor und knackten die Schlösser.
Dies war eine leichte Aufgabe, denn die Schlösser hatten alte Scharniere mit halbem Stift, wahrscheinlich noch aus der Zeit um
1720.
Aber für uns war das günstig, da wir diese schnell öffnen konnten.
Nachdem wir fertig waren, halfen wir den Kampfschwimmern auf.
Sie hatten schwere Verletzungen erlitten und das schon nach einem Tag.
Der Folterer musste ein schrecklicher Mann gewesen sein,

denn sie alle wurden blutig geschlagen, wahrscheinlich mit stumpfen und harten Gegenständen, hatten Brandwunden und einer hatte sogar zwei gebrochene Beine.
Einem wurde auch das Auge zerstochen, wahrscheinlich langsam und qualvoll, um ihn wirklich leiden zu lassen.
Diese Jungs wurden übel zugerichtet, hatten aber verdammt viel Durchhaltevermögen, dafür gebührte ihnen mein Respekt.
Sie fragten uns, wer wir seien.
<Keine Sorge, wir sind US Navy SEALs, wir sind hier um sie hier rauszuholen> erklärte ich ihnen flüsternd.
Wir erklärten ihnen alles ganz genau und befragten sie zu den Vorfällen des gestrigen Tages.
Sie erzählten uns, dass sie, als sie auf dem Hügel ankamen, einen Deal zwischen dem brasilianischen General der Miliz und einer anderen Person beobachten konnten.
Es war ein Waffenhändler, wahrscheinlich Russe, etwa 1,98 groß, eine kurzgeschorene Militärfrisur und eine große Narbe unter dem rechten Auge.
Sofort fing mein Gesicht an, sich vor Wut zu verzerren und meine
Hand ballte sich zu einer Faust und verkrampfte sich etwas.
Siderov hatte also etwas damit zu tun.
Ich fragte, ob der Waffenhändler noch hier sei.
Sie meinten, dass er während ihrer Folterung anwesend gewesen sei, sich danach aber aus dem Staub gemacht hätte.
Er war mir also wieder einmal entwischt aber irgendwann kriege ich dieses Arschloch schon.
Nun halfen wir den Soldaten hoch und gingen mit ihnen nach oben zur Treppe.
Harper und King meldeten sich nun wieder.
Konntet ihr unsere Jungs finden?> fragte einer der Scharfschützen.
<Roger, wir haben sie, bewegt eure Ärsche hier hin und gebt uns Unterstützung bei ihrer Evakuierung> meinte ich.
Sie erwiderten, dass sie sich so schnell wie möglich zu unserer Position begeben würden.
Wir gingen nun langsam die Treppe hinauf.
Logan ging mit einem der Kampfschwimmer, der nicht so viel abbekommen hatte wie die anderen, mit erhobenen Waffen vor, um
uns anderen Deckung zu geben, da ich den Kampfschwimmer mit den gebrochenen Beinen auf meinem Rücken trug und nicht kampffähig war, ebenso wenig wie die anderen beiden Mitglieder von Bravo-1.
Wir warteten am oberen Ende der Treppe, während drei

Wachen den Gang entlang gingen.
Die Wachen bemerkten uns nicht und verschwanden hinter einer Ecke.
Plötzlich stolperte einer der Kampfschwimmer und fiel mit einem lauten Aufprall zu Boden.
Sein Kamerad half ihm auf, wobei uns jedoch die Wachen, die eben gerade an uns vorbeigingen und auch höchstwahrscheinlich die restlichen Milizsoldaten im Gebäude bemerkten.
Logan und der kampffähige Kampfschwimmer verteidigten uns, jedoch kamen nun immer mehr Feinde zu uns.
Doch wieder war das Glück auf unserer Seite, denn King und Harper traten die Tür des Anwesens auf und erschossen die Feinde von hinten.
Sie halfen uns nun und stützten die anderen beiden Kampfschwimmer.
Wir verließen das Anwesen.
Auf dem Gelände warteten jedoch viele Feinde auf uns.
Ich setzte den Kampfschwimmer, welchen ich auf meinem Rücken trug an einer Mauer ab und nahm mein Gewehr hervor.
Damit gab ich, zusammen mit dem kampffähigen Mitglied von Bravo-1 und Logan, den anderen Deckung, während sie ebenfalls die Verletzten absetzten.
Gemeinsam verteidigten wir uns gegen die Milizsoldaten auf dem Gelände.
Da sie nicht besonders gut an diesen spezielleren Waffen ausgebildet wurden, hatten wir einen Vorteil ihnen gegenüber.
Auch die drei Scharfschützen hatten uns nun wieder im Blickfeld und konnten uns vom Hügel aus Unterstützungsfeuer geben.
Nachdem alle Feinde auf dem Gelände ausgeschaltete waren, hob ich den einen verletzten Kampfschwimmer wieder auf meinen Rücken und wartete, bis King und Harper das gleiche taten.
Wir verließen in einem schnellen Tempo das Gelände und liefen in Richtung unserer Boote, die wir am Strand hatten stehen lassen.
<Trefft uns an den RHIBs, wir beeilen uns> vereinbarte ich mit den Scharfschützen.
Sie bejahten dies und machten sich auf den Weg.
Wir flüchteten nun vor weiteren Milizsoldaten in den Dschungel.
Mit eiligen Schritten liefen wir einen unebenen Weg entlang, bis wir zu einem kleinen Abhang kamen, den wir schon beim Hinweg erklommen hatten.

Diesen mussten wir nun wieder herunterklettern.
Ich ging als erstes und Logan und Harper hoben den Soldaten mit den gebrochenen Beinen herunter.
Ich nahm ihn entgegen und half, ihn auf den Boden zu heben.
Das gleiche taten wir mit den anderen Soldaten.
Nun liefen wir weiter, jedoch ohne unsere Verfolger im Nacken.
Der Strand war jetzt nicht mehr weit entfernt.
Doch plötzlich hörten wir eilige Schritte, laute Schreie und einige Schüsse.
Die Miliz war uns wieder auf den Fersen.
Ich setzte den Soldaten ab und sagte allen, dass sie sich hinter einer großen Felsreihe verstecken sollten.
Nun nahm ich meine schallgedämpftes H&K 416 hervor und Harper, Logan, King und ich griffen nun unsere Verfolger an.
Wir konnten uns gut verteidigen, denn wir erhielten auch noch Unterstützung von den Scharfschützen.
Diese kamen jetzt zu uns.
<Bringt Bravo-1 sofort zu den RHIBS, wir geben Feuerschutz, los, los, los!> befahl ich.
Sie taten dies auch ohne wenn und aber.
Nun hielten wir vier uns in einer geraden Formation und setzten uns nacheinander immer weiter nach hinten ab.
Wir konnten auch ohne Verletzungen den Strand erreichen.
Die Miliz hatten wir ebenfalls abgeschüttelt.
Nun stiegen wir in unser zweites RHIB.
Wir fuhren nun zur USS Varan zurück.
Als wir auf der Varan ankamen, brachten wir Bravo-1 sofort auf die Krankenstation.
Ich wunderte mich, warum nirgendwo die Besatzung der Rommel zu sehen war und fragte unsere Schiffsärztin.
Sie meinte, dass ein anderes deutsches Schiff, die „Brandenburg", die Besatzung abgeholt hatte.
Der Team Führer von Bravo-1 bestand darauf, dass sie sofort zur Makrele gebracht werden wollten.
Unsere Schiffsärztin protestierte gegen diese Bitte und meinte, dass dies mit diesen Verletzungen nicht möglich sei.
Ich trat nun in den Vordergrund.
Ich bat King darum, ein Flugzeug für den medizinischen Transport zu arrangieren.
Er ging sofort los.
Harper bat ich nun, Admiral Torcher über meine Entscheidung zu informieren.
Er ging ebenfalls sofort los.
Die Ärztin wurde sofort rot und brüllte mich an, dass ich dies

nicht zu entscheiden hätte und das ich nur ein medizinischer Laie wäre und ich diese Soldaten mit meiner Entscheidung dem Tod überlassen würde.
Ich blieb ganz entspannt und meinte dass, wenn sie richtig liegen würde, die ganzen Konsequenzen auf mich nehmen würde.
Sie stöhnte genervt und ging zu einem der anderen Patienten auf der Krankenstation.
Der Teamleiter von Bravo-1 bedankte sich bei mir für die Bewilligung seines Wunsches.
Ich nickte kurz und sagte ihnen, dass sie in zehn Minuten auf dem Flugdeck sein sollten.
Nun verließen auch Logan und ich die Krankenstation.
Wir gingen auf das Flugdeck, denn nach all dieser Aufregung und der langen Mission musste ich eine Zigarette rauchen, denn diese
hatte ich mir nun wirklich verdient.
Ich nahm mir nun eine Zigarette hervor und zündete sie mir an.
Wir gesellten uns zu King, welcher gerade eine Zigarre rauchte.
Er meinte, dass das Flugzeug in etwa fünf Minuten startbereit sei.
Nun gesellte sich auch noch Harper zu uns.
Er sagte mir, dass Admiral Torcher meinem Urteil vertrauen würde und den Flug bewilligen würde, aber ich im Falle eines Todes eines Bravo-1 Soldaten die Konsequenzen auf mich nehmen müsse.
Es war also alles so gekommen, wie ich es mir dachte.
Nun kam auch Bravo-1 in Begleitung der drei Scharfschützen.
Sie kamen noch ein letztes Mal zu uns.
Alle von ihnen bedankten sich für unsere Hilfe, sowohl auf dem Schiff als auch in Brasilien.
Wir gaben uns die Hände und sie gingen in das Flugzeug.
Die Laderampe schloss sich.
Nun flog es los.
Admiral Torcher kam im Anschluss zu uns.
Er teilte uns die Dankbarkeit von Kapitän Bergmann und auch seine eigene Freude für das vorbildliche Ausführen der beiden Rettungsaktionen mit.
<Vielen Dank für das Kompliment Admiral, doch sie brauchen sich nicht bei uns zu bedanken, es ist doch unser Job zu helfen wo wir nur können> gab ich zurück und salutierte kurz.
Er nickte leicht und ging zurück auf die Brücke.
Wir standen noch eine weile zusammen da und genossen einfach nur die Kühle Morgenluft und die schon aufgegangene

Sonne, denn es
war schon 08.00 Uhr.
Plötzlich brach Logan die Stille.
<Tja, ich glaube wir werden keine ruhige Minute haben, wenn die AFO Reaper gemeinsam unterwegs ist>.
<Wie recht du doch hast, Bruder...Wie recht du doch hast> gab ich ihm zurück und fing leicht zu lachen an.
Mein und Logans Lachen steckte auch Harper und King mit an.
Doch wir freuten uns alle, dass wir wieder vereint waren.

__Kapitel 8: Der Exodus__

Wir standen noch etwas da ohne ein Wort zu sagen, bis wir plötzlich ein Flugzeug am Himmel sahen.
Es sah aus wie eine alte Cessna 172, dennoch waren wir uns dabei nicht sicher.
Dem Sportflugzeug flogen zwei unserer F-35 Lightning II Kampfjets hinterher.
Laut Protokoll mussten sie das Flugzeug erst zur Landung zwingen und durften es erst im Falle der Verweigerung dieses Befehls abschießen.
Das Flugzeug kam der Varan immer näher und es gab keine Anzeichen für eine Landung.
Die Jets schossen nun je eine Rakete auf das Flugzeug.
Als diese das Sportflugzeug trafen, detonierte es gänzlich.
Im nächsten Augenblick wurde ich geblendet und vernahm einen kleinen Stromstoß in meinem Ohr, welcher von meinem Ohrhörer aus herrührte.
Ich erkannte es sofort: Ein elektromagnetischer Impuls, ein EMP.
Unsere Kampfjets stürzten im nächsten Moment ab und flogen nun genau auf das Flugdeck zu.
Einer traf das Flugdeck und detonierten mit einem riesigen Radius, der andere stürzte genau in den oberen Teil der Kommandobrücke.
Wir vier wurden durch die Druckwelle der explodierenden Jets zu Boden geworfen.
Wir standen sofort wieder auf und rannten zu dem Wrack der auf dem Flugdeck abgestürzten Lightning.
Ich schickte Logan und King zur Brücke, um nach Admiral Torcher und dem übrigen, sich dort befindenden Personal zu sehen.
Harper und ich überprüften das Wrack, und dessen Umfeld.
Es hatte insgesamt neun Wartungshelfer für unsere Luftfahrzeuge und drei Marines erwischt.
Nur ein Marine und zwei Wartungshelfer hatten überlebt, trugen jedoch schwere Verletzungen davon.
Es kamen drei Sanitäter auf das Flugdeck, die die Verletzten versorgen und zur Krankenstation bringen sollten.
Dieses Arschloch in dem Sportflugzeug hatte nun also die ganze USS Varan lahmgelegt.
Ich wusste genau, dass Siderov etwas damit zu tun hatte.
Darum ging es also bei dem Deal, um ein EMP Gerät, vielleicht sogar mehrere.
Wir waren nun leichte Beute für die Terroristen, denn ich wusste das
Siderov es auch zu Ende bringen würde und wahrscheinlich stark

bewaffnete Frachtschiffe, wie die bei dem Angriff auf die Rommel, losschicken würde.
Meine Annahme bestätigte sich auch, denn ich konnte diese schon am Horizont ausmachen.
Jetzt mussten wir uns mit aller Kraft verteidigen.
Ich sagte einem Sanitäter, dass sie, nachdem sie die Verwundeten auf die Krankenstation gebracht haben, mir jeden kampffähigen Marine auf das Flugdeck schicken sollten.
Er bejahte dies und brachte nun mit den anderen beiden Sanitätern die Verwundeten weg.
Kurze Zeit später kamen alle Marines, die auf der Varan dienten, auf das Flugdeck.
Leider waren auch die feindlichen Frachtschiffe nun in Schussreichweite.
Der Angriff begann auch sofort und die ersten Raketen der Raketenbatterien trafen die Varan.
Mehrere aufeinanderfolgende Explosionen dröhnten in meinen Ohren.
Eine Rakete Schlug am Bug und eine am Heck des Backbords (linke Seite eines Schiffes) ein.
Ein zweites Frachtschiff steuerte vom Steuerbord (rechte Seite eines Schiffes) aus heran.
Im nächsten Augenblick wurden viele boarding walks mit der Varan verbunden.
Nun mussten wir uns von zwei Seiten aus verteidigen.
Ich befahl der Hälfte der gesamten Marines unter der Führung von Harper, die Steuerbordseite zu verteidigen, während ich, zusammen mit der anderen Hälfte der Marines das Frachtschiff auf der Backbordseite abwehren würde.
Da ein EMP alle elektronischen Geräte lahm legte, funktionierte auch keines unserer Visiere, was es für mich erschwerte, ohne Zielhilfepunkt meines holographischen Visiers Feinde genau anzuvisieren und zu treffen.
Immer mehr Marines fielen im Laufe der Schlacht, doch dann kam ein Glücksfall.
Unsere Techniker konnten eines der 45mm Flakgeschütze wieder instand setzen.
Nun konnten wir das Frachtschiff links angreifen.
Das Geschütz setzte dem Frachtschiff Explosivgeschosse entgegen.
Das Frachtschiff ging kurz darauf in Flammen auf.
Ein Techniker rannte auf das Flugdeck.
Ich lief sofort zu ihm und rief ihm entgegen, ob er denn verrückt sei hier zu sein, obwohl ein Kampf im tobte.
Er meinte, dass er das Geschütz von außen überprüfen müsse, um

zu sehen wie groß der Schaden sei.
Ich nickte kurz und drehte mich sofort wieder zu den Feinden.
Das feindliche Frachtschiff war zwar zerstört, jedoch sah ich nun, wie viele Terroristen eine Treppe hinauf gerannt kamen.
Sie mussten sich von kleinen Speedbooten mit Enterhaken, die sie an
der Reling des unteren Flugdecks befestigt hatten, Zutritt verschafft haben.
Wir schossen die ersten Feinde nieder, doch dies nahm kein Ende, denn es kamen immer mehr Terroristen an Bord.
Ich musste nachladen.
Ich zog vorher noch meine Colt und schoss weiter.
Als auch dessen Magazin leer war, lud ich zunächst mein Gewehr und dann meine Pistole nach.
Ich hörte das Geräusch von mehreren herannahenden Hubschraubern.
Ich hatte für einen kleinen Augenblick die Hoffnung, dass wir nun Hilfe bekommen würden, doch ich lag falsch.
Es waren zwei russische Mi 24 Hind Kampfhubschrauber.
Die zwei Hinds schossen nun mit ihren 30mm Bordkanonen auf das intakte Flakgeschütz.
Es explodierte daraufhin.
Durch den Angriff des ersten Helikopters wurden drei weitere Marines getötet.
Der zweite Helikopter griff nun das Geschütz an, an dem die Techniker eben arbeiten wollten.
Dieses explodierte ebenfalls.
Nun hatten wir alle unsere Waffen gegen die feindlichen Schiffe verloren.
King und Logan kamen nun auf das Flugdeck.
Sie rannten sofort zu mir.
Ich fragte sie in einem lautstarken Ton, ob es dem Admiral gut ginge.
Sie meinten, dass er es überleben wird, da Logan ihn versorgt hat und er in einem sicheren Raum auf der Brücke untergebracht wurde.
Die Helikopter starteten einen erneuten Angriff.
Sie töteten so weitere sechs Marines.
Dieses Gemetzel schien endlos zu sein.
Ich bat King, Harper auf der linken Seite zu unterstützen, während Logan bei mir bleiben sollte.
King begab sich zu Harper.
Ich musste erneut nachladen, doch ich hatte keine Munition mehr, kein einziges gefülltes Magazin.
Ich griff nun wieder an mein Beinholster und schoss nun erneut

mit
meiner Colt 1911.
Doch auch für diese ging mir nun die Munition aus.
Einer der Marines sah dies und warf mir ein volles Magazin für mein Gewehr zu.
Ich lud nun mein Gewehr mit diesem nach.
Ich bedankte mich kurz bei dem Soldaten per Handzeichen und schoss nun weiter.
Ich gab nur einzelne und gezielte Schüsse ab, da ich nur noch dieses Magazin hatte und immer mehr Feinde zu uns kamen.
Die Helikopter kamen wieder auf uns zu.
Doch bevor sie schießen konnten, trafen sie zwei Raketen.
Ich sah mich kurz um.
Zwei Marines hatten die Hinds mit Stinger Flugabwehrraketenwerfern abgeschossen, zwei Probleme weniger.
Unser wichtigstes Ziel war es nun, das rechte Frachtschiff von der Varan zu lösen.
Ich hatte eine Idee.
Ich rief einen Marine zu mir.
Ich fragte ihn, wer hier der ranghöchste Marine, außer King auf dem Flugdeck sei.
Er zeigte auf einen Marine.
<Dieser Mann, das ist Captain Mark Darelle, er ist der ranghöchste Marine auf diesem Schiff, Sir>.
Ich befahl dem Marine, ihn zu mir zu bringen.
Er nickte kurz und rannte sofort zu Captain Darelle.
Dieser kam nun zu mir und fragte mich, was ich bräuchte.
Ich erzählte ihm von meinem Vorhaben und befahl ihm, während meiner Abwesenheit, die beiden Seiten zu halten und die Marines zu kommandieren.
Er nickte und rannte wieder zurück zu seiner Position.
Ich griff mir nun Logan, Harper und King und lief mit ihnen zu den boarding walks, die das feindliche Frachtschiff und die Varan verbanden.
Uns kamen Feinde auf den boarding walks entgegen, die wir auch sofort ausschalteten.
Da meine Munition nun gänzlich leer war, nahm ich die Kalashnikov eines gefallenen Terroristen, sowie einige Magazine von den Waffen anderer toter Feinde auf.
Wir gingen auf das Frachtschiff.
Wir waren momentan auf dem Deck vier zu acht unterlegen.
Doch wir töteten die acht Feinde, mithilfe der Unterstützung von ein paar Marine Scharfschützen.
Wir liefen in das Innere des Schiffes.
Wir schossen jeden Feind, der uns entgegen kam nieder.

Wir liefen auf das unterste Deck, wo sich auch der Schiffsmotor befand.
Es war ein alter Schiffsdieselmotor, wahrscheinlich einer, der noch mit Schweröl betrieben wurde.
Das würde ein tolles Feuerwerk geben, wenn dieser detonieren würde.
<King, Sprengsätze, hier, hier und hier> befahl ich King, während ich auf verschiedene Stellen im Motorenraum zeigte.
Wir setzten noch viele Sprengsätze auf den unteren Decks, insgesamt acht.
Danach setzen wir noch drei am Heck des oberen Decks und drei am Bug des oberen Decks.
Die letzten drei setzten wir am Pfeiler der Brücke.
Nun kämpften wir uns zu den boarding walks zurück.
Wir liefen auf die Varan zurück und entfernten die boarding walks von dem Schiff.
Das Frachtschiff entfernte sich nun leicht von uns.
Als es weit genug von der Varan entfernt war, nahm King den Zünder für die Sprengladungen hervor und wartete auf mein Zeichen, welches ich ihm auch kurz danach gab.
Das Schiff ging mit einem lauten Knall und einem sehr hellen Licht davon.
Wieder hatten wir ein Problem gelöst.
Doch meine leichte Freude wurde sofort wieder gedämmt, denn was ich nun sah, erschrak mich.
Das ganze Flugdeck war mit toten Marines und toten Terroristen bedeckt.
Nur wenige Marines hatten überlebt und ein Ende dieses Kampfes war noch nicht in Sicht, denn es kamen immer mehr Feinde an Bord.
Doch nun sollte sich das Blatt wenden, denn ich hörte viele Helikopter und auch ein Kampfflugzeug.
Ich drehte mich um und freute mich, als ich es sah.
Es waren fünf Ah-1 Viper Kampfhubschrauber und ein F-5 Tiger II Kampfjet.
Unsere Techniker mussten irgendwie die Kommunikationsrelais wieder hinbekommen haben und dann einen Hilferuf gesendet haben.
Jetzt hatten wir die Oberhand.
Die Helikopter und der Kampfjet griffen die kleinen Boote und das letzte Frachtschiff, welches sich weit von der Varan entfernt aufhielt, an.
Wir töteten die restlichen Terroristen mit aller Kraft.
Diesen Kampf hatten wir ganz knapp gewonnen, doch zu welchem Preis?

Bei diesem Angriff von Siderovs Privatarmee fielen insgesamt 155 von 212 Marines, die zurzeit noch auf der USS Varan dienten.
Eigentlich dienten 3000 Soldaten auf der Varan, darunter 2500 Marines.
Doch leider waren bis auf diese 212 Marines, die die Varan beschützten, alle restlichen Marines derzeit in Afghanistan und im Irak stationiert.
Ich kannte viele von den Gefallenen Soldaten und wusste, dass sie Familien daheim hatten.
Ich schwor mir erneut, Siderov dafür büßen zu lassen.
Doch als erstes mussten wir von der Varan herunter, denn niemand von uns wusste, ob sie sinken würde oder nicht, denn diese Schlacht hatte das Schiff sehr beschädigt.
Ich sah zum Himmel hinauf und sagte nichts.
Ich nahm mir einfach eine Zigarette und zündete sie mir an.
Plötzlich packte mich jemand bei der Schulter.
Ich drehte mich um.
Vor mir stand Admiral Torcher.
Er reichte mir seine Hand.
Ich erwiderte diese Geste.
Er drückte fest zu und bedankte sich mehrmals dafür, dass ich versuchte, die USS Varan zu retten und jedenfalls er, und 57 Marines durch mein Handeln überlebten.
Ich nahm meine Zigarette aus dem Mund in meine rechte Hand.
Ich meinte, dass dies nicht allein mein Verdienst gewesen sei, sondern auch das der 155 gefallenen Männer und Frauen des United States Marine Corps und das meines Teams.
Der Admiral atmete tief ein und sah ebenfalls zum Himmel hinauf.
Nun atmete er wieder aus und meinte, dass ich damit wohl recht hätte.
Ich hörte nun wieder das Geräusch vieler Helikopter.
Admiral Torcher und ich blickten zum Himmel hinauf.
Es waren zwei C-47 Chinooks und drei F-22 Hornet Kampfjets.
Die Jets umkreisten das Gebiet um die beschädigte USS Varan herum, während die Chinooks auf dem Flugdeck landeten.
Admiral Torcher, Harper, Logan, King und ich gingen zu den Helikoptern.
Die Laderampen der Chinooks öffneten sich und mehrere Techniker kamen aus dem ersten Helikopter heraus.
Aus dem zweiten Chinook kam General Morgan in Begleitung vieler Marines heraus.
Er ging in unsere Richtung.
Er hatte einen emotionslosen Blick im Gesicht.
Er und der Admiral gaben sich die Hände.
Harper, Logan, King und ich salutierten, als uns der General ansah.

Ohne ein Wort an uns zu richten, ging der General mit Admiral Torcher auf die Überreste der zerstörten Brücke.
Nun standen wir vier einfach wieder auf dem Flugdeck, erschöpft von der Schlacht.
Ich rauchte nun meine Zigarette weiter, doch ich nahm sie nach einem Zug wieder aus meinem Mund und warf sie auf den Boden, da ich keine wirkliche Lust auf sie hatte nach so einem verheerenden Kampf.
King zündete sich neben mir eine Zigarre an, er hatte wohl Lust darauf.
Um uns herum hörte man nur das Geräusch vieler Rotoren und das laute Dröhnen der Triebwerke der Kampfjets.
Ich sah mich auf dem Flugdeck um.
Viele der toten Marines wurden schon fort getragen, doch konnte ich den Anblick des mit Blut und Leichen dieser tapferen Soldaten bedeckten Flugdecks nicht aus meinem Kopf bekommen.
Eine Zeit lang später hörte ich eine Stimme meinen Namen rufen. Ich drehte mich zum Ursprung dieser Stimme um und konnte General Morgan erkennen.
Er kam uns entgegen.
Wir vier salutierten kurz und ich fragte ihn, was er von mir benötigte.
Er meinte, dass mein Team und ich erst einmal nach Virginia zurückfliegen sollten und Operationen von dort aus beginnen sollten, bis die Varan in einen sicheren Hafen gebracht und repariert wurde.
Auf meinem Gesicht zeichnete sich ein kurzes, glückliches Lächeln ab, da ich nun wusste, dass die Varan sich von dieser Schlacht wieder vollends erholen könne.
Nun zeigte der General auf den Chinook, mit dem er gelandet war und bat uns, mit ihm zurück in die Vereinigten Staaten zu fliegen.
Wir stiegen also mit ihm in den Helikopter und flogen los.
Ich merkte nicht, wie schnell der Flug verging und wir auf der Basis ankamen, da ich nur an die gefallenen Marines und das Bild des mit Blut und Leichen getränktem Flugdecks denken konnte.
Harper riss mich nun aus meinen Gedanken und fragte mich, ob alles OK sei.
Ich antwortete ihm mit einem kurzen: <Ja, mach dir keine Sorgen>.
Wir stiegen aus dem Helikopter aus, als er auf dem Flugfeld aufgesetzt hatte.
Als erstes gingen wir vier auf unsere Stube, um unsere Ausrüstung abzulegen und uns etwas auszuruhen.
Wir setzten uns an unseren Tisch und saßen die erste Zeit nur stumm da.

Ich brach die Stille und meinte <Jungs, ich bin stolz auf euch, ihr habt mal wieder gezeigt, aus welchem Holz ihr geschnitzt seid>
Dies sagte ich ihnen ab und zu, denn dieses Kompliment hatten sie sich auch wirklich verdient.
Doch sagte ich es ihnen nicht zu oft, da sie sich sonst vielleicht in zu großer Selbstsicherheit wiegen würden.
Und wie sagte man so schön „Hochmut kommt vor dem Fall".
Sie bedankten sich bei mir für das Kompliment.
Schon nach vier Tagen seit dem Angriff auf die Varan, sollte uns ein weiterer Schicksalsschlag treffen, denn es klopfte an unserer Tür.
Bevor ich hin gehen und sie öffnen konnte, rief Logan vom Tisch aus <herein!>
Die Tür öffnete sich und ein Soldat kam herein.
Doch er gehörte weder zur Army, noch zur Navy oder der Air Force.
Ich musterte genau seine Uniform.
Ich konnte am rechten Ärmel seiner Uniform die Flagge des Vereinigten Königreiches entdecken.
Es war also ein Soldat der royal british Army.
Er begrüßte uns.
Wir erwiderten dies.
<Sind sie Commander Frost, Leiter der AFO Reaper?> fragte er schüchtern.
Ich bejahte seine Frage, nickte dabei und fragte ihn, wer er denn überhaupt sei.
Er stellte sich uns vor.
Er hieß James Keating und war jetziger Captain im 22nd SAS Regiment der UKSF (United Kingdom Special Forces).
<John McAllisters Team?> fragte ich weiter.
Jetzt, wo ich ihn genauer ansah, erkannte ich ihn wieder.
Ich hatte ihn schon einmal gesehen, er war in McAllisters Team bei der Operation im Kaukasus gewesen.
Er bejahte meine Frage und sah deprimiert zu Boden.
Im nächsten Moment überreichte er mir einen USB Stick.
Er meinte, dass sich darauf wichtige Daten über Siderov und seine Pläne befänden.
Nun fragte ich ihn, warum er denn so deprimiert sei und warum er und nicht McAllister hier sei.
Er atmete einmal tief durch und erzählte uns von der Operation, bei der sie die Daten auf dem USB Stick bargen.
Sie hatten von Agent Diaz die Information erhalten, dass einer von Siderovs nahestehenden Unterhändlern in London lebte und Schwarzmarktwaffen, Sprengstoffe und Schutzwesten an die Kriminellen dort verkaufte.

McAllister ging zusammen mit Captain Keating und dem Rest seines
Teams zum Hafen, wo sich auch die Wohnung und das gemietete Lagerhaus des Unterhändlers befand.
Sie drangen nachts unbemerkt in die Wohnung ein und durchsuchten diese nach Beweisen und Informationen über Siderov, seine Terrororganisation und den Schwarzmarkthandel.
Sie fanden den Computer des Unterhändlers und luden die Informationen auf den USB Stick.
Sie wurden jedoch entdeckt und kämpften lange gegen Siderovs Truppen, welche um ein vielfaches in der Überzahl waren.
In dem Gefecht wurde McAllister mehrmals angeschossen und starb letztendlich an den Verletzungen.
Ich unterbrach Keating in diesem Moment mit einem lautstarken <WAS?!>
Er meinte, dass es wahr wäre und er seinen Tod auch sehr betrauern würde.
Er fuhr fort.
<Seine letzten Worte waren: Bringen sie diese Informationen zu Commander Derek Frost, er ist Navy SEAL, er wird wissen, was damit zu tun ist...Ach ja und Glückwunsch zur Übernahme meines Teams...Captain> erzählte er mir.
Ich packte ihn bei der Schulter und meinte <Sein Tod war nicht umsonst>
Er bedankte sich bei mir für meine freundlichen Worte.
Ich meinte, dass ich derjenige sei, der sich bedanken müsse, da er mir Informationen über Siderov brachte und wir ihn damit vielleicht endlich aufspüren konnten.
<Wollen sie nicht gerne der Beerdigung Captain McAllisters beiwohnen, da sie doch einer seiner engsten Freunde waren?> fragte er mich.
Ich meinte, dass ich gerne dabei sein wollte, da ich ihm und seinen tapferen Taten meinen Respekt zollen wollte.
Ich sagte Keating, dass ich sofort ein Flugticket nach Hereford kaufen würde.
Er gab mir den Namen der Fluggesellschaft, mit der er flog und ich suchte nun nach seinem heutigen Flug.
Ich hatte nun wieder einmal großes Glück gehabt, denn es war noch ein Platz frei.
Bevor mir jemand zuvor kommen konnte, kaufte ich das letzte Ticket.
Und wie es der Zufall wollte, war es der Platz neben Sergeant Kite.
Nun sagte ich ihm, dass er draußen am Flugfeld auf mich warten sollte, da ich noch meine Ausgehuniform und andere Dinge in meinen Koffer packen musste.

Die Jungs fragten mich, ob sie mitkommen sollten, was ich jedoch verneinte, da niemand von ihnen McAllister so kannte wie ich.
Ich öffnete meinen Schrank und nahm meine Ausgehuniform heraus.
Es war ein schwarzer Dreiteiler mit vielen goldenen Verzierungen an
den unteren Ärmeln und goldenen Knöpfen.
An der linken Schulter trug man sein eigenes Rangabzeichen, in meinem Falle das Zeichen des Commanders.
An der linken Brust trug man die Auszeichnungen, die man durch die Ausübung seines Dienstes oder besonderen Taten erhielt.
Ich hatte in meinen elf Jahren als Navy SEAL viele Auszeichnungen erhalten, darunter der Großteil an Auszeichnungen die ein jeder Soldat erhielt aber auch wenige Medaillen, die für außerordentliche Leistungen verliehen wurden.
Darunter waren drei mal die Purple Heart Medaille, die für die Verwundung eines Soldaten durch feindliche Kräfte im Gefecht verliehen wurde, drei Mal die Silver Star Medaille, welcher für besondere Tapferkeit vor dem Feind verliehen wurde und die Navy Expert Rifle Medal, welche durch
außerordentliche Schießleistung mit dem Gewehr verliehen wurde.
Ich packte nun den Anzug ganz fein säuberlich gefaltet, frische Anziehsachen und ein paar andere Dinge in einen kleinen Koffer und verabschiedete mich von den dreien.
Sie winkten mir zum Abschied.
Ich verließ das Gebäude und ging zum Flugfeld.
Captain Keating wartete schon auf mich.
Er sah in den Himmel.
Ich ging von hinten an ihn heran und als ich etwa dreieinhalb Meter von ihm entfernt war, meinte ich <Tja, der Sommer neigt sich langsam dem Ende zu>
Er drehte sich zu mir um und entgegnete mir ein leises <Ja, leider>
Wir verließen nun die Kaserne und riefen uns ein Taxi, welches uns zum Norfolk international Airport bringen sollte.
Die Fahrt dauerte nicht allzu lange, was natürlich zu unseren Gunsten lag, da wir so nicht zu viel für die Fahrt bezahlen mussten.
Insgesamt bezahlten wir 14,50$ für die Fahrt, was ich netterweise bezahlte.
Nun betraten wir den Flughafen.
Unser Flug ging in dreiundvierzig Minuten.
Wir hatten zum Glück Sonderrechte, was Sicherheitskontrollen und
Kofferkontrollen anging, da wir den Wachmännern nur unsere Pässe, die uns als Elitesoldaten bestätigten, zeigen mussten, ihnen

mitteilen mussten, dass wir Waffen dabei hatten und ihnen unsere Koffer zeigen mussten, damit sie diese schnell überprüfen konnten.
Es hatte schon viele Vorteile, ein Operator einer Eliteeinheit zu sein.
Als das Flugzeug bereit zum boarden war, stiegen wir ein und entspannten uns für die restliche Zeit bis zum Start.
Nun konnte das Flugzeug starten.
Die Stewardessen erklärten noch schnell die richtige Anwendung der Atemmaske und das richtige Anlegen der Schwimmweste im Falle eines Absturzes.
Im Anschluss wünschte der Pilot uns Passagieren einen angenehmen Flug und startete nun das Flugzeug.
Als wir in der Luft waren, fingen Keating und ich an, uns zu unterhalten.
Ich bat ihm, mir nun endlich einmal seine Geschichte zu erzählen: Wie lange er schon beim SAS war, wie es dazu kam, dass er für Team von McAllister ausgewählt wurde und was es noch interessantes über ihn zu wissen gäbe.
Er war 31 Jahre alt war erst seit fünf Jahren beim SAS. McAllister hatte ihn während eines Trainings im Killhouse mit einem Squad aus anderen Rekruten beobachtet und letztendlich ihn als letztes Mitglied seines Teams ausgewählt, da er ein sehr professionelles Vorgehen im Killhouse an den Tag legte.
Ab diesem Punkt stoppte er, da er meinte, dass es sonst nichts interessantes über ihn zu wissen gäbe.
Ich fragte ihn also weiter aus aber dieses mal über etwas privatere Sachen.
Meine erste Frage stellte sich seinem Familienstand.
Keating erzählte mir, dass er eine Frau und zwei kleine Kinder, einen Jungen und ein Mädchen, daheim hatte.
Ich klopfte ihm auf die Schulter und sprach ihm meine Glückwünsche aus.
Er sah mich mit einem fragenden Blick an.
Seinen Blick erwiderte ich mit einem lachenden <Egal>.
Nun hatten wir fürs erste keine Gesprächsthemen und wir saßen jetzt schweigend da.
Ich nahm eine Zeitschrift aus meinem Handgepäck hervor.
Es war die neueste Ausgabe von „Waffen und Munition".
Ich hatte mir diese Zeitschrift abonniert, da ich mich sehr für Waffen
interessierte und somit auch immer etwas gegen die Langeweile dabei hatte, jedenfalls wenn ich in der Freizeit unterwegs war.
Captain Keating sah sich die Zeitschrift an und fragte lachend, ob ich mir wirklich eine Zeitschrift über Waffen abonniert hatte.

<Ja, das siehst du doch> brachte ich ihm lachend entgegen.
Er lachte.
<Ich wünsche ihnen viel Spaß, Commander Frost> meinte er.
<Nenn mich einfach Derek> entgegnete ich.
Er lächelte mich an und meinte, dass er jetzt erst einmal schlafen würde.
<Alles klar, dann mach das mal> antwortete ich.
Für den Rest des Fluges las ich in meiner Zeitschrift und Keating schlief.
Nach der Landung in Hereford weckte ich ihn.
Wir stiegen aus dem Flugzeug aus und verließen den Flughafen auf die gleiche spezielle Weise, wie wir den Flughafen in Norfolk betreten hatten.
Nun waren wir offiziell in Hereford.
Es war lange her, dass ich dort gewesen war.
Captain Keating und ich riefen uns erneut ein Taxi und fuhren dann zum SAS Stützpunkt in Credenhill.
Dort angekommen, steigen wir aus dem Taxi aus, gaben dem Fahrer den zu bezahlenden Betrag und betraten die Kaserne.
Uns kamen zwei Soldaten entgegen.
Sie begrüßten Keating ganz herzlich und fragten ob ich, ich zitiere „Dieser Ami" sei.
Ich lachte und meinte, dass ich dieser sei.
Wir gingen als erstes in die Kaserne hinein, um uns entsprechend zu kleiden.
Keating und ich zogen uns unsere Ausgehuniformen an und gingen hinaus.
Er führte mich zum Friedhof der Credenhill Kaserne, wo schon viele SAS Mitglieder um ein Grab herum standen und Zivilisten auf Stühlen vor dem Grab saßen.
McAllisters Beerdigung fing an.
Captain Keating ging hinüber zu McAllisters Team, welches jedoch nun seiner Leitung unterstand.
Keating winkte mich zu sich herüber.
Seine Teamkameraden und ich begrüßten uns kurz und lauschten dann weiter den Worten des Pfarrers.
Er zitierte viele Psalme und Stellen der Bibel.
Viele davon kannte ich, weil ich schon auf vielen Beerdigungen von
Soldaten war, darunter viele Freunde.
Und jeder Pfarrer las die gleichen Stellen vor.
Nun kam der Moment, wo die Flagge über dem Sarg zu einem Dreieck gefaltet wurde.
Sie wurde seiner Frau Catherine McAllister übergeben, welche nun laut zu weinen anfing.

Captain Keating ging zu ihr herüber und versuchte sie zu beruhigen, was ihm schließlich auch gelang.
Als letztes sprach noch jeder von uns ein paar Worte zu McAllister und jeder kondolierte danach an seinem Sarg.
Die Kondolation war die letzte Ehre, die man einem gefallenen Soldaten erwies, dabei legte man seine eine Hand für ein paar Sekunden auf das Grab und zollte dem Gefallenen damit seinen Respekt.
Nun ertönte die Musik eines Dudelsackes.
Nachdem jeder John seinen Respekt gezollt hatte, gingen wir alle in die Kaserne und versammelten uns im Aufenthaltsraum.
Dort öffneten wir zwei Flaschen Scotch und stießen gemeinsam auf John und seine mutigen Taten und seinen Heldentod, den er für sein Land erlitt, an.
Ich setzte mich auf einen Stuhl, der sich an einem Tisch in der Mitte des Aufenthaltsraumes befand.
Captain Keating kam zu mir herüber.
<Commander Fro...ich meine Derek, bitte versprich mir, dass du diese miese Schlange Siderov für seine Taten büßen lässt...> sprach er.
<Ich verspreche es dir...Dir, deinem Team und allen anderen Leuten, denen Siderov Schaden zugefügt hat> antwortete ich.
Keating nahm einen großen Schluck von seinem Scotch und meinte, dass ich immer auf ihn zählen könnte, wenn ich je Hilfe bei der Suche nach Siderov bräuchte.
Ich entgegnete, dass ich darauf zurückkommen würde, wenn dieser Tag einmal kommen würde.
Wir wurden immer weniger im Laufe des Tages, am Ende waren nur noch Keating und ich im Aufenthaltsraum.
Ich verbrachte noch drei weitere Tage in Credenhill, bevor ich mich auf den Heimweg machte.
In dieser Zeit tauschte ich mich noch mit ein paar SAS Soldaten über Taktiken, Waffen und viele andere Militärische Dinge aus und trainierte in deren Killhouse.
Am dritten Tag brachte mich Keating zum Hertford international Airport, damit ich mir kein Taxi rufen musste.
Am Flughafen angekommen, stieg ich aus seinem Wagen aus und verabschiedete mich von ihm.
Er wünschte mir eine gute Heimreise und bat mich darum, mein Team von ihm zu grüßen.
<Mache ich> antwortete ich, während ich in Richtung des Haupteinganges ging.
Ich hörte seinen Wagen erneut starten und davon fahren.
Ich ging an den Sicherheits- und Kofferkontrollen entlang und wartete auf meinen Flug.

Das Flugzeug landete zwanzig Minuten später und war auch zehn Minuten danach zum boarden bereit.
Ich stieg in das Flugzeug und wartete auf den Start.
Nach ca. 30 Minuten war das Flugzeug bereit.
Ich schlief den ganzen Flug über, da ich in den letzten Tagen kein Auge zubekommen hatte und mich nun endlich ausruhen wollte.
Nach der Landung in Virginia, fuhr ich sofort mit einem Taxi zur Kaserne in Dam Neck zurück.

Kapitel 9: Nur Übung macht den Meister

Ich ging den langen Flur zu meiner Stube, welche sich im südlichen Teil des Gebäudekomplexes befand, mit langsamen Schritten entlang.
Dieser Gang schien mir endlos, da ich die ganze Zeit in meinen Gedanken versunken war.
Ich wäre fast gegen die Wand am Ende des Ganges gelaufen, hätte Harper nicht die Tür der Stube geöffnet und mich entdeckt.
Er packte mich bei meinem rechten Arm und riss mich aus meinen Gedanken.
<Boss, du bist ja schon wieder da, wieso bist du gerade nicht reingekommen, du weißt doch wo unsere Stube ist> fragte er mich mit einem leichten Lächeln.
<Entschuldige Harper, ich war in Gedanken> antwortete ich ihm und sah ihn mit einem Lächeln an.
Ich folgte Harper in die Stube.
Dort waren auch schon King und Logan.
King reinigte gerade seinen 44 Magnum Revolver, welchen er sowohl im Dienst, als auch zivil bei sich trug.
Logan saß auf seinem Bett und tippte auf seinem Smartphone herum.
Da er ab und zu dabei leicht rot im Gesicht wurde und auch schmunzeln und leicht kichern musste, war es mir sofort klar: er schrieb mit seiner Freundin Kate.
Harper erkannte es auch und sah mich an.
Wir fingen beide leise an zu lachen, so das Logan es nicht mitbekam.
Aber so wie er da saß, bekam er wahrscheinlich überhaupt nichts mit.
Er hatte bestimmt auch nicht einmal mitbekommen, das ich wieder hier war.
Ich ging zu ihm und setzte mich neben ihn.
Ich packte ihm im nächsten Moment auf die Schulter.
Er zuckte erschreckt auf und ließ dabei fast sein Handy fallen.
<Boss, seit wann bist du denn wieder da?> <Erschreck mich bitte nie wieder so> hing er lachend an.
<Tja, irgendjemand musste dich doch mal aus deiner Trance reißen> meinte ich, während ich ihm ein Lächeln entgegenbrachte.
Er erwiderte dies und wollte wieder auf sein Handy schauen, welches ich im jedoch schnell aus der Hand riss und schnell vom Bett aufstand.

Logan stand ebenfalls auf und bat mich, es ihm
wiederzugeben, das
jedoch in einem befehlerischen Ton.
Die Reaktion auf seine Bitte war ein einfaches und stumpfes
<Nö>
Ich stand neben der Tür und sah mir den Chatverlauf an.
Nun las ich einiges davon vor.
Ich zitiere <Schatz, ich vermisse dich so sehr, bitte komm am
Wochenende wieder nach Hause, du weißt ich kann ohne dich
an meiner Seite nicht richtig einschlafen.
Könntest du Derek nicht fragen, ob er dir für dieses
Wochenende freigeben kann?
Bitte, bitte frag ihn, denn ich sehne mich danach, dich wieder
in meinen Armen zu halten und einfach die Wärme deiner Haut
zu spüren und den sanften Klang deines Herzens zu hören.
Ich liebe dich>
Daraufhin Logan <Schatz, du weißt dass das nicht so einfach
geht, denn Derek würde das zwar machen aber falls ein Einsatz
für uns käme, könnte ich die drei nicht alleine in diesen gehen
lassen, da ich mir dann die ganze Zeit Sorgen machen würde.
Und falls ihnen dann etwas passieren würde, könnte ich mir
das nie wieder verzeihen.
Ich würde mir ja auch nichts anderes wünschen, als neben dir
einzuschlafen, dich zu umarmen, dabei deine Wärme zu spüren
und dich einfach mit Liebe zu überschütten.
Doch ich habe Pflichten...Mir gegenüber, Derek gegenüber,
den Jungs gegenüber und auch meinem Land gegenüber.
Ich verspreche dir, dass ich bald nach Hause kommen werde,
doch bis dahin, beruhigt mich der Gedanke, dass du in meinen
Gedanken bei mir bist.
Jeden Abend denke ich an dich und sehe immer wieder das
Funkeln deiner Augen vor mir, was mich mit einem Lächeln
und einem frohen Herzen einschlafen lässt.
Ich liebe dich auch>
<Oho, unser kleiner Logan ist ja ein richtiger Romantiker>
meinte ich lachend.
Harper und King lachten ebenfalls.
Logan bat mich immer wieder darum, ihm sein Handy wieder
zu geben, was ich jedoch immer wieder verneinte.
Im Verlauf scrollte ich weiter herunter und dann sah ich es.
Kate hatte Logan ein aufreizendes Bild von ihr geschickt, mit
dem Kommentar darunter „Jetzt bist du jedenfalls nicht ganz
alleine" und einem küssenden Smiley dahinter.
Ich drehte das Display nun so, dass der Chat für alle drei
sichtbar war und zeigte es Harper und King.

Harper meinte nur mit lauter Stimme <Oh, shit seht euch das an,
Kate sieht ja verdammt heiß in ihrem schwarzen Dessou aus!!!>
Lachend stimmte ich ihm zu, meinte aber, dass er nicht so reden sollte, da er doch selbst eine gutaussehende Frau daheim hatte.
Logan bat mich jetzt noch ein letztes mal darum, ihm das Handy wieder zu geben.
Vor Lachen konnte ich ihm keine Antwort geben.
Im nächsten Moment verspürte ich einen starken Schmerz in der Magengegend, der mich auf die Knie sinken ließ.
Logan hatte mir soeben wirklich mit aller Kraft in den Bauch geschlagen.
Als ich zu ihm hoch sah, lehnte er sich sofort zu mir herunter und entschuldigte sich mehrmals hintereinander bei mir.
Harper und King hatten derweil aufgehört zu lachen und nahmen nun eine nichtssagende und überraschte Miene an.
Logan schien gar nicht mehr mit dem entschuldigen aufzuhören.
Er half mir anschließend hoch, wobei ich nur meinte <Ist schon gut, ich habe es ja verdient, ich bin einfach zu weit gegangen.
Aber meine Fresse, war das ein Schlag, das hast du wirklich drauf>
Trotzdem hörte er nicht mit dem entschuldigen auf.
Immer wieder entgegnete ich, dass alles OK sei und er aufhören sollte, sich zu entschuldigen.
Schließlich kam er meiner Bitte nach, trug aber noch seine beschämte Miene.
Um die Stimmung zu lockern, packte ich ihm auf die Schulter und nannte ihn einen kleinen Hurensohn, natürlich aus reinem Spaß heraus gemeint.
<Vergessen wir die ganze Sache einfach, OK?> fragte er mich.
<Na klar, ist schon vergessen> gab ich als Antwort zurück.
Wir vier entschieden uns dafür, in das Killhouse zu gehen und dort zu trainieren, um unsere Reflexe erneut zu schärfen.
Wir verließen die Stube und gingen zum Killhouse.
Dieses mal wurde es wie ein Appartementgebäude gestaltet, das hieß, es war ein langer Gang mit vielen Zimmern auf jeder Seite, die sich parallel gegenüberlagen.
Ich nahm meine MP5 und meine Colt 1911 für die Übung, Harper sein M4 Karabiner SOPMOD und seine H&K USP 45. , Logan seine H&K MP7, sowie seine Beretta M9.
Da MGs nicht im Killhouse erlaubt waren, erhielt King eine

MP5, mit einem holographischen Visier und einem Taclight.
Wir legten unsere Schutzwesten und die restliche Ausrüstung an und nahmen uns ein paar Magazine von einem Tisch, der vor dem Killhouse stand.
Das war wirklich das allererste Mal, dass ich King ohne ein Maschinengewehr sah.
Es war wirklich ein witziger Anblick, so ein großer und muskulöser alter Mann wie er, mit einer kleinen, dünnen und kompakten Waffe.
Das passte wahrlich nicht.
Wir sahen uns den Plan des Gebäudes an.
Es hatte zwei Etagen, mit je drei Räumen auf jeder Seite.
Die Fenster waren mit alten Holzplatten verbarrikadiert, wir konnten also nicht wissen, wer oder was sich in den Räumen befand.
Da das Szenario dieses mal eine Geiselrettung war, befanden sich in mehreren Räumen Geiseln, jedoch wussten wir nicht wie viele und wo genau sie sich dort befänden.
Das Gebäude hatte zwei Eingänge, vorne und hinten.
Meiner Meinung nach war also die beste Methode, sich aufzuteilen und in Zweierteams vorzustoßen, ein Team sollte durch den Hintereingang hinein gehen, während Team zwei sich mit Enterhaken auf das Dach begibt, eine der Barrikaden der Fenster des oberen Stockes aufsprengt, den Raum dann sichert und dann die obere Etage sichert, während Team eins die untere Etage übernimmt.
Logan und Harper stimmten mir zu, jedoch war King da anderer Meinung.
Er war der Ansicht, dass wir zu viert von hinten aus heran gehen sollten, da wir so eine bessere Deckung im Gang hätten, weil wir mehr Leute waren, ergo auch mehr Feuerkraft hatten.
<Also gut, alter Mann, wir machen es auf deine Weise> meinte ich lachend zu King.
<Hah, so Jungspunde wie du können halt nicht mehr so um die Ecke denken, wie wir älteres Kaliber, wir haben mehr Kampferfahrung als ihr> gab er mir mit einem schelmischen lächeln zurück.
<Ich sag dir was, wenn deine Taktik versagt, schuldest du mir ein Bier> wettete ich mit King.
Im Anschluss reichte ich ihm meine Hand.
Er schlug ein, somit war unsere Wette gerechtfertigt.
<Und denk dran D, wenn wir jetzt bei dieser Übung Erfolg haben und das zu 100%, dann gibst du mir einen aus> hing er an unseren Handschlag an.
Ich nickte selbstsicher.

Nun ging es los.
General Morgan und ein paar Drill Sergeants sahen unserer Übung vom Überwachungsraum aus, von wo sie einen Rundumblick im Gebäude durch die Kameras hatten, zu.
Wir stellten uns zusammen an der hinteren Eingangstür auf.
Zwar waren unsere Feinde nur Holzaufsteller, jedoch musste man es
wie eine echte Operation aussehen lassen und deswegen gingen wir
auch taktisch vor, da man von einem hinteren Eingang aus das Überraschungsmoment auf seiner Seite hatte.
Die Zeit lief mit dem Betreten des Gebäudes.
Ich befahl King, einen Sprengsatz an die Tür zu setzen.
Kurz darauf zündete er diesen und uns umgab eine dichte Rauchwolke, durch die wir dann in das Haus eindrangen.
Wir befanden uns nun in einem kleinen Raum, in welchem sich insgesamt drei Pappkameraden aufhielten.
Diese schossen wir ohne mit der Wimper zu zucken nieder.
Ich rief das Wort <save!>, welches Pflicht war wenn man einen Raum gesichert hatte, denn so konnte man seinen Kameraden signalisieren, dass man einen Raum gesichert hatte.
Wir gingen nun weiter.
Langsam und vorsichtig arbeiteten wir uns vor.
Nun kam der lange Gang, mit den vielen Räumen.
Ich gab Harper das Zeichen, dass er zu mir auf die linke Seite kommen sollte, damit wir beide die linken Räume und Logan und King die auf der rechten Seite sichern konnten.
Harper und ich stellten uns an der ersten Tür auf, welche geschlossen war, während Logan und King sich an der ersten auf ihrer Seite, welche ebenfalls geschlossen war, aufstellten.
Ich blickte zu den beiden herüber und zählte nun langsam per Handzeichen von drei aus herunter.
Logan und ich traten zeitgleich unsere jeweilige Tür auf, woraufhin Harper und King eine Blendgranate hineinwarfen.
Nun stürmten wir in die Räume und sicherten sie.
In unserem Raum waren keine Geiseln.
Nachdem wir die Feinde erschossen hatten, blickte ich zum anderen Raum herüber und rief erneut <save!>.
King rief ebenfalls <save!>, meinte aber, dass sich ebenfalls keine Geiseln in ihrem Raum befanden.
Jetzt waren die nächsten beiden Räume dran.
Wir machten es genau so, wie beim ersten Mal und wieder waren keine Geiseln anwesend.
Jetzt waren die letzten Räume auf dieser Etage dran.
Wir stellten uns erneut auf und machten uns auf unseren

Vorstoß bereit.
Ich packte an den Türknauf und versuchte die Tür leicht zu öffnen, doch plötzlich piepte etwas hinter der Tür.
Im nächsten Augenblick lag ich leicht verwirrt auf dem Boden.
Harper half mir hoch, während King und Logan Deckung gaben.
Da hatten sich die Ausbilder ja was tolles ausgedacht, eine Rückstoßladung an die Tür zu setzten.
<Eine leichte Sprengladung, etwa 1,5 Gramm, nicht tödlich> erklärte uns King.
<Jaja King, du alter Klugscheißer> meinte ich sarkastisch und musste lachen.
Nachdem ich wieder ganz auf den Beinen war, stürmte ich mit Harper in den Raum.
Es waren insgesamt drei Feindaufsteller und eine Geisel.
Harper schoss zwei Feinde nieder, während ich auf den Kopf des dritten Feindes zielte, um die Geisel nicht zu treffen.
Wir hatten nun eine Geisel gerettet.
Ich rief erneut <save!> aus.
Währenddessen sicherten Logan und King den anderen Raum.
Logan signalisierte uns, dass der Raum gesichert sei und zeigte uns zwei Finger, um uns zu zeigen, dass zwei Geiseln anwesend und nun gesichert waren.
Wir trafen uns wieder auf dem Gang und stießen nun zur Treppe zum zweiten Stock vor.
Ich gab King das Zeichen, eine Blendgranate bereit zu halten und vorher den Stand seines Magazins zu prüfen.
Die anderen taten dies ebenfalls.
In meinem Magazin befanden sich noch fünf Patronen, ich lud also nach.
Die anderen taten das gleiche, anscheinend waren ihre Magazine auch fast bzw. ganz leer.
Nun gingen Harper und ich langsam und geduckt die Treppe hinauf, während King unten seine Blendgranate bereit hielt und Logan ihm Deckung gab.
Ich schaute über das Treppengeländer zu den beiden herunter und gab ihnen das Zeichen die Blendgranate zu werfen und dann zu uns aufzurücken.
Als ich die Explosion der Blendgranate hörte und den Ansatz des Lichtes an der Decke sah, stand ich auf und sicherte den Gang.
Ich schoss fünf Mal, da sich ein Feind im Gang befand.
Die anderen blieben dicht hinter mir und deckten meinen Rücken.
Wir folgten langsam dem Gang zu den ersten beiden Räumen.

Über uns befanden sich Luftschächte, irgendwie gefiel mir die Situation dabei nicht und ich wusste nicht warum.
Und meine Sorge fand Bestätigung, denn als wir weitergingen, fielen plötzlich die Gitter der Schächte auf den Boden und jeweils ein Feindaufsteller raakte jetzt aus den Öffnungen.
Wir drehten uns schlagartig um und jeder von uns gab eine fünf bis zehn Schuss Salve ab.
Die Aufsteller fuhren nun wieder nach oben, diese Bedrohung war damit ausgemerzt.
Jetzt waren die Räume dran.
Dieses Mal war es etwas kniffliger, da jeweils eine der drei Türen
auf jeder Seite geöffnet war.
Die erste Tür auf der linken Seite war geöffnet.
Also stellten wir uns jetzt alle auf der linken Seite, anstatt zwei Leute auf jeder Seite, auf.
Ich warf eine Blendgranate in den Raum und betrat daraufhin diesen.
Ein Feind, keine Geiseln und eine komische Box auf dem Tisch.
Plötzlich fing sie an zu piepen.
Aus der Box trat Gas aus, was sich ziemlich schnell vermehrte.
<Gasmasken auf!> rief ich den Jungs entgegen.
Jeder von uns griff nun zu seiner Gasmaske und legte diese an.
<Wow, die Ausbilder haben ja dieses Mal alle Register gezogen> hörte ich Harper mit leicht verzerrter Stimme sagen.
Ich nickte und zeigte in Richtung der zweiten offenen Tür.
Wir stellten uns nun auf der anderen Seite auf und bereiteten uns vor.
Ich blickte leicht in den Raum hinein, um die Lage zu checken.
<Drei Feinde, zwei Geiseln> meinte ich.
Wir sicherten den Raum wie die davor, wobei es keine weiteren Überraschungen gab.
Das gleiche taten wir dann mit den nächsten Räumen.
Jetzt war nur noch der letzte Raum übrig.
Logan und ich stellten uns links von der Tür und Harper und King rechts von der Tür auf.
Um den Vorstoß zu bestätigen, nickte ich leicht.
King trat nun die Tür auf, woraufhin ich eine Blendgranate hineinwarf.
Nach der Detonation lief ich als erster hinein, woraufhin King mir hinein folgte, während Harper und Logan auf dem Gang Deckung gaben.
In diesem Raum befanden sich drei Feinde und fünf Geiseln.
Wir schossen den Feinden ein Dauerfeuer entgegen, woraufhin

sich meine Magazin gänzlich leert und ich zu meiner Pistole griff, um weiter zu feuern.
Nachdem die Feindaufsteller umkippten, rief ich zum allerletzten mal <save!>.
Doch plötzlich sah ich King weitere Schüsse abgeben.
Drei Geiseln fielen um.
Hatte King jetzt wirklich auf Geiseln geschossen?
Ich packte ihm beim Arm und fragte ihn, ob er denn verrückt sei.
<Derek, das waren keine Geiseln, sieh doch>
Nun lief er zu den Geiseln herüber und hob einen der Aufsteller wieder auf.
Er deutete dabei auf ein Tuch, was jede der drei angeblichen Geiseln am rechten Arm trug und zeigte mir dann, dass sich darunter eine
Waffe befand.
Für sein Alter hatte King noch wirklich Adleraugen.
Das Gebäude war nun gesichert und alle Geiseln hatten überlebt.
Wir gingen die Treppe herunter und öffneten die Hintertür erneut.
Wir setzten nun unsere Gasmasken ab.
King sah mich mit einem schelmischen Lächeln an, woraufhin ich meinte <Tja, Deal ist Deal, ich schulde dir ein Bier, alter Mann>.
<Darauf komme ich zurück> entgegnete er.
Wir atmeten alle einmal tief durch, doch plötzlich standen etwa 25 Mann um uns herum.
Darunter befanden sich General Morgan und vier Drill Sergeants der SEALs.
Die anderen Leute mussten SEAL Anwärter gewesen sein, denn ich kannte nicht einen einzigen von ihnen und jeder von ihnen sah auch noch nicht wirklich wie ein Navy SEAL, geschweige denn wie ein erfahrener Soldat aus.
Jeder dieser Männer fing nun zu klatschen an.
Brigadier General Morgan stellte uns nun den Rekruten vor.
<Alle Rekruten stillgestanden!> rief er.
<Diese vier Männer bilden die AFO Reaper, das beste Team der gesamten US Navy SEALs, mit der DEVGRU zusammen>.
Nun salutierten alle Rekruten leicht zitternd vor uns und man konnte immer wieder ein leises und erstauntes <AFO Reaper, ich kann es nicht glauben> oder <Commander Derek Frost und sein Team, vier Legenden und das live und in Farbe> vernehmen.

<Guten Tag Männer, ihr konntet gerade das Ergebnis, jahrelangen Trainings und ständiger Schärfung der Sinne beobachten.
Und mit der Hilfe der fördernden Drill Sergeants und mit dem Willen, ein wahrer SEAL werden zu wollen, könnt ihr dieses Ziel auch erreichen> rief ich den Rekruten entgegen.
Die Rekruten riefen laut <Hooyah!> im Chor.
Stolz nickte mich General Morgan an.
Die Drill Sergeants befahlen den Rekruten, sich jeweils in Vierergruppen aufzuteilen, da nun sie die Ehre hätten, vor dem Ende ihrer Ausbildung schon im Killhouse trainieren zu dürfen.
Sie nannten es ein „Privileg", welches ihnen von Commander Frost geschenkt wurde".
Ich lachte und schüttelte den Kopf, weil sie maßlos übertrieben.
Die Rekruten teilten sich nun in die Gruppen auf und sprachen noch etwas, bevor ihnen die Drill Sergeants den Ablauf erklärten.
General Morgan kam zu uns herüber und gab uns die Hand.
<Commander Frost, ich bin erstaunt, wie sie diesen Rekruten Mut und Entschlossenheit gegeben haben> meinte er stolz.
<Wieso machen sie dies nicht zu ihrem Hauptberuf?
Mit ihnen als Ausbilder würden wir vielleicht mehr SEALs durch die Ausbildung bringen> fragte er daraufhin.
Ich lächelte und meinte <Ein nettes Angebot General, aber das Feld ist mein Zuhause, dort fühle ich mich gut und ich bin auch verdammt gut als Soldat>
<Na gut, ist auch besser so, mit ihnen an der Front> meinte er schließlich und ging davon.
Im Anschluss kam eine weitere Person zu uns herüber.
Ich sah ihn genau an und erkannte ihn sofort.
<Leroy Barks? Lieutenant Leroy Barks?> fragte ich ihn erstaunt.
<Der kleine Derek Frost, wir haben uns ja lange nicht mehr gesehen, nicht mehr seit du das BUD/S erfolgreich beendet hast>
Lieutenant Leroy Barks war einer der Drill Sergeants zur Zeit, als ich gerade das BUD/S angefangen hatte.
Er war während dieser Zeit 46 Jahre alt, hatte kurze schwarze Haare mit vielen grauen Ansätzen, hatte braune Augen und einen sehr dicken und buschigen Vollbart, also genau wie man sich einen Drill Sergeant vorstellte.
Seine stimme war rau und kratzig, außerdem war sie sehr tief, man konnte seine Stimme mit der von *Darth Vader* aus *Star*

Wars vergleichen.
Er fokussierte sich während der Zeit des BUD/S besonders auf mich, was mir komischerweise auch besser dadurch half, da ich so meine körperlichen Grenzen besiegen und höher schrauben konnte.
<Man tut das gut, dich wiederzusehen LB> meinte ich.
<Gleichfalls Bürschchen, ich bin stolz auf dich, dass du es so weit gebracht hast.
<Meine Ausbildungsmethoden waren also passend> meinte er mit einem stolzen Blick in den Augen und einem breiten Lächeln auf den Lippen.
Nun stellte ich Leroy meinen Jungs vor.
Sie gaben sich gegenseitig die Hände und die Jungs fragten Leroy über mein früheres Ich aus.
Leroy schwieg über die meisten Fragen meiner Jungs und meinte zum Ende hin <Ein Gentleman schweigt>
Ich war erleichtert und froh, dass er schwieg, denn auf mein früheres Ich war ich nicht sonderlich stolz.
SEALs neigen dazu, schnell aggressiv zu werden und schnell überzureagieren.
Dies endete oft in Schlägereien, meistens in Bar Schlägereien.
Als ich noch bei der DEVGRU war, war ich fast wöchentlich in zwei bis drei Kneipenschlägereien verwickelt und das meistens nur, weil entweder einer von meinen Jungs ne große Schnauze hatte und ich ihm natürlich als SEAL Bruder zur Seite stehen wollte oder weil irgendwelche Jungspunde meinten, sie müssten einem SEAL auf`s Maul hauen, um den großen Macker zu spielen...vergeblich.
Ich holte mir oft genug Verletzungen und auch eine gebrochene Nase war schon mit dabei, diese Zeit war wirklich nicht meine Glanzzeit.
Und wenn meine Jungs das jetzt erfahren würden, dürfte ich mir das immer und immer wieder anhören also dankte ich Leroy innerlich tausendfach für sein Schweigen.
Er widmete sich nun wieder den Rekruten.
Da momentan keine Operation für uns anstand, entschieden wir uns, Leroy und den anderen Drill Sergeants bei der Ausbildung zu helfen, jedenfalls bis wir wieder zu einer Operation aufgerufen wurden.
Wir gingen Leroy hinterher zu den Rekruten.
Als wir Leroy`s Worten an die Rekruten lauschten, räusperte ich mich sehr auffällig.
Leroy drehte sich schnell zu mir um und blickte mich fragend an.
<Derek...? Benötigst du noch irgendetwas mein Junge...?>

fragte er daraufhin.
<Tja, LB ich dachte mir, dass wir dir altem Mann etwas unter die Arme greifen können, es steht momentan sowieso keine Operation für uns an> meine ich humorvoll.
<Ich bin für jede Hilfe dankbar Bürschchen, denn die Rekruten sind nicht mehr so wie früher, heutzutage sind das nur noch hohle Muskelprotze, die Taliban abknallen wollen> entgegnete er mit einem stumpfen Blick, während er sich seinen Bart kratzte.
Er drehte sich nun wieder zu den Rekruten.
<So, alle mal aufgepasst, ihr milchtrinkenden Mamasöhnchen! Commander Derek Frost und sein Team habt ihr ja eben schon einmal in Aktion gesehen und genau diese Männer werden mir und unseren drei weiteren Drill Sergeants dabei helfen, euch den Arsch aufzureißen, euch wie feuchten Ton zu formen und echte Navy SEALs aus euch zu machen! Verstanden?!> rief er den Rekruten entgegen.
<Hooyah!> riefen sie im Chor.
Als erstes stellte ich den SEAL Anwärtern die Handwaffen der SEALs vor.
Darunter das M4 Karabiner SOPMOD, die H&K MP5, die Sig Sauer P226, das M249 SAW, das M25 Scharfschützengewehr und viele mehr.
Als dies dann beendet war, stand der tägliche Fitnesstest auf dem
Plan.
Er war noch genau so, wie zu meiner Zeit in der Ausbildung, mindestens 100 Liegestütz, dann noch etwa 50 bis 100 Klappmesser und dann noch bis zu 100 Sit-ups und das waren nur die Mindestanforderungen für das Aufwärmen dazu kam dann noch das Kilometerlange Schwimmen und Laufen im Anschluss.
Außerdem mussten alle Übungen hintereinander gemacht werden und das ohne Pause.
Nach meiner Einschätzung hatten diese Rekruten einiges auf dem Kasten, jedoch wollte ich erst sehen, wie sie sich im praktischen Teil schlugen.
Es waren 20 Anwärter, also befahl ich ihnen, dass sie sich in fünf Vierergruppen aufteilen sollten, um eine Runde im Killhouse zu drehen.
<OK, alle mal hergehört und stillgestanden!>
<Ihr vier!> rief ich während ich mit meinem Zeigefinger auf eine Vierergruppe deutete <Ihr seid die ersten, die sich in der Kunst des Häuserkampfes versuchen dürfen, sprecht euch über eine Taktik ab und stellt euch, je nach Zugriffstaktik auf>

<Und jetzt los!>
Der Trupp besprach sich und teilte uns mit, dass sie von der Vorder- und der Hintertür aus zugreifen würden.
Ich nickte und wir alle gingen nun in den Beobachtungsraum neben dem Killhouse.
Diese Gruppe hatte für ihre Runde etwa zehn Minuten gebraucht,
was jedoch in einer echten Operation schon zu lange gedauert hätte.
Außerdem sprachen sie sich auf dem Gang kaum ab, Leroy hatte wohl recht gehabt, die Rekruten waren wirklich nicht mehr so wie früher.
Leider gab es auch bei den restlichen Gruppen keinen der aus der Menge herausstach.
Die Rekruten versammelten sich um mich, Harper, King und Logan herum und schwiegen.
<Also, das Ergebnis war anders als ich vermutet hatte.
Ihr wart nicht scheiße aber ihr wart auch nicht gut, denn ihr habt null Sinn von Taktik und steht auch schweigend an den Türen herum.
Wenn ihr das auch so in einer echten Geiselbefreiung macht, dann seid ihr und die Geiseln innerhalb von wenigen Minuten tot.
Ihr müsst euch absprechen und taktisch miteinander vorgehen>
Alle sahen selbstkritisch zu Boden.
<OK, alle mal zuhören Commander Frost hat euch nun eure Fehler in dieser Übung aufgezählt, ich will dass ihr euch nun zurück zum Sportplatz begebt, denn euer Fitnesstraining ist noch nicht vorbei
Und jetzt Abmarsch oder muss ich euch vorher in eure dürren und unförmigen Ärsche treten?!> rief Leroy mit seiner kratzigen und tiefen Stimme aus dem Hintergrund heraus.
Also gingen alle zum Sportplatz zurück und Leroy stellte sich mir gegenüber.
<Danke, dass du mir unter die Arme gegriffen hast Bürschchen, doch ich kann jetzt auch alleine weitermachen, nicht dass du wegen denen noch vor Wut explodierst> meinte Leroy.
<Wenn du meinst LB, du bist dafür auch besser geeignet als ich> meinte ich lachend, während ich leicht nickte.
<Aber sie waren ehrlich gesagt nicht so scheiße, mit etwas Übung können aus diesen Männern noch großartige SEALs werden, mach so weiter, wie du es bei mir gemacht hast, dann wird das schon> hing ich an.
Leroy nickte.

<Mach`s gut Derek, wir sehen uns> sagte er, als er sich von mir abwandte und davon ging.
Ich blickte ihm noch kurz hinterher und wandte mich danach zu meinen Jungs.
King nahm eine Zigarre hervor und blickte mich lächelnd an.
<Gute Idee King, erst einmal eine rauchen> meinte ich, woraufhin ich mir eine Zigarette aus der Schachtel in meiner Brusttasche und ein Feuerzeug hervor nahm und sie mir anzündete.
Ich blinzelte in das Licht der Abendsonne des endenden Augusts und genoss den kühlen Wind und den Geschmack meiner Zigarette.
Doch eine Stimme riss mich aus meinen Gedanken.
<Voodoo!> hörte ich jemanden rufen.
Ich drehte mich um und sah einen Soldaten auf mich zu gehen.
Ich erkannte ihn sofort, es war 1st Sergeant Eric Bexon oder auch Dingo, wie sein Codename bei der DEVGRU lautete.
<Hey, Voodoo, komm schon her du alter Hund> rief er weiterhin und winkte mich zu sich herüber.
Voodoo war mein Codename während meiner Zeit bei der DEVGRU, denn zur eigenen Sicherheit jedes Mitgliedes erhielt jeder einen Codenamen.
Ich persönlich mochte ihn, benutzte ihn aber nach meiner Zeit dort nicht mehr allzu oft.
Vielleicht sollte ich ihn wieder benutzen.
<Hey Dingo!> antwortete ich.
<Voodoo du Hund, es ist lange her mein Freund> entgegnete er mit einem zwinkern.
<Viel zu lange aber es tut gut dich wiederzusehen Dingo, du hast dich kaum verändert> gab ich zurück und reichte ihm die Hand.
<Ach ja Dingo, wenn ich vorstellen darf, das sind Harper, Logan und King, meine Teamkameraden.
Harper leitet das Delta Team, Codename Havoc, King leitet Badger Einheit-1 des MARSOC und Logan leitet Ranger Einheit Hunter 5 des 1st Battalions des 75. Ranger Regiments> erklärte ich, während ich auf jeden einzelnen zeigte.
<Ah ja, ich habe schon von deinem Team gehört.
Es wird gesagt, dass ihr die besten der besten mit uns zusammen seid und jetzt verstehe ich auch warum.
Oh, wie unhöflich von mir, mein Name ist Eric Bexon, doch ihr könnt mich Dingo nennen, so nennen mich alle meine Freunde> meinte er mit einem breiten Lächeln im Gesicht und reichte meinen Jungs danach die Hand.
Bevor ich etwas sagen konnte wurde ich von den restlichen

Mitgliedern der DEVGRU unterbrochen.
<Voodoo!> riefen sie ebenfalls.
<Hey Jungs> gab ich zurück <Na wie geht es meiner alten Einheit?>
<Wir können uns nicht beklagen aber du fehlst uns in der Einheit> meinte Patron, alias Petty Officer 3rd Class Jason Sether <Und wie ist es dir bisher so ergangen?>
<Ich kann mich auch nicht beklagen, danke das du fragst und ja, ab und zu fehlt mir die DEVGRU auch aber ich bin mit meiner AFO Reaper glücklich und werde es jetzt auch nicht mehr
verlassen> erwiderte ich.
<Na ja, einen Versuch war es ja wert Voodoo> meinte er schließlich
noch lachend.
Wir stellten uns nun alle gegenseitig vor und gingen dann gemeinsam in die Kaserne hinein.
Harper, Logan, King und ich warteten im Aufenthaltsraum, während DEVGRU ihre Ausrüstung in ihre Räume brachten.
Dingo war der erste, der zu uns in den Aufenthaltsraum kam.
<Dingo was ich dich noch fragen wollte, wo wart ihr eigentlich auf einer Operation?> fragte ich, als er den Raum betrat.
<Wir waren in Afghanistan, um ein hohes Tier in den Reihen Taliban und seine Leibwächter auszuschalten und nach Informationen über weitere Stützpunkte und vielleicht weitere Anschläge zu suchen> antwortete er.
<Und gab es welche?> fragte Harper ihn.
<Nein, leider nicht, keine Infos, nur dreck´s Terroristen und Sand, mehr war nicht in der Basis zu finden>
Nun betrat auch das restliche Team den Raum.
<Und Voodoo, was machen wir den Abend über?> fragte Big Dog, alias Commander Carl Hersworth, der jetzige Leiter der DEVGRU.
<Tja, gute Frage...> meinte ich nachdenklich <Hmm...ich hab´s, wie wäre es, wenn wir uns ein paar Filme anschauen, ganz so wie in den alten Zeiten?> meinte ich.
<Klar, wieso nicht?> meinte Dingo, während er sich eine Tüte Chips aus seinem Rucksack nahm.
<OK, ich habe noch ein paar Klassiker> meinte ich, bevor ich auf meine Stube ging um die Filme zu holen.
Wir machten eine Filmnacht, in der wir uns die Klassiker unter den Kriegsfilmen ansahen, die man gesehen haben muss, darunter *Black Hawk Down, Jarheads Wilkommen im Dreck, Jarheads 2 Zurück in die Hölle* und *Apocalypse Now*.
Mit Bier und ein wenig Knabberzeug dabei kamen wir gut

durch die Nacht.
Etwa um sechs Uhr morgens betrat dann eine weitere Person den Raum.
Ich drehte mich um, um zu sehen wer es war und als ich meinen Blick zu dieser Person wand, stand ich blitzschnell auf und salutierte, denn es war Captain Wittford.
<Sir> meinte ich respektvoll, während ich Wittfords Blick genau studierte, um zu sehen, ob er jetzt sauer oder noch entspannt war.
Leider hatte Wittford einen sehr emotionslosen Blick im Gesicht, was es mir erschwerte, seine momentane Laune einzuschätzen.
Logan weckte derweil Big Dog und Patron, welche während der
Hälfte von *Jarheads 2 Zurück in die Hölle* eingeschlafen waren.
Diese wachten nun auf und stellten sich auch sofort salutierend zu
uns allen.
Captain Wittford kam zu uns herüber und blickte mir in die Augen.
<Was soll das hier werden?...Voodoo> fragte er mich, während in seinem Gesicht ein leichtes Lächeln zu vernehmen war.
<Captain, wir haben nur...> plötzlich unterbrach er mich und meinte <Alles ist gut, es war nur ein Scherz, Commander oder jetzt doch eher Voodoo, was ist ihnen lieber?> fragte er mich weiterhin.
<Voodoo, Derek, Commander Frost, Frost, Commander...wie immer sie wollen, Sir> meinte ich daraufhin.
<Alles klar Commander> erwiderte er und blickte kurz Big Dog und die restlichen DEVGRU Mitglieder an.
<Sie und ihr altes Team verstehen sich also immer noch blendend, so wie ich sehe> meinte er weiterhin.
<Ja, Sir, wäre ja auch schlimm, wenn es nicht so wäre> gab ich als Antwort zurück.
<Ja, genau das habe ich mir auch gerade gedacht...Ach ja, Commander, ich habe einen neuen Auftrag für sie und ihr Team, bitte treffen sie mich im Planungsraum in fünf Minuten.> meinte er,
bevor er sich umdrehte und den Raum verließ.
<Sir, ja, Sir> gaben Harper, Logan, King und ich synchron zurück.
Captain Wittford verließ den Raum.
<Hey Jungs, war schön euch wiederzusehen, wir müssen bald mal wieder richtig einen trinken gehen...man sieht sich>

meinte ich, bevor ich mich mit meinen Jungs umdrehte und wir ebenfalls den Raum verließen.
<Machen wir auf jeden Fall Voodoo, vielleicht sieht man sich ja mal auf einer Operation> hörte ich Dingo aus dem Raum aus herausrufen.
Wir gingen nun kurz auf unsere Stube, damit ich die Filme zurücklegen konnte und holte anschließend noch meine Zigaretten.
Danach gingen wir zum Planungsraum.
Captain Wittford stand mitten im Raum und betrachtete einige Karten, die auf dem großen Tisch in der Mitte ausgebreitet waren.
<Captain> meinte ich respektvoll <Wo geht es hin, Sir?>
Sie und ihr Team gehen in den Jemen.
<Was genau ist unsere Aufgabe dort, Sir?> fragte ich Captain Wittford.
<Das wird ihnen Brigadier General Morgan im Einsatzlager erklären und jetzt Wegtreten, ihr Flug geht in 15 Stunden> meinte er in einem rauem Ton.
<Sir, ja, Sir!> erwiderten wir rufend im Chor.

Kapitel 10: Seehunde in Aktion

Vor meinen Augen sah ich immer wieder die von der Krempe meines Buschhutes herunterfallenden Wassertropfen, als ich mich aus dem kalten Meerwasser erhob.
Ich schmeckte den leicht bitteren Geschmack meiner Tarnfarbe, die ich auf dem Gesicht trug.
Auch Harper, Logan und King erhoben sich langsam hinter mir aus dem Meer.
Wir nahmen unsere Atemmasken ab und ich lud und entsicherte mein Gewehr.
Zu sehen war nur ein Feind, ein Al Quaida Terrorist, der eine Zigarette an einem kleinen, verrottenden Paddelboot rauchte.
Er blickte in die Richtung einer Düne, was sehr günstig für uns schien, da wir uns so einfach an ihn heranschleichen konnten.
Ich gab den Jungs ein Handzeichen, sich langsam und leise aus dem Wasser zum Strand zu begeben.
Geduckt und halb verdeckt vom Wasser, schlichen wir an den Strand.
Während King, Logan und ich die Gegend deckten und Feuerschutz gaben, neutralisierte Harper lautlos den Terroristen mit seinem Messer.
Die Leiche versteckten wir in dem Boot.
Wir schlichen nun die Düne hinauf und konnten nun den Hafen von Al Mulkalla sehen, in dem sich unser Operationsziel befand, Informationen über den Aufenthaltsort von Faruk Ahl-Aman, alias CIA Agent Bradley Eversman, der sich bei den Taliban eingeschleust hatte, jedoch enttarnt wurde.
Unsere Aufgabe war es nun seinen Aufenthaltsort herauszufinden und ihn zu retten.
Seit dem ich Agent Diaz kennengelernt hatte, hatte ich ein besseres Bild von der CIA und deren Agenten.
Wir mussten unbedingt unentdeckt bleiben, da die Feinde sonst wahrscheinlich die Infos zerstören würden.
Ich gab den Jungs das Zeichen zum Vorrücken.
Die Infos befanden sich in einem Frachtschiff, welches jetzt etwa 700 Meter vor uns lag.
Zwischen uns und dem Schiff konnte ich insgesamt 20 Feinde zählen, mit AK 47 Sturmgewehren bewaffnet.
Jedoch flog auch ein Mi-24 Hind Kampfhubschrauber auf Patrouille.
Aber wir waren Navy SEALs, das heimliche Vorgehen war unsere Spezialität und außerdem war heute eine tiefschwarze Nacht, die
Chancen standen also günstig für uns.

Es sollte kein allzu schwieriges Unterfangen werden.
Ich rutschte die Düne herunter und lief zu einem Container, hinter dem ich in Deckung ging.
Ich blickte hinter dem Container hervor, um derzeitige Feindpositionen zu checken.
An einer Schranke, etwa 20 Meter vor mir, hielten drei Feinde wache.
Ich wartete, bis sich alle drei umdrehten und gab dann den Jungs das Zeichen zum Vorrücken zu meiner Position.
Ich blickte erneut zu den Feinden.
Ihre Position blieb unverändert, also beschlossen wir, von außen an sie heranzuschleichen und sie dann auszuschalten.
<OK, wir machen es so, Harper, du kommst mit mir> befahl ich flüsternd <Logan, King, ihr bleibt hier und passt auf, dass keine Feinde nachrücken.
Rückt zu uns vor, wenn wir die drei Wichser da vorne erledigt haben und euch das Zeichen geben, verstanden?> meinte ich anschließend.
<Klar, Voodoo> meinten King und Logan flüsternd.
Ich blickte im selben Moment leicht überrascht an.
<Hatten sie mich gerade wirklich Voodoo genannt?> fragte ich mich innerlich.
Aber das war jetzt egal, ich mochte den Namen und gut ist.
Harper und ich liefen vorsichtig zu einer kleinen Mauer und legten uns auf den Boden, um an dieser entlang zu kriechen, da diese zu klein war, um gebückt entlang zu gehen und wir mussten ja „unsichtbar" sein.
<Voodoo, nicht bewegen, der Heli kommt> hörte ich King per Funk sagen.
Ich gab Harper das Zeichen, sich nicht zu bewegen.
Der Heli flog über uns hinweg, mit einem Scheinwerfer beleuchtete er das Gebiet.
Als er wieder hinter Kränen und Containern verschwunden war, krochen wir weiter vorwärts.
Als wir an der Schranke ankamen, fragte ich King per Funk <Hey Jungs, haben wir grünes Licht?>
<Knallgrün> hörte ich Logan sagen.
Ich gab nun Harper das Zeichen und wir erhoben uns blitzartig vom Boden und erschossen die drei Feinde.
Ich überprüfte die Lage und gab anschließen Logan und King das Zeichen zum vorrücken.
Sie liefen eilig, jedoch wachsam zu uns herüber.
Um eine bessere Deckung zu haben, liefen wir durch die Gassen zwischen den Containern.
Logan tippte mir auf die Schulter und machte mich auf ein

Gespräch
von zwei Terroristen aufmerksam.
Wir hielten an und lauschten dem Gespräch, denn vielleicht konnten
wir so an wertvolle Informationen gelangen.
Sie sprachen über einen Verräter, wahrscheinlich meinten sie Eversman.
Und sie sprachen über einen Mann, den sie Saffak, den Schlächter nannten, ein gängiger Ehrentitel für Exekutoren und Männer mit viel Kampf- und auch Foltererfahrung.
Das hieß nichts gutes, wir mussten uns beeilen, wer weiß, was mit Eversman passieren würde, wenn wir zu spät kämen.
Die beiden Terroristen gingen nun an uns vorbei, entdeckten uns jedoch nicht.
Ich blickte nun leicht hinter dem Container hervor und überprüfte die Lage.
Insgesamt konnte ich fünf Feinde entdecken.
Die zwei, denen wir gerade zugehört hatten und drei Feinde, die gerade einen Truck beluden.
Als erstes nahmen wir uns die beiden am Container neben uns uns vor.
Ich zog mein Karambit Messer und bat King per Handzeichen, mich zu unterstützen.
Harper und Logan sollten uns dabei Deckung geben
Wir blieben im Schatten der Gasse stehen und warteten, dass die beiden umkehren würden.
Gesagt getan, sie kehrten um.
King und ich gingen nun mit eine schwungvollen Bewegung auf sie zu, hielten ihnen die Münder zu und schlitzten ihnen dann die Kehlen auf.
Die Leichen fingen wir auf und versteckten sie in der Gasse.
Jetzt waren die Feinde am Truck dran.
Wir blieben immer im Schatten und gingen sehr langsam, um keinen Lärm zu verursachen.
Als wir hinter ihnen standen, erledigten wir sie auf die gleiche Weise, wie bei den Feinden vorhin.
Ich nahm mein Gewehr wieder hervor und sicherte mit Harper den Bereich, während King und Logan die Fracht des Trucks überprüften.
Sie hatten Waffen und Sprengstoff in diesen geladen.
<Command Center, hier Voodoo> meinte ich per Funk.
<Voodoo, hier Command Center, wir hören> erwiderte General Morgan.
<Sir, wir haben Waffen und Sprengstoff gefunden, die Arschlöcher wollten die gerade wegschaffen, erwarte

Anweisungen>
<Kurzen Augenblick Voodoo.....Was für Waffen und Sprengstoffe
sind geladen, bitte um Antwort, Over>
<Ak 47 Sturmgewehre, Dragunov Scharfschützengewehre, C4 Sprengstoff und Anti-Personen- und Panzerabwehr-Minen> erklärte ich dem Command Center.
<Einen Augenblick Voodoo, wir überdenken das.....Alles klar, ihre Anweisungen, versenken sie die Sturm- und Scharfschützengewehre im Meer und nehmen sie den Sprengstoff mit, soweit es möglich ist, Over> befahl der General.
<Wird gemacht Command Center, wir melden uns, wenn wir das Operationsziel haben, Voodoo out> meinte ich schlussendlich.
<Logan übernimm meine Position, King und ich machen das mit den Waffen und dem Sprengstoff> meinte ich leise.
<Alles klar> erwiderte Logan.
King und ich nahmen nun nacheinander die Waffen aus dem Truck und brachten sie zum Rand des Hafens, welcher zum Glück nur 15 Meter von uns entfernt lag.
Wir warfen die Gewehre ins Meer und legten danach den Sprengstoff in King`s und meinen Rucksack.
Die Leichen versteckten wir im Truck und schlossen die Aufliegertür.
Nun mussten wir aber weiter, denn wir konnten nicht wissen, wie viel Zeit Agent Eversman noch blieb.
Wir begegneten noch den restlichen zwölf Terroristen, die wir von der Düne ausmachen konnten und erledigten diese ebenfalls lautlos.
Nun war der Hafen von Feinden gesichert, jedenfalls der Teil, den wir überblicken konnten.
Das Schiff lag nun vor uns.
Der Helikopter zeigte sich nun erneut und flog wieder eine Runde über unseren Sektor.
Wir versteckten uns wieder in einer Gasse zwischen Containern und warteten, bis er wieder verschwand.
Wir liefen zum Frachtschiff und gingen die Rampe zum Oberdeck hinauf.
Das Deck wurde von zwei Männern darauf und einem Mann am Scheinwerfern auf dem zweiten Deck bewacht.
Der am Scheinwerfer musste als erstes weg.
Ich zielte auf den Scheinwerfer und hob meine Hand für das Zeichen zum Abschuss.
Als die drei Feinde dicht beieinander waren schossen wir

zusammen und töteten jeden von ihnen.
Auch den Scheinwerfer zerstörte ich mit einem Schuss.
Wir liefen nun die Treppe zum zweiten Deck hinauf und stellten uns an der Tür auf.
Ich griff an das Türrad und wartete noch einen Augenblick.
Ich drehte das Rad hastig und öffnete die Tür.
Harper ging als erstes in das Schiff hinein, während Logan, King und ich ihm folgten.
Wir überprüften jeden Raum und erschossen jede Person die wir sahen, da bestätigt wurde das jeder Kontakt auf diesem Schiff feindlich war.
Wir nahmen an, dass sich die Infos auf der Brücke des Schiffes befanden.
Wir begaben uns also dorthin und blieben den ganzen Weg über unentdeckt.
Wir standen an der Tür zur Brücke und besprachen uns, denn wir konnten die Tür nicht einfach sprengen, da vielleicht die Infos zerstört werden würden.
Und einfach hinein spazieren konnten wir auch nicht, da wir sonst durch das Feuer der Feinde umkommen würden.
<Ich habe eine Idee, Harper, hilf mir mal bitte hoch, ich klettere auf das Dach der Brücke und gehe durch das Fenster rein, dann kommt ihr durch die Tür, verstanden?> erklärte ich ihnen.
<Alles klar Voodoo> meinte King.
Harper und ich machten eine Räuberleiter, sodass ich auf das Dach kam.
Ich legte meinen Rucksack ab und nahm meine Abseilgurte und einen Karabinerhaken hervor.
Ich hakte beides an einem Scheinwerfer ein und schnallte es mir um.
Nun ging ich langsam an der Fensterscheibe hinab, gerade einmal so weit, dass ich die ganze Brücke sehen konnte.
<Jungs, Zugriff, los, los, los> befahl ich per Funk.
Sie drehten das Türrad und öffneten langsam die Tür.
Als die Feinde sich zur Tür wandten, legte ich mein Gewehr an und schoss.
Die ersten Feinde fielen tot zu Boden.
Die letzten Feinde drehten sich zu mir um, wurden dann aber von Harper, Logan und King neutralisiert.
Ich stieß mich einmal kräftig von der Fensterscheibe ab und schwang dann durch diese hindurch.
<Alter Angeber> betitelte mich Logan lachend.
<Wenn schon, dann mit Stil> entgegnete ich selbstsicher.
Wir suchten nun nach den Infos.

Eine Akte lag auf dem Steuerpult neben dem Ruder.
Ich hob diese auf und blätterte darin.
<Jungs, wir haben die Infos gefunden, los verschwinden wir von hier> meinte ich.
<Command Center, hier Voodoo> sprach ich per Funk.
<Los, Voodoo> erhielt ich als Antwort.
<Command Center, wir haben das Operationsziel gefunden, wiederhole Operationsziel gefunden> informierte ich das Command Center.
<Perfekt Voodoo, verschwinden sie nun von dort und kommen sie zurück zur Operationsbasis, Over> befahl das Command Center.
<Roger and out> erwiderte ich, bevor ich den Funkverkehr wieder einstellte.
Wir verließen das Innere des Schiffes und liefen zur Reling.
Wir setzten unsere Atemmasken erneut auf und sprangen in das kalte Meerwasser.
Wir tauchten unter und schwammen etwa einen Kilometer in nördlicher Richtung.
An dieser Position sammelte uns jetzt ein RHIB, des SEAL Team 3 auf und brachte uns zur Operationsbasis.
Wir kamen an dieser etwa sechs Stunden später, also um sieben Uhr morgens an.
Wir gingen als erstes zu General Morgan zum Planungsraum der Basis.
Er erwartete uns mit einem Kaffee in der einen, sowie einer Zigarette in der anderen Hand.
Um ihn herum standen mehrere Mitglieder der Delta Force, sowie SEALs und Marines.
<General> begrüßte ich ihn respektvoll.
<Voodoo, gute Arbeit am Hafen, geben sie mir die Informationen> erwiderte er.
Ich öffnete meinen Rucksack und überreichte ihm die Akte.
Er blätterte darin, ging im Raum herum und blieb nun vertieft auf einer Seite lesend stehen.
Er tippte mehrmals auf eine Stelle der Seite und sah danach zu uns auf.
<Voodoo, hier steht es, Agent Eversman befindet sich im Haraz Bergtal, einige Meilen entfernt von hier, in einer kleinen Festungsanlage im hinteren Tal.
Davor befinden sich noch einige kleine Bergdörfer, die nur so von Feinden wimmeln, diese müssen sie zu erst sichern, bevor sie sich zu Agent Eversmans Aufenthaltsort begeben> meine er entschlossen.
<Natürlich, Sir, erhalten wir Unterstützung?> fragte ich ihn.

<Sie werden dafür mit dem ersten Platoon des SEAL Team 3, drei Delta Teams, Codenamen Steel, Eagle und Knight die unter der
Leitung von Sergeant Major Chris Sanders stehen und seit einiger Zeit hier operieren und einer ganzen Marine Kompanie zusammenarbeiten.
Ihr Team, SEAL Team 3 und die Delta Teams fliegen mit Little Birds hinein, während sich die Marine Kompanie aufteilt, eine Hälfte gibt von Little Birds und Blackhawks aus Unterstützung aus der Luft, während die andere Hälfte mit Humvees Unterstützung am Boden gibt.
Außerdem werden sie zwei AH-6 Little Birds mit Miniguns und 2-75 Raketen zur artilleristischen Unterstützung aus der Luft begleiten.
Sichern sie die umliegenden Dörfer, begeben sie sich dann zu Agent Eversmans Aufenthaltsort und retten sie ihn, erwägte Operationsdauer nicht länger als eineinhalb Stunden, das Codewort für den Beginn der Operation lautet Skylord> erklärte er ausführlich.
<Alles klar, General, wir erledigen das> erwiderte ich.
Wir salutierten kurz und verließen den Planungsraum.
Die anderen Soldaten folgten uns.
<Sie, Commander Frost!> rief Sergeant Major Sanders.
<Ja?> fragte ich mit einem leicht verwirrtem Blick.
<Wegen der Operation, Chief Petty Officer Cole, vom SEAL Team 3 und ich haben uns schon besprochen, wir waren uns einig, dass wir ihnen bei der Sicherung der Dörfer helfen werden.
SEAL Team 3 wird ihnen bei der Rettung von Agent Eversman helfen, während meine Deltas in den umliegenden Dörfern nach Infos und vielleicht verwertbarem Material suchen werden.
Wenn sie Eversman haben, warten sie auf die Humvees und fahren dann mit uns zurück zur Basis.
Klingt das so in Ordnung?> erklärte und fragte er mich.
<Ja, ich habe damit kein Problem, klingt gut so, solange mir und meinem Team keiner von euch im Weg herum steht> meinte ich lachen, während ich Sergeant Major Sanders leicht gegen die Schulter schlug.
Ich ging nun zurück in den großen Wohnraum der Basis und legte meine jetzige Ausrüstung auf meine Koje.
Ich hing meine Jacke zum endgültigen Trocknen an einen Haken über meiner Schlafmatte, legte meine Handschuhe auf meinen kleinen Tisch, legte meinen Hut daneben und ging in das Bad.

Dort wusch ich mir endgültig die letzte Tarnfarbe aus dem Gesicht.
Ich setzte mich nach draußen in die Sonne und nahm mir eine Zigarette.
Ich zündete mir diese an und sah einfach in den Himmel.
<Hey, Commander Frost, darf ich mir vielleicht eine schnorren?> fragte mich Sanders.
Ich verstand sofort, zog die Schachtel wieder hervor und hielt ihm
diese hin.
Er zog sich eine Zigarette hinaus und sah sofort, dass ich ihm mein Zippo entgegen hielt.
Er nahm dieses mit einem dankenden Blick an und zündete sich seine Zigarette an.
Er setzte sich zu mir und wir sprachen viel miteinander.
<Commander Frost, was ich ihnen noch sagen wollte, es ist eine Freude für mich, dass wir hierbei zusammenarbeiten> meinte er.
<Niemand mag Arschkriecher Sanders> gab ich mit einem sarkastischem Ton und Blick zurück.
Er lachte nur.
Wir saßen noch etwa eine halbe Stunde da, bis ich mich dafür entschied, nun endgültig meine Ausrüstung vorzubereiten.
Sanders ging auch.
Ich ging zurück zu meiner Koje und zog mir meine Jacke an, welche bislang wieder ganz getrocknet war.
Nach und nach füllte sich der Raum mit Soldaten, die ihre Ausrüstung vorbereiteten.
Die jeweiligen Teamführer erklärten ihren Männern ihre Aufgaben.
Auch ich erklärte SEAL Team 3, wie wir vorgehen würden, wenn wir Eversmans Aufenthaltsort erreichen und klärte unsere Evakuierung mit Lieutenant Colonel Jeff Martins mit seiner Humvee Kolonne ab.
Harper, Logan, King und ich entfernten die Schalldämpfer von unseren Waffen.
Meine Ausrüstung bestand aus meinem H&K 416, meinen Pistolen, Blendgranaten und M67 Splittergranaten.
Auch war ich derjenige im Team, welcher immer einen Bolzenschneider für Operationen bei sich trug
Logan war mit seiner Uzi und seiner Beretta M9, sowie ebenfalls mit Blendgranaten und Splittergranaten ausgerüstet.
Harper war mit seinem M27 IAR und seiner USP 45. und auch Blend- und Splittergranaten ausgerüstet.
Und King, er war mit seinem H&K 21 MG und seiner

Remington 870 Schrotflinte und seinem Revolver, sowie Blend- und Splittergranaten, als auch mit C4 Sprengsätzen ausgerüstet.
Ich prüfte die Batterien des Nachtsichtgerätes an meinem Helm.
Sie waren voll geladen.
Ich packte zur Sicherheit einige Batterien in meinen Rucksack.
Zusätzlich packte ich noch einige Rauchgranaten und meine 40 Millimeter Granatenpistole, sowie Munition für diese in ihn.
Nun stellte ich den Rucksack auf meinen Tisch.
Meinen Helm legte ich neben ihn.
Als nächstes legte ich die kugelsicheren Einlagen in meine Schutzweste und zog diese daraufhin an.
Ich wollte mir gerade eine weitere Zigarette anzünden als ich Brigadier General Morgan über die Funksprechanlage hörte.
<An alle Soldaten Skylord, ich wiederhole Skylord>
Ich tat mein Feuerzeug und meine Zigarette wieder zurück und setzte meinen Helm auf.
Meine Oakley Schutz/Sonnenbrille setzte ich ebenfalls auf.
Als ich mein Gewehr griff, packte mich jemand bei der Schulter.
Es war Sanders.
<Bereit Partner?> fragte er mich.
<Klar, Sanders und nicht vergessen, stehen sie und ihre Männer mir nicht im Weg herum> entgegnete ich lachend.
Er lachte sarkastisch zurück und wir liefen nach draußen.
Meine Handschuhe zog ich an, als wir draußen an den Helikoptern standen.
Harper, Logan, King und ich setzten uns auf die Sitzflächen des ersten Little Birds, die Hälfte vom 1en Platoon des SEAL Team 3 verteilte sich auf zwei Little Birds, während die andere Hälfte sich auf einen Blackhawk verteilte.
Die Marine Kompanie teilte sich ebenfalls auf.
Die eine Hälfte bestieg Blackhawks und Little Birds und die andere Hälfte stieg in die Humvees.
Die Delta Teams bestiegen ebenfalls drei Little Birds.
Nun begann die Operation.
General Morgan kam noch ein letztes mal zu uns herüber.
<Viel Glück meine Herren und denken sie dran, niemand wird zurückgelassen> meinte er.
Ich gab ihm ausschließlich das Handzeichen „Verstanden" zurück.
Er ging ein paar Schritte zurück und nickte.
Nun hob unser Helikopter ab, gefolgt von allen anderen.
Auch die Humvees fuhren los.

Unser Ziel war nun das Haraz Bergtal.
Ich sah zu dem Little Bird rechts von mir.
Sergeant Major Sanders blickte mich mit einem emotionslosen Blick an, woraufhin ich ihm lachend meinen Mittelfinger zeigte.
In seinem Gesicht zeigte sich nun ein Lächeln und er zeigte mir ebenfalls seinen Mittelfinger.
Ich gab ihm ein Lachen zurück.
Ich überprüfte noch einmal mein Gewehr, entlud es und lud es wieder.
<Erstes Dorf voraus, viele Tangos in Sicht> meinte unser Pilot.
Ich entsicherte mein Gewehr sah zum Dorf hinunter.
Unser Little Bird sank langsam hinunter, gefolgt von den anderen Helikoptern.
Unser Angriff begann.
<Alles klar, Jungs bringen wir die Party in Schwung> rief ich per Funk, sodass Harper, Logan, King, die Mitglieder des SEAL Team 3, die Marines in den Helikoptern und die Deltas mich hören konnten.
<Alles klar, Voodoo, wir greifen an> erhielt ich als Antwort von den einzelnen Teamchefs.
Ich zielte durch mein holographisches Visier und visierte die ersten Feinde an.
Ich gab die ersten Schüsse ab und tötete drei Terroristen.
Nun griffen die anderen ebenfalls an.
<Voodoo, in unserem Vogel liegt ein Scharfschützengewehr, viel Spaß damit> meinte unser Pilot.
Ich tauschte nun mein H&K 416 gegen das Scharfschützengewehr.
Es war ein MK14 EBR, ein halbautomatisches Infanterie Scharfschützengewehr im Kaliber 7,62x51mm NATO der Firma ***Smith Enterprises Inc***.
Ich zielte nun durch das Zielfernrohr auf die Feinde auf den Dächern des Dorfes.
Als erstes schaltete ich die RPG Schützen aus, dann die einfachen Infanteristen.
Nachdem wir vier das erste Dach gesäubert hatten, wechselte unser Vogel seine Position zum nächsten Dach.
Ich blinzelte erneut durch das Zielfernrohr und konnte einen Feind mit einem Raketenwerfer sehen, der diesen auf uns richtete.
Bevor ich meinen Finger auch nur rühren konnte, flog das Geschoss auf uns zu.
Der Pilot unseres Little Bird zog den Steuerknüppel stark nach links, woraufhin ich leicht von der Sitzfläche des Helikopters

rutschte und stark nach vorne gedrückt wurde.
King, der neben mir saß, packte mich bei der Schlaufe meines Rucksacks und zog mich zurück.
Der Helikopter wurde wieder ruhiger.
<Danke King, ich schulde dir ein Bier> meinte ich noch leicht schreckhaft.
Er nickte nur und fing erneut an zu schießen.
Ich atmete tief durch und legte mein Gewehr erneut an.
Mein erstes Ziel war der RPG Schütze, der uns fast erledigt hätte.
Ich erblickte ihn, als er gerade seinen Werfer nachlud.
Ich visierte seinen Brustkorb an und schoss.
Mein Projektil durchdrang diesen und er und sein Werfer fielen zu Boden.
<Erwischt, Arschloch> gab ich leise von mir.
Ich suchte weitere Ziele, doch im selben Moment trafen zwei Raketen unserer AH-6 Little Birds das Gebäude und flogen an uns vorbei.
Das Dorf war schnell gesichert, hier befanden sich noch nicht allzu viele Feinde.
Wir flogen weiter zum nächsten Dorf.
Im Blick nach hinten konnte ich noch erkennen, dass sich zwei Marine Teams aus Blackhawks abseilten, um das Dorf endgültig zu sichern.
<OK, nächstes Dorf in Sicht, etwa einen Klick nördlich> informierte ich alle per Funk.
<Assault Teams Lima und Foxtrot, ihr landet vor dem Dorf und greift es vom aus Boden an, während wir Unterstützung aus der Luft geben, Hooyah> befahl ich.
<Hooyah> bekam ich als Antwort.
Ich blickte durch das Zielfernrohr des Gewehres und suchte nach Feinden.
Zwei Feinde standen auf dem ersten Dach mit ihren Sturmgewehren.
Diese schoss ich als erstes nieder.
Wir sicherten das Dorf genau auf die selbe Weise wie das erste, Dach für Dach.
Es ging so ziemlich schnell, zumal jetzt auch noch Bodenteams angriffen.
Unser Vogel flog nun in Richtung Festung und als ich zurück sah, entdeckte ich wieder zwei Blackhawks, woraus sich ein weiteres Mal zwei Marine Teams abseilten.
Doch wurde einer der beiden Blackhawks von einer Rakete getroffen und drehte sich nun mehrmals um die eigene Achse.
Er stürzte zu Boden und das mit einem lauten Krach.

Unser Little Bird wurde langsamer und manövrierte zurück zum Dorf.
<Echo melden, Assault Team Echo, bitte melden!> rief ich über Funk.
<Voodoo, hier Sanders, fahren sie mit der Operation fort wie geplant, wir überprüfen und sichern die Absturzstelle, viel Glück> meinte Sanders.
<Ihr Befehl Voodoo?> fragte unser Pilot.
<Fortfahren wie geplant, bringen sie uns zur Festungsanlage> gab ich als Befehl zurück.
Unser Little Bird flog nun in Richtung der Festungsanlage, während
uns ein Ah-6 Little Bird und die restlichen zwei Squads des 1. Platoons von SEAL Team 3 folgten.
<Voodoo, hier Humvee Crew vier und fünf, wir haben das dritte Dorf gesichert und warten nun auf ihren Evakuierungsbefehl, over> hörte ich per Funk.
Alles klar vier und fünf, Funkstille bis zur Erfüllung des Operationsziels, out> gab ich zurück.
<CPO Cole, wenn wir gleich am Zielort ankommen, übernehme ich das Kommando, bleiben sie mit ihren Männern hinter mir und hören sie auf meine Befehle> befahl ich.
<Roger, Voodoo, Befehl verstanden, over and out> bekam ich als Antwort <Alle mal herhören, auf Kanal 1-5 umschalten, Voodoo übernimmt das Kommando> befahl er seinen Männern.
Wir kamen am der Festungsanlage an und wurden auch sofort wieder von Feindfeuer begrüßt.
Wir sicherten die Dächer und töteten die Feinde in der LZ (Landezone).
Ich legte nun das Scharfschützengewehr zurück in den Helikopter und nahm mein H&K 416 wieder hervor.
Unsere Vögel sanken und wir stiegen ab.
Sie flogen nun wieder höher und verschwanden.
<OK Leute, mir hinterher> meinte ich.
<Hooyah, Voodoo> antwortete CPO Cole.
Hinter einer Mauer suchten wir Deckung gegen die herannahenden Feinde.
Wir neutralisierten alle Feinde hier und gingen weiter.
An einem zerstörten Van machten wir halt und verschanzten uns.
Ein SEAL tippte mich von hinten an die Schulter.
Ich verstand sofort, griff ein Magazin aus meiner Einsatzweste und reichte es ihm nach hinten.
<Danke Voodoo> gab er von sich.

Ich erhob mich nun aus der Deckung und zielte auf einige Feinde auf einer Mauer.
Ich erschoss den Feind in der Mitte und duckte mich wieder.
Ich setzte meinen Rucksack ab und zog meine Granatpistole heraus.
Diese lud ich nun mit einem Geschoss voll und erhob mich erneut.
Schnell zielte ich wieder auf die Feinde auf der Mauer und drückte den Abzug.
Die Feinde starben mit einem lauten Knall und die Wand brach zum Teil.
Jedoch kamen uns nur mehr Feinde entgegen.
<CPO Cole, halten sie hier die Stellung und geben sie uns kurz Feuerschutz, während ich mit meinen Jungs die Position wechsle> befahl ich Cole.
<Alles klar, Voodoo> gab er zurück.
Wir alle luden nach und Harper, Logan und ich warteten, bis sich die beiden Squads wieder von der Deckung erhoben.
Als dies der Fall war, lief ich mit den Jungs zu einer Mauer und einigen Kisten rechts von uns.
Ein langer Weg führte verdeckt zur Position der Feinde, die uns beschossen.
Wir liefen im Schutze der Kisten entlang zu einer Steintreppe und warteten am oberen Ende.
<Cole, wir sind beim Nest, wir machen sie jetzt platt> meinte ich.
Ich sah ein mal zu den Jungs und lief dann um die Mauer.
Nun blickte ich durch mein Visier und schoss auf jeden Feind den ich sah.
Mit der Unterstützung der drei und der beiden Squads, gelang es uns, alle Feinde auf dem Platz zu erledigen.
Vor uns lag ein kleines Gebäude.
Wir alle stellten uns an der Tür auf und machten uns zum Durchbruch bereit.
Ich gab ein Handzeichen an King, dass er den Vorstoß beginnen sollte.
Er griff sich seine Schrotflinte vom Rücken und schoss auf die Scharniere der Tür.
Er trat sie auf, woraufhin sie aus den Angeln fiel und ging wieder in Deckung.
Zugleich warf ich eine Blendgranate in den Raum.
King war der erste, der den Raum betrat, während wir alle folgten.
Wir erschossen insgesamt sechs Feinde, die geblendet umher taumelten.

Eversman war nicht hier, er musste sich also im Hauptgebäude weiter hinten befinden.
Ein großer Gang lag hinter dem Raum, welchen wir gerade gesichert hatten.
Wir folgten ihm und stellten uns erneut an einer Tür auf.
<OK Leute, das selbe Spiel wie eben gerade> meinte ich, während ich King ansah.
Es lief genau so ab, wie bei der Tür eben, jedoch befand sich hinter dieser Tür wieder das Freie und keine Feinde befanden sich dahinter.
Vor uns befand sich eine große Mauer mit kleinen Fenstern, wodurch wir die Gegend hier ungesehen erkunden konnten.
Ich blickte durch eines hindurch, konnte aber keine Feinde ausmachen.
Wir liefen eine Treppe zu einem großen Hof hinunter.
Es zeigten sich nun Feinde auf den Dächern des Gebäudekomplexes,
welches wie eine Festung aussah.
Es war vierstöckig, hatte dicke Betonmauern und war gut zu verteidigen.
Auch auf den Dächern waren Barrikaden aus Sandsäcken aufgestellt.
Trotz dessen schossen wir zusammen jeden Feind nieder, der sich in unserem Blickfeld zeigte.
Ein RPG Schütze zeigte sich auf dem Dach.
Ich blickte schnell durch mein Visier und zielte auf ihn.
Als er sich erhob, betätigte ich den Abzug meines Gewehres und erschoss den Terroristen.
Er fiel um und ein Schuss aus dem Raketenwerfer löste sich, zerstörte einen Teil des Daches und riss einige Feinde mit in den Tod.
Es zeigten sich immer mehr Feinde auf den Dächern und in den Fenstern, zu viele um alleine mit ihnen fertig zu werden.
<Angel-1, fliegen sie einen Angriff auf das Gebäude> befahl ich unseren AH-6 Little Bird, welcher zu unserer Unterstützung in unserer Nähe geblieben war.
<Roger Voodoo, beginne Angriff> antwortete der Pilot.
Der Ah-6 Little Bird feuerte zwei Raketen auf die Fassaden des Gebäudes und sprengte einige Mauern weg.
Danach griff er mit einem Dauerfeuer seiner Miniguns an.
<Voodoo, fliege zweiten Angriff> meinte er.
Wieder das gleiche Schema, erst zwei Raketen auf die Fassaden und dann ein Minigun Dauerfeuer.
Das Feindfeuer milderte sich und verstummte dann gänzlich.
<Danke Angel-1, wir übernehmen jetzt, bleiben sie in

Reichweite> meinte ich, als wir uns zur Treppe zur zweiten Etage begaben.
<Roger Voodoo, kreisen in der Gegend und neutralisieren Feinde die sich in der Gegend befinden, over> fuhr er fort, während er sich vom Gebäude entfernte.
<Roger Angel-1> antwortete ich endgültig.
Wir standen nun an der Tür des Gebäudes.
Ich drehte mich zu Cole und meinte <Cole, sie und ihre Männer bleiben hier im Hof, überprüfen sie die kleinen umliegenden Hütten und bekämpfen sie Nachschubtruppen. Gebt uns drei Minuten, wenn wir Eversman bis dahin nicht gefunden haben und uns nicht melden, kommt hinterher>
<Roger Voodoo, viel Glück> meinte er respektvoll.
Harper, Logan, King und ich stellten uns an der Tür auf, während Cole mit seinen Männern zurück nach unten in den Hof ging.
Ich gab King das Zeichen, einen Sprengsatz an die Tür zu setzen.
Er zog eine C4 Ladung aus seinem Rucksack und setzte ihn an der Tür an.
<Klopfen wir mal an und sagen „Hallo"> meinte er leicht schmunzelnd.
Wir traten einen Schritt zurück und der Sprengsatz detonierte.
Ich betrat als erstes den Raum, die anderen folgten mir.
Insgesamt waren fünf Feinde anwesend, die wir alle erschossen.
Eversman war nicht hier, er musste sich weiter hinten aufhalten.
Wir gingen einen großen Gang entlang, welcher sich wiederum in viele Räume teilte.
An der Tür, die uns am nächsten lag, stellten wir uns auf.
Ich gab den Jungs das Zeichen zum warten.
Nun zog ich mein Bowie Messer und griff meine Colt aus meinem Beinholster.
Ich klopfte an der Tür und wartete.
Als ein Terrorist diese öffnete, schlug ich ihm mein Messer in die Kehle und erschoss drei Terroristen mit meiner Pistole über seine Schulter hinweg.
<Save> meinte ich <Auf zum nächsten Raum>
An der nächsten Tür bat ich Logan die Tür aufzutreten.
Als er dies tat, nahm ich eine Blendgranate hervor und warf diese in den Raum.
Ich folgte King und Logan in den Raum, jedoch befanden sich hier weder Eversman, noch weitere Terroristen.
<Save!> rief Harper.

Jetzt waren noch zwei Türen übrig, eine links und eine geradeaus am Ende des Ganges.
<OK, wir teilen uns auf, Harper, Logan ihr nehmt die Tür links, King, du kommst mit mir> befahl ich.
Ich stellte mich links von der Tür und King sich rechts von der Tür auf.
Ich trat sie auf und King warf eine Blendgranate hinein, als ich wieder an der Wand in Deckung stand.
Den Raum betrat ich als erster, während King mir folgte.
Zwei Terroristen befanden sich hier, einer links im Raum, der andere rechts.
Ich nahm den Linken und King den Rechten.
Von hinten hörte ich Harper erneut <Save!> rufen.
<Jungs, wir haben Eversman> rief ich zu Harper und Logan herüber.
Beide rannten zu uns in den Raum.
Agent Eversman kniete auf dem Boden, seine Hände gefesselt und seine Augen verbunden.
Neben ihm Blut, ob es sein Blut war wusste ich nicht.
Zumindest konnte ich keine Verletzungen an ihm entdecken.
<Sind sie Agent Bradley Eversamn?> fragte ich ihn, während ich ihm die Augenbinde abnahm und seine Hände von den Fesseln
befreite.
<Ja, wer sind sie?> fragte er mich hustend.
<Wir sind US Navy SEALs und hier um sie zu retten> antwortete ich.
<Ist alles OK? Können sie schießen?> hing ich an.
<Ja und ja, mir geht es gut, sie wollte mich von „Al Saffak", dem Schlächter foltern lassen, er tauchte jedoch nicht auf>
Haben sie ihn erwischt?> meinte und fragte er.
<Keine Ahnung, wir haben so viele erledigt aber ich bin mir sicher, dass wir den auch kalt gemacht haben> gab ich als Antwort auf seine Frage zurück.
Ich half Agent Eversman hoch und gab ihm meine Colt 1911 in die Hand.
<Hier, die werden sie brauchen, aber ich will die später zurück> meinte ich lachend.
<Schon gut, vielen Dank aber ich nehme doch lieber eine Vollautomatik> gab er lachend zurück, während er sich die Kalashnikow eines toten Terroristen und einige Magazine nahm und mir meine Colt zurückgab.
<An alle Einheiten hier Voodoo, wir haben das Paket, wiederhole Eversman ist gesichert> informierte ich alle per Funk.

<Voodoo, warten sie kurz, wir können noch nicht weg, die Al Qaida hat im Berg selbst ein riesiges Waffen und Sprengstofflager, wir dürfen es nicht einfach so vergessen> erklärte er uns.
<Hmm...OK, Eversman, sie gehen raus und fahren in Begleitung vom SEAL Team 3 mit den Humvees zurück zur Basis, wir kümmern uns um das Lager, wo ist es?> fragte ich.
<Im Raum rechts vom Gang ist eine Falltür, die in einen Tunnel führt.
Aber Vorsicht, es ist ein riesiges Höhlensystem und ich kann ihnen nicht sagen, wie viele Feinde sich dort befinden> meinte er.
<Keine Sorge, Agent Eversman wir schaffen das> gab ich zurück.
<Cole, Voodoo hier, wir schicken Eversman jetzt raus, fahren sie mit ihm in den Humvees zurück zur Basis, wir kümmern uns um ein neues Sekundärziel, ein Waffen und Sprengstofflager im Berg> sprach ich danach per Funk.
<Roger Voodoo, viel Glück, Cole out> hörte ich leicht verzerrt durch Schüsse im Hintergrund.
Wir gingen in den Raum, den Eversman meinte und suchten die Falltür.
Sie war unter einem Teppich versteckt.
Da sie durch ein Schloss mit darum liegender Kette befestigt war, zog ich den Bolzenschneider von meinem Rücken und setzte ihn an
der Kette an.
Mit einem mittleren Druck zerschnitt ich die alte Eisenkette und zog das Schloss von der Falltür.
Wir öffneten sie und warfen eine Granate hinein.
Nach der Detonation kletterten wir die Leiter hinunter in das Höhlensystem.
<Scheiße, ich sehe hier die Hand vor Augen nicht> meckerte Logan.
<OK, Leute Nachtsichtgeräte runter> meinte ich, während ich mein Nachtsichtgerät hinunter klappte.
Leise gingen wir weiter, immer wachsam da wir nicht wussten, was uns hier erwartete.
Es zeigten sich im hinteren Teil der Höhle drei Feinde.
Ich zielte auf einen der drei und zählte mit meinen Fingern von drei hinunter.
Danach eröffneten wir das Feuer.
Ich blickte auf meine Uhr.
<OK, Gentleman, wir müssen uns beeilen, wir liegen mächtig hinter dem Zeitplan> meinte ich humorvoll, aber dennoch mit

einem ernsten Nebenton.
Wir erhöhten unser Schritttempo und folgten weiter der Höhle.
Es zeigte sich allmählich der Ausgang.
Wir klappten unsere Nachtsichtgeräte nach oben und verließen die Höhle.
Vor uns befand sich eine Klippe, mit Blick auf die Berglandschaft des Haraz Tals.
Nach links führte ein schmaler Weg den Berg hinauf.
Diesem folgten wir.
Auf dem Weg begegneten wir keinen Feinden.
Oben am Ende des Pfades stand eine Tür.
Wir stellten uns an dieser auf und verschnauften kurz.
<Voodoo, hier Sanders> hörte ich per Funk.
<Los, Sanders> gab ich zurück.
<Assault Team Echo ist gerettet, zwar stark verletzt aber stabil, wir haben sie in die Humvees verfrachtet und fahren jetzt zurück zu Basis.
Wie steht es um das Lager, was sie gerade überprüfen?> fragte er.
<Säubern es momentan, melden uns wenn wir fertig sind, Voodoo out> gab ich zurück und brach den Funkkontakt erneut ab.
Ich blickte wieder zu den Jungs und setzte meine Oakley Brille ab.
Ich steckte sie in einen leeren Magazinbeutel meiner Einsatzweste.
King nahm seine Schrotflinte hervor uns schoss dieses Mal auf das Schloss.
Er zerstörte es und trat anschließend die Tür auf.
Harper, welcher hinter ihm stand, warf eine Blendgranate hinein.
Wir betraten den Raum, fanden aber keine Feinde vor.
Wir hatten das Lager gefunden.
Viele Waffen, darunter viele der NATO Länder, wie M16 und M4 Sturmgewehre, H&K G3 Sturmgewehre, Steyr Aug Sturmgewehre, FN P90 Maschinenpistolen und noch viele andere Waffen befanden sich hier.
Im hinteren Teil befanden sich Sprengstoffe, wie C4 und Claymore Minen.
Aber auch schwere Artillerie, wie Panzergeschosse, Raketenwerfer gegen Luft- und Bodenfahrzeuge und viel P.E.T.N Hochleistungssprengstoff.
<Command Center, hier Voodoo, wir haben eine Schatzgrube gefunden, ein riesiges Lager, NATO Waffen und Sprengstoffe um den ganzen verdammten Berg in die Luft zu jagen> meinte

ich immer noch ein wenig erstaunt.
<Voodoo, Command Center hier, gute Arbeit, verlassen sie die Höhle und legen sie Rauch, wir jagen das Lager in die Luft> befahl uns das Command Center.
<Alles klar, General, Voodoo out> gab ich zurück, während wir das Lager verließen.
Draußen forderte ich eine Evakuierung per Little Bird an, welcher auch im Anschluss kam.
Alle setzten sich auf die Sitzflächen und ich zündete und warf noch schnell eine Rauchgranate vor die offene Tür.
Wir flogen davon, nach dreißig Sekunden hörte ich die Luftunterstützung <Voodoo, hier Warthog, bereit zur Einäscherung des Lagers, sind sie außer Reichweite?>
<Roger Warthog, beginnen sie das letzte Feuerwerk> gab ich zurück.
Ich blickte nach hinten und konnte einige Sekunden später eine riesige Explosion im Berg erblicken.
Wir flogen nun geradewegs zur Basis zurück, um die Operation endgültig zu beenden.

Kapitel 11: Undercover Einsatz

Unser Little Bird landete erneut auf der Einsatzbasis im Jemen.
Uns kam Seargent Major Sanders entgegen, seine Arme waren weit geöffnet.
<Voodoo, verdammt war das ne Show, wir haben die Explosion ja bis zu unserer Position im zweiten Dorf gesehen> rief er uns entgegen.
<Sanders, sei nicht so laut, wir sind nicht taub und wollen es auch nicht werden> gab ich lachend zurück.
Wir gaben uns die Hand und gingen zum Planungsraum, in dem schon General Morgan und Agent Eversman um den Kartentisch herum standen.
Ich stellte mich zu ihnen, während Sanders und meine Jungs sich im Hintergrund aufhielten.
<General, Agent Eversman> meinte ich respektvoll.
Beide drehten sich zu mir um.
<Voodoo, sie haben gute Arbeit da oben geleistet, meinen Glückwunsch> lobte uns General Morgan.
<Ja, meinen Respekt haben sie sich verdient Voodoo> hing Agent Eversman an.
<Vielen Dank, aber wir tun nur unsere Pflicht> meinte ich anschließend.
<Voodoo, wir haben einen neuen Auftrag für sie> meinte General Morgan, woraufhin er auf das Bild eines Terroristen deutete.
<Das ist Abadi Ishaq, ein hohes Tier in den reihen der Al Qaida, er befindet sich ebenfalls hier im Jemen> hing er an und tippte mehrmals auf das Bild.
<Sollen wir ihn ausschalten, Sir?> fragte ich anschließend.
<Nein, noch nicht, sie sollen ihn vorerst mit Waffen beliefern> meinte Eversman.
<Wie bitte?!> fragte ich ihn lautstark und drehte meinen Kopf zu ihm.
<Sie haben schon richtig gehört Voodoo, sie sollen ihn mit Waffen beliefern.
Den echten Dealer haben wir in L.A. kaltgemacht bevor ihn Ishaq zu Gesicht bekommen hat, das heißt dass sie eigentlich ganz sicher aus der Sache rauskommen sollten, solange sie glaubwürdig bleiben und nichts verdächtiges sagen oder machen.
Es ist ganz einfach, geben sie sich als Waffenhändler aus und verkaufen sie ihm die Waffen.
Die Waffenkisten versehen wir mit Peilsendern, damit wir deren

Lager finden.
Versuchen sie auch in ihrem Gespräch mit ihm ein paar Informationen über die Pläne der Al Qaida und wenn möglich über ihre Standorte herauszufinden> erklärte Eversman ausführlich.
<Hmm...sollten sie das nicht lieber erledigen? Ich mein sie sind der CIA Agent, sie wurden dafür ausgebildet Undercover beim Feind
operieren zu können oder nicht?> fragte ich ihn mit einem sehr fragenden und verwirrten Blick.
<Ja, das mag zwar wahr sein, aber Ishaq kennt mich und wurde daher auch wahrscheinlich darüber informiert, dass ich ein Verräter bin> meinte er, während er mich mit einem Lächeln aber auch mit einem leicht beschämten Blick ansah.
<Na gut, ich habe ja wahrscheinlich keine andere Wahl> meinte ich mit einem lauten Stöhnen.
Bis zum nächsten Tag hatte ich Zeit, mir ein gutes Waffenhändler Image auszudenken, damit es auch glaubwürdig herüberkommen würde.
Mit der Hilfe meiner Jungs konnten wir aus mir einen guten Waffenhändler machen.
Mein neuer Name war „Robert Silverwood, internationaler Waffendealer aus Dallas, Texas".
Bis zum Deal hatten wir jetzt noch eine Woche.
Ich ließ mir noch passende Kleidung einfliegen, damit ich auch wirklich wie ein Waffendealer herüberkommen, ich konnte ihm ja schlecht in Uniform entgegentreten.
Meine Kleidung bestand aus einem dunkelblauen Hemd, welches ich in der Hose trug, einer Cognac farbenden Lederjacke, einer dunkelbraunen Anzughose, Arbeitsstiefeln, einer schwarzen Kevlar Weste und einer teuren Sonnenbrille.
Ich präsentierte mich einen Tag vor meinem Undercover Einsatz Agent Eversman und General Morgan.
Beide waren mit meinem Namen, meiner Vorgeschichte und meinem Kleidungsstil mehr als einverstanden.
Am nächsten Tag ging es los.
Ich fuhr, in Begleitung von Harper, Logan und CPO Cole, die in schwarze Kampfanzüge und Schutzwesten, ähnlich der Kleidung eines PMC (Private Military Company) Mitgliedes gekleidet waren, in einem schwarz lackierten Humvee los.
Der Treffpunkt war eine alte Ruine vor einem Dorf, etwa dreieinhalb Kilometer von Sanaa, der Hauptstadt des Jemen, entfernt.
King und Sanders fuhren, ebenfalls in schwarze Kampfanzüge gekleidet, in einem Truck hinter uns, in dem die Waffen und

mit Peilsendern versehenden Waffenkisten geladen waren.
Ich saß auf der Rückbank des Humvees, Harper fuhr, Cole stand an der Minigun und Logan saß neben mir.
Wir waren die ersten, die am Treffpunkt ankamen und warteten auch noch eineinhalb Stunden, bis Ishaq sich zeigte und mit seiner Belegschaft anfuhr.
Er fuhr in einem Truck, in dem sie wahrscheinlich die Waffen verstauen wollten und hinter ihm zwei Trucks, einer mit einer ganzen Besatzung von Al Qaida Terroristen, der andere hatte ein Kaliber 50. MG montiert, wir durften uns also nichts anmerken lassen, geschweige denn uns verraten, da wir sonst zu Hackfleisch verarbeitet werden würden.
Ich schluckte einmal fest und stieg aus dem dem Humvee aus.
Harper und Logan stiegen ebenfalls auf, blieben aber im Hintergrund stehen.
Ishaq stieg aus dem Truck aus und wartete auf seine Männer, die sich um ihn versammelten.
Ich zog eine Zigarette aus der Schachtel in meiner Brusttasche und zündete sie mir an.
Ich blickte wieder nach oben und erschrak leicht, da Ishaq nun verdächtig nahe bei mir stand.
<Sind sie Abadi Ishaq? Schön sie mal von Angesicht zu Angesicht zu sehen> meinte ich freudig gespielt, woraufhin ich ihm meine Hand reichte.
Er blickte sie nur mit einem sturen Blick an.
Ich zog meine Hand zurück.
<Und wer sind sie, wenn ich fragen darf?> fragte er daraufhin misstrauisch.
<Ich? Mein Name ist Robert Silverwood, internationaler Waffendealer aus Dallas und ihr neuer Kontakt für alles was das kranke, waffengeile Herz begehrt> antwortete ich selbstsicher.
<Auch eine?> fragte ich hinterher, während ich ihm eine Zigarette und mein Feuerzeug entgegenhielt.
Er nahm beides ohne ein Wort zu sagen an und zündete sich eine Zigarette an.
Er gab mir mein Feuerzeug zurück und sofort darauf stellte er mir die Frage <Was für Waffen haben sie, Mister Silverwood?>
Auf seinem Gesicht konnte ich nun ein leichtes Lächeln erkennen, anscheinend kaufte er mir die Rolle als Waffenhändler zu 100 Prozent ab.
Ich ging zu unserem Truck und winkte ihn mit meinem rechten Zeigefinger zu mir herüber.
Ich gab King ein Handzeichen, woraufhin er nacheinander

einige Waffenkisten aus dem Truck heraushob und neben ein paar
Überbleibsel eines durch Bomben zerstörtes Haus stellte.
Ich öffnete die erste Kiste und zog einen von vielen Waffenkoffern heraus.
Ich öffnete die Scharniere und zog ein Sturmgewehr heraus.
<Colt M16A4 Sturmgewehr, Army Standard, ein Sturmgewehr mit
drei Feuermodi, halbautomatisches-, salven- und vollautomatisches Feuer> meinte ich.
Ich drehte mich zu Logan um und befahl ihm, ein paar Glasflaschen aus dem Truck zu holen und diese auf einer Mauer, etwa 30 Meter vor mir aufzustellen, um es zu demonstrieren.
Ich griff mir ein Magazin aus dem Waffenkoffer und lud es in das Gewehr.
Ich wechselte nun in den halbautomatischen Modus und zielte auf die Glasflaschen.
Mit einem Schuss pro Flasche brachte ich diese zum zersplittern.
Für den Salven Feuermodus und den vollautomatischen Feuermodus zielte ich nur auf eine Wand um es zu demonstrieren.
<Gut, mein Freund, eine gute Waffe, die du mir da mitgebracht hast.
Darf ich?> meinte und fragte er lachend.
<Aber selbstverständlich mein Freund, viel Spaß> antwortete ich lachend und reichte ihm anschließend eine neues Magazin.
Er lud nun das Gewehr nach und feuerte ein ordentliches Dauerfeuer auf die Wand auf die auch ich gerade geschossen hatte.
<Eine super Waffe> meinte er lachend <Was haben sie noch?>
Er gab mir das Sturmgewehr zurück und ich legte es in den Koffer.
Nun ging ich zu einer anderen Kiste und zog nun einen weiteren Koffer heraus.
<H&K MP5 Maschinenpistole, dieses Baby ist besonders beliebt auf dem Markt, 900 Schuss pro Minute, kann auch einhändig geführt werden> erklärte ich und schoss erneut auf ein paar Glasflaschen, die Logan aufstellte, nachdem ich die Maschinenpistole aus dem Koffer genommen hatte.
Ich schoss zwei Flaschen kaputt und nahm dann die MP5 nur in eine Hand.
Danach zielte ich auf die restlichen zwei Flaschen und schoss diese mit einigen kleinen Feuersalven kaputt.

<Gesehen? Das Baby bleibt unter der Kontrolle des Schützen, egal ob ein- oder beidhändig> meinte ich humorvoll <Auch mal? Kommen sie, nicht so schüchtern> hing ich an und drückte ihm die Waffe und ein volles Magazin in die Hand.
Wieder gab ich Logan die Anweisung, ein paar Flaschen hinzustellen.
Ishaq schoss aus allen Rohren und gab mir die Waffe wieder in die
Hand als das Magazin sich geleert hatte.
<Sie haben gutes Zeug, Mann, zeigen sie mir mehr> meinte er lachend und packte mir auf die Schulter, so als wären wir Freunde.
Unsere Zigaretten warfen wir nun fast zeitgleich auf den Boden.
Ich zeigte ihm noch das PKP Petscheneg Maschinengewehr, die Walther P99 Pistole, den 357 Magnum Python Revolver, die M67 Splittergranate und den Javelin und RPG Raketenwerfer.
<Sehr gute Waffen, mein Freund wir kommen ins Geschäft, also ich gebe ihnen 200 Dollar pro Sturmgewehr, 100 pro Maschinenpistole, 800 pro Maschinengewehr, je 75 pro Pistole und Revolver, je 20 pro Granate und je 1200 Dollar pro Raketenwerfer> meinte er lässig.
Ich spielte nun den Überfragten und nahm auch solch einen Blick an.
<Whoa, whoa, whoa, immer langsam mit den jungen Pferden. Ich will 2000 pro Sturmgewehr, 1500 pro Maschinenpistole, 8000 pro Maschinengewehr, 200 für jede Pistole und jeden Revolver, je 100 Dollar pro Granate und je 12000 Dollar pro Raketenwerfer, egal ob RPG oder Javelin> meinte ich lautstark.
<So viel kann ich niemals für diese Waffen bezahlen> gab er zurück, in der Hoffnung das ich vom Preis runtergehen würde.
<Tja, dann kommen wir wohl auch nicht ins Geschäft, packt die Sachen wieder ein Jungs, wir verschwinden> rief ich.
<Nein, nein, nein, nein, alles klar, sie haben gewonnen Robert, ich darf doch Robert sagen oder?
Wir kaufen die Waffen für ihren Preis, aber nur, weil sie mir so sympathisch sind und die Waffen so gut präsentiert haben> gab er schließlich nach.
<Wir nehmen 900 Sturmgewehre, 850 Maschinenpistolen, 550 Maschinengewehre, 600 Pistolen und 600 Revolver, 12000 Granaten und 350 Raketenwerfer, sowohl Javelin als auch RPGs> meinte er daraufhin.
<Alles klar, Mister Ishaq, wir sind im Geschäft> meinte ich

und reichte ihm meine Hand.
Er sah mich an und schlug ein.
Ich habe insgesamt 120 Sturmgewehre, 80 Maschinenpistolen, 50 Maschinengewehre, 130 Pistolen und Revolver, 300 Granaten und 30 Raketenwerfer hier im Truck, die können sie mitnehmen, den Rest schicken wir dann sofort per Lufttransport> meinte ich.
<Hmm...Na gut, aber warum kommen sie nicht mit zu unserem Stützpunkt hier im Jemen, er ist nicht weit von hier> bot er mir an.
Ich drehte mich kurz zu den Jungs um und hielt Augenkontakt.
Ich blickte nun wieder zu Ishaq.
<Alles klar, ich fahre mit ihnen, nehmen wir ihren Truck?> meinte und fragte ich.
<Wir fahren voraus und einer meiner Männer fährt mit ihrem Truck
hinterher> antwortete er.
<Und wo fahre ich?> fragte ich daraufhin.
<Sie fahren natürlich mit mir mit, dann können wir uns noch etwas
unterhalten> gab er zurück.
Alles klar, Jungs steigt in den Humvee, wir fahren mit diesen feinen Gentleman mit> rief ich meinen Jungs zu.
Logan blickte mich kurz an und nickte daraufhin.
Sie stiegen in den Humvee und warteten darauf, dass Ishaq und ich vorausfuhren.
Nachdem einer von Ishaqs Männern in unseren Truck gestiegen war, fuhren wir los.
Wir fuhren etwa eine Stunde in nördlicher Richtung, bis wir schließlich an einem gut gesicherten Dorf ankamen.
Ein großes Eisentor, etwa drei Meter hoch, Türme auf denen Scharfschützen oder Kaliber 50. MGs postiert waren und Elektrozäune auf den ca. 2,30 Meter hohen Mauern.
Also Männer hier hineinzuschicken wäre ein
Himmelfahrtskommando.
Wir mussten also entweder selbst in der Basis aufräumen oder diese von einem B-2 Bomber in Schutt und Asche legen lassen.
Doch der Einsatzbefehl lautete, Informationen einzuholen, was jedoch noch nicht erfolgt war, also weiterhin verdeckt
operieren war das Schlagwort.
Als wir anhielten und ausstiegen, gab ich Harper und King das Zeichen, den Terroristen beim Ausladen der Waffen zu helfen und bat Logan, Sanders und Cole, mir zu folgen.
Mit Ishaq gingen wir zum Hauptplanungsraum des Lagers.

Auf einem Tisch lagen mehrere Karten, auf vielen davon waren Gebiete des Jemen zu sehen.
<Sie haben noch mehr Lager als das hier?> fragte ich erstaunt.
<Ja, das ist nur eines von vielen hier im Jemen. Wir haben aber auch noch viele in Afghanistan, im Irak und in Pakistan> antwortete er.
<Wow, und ich hätte jetzt immer gedacht, dass die Al Quaida nur in Afghanistan tätig ist, tja man lernt immer neues dazu> meinte ich.
<Tja, so ist es aber nicht, mein Freund> brachte er mir lachend entgegen.
<Jedenfalls jetzt nicht mehr> hing er an.
<OK, dann freue ich mich schon auf unsere weiteren Verhandlungen> antwortete ich.
Ich sah mir die Karten des öfteren unauffällig an, um mögliche Ziele und Informationen zu sammeln.
Unser Gespräch versuchte ich so gut und so unauffällig wie möglich
auf Anschlagspläne oder dergleichen zu lenken.
Und schlussendlich bekam ich eine sehr interessante und nützliche Information, ein großes Ausbildungslager im Nord-Irak.
Nun da er es ausgesprochen hatte, blickte ich wieder öfters zu den Karten auf dem Tisch und suchte nach dem Lager.
Über Bagdad fand ich eine Markierung, dort musste das Lager gewesen sein.
<Robert? Ist alles in Ordnung?> fragte Ishaq.
Ich erschrak leicht und blickte schlagartig wieder zu ihm.
<Ja, wieso fragen sie?> fragte ich zurück.
<Sie sehen so nachdenklich aus...und sehen sie auf unsere Karten oder bilde ich mir das nur ein?> fragte er daraufhin.
Es wurde langsam drückend, mein Puls erhöhte sich, Schweißtropfen ronnen mir von der Stirn.
<Nein, das bilden sie sich nur ein, mein Freund...noch eine Zigarette?> fragte ich, um vom Thema abzulenken.
Er nahm diese Geste dankend an.
Auch bot ich Cole, Sanders und Logan eine an.
Nur Sanders nahm das Angebot an und schnorrte sich erneut eine Zigarette von mir, nach diesem Auftrag werde ich eine Revanche dafür einfordern, darauf konnte sich Sanders verlassen.
Ich ging zu ihm herüber und gab ihm leise einen Befehl.
<Sanders, gehen sie nach draußen und kontaktieren sie Eversman und Morgan und fragen sie, wie unsere weiteren Befehle lauten, die Infos haben wir>

<Alles klar, Voodoo> gab er leise zurück.
<Abadi, lassen sie uns auf dieses Geschäft anstoßen, ich hab einen guten Schnaps in unserem Humvee, mein Sicherheitschef holt ihn gerade> meinte ich zu Ishaq, der gerade mehrmals nachdenklich an der Zigarette herum nuckelte.
<Das ist eine gute Idee, Robert> gab er lachend zurück und verfiel sofort daraufhin wieder seinen Gedanken.
Etwa zehn Minuten später kam einer von Ishaqs Kämpfern in den Raum gelaufen.
<Sir, einer dieser Soldaten, er ist ein Verräter, wir haben ihn gerade dabei ertappt, wie er seinem Einsatzlager Bericht erstattet hat> meinte er hechelnd.
Ich reagierte sofort und zog ein Messer aus meiner Jacken Innentasche und warf es ihm mit einem starken Ruck in die Brust.
Ich drehte mich zu Ishaq, welcher nun mit einem schwungvollen Schlag auf mich los ging.
Ich wich aus und sprang mit meinen Beinen an seinem Arm hoch.
Vom Arm aus, klammerte ich meine Beine um seinen Hals, warf ihn über und drückte solange zu, bis er bewusstlos wurde.
Meinen Dank an Dmitri, der mir viel der russischen Kampfkunst Systema gezeigt hatte.
Nun stand ich auf und zog meine Colt aus meiner Innentasche der Lederjacke.
Ich blickte Logan und Cole an.
<Ihr beide, ihr tragt ihn hinter mir her, wir bringen ihn ins Einsatzlager> befahl ich den beiden, während ich auf Ishaqs Körper zeigte.
Ich ging zum Tisch und rollte alle Karten zusammen.
<Die Karten nehmen wir auch mit> meinte ich bevor wir den Raum verließen.
Wir gingen nun durch die Basis und schossen uns durch den Weg zu unserem Fahrzeugen.
Oft mussten wir halt machen, damit Cole und Logan Ishaq absetzen konnten, um mir Feuerunterstützung zu geben.
Endlich kamen wir zu King und Harper.
Sie hatten bereits alle Feinde in der Waffenkammer erledigt und waren unversehrt.
Ich öffnete nun ein paar Kisten und griff mir einige Waffen daraus.
Ich nahm mir ein PKP Petcheneg und ein M16 und legte mir die Riemen beider Waffen um meine Schultern.
<Habt ihr Sanders irgendwo gesehen?> Fragte ich die beiden.

<Nein, nicht mehr seitdem er an der Waffenkammer vorbei gegangen ist um nach draußen zu gehen...aber, was ist passiert?> antworteten und fragten sie, immer noch verwirrt von der ganzen Situation.
<Sanders ist aufgeflogen, weil ich ihm befohlen habe dass er nach draußen gehen soll und Morgan und Eversman kontaktieren und weitere Befehle anfordern sollte> erklärte ich hastig und blinzelte immer wider zu den Türen links und rechts vom Raum.
Drei Feinde kamen durch die rechte Tür gelaufen.
Ich zielte grob durch das Kimme und Korn des MG´s und feuerte.
Es war wirklich verdammt lange her, dass ich mit einem MG geschossen hatte, das letzte mal war in der Landkampfphase Phase des BUD/S und das lag jetzt auch schon etwa zwölf Jahre zurück.
Wir kämpften uns zu Sanders letzter Position, draußen an unserem Humvee, zurück, fanden ihn jedoch nicht vor, nur einige Blutspritzer im Sand.
<Shit, wo ist er?> fragte ich lautstark in die Luft.
Plötzlich stieß Logan mich zur Seite und gab eine kurze Salve nach oben ab.
Ein Scharfschütze fiel tot von einem der Türme hinunter, Logan hatte mich gerettet.
<Danke Logan> meinte ich.
<Nichts zu danken Voodoo, dafür sind wir doch da> entgegnete er.
Wir durchsuchten nun die gesamte Basis nach ihm und konnten ihn
schließlich in einem Verhörraum im südlichen Abteil der Basis finden, unversehrt.
<Sanders! Sanders!> rief ich <Ist alles OK?>
<Ja Voodoo, keine Sorge, ich wurde einfach bei der Befehlsbeschaffung von den Scharfschützen erwischt, die haben mich niedergeschlagen und hier hinein gebracht.
<OK, konnten sie denn noch Befehle hereinholen?> fragte ich ihn.
<Ja, Morgan meinte, dass wir verschwinden sollten und das Lager für einen Luftangriff markieren sollten> antwortete Sanders.
Ich schnitt ihn von dem Stuhl los und half ihm auf.
<Und was ist mit den Waffen?> fragte ich weiter.
<Er meinte, dass diese egal wären und wir schleunigst hier raus sollten> gab er zurück.
Da wir jetzt ertappt wurden, mussten wir improvisieren.

Mir kam eine Idee, wir schnappen uns die Waffen, laden sie in die Trucks, fahren mit diesen und auch mit Ishaq zum Einsatzlager zurück und jagen nebenbei auch noch Ishaqs Lager hoch.
Gemeinsam liefen wir zur Waffenkammer zurück, stießen jedoch auf großen Widerstand, das ganze Lager war wohl alarmiert.
Doch, ohne große Probleme erreichten wir die Waffenkammer.
Jede Kiste, in der Waffen geladen waren, luden wir in unseren Truck.
Cole fuhr den Truck, King und ich saßen hinten bei den Waffen und Harper und Logan fuhren mit dem Humvee voran.
Sanders besetzte die Minigun des Humvees.
Der Tag neigte sich dem Ende zu und es wurde dunkler und dunkler.
Immer wieder kamen MG Trucks und mit Terroristen besetzte Trucks hinter uns her und schossen auf uns.
King und ich erledigten die Feinde hinter uns, während Sanders an der Minigun sich um die Feinde und die Straßensperren der Feinde vor uns kümmerte.
Der Vorteil hinten im Truck, wir hatten beinahe unbegrenzte Munition, durch all die Waffen die wir geladen hatten.
Etwa eineinhalb Kilometer von Ishaqs Basis entfernt, forderten wir die Luftunterstützung an.
Per Funk meldete sich diese bei mir.
<Voodoo, hier Warthog, bereit zur erneuten Unterstützung>
<Warthog, hier Voodoo, Befehl zur Bombardierung der Basis erteilt, feuern sie> rief ich in mein Headset, um das Motorengeräusch des
Trucks zu übertönen.
Eine Minute später sahen wir ein grelles Licht in der Ferne und der Sand an der Basis wehte hinter uns her und holte uns ein.
Die Explosion war so laut, dass ich erst Minuten danach wieder richtig hören konnte.
<Danke Warthog, wieder einmal> bedankte ich mich beim Piloten der A-10 Thunderbolt.
Spät in der Nacht kamen wir am Einsatzlager an und überbrachten Brigadier General Morgan und Agent Eversman ihr „kleines Geschenk".
Sie steckten Ishaq mit Agent Eversman in einen Raum, um ihn zu verhören.
Eversman sollte ihn brechen.
Währenddessen überreichte ich Morgan die Karten.
Wir breiteten diese auf dem Tisch aus und studierten diese.
Ich erzählte Morgan von dem Ausbildungslager im Irak und

zeigte ihm die Position auf der Karte.
<Gute Arbeit Voodoo, sie und ihr Team haben ihrem Land einmal wieder einen großen Dienst erwiesen> bekam ich als Lob.
<Danke General> erwiderte ich.
Am Truck standen die Jungs und halfen dem Wartungspersonal der Basis, die Waffen auszuladen.
Ich gesellte mich nun zu ihnen und half ihnen dabei.
Zum Schluss zählten wir alle Waffen noch einmal genau durch um zu sehen ob auch alle Waffen da waren, denn wenn eine oder mehrere fehlen würden, hätten wir uns eine Standpauke von der Ausrüstungsausgabe der Navy anhören können.
Zu unserem Glück waren alle Waffen vollständig.
Nachdem wir vollkommen fertig waren, legten wir uns schlafen.
Am nächsten Tag standen wir Punkt sechs Uhr auf und meldeten uns bei General Morgan.
<Guten Morgen General, Reaper meldet sich zum Dienst> meinte ich während wir alle in der „Rühren" Stellung standen.
<Guten Morgen Männer> gab er zurück.
<Und Sir, wie steht es jetzt mit den Plänen um das feindliche Lager im Irak?> fragte ich.
<Wir haben uns entschieden, SEAL Team Fünf zu entsenden, um es zu infiltrieren und zu neutralisieren.
Also gute Nachrichten für sie, ihr geht nach Hause> meinte er lächelnd, woraufhin er sich eine Zigarre anzündete.
<Vielen Dank Sir> riefen wir vier synchron.
<Ja ja ja und jetzt wegtreten Männer> meinte er schlussendlich mit einem leichten Lachen.
Auf dem Weg zum Flugfeld trafen wir noch Agent Eversman, welcher uns mit einem breiten Lächeln begrüßte.
<Voodoo, ich danke ihnen noch einmal zutiefst für meine Rettung> meinte er und reichte mir seine Hand.
<Nichts zu danken Eversman, wir machen nur unseren Job> erwiderte ich und reichte ihm ebenfalls meine Hand.
<Voodoo, seien sie nicht so bescheiden, sie sind ein Held> hing er sofort an meinen Satz an.
<Vielen Dank Agent Eversman> meinte ich daraufhin.
Er ging nun an mir vorbei in Richtung des Planungsraumes.
Er drehte sich noch kurz zu mir um und bat mich darum, Ishaq mit in die Vereinigten Staaten zu nehmen, das FBI würde dann am Flugfeld in Dam Neck auf uns warten.
<Alles Klar mein Freund> gab ich zurück und bestätigte seine Bitte.
Am nördlichen Rand des Flugfeldes stand Ishaq, in

Handschellen gehüllt und in Begleitung zweier Marines.
Wir gingen zu ihnen und ich sprach die Marines an.
<Hey Jungs, ihr könnt wegtreten, wir übernehmen diese Ratte ab jetzt> meinte ich.
<Sir, ja, Sir!> meinten beide mit einem respektvollen Ton.
Die Marines huschten im Laufschritt an uns vorbei und unsere C130 fuhr nun langsam aus einem Hangar rechts von uns.
Es lag nun ein langer Flug zurück in die Staaten, um Ishaq endlich für seine Taten zur Verantwortung zu zwingen.
Wir waren froh, als wir endlich in Dam Neck ankamen, da der Flug in einer C130 sich immer wieder durch das lange aufrechte Sitzen sehr schmerzvoll auf den Rücken auswirkte.
Wie Eversman sagte, war das FBI anwesend.
Der Leitende Agent war eine junge Frau, braunhaarig, etwa 1,63 Meter groß und grüne Augen.
Neben ihr, zwei bullige Agenten in weißem Hemd und Schutzweste mit FBI Aufdruck.
<Mam> meinte ich respektvoll.
<Commander Frost, schön sie zu sehen, ich bin Special Agent Laura Hermings, FBI> gab sie zurück.
<Es freut mich sie kennenzulernen Agent Hermings> meinte ich <Ach ja und wir haben ihnen ein schönes Souvenir aus dem Jemen mitgebracht, wir hoffen es gefällt ihnen> hing ich an und schubste Ishaq ein Stück aus dem Flugzeug.
<Vielen Dank Commander, wir sorgen dafür, dass dieser Mistkerl das Tageslicht nie wieder sieht> antwortete sie ganz stumpf und stieg in ihren Wagen ein.
Die Agents setzten Ishaq auf die Rücksitzbank und stiegen danach ebenfalls ein.
Ich blickte dem Wagen noch kurz hinterher und sah danach wieder zu den Jungs
<Man, ich hätte nie gedacht, dass FBI Agentinnen so emotionslos sein können...irgendwie aber auch sexy> meinte Logan und blickte
auch noch für den Bruchteil einer Sekunde dem Wagen der Agents hinterher.
Ich gab Logan eine Hinterkopf Schelle.
<Logan, du hast ne attraktive Freundin daheim, also gaff keinen anderen Frauen hinterher> meinte ich ernst aber auch leicht lachend, wobei ich meinen Kopf schüttelte und wandte mich in Richtung der Offiziersbüros.
Nun gingen wir endlich in Captain Wittfords Büro, um ihm alle Einzelheiten der Operation zu schildern und ich danach die große Ehre erhalten würde, den Einsatzbericht schreiben zu dürfen.

Ich hasste es einfach Einsatzberichte zu schreiben, jedoch war es ein notwendiges Übel.

Kapitel 12: blutige Weihnacht

Bis zum Dezember gab es nichts für uns zu tun, doch genau dann kam unser Marschbefehl, gerade kurz vor Heiligabend.
Wir sollten in den Iran versetzt werden.
Unser Flug ging heute um 21.00 Uhr, somit hatten wir noch genug Zeit um uns auszuruhen und vorzubereiten.
Ich spazierte ein wenig auf dem Kasernengelände herum, als ich Harpers Stimme vernehmen konnte.
Er kam mir einige Augenblicke später auch entgegen.
Er telefonierte gerade.
Er telefonierte mit seiner Schwester Sarah, so wie ich es aus dem Kontext heraus verstehen konnte.
Anscheinend ging es um unsere Versetzung in den Iran.
Ich ging zu Harper herüber und stoppte ihn.
Ich gab ein leises <Sarah?> von mir, sodass nur er mich verstehen konnte und deutete auf sein Handy.
Er nickte kurz.
Im nächsten Moment nahm ich ihm sein Handy aus der Hand und führte das Gespräch fort.
<Hey Sarah, entschuldige Harper muss auflegen, es gibt viele wichtige Dinge die für den Flug vorbereitet werden müssen, wir sprechen uns später, mach´s gut> meinte ich schnell.
Ich konnte nur ein fragendes <Derek?> vernehmen, bevor ich rasch auflegte.
Ich warf Harper sein Handy zu, welches er leicht zimperlich fing.
<Boss, was sollte das?> fragte Harper, mit erhobener Stimme.
<Ihr hättet sonst wieder jahrelang diskutiert und schlussendlich gestritten und es hätte eh nichts gebracht, sie kann gegen unsere Versetzung nichts machen> antwortete ich.
Harper sah auf den Boden und seufzte einmal, im Sinne von „Du hast recht".
Zusammen gingen wir auf unsere Stube, wo uns Logan und King schon erwarteten.
Auf dem Gang fragte ich ihn noch einmal konkret, worum es im Gespräch genau ging, neben unserer Versetzung.
<Sarah wollte, dass ich die Weihnachten mit ihr verbringe> bekam ich als Antwort.
<Oh...Na ja wäre vielleicht auch schöner so aber das Leben als Soldat bringt einige Einschränkungen mit sich, besonders als Operator einer Spezialeinheit> meinte ich und packte ihm auf die Schulter.
Er lächelte mich kurz an und packte an die Türklinke.
<Hey Jungs> meinte ich, als Harper und ich den Raum

betraten.
Sie standen beide auf und begrüßten uns.
Wir gesellten uns nun zu den beiden an den Tisch.
Eine kurze Zeit lang sprachen wir miteinander, bis Logan vorschlug in den Aufenthaltsraum zu gehen, um uns etwas besser die Zeit zu vertreiben.
Wir stimmten alle zu und gingen in den Aufenthaltsraum, wo wir uns die Zeit vertrieben.
Wir schauten Fernsehen, spielten Billard oder sprachen einfach.
Doch irgendwann, da kommt der Punkt wo man alles mögliche getan und abgefrühstückt hat und man nicht mehr weiß, was man nun machen könnte.
Als dieser Punkt bei uns eingetreten war, ging ich zurück auf die
Stube und kam einige Minuten später mit einer großen Tasche zurück in den Aufenthaltsraum.
Diese legte ich nun auf dem Tisch ab, an dem wir vier mit einigen anderen SEALs vom SEAL Team 4 saßen.
Alle sahen mich mit einem fragenden und verwirrten Blick an, woraufhin ich die Tasche öffnete und mein H&K 416 herausnahm.
Danach nahm ich mein Waffenreinigungsset, welches ich in einer zweiten kleineren Tasche mit hereingebracht hatte und fing an, mein Gewehr auseinanderzunehmen und gründlich zu säubern.
Dies tat ich neben meinem Sturmgewehr auch mit meiner H&K MP5, meinem MacMillan M-86 und mit meinen Pistolen.
Nach einiger Zeit gingen auch Harper, Logan und King und kamen mit ihren Waffen zurück in den Raum.
Alle unsere Waffen zu reinigen, nahm schon ein wenig Zeit in Anspruch.
Während dieses Vorganges schauten wir die Nachrichten, wobei mir etwas ins Auge fiel.
<Hey, macht mal lauter> rief ich durch den Raum, in der Hoffnung, dass jemand von den hier anwesenden die Fernbedienung bei sich liegen hätte.
Im nächsten Augenblick wurde der Fernseher immer lauter.
<Gestern, am 18. Dezember konnten US Army Rangers in Zusammenarbeit einer iranischen Spezialeinheit in der Nähe von Teheran 18 Taliban, darunter auch einen der Drahtzieher, Farah Mal-Abdi, der hinter den jüngsten Anschlägen auf mehrere US Kasernen im nahen Osten steckte, verhaften> hörten wir die Nachrichtenmoderatorin erzählen.

<Scheiße ja> jubelte ich <Verdammt, warum wollen die uns denn immer noch dahin schicken?>
<Keine Ahnung D.> meinte King abfällig lachend von der Seite, während er seinen bereits gereinigten Revolver lud.
Insgesamt dreieinhalb Stunden hatte das Reinigen unserer gesamten Bewaffnung gedauert und wir hatten noch sechs Stunden bis zum Flug.
Wir unterhielten uns noch ein wenig mit den anderen SEALs, bis ich das Klingeln eines Handys vernahm.
Ich sah mich um und erblickte Harper, der sein Handy aus seiner
Hosentasche zog.
Er blickte auf das Display uns sein Gesicht verzog sofort eine leicht nervöse Miene.
<Geh nicht dran, sie kann an unserer Versetzung nichts ändern> meinte ich und hielt seinen Arm fest.
<Ja, aber...> gab er leicht stotternd zurück.
<Sergeant, das ist ein Befehl> meinte ich nun mit leicht erhobener Stimme.
Er drückte den Anruf weg, stellte sein Handy lautlos und steckte es zurück in seine Hosentasche.
Jetzt setzte er sich wieder auf seinen Stuhl und blickte stumm auf den Tisch.
Die Zeit verging schwerlich, doch dann kam der Zeitpunkt, 21.00 Uhr, unser Abflug in den Iran.
Die C130 stand voll beladen und aufgetankt auf dem Flugfeld, es musste nur noch unsere Waffen und die taktische Ausrüstung an
Bord gebracht werden.
Schnell brachten wir unsere Waffen zurück in unsere „persönliche Waffenkammer", da sich die Crew einer C130 immer wieder aufregte, wenn die komplette Ausrüstung der Soldaten, die sie ins Ausland brachten, nicht auf den entsprechenden Stuben war und sie deswegen überall nachhaken mussten.
Zu unserem Glück war die Crew noch nicht hier gewesen, um unsere Ausrüstung zu holen, wir waren also auf der sicheren Seite.
Die gereinigten Waffen legten wir zurück in die „Waffenkammer" und setzten uns an unseren Tisch.
Um ein wenig frische Luft zu schnappen, ging ich etwas nach draußen.
Nur King begleitete mich, da er noch vor dem Flug eine rauchen wollte.
Das klang sehr verlockend, worauf ich draußen seinem

Beispiel folgte und mir ebenfalls eine Zigarette anzündete.
Nach zehn Minuten voller langer und genüsslicher Züge hatten wir beide auf geraucht und ich warf meine Zigarette und King seine Zigarre auf den Boden.
Mein Blick wanderte zu unserer C130.
Unsere Ausrüstung war nun an Bord.
Ich wollte gerade zur Stube gehen, um Harper und Logan zu holen, als diese mir schon auf halbem Wege entgegenkamen.
Wir betraten das Flugzeug und setzten uns auf die Sitzflächen.
Es war immer wieder interessant, allein für unsere Ausrüstung benötigte die Transportcrew schon einen ganzen Container, und wir waren nur vier Leute.
Die Laderampe schloss sich und wir hoben ab.
Während des Fluges in den Iran spekulierten wir über mögliche Operationen, in denen wir vielleicht mitwirken müssten oder sprachen über ganz alltägliche Dinge.
Während des Fluges stand ich oft auf und ging langsam im Flugzeug herum.
Die Piloten verboten uns so etwas zwar oft aber ab und zu gab es auch solche Piloten, die das etwas lockerer sahen und uns fast alles in dem Flugzeug gestatteten.
Ich erinnerte mich auch an einen Flug, auf dem wir uns einfach auf den Boden gesetzt hatten und etwas gepokert hatten, oder wir zum Spaß und zu Übungszwecken den Nahkampf unter schwierigen Verhältnissen geübt hatten.
Aber zu solchen Aktivitäten während eines Fluges brauchte man wirklich lockere Piloten, sonst hatte man oft eine Beschwerde beim kommandierenden Offizier am Arsch hängen.
Um 6.00 Uhr am Morgen des nächsten Tages landete unser Flugzeug an dem US Army Stützpunkt vor Teheran.
Dort empfingen uns drei Army Soldaten.
Nachdem die Bordcrew der C130 den Container mit unserer Ausrüstung ausgeladen und in die Lagerhalle der Basis gestellt hatte, brachten wir unsere gesamte Ausrüstung auf unsere Stube.
Danach erkundeten wir ein wenig die Basis, da wir uns vertraut mit ihr machen wollten und uns hier etwas heimischer fühlen wollte.
Sie war wie ein reiner Basar, überall auf dem Gelände standen Iraner an ihren Verkaufsständen und brüllten den Preis ihrer Waren in der Gegend umher.
Kinder spielten auf dem freien Gelände Fußball und versuchten auch nebenbei unseren Soldaten Filme oder dergleichen zu verkaufen.

Mich ließ so etwas eigentlich immer kalt, doch als ich einen kleinen Jungen sah, etwa acht Jahre alt, der an einer Mauer saß und einen Ball vor sich her schubste, hatte ich Mitleid, denn der Junge hatte ein Bein verloren.
Ich ging zu ihm, kniete mich zu ihm herunter und sprach ihn an.
<Hey Kleiner, na wie geht´s Kumpel?> fragte ich.
Er blickte mich mit einem traurigen Blick an und sprach kein Wort.
<Hey, verkaufst du vielleicht Filme, ich würde welche kaufen wenn du welche hast> meinte ich mit einem Lächeln.
Er versuchte aufzustehen, woraufhin ich ihm meine Hand reichte um ihm zu helfen.
Er humpelte mit einem Stock zum stützen in der rechten Hand in Richtung eines Verkäufers, wahrscheinlich sein Vater.
Er sprach kurz mit ihm und kam zu mir zurück.
Er hielt mir einige Filme entgegen und sah mich mit einem hoffnungsvollen Blick an.
<einen für fünf Dollar und zwei für 11> meinte er schwerlich, da er unsere Sprache nicht sehr gut verstand, geschweige denn sprechen konnte.
<Gut, ich nehme zwei> meinte ich und deutete auf zwei der Filme.
Danach zog ich meine Geldbörse aus meiner Hosentasche und zog einen 20 Dollar Schein hervor.
<Hier, behalt den Rest, Kumpel> meinte ich und gab ihm nun den Schein in die Hand.
Ich streichelte ihm über den Kopf.
Er gab mir die beiden Filme und ging mit dem Geld zurück zu seinem Vater.
Ich erhob mich nun wieder vom Boden und sah mir beide DVD Covers an.
<Boss, was hast du gemacht?> fragte Logan, als er mit Harper und King zu mir herüber kam.
<Hier seht mal, ich hab Filme gekauft, die können wir uns heute Abend reinziehen> antwortete ich und hielt ihnen die Filme entgegen.
<Boss, du hast dich über´s Ohr hauen lassen, diese Filme sind der allerletzte Mist> meinte Harper und blickte mich mit einem schelmischen Blick an.
Ich zeigte auf den Jungen, der mir die Filme verkaufte.
<Seht ihr diesen Jungen da drüben?> fragte ich <Er hat nur ein Bein und scheint auch deswegen den größten Teil seiner Lebenslust verloren zu haben> meinte ich daraufhin.
<Ja, aber...> fing Logan an.

<Nichts ja aber, ihr versteht das nicht, ich hatte Mitleid mit ihm und das versteht man nur, wenn man selbst ein Kind hat oder hatte, hab ich recht King?> fragte ich.
<Ja Boss> antwortete er.
<Ihr versteht das wirklich, also bitte hinterfragt das nicht> bat er Harper und Logan.
Die Filme brachte ich auf unsere Stube und ging danach wieder nach draußen, da ich eine Zigarette rauchen wollte.
Als ich die Tür nach draußen öffnete, kamen mir vier Army Soldaten entgegen, die einen schwer verletzten Kameraden eilig zur Krankenstation brachten.
Ich lief ihnen zu dieser hinterher.
<Wir brauchen sofort einen Sani hier!!> rief ein Soldat, während er
Druck auf die Wunde des Verletzten ausübte.
<Logan, hilf ihm> meinte ich hektisch und drehte meinen Kopf zu
ihm.
<Alles klar, Boss> sagte er.
<Was ist mit ihm passiert, Soldat?> fragte ich einen Soldaten.
Er drehte seinen Kopf zu mir <Sir, Private Larson ist während unserer Patrouille auf eine vergrabene Mine getreten> meinte er hektische und schwer atmend und übte weiter Druck auf die Wunde aus.
<Verdammt!> fluchte ich <Wo war das Soldat?> fragte ich weiter.
<Sir, es war in der Green Zone, am Al Fari Markt> antwortete er.
Als Green Zone wurde der sichere Bereich in der nähe einer Militärbasis genannt, welcher sowohl vom ausländischen, als auch
vom befreundeten heimischen Militär überwacht und gesichert wurde.
Bevor ich ging fragte ihn noch schnell, ob das Bombenräumkommando schon dort sei.
Als Antwort erhielt ich ein kurzes Nicken.
<Alles klar, kommen sie Soldat, ruhen sie sich etwas aus, ihr Kamerad ist bei meinem Sani in besten Händen> meinte ich.
Er sah mich an und bedankte sich, lehnte jedoch mein Angebot, sich auszuruhen ab.
Ich drehte mich um und erschrak, da der kommandierende Offizier der Basis, General Harvey O´Darrel, in Begleitung des Air Force Kommandanten, Colonel Brian Birdman vor mir stand.
Ich salutierte und meinte sehr respektvoll <Sir´s>

<Rühren> gab er von sich.
Wir begaben in diese Position.
<Commander Frost, sie und ihr Team werden in der Stadt gebraucht, die Taliban haben viele Kinder und auch das Lehrpersonal einer Schule als Geiseln genommen, meine Rangers haben das Gebiet dort bereits abgesperrt und verhandeln momentan> meinte er.
<Und was genau sollen wir machen Sir? Die Verhandlungen weiterführen?> fragte ich leicht verwirrt.
<Nein, sie werden als schnelle Eingreiftruppe eine Befreiungsaktion einleiten und die Geiseln befreien> erklärte Colonel Birdman aus dem Hintergrund heraus.
<Alles klar, Sir's, wir erledigen das> gab ich selbstsicher von mir.
Danach erhielten wir den Befehl „Wegtreten" und gingen schnell auf unsere Stube, um unsere Waffen und die Ausrüstung zu holen.
Ein Schulgebäude, das hieß, dass es nicht sonderlich viel Platz gab, also waren keine Waffen für eine längere Distanz nötig.
Logan, der gerade mit dem Verarzten des verletzten Soldaten fertig war, pfiff ich zu mir und erklärte ihm kurz die Lage.
Auf der Stube fragte ich ihn noch schnell <Logan, überlebt es der Soldat da draußen?>
<Ja Boss, ich hab die Blutung gestillt, er ist jetzt stabil, doch das Kämpfen kann er sich für eine lange Zeit abschminken> gab er zurück.
<Immerhin lebt er, gut gemacht Logan> meinte ich dankbar und schlug ihm stolz auf den Rücken.
Ich wählte für den Einsatz meine H&K MP5, denn sie war klein und kompakt aber dennoch sehr effektiv und somit auch perfekt für diese Einsatzbedingungen.
Harper wählte sein FN Scar-H aus und Logan nahm seine Kriss Vektor.
Und King wählte sich aufgrund des kleinen Terrains auf dem wir wahrscheinlich kämpfen mussten, sein H&K 21 aus, da es etwas kleiner und auch somit besser für den Häuserkampf geeignet war, als
sein großes M249.
Auch für diese Operation nahm er seine Schrotflinte mit, da sie uns in den engen Gängen der Schule sehr von Nutzen sein könnte.
Jeder von uns montierte den Schalldämpfer an unseren Waffen ab,
sowohl von unseren Primär- als auch von unseren Sekundärwaffen, da das leise Vorgehen bei diesem Einsatz

keine Option war.
Draußen stand schon ein Humvee für uns bereit, mit dem wir zum
Einsatzgebiet fahren konnten.
Während King fuhr dachte ich schon einmal über die Situation nach, über unsere Taktik und wie wohl die Schule von innen strukturiert war.
Um die Schule herum hatten die Rangers von General O´Darrel eine Absperrung mit ihren Humvees errichtet.
Die Rangers hatten sich um die ganze Schule herum aufgestellt und ihre Waffen darauf gerichtet.
Scharfschützen waren auf den umliegenden Dächern postiert und warteten auf einen Feuerbefehl.
Viele Iraner beobachteten das Geschehen und die meisten wehrten sich gegen die Sicherungsmaßnahmen der Rangers, versuchten sie beiseite zu schubsen, um zur Schule zu gelangen.
Das waren wohl die Eltern der Kinder.
An zwei vor der Schule postierten Humvees stand der Kommandierende Offizier der Rangertruppe, Colonel Martin Lewis, der gerade über ein Funkgerät und einen Dolmetscher an seiner Seite mit den Taliban verhandelte.
<Colonel Lewis, AFO Reaper, wir sind ihre Verstärkung> meinte ich, als ich hinter dem Colonel stand.
Lewis gab dem Dolmetscher das Funkgerät in die Hand und gab ihm das Zeichen zu gehen.
<Ah Voodoo, auf sie und ihr Team habe ich gewartet> meinte er.
<Die Taliban halten insgesamt 30 Kinder und 6 Lehrer als Geiseln, bisher konnten wir noch keine Fortschritte erzielen>
<Deswegen sind wir ja hier Colonel> gab ich selbstsicher zurück.
Plötzlich löste sich ein Schuss.
Wir blickten zu einem Fenster der Schule im zweiten Stock hinauf.
Ein Taliban stand dort und hielt einen kleinen Jungen in seinem arm und hielt ihm eine Pistole an den Kopf.
Er forderte, dass die Rangers verschwinden sollten und das 18 ihrer „Brüder", die vor ein paar Tagen von den Rangers und der iranischen Spezialeinheit Takaravan gefangen genommen wurden, freigelassen werden sollten.
Sollten wir der Forderung nicht nachkommen, würden sie die Schule samt Kindern, Lehrern in die Luft jagen.
<Colonel, bitten um Feuererlaubnis> hörte ich die Scharfschützen über den offenen Ranger Kanal, auf diesen ich

meinen Ohrhörer bereits umgeschaltet hatte, bitten.
<Feuererlaubnis verweigert, das können wir nicht riskieren> befahl
Colonel Lewis angespannt.
Der Taliban verschwand wieder vom Fenster.
<Colonel, wir gehen jetzt rein, verhandeln sie weiter mit den Wichsern da drin, dass sollte vorerst als Ablenkung genügen> meinte
ich und lud meine MP5 durch.
Der Colonel nickte und winkte den Dolmetscher wieder zu sich herüber.
<Wir machen das hier draußen, viel Glück Voodoo> meinte er, bevor er sich wieder den Verhandlungen widmete.
Von der rechten Flanke des Gebäudes rückten wir nun leise und ungesehen zum Haupteingang der Schule vor.
Zwei Rangers folgten uns und gaben Deckung.
An der Tür warteten wir noch einen kurzen Augenblick und überprüften zur Sicherheit unsere Waffen.
Danach atmete ich einmal tief ein und wieder aus.
Ein Ranger öffnete die Tür, während wir unsere Waffen erhoben und uns zum Vorstoß bereit machten.
Die Tür stand jetzt offen und wir liefen eilig in das Gebäude.
Die Rangers warteten weiter an den Türrahmen des Eingangs und wünschten uns viel Glück.
Der Gang war leer, nur Tische und Stühle waren zu einer Deckung aufgestellt.
Zu unserer linken Seite befand sich ein Klassenzimmer, die Tür geöffnet.
Auch zu unserer rechten befanden sich zwei Klassenzimmer, die Türen waren mit Tischen verbarrikadiert.
An diesen blickte ich durch eine Lücke zwischen den Tischen.
Die beiden Räume waren leer.
Ich stellte mich am Türrahmen de linken Zimmers auf, meine Jungs im Schlepptau.
King warf eine Blendgranate in das Zimmer und wir stürmten hinein.
Das Zimmer war ebenfalls leer.
Ich drehte mich um und gab den Jungs das Handzeichen zum Vorrücken.
Ein Schuss fiel und flog genau vor meinem Gesicht vorbei, als ich den ersten Schritt aus dem Raum machte was mich vor Schreck zu Boden fallen ließ.
Einige Taliban mussten die Detonation der Blendgranate gehört haben und wollten nun nachsehen was hier los war.
Sie griffen uns von der Treppe, die in den zweiten Stock führte,

an.
Harper griff an den Riemen meiner Kampfweste und zog mich wieder auf die Beine.
Sofort zielte ich auf die Feinde und schoss.
Ich tötete einen der fünf Taliban, während King, Harper und Logan
die anderen erledigten.
Der letzte versuchte zurück in das zweite Stockwerk zu flüchten, woraufhin Logan reagierte und ihm in letzter Sekunde ins Bein schoss.
Der Taliban fiel und rutschte die Treppe zu uns herunter.
Ich zielte mit meiner Waffe auf ihn und gab ihn den Gnadenschuss in den Kopf.
Wachsam gingen wir die Treppe hinauf, da wir uns sicher sein konnten, dass die restlichen Taliban wussten, dass wir hier waren.
Logan lehnte sich leicht um die Ecke herum, um die Lage zu checken.
Er hob den Daumen, was bedeutete, dass es sicher war.
Langsam gingen wir um die Ecke, unsere Waffen immer im Anschlag.
Der Gang im oberen Stockwerk wurde von einer Barrikade aus Tischen und Stühlen versperrt, wir mussten uns also einen anderen Weg zu den Geiseln suchen.
Links von uns lag ein Klassenraum, durch diesen wir langsam vorrückten.
Am Türrahmen des Ausganges stoppten wir, da ich zwei Taliban miteinander reden und streiten hörte.
Sie stritten um die Geiselnahme und um die Unfähigkeit ihres Anführers, Forderungen zu stellen.
Ich blickte zu den Jungs nach hinten und gab Harper das Zeichen, sein Messer zu ziehen und sich auf den Angriff vorzubereiten.
King und Logan sollten uns Deckung geben.
<Hey King gib mir mal ne Patrone> meinte ich leise und streckte meine Hand nach hinten aus.
Ich hörte das klicken des Trommelmagazins von King´s Magnum und im nächsten Augenblick hatte ich die Patrone in der Hand.
Diese ließ ich einfach auf den Boden fallen, woraufhin ein lautes Klimpern zu hören war.
Die beiden Taliban luden ihre Ak´s durch und gingen langsam in Richtung des Klassenraumes.
Nacheinander traten wir vier einen Schritt zurück und machten uns bereit.

Im Augenblick, als die beiden Läufe der Kalashnikovs erblickte, stürmte ich zusammen mit Harper voran und wir überwältigten die beiden Feinde lautlos, während King und Logan uns deckten.
Die Leichen zogen wir in das Klassenzimmer und versteckten sie dort.
Die Patrone hob ich noch schnell auf, bevor wir weitergingen und gab sie King in die Hand.
Jetzt befanden wir uns in unmittelbarer Nähe zu den Geiseln.
In nächsten Gang vor uns befanden sich keine Feinde, wahrscheinlich waren alle restlichen Taliban bei den Geiseln.
Im nächsten Gang wartete jedoch ein weiteres Hindernis auf uns, eine weitere Tisch und Stuhl Barrikade.
Und noch besser, sie war mit Sprengsätzen verkabelt.
Langsam pirschten wir uns an die Barrikade heran und achteten immer auf den Boden, da wir nicht wussten, ob sich Druckplatten oder Stolperdrähte am Boden befanden oder nicht.
An der Barrikade selbst waren mehrere Drähte gespannt, wahrscheinlich mehrere Sprengsätze.
Logan und Harper sicherten unseren Rücken, während ich King beim entschärfen der Sprengsätze assistierte.
King wurde während seiner Marine Ausbildung zum Bombenentschärfer ausgebildet und war ja auch unser Breacher und somit am besten für diese Aufgabe geeignet.
<Voodoo, gib mir mal meine Zange aus meinem Rucksack> bat mich King.
<Alles klar King> gab ich zurück.
Nun öffnete ich seinen Rucksack und kramte nach der Zange, welche tief im Rucksack unter einem Tuch, leichten Sprengsätzen, einem Fernglas und dergleichen versteckt war.
Er streckte seine Hand nach hinten aus und bekam auch gleich die Zange in die Hand.
Damit kniff er sich an einem der Drähte fest und bat mich, den Sekundärdraht zu suchen und zu greifen.
Dieser lag etwas weiter unten, sodass ich mich etwas weiter über die
Barrikade lehnen musste.
Ich fiel mehrmals fast in diese hinein und riskierte jedes mal dabei, hier alles in die Luft zu jagen.
Schließlich hatte ich den Draht fest in meiner rechten Hand und wartete auf King´s Anweisungen.
<Nimm dein Messer, wir müssen beide Drähte gleichzeitig durchschneiden> meinte er.
Mein Messer setzte ich nun an dem Draht an und als King ganz

von drei hinunter gezählt hatte, kappten wir beide gleichzeitig die Drähte.
Mein Herz raste vor angst, dass wir etwas falsch gemacht hatten und hier gleich alles in die Luft fliegen würde.
Alles war still und ich konnte meine Beine, meine Arme und andere
Körperregionen noch spüren, meine Sorge verschwand.
Wir kappten noch die Drähte von zwei weiteren Sprengsätzen.
Wären die hochgegangen, hätten die ein ganz schön großes Loch in die Schule gepustet.
Wir schoben die Tische und Stühle weg und räumten den Weg damit frei.
Jetzt waren die Geiseln und auch die Geiselnehmer in unmittelbarer Nähe.
Wir mussten nur noch einen Klassenraum durchqueren, dann hatten wir sie.
Im Klassenzimmer stoppten wir und pirschten uns zum Türrahmen des Ausganges.
Einer der Taliban schrie wieder einige Forderungen zum Fenster hinaus und drohte erneut, eine Geisel hinzurichten, jedoch zählte er jetzt von Fünf herunter, das Leben einer Geisel stand nun wirklich auf dem Spiel.
Jetzt mussten wir schnell handeln.
<Dagger 2-5, Dagger 2-6 hier Voodoo, machen sie sich zum Schuss bereit, den Kerl mit der Geisel und der Kerl am Fenster daneben> befahl ich den beiden Ranger Scharfschützen auf den umliegenden Dächern flüsternd.
<Voodoo, hier 2-5, haben keinen Feuerbefehl, Colonel Lewis untersagt das> bekam ich als Antwort.
<Sie haben wohl nicht verstanden Soldat, das war keine Bitte, sondern ein Befehl> flüsterte ich leicht wütend.
<Nun gut Voodoo, aber was ist mit den anderen Feinden?> fragte er hektisch.
<Um die kümmern wir uns, vertrauen sie mir> gab ich zurück.
<OK, feuern jetzt> sagte Dagger 2-5 und im nächsten Augenblick hörte ich zwei Schüsse.
Die beiden Taliban fielen tot zu Boden und das Blut des einen spritzte bis an die Wand neben mir.
Wir vier stürmten nun in den Gang und setzten die restlichen Taliban fest.
<Auf den Boden, auf den Boden habe ich gesagt> rief ich den Taliban wütend entgegen und zielte mit meinem Gewehr auf sie.
Logan unterstützte mich dabei, während King und Harper die Geiseln sicherten.

Einer nach dem anderen legten die Taliban ihre Kalashnikovs auf den Boden und nahmen ihre Hände hinter den Kopf.
Nur einer nicht, er hielt weiterhin sein Gewehr in den Händen und trat nur immer weiter zurück.
Erneut rief ich <Auf den Boden!>
King rief das gleiche auf Pashto, einer der Amtssprachen des Irans und von Afghanistan.
Er leistete unserer Forderung folge und legte sein Gewehr auf den Boden.
Plötzlich zog er eine Makarov aus seinem Holster und griff sich
einen kleinen Jungen, gerade einmal 10 Jahre alt.
Er ging immer weiter zurück und spielte leicht am Abzug der Pistole herum um anzudeuten, dass er den Jungen erschießen würde.
Mein Gewehr richtete ich immer noch auf den Kopf des Taliban und ging ihm hinterher.
<Allahu Akbar> sagte er und öffnete mit einer Hand sein Gewand.
Er trug eine Sprengweste, 30 kg Sprengstoff, genug um ihn, das Kind und uns alle auszuradieren.
<Waffe runter> rief ich erneut, in der Hoffnung, dass er meiner Forderung nachkommen würde.
Aber er weigerte sich und ging weiter nach hinten.
Aus meinem Augenwinkel konnte ich sehen, dass er in ein paar Augenblicken an einem Fenster vorbeigehen würde, ein perfektes Ziel für Dagger 2-5 und Dagger 2-6.
<Dagger, Voodoo hier, seht ihr den Taliban mit der Geisel?> fragte ich <Er geht gleich am Fenster entlang>
Als der Taliban am Fenster stand, blieb ich stehen, in der Hoffnung das er das gleiche machen würde.
Meine Bitte erfüllte sich und die Scharfschützen hatten nun eine freie Schusslinie zum Feind.
<Voodoo, 2-5 sehen das Arschloch, warten auf Feuerbefehl, over> meinte 2-5.
<Feuerbefehl erteilt, pusten sie ihm den Schädel weg> befahl ich.
<Roger> bekam ich zurück.
Der Taliban schaute mich aufgrund meiner Befehle verwirrt an und im Anschluss löste sich ein Schuss von draußen und im nächsten Augenblick verteilte sich das Blut des Taliban an der Wand und sein lebloser Körper fiel zu Boden.
Aus dem Schreck des gefallenen Schusses fing das Kind zu schreien an, beruhigte sich aber als es realisierte, dass es nun in Sicherheit war.

Ich lief zu ihm herüber und beruhigte das Kind.
Den toten Terroristen überprüfte ich und nahm ihm seine Sprengweste ab.
Diese warf ich nun in die andere Ecke des Ganges.
Als ich mich umdrehte, waren bereits die beiden Ranger, die am Haupteingang die Stellung hielten, zu uns aufgerückt und setzten die Taliban fest.
Weitere von Lewi´s Rangers rückten nach und sicherten die Schule.
Die Geiseln und die Taliban brachten wir nach draußen.
Freudig rannten die Eltern der Kinder, welche nun von den Rangers
durchgelassen wurden, zu ihren Kindern.
Durch diesen Anblick musste ich Lächeln, da ich wusste, dass wir dafür gesorgt hatten, dass viele Familien heute weiter bestehen würden und heute keine Trauer unter ihnen herrschen würde.
Ich nahm mir gerade eine Zigarette aus meiner Brusttasche, als einer von Colonel Lewis Rangers zu uns kam, mit einer Kamera in der Hand.
<Voodoo, ich hab eine tolle Idee> meinte er.
<Und was für eine Idee, Corporal?> fragte ich und blickte ihn leicht verwirrt an.
Er winkte dem Dolmetscher zu, woraufhin dieser etwas zu den Eltern und auch deren Kindern sagte, wovon ich leider kein Wort verstand.
Doch plötzlich liefen alle Kinder zu uns herüber und versammelten sich um uns vier.
<Verstehen sie jetzt Commander?> fragte der Ranger sarkastisch <Ein Gruppenfoto mit ihrem Team und den Kindern>
<Ein tolles Andenken für eine perfekt ausgeführte Mission, Sir> hing er an.
Ich stand in der Mitte und hielt zwei Kinder in den Armen.
King kniete sich links neben die Kinder, sein MG in den Händen.
Logan stand hinten, zwischen mir und King.
Und Harper, Harper kniete rechts neben den Kindern, hatte eines im Arm und gab ihm sein gesichertes Scar-H in die Hand.
Der Dolmetscher sagte den Kindern wahrscheinlich so etwas wie „Bitte lächeln" und sie fingen an zu lachen.
Das Klicken der Kamera ertönte.
Nach dem Foto bedankten sich noch viele der Eltern bei mir, King,

Harper und Logan.
Die Gegend war nun wie leergefegt, Colonel Lewis und fast 90% seiner Rangers waren verschwunden.
Wahrscheinlich waren sie schon auf dem Weg zurück zur Basis.
Mit einem guten Gefühl konnten wir nun ebenfalls auf die Basis zurückfahren, ich liebte dieses Gefühl, ein perfekt ausgeführter Einsatz, keine Verluste, keine zivilen Opfer, nur das Gefühl des Erfolges, einfach herrlich.
Und um Gegenschläge der festgenommenen Taliban musste ich mir auch keine Sorgen machen, die iranische Regierung würde dafür sorgen, dass sie das Tageslicht nie wieder sehen würden, wie mir der Dolmetscher, welcher ebenfalls der Takaravan angehört hatte, versicherte.
Oft hörten wir nach einer erfolgreichen Operation ein wenig Musik über das Combat Radio im Humvee, was zwar strengstens verboten war, da dieses nur für den Kontakt unter den einzelnen Humvees
genutzt werden durfte aber uns war das egal, wir riskierten Tag für Tag aufs neue unser Leben für unser Land, da darf ich doch annehmen, dass wir doch wenigstens als Belohnung dafür etwas Musik hören durften.
Im Radio lief „Fortunate Sun" von CCR, ein Klassiker zu Zeiten des
Vietnamkrieges.
Mein Vater, Lieutenant John Frost, liebte dieses Lied.
Er hörte diese Lied oft in Vietnam, aber auch zu Hause.
Es lief sogar im Hintergrund im Radio, als er mir Geschichten erzählte.
Mein Vater, er war ein echt harter Hund, er war wie ich Navy SEAL und wirkte oft bei verdeckten Operationen in Vietnam, Laos und Kambodscha mit.
Er wurde während der Operation „Just Cause", der Invasion von Panama und Gefangennahme des Präsidenten von Panama, Manuel Noriega durch US Streitkräfte, darunter viele SEALs, Deltas und Green Berets, von einem Soldaten von Noriegas Nationalgarde hinterrücks erschossen, als er ihn gerade mit seinen SEAL und Delta Kameraden abführte.
Aber egal, lange Rede kurzer Sinn, ich mochte das Lied.
Wir alle sangen während der Fahrt mit, was die Fahrt viel entspannter und humorvoller machte.
Schon am Eingangstor der Basis hörten wir einen lauten Bass und viel Gelächter aus dem Hauptgebäude.
Den Humvee parkten wir neben den anderen und gingen in das Gebäude.

Überall standen betrunkene Soldaten herum, viele von den Rangers, die bei der Operation heute mitgewirkt hatten.
Sie tranken selbstgemachten hochprozentigen Eierpunsch, Bier und anderen Alkohol und auch einige liefen fast nackt herum, trugen nur eine Boxershorts oder trugen eine Weihnachtsmütze im Schritt.
Einige ließen sogar ihr Gemächt hin und her baumeln.
Das hatte ich zwar schon des öfteren erlebt, dass Soldaten sich so auffführten, besonders an Feiertagen aber so extrem war es noch nie.
Eine Bühne war aufgebaut, Soldaten des Musikkorps spielten Weihnachtslieder auf ihren Instrumenten, das aber im Retro style.
Es war eine reine Weihnachtsparty, jedenfalls etwas heimisches hier im dreckigsten Winkel der Welt.
Manchmal fing ich zu diesem Zeitpunkt an zu vergessen, dass wir im Einsatz waren und nicht zu Hause.
Ein Ranger rempelte mich an.
<Whoa, ganz ruhig Soldat, seien sie vorsichtig, nicht dass sie noch fallen> meinte ich und hielt den Ranger an seinen Schultern fest.
<Ja, Sir> meinte er und hickste einmal laut <Wollen sie auch was?> fragte er daraufhin und hielt mir seinen Punsch vor die Nase.
<Ja gerne, vier davon> orderte ich mit einem Lachen und führte ihn in Richtung der Flasche.
Langsam kam er mit unsern Gläsern durch die tanzende und singende Menge getaumelt.
Es kam ihm wahrscheinlich so vor, als ob er 20 Jahre für den Weg von der Punschflasche bis hin zu uns gebraucht hatte und das waren gerade einmal sieben Meter.
Schließlich hatte er den Weg geschafft und überreichte uns die Gläser.
<Viel Spaß Commander und ihnen natürlich auch Gentleman> gab er lallend von sich und versuchte zu salutierten.
Dabei kippte er sich den restlichen Punsch, welchen er noch im Glas
hatte, genau über den Kopf.
Er schüttelte den Kopf und ging erneut zu der Punschflasche.
Nun hörten wir der schönen heimischen Weihnachtsmusik zu und tranken den Punsch.
<Auf einen weiteren erfolgreichen Einsatz> meinte Logan und erhob sein Glas zum Anstoßen.
<Cheers> gaben Harper, King und ich zurück und stießen gemeinsam an.

Wir vier lauschten der Weihnachtsmusik, bis King in Richtung der Bühne ging.
Die Musik stoppte.
<Oh nein, er möchte doch nicht wirklich...> stotterte Logan und fing heftig an zu lachen.
Mein Blick ging wieder in Richtung der Bühne und was ich sah schockierte mich, King hatte ein Saxophon in der Hand und fing an darauf zu spielen.
Er spielte die Melodie des *„Epic Sax Guy"* perfekt nach, das hatte er das letzte mal vor drei Jahren gemacht.
Ich konnte mich vor Lachen nicht mehr halten, was von meinem leicht angeheiterten Zustand unterstützt wurde.
Er machte auch die gleiche Tanzeinlage wie der *„Epic Sax Guy"*
King spielte diese Melodie eine ganze halbe Stunde lang und spielte danach mit den Männern des Musikkorps erneut Weihnachtslieder.
Wir feierten die ganze Nacht durch.
Das einzige, woran ich mich erinnern konnte war, dass ich am nächsten Morgen wieder aufgewacht bin und das mit einem riesigen
Kater.
Vielleicht hätte ich nicht so viel trinken sollen, aber egal, ich machte das was ich immer tat, wenn ich einen Kater hatte, ein wenig Sport um mich auf andere Gedanken zu bringen.
Insgesamt machte ich 50 Liegestütz hintereinander und 50 Sit-ups.
Ein Ranger, der in seinem eigenen Erbrochenen eingeschlafen war, sah verwundert zu mir herüber, viel von seinem Erbrochenen noch im Gesicht.
<Commander, wie können sie mit einem Kater...> versuchte er zu fragen, drehte sich dann jedoch sofort von mir weg und erbrach erneut auf den Boden.
Den Ranger ließ ich erst einmal in Ruhe und ging zum Waschraum der Kaserne.
Dort machte ich mich zunächst mit etwas Wasser ganz wach und putzte mir die Zähne.
Auf dem Weg zurück zum Schlafbereich fiel mir auf, dass ich King, Harper und Logan seit gestern Nacht nicht mehr gesehen hatte.
Mir kam ein Army Soldat entgegen, der auch auf dem Weg zum Waschraum war.
<Hey Sie, Soldat> rief ich ihm herüber.
Er erschrak und salutierte vor mir <Sir, Corporal 2nd Class Erwin Barrington>

<Ganz ruhig Soldat, rühren, ich wollte sie fragen ob sie meine Jungs gesehen haben, ein Delta, 32 Jahre alt, ein Marine Offizier, 52 Jahre alt und ein Ranger, 24 Jahre alt.
Sie sollten alle ein Tier 1 Abzeichen auf dem Ärmel tragen> meinte ich.
<Commander, ihren Marine habe ich in der Kantine gesehen aber den Delta und den Ranger leider nicht> gab er zurück, immer noch leicht nervös.
Ich bedankte mich bei dem Soldaten und ging zur Kantine.
Wie es mir der Soldat gesagt hatte, war es auch, King saß mit drei Soldaten an einem Tisch und sprach mit ihnen.
Auch ich holte mir etwas zu essen, es gab frisches Obst, Spiegeleier und schön krosse gebratenes Bacon.
Dazu nahm ich mir ein frisches Brot und eine Flasche Wasser.
Und um mich richtig wach zu machen holte ich mir noch einen frische gemachten Kaffee.
Danach gesellte ich mich zu King und den Soldaten.
<Guten Morgen King, guten Morgen Jungs> begrüßte ich die vier.
<Morgen Boss> antwortete King.
Die Soldaten saßen stumm da, nur einer traute sich und meinte <Guten Morgen Commander>
Ich blickte diesen Soldaten an und nickte höflich.
<Hey King, hast du Harper und oder Logan gesehen?> fragte ich und nahm einen Schluck von meinem Kaffee.
<Harper hab ich das letzte Mal gesehen als er mit Sarah draußen telefoniert hat, so wie die Lage zwischen den beiden momentan ist sind die bestimmt immer noch am diskutieren und Logan, den hat´s vom Alkohol her schlimmer erwischt als uns, der kotzt sich schon seit fünf Uhr früh die Seele aus dem Leib> erklärte mir King.
Ich musste lachen als ich dies hörte.
<Alles klar, sehen wir gleich mal bei Logan vorbei und Harper, dieser heuchlerische Idiot, ich hatte ihn gebeten...nein ich hatte ihm befohlen Anrufe von Sarah nicht entgegen zu nehmen und er ist mir eiskalt in den Rücken gefallen, der bekommt heute noch einen Arschtritt von mir> meinte ich und fing an meinen Kopf enttäuscht zu schütteln.
Nach kurzer Zeit gingen die drei Soldaten, die an unserem Tisch saßen aus der Kantine und traten den Wachdienst an, während King und ich vor lauter reden ganz vergessen hatten, zu essen.
Ich blickte den Soldaten noch kurz hinterher und wartete bis sich die Tür hinter ihnen schloss.
<King, sei mal ganz ehrlich, bin ich irgendwie ein Monster

oder so oder bin ich so schlimm?> fragte ich und zog eine genervte Miene als sich die Tür geschlossen hatte und uns die drei Soldaten so nicht mehr hören konnten.
<Nein Derek, wieso fragst du?> gab er als Gegenfrage zurück.
<Tja hast du gesehen, wie die mich eben angeschaut haben als ich an den Tisch gekommen bin?
Die hatten Schiss King, riesigen Schiss> meinte ich genervt.
<Boss, das ist nur, weil du ein hochrangiger Offizier der Navy bist und sie auch schon von dir gehört haben, Commander Derek Frost, ehemaliger DEVGRU Operator und Exzellenter Scharfschütze.
Da kann man schon mal Respekt haben oder auch leicht schockiert darüber sein, so eine Navy Legende vor sich zu haben> erklärte er
mir.
<King hör auf zu versuchen mir in den Arsch zu kriechen, mag zwar wahr sein, dass ich ehemals in der DEVGRU war aber das gehört der Vergangenheit an und ich hasse es, wenn man mich als „Bester Scharfschütze der NATO" abstempelt> sagte ich, meine Stimme leicht erhoben und verdrehte kurz meine Augen.
King entschuldigte sich bei mir, nahm ein Stück Bacon auf seine Gabel und aß weiter.
King holte sich noch einen Nachschlag, während ich vollends gesättigt war.
Ich ging also schon vor, als erstes zu Harper.
Er stand immer noch draußen herum und telefonierte, genau wie King und ich es vermutet hatten.
<Sergeant ich habe ihnen doch befohlen Anrufe von Sarah zu ignorieren> meinte ich als ich hinter ihm stand.
Harper erschrak und drehte sich blitzartig zu mir um.
Er hielt sein Handy nun von seinem Ohr weg und bat Sarah kurz dranzubleiben.
<Boss, entschuldige aber das hier ist wichtig> meinte er und blickte mich ernst an.
Ich schüttelte den Kopf enttäuscht und meinte erneut, dass Sarah an unserer Versetzung nichts ändern konnte, gerade jetzt nicht mehr.
<Derek, ich weiß aber trotzdem ich muss das jetzt mit ihr klären, du verstehst das nicht weil du selbst keine Schwester hast> sagte er schnell und hielt das Telefon nun wieder näher an sein Ohr.
Damit hatte er recht gehabt, ich wusste nicht wie es ist eine Schwester zu haben und hatte somit keine andere Wahl, als es ihn mit ihr ausdiskutieren zu lassen.

<Alles klar, grüß sie von mir> meinte ich schließlich, während ich mich umdrehte und zurück zum Schlafbereich zu Logan zu gehen.
Schon als ich die Tür dahin öffnete, konnte ich ihn auf der Toilette kotzen hören.
Ich klopfte an die Tür.
<Logan, ist alles OK bei dir Bruder?> fragte ich und klopfte erneut an die Tür.
<Boss, ich schwöre es dir, ich trinke nie wieder so viel> erwiderte er und erbrach erneut.
<Ooh, du armer, kannst nicht mit uns mithalten, eine waschechte Alkohol-Jungfrau> meinte ich sarkastisch und fing an zu lachen.
<Fick dich Derek!> rief er aus dem Bad heraus und erbrach erneut.
Ich schüttelte den Kopf, zog mir eine Zigarette aus meiner Brusttasche und ging hinaus.
Harper kam mir auf halbem Wege entgegen <Hey, na alles geklärt?> fragte ich ihn.
<Ja, es ist alles geklärt...ach ja, ich soll dich schön von ihr grüßen> erwiderte er.
<Wow und ich hätte gedacht, dass sie mich wegen der Aktion in Dam Neck hassen würde> meinte ich sarkastisch und stieß ein leichtes Lachen heraus.
<Boss, sie könnte dich niemals hassen, glaub mir.
Immer, wenn ich mit ihr spreche, fragt sie nach dir, wie es dir geht
und all das.
Und sie wird auch andauernd rot, wenn ich deinen Namen auch nur
erwähne.
Ab und zu glaube ich, dass sie auf dich steht> gab Harper zurück.
<Das glaube ich nicht> meinte ich und zündete mir nun die Zigarette an.
<Wer weiß Boss, es würde mich freuen, dich als Schwager zu haben> gab er mit einem dicken Lächeln zurück, so als wenn er es
ernst meinen würde.
Plötzlich hörte ich einen Soldaten laut meinen Namen rufen <Commander Frost!> rief er.
<Was gibt es Soldat?> fragte ich, als er direkt vor mir stand.
<Sir, der General will sie sehen> meinte er, leicht aus der puste, da er schnell gerannt war.
Ich blickte zum Soldaten und nickte.

Danach drehte ich mich wieder zu Harper um.
<Harper, du holst Logan, der kotzt sich grade die Seele aus dem Leib, drüben im Schlafbereich und ich hole King. Planungsraum in fünf Minuten> befahl ich und ging auch gleich in Richtung der Kantine.
Jetzt wurde es wohl interessant, denn wenn uns ein vorgesetzter wirklich so dringend sehen wollte, musste etwas schlimmes vorgefallen sein oder etwas wichtiges für uns anstehen.

Kapitel 13: Präventivschlag

Nun waren wir auf dem Weg zum Planungszelt auf dem Gelände, um mehr über unseren Einsatz zu erfahren.
Eine Sirene ertönte und über die Lautsprecher ertönte die Stimme von General O´Darrel.
<Achtung, an alle kampffähigen Soldaten der US Army, hier spricht General O´Darrel.
Die Situation ist kritisch, machen sie ihre Ausrüstung bereit und versammeln sie sich draußen auf dem Basisgelände> erklärte er über den Lautsprecher.
<AFO Reaper, melden sie sich sofort im Planungszelt>
Sofort erhöhte sich mein Schritttempo.
Ich wollte gerade King holen, als dieser schon in voller Montur zu mir gerannt kam.
Harper und Logan schlossen sich ihm an und liefen gemeinsam zu mir.
Aus jedem Gebäude kamen Army Soldaten gelaufen, voll ausgerüstet und einsatzbereit.
Im Planungszelt waren der General, die beiden Colonels Birdman und Lewis, die Teamleiter der beiden Delta Teams und einige Teamleiter der Rangers anwesend.
<Ah Voodoo, nun sind wir alle anwesend> meinte der General.
<Meine Herren, die Lage ist kritisch, große Verbände der Taliban haben heute das Atomkraftwerk in Buschehr angegriffen und übernommen.
Wir wissen nicht, was sie vorhaben aber wenn sie eine Kernschmelze bewirken, dann ist ein Großteil dieses Landes dem Tode geweiht.
Das können und dürfen wir nicht zulassen, wir haben dem internationalen Terrorismus den Krieg erklärt und werden diesen auch gewinnen.
Deshalb werden wir einen Großangriff auf dieses Kraftwerk einleiten> erklärte er uns.
<Und wie genau werden wir dabei vorgehen?> fragte ich.
<Voodoo, für diese Operation stellen wir die Task Force Damokles zusammen.
Diese besteht aus ihrem Team, den beiden gesamten Platoons von Colonel Lewis und meinen Rangers und zwei Delta Teams.
Sie werden diese Task Force leiten Commander.
Nun zur Operation: Zwei Schwärme aus je acht Helikoptern der 1st und 2nd Battalion 160th SOAR werden sie um zum Einsatzgebiet bringen, wobei nur ein Ranger Platoon in den
Helikoptern sein wird und das
andere Platoon und auch Soldaten der Army in Humvees von

Norden aus anrückt>
Er umkreise mehrmals mit seinem Zeigefinger unser Einsatzgebiet auf einem an der Wand aufgehängten Satellitenbild, um uns alles etwas anschaulicher zu erklären.
<Dann seilt sich die Task Force aus den Helikoptern ab, während ihnen eine Humvee und Stryker Schützenpanzer Kolonne unter der Führung von Colonel Lewis Deckung gibt.
Nachdem sie sich aus den UH-60 Blackhawks abgeseilt haben, werden ihnen diese mit den Miniguns an Bord Deckung aus der Luft geben.
Zur Unterstützung können sie AH-64 Apache Helikopter mit 30mm Bordkanone und CVR7 Raketen anfordern, die sich dann um Bodentruppen und mögliche Artillerie des Feindes kümmern werden.
Am Boden bekämpfen sie die feindlichen Taliban auf dem Gelände und dringen mit den Deltas und einem Platoon von Rangers zur Sicherung in das Innere des Kraftwerkes vor, während das zweite Platoon der Rangers und ein Platoon von Army Soldaten das Gelände sichern und Nachzügler der Taliban erledigen.
Im Inneren des Kraftwerkes töten sie jeden verdammten Taliban den sie sehen, dringen zum Kontrollraum vor und verhindern, dass die Taliban eine Kernschmelze bewirken können.
Colonel Lewis kommandiert die Humvee Kolonne, Colonel Birdman
übernimmt die Luftunterstützung und ich übernehme die Bodentruppen.
Gesamte Dauer der Operation nicht länger als zwei Stunden> erklärte uns O´Darrel ausführlich.
Jedoch hakte ich weiter nach.
<Werden wir Gasmasken oder gar Schutzanzüge brauchen?> fragte ich.
<Wir gehen davon aus, dass das Gebiet selbst nicht verstrahlt ist, zur Vorsicht werden Gasmasken empfohlen> erklärte er.
<Noch irgendwelche Fragen> fragte Colonel Lewis in die Runde.
<Ja, noch eine letzte> meinte ich und verkreuzte meine Arme.
<Ja Commander?> fragte General O´Darrel.
<Wie ist die Lage?> war meine Frage.
<Alle sind Feinde> bekam ich als einfache Antwort zurück.
Ich nickte nur.
Ich liebte diese Antwort, da ich so wusste, dass wir uneingeschränkt handeln konnten und wir uns so ganz auf den Feind konzentrieren konnten, wobei wir jedoch immer ein wachsames Auge auf
Zivilisten hatten.
<Warten sie> rief Logan aus der Menge heraus <Was ist mit den

Arbeitern des Kraftwerkes?> fragte er unsere Vorgesetzten.
<Die Taliban haben jeden von ihnen hingerichtet, es gibt also keine Überlebenden> entgegnete Colonel Birdman.
Es wurde still im Zelt, was mir den Eindruck vermittelte, dass die Besprechung zu Ende war.
Ich drehte mich langsam um, um das Planungszelt zu verlassen, als ich noch kurz Colonel Lewis Stimme hörte.
<Das Codewort für diesen Einsatz lautet „atomic".
Männer, der Einsatz beginnt in zwanzig Minuten also einsatzbereit machen und auf das Codewort warten und jetzt wegtreten> meinte er und bekam zum Ende hin eine raue und laute Stimme.
Im gesamten Zelt ertönte ein lautes <Sir, ja Sir!>
Sofort im Anschluss rannte ich in Richtung unserer Stube, um meine Ausrüstung vorzubereiten.
Für diese Operation wählte ich mein H&K 416 aus, verstaute jedoch meine MP5 an meinem Rucksack, falls ich mir die Munition für mein Gewehr im Laufe der Operation ausgehen sollte.
Jeder von uns montierte auch hierfür den Schalldämpfer von seiner Waffe ab.
King hatte sein M249 SAW dabei, war jedoch in voller Montur unterwegs, denn neben seinem Revolver und seiner Glock nahm er auch noch seine Schrotflinte mit auf den Einsatz.
Für mehr Feuerkraft nahm er sich ein M16A4 Sturmgewehr aus der
Waffenkammer der Basis mit.
Harper nahm sein M4 Karabiner SOPMOD für diesen Einsatz mit.
In der Waffenkammer der Basis fand er auch einen GLM Granatwerfer, welchen er auch mit einem Riemen um die Schulter legte.
Und Logan wählte seine H&K MP7 aus, nahm aber auch seine Vektor mit, die er sich wie wir anderen mit einem Riemen an seine Schutzweste hing.
Gemeinsam brachten wir unsere gesamte Ausrüstung für die Operation zum Aufenthaltsraum der Basis, um uns mit den Rangers und den Deltas zu treffen.
Alle bereiteten ihre Ausrüstung vor.
Die Teamleiter der Bodentruppen erklärten gerade ihren Männern noch einmal das genaue Vorgehen, wobei mir ein Teamleiter, den ich am gestern Abend kennengelernt hatte, ins Auge fiel.
Ich hörte seiner Erklärung zu und als er am Ende den Kampfschrei der Rangers <Huah> aussprach und sein Team dies erwiderte, stand ich hinter ihm und gab ein <Hooyah> von mir.
<Commander> meinte er respektvoll und hielt mir seine Hand hin.
<Staff Sergeant> erwiderte ich.

<Sind wir bereit Sir?> fragte er mich.
<Roger, wir sind bereit diesen Bastarden in den Arsch zu treten> meinte ich selbstsicher und hielt ihm meine Faust hin.
Er schlug ein und lächelte ebenfalls selbstsicher.
Nun drehte er sich wieder zu seinen Männern und bereitete mit ihnen ihre Ausrüstung vor.
Das gleiche hatte ich nun auch vor.
Auf einem Tisch hatten wir unsere Waffen abgelegt und unsere restliche Ausrüstung in einer großen Tasche neben dem Tisch verstaut.
Aus dieser Tasche griff ich mir nun einige leere Magazine und 5.56 mm Patronen für mein H&K 416 und 9mm Patronen für meine MP5.
Damit füllte ich die Magazine und legte jedes volle Magazin neben die dazugehörige Waffe.
Pistolenmagazine füllte ich ebenfalls mit der entsprechenden Munition.
Mehrere M67 Splittergranaten bereitete ich vor und legte sie neben meine Waffen.
Als nächstes legte ich die Kugelsicheren Einlagen in meine Schutzweste und überprüfte mein Nachtsichtgerät.
<Commander, glauben sie mir, das werden sie nicht brauchen, wir sind innerhalb von zwei Stunden wieder zurück> hallte es von einem jungen Ranger auf der anderen Seite des Raumes.
<Ich geh lieber mit dem Gerät daraus, wir wissen ja wie das damals in Mogadischu war, da haben die auch gesagt, dass sie keine NSG´s
brauchen und am Ende hatten sie so doch den Vorteil damit> gab ich zurück und konnte an dem Blick des Rangers sehen, dass ich ihn mit diesem Argument besiegt hatte.
Jetzt legten wir auch unsere Einsatzwesten und Koppeln mit den Magazintaschen und unsere Pistolenholster an.
Die Magazine verstauten wir in den Taschen und hingen unsere Granaten an die Koppeln.
Dann hingen wir unsere Waffen mit dem Riemen um unsere Schultern.
So waren wir eigentlich fertig zum abrücken, doch Harper nahm noch ein kleines Detail vor und schrieb seine Blutgruppe auf einen Klebestreifen.
Diesen klebte er sich dann auf den Stiefel, das Ritual eines jeden Delta Operators für besonders lebensgefährliche Operationen.
Zuletzt überprüften wir noch einmal unsere Funkgeräte.
Erneut ertönte eine Sirene.
<An alle kampffähigen Soldaten der Basis atomic, ich wiederhole atomic> sprach der General über den Lautsprecher.

Ich blickte zu meinen Jungs, griff mir meinen Helm und meine Handschuhe und wandte meinen Blick in Richtung der Tür.
Jeder Ranger, jeder Delta und jeder Army Soldat, der hier anwesend war und bei dieser Operation mitwirkte, griff seine Waffe und rannte hinaus zu seinem jeweiligen Fahrzeug.
An den Blackhawks trafen wir uns mit den beiden Delta Teams und dem ersten Platoon (ca. 40 Mann) der Rangers.
<Sergeant Bahara> sprach ich einen der Delta Teamleiter an.
<Sir> gab er zurück und reichte mir seine Hand.
Ich erwiderte die Geste und schilderte ihm das Vorgehen.
<Sergeant, ich gehe mit meinem Team in diesen Blackhawk, ihr Team in diesen dort> meinte ich lautstark, um gegen das laute Dröhnen der Rotoren anzukommen und zeigte mit meinem Finger auf die beiden Helikopter.
<Und sie, sie verteilen sich auf die restlichen Helikopter, mindestens ein Teamleiter pro Vogel> rief ich einem der Ranger Teamleiter zu.
Mit einem Nicken bestätigte er meinen Befehl.
Nun bestieg ich mit meinen Jungs den Blackhawk und setzte meinen Helm auf.
Danach setzte ich mir meine Oakley Sonnenbrille auf und zog die Einsatzhandschuhe über meine Hände.
In einer meiner Hosentaschen trug ich meine Halbfingerhandschuhe, nur falls es zu einem sehr schnellen Abseilen kommen müsste.
Zwei Rangers folgten uns in den Helikoptern und bemannten sofort die Miniguns auf beiden Seiten.
Unsere Vorgesetzten standen in einer Reihe am Flugfeld und betrachteten uns, ihre Task Force, in den Helikoptern.
Ich sah zum General und gab ihm das Handzeichen für „Bereit" und gab ihm ein selbstsicheres Lächeln entgegen.
Dieses Lächeln erwiderte er, kam jedoch nun zu unserem Helikopter herüber.
<Ihr seid die Elite, vergesst das nicht ich möchte das schnell und sauber erledigt haben> meinte er laut.
<Und denkt dran, keiner wird zurückgelassen> hing er an und setzte langsam eine protzige Pilotenbrille auf.
<Was hat er gesagt?> fragte Logan und schrie mir dabei ins Ohr.
Ich drehte mich langsam mit einem leicht schmerzverzerrtem Gesicht zu ihm um, woraufhin er sofort verstand und sich entschuldigte.
Der Pilot drehte sich zu uns um und bat um unsere Aufmerksamkeit.
<Meine Herren, ich bin Major Sam Garret und bin heute ihr Pilot. Nur kurz einige Informationen, unser Flug wird etwa eine halbe

Stunde betragen, es ist herrliches Wetter, jedoch mit hoher
Aussicht auf Explosionen und Maschinengewehrfeuer.
Für Passagiere mit Flugkrankheit, die Brechtüten befinden sich
wie immer unter den Sitzen.
Und in unserem Helikopter besteht ein ernstes Rauchverbot>
meinte unser Pilot scherzhaft.
<Wie geil ich darf hier rauchen?> fragte ich lachend und tat so, als
ob ich ihn wegen des lauten Rotors nicht gehört hätte.
Er lachte nur.
Ich zündete mir eine Zigarette an und steckte die Packung und
mein Zippo zurück in meine Brusttasche.
Ich persönlich respektierte unsere Piloten immer wieder aufs neue,
da sie unter einer solchen Anspannung immer cool bleiben und
immer Höchstleistungen erbringen konnten.
Das Dröhnen des Rotors wurde immer schneller und immer lauter.
Langsam fing der Helikopter an zu schweben und hob immer
weiter ab.
Dann, als er die optimale Flughöhe erreicht hatte, flog er mit
einem schnellen Tempo geradeaus.
Fast wäre mir meine Zigarette aus dem Mund gefallen, wenn ich
sie nicht noch festgehalten hätte.
Ich hielt mich an einer Stange fest und erhob mich von meinem
Sitz.
Da unser Flug nicht sehr lange dauern würde, setzte ich mich an
die Kante des Blackhawks.
Um den vollen Platz auszuschöpfen und auch für meine Jungs
Platz zu machen, schob ich die Luke des Helikopters ganz auf und
winkte alle zu mir hin.
Einer nach dem anderen setzten sich meine Jungs neben mich.
Leider wurde es auch so immer enger an der Kante.
Auch King erkannte dies und stand freiwillig wieder auf.
Er ging auf die andere Seite, öffnete die Luke und setzte sich an
die Kante.
Logan folgte ihm.
Der Wind wurde mit jedem Meter, den wir überflogen, schäbiger
und härter.
Sand wirbelte durch die Luft und flog mir ins Gesicht, ein
Sandsturm schien sich anzukündigen.
Ich griff an meinen Netzschal und zog ihn mir über meinen Mund.
Immer wieder sah ich während dem Flug, wie Harper sich die
Sandkörner aus den Augen rieb, was mich aufgrund seiner
genervten Laune darüber immer wieder leicht zum Lachen brachte.
Schließlich wurde es ihm zu viel und er setzte seine Schutzbrille
auf.
So einen Flug genoss ich immer, ruhig und ohne Stress unter

Feindfeuer, doch ein riesiger Nachteil war das lange Sitzen.
Dadurch schlief einem der Hintern auf's heftigste ein und auch die Beine, wenn man sie die ganze Zeit so aus der Kabine nach draußen hielt.
Immer wieder schwang ich etwas mit meinen Beinen herum oder bewegte meine Zehen und Füße, um sie wieder aufzuwecken, doch meistens half dies nicht viel.
Der Wind wurde immer stärker, die Turbulenzen unseres Vogels verstärkten sich und der Sandsturm wurde langsam, jedoch stetig stärker.
<Voodoo, hier Command Center, unsere Drohne hat sie jetzt auf dem Schirm.
Sie sind nicht mehr weit vom Kernkraftwerk entfernt, am besten machen sie sich schon einmal bereit, Command Center out> hörte ich per Funk.
<Command Center, hier Voodoo, roger, wir machen uns bereit.
Melden uns, wenn wir das Gelände um das Kraftwerk gesichert haben, Voodoo out>
Ich hielt mich an der Griffstange zu meiner rechten fest und lehnte mich weiter aus dem Helikopter heraus, um nach vorne zu blicken.
Am Horizont sah ich den oberen Teil des Kernkraftwerkes.
Gleich im Anschluss sah ich Harper seine Hand heben.
<Noch fünf Minuten!> rief er laut in der Kabine herum.
Ich nickte und blickte wieder auf die karge Landschaft unter uns, überprüfte meine Waffen und checkte noch einmal, ob ich alles wichtige dabei hatte.
Unsere Helikopter erreichten das Gelände und die ersten Dauerfeuer der Bordminiguns fingen an.
<Nach rechts abdrehen! RPG!> schallte es laut über den offenen Funkkanal.
Zwei Helikopter zu unserer Linken drehten zu uns ab und flogen dicht an unserem Helikopter vorbei.
Dieser wackelte dabei leicht und schob mich weiter aus der Kabine heraus.
Durch langsamen robben versuchte ich mich zurück in die Kabine zu schieben und stützte mein linkes Bein zur Sicherung gegen die Luke.
Mein Blick wanderte auf das Gelände und die einzelnen Gebäude.
Ich umklammerte mit meinem Finger den Abzug und blickte durch mein holographisches Visier.
Ein Taliban mit einer RPG zielte auf unseren Helikopter.
<RPG, Vier Uhr!> rief ich in der Kabine umher und deutete mit meinem Zeige- und Mittelfinger zu dem Feind.
Harpers Gewehr wanderte schnell in diese Richtung.
Mit gezielten Schüssen brachten wir den Gegner gemeinsam zu

Fall.
Plötzlich dröhnte ein lauter Knall von links heran und als mein Blick zum Ursprung des Knalls wanderte, sah ich das einer unserer Blackhawks schnell auf den unseren zuraste.
Eine Rakete hatte seinen Heckrotor erwischt und ihn aus der Flugbahn geschleudert.
Unser Pilot wich schnell nach rechts aus, wobei ich wieder schnell aus der Kabine rutschte, jedoch von Harper an meinem Rucksack festgehalten wurde.
<Danke Bruder> meinte ich, als ich wieder ganz in der Kabine saß.
Er nickte und blickte wieder durch sein Visier.
Der getroffene Helikopter drehte sich mehrmals um die eigene Achse und krachte stark zu Boden, wobei der Heckrotor gänzlich absprang und durch die Luft wirbelte.
<Voodoo, hier Damokles 3-1> hörte ich von einem Ranger Teamleiter in einem anderen Blackhawk per Funk.
<Höre 3-1> gab ich rufend zurück.
<Angel 5 ist unten, geben sie uns Deckung, während wir uns schon vorzeitig abseilen, um die Absturzstelle zu sichern> bat mich einer der Ranger Teamleiter von unserer Task Force.
<Roger, Erlaubnis erteilt Sergeant, wir geben Deckung> antwortete ich.
Der Helikopter des Team flog eine kurze Runde und überflog die Absturzstelle.
Danach sah ich zwei Seile aus dem Helikopter fallen, woraufhin sich ein Ranger nach dem anderen abseilte.
Aus meinem Blickwinkel sah ich drei Taliban mit Raketenwerfern.
Ich gab einen Schuss ab, welcher jedoch von einem schnellen und verwüstenden Dauerfeuer übertüncht wurde.
<Voodoo, hier Heavy 1-1, unser Konvoi ist am Zielort angekommen und kann jetzt Deckung geben, over> gab mir Colonel Lewis durch.
Zur Bestätigung gab ich ein <Roger> zurück.
Mit der Unterstützung konnten wir schneller das Gelände sichern, die Humvees und die Strykers übernahmen die Feinde am Boden, während wir in den Blackhawks die Feinde auf den umliegenden Dächern ins Visier nahmen.
Auf einem Dach links von uns befand sich eine befestigte MG Stellung.
Ich drehte mich um und tippte King mehrmals auf die Schulter <King, Ein Uhr, MG Nest, lösch sie aus> befahl ich ihm.
Sofort vernahm ich ein lautes Dauerfeuer aus King´s M249 SAW.
Logan und der Ranger an der Minigun auf ihrer Seite unterstützten ihn.
Als das Feuer endete, gab King einen Daumen nach oben in die

Kabine, um mir zu vermitteln, dass das MG Nest ausgeschaltet war.
Das Feindfeuer milderte sich allmählich, wodurch eine kurze Feuerpause entstand.
Diese nutzten wir, um uns auf das Gelände abzuseilen.
Harper griff sich das erste und King das zweite Seil aus der Kabine und warf es in den Abgrund.
Danach seilten wir uns schnell nacheinander ab.
Am Boden angekommen, schüttelte ich kurz meine Hände, um einen Temperaturausgleich zu erzeugen und die Hitze meiner Hände durch das Abseilen etwas zu mildern.
Das war das unangenehme am Abseilen, es entstand eine große Hitze an den Händen und Fingern, selbst wenn man Handschuhe trug und oft schürfte man sich dabei auch die Hände auf, was es einem leicht erschwerte, genau und ruhig zu zielen.
Doch jetzt ging es ohne Bedenken, was mich auch wirklich glücklich stimmte, da bei dieser Operation höchste Präzision von uns verlangt wurde.
Ein Trupp nach dem anderen stieß am Boden zu uns.
Ein neuer Ansturm der Taliban begann und das aus allen Richtungen.
Sofort lief ich mit meinen Jung hinter einer leicht zerstörten Mauer in Deckung.
Eines der Delta Teams folgte uns, während sich das andere Team und das erste Ranger Platoon auf der anderen Seite befand.
Per Handzeichen kommunizierte ich mit ihnen und vereinbarte einen gewagten Angriff.
Ich zählte von drei hinunter und gab das „Go" für unseren Angriff.
Die Sturmgewehr- und Maschinenpistolenschützen liefen voran, während ihnen die Maschinengewehrschützen von der Deckung aus Unterstützungsfeuer gaben.
Auch ich beteiligte mich nun am Angriff und lief voran, meine Jungs im Schlepptau.
Das eine Delta Team gab uns Deckung beim Vorrücken.
Auf einem Dach zeigte sich ein weiteres Kaliber 50. MG Nest, welches viele der Rangers in Fetzen schoss.
Ich suchte Deckung hinter einer dichten Mauer und winkte meine Jungs zu mir.
Leicht versuchte ich über die Mauer zu blicken, um das Nest zu erfassen, jedoch sah ich nur Stücke unserer Deckung, die mir durchs Gesicht schliffen.
Sofort ging ich zurück in Deckung und packte mir an meine linke Wange.
<Nur ne Schürfung Boss> meinte Logan.
<Ja das ist mir bewusst Logan, ist nur scheiße unangenehm> gab

ich lautstark zurück und strich mir über die Schürfung an meiner rechten Wange.
<OK King, wir rücken über die rechte Flanke zum Nest vor und markieren es für die Luftunterstützung, stell dein Maschinengewehr auf und gib uns Feuerschutz!> rief ich King entgegen.
<Roger Voodoo> meinte er und nickte.
<Drei, Zwei, Eins...Move, Move, Move> rief ich lautstark und zeigte schnell in Richtung des MG Nests.
Wir rannten los, während King sein MG aufstellte und das Nest unter Feuer setzte.
Das Feuer des MG Nestes milderte sich, wodurch sich eine Chance für uns erübrigte.
Während des Laufens erschossen wir jeden Taliban, der uns ins Blickfeld kam.
An der Mauer, direkt unter dem MG Nest stoppten wir.
Harper sicherte die Linke und Logan die rechte Seite, während ich eine Rauchgranate von meiner Einsatzweste löste, sie zündete und direkt in das MG Nest warf.
<Gladiators, hier Reaper 0-1, haben ein MG Nest mit Rauch markiert, erledigen sie das> orderte ich über den offenen Funkkanal.
<Roger Reaper 0-1, Gladiator 1-1 und 1-2 sind unterwegs, gehen sie in Deckung, Angriff in 15 Sekunden> erhielt ich als Bestätigung.
Ich schlug Harper und Logan zwei mal gegen den Rücken und signalisierte ihnen, sofort in Deckung zu gehen.
Wir liefen den Weg zu King wieder zurück, wodurch aber auch das MG Nest auf uns aufmerksam wurde und uns unter Beschuss nahm.
Ohne King´s erneutes Deckungsfeuer hätten wir das Feuer durch das Kaliber 50. wahrscheinlich nicht überlebt, dafür gab ich ihm später auch noch ein Bier aus.
Nach zehn weiteren Sekunden sah ich die beiden Apache Kampfhubschrauber von Süden aus heran fliegen und ihre CVR7 Raketen auf das Nest abfeuern.
Dieses explodierte mit einem ordentlichen Knall und einem grellen Licht.
<Reaper 0-1, Ziel ausgeschaltet, Gladiator 1-1 und Gladiator 1-2 bleiben in der Umgebung für Unterstützung aus der Luft>
<Danke Gladiator, wir markieren Ziele für sie>
Jetzt kümmerten sich auch die beiden Apache Helikopter um feindliche Bodentruppen.
Ich blickte zu Harper und deutete auf seinen Rucksack.
<Harper, nimm das LTML und markier die Ziele für Gladiator 1-1

und 1-2>
Er nickte und zog den Zielmarkierer aus seinem Rucksack.
Nach und nach gaben wir ihm einige Ziele, wie größere Feindansammlungen, MG Nester oder MG Trucks durch, die er sofort an die beiden Helikopter weiterreichte.
Neben den Apache Helikoptern unterstützten uns auch weiterhin die Blackhawks mit ihren Miniguns an Bord.
Als ich an einer Mauer in Deckung ging, um meine Waffe nachzuladen, flog ein Blackhawk über mich hinweg und griff eine Gruppe von Taliban vor mir an.
Die frisch abgeschossenen und unglücklicherweise auch noch kochend heißen Patronenhülsen der Miniguns fielen dabei auf mich herab und landeten mir auf meinem Arm und eine fiel mir sogar durch meinen Kragen auf meine Brust, was ein nerviges und leicht schmerzvolles Brennen zur Folge hatte.
Sofort ließ ich mein Magazin los und griff mir selbst unter die Feldjacke, um die Patrone herauszuholen.
Danach lud ich mein Gewehr normal nach und schoss weiter.
. Auf dem Schlachtfeld hatte ich mittlerweile mein Team aus den Augen verloren und rückte stattdessen mit einem 16 Mann großen Trupp der Rangers vor.
An einer kleinen Mauer im vorderen Bereich des Geländes sah ich dann meine Jungs.
Ich lief zu ihnen und ging ebenfalls an der Mauer in Deckung.
King blickte mich an.
<Voodoo, da bist du ja endlich, wir haben uns schon sorgen gemacht>
<Vielen Dank, dass ihr so nett auf mich gewartet habt> meinte ich lautstark, woraufhin die anderen mir nur ein kleines und kurzes Lächeln gaben und weiterkämpften.
Über uns flog wieder ein Blackhawk hinweg, welcher nun jedoch von einer Rakete getroffen wurde und sich mehrmals über uns um die eigen Achse drehte.
Er schlug in einem Gebäude rechts von uns ein und das Wrack stürzte in unsere Richtung.
Beim Aufprall, nur fünf Meter neben uns, entstand eine große Druckwelle und warf uns alle zu Boden.
Auch löste sich ein Rotorblatt und schlug direkt neben Harper im Boden ein.
Wir standen auf und überprüften uns grob gegenseitig.
<Alles OK, ich hab meine Eier noch> meinte Harper, immer noch leicht geschockt über den Vorfall.
King lehnte sich über die Deckung, um die Feinde von uns fernzuhalten und uns noch etwas Zeit zu geben.
Dabei unterstützte ich ihn.

Doch was ich sah erschreckte mich, denn fünf russische T92 Panzer fuhren aus dem hinteren Teil des Geländes aus heran, etwa 50 Meter von unserer Position entfernt und nahmen unsere Helikopter und unsere Humvee und Stryker Kolonne unter Beschuss.
Diese erlitten hohe Verluste dabei und zogen sich auf meinen Befehl und auch auf den des Command Centers vorerst zurück.
Ich befahl Harper, mit dem LTML die Panzer zu markieren.
Die beiden Apache Helikopter flogen heran und machten ihre Raketen bereit.
Doch derer Angriff der Helikopter schlug fehl und wir verloren einen Apache.
Dieser stürzte auf einem Dach, 300 Meter rechts von uns ab.
Der andere Apache zog sich deswegen vorerst zur Basis zurück.
<Voodoo, hier Command Center, ein Apache ausgeschaltet, der Pilot allerdings lebt noch, schaffen sie es an die Absturzstelle over?> fragte mich General O´Darrel.
<Nein, solange uns diese scheiß Panzer im Visier haben nicht> rief ich in mein Mikrofon.
<Haben wir noch irgendwelche Luftunterstützung?> fragte ich mit gestresster Stimme nach.
<Kurzen Augenblick Voodoo....Roger, Odin 5 kann eine Ladung abfeuern und die Panzer zerstören, der Angriff kann aber hohe Schäden am Kraftwerk anrichten, over> bekam ich als Antwort.
<Schießen sie einfach!> schrie ich.
Ein Geschoss von einem der Panzer flog haarscharf an unserer Deckung und über unseren Köpfen vorbei.
Über den Offenen Kanal konnte ich das Command Center den Befehl zum Angriff erteilen hören und bereitete mich zum los sprinten vor.
Zum genauen Markieren der Panzer griff ich wieder eine Rauchgranate von meiner Einsatzweste und warf sie genau vor die Panzer.
Ein roter Rauch verströmte genau vor den Panzern, welchen man gut von oben sehen konnte.
<Odin 5 hat roten Rauch gesichtet, feuern jetzt> hieß es vom Control Center der Odin Satelliten.
<Move, move, move!> rief ich und zeigte in Richtung der Absturzstelle auf dem Dach und lief auch voraus, während meine Jungs mir folgten.
Die Rangers und Deltas verschanzten sich hinter dichten Betonmauern in sicherer Entfernung zu den feindlichen Panzern.
Der Angriff unseres Odin Satelliten fing an und eine Ladung schlug
genau auf einem der Panzer ein.

Die anderen Raketenladungen folgten und zerstörten die Panzer und zum Teil auch das anliegende Gebäude.
Die Druckwelle der Raketen warf mich stark zu Boden und ließ mich lange und schmerzvoll über den Boden rutschen.
Auch das Aufstehen blieb mir lange verwehrt, da die Druckwelle noch längere Zeit andauerte.
Ich sah alles für eine kurze Zeit verschwommen und hörte auch alles nur verzerrt.
Eine Hand packte mich bei meiner Schulter, woraufhin ich erschrak.
Ich drehte mich um und King rief mir etwas mehrmals ins Gesicht, auch wenn ich erst nicht verstand, was es war.
<Derek! Derek!> rief er <Logan hat´s erwischt!>
Mein Blick wanderte zu Logan.
Er lag flach auf dem Boden, sein Gesicht und ein Teil seines Oberkörpers und linken Armes war am Bluten.
<Scheiße, Logan!> rief ich und lief zu ihm herüber.
Ich griff ihn an den Schultern und hob seinen Oberkörper zu mir hoch.
Er öffnete seine Augen für einige kurze Sekunden.
<Logan! Logan! Bleib bei mir mein Junge, komm schon!> rief ich ihm ins Gesicht und übte Druck auf seine Wunde an der Brust aus.
Logan´s Augen schlossen sich wieder.
Mein Herz raste vor Angst.
Ich befahl Harper sofort einen MEDVAC anzufordern.
<Command Center, hier Reaper 0-2, Reaper 0-4 ist getroffen und stark verwundet, fordere sofortige Notfallevakuierung an, Koordinaten folgen, Yankee – X-Ray – 3 – 1 – 0 – 2!> rief er über sein Mikrofon.
<Reaper 0-2, hier Command Center, eine Notfallevakuierung ist höchstens in 20 Minuten möglich, unsere Helikopter müssen erst auftanken und auf Schäden überprüft werden, over> gab das Command Center über den offenen Kanal durch.
<Verdammt, Logan ist am Verbluten, wenn wir nicht schnell handeln wird er sterben also beeilt euch!> schallte es von Harper über Funk.
<Wir sehen was wir tun können, Command Center out> gab das Command Center zurück.
<Ficken sie sich General!> rief er schnell noch wütend über Funk, wobei King sich zu ihm drehte und meinte <Beruhig dich, er wird durchkommen>
Die Rauchwolke der von Odin abgeschossenen Ladungen legte sich
und wir sahen das verwüstete Gelände und die zerstörten Wracks der

Panzer.
Die beiden Delta Teams und vier Ranger Teams, die mit uns in das Innere des Kraftwerkes eindringen sollten, kamen zu uns.
<Scheiße, was ist mit ihm?> fragte Master Sergeant Bahara, der Teamleiter des ersten Delta Teams.
<Keine Ahnung Mann, beim Odin Angriff ist irgendetwas passiert, er braucht sofort ärztliche Versorgung> meinte Harper hektisch und noch leicht wütend aufgrund der Antwort von General O´Darrel.
<Roger.
 Smith, sofort versorgen, holen sie sich eine Trage und bringen sie den Mann in Sicherheit> rief Master Sergeant Bahara einem seiner Männer, der momentan das Gebiet sicherte, zu.
<Ja Sir!> rief er und lief zurück zum Eingang des Kraftwerkgeländes, wohin sich unsere Humvee und Stryker Kolonne zurückgezogen hatte.
Kurze Zeit später kam er mit fünf Rangers zu uns und legte eine Trage auf den Boden.
Ich half ihnen dabei, Logan auf diese zu legen.
<Retten sie ihn> bat ich den Sanitäter des Delta Teams und griff ihn
fest beim Arm.
<Ja Sir, ich tue mein bestes> antwortete er und nickte.
Er lief zusammen mit den Rangers von der Humvee Kolonne zurück zu diesen, um Logan zu verarzten.
Ich blickte zur Absturzstelle, die wir eigentlich sichern sollten und rieb mir meine Augen unter meiner Oakley Sonnenbrille.
<Gehen wir weiter, vielleicht ist der Pilot noch am Leben> meinte ich zu allen hier anwesenden und ging vor zur Absturzstelle.
Alle anderen folgten mir und deckten meinen Rücken.
Im Hintergrund hörte ich die Motoren von vielen Fahrzeugen, doch ich dachte nicht ein einziges Mal daran, mich umzudrehen und blickte stattdessen einfach gerade aus und hoffte, dass es die Motoren unserer Humvees und Strykers waren.
Am Gebäude der Absturzstelle angekommen, trat ich die Tür auf und sicherte schnell den ersten Raum.
Ohne nachzudenken und den Gedanken immer bei Logan lief ich in den zweiten Stock.
Dieser war ebenfalls leer.
Eine weitere Treppe führte zum Dach.
Hinter der Tür zum Dach konnte ich ein paar Stimmen vernehmen.
Pashto und auch konnte ich etwas ukrainisch heraushören.
Sie war nicht verschlossen, weshalb ich sie leicht öffnet um einen kleinen Blick zu erhaschen.
Soweit ich sehen konnte, waren hier vier Feinde, stark bewaffnet.

Ich blickte zu meiner Gruppe und zählte von drei herunter.
Dann trat ich die Tür auf und rannte auf das Dach, damit die anderen mir schnell folgen konnten und nicht an der Tür stehen blieben.
Sofort eröffnete ich mit allen das Feuer und brachte die Feinde zu Boden.
King und ein Ranger blieben bei der Tür, während alle anderen das Dach in alle Himmelsrichtungen sicherten.
Nur der Teamleiter des zweiten Delta Teams, ich glaube er war Sergeant 2nd Class und hieß Reckard, überprüfte mit mir den Piloten, welcher blutend neben dem Wrack des Helikopters lag.
<Die Arschlöcher haben ihn zu Tode geprügelt, verdammt> fluchte ich.
<Tut mir leid Kumpel> meinte er und griff mich bei meinem Arm.
Ich blickte ihn mit einer ernsten Miene an und stöhnte kurz aggressiv.
<Egal, gehen wir weiter> meinte ich und sah zum Haupteingang des Kernkraftwerkes, welcher von diesem Dach gleich um die Ecke lag, etwa 250 Meter Nord-Östlich.
<Voodoo!> rief King hinter mir.
Ich drehte mich zu ihm um und sah in gebückt neben einer der Leichen.
<Was ist King?> fragte ich.
<Das ist kein Taliban, Kurzhaarschnitt, moderne Einsatzweste und ein Scar-L Sturmgewehr> meinte er und deutete auf die einzelnen Merkmale.
<Scheiße!> fluchte ich und sah mich in der Umgebung um.
<Egal, darum sorgen wir uns später und jetzt weiter> befahl ich.
<Voodoo, hier ist General O´Darrel, haben sie den Piloten gesichert?> fragte er über Funk.
<Nein General, er ist tot, wir kamen zu spät> gab ich enttäuscht zurück.
<Was?! Scheiße! Voodoo, neuer Befehl, sofort zurückziehen, wir...> fing er an, wobei ich jedoch den Funkkanal wechselte.
<OK, alles hört auf mein Kommando, ab jetzt leite ich den Einsatz, verstanden> meinte ich in einem herrischen Ton und sah in die Runde.
<Roger, alle auf Kanal 1-3 umschalten, Voodoo leitete ab jetzt den Einsatz> meinte der Delta Teamleiter neben mir sowohl zu seinen Männern als auch zu den hier anwesenden Rangers.
Wir gingen gemeinsam wieder die Treppen hinunter, zurück auf das Gelände.
An der Ecke machten wir Halt und überprüften das Gebiet.
Harper hob den Daumen, das Gebiet war sicher.
Schnell liefen wir in einer engen Formation in Richtung des

Haupteinganges.
Ein Delta tippte mir auf die Schulter und deutete auf eine Plattform über uns.
Drei Feinde mit RPG´s nahmen uns ins Visier.
Ich gab den ersten Schuss ab und erschoss einen von ihnen.
Er kippte nach hinten und die Rakete aus seinem Werfer löste sich.
Sie flog diagonal nach oben.
Jetzt eröffneten alle das Feuer auf die Schützen.
Der zweite Schütze prallte nach mehreren präzisen Treffern an das Geländer und fiel darüber hinweg.
Mit einem harten Aufprall landete er genau vor dem Haupteingang.
Der letzte Schütze hatte seinen Raketenwerfer nun geladen und zielte genau auf uns.
Ich sah einen Funken und das Geschoss flog auf uns zu.
Die Rakete wackelte, da es ein frei fliegendes Geschoss, ohne jegliche Wärme gelenkte Flugbahn war und verfehlte ihr Ziel.
Sie flog an uns vorbei und explodierte an einer Mauer weit hinter uns.
Er schaute uns an und griff sich mit zitternden Händen eine neue Rakete aus seiner Tasche, die er auf dem Rücken trug.
Jeder von uns gab gezielte Schüsse ab, wobei King dafür extra zum M16 wechselte.
Den Feind trafen fünf unserer Schüsse genau in die Brust und brachten ihn zu Boden.
Wir warteten noch kurz bevor wir weitergingen, um abzuwarten, ob noch mehr Feinde nach draußen kommen würden.
Ich überprüfte mein Magazin und lud mein Gewehr nach.
Die anderen checkten ebenfalls ihre Magazine.
King bewahrte seine Maschinengewehr Kästen in seinem Rucksack auf, weswegen ihm immer jemand ein hinausgeben musste, damit es schneller ging.
Bevor ich jedoch meine Hand nach seinem Rucksack ausstrecken konnte, gab ihm Harper einen neuen Magazinkasten in die Hand.
Ich vergaß, dass er für diese Operation King´s Supporter war, der ebenfalls einige Magazinkästen für den Maschinengewehrschützen dabei hatte.
Als jeder nachgeladen hatte, gingen wir eilig weiter zum Haupteingang.
<Die Wichser haben hier alles verdammt gut gesichert, zu gut für Taliban, da muss mehr dahinterstecken> meinte King.
<Ja du hast recht, vielleicht finden wir drinnen die Antwort darauf> meinte ich und nickte.
Plötzlich ertönte das Dröhnen eines Motors und hinter uns erschien ein MG Truck.
Das Maschinengewehr schoss auf uns, während wir in Deckung zu

ein paar Sandsäcken am Haupteingang des Kraftwerkes rannten.
Mit jedem weiteren Schuss des Kaliber 50. verabschiedete sich unsere Deckung ein Stück mehr und der Sand lief schnell aus den Säcken, genau auf meine Schulter.
Ich sah mich um und mein Blick fiel auf Harpers GLM Granatwerfer, der ihm an der Schutzweste baumelte.
Harper sah zu mir herüber und deutete meinen Blick.
Seine Augen wanderten genau zu seinem GLM, worauf er sofort verstand.
Ich gab ihm kurz noch ein kurzes Nicken zur Bestätigung.
Danach griff er sich den Granatwerfer, überprüfte die Trommel und erhob sich aus der Deckung.
Die Schüsse des Kaliber 50. konzentrierten sich sofort auf ihn, verfehlten ihn jedoch knapp.
Dann nutzte Harper die Chance und gab einen Schuss ab.
An der Fahrerkabine des MG Trucks prallte die Granate auf und explodierte.
Die Explosion zerstörte den ganzen Wagen und riss alle drei Feinde mit in den Tod.
Harper blickte zu dem Wrack herüber und sagte Leise <Bye bye, Arschlöcher>
Ich ging zu ihm und packte ihm auf die Schulter.
<Harper, ich bin genau so sauer auf diese Mistkerle wie du aber wir dürfen jetzt nicht unüberlegt vorgehen> meinte ich mit leisem Ton.
<Voodoo aber wenn Logan...> fing er an, woraufhin ich ihn sofort unterbrach.
<Harper, sag sowas nicht, Logan wird durchkommen, er ist ein harter Hund er packt das>
Harper nickte und sah zum Eingang des Kraftwerkes.
Das war nun unser Ziel, wir mussten unseren Auftrag zu ende bringen, wobei mir die Sorgen um Logan und der Gedanke, dass wir es vielleicht mit schlimmeren Gegnern als den Taliban zu tun hatten, immer im Hinterkopf.

Kapitel 14: Der Innenraum

Wir hatten uns an der riesigen Tür, die in das Innere des Kraftwerkes führte aufgestellt und machten uns zum Vorstoß bereit.
Überall um uns herum und auf dem Gelände lagen die Leichen von Taliban und unbekannten Soldaten, die wir auf dem Weg hierhin getötet hatten.
Der Gedanke an Logan, der jetzt lebensgefährlich verletzt in einem der Humvees oder sogar im Lazarett der Basis lag und um sein Leben kämpfte, ging mir nicht mehr aus dem Kopf.
Mehrmals atmete ich tief ein und aus und blickte zum Himmel hinauf.
<Bereit?> fragte mich Master Sergeant Bahara.
Ich nickte und überprüfte noch schnell mein Magazin.
Da wir eben schon die Tür überprüft hatten, wussten wir, dass diese verschlossen war und wir sprengen mussten.
Ich hob meinen Arm, woraufhin King sofort verstand und sich an die riesengroße Stahltür kniete.
Er legte seinen Rucksack ab und öffnete ihn.
Fünf Türladungen zog er heraus und setzte je eine an die Ecken der Tür.
Die fünfte setzte er genau in der Mitte an.
Jetzt nahmen wir zwei Meter Abstand von der Tür und und warteten darauf, dass King die Ladungen zünden würde.
Mit einem lauten Knall detonierten die Ladungen und die Tür sprang aus den Angeln.
Im Schutz des Rauches drangen wir in die Anlage ein.
Ein großer, völlig dunkler Raum lag vor uns, eine Sicherheitstür links und eine Sicherheitstür rechts.
<Bahara, sie gehen mit ihrem Team, dem Team ihres Partners und dem halben Platoon links entlang, die andere Hälfte geht mit mir und meinen Jungs rechts entlang> meinte ich.
<Klar> gab Bahara zurück und pfiff seine Truppe zu sich.
Jetzt teilten wir uns auf.
Beide Sicherheitstüren öffneten sich fast zeitgleich und ein dunkler Gang zeigte sich vor uns.
<NSG´s runter> befahl ich meinen Jungs und den Rangers, die mich begleiteten.
In einem grünen Licht sah ich den Gang ganz hell und deutlich vor mir.
Mehrere kleine Räume auf den Seiten, Glaswände die zerschossen oder zerschlagen wurden und Blut an den Wänden von den Arbeitern, die die Terroristen getötet hatten.
Es sah aus, wie eine Szene aus einem Horrorfilm.

Einige Leichen lagen auf dem Boden, niedergeschossen, abgestochen oder auch enthauptet.
Mein Blick wechselte immer von einer Seite zu anderen, da ich mir
sicher war, dass hier Feinde für einen Hinterhalt lauerten.
<Bahara, sehen sie irgendetwas?> fragte ich per Funk nach.
<Nein Sir, melden uns wenn wir was haben> antwortete er.
Ich vernahm mehrere Stimmen.
Einer sprach Pashto und ein anderer sprach Tschechisch.
Ich blickte um die Ecke.
Drei Feinde waren um einen verletzten Mann versammelt, wahrscheinlich einer der Arbeiter des Kraftwerkes.
King übersetze mir das, was der Taliban sagte.
Sie brauchten den Arbeiter anscheinend, um irgendetwas im Kontrollraum zu machen, leider sagte er nicht, was sie vorhatten.
Aber egal was es war, es verhieß für uns und unsere Truppen nichts gutes.
Die Feinde hatten hier überall im Gang Scheinwerfer aufgestellte, welche diesen mit Licht füllten.
Uns könnte man also leicht enttarnen.
Kurz blickte ich im Gang umher, bis mich unser Technical Sergeant auf einen kleinen, für ihn merkwürdig wirkenden, kleinen Raum aufmerksam machte.
Ich gab ihm den Befehl zum überprüfen.
<Die Tür ist verschlossen> flüsterte er.
Ein Blick von mir genügte und er verstand.
Ein Ranger ging zu ihm und knackte das Schloss für ihn.
In dem Raum war ein Generator, welcher an der Wand stand und ein leises Summen von sich gab.
Ich blickte zum Generator und nickte, woraufhin der Technical Sergeant verstand und die einzelnen Kabel aus dem Generator heraus rupfte.
Das Licht verschwand vor uns im Gang und die Feinde bei dem verletzten Arbeiter fluchten und wurden hektisch.
Ich lehnte mich aus meiner Deckung hervor und visierte einen der Feinde an.
King und Harper zielten auf die anderen, während die Rangers unseren Rücken deckten.
<Drei, Zwo, Eins...Ausräuchern> meinte ich und drückte den Abzug meines Gewehres drei mal schnell hintereinander durch und erschoss den linken Feind.
King hatte auf sein M16 gewechselt um genaueres und ein wenig leiseres Feuer abzugeben.
Er schnappte sich den Feind direkt vor dem Arbeiter, schoss

jedoch auf den Nackenbereich des Feindes, um den Arbeiter in keinster Weise zu gefährden.
Und Harper erschoss den rechten Feind mit drei Kopfschüssen.
<Save!> rief Harper und rannte als erster zum Arbeiter.
Wir folgten ihm wachsam.
Harper beherrschte ebenfalls Pashto und sprach den Arbeiter an.
Er fragte ihn, wer er sei und was die Terroristen von ihm wollten> fragte Harper ihn auf meinen Wunsch hin.
<Ich beherrsche ihre Sprache sehr gut Sir> meinte der Arbeiter noch leicht ängstlich.
<Perfekt, also wer sind sie?> fragte ich daraufhin.
<Mein Name ist Kazmir Sulman und ich halte hier im Kraftwerk alles in Stand> erklärte er uns.
<Alles klar, also was wollten die Terroristen von ihnen?> fragte ich weiter.
<Sie wollten, dass ich ihnen zu einer Kernschmelze verhelfe, diese würde jedoch den ganzen südlichen Iran verstrahlen> antwortete er.
<Alles klar, wenn sie abgelehnt haben, dann werden die wohl alles versuchen um es selbst zu erledigen und ich schätze mal das es nicht allzu schwer ist eine Kernschmelze herbeizuführen oder?> fragte ich Kazmir leicht besorgt.
<Leider nicht> sagte er enttäuscht, woraufhin ich ihm aufhalf und drei Rangers befahl, ihn zu den Humvees in Sicherheit zu bringen.
Außerdem sollten die Humvees abrücken, da es hier bald zu gefährlich werden würde.
Ich nahm mein Gewehr wieder in beide Hände, erhob mich vom Boden und ging wachsam vor.
Per Funk hörte ich Master Sergeant Bahara und einige Schüsse im Hintergrund.
<Voodoo, Feindverbände haben uns entdeckt, brauchen Unterstützung...Scheiße, Granate, runter> hörte ich ihn rufen und im Anschluss eine Explosion.
<Bahara? Bahara?> fragte ich mehrmals laut ins Mikrofon.
<Scheiße, sie vier, nachsehen, sofort> befahl ich vier weiteren Rangers, welche auch sofort zu Baharas Position liefen.
Meine Gruppe schrumpfte langsam, anfangs waren wir 23 Mann, jetzt waren wir nur noch 16 Mann.
Aber das war momentan egal, wir mussten so schnell wie nur irgendwie möglich in den Kontrollraum und die Taliban daran hindern, eine Kernschmelze zu bewirken und den ganzen Süden dieses Landes zu zerstören.

<OK, weiter jetzt, Harper du gehst vor> befahl ich und nahm mein
Gewehr wieder in beide Hände.
Harper ging vor uns den Gang entlang, hielt jedoch plötzlich an und gab uns das Zeichen zum stehenbleiben.
Er gab uns das Zeichen, dass sich drei Feinde vor ihm befinden würden, Nachtsichtgeräte, top moderne Sturmgewehre und Schutz- und Einsatzwesten.
Ich rückte zu Harper auf, während uns die restliche Gruppe den Rücken deckte.
Harper zählte mit seinen Fingern von drei herunter, woraufhin wir die Feinde erschossen.
Vorsichtig überprüften wir die Feinde.
Wieder waren es keine Taliban, sondern verdammt gut ausgebildete und ausgerüstete Soldaten.
<Egal, weiter jetzt> meinte ich und zeigte geradeaus.
Am Ende des Ganges erschien ein helles Licht und es wurde stetig heller.
<Verdammt, das Notstromsystem> meinte unser Technical Sergeant.
<Los, Los, Los> rief ich zur Gruppe nach hinten, zielte mit meinem Gewehr geradeaus und lief los.
Die Gruppe folgte mir.
Raus aus dem Gang, fanden wir uns in einem riesigen, runden Raum wieder.
Das war wohl das Zentrum des Kraftwerkes, wo auch der Kernreaktor war, was durch das schneller werdende Piepen unserer Geigerzähler bestätigt wurde.
Hier war nun höchste Vorsicht geboten und auch allerhöchste Konzentration.
<Scheiße Voodoo, RAD steigt> meinte King und feuerte auf die ersten Feinde, die sich hier befanden.
<OK, Gasmasken auf, die Filter müssten uns schützen, jedenfalls solange, bis wir den Brennstäben zu nahe kommen> meinte ich und unterstützte King beim Feuern.
Ein Schuss flog dicht zwischen mir und King entlang.
<Scharfschütze!> rief ein Ranger und schoss mit einem Dauerfeuer aus seinem MG auf den Scharfschützen.
Er war nur 20 Meter vor uns auf einem Geländer, ein Glück für uns, dass er keinen von uns getroffen hatte.
Wir suchten Deckung hinter ein paar Kisten.
Ich blickte kurz über diese hinweg, um die Lage zu überprüfen.
Viele Feinde, stark bewaffnet.
Sie schossen mit MG´s und Sturmgewehren auf uns, weshalb ich sofort wieder in Deckung ging.

Überall dröhnte das Pfeifen und Zischen von Schüssen, doch nicht
nur von vorne, jetzt kamen auch Feinde über das Geländer zu unserer Rechten.
Ich gab mehrere Schüsse ab und die Feinde fielen tot die Treppe
hinunter oder fielen über das Geländer.
<Sir, hier Gruppe 5> hörte ich über Funk.
<Sprechen sie!> rief ich gegen die ganzen Schussgeräusche an.
<Master Sergeant Bahara und den anderen geht es soweit gut, einige schwer verletzte, wir haben sie zu den Humvees gebracht.
Kommen jetzt zu ihnen, Vorsicht beim Feuern> erklärte mir ein Ranger.
<Roger, legen sie nen Zahn zu!> befahl ich.
Ich erschoss einen MG Schützen auf einem Geländer vor uns.
Einen Zweiten verletzte ich nur leicht, da mein Magazin gänzlich leer war und ich nur ein Klicken vernahm.
Der Feind sah mich an, kletterte vom Boden zurück an sein MG und zielte in meine Richtung.
Eine Hand packte mich beim Arm und zog mich herunter.
Über meinem Kopf flogen die Projektile entlang.
Ich atmete hektisch und bedankte mich schnell bei Harper dafür.
Ich griff an meine Magazintaschen, welche jedoch kein einziges volles Magazin für mein H&K 416 enthielten.
Sofort ließ ich es los und am Gewehrriemen baumeln und griff an meine MP5.
Ich lud sie durch und erhob mich wieder aus der Deckung.
Jetzt erschoss ich mit der Hilfe von Harper und einem Ranger den zweiten MG Schützen und ein paar Feinde mit Sturmgewehren.
<RPG!> schallte es durch den gesamten Raum und ein lautes Zischen war im Anschluss zu hören.
Das Geschoss schlug bei vier Rangers, die sich hinter mehreren Kisten, 5 Meter links von uns verschanzt hatten, ein.
<Scheiße, Harper, überprüfen> befahl ich und zeigte zu unseren getroffenen Kameraden.
King und ich gaben Harper beim Herüberlaufen Deckung.
<Harper, wie ist die Lage?> fragte ich laut rufend.
<Einer ist tot, zwei sind nur angeschlagen, aber der Technical Sergeant ist schwer verletzt> rief Harper.
<Scheiße! Okay, bleib bei ihnen, wir kämpfen uns vor und erledigen mehr von diesen Wichsern.
Bring sie raus, wenn sich das Feuer gelegt hat> befahl ich ihm,

woraufhin er mir ein Nicken zur Bestätigung entgegenbrachte.
<Los, los, los!> rief ich nach hinten und lief aus der Deckung.
Wir spalteten uns auf, ich lief mit vier Rangers die Treppe zu einem Steg hinauf, um von oben anzugreifen, während die anderen vier Rangers unten voraus liefen und angriffen.
King und drei Rangers gaben uns mit ihren Maschinengewehren Deckung von ihrer Position aus.
Von der linken Flanke rückten dann auch Master Sergeant Bahara und seine kampffähigen Rangers und Deltas an und kämpften sich mit uns vor.
Wir schlugen immer größer werdende Löcher in die feindlichen Linien und allmählich zogen sie sich in den hinteren Teil des Kraftwerkes zurück.
Jetzt war der perfekte Zeitpunkt für Harper, die schwer verletzten und den Toten zu den Humvees zu bringen.
Lange dauerte es aber schlussendlich sicherten wir den gesamten Bereich.
Das jedoch mit schweren Verlusten.
Immer wieder sah ich mir die Leichen der Feinde genau an und meine Sorge wurde immer größer, denn es waren nicht nur Taliban, Tschechen oder Ukrainer.
Ich hörte auch viele andere Sprachen heraus: tschetschenisch, spanisch, ukrainisch, selbst französisch und englisch.
Unser Feind war mächtiger als wir glaubten, wenn sie über eine so große Bandbreite an Soldaten verfügten und dann noch Soldaten aus verschiedenen, teilweise NATO Mitgliedsstaaten.
Doch hatten wir jetzt wichtigeres zu tun und zwar eine Kernschmelze zu verhindern.
Ein langer Flur lag vor uns, einige dichte Barrikaden aus Sandsäcken waren aufgestellt.
Auch hier war überall Blut an den Wänden verteilt, Leichen von Arbeitern waren jedoch nicht zu sehen.
Es stellte sich uns ein einzelner Soldat in den Weg.
Keine Waffe in der Hand, sondern einen Druckknopf, auf welchen sein Daumen schon gepresst war.
Auch ein Sprengsatz auf seinem Rücken wurde sichtbar und er war scharf.
Es war jedoch mehr Sprengstoff als ein normaler Selbstmordattentäter bei sich trug, also nicht nur 15-25 Kilogramm Sprengstoff, nein so wie ich es sehen konnte, waren es geschätzt 40 Kilogramm.
Das reichte, um uns auf die Entfernung umzubringen.
<Stehenbleiben!> rief ich wütend dem feindlichen Soldaten entgegen.
Er ging langsam weiter auf uns zu.

Ich gab einen Warnschuss neben ihn ab.
Aber er stoppte nicht, sondern kam immer näher.
Er stand jetzt nicht einmal mehr acht Meter von uns entfernt.
Jetzt platzierte ich einen Beinschuss bei ihm, welcher ihn zwar zu Boden sinken ließ, ihn aber nicht stoppte.
Ich zielte auf seinen Kopf und hielt den Abzug leicht im Anschlag.
Der Soldat blickte mich an und lächelte heuchlerisch.
Sein Daumen löste sich vom Druckknopf und im selben Moment drückte ich den Abzug meiner Maschinenpistole nach hinten und ein Schuss löste sich und durchdrang seinen Schädel.
Danach warf ich mich sofort nach hinten auf den Boden, woraufhin mir dies alle anderen Soldaten nachmachten.
Ein grelles Licht erschien und die folgende Explosion warf uns alle erneut zu Boden.
<Mann, das kann doch nicht wahr sein> meckerte Master Sergeant Bahara im Hintergrund.
<Anscheinend ja schon> entgegnete ich leicht sarkastisch.
Er seufzte leicht wütend.
Anscheinend fand er meinen Sarkasmus nicht so lustig.
Ich stand auf und sah nach hinten, die Explosion hatte jeden umgeworfen aber zum Glück keinen ernsthaft verletzt, nur Schürfungen.
Wir alle rackerten uns wieder auf und gingen weiter.
Am Ende des Ganges erschien eine Große Zahl an Feinden, die auch sofort mit einem Dauerfeuer auf uns losgingen.
Hinter den aufgestellten Sandsäcken suchten wir Deckung, was jedoch nur für kurze Dauer anzuhalten schien.
Wir brauchten Verstärkung, welche ich leider nur über den offenen Kanal anfordern konnte, was jedoch dann auch General O´Darrel mitbekommen würde.
Doch bevor ich eine Entscheidung fällen konnte, hörte ich eine vertraute Stimme über unseren Operationskanal.
<Haltet durch, wir sind fast da, Köpfe einziehen> hörte ich.
Kurz darauf ertönten viele eilige Schritte im Gang und viele Schüsse fielen.
Nur dies und das Geschrei der Feinde war zu hören.
Ich lud nach und griff die restlichen Feinde mit an.
Meine Männer unterstützten mich dabei.
Immer mehr Feinde tauchten im Gang auf, wurden aber von unserem Feuer niedergeschossen.
Der Feindnachschub milderte sich und die restlichen Truppen zogen sich weiter zum Kontrollraum zurück.
Stille breitete sich im Gang aus,

Nun drehte ich mich zu unseren Rettern um und ich erschrak bei dem Anblick.
Logan stand dort, Verbände an Armen und Beinen und eine tragbare
Minigun in beiden Händen.
Ich setzte meinen Helm ab, um die Gasmaske von meinem Gesicht zu entfernen und blickte zu Logan hinauf.
<Lo...Logan, scheiße Mann...Leute, seht ihr auch was ich sehe?> stotterte ich völlig überrascht aber erfreut.
<Ja Voodoo, scheiße, Logan Bruder ist alles okay bei dir?> fragte King und lud sein Maschinengewehr nach.
<Ja Jungs, mir geht es gut, war klar, dass ihr nicht ohne mich könnt> meinte er und reichte einem Ranger die Minigun in die Hände.
Dann zückte er seine MP7 und ging voraus, nachdem wir uns alle vom Boden erhoben hatten.
Ich lief zu ihm nach vorne und hielt ihn auf.
Zunächst drehte er seinen Kopf nur leicht zur Seite, sodass er mich gerade so mit einem Auge in seinem Blickfeld hatte, drehte sich dann jedoch ganz zu mir um.
<Logan, ich bin froh, dass es dir gut geht Alter.
Ich dachte schon, dass wir dich verloren hätten> meinte ich erfreut.
Logan meinte nur stolz <Hey, ich habe noch etwas für das ich kämpfen und überleben muss, also habe ich nicht vor zu sterben>
<Richtige Einstellung Mann> gab ich stolz zurück und wir schlugen mit unseren Fäusten gegeneinander.
Logan führte nun unseren Trupp durch den Gang, bis plötzlich eine laute Sirene ertönte.
Rotes Licht flutete den gesamten Gang.
<Scheiße, sie haben mit der Kernschmelze angefangen, wir müssen zur Steuerzentrale> rief King von hinten.
Logan blickte sofort geradeaus und lief voran, wir blieben dicht hinter ihm.
Die Steuerungszentrale befand sich direkt vor uns.
Eine große Stahltür versperrte uns den Weg.
<Kein Problem für uns> meinte King, lief zur Sicherheitstür, legte seinen Rucksack ab und setzte ein paar Sprengsätze an diese.
<Einen Schritt zurück Gentleman> sprach er, nahm seinen Rucksack in die Hand und lief zurück zu uns.
Stille kehrte ein, bis dann ein grelles Licht vor uns zu sehen war und ein lauter Knall im Gang ertönte.
Logan stürmte in den Raum, durch den aufkommenden Rauch

konnte ich ihn nur schwerlich erblicken, was mich jedoch nicht davon abhielt, Logan aus dem Raum heraus.
Ich senkte mein Gewehr und lief zu einem der Steuerpults vor mir.
Logan, King und Harper kamen zu mir, während Sergeant Bahara mit seinen Deltas die Steuerpults zu unserer Linken überprüfte.
<Shit!> fluchte Harper neben mir.
Mein Blick wanderte zu seinem vor Wut verzerrtem Gesicht und
sofort darauf auf den Monitor vor ihm.
Darauf waren die Brennstäbe dieses Kraftwerkes zu sehen, wobei mir auffiel, dass viel von dem Uran fehlte.
Deswegen waren so viele Feinde im Reaktorraum positioniert, um so viel Uran so schnell wie möglich wegzuschaffen.
<Verdammte Bastarde, deswegen waren sie also hier, reines, waffenfähiges Uran!> fluchte ich.
<Sir!> rief ein Ranger laut und geschockt quer durch den Raum.
<Was gibt es Soldat?> fragte ich und lief zu ihm.
<Die Scheine haben die Brennstäbe überlastet und die Versorgung mit dem Kühlwasser unterbrochen, eine Kernschmelze steht bevor> stotterte er mit einer hohen, angsterfüllten Stimme.
<Scheiße! Sofort raus hier und gebt den Humvees und dem Command Center bescheid> befahl ich.
Sofort darauf setzte ich meine Gasmaske wieder auf und signalisierte allen anderen, das selbe zu tun.
Ich checkte mein Magazin und lud es erneut in meine MP5.
Hinter mir vernahm ich immer wieder das klicken der Tastaturen und das Geräusch einer Digitalkamera, womit unsere Jungs die Bildschirme und den gesamten Raum dokumentierten.
Zusätzlich dazu luden sie sich die zuletzt benutzten Datensätze und ausgeführten Programmbefehle auf USB Sticks herunter.
Ich verließ danach als erster den Raum.
In einer dichten Reihe rückten wir zum nächstgelegenen Ausgang vor.
Auf Feinde trafen wir nur noch vereinzelnd.
Plötzlich ertönte ein dröhnender Knall weit hinter uns.
Wir mussten uns beeilen, denn eine Kernschmelze war eine der gefährlichsten Situationen, denen ein Mensch beggenen konnte.
Um uns herum füllte sich der gesamte Freiraum mit Hitze und unsere Geigerzähler begannen, unaufhörlich zu piepen.

Ich stieß die große Doppeltür vor uns mit einem harten Tritt gegen das Schloss auf und ein greller Lichtschein schien uns entgegen.
Wieder das Geräusch vieler aufeinanderfolgenden Explosionen.
Die Humvees waren abgerückt und kein einziger von unseren Verbündeten war anwesend.
Ich blickte in der Gegend herum und sah die Silhouetten von einigen Fahrzeugen und Personen weit vor uns.
Schussgeräusche ertönten und Projektile trafen auf der Wand neben uns auf.
Wir erwiderten das Feuer, jedoch ohne sichtbaren Erfolg.
Nach und nach fielen Soldaten aus unserer ohnehin sehr klein gewordenen Task Force.
Die Feinde bildeten eine dichte Linie, um die Fahrzeuge zu schützen, welche anscheinend den letzten Rest des entwendeten Urans geladen hatten.
<Weiter angreifen, wir müssen ihre Linie durchbrechen und an diese Fahrzeuge> befahl ich, wobei mich höchstwahrscheinlich jedoch niemand richtig aufgrund des Lärms richtig verstehen konnte.
Mit jeder Minute, die wir mit unserer Verteidigung verschwendeten, wurde das Risiko für uns größer.
Deshalb rückten wir schnell von Deckung zu Deckung, bis wir mehrere Rotorengeräusche am Himmel vernahmen.
Sofort rückten die feindlichen Fahrzeuge ab, die Infanteristen jedoch beharrten weiterhin darauf, uns auszuschalten.
Nur Sekunden danach wendete sich das Blatt und ein Dauerfeuer von den M60 Maschinengewehren eines CH-47 Chinooks riss die Feindlichen Truppen in Fetzen.
<Voodoo, hier Big Eye 2-0, wir sind hier um sie abzuholen> hörte ich vom Piloten des Helikopters über Funk.
<Roger Big Eye, wir kommen> antwortete ich.
Doch direkt nach seiner Landung 50 Meter vor uns, hob er auch wieder ab, da der Boden zu brechen anfing.
Jetzt war die totale Zerstörung des Kraftwerkes eingetreten.
<Voodoo, das Dach rechts von ihnen, 78 Meter, wir landen dort>
<Roger> gab ich zurück.
Schnell aber vorsichtig versuchten wir zu dem Gebäude und danach auf das Dach zu kommen.
Die Verwundeten und zwei Gefallenen nahmen wir mit, was uns leider auch etwas verlangsamte.
Am Gebäude warf ich mich stark gegen die Tür, woraufhin diese

sofort aufsprang.
Eines der Besatzungsmitglieder des Chinooks öffnete die Laderampe und sprang auf das Dach, um uns mit den Toten und dem einen Verwundeten zu helfen.
Einer nach dem anderen Sprang in den Chinook, als sich plötzlich hinter uns ein Schuss löste.
Ich, der als letztes noch auf dem Dach stand, drehte mich im Bruchteil einer Sekunde um und erblickte einen feindlichen Soldaten, welcher stark verletzt war, jedoch mit dem Rest seiner Kraft versuchte, uns zu erledigen.
Er kam ganz aus dem Treppenhaus heraus zum Vorschein und erhob sein Gewehr.
Hinter ihm brach das Treppenhaus mit einem Mal zusammen und das ganze restliche Gebäude wurde instabil.
Der Soldat schoss mir ins Bein, was mich zu Boden sinken ließ.
Meine Reaktion darauf war ein direkter Kopfschuss aus der Hüfte heraus.
Der Helikopter hinter mir war währenddessen weiter abgehoben und hatte sich etwas weiter vom Dach entfernt.
<Boss!> schallte es hinter mir.
Harper rief erneut und winkte mich in seine Richtung.
Trotz des Schmerzes richtete ich mich auf, nahm Anlauf und rannte zur Kante des Daches.
Ich sprang ab und landete mittig auf der geöffneten Laderampe.
Zur Sicherheit griff mich Harper bei meiner Hand und zog mich weiter in den Chinook hinein.
Dankend nickte ich ihm zu und schlug ihm stolz gegen die Schulter.
Ich ging langsam in Richtung des Cockpits, um den Piloten den Befehl zu erteilen, die Fahrzeuge, die uns eben durch die Lappen gegangen waren, zu verfolgen.
<Tut mir leid, aber wir haben klare Befehle vom Command Center, und zwar die Überlebenden hier herauszubringen> rief er durch den Helikopter.
<Sie verstehen nicht, jetzt kommt mein Befehl und den haben sie ebenfalls zu befolgen> gab ich herrisch zurück.
<Aber...> versuchte der Pilot zu erwidern.
<Nichts aber, wenn wir die Fahrzeuge nicht aufhalten, sitzen wir bald ganz schön in der Scheiße> rief ich wütend.
Schnurstracks drehte der Pilot den Steuerknüppel zur Seite und der Helikopter wendete sich zu den Fahrzeugen.
Der Copilot blickte auf die Straße, um nach den flüchtenden Fahrzeugen Ausschau zu halten.

Ich ging nun in den hinteren Abteil des Chinooks zurück und kniete
mich vor die noch geöffnete Laderampe, meine
Maschinenpistole im Anschlag und auf die Straße gerichtet.
Mit meiner linken Hand winkte ich Harper, Logan und King zu mir.
Alle knieten sich neben mich und zielten gemeinsam auf die Straße unter uns.
Wir holten die Fahrzeuge ein und diese erschienen nun unter uns auf der Straße.
<Tiefer!> rief ich den beiden Piloten zu.
Wir sanken tiefer und tiefer.
Um uns eine bessere Schusslinie zu verschaffen, flog der Chinook vor die Fahrzeuge und sank noch tiefer.
Ohne zu zögern drückte ich den Abzug meiner MP5 durch und die Schüsse fielen.
Mit einer kleinen Verzögerung eröffneten auch meine Jungs das Feuer.
Der Beifahrer des vorderen Fahrzeuges erwiderte das Feuer mit seinem Gewehr.
Seine Schüsse allein taten dem Helikopter jedoch wenig an, weswegen wir weiterhin die Oberhand behielten.
Ein Treffer von King in den vorderen linken Reifen brachte den Wagen leicht zum Schleudern, gefolgt von weiteren Treffern in die Reifen durch mich, Harper und Logan.
Das Fahrzeug hielt augenblicklich an und der hintere Wagen fuhr ihm mit einem harten Aufprall hinein.
Zügig stiegen die feinde aus den Fahrzeugen aus und eröffneten das Feuer auf uns.
Ich vernahm das Geräusch des Aufpralls jeder einzelnen Patrone auf den Helikopter und deren springenden Funken.
Ein Feind lief unter der Deckung durch seine Kameraden zur Ladefläche und kramte einen Raketenwerfer hervor.
Er zielte in unsere Richtung und drückte ab.
Die Rakete flog rasend schnell auf uns zu.
Die Piloten wendeten den Chinook hektisch nach Links, was mich taumeln und wegrutschen ließ.
Harper versuchte mich an meinem Arm zu packen, jedoch vergeblich.
Mein linkes Bein hing als erstes in der Luft und mein restlicher Körper kam schnell nach.
King griff mich bei meiner rechten Hand und versuchte mich weiter in den Helikopter zu ziehen.
Währenddessen schossen die Feinde am Boden weiter auf den Helikopter.

Hinter mir nährte sich das Zischen eines Geschosses.
Es traf am Heckrotor des Chinooks auf und explodierte, ein Geschoss aus einem Granatwerfer.
Es kamen weitere Feindfahrzeuge am Boden an, welche sich bei ihren Kameraden formierten und ihr Feuer auf uns konzentrierten.
Vom Cockpit aus hörte ich das laute Piepen der Konsole, was mich trotz meiner jetzigen Lage noch viel mehr stresste.
Der Helikopter fing mit einer schnellen Wende nach rechts an und drehte sich mehrfach um die eigene Achse.
Nun verlor auch King seinen Halt und ließ meine Hand los.
Ich fiel.
Mein Herz raste so stark, dass ich dachte, es würde gleich explodieren und mein Körper wurde mit Adrenalin vollgepumpt.
Mein Gewehr fiel schnell an mir vorbei und landete lange vor mir
auf dem Boden.
Ich schlug einige Sekunden später ebenfalls hart mit meinem Rücken
auf dem Boden auf.
Aber ich hatte Glück, ich landete abseits der Straße und mein Sturz wurde etwas durch den Sand gedämpft.
Mein gesamter Körper wurde von Schmerzen geflutet und durch die pralle Hitze fühlte es sich an, als würde ich verbrennen.
Meine Augen schlossen sich und öffneten sich wieder.
Ich begann, alles verschwommen zu sehen.
Der Chinook rauchte, hatte sich aber wieder unter Kontrolle.
Meine Jungs setzten die Feinde immer noch unter Beschuss.
Leider waren diese nun in der Überzahl und beschossen den Helikopter mit schweren Waffen.
Dann kam der Punkt, an dem jeder gute Soldat wissen musste, was richtig und was falsch ist.
Meine Jungs ließen mich zurück, um sich selbst in Sicherheit zu bringen.
Ich hatte ihnen also doch wertvolle Ratschläge während unserer gemeinsamen Zeit mit auf den Weg geben können.
Von weitem sah ich, dass Harper sich immer noch dagegen wehrte, mich zurückzulassen.
King hielt ihn zurück und beruhigte ihn.
Die Laderampe des Chinooks schloss sich langsam und der Helikopter drehte ab und flog stark angeschlagen zurück in Richtung der Basis.
Mein Blick wandte sich der Sonne entgegen und ich fragte

mich, ob dies mein Ende sein sollte.
Eine Silhouette erschien über mir.
Ein feindlicher Soldat beugte sich über mich und rief seine Kameraden zu sich.
Mit meiner linken Hand griff ich mit letzter Kraft an mein Beinholster und zog meine Colt 1911 heraus.
Der feindliche Soldat trat sie mir sofort aus der Hand, nahm sein Gewehr und schlug mir hart mit dem Gewehrschaft ins Gesicht.
Mir wurde sofort wieder schwarz vor Augen und ich wurde gänzlich bewusstlos.

Kapitel 15: Stolz, ein Amerikaner zu sein

Sechs Monate war es her, seitdem ich im Iran von den feindlichen Soldaten gefangen genommen wurde.
Sie hatten mich in eine altes Höhlensystem im Elbus Gebirge des Irans gebracht, wo sich mich Tag für Tag verhörten, demütigten oder folterten, oft sogar alles hintereinander.
Und jeden Tag wurde dieses Prozedere auch noch schlimmer.
Der Schlafmangel und der Essensentzug waren ja noch auszuhalten und psychischer und physischer Schmerz natürlich auch, aber selbst ein Navy SEAL konnte nicht allem standhalten.
Und die schlimmste Zeit kam mit dem jetzigen Monat.
Die Soldaten wurden immer gnadenloser, anscheinend verloren sie langsam die Geduld.
Ich fing langsam an, die Hoffnung aufzugeben, jedoch war es auch genau das, was die Feinde zu bezwecken versuchten.
Ich musste standhaft bleiben, nicht einfach, aber keine unmögliche Aufgabe.
Mit diesem Gedanken im Kopf hielt ich noch einige Tage durch, bis es zu diesem einen verhängnisvollen Tag kam.
Am Morgen kam wie immer einer der Soldaten herein, um mir etwas zu Essen zu bringen, um mich für weitere Quälereien am Leben zu erhalten.
Das war ein Teil der Demütigung, die sie mir bereiteten.
Einen Tag brachten sie mir Rattenkot und einen Pappbecher, in den ich hinein pissen und dann meinen eigenen Urin trinken sollte.
Heute setzte man mir eine tote Eidechse und einen Becher mit dessen Blut vor.
Bevor ich es essen konnte, setzte er mich auf einen alten, morschen Holzstuhl und fesselte mich mit Handschellen an diesen.
Er kam mit seinem Gesicht näher an meins und lächelte hämisch.
<Na, wie fühlt es sich an, mal einer von denen zu sein, die am Verlieren sind?> fragte er mich.
Ich sah ihn nur mit einem emotionslosen Blick an und meinte <Du riechst nach Scheiße>
Er schlug mir mit seinem Handrücken durch mein Gesicht und rief laut <Fick dich, scheiß Yankee>
Danach nahm er die tote Eidechse und stopfte sie mir in den Mund.
Um bei Kräften zu bleiben, biss ich mir einige Stücke des Tieres ab, kaute sie und schluckte sie herunter.
Sofort danach riss er mir das Tier aus dem Mund und hielt mir den Becher mit dem Blut vor den Mund.
<Trink> befahl er wütend.
Ich sagte nichts.

Daraufhin griff er mir mit einer Hand an den Kiefer, drückte fest zu und öffnete so meinen Mund.
Da ich nicht bei Kräften war, traf er nicht auf viel Widerstand.
Er schüttete mir das Eidechsenblut den Rachen hinunter, weswegen ich würgen musste und es sofort vor ihm auf den Boden ausspuckte.
Der Soldat warf den Becher mit dem Rest des Blutes in die Ecke des kleinen Raumes, ging zur Tür und verschwand.
Ich würgte weiter, um auch den Rest des ekelhaften Blutes aus meinem Rachen zu entfernen.
Ich atmete schwer und blickte zum kleinen Licht an der Decke hinauf.
Meine jetzige Situation erinnerte mich an meine erste Gefangennahme durch tschetschenische Separatisten in der Ukraine vor vier Jahren.
Damals wurde ich mit Harper, Logan und King auf einen Sabotageauftrag in die Ukraine, ein paar Kilometer von Odessa entfernt, geschickt.
Dort sollten wir ein Benzindepot einer tschetschenischen Seperatistengruppe, die sich im Kampf gegen ukrainische und russische Sicherheitskräfte befanden, hochgehen lassen.
Nachts um 00.00 Uhr drangen wir mit Tauchscootern vom schwarzen Meer aus zur Küste der Ukraine vor.
Am Hafen von Odessa rückten wir leise vor und sicherten uns ein Fahrzeug, mit dem wir schnell und unbemerkt zum Benzindepot kommen konnten.
Jeder Feind, der sich dabei zwischen uns und einem geeigneten Fahrzeug befand, erledigten wir, um unsere Tarnung aufrechtzuerhalten.
In einer kleinen Halle fanden wir einen schwarzen, viertürigen Pickup Truck mit getönten Scheiben.
Mit diesem Fahrzeug fuhren wir geradewegs in Richtung unseres Operationsziels, welches sich 32 Kilometer nördlich von uns befand.
Auf dem Weg befanden sich nur wenige Patrouillen, die sich aufgrund unseres Fahrzeuges nicht weiter für uns interessierten.
Vor dem Depot, etwa eine Dreiviertelstunde später, machten wir Halt und gingen zu Fuß weiter, denn ohne passende Uniformen wären wir niemals unbeschadet durch die Sicherheitskontrollen der Separatisten gekommen.
Leider führte aber kein anderer Weg zum Depot.
Logan und Harper erledigten unbemerkt die Wachen, während King und ich weiter entfernt Deckung gaben und unsere Umgebung sicherten.
So machten wir das mit drei weiteren Sicherheitsschranken.

Am Depot selbst angekommen, setzten wir einen C4 Sprengsatz an dem Haupttank und verschwanden wieder lautlos durch den umliegenden Industriekomplex.
Die Separatisten hatten kurz davor die Toten an den Sicherheitsschranken entdeckt und das ganze Areal abgeriegelt.
Also mussten wir uns einen anderen Weg suchen.
Dabei schien ein großes Gebäude östlich von uns der perfekte Weg zu sein.
Doch auch dort waren die Separatisten schon anwesend.
Mit Taschenlampen und Kampfhunden durchsuchten sie das gesamte Gebiet.
Wir schlichen uns in das Gebäude und gingen durch einen kleinen Gang.
An dessen Ende grenzte ein großer Raum an, welcher wieder nach draußen führte.
Unser neuer Weg.
Weiter hinten im Gang führte eine Treppe in den zweiten Stock, von welcher einer der Separatisten herunter kam.
Ich reagierte, zielte schnell in seine Richtung und gab schnell drei einzelne Schüsse ab.
Er fiel die Treppe herunter, was einen lauten Aufprall zur Folge hatte.
Ich hoffte, dass es keiner der draußen patrouillierenden Soldaten gehört hatte.
Kalter Schweiß lief mir über die Stirn, Stille herrschte im gesamten Gebäude.
Wir verweilten hier eine weitere Minute zur Sicherheit.
Kein weiterer Separatist zeigte sich, weshalb wir weiter zum vor uns liegenden Raum vorgingen.
In diesem waren viele Fenster, durch die man große Sicht auf die Straße hatte.
Um weiterhin unentdeckt zu bleiben, krochen wir unter diesen hinweg.
Langsam und vorsichtig waren hierbei die beiden Stichwörter.
Plötzlich vernahmen wir das Bellen eines Hundes, welcher dann auch schnell in den Raum hinein gerannt kam.
Harper reagierte und erschoss ihn mit seiner schallgedämpften USP.
Im nächsten Augenblick verstummte zwar das Bellen aber um uns herum stand eine sehr große Gruppe von Separatisten, welche mit ihren schussbereiten Waffen auf uns zielten.
Der Hund musste uns gerochen und aufgespürt haben, anscheinend war meine Idee, durch diese Gebäude zu gehen doch keine so gute Idee.
Wir ergaben uns und wurden von ihnen gefangen genommen.

Sie brachten uns in eine riesige Anstalt, ähnlich einem der deutschen Konzentrationslager aus dem 2. Weltkrieg.
Getrennt voneinander wurden meine Jungs und ich immer wieder verhört und gefoltert.
Am dritten Tag der Gefangennahme gelang uns der ersehnte Ausbruch.
Ich konnte meine Fesseln am Stuhl lösen und als wieder einer der Separatisten zum Verhör hinein kam, gab ich ihm eine Kopfnuss, warf ihn damit zu Boden und warf mich mitsamt dem Stuhl auf ihn.
Dieser zerbrach danach und ich kam endgültig frei.
Den Toten suchte ich nach einer Waffe und anderen nützlichen Dingen ab.
Er hatte zwar nur eine alte Makarov Pistole dabei, aber dort durfte man nicht wählerisch sein.
Sein Messer hatte ich mir ebenfalls mitgenommen, ich konnte es für diese engen Gänge gut gebrauchen.
Ich trat aus der Zelle heraus und vor mir erstreckte sich ein langer dunkler Gang, links und rechts von mir weitere Zellen.
Nur eine kleine schwache Glühbirne an der Decke spendete etwas Licht.
Die vor mir liegenden Zellen durchsuchte ich nach Harper, Logan und King.
Doch leider war keine Spur von ihnen in diesem Areal.
Langsam ging ich weiter, zum nächsten Zellenblock.
An einer Weggabelung im Gebäude hörte ich mehrere Soldaten miteinander sprechen.
Es nährten sich Schritte.
Ich erhaschte einen kurzen Blick auf die Gruppe vor mir und sah einen Mann, der auf mich zu kam.
Er trug eine alte russische Toz-87 Schrotflinte bei sich.
Dazu noch Splittergranaten und eine Tschechische CZ-75 Pistole im Brustholster.
Ich trat einen Schritt zurück und hielt das Messer und die Pistole bereit.
Der Soldat kam um die Ecke, sah mich nur für den Bruchteil einer Sekunde und hatte auch sofort das Messer in seiner Kehle stecken.
Seinen Körper benutzte ich nun als Schild, ging um die Ecke und feuerte auf die restliche Gruppe.
Sechs Mann waren es, welche ich auch mit sechs Schüssen überwältigte.
Dem Toten, welchen ich als Schild nutzte, verpasste ich noch zwei Schüsse direkt in den Schädel, nur zur Absicherung.
Jetzt wechselte ich die Waffe und eignete mir die Schrotflinte des Toten, seine Pistole und die übrige Munition der anderen an.

Die alte Makarov ließ ich im Gang zurück.
Ich folgte einem der Gänge, bis ich an einer Treppe ankam.
Von dort aus hörte ich schon Logan und sein loses Mundwerk.
Er beleidigte jemanden und das nicht gerade leicht.
Schnell rannte ich die Treppe hinunter, lud eine weitere Patrone in meine Schrotflinte und stürmte in die Zelle.
Mit einem starken Schwung warf ich mich gegen die Zellentür, welche dann mit einem lauten Knall gegen die Wand schlug.
Als der Feind sich umdrehte, war er schon so gut wie tot.
Sein Körper wurde regelrecht von den Schrotkugeln aufgerissen.
Ich befreite Logan und gemeinsam retteten wir auch Harper und King, welche sich glücklicherweise im selben Zellentrakt befanden, unversehrt.
Gemeinsam brachen wir aus der riesigen Anstalt aus.
Doch zuerst suchten wir weitere Waffen, um uns draußen auch richtig verteidigen zu können.
Draußen kämpften wir uns durch mehrere feindliche Trupps hindurch und sicherten uns ein Fluchtfahrzeug.
Ein alter, leicht gepanzerter, dachfreier SUV mit einem oben montierten Maschinengewehr.
King fuhr, ich besetzte den Beifahrersitz, Logan setzte sich auf die Rücksitzbank und Harper besetzte das Maschinengewehr.
Mit lautem Reifen Gequietsche raste King über den verschlammten Boden.
Die Wachleute reagierten sehr schnell und ihre Scharfschützen auf dem Dach und auf einigen umliegenden Wachtürmen waren sehr schnell formiert und schussbereit.
Unser Wagen brach durch die erste Sicherheitsschranke, die uns von unserer Freiheit trennte.
Die ersten Scharfschützen reagierten und feuerten.
Die ersten Schüsse trafen am Heck des Wagens ein, doch die Schützen wurden immer präziser.
Die nächsten Schüsse trafen einen halben Zentimeter neben mir auf dem Armaturenbrett ein, was mich heftiger atmen ließ.
Die Zweite Sicherheitsschranke lag vor uns.
Eine dichte Mauer aus Tschetschenen bildete sich vor uns, die ein Dauerfeuer auf uns eröffneten.
Die Windschutzscheibe splitterte, der Motor rauchte und das Feuer legte sich nicht.
Mit meiner MP5 Maschinenpistole, die ich einem toten Soldaten abgenommen hatte, eröffnete ich das Feuer auf die Gruppe vor uns.
Logan unterstützte und Harper feuerte mit dem Maschinengewehr aus allen Rohren.
Die Hülsen des MG´s fielen mir auf die Schulter, als sie das

Gehäuse verließen, was ein leichtes, jedoch unangenehmes Brennen zur Folge hatte, wenn sie auf der blanken Haut auftrafen.
Die Feinde blieben standhaft, was sie jedoch in ihr Verderben stürzte.
King hielt weiter drauf und raste mitten durch die Feinde hindurch.
Die Dritte Sicherheitsschranke, etwa 800 Meter gerade aus war die härteste, denn dort waren nicht nur einfache Gewehrschützen stationiert, sondern hatten sie mehrere MG´s aufgestellt, Scharfschützen auf umliegenden Dächern und Türmen postiert und auch RPG Schützen stellten sich uns in den Weg.
Präzise Schüsse trafen nur einige Millimeter neben uns ein, der Motor erlitt immer mehr Schaden durch die Treffer der Maschinengewehre und Raketen schlugen neben uns ein oder flogen knapp über uns hinweg.
Trotzdem feuerten wir weiter, um endgültig unseren Verfolgern zu entkommen.
Kurz vor der Schranke, begann sich ein großes und stabiles Eisentor zu schließen.
Wir waren nicht schnell genug, um vorher dort hindurch zukommen, weshalb King sofort einen anderen Weg suchte, eine kleine Erhöhung abseits der Straße ansteuerte und mit einem schnellen Tempo durch den angrenzenden Zaun flog.
Uns folgten Raketen und der Staub wirbelte um uns in der Luft herum.
Wir hatten es geschafft, wir waren aus der Anstalt ausgebrochen und konnten uns jetzt in Sicherheit bringen.
Die Feinde verloren mit jedem Kilometer, den wir uns entfernten, unsere Spur und konnten sich auch nicht allzu schnell erneut formieren, da wir einige ihrer Fahrzeuge zerstörten und viele ihrer Truppen während unseres Ausbruchs töteten.
Ungefähr 15 Kilometer vor Kotowsk fand uns dann eine Aufklärungstruppe der Speznas, die uns dann sofort zu einem sicheren Militärstützpunkt brachte, uns zur Operation befragte und in die Staaten zurück ausfliegen ließ.
Noch am selben Tag hörten wir in den Nachrichten von der erfolgreichen Operation einer russischen Spezialeinheit, die in der vergangenen Nacht einen Präventivschlag gegen die rebellischen Kräfte in der Ukraine durchführten und zahlreiche Truppen von ihnen töteten und ein wichtiges Benzindepot der Separatisten zerstörten.
<Scheiße, das wussten die nur durch uns!> fluchte Logan nach der Nachricht.
<Ich hab gesagt, wir hätten es ihnen nicht sagen sollen> hing er an und blickte mich rechthaberisch an.
Ich sagte kein einziges Wort und blickte ihn nur mit meinem

„eiskalten" Blick an, was ihn sofort zum Schweigen brachte.
Danach fingen wir alle zu Lachen an und stießen auf unsere saubere und unversehrte Flucht an.
Doch meine jetzige Situation konnte ich nicht mit vor vier Jahren vergleichen.
Ich war alleine, irgendwo im Iran und meine Jungs wussten nicht, wo ich war.
Meine Feinde waren besser ausgerüstet und auch gnadenloser als die Tschetschenischen Amateure.
Die Tür öffnete sich mit einem grässlichen Quietschen, was mich aus meinen Erinnerungen riss.
Zwei Soldaten betraten den kleinen Raum.
In bedrohlichen schwarzen Uniformen und dunklen Strickhauben standen sie vor mir und blickten mich an.
Sie trugen moderne Schrotflinten vom Typ Saiga 12K bei sich und trugen moderne, gut gesicherte Schutzwesten über ihren Uniformen.
Schritte nährten sich.
Eine Silhouette erschien am Türrahmen.
Ich erschrak, als ich sein Gesicht sah: Boris Siderov.
Langsam nährte er sich mir und lächelte mich hämisch an, genauso wie vor acht Jahren, nachdem er Allinoy erschoss.
Sofort staute sich in mir eine riesige Wut an und ich versuchte mich so stark wie möglich, von den Handschellen zu befreien.
Siderov blickte mir direkt in die Augen, sein Blick ähnelte dem einer Schlange, die ihre Beute fest im Griff hatte und wusste, dass sie gewonnen hatte.
<Guten Tag, Commander> meinte er hämisch.
<Du Hurensohn, ich werde dich töten> erwiderte ich wütend.
<Immer mit der Ruhe Commander Frost, wir sind doch beide zivilisierte Menschen, also warum reden wir nicht normal miteinander?> fragte er.
<Fick dich> rief ich ihm direkt ins Gesicht, woraufhin er mir mit seiner Hand durch's Gesicht schlug.
<Diese Wut, das gefällt mir, es ist genau wie damals, als ich ihre Frau getötet habe, wie hieß sie noch gleich? Amanda?> sprach er mit flüsternder Stimme.
<Und dann ihre Tochter, ihre Tränen waren kostbar und dann ihr Blut, noch so schön warm, als ich ihren Körper davon erlöste.
<Du mieses, kleines Stück Scheiße, halt dein Maul, du bist ein kranker Psychopath und nicht mehr.
Wenn ich hier herauskomme, werde ich dich aufschlitzen und dir jedes deiner Gedärme einzeln herausreißen, das verspreche ich dir> erwiderte ich rufend und windete mich mit aller Kraft auf dem Stuhl.

Siderov schüttelte sarkastisch den Kopf und betrachtete mich gänzlich.
<Das bezweifle ich Commander> meinte er selbstgefällig.
<Derek, wissen sie denn überhaupt weshalb ich ihnen das angetan habe?> fragte er anschließend.
Ich schwieg.
<Damals, zur Zeit des kalten Krieges, war mein Vater, Kiril Siderov, Major der Speznas.
Er wirkte bei vielen Operationen der sowjetischen Regierung in Kuba, Lagos, Kambodscha, Vietnam, Angola und auch in Panama mit.
Beispielweise leitete er mehrere Sabotageeinsätze gegen euer so kostbares Marine Corps in Vietnam.
Aber egal, das ist Vergangenheit, nicht wahr?>
<Verdammt Siderov, komm zum Punkt!> schrie ich.
<Nun gut, ihre Geduld lässt zu Wünschen übrig Derek.
Also, in Lagos traf mein Vater mit seinen Männern auf einen Navy SEAL Trupp, der sich auf einer Aufklärungs- und Kommandooperation befand.
Sie sollten nach Feindaktivitäten in der Umgebung suchen und wenn möglich diese auch sofort ausschalten.
Angeführt wurde dieser SEAL Trupp von ihrem Vater, Lieutenant John Frost.
In einer Nacht trafen beide Trupps aufeinander.
In einem blutigen Feuergefecht töteten sich Soldaten von beiden Seiten, bis am Ende nur noch ihr Vater und meiner übrig waren.
Und dann, als mein Vater hilflos am Boden lag, ermordete ihr Vater ihn gnadenlos, fünf Schüsse in den Kopf und drei in die Brust.
Der beste Freund meines Vaters und sein treuester Kamerad war in dieser Nacht anwesend und überlebte auch bis zum Ende.
Als ich alt genug war, erzählte er mir davon und seit diesem Tag schwor ich, ihren Vater zu töten.
Nach meiner Zeit bei den Speznas hatte ich die Mittel dazu, ihren Vater endgültig büßen zu lassen.
Doch nachdem ich aus sicherer Quelle erfuhr, dass er ebenfalls erschossen wurde, musste ich meine Pläne grundlegend ändern, und
zwar das ich meine Rache an seinem eigenen Fleisch und Blut ausüben würde, an ihnen und an denen die ihnen nahe stehen>
Siderov erzählte diese Geschichte sehr ausführlich und jedes mal, wo er meinen Vater schlechtredete, steigerte sich meine Wut.
<Verdammt Siderov, dein Vater war für den Tod von freien Bürgern verantwortlich und...> fing ich an.
<Und ihr Vater etwa nicht?

Ich glaube sie verstehen nicht, es gibt immer zwei Seiten der Medaille Derek und ihr Vater war ein eiskalter Mörder, er hätte meinen Vater in Frieden lassen können, nachdem er sterbend am Boden lag, aber er musste ja unbedingt noch viele unnötige Kopf- und Brustschüsse abfeuern und genau das war der Fehler, der heute ihr Leid fördert> unterbrach er mich.
<Du verdammter Bastard, halt endlich dein Maul!> erwiderte ich wutentbrannt.
<Mit ihnen zu reden hat wohl keinen Sinn.
Und ich dachte, wir wären uns ähnlich Derek...nun ja dabei habe ich mich wohl getäuscht> meinte er und seufzte enttäuscht.
Danach drehte er sich um und ging in Richtung des Ausganges.
Er sprach mit einem Taliban, der während Siderov mir die Geschichte erzählte, hineingekommen war und befahl ihm, alles aus mir herauszuholen, was ich weiß: geheime Informationen, Flotten- und Truppenstützpunkte im In- und Ausland, sowie die Namen meiner Vorgesetzten und Kameraden.
<Teilen sie mir mit, wenn er geredet hat und falls doch nicht, bringen sie ihn um> befahl er dem Taliban.
Der Taliban nickte und wendete sich mir zu.
Siderov hatte also auch ein Abkommen mit den Taliban, konnte es noch schlimmer kommen?
Siderov sah seine beiden Soldaten an und meinte <ihr beiden kommt mit mir, dieser Gentleman schafft das auch alleine>
<Oui> antwortete der eine, also ein Franzose.
Also waren diese gut ausgebildeten Soldaten Siderovs private Söldnerarmee.
Wir waren wohl doch noch viel schlimmer dran, als wir dachten, da
ich schon viele verschiedene Nationalitäten unter seiner Führung befanden, was auch bedeutete, dass kein Land vor ihm sicher war.
Er verschwand mit seinen beiden Söldnern aus dem Raum.
Der Taliban kam näher und fing mit seinem Verhör an.
<Also, von welcher Einheit kommen sie?> fragte er.
Ich schwieg.
<Wie sind die Namen ihrer Vorgesetzten?> fragte er weiter.
Ich schwieg und blickte stur nach vorne.
Er holte aus und schlug mir mit seiner Faust genau ins Gesicht.
Ich blickte ihn an und sagte nichts.
Ein weiterer Schlag folgte, worauf ich anfing, Blut zu spucken.
<Noch einmal, Von welcher Einheit kommen sie? Wie sind die Namen ihrer Vorgesetzten?> fragte er wütend.
<OK, ich sage es ihnen> erwiderte ich.
Er kam mit seinem Gesicht näher an meins heran.
<Umak (Deine Mutter)> antwortete ich leise und abfällig.

Der Taliban griff sich ein altes, rostiges Bleirohr, holte aus und schlug mir damit fest durchs Gesicht.
In dem Moment, wo es auf meiner Wange auftraf, hörte ich schon das Brechen meines Kiefers, was ich leider auch mit starken Schmerzen fühlte.
Ich spuckte mehr Blut auf den dreckigen und sandigen Boden.
Ich atmete schwer.
Der Taliban fragte erneut, wobei ich ihm jedoch keine weitere Antwort gab und weiter stur zur Tür blickte.
Darauf setzte es weitere harte Schläge mit dem Bleirohr.
Dieses Prozedere zog sich über drei weitere Stunden hinweg, wobei auch viele Male die Foltermethode des Waterboardings eingesetzt wurde.
Beim Waterboarding wurde man auf den Rücken gelegt, das Gesicht wurde mit einem Tuch abgedeckt und danach wurden Unmengen an Wasser darüber geschüttet.
Damit simulierte man das Ertrinken des Opfers, wobei man körperlich nicht in Lebensgefahr befand.
Jedoch wurde die Psyche damit geschwächt.
Das Waterboarding hatte ich während meines Einzelkämpferlehrganges für Spezialkräfte in Deutschland, während meiner Ausbildung kennengelernt und durchlebt und es war wahrlich keine angenehme Prozedur.
Jedoch blieb ich hartnäckig und stur gegenüber dem Taliban.
<Ah Ja, das ist also die Sturheit amerikanischer Spezialeinheiten> meinte er.
Ich blickte zu ihm hoch und entgegnete nur <Fick dich>
Ich musste husten, wobei mir erneut Blut aus dem Mund rann und auf den Boden tropfte.
<Tut es weh?> fragte der Taliban und hob mich und den Stuhl wieder hoch, sodass ich ihm gerade ins Gesicht schauen konnte.
<Glaub mir, das ist noch gar nichts zum Vergleich mit den Schmerzen, die du noch erfahren wirst, wenn du nicht redest> hing er hämisch an.
<Weißt du, du tust hier auf so hart und das nur weil du ein armseliges Stück Scheiße bist, das sich erst in tausend Teile sprengen muss, um überhaupt einmal ran zu dürfen, aber ich sag dir was du bist: Du bist ein Nichts, du warst nie etwas anderes und wirst auch nie etwas anderes sein, du iranisches Stück Dreck> rief ich ihm ins Gesicht, lächelte Selbstsicher und spuckte hämisch gegen sein Gewandt.
Sein Gesicht verzog sich vor Wut, worauf er schnell aus dem Raum verschwand.
Anscheinend hatte ich irgendetwas bewirkt, wobei ich jedoch nicht wusste, ob es zu oder meinen Gunsten war oder dagegen.

Ein paar Minuten später kam er wieder in den Raum, dieses Mal mit einem von Siderovs Söldnern im Schlepptau.
<Halt ihn fest und halte seinen Kopf im Nacken> befahl der Taliban dem Söldner.
Er griff mich bei meinem gebrochenen Kiefer, wobei ich starke Schmerzen hatte, ich diese jedoch nicht offen zeigte.
Meinen Kopf zog er nach hinten, sodass mein Brustkorb und meine Kehle völlig frei lagen.
Der Taliban zog nun einen Schlagring aus Stahl hervor, legte ihn auf seine Finger an und schlug mir einmal fest auf das Brustbein.
Dieser Schmerz war unerträglich und ließ mich schwerer Atmen und auch schwerer Luft bekommen.
Ich keuchte und hustete, doch der Söldner ließ meinen Kopf nicht los.
Der Taliban holte erneut aus und schlug mir ein weiteres Mal auf den Brustkorb.
Ich konnte kaum noch atmen, was ihn jedoch nicht davon abhielt, noch einmal zuzuschlagen.
Nun ließ mich der Söldner los und stieß meinen Stuhl um.
Mein Kopf prallte auf dem harten Steinboden auf und meine Sicht verschlechterte sich.
Wieder hustete ich Blut, was jedes Mal von einem höllischen Schmerz begleitet wurde.
Jeder Atemversuch brachte ebenfalls Schmerzen mit sich, weshalb ich versuchte, so wenig wie möglich zu atmen.
<Verrecke hier du amerikanisches Arschloch> rief der Taliban und verließ mit dem Söldner den Raum und ließ die Tür laut zuknallen.
Ich fing an, wieder verschwommen zu sehen und es bildeten sich schwarze Ränder am Rande meines Blickfeldes.
Mein Körper lag einfach nur da und ich verlor das Bewusstsein.
Nach langer Zeit weckte mich eine Stimme und rüttelte an meinem Körper.
Ich versuchte meine Augen zu öffnen, was mir aber nur schwerlich gelang.
Über mir erschien die Silhouette einer Person.
Als ich meine Augen weiter öffnete erkannte ich stetig mehr von dieser Person.
<Boss! Boss!> vernahm ich leise.
Das Bild wurde schärfer, ein Soldat sprach mit mir.
<Boss! Bleib bei mir D.!> rief der Soldat.
Ich hustete.
Der Soldat hatte ein mir bekanntes Gesicht.
Es war Logan, der da über mir kniete, doch etwas war anders, er hatte sich einen dickeren Dreitagebart wachsen lassen, ähnlich so wie ich einen hatte.

<Shit, Jungs, ich hab ihn gefunden!> rief Logan nach draußen.
Sofort danach betraten Harper und King den Raum, meine Jungs hatte mich also die ganze Zeit über gesucht und mich schließlich gefunden.
Und ich hatte damit gerechnet, dass sie mich für tot gehalten hätten und mit ihrem Leben weitermachen würden, war wohl ein Irrtum.
Meine Augen offen zu halten wurde immer anstrengender und bald schlossen sie sich wieder langsam.
Logan schlug mir mehrmals etwas fester gegen meine Wange, um mich bei Bewusstsein zu halten.
<Boss, keine Sorge, wir holen dich hier raus> versicherte er mir und überprüfte meine Wunden.
Danach half er mir auf, nahm meinen Arm um seine Schulter und trug mich langsam aus dem Raum heraus.
<Logan...> keuchte ich leise.
<Nicht sprechen Derek, einfach durchhalten> entgegnete er.
<Logan...Siderov...er...er ist hier> keuchte ich weiter.
<Ja Boss, ich weiß>
Aber er ist nicht mehr hier> meinte Logan enttäuscht.
Harper und King liefen vor, um die vor uns liegenden Gänge für unsere Flucht zu sichern.
Zwei Taliban erschienen vor uns, woraufhin King und Harper sofort das Feuer eröffneten.
Immer wieder schlossen sich meine Augen und öffneten sich wieder schwerlich.
<Dingo, hier Logan, macht euch bereit, wir haben ihn> sprach Logan per Funk.
Sie hatten sich also mit Big Dog´s Platoon zusammengeschlossen, um mich zu retten.
Wahrscheinlich dürfte ich mir bald eine sarkastische Bemerkung von Dingo anhören, wenn wir zurück in den Staaten sein würden.
Weitere Feinde erschienen vor uns, doch auch hinter uns kam ein Taliban angelaufen.
Wie aus einem Reflex griff ich an Logans Beinholster, zog seine Beretta M9 heraus, drehte mich schmerzerfüllt um und erschoss den Feind.
Logan erschrak und setzte mich kurzzeitig an der Wand ab.
<Ihr könnt mich nicht töten> meinte ich wütend, meinen Blick zur Leiche des Taliban gerichtet.
Logan nahm mich wieder auf und trug mich weiter durch das Höhlensystem.
Seine Pistole trug ich weiterhin in meiner rechten Hand.
Es kam mir so vor, als ob sich das Höhlensystem über mehrere Meilen erstrecken würde und nach jeder Minute wurde ich schwächer.

Nach langer Zeit lag der Weg nach draußen unmittelbar vor uns.
Als ich meinen Kopf hob, schien mir das grelle Licht der Sonne entgegen.
Von draußen hörte ich das Geräusch vieler schießender Gewehre und schreiender Soldaten.
Dingo rannte zu uns in das Höhlensystem.
Er half Logan dabei, mich zu stützen und nach draußen zu tragen.
<Scheiße Voodoo, halt durch alter Hund, wir bringen dich hier raus> meinte Dingo, wobei ich seinen erhöhten Puls spüren und sein schneller schlagendes Herz schon beinahe hören konnte.
Draußen spürte ich sofort die Hitze der Sonne, die sich so anfühlte, als würde ich verbrennen.
Von überall dröhnte das Knallen und Zischen vorbeifliegender Gewehrpatronen.
Auf der großen freiliegenden Fläche vor uns, waren überall SEALs, in wärmende graue Kampfjacken gehüllt, die eng beieinander die Taliban auf den umliegenden Hügeln abwehrten.
Hier befand sich kaum Deckung, weshalb wir ein einfaches Ziel für die Taliban und oder einen Scharfschützen waren.
Logan und Dingo trugen mich zu einem kleinen, zerstörten Bruchstück einer Mauer und setzten mich ab.
Mein Körper fing aufgrund der Kälte stark an zu zittern.
Logan blieb bei mir und überprüfte mich, während Dingo wieder zurück zur Gruppe lief, um bei unserer Verteidigung mitzuwirken.
Stattdessen kamen Harper und King zu meiner Position und deckten mich.
Ich versuchte auf die Taliban, die uns angriffen, zu zielen, wobei ich von Logan gestoppt wurde, als er mir seine Beretta aus der Hand nahm und zurück in sein eigenes Beinholster schob.
<Nicht mehr lange D, halt durch> meinte Harper, der sich nun ebenfalls zu mir herunter kniete.
Die Kampfgeräusche milderten sich langsam und stetig, bis ein paar Minuten später, völlige Stille herrschte.
Nur das Wehen des kalten Windes war zu hören.
<Gesichert!> riefen einige SEALs in kurzem Abstand hintereinander.
Mein Atmen wurde wieder schwerer und ich musste wieder Blut spucken, dieser Taliban hatte mich wohl ganz schön ramponiert.
<Command Center, hier Scar 0-3, wir haben ihn, fordern sofortige Evakuierung mit MEDVAC an, Koordinaten Folgen: Oscar - Golf - X-Ray - Yankee - 0 - 6 - 2 - 2 - 0 - 9> forderte Dingo an.
Big Dog stand plötzlich vor mir und bückte sich zu mir herunter.
<Voodoo, halt durch Mann> meinte er und zündete sich eine Zigarette an.
Wir wartete etwa fünf Minuten, bis das Geräusch herannahender

Helikopter am Himmel erschien.
Zwei CH-47 Chinooks flogen von Osten aus heran und landeten 15 Meter vor uns auf dem Platz.
Der Sand wirbelte in der Luft und vernebelte leicht meine Sicht.
Ich erschrak, als mich Logan und King unter meinen Armen griffen, mich so aus meinen Gedanken rissen und mich zum Helikopter schleppten.
Die Laderampen der Chinooks öffneten sich und weitere SEALs sicherten die Umgebung.
Auf dem hinteren Teil der Sitzflächen wurde ich von den beiden abgesetzt und alle anwesenden Mitglieder der DEVGRU kamen nacheinander in den Helikopter.
Ich blickte zu Logan, der immer noch vor mir kniete und mich festhielt.
<Logan...> fing ich an und blickte ihm in die Augen.
<Ja Boss?> entgegnete er und lächelte mich zufrieden an.
<Du hast dir einen Bart wachsen lassen, er steht dir> meinte ich und gab ihm ein stolzes Lächeln zurück.
Er bedankte sich und lachte sanft.
<Voodoo> hörte ich links von mir.
Mein Blick folgte der Stimme direkt zu Patron.
<Ja?> fragte ich leise.
<Mach uns nie wieder so eine scheiß Angst Mann und spiel auch nie wieder den Helden, verstanden?> befahl er mir mit einem rauen, jedoch besorgtem Ton.
<Hey, ich habe nie beabsichtigt, den Helden zu spielen Patron> entgegnete ich.
Aus der anderen Ecke des Helikopters hörte ich Big Dog etwas über
Funk befehlen.
<Warhawk, hier Scar 0-1, wir sind raus, wiederhole, wir sind raus, machen sie alles dem Erdboden gleich>
Ein paar kurze Augenblicke danach spürte ich die Erschütterung mehrerer Explosionen.
Ich sah hinter mich durch ein kleines Fenster und erblickte eine AC-130 Spectre, die ihre 105mm Ladungen und 75mm Geschosse auf das Höhlensystem abfeuerte.
<Trotzdem, pass einfach besser auf deinen Arsch auf> meinte er schlussendlich, fixierte meine Aufmerksamkeit sofort wieder auf ihn und lehnte sich zurück.
Er lächelte dennoch erleichtert.
Ich wartete einige Sekunden und durchbrach die Stille mit ein einem erleichterten Ton <Alles klar, versprochen>
Das Dröhnen der Rotoren verteilte sich im Helikopter und die Sitzfläche begann leicht zu vibrieren.

Nun lehnte ich mich zurück und entspannte mich.
Doch immer wieder gingen mir die vergangenen Monate durch den Kopf, angefangen mit unserer Operation am Atomkraftwerk. Wenn Siderovs Söldner also diesen Angriff mit Unterstützung der Taliban geleitet haben und nun auch noch waffenfähiges Uran in ihrem Besitz haben, dann konnten die Dinge nur noch schlimmer werden, da er jetzt anscheinend alles zusammen hatte, um atomare Waffen herzustellen.
<Hey Logan> sprach ich und blickte nach links zu ihm herüber.
<Ja Boss?> fragte er.
<Ich habe ja gesagt, dass Siderov bei mir war>
<Ja und> entgegnete Logan fragend.
<Er hat eine private Söldnerarmee aus verdammt vielen Nationalitäten, es sind auch die, die das Atomkraftwerk angegriffen haben...und auch die, die sich das Uran unter den Nagel gerissen haben> erklärte ich und blickte erschöpft auf den Boden.
Logan schaute nachdenklich geradeaus und erkannte meine Sorge.
<Und damit kann Siderov atomare Massenvernichtungswaffen bauen...scheiße>
Er blickte zu mir herüber.
<Scheiße Mann, bleib bei mir!> rief er quer durch den Helikopter, als er sah, dass Blut aus meinem Mund ronn, meine Augen nur halb geöffnet waren und ich schwer atmete und hustete.
Mir wurde heiß und ich bekam nur schwer Luft.
Plötzlich bemerkte ich, dass ich nicht mehr aufrecht saß, sondern senkrecht auf dem Boden des Chinooks lag, mein T-Shirt war aufgerissen und in kurzen Abständen fühlte ich Druck auf meiner Brust.
Doch trotz seines Wiederbelebungsversuches wurde ich bewusstlos.
Als ich meine Augen wieder öffnete befand ich mich nicht mehr im fliegenden Helikopter, sondern in einem Bett, einem grau bezogenem Bett im Lazarett unserer Basis.
Links und rechts von mir lagen zwei schwer verletzte Soldaten, schwer atmend und hustend.
Der eine hatte sein Bein verloren, der andere hatte sein ganzes Gesicht verbunden.
Die Tür zum Lazarett öffnete sich und Logan trat hinein.
Mit eiligen Schritten kam er zu mir gelaufen, einen erleichterten Blick im Gesicht.
<Jungs, er ist wach!> rief er nach hinten in den Gang.
Es folgten ihm Harper und King.
Ich versuchte mich zu erheben, was jedoch von starken Schmerzen verhindert wurde.

<Bleib liegen Boss, dich hat es richtig erwischt.
Dieser Drecks Taliban hat dich ganz schön ramponiert, du hast ein stark geprelltes Brustbein, dein Kiefer ist sehr stark geprellt, kurz vor einem Bruch, du hast starke Blutungen, einige davon innen und die Schusswunde an deinem Bein ist auch noch da, jedoch zum Glück nicht allzu schädlich> sprach Logan ausführlich und drückte mich leicht zurück, sodass ich wieder senkrecht lag.
<Danke Jungs, ich verdanke euch mein Leben und ich hatte gedacht, dass ihr mich für tot gehalten hättet> entgegnete ich.
<Nein, für keine einzige Sekunde, sofort nachdem du aus dem Helikopter gefallen warst, haben wir gewusst, dass wir dich nicht retten könnten, jedenfalls in diesem Moment noch nicht.
Also haben wir eine Drohne angefordert, die das Gebiet überwachen sollte und besonders Feindliche Fahrzeuge, die unserer Beschreibung entsprachen, verfolgen sollte.
Leider war die Drohne nicht sofort einsatzbereit, weshalb wir die Spur zu dir verloren.
Vor ein paar Wochen machten eine Aufklärungsdrohne und auch ein Scharfschützentrupp vermehrte Feindbewegungen in einem bestimmten Sektor im Elbus Gebirge aus.
Damit hatten wir wieder eine vermeintliche Spur, die wir auch sofort verfolgten.
Mit einer Drohnen Übertragung auf der Siderov zu sehen war, hatten wir unseren Beweis, du musstest dich ebenfalls dort befinden.
Doch um dich unversehrt da heraus zu holen, brauchte es mehr Sondereinheiten, weshalb wir Dingo und die anderen Mitglieder von
DEVGRU um Hilfe baten> erklärte King und verschenkte seine Arme.
<Ich danke euch tausendfach Leute, mit euch habe ich wirklich das größte Glück der Welt> meinte ich stolz.
<Danke Boss, gleichfalls> entgegnete Harper stolz.
Weitere Personen betraten das Lazarett.
Unter ihnen waren zahlreiche Mitglieder der DEVGRU, wie Dingo, Big Dog, Patron, Ozone und einige andere und auch General O´Darrel.
Alle lächelten mich auch erleichtert und freudig an, jedoch nicht der General.
Er hatte eine ernste Miene im Gesicht und kam langsam und mit einer bedrohlichen Gangart zu mir herüber.
<Commander> meinte er.
<Sir> erwiderte ich.
<Wer gab ihnen das Recht, die Operation auf eigene Faust zu leiten und den Funkkontakt zu uns zu unterbrechen?> fragte er

streng.
<Sir, bei allem Respekt...>
<Wer gab ihnen das Recht Commander Frost?> unterbrach er, dieses Mal mit erhobener Stimme.
<Sir, sie haben uns befohlen, den Angriff abzuwehren aber hätten wir das gemacht, wären unsere Feinde mit noch mehr Uran davongekommen> antwortete ich lautstark und erhob mich leicht.
Er sah enttäuscht zur Decke und anschließend wieder zu mir.
<Die Feinde haben mehr als genug Uran zusammenbekommen, auch mit ihrem schlauen Plan.
Sie haben Glück, dass sie so treue Männer um sich haben, ich persönlich hätte sie nicht gerettet, wenn ich unter ihrem Kommando gestanden hätte> sagte er, was mich leicht wütend machte.
<Wissen sie was Generel O´Darrel, sie können mich mal!> meinte ich wütend und erhob mich nun ganz.
Danach stand ich voller Schmerzen aus dem Krankenbett auf und versuchte zu gehen.
Harper, Logan und King hielten mich fest und versuchten mich aufzuhalten.
<Derek, leg dich wieder hin, dir geht es nicht gut> meinte King und zeigte auf mein Bett.
Ich schüttelte den Kopf und versuchte weiter zu gehen.
<Jungs, lasst uns einfach nach Hause OK? Einfach nach Hause> bat ich und sah meinen Jungs tief in die Augen.
<OK, nach Hause klingt gut> meinte Big Dog hinter mir.
Er bat den General darum, eine C130 Hercules Abflugbereit zu machen, damit wir in die Staaten zurück fliegen konnten.
General O´Darrel nickte nur.
Jetzt stützte Big Dog mich und brachte mich hinaus.
Alle anderen folgten uns.
<Ich hoffe sie und ich sehen uns nie wieder Commander> rief der General spöttisch aus dem Lazarett heraus.
Ich schenkte ihm kein Wort, sondern zeigte ihm nur den Mittelfinger.
Im Schlafbereich zog ich mir nur schnell etwas anderes an und machte mich dann mit meinen Jungs und Big Dogs Platoon auf den Weg zum Flugfeld.
Unsere Frachtmaschine war fünf Minuten danach zum Abflug bereit.
Die Ausrüstung wurde verladen, wir gingen an Bord und die Maschine startete, der Standard halt.
Den gesamten Flug über schlief ich, was ich den Schmerzmitteln der Sanitäter im Lazarett zu verdanken hatte.
Ein Rütteln weckte mich schließlich doch.

Ich sah zu Dingo herüber, welcher links von mir saß.
<Keine Sorge Voodoo, nur kleine Turbulenzen, schlaf weiter> meinte er leise, um die meisten anderen, die gerade ebenfalls schliefen, nicht zu wecken.
Ich nickte.
<Wie lange fliegen wir noch?> fragte ich flüsternd.
Dingo schaute auf seine Uhr am rechten Arm.
<Noch etwa eineinhalb Stunden> meinte er.
<Gut, ich freue mich, endlich wieder daheim zu sein> meinte ich und sah zu meinen schlafenden Jungs.
<Jo> gab Dingo von sich und blickte erneut auf seine Uhr.
Kurz darauf bat ich Dingo, sich noch etwas mit mir zu unterhalten, da ich jetzt eh wach sei und nicht mehr einschlafen könne.
<Klar, ich hatte mich schon darauf gefreut, endlich einmal wieder nach langer Zeit ausgiebig mit dir reden zu können> sagte er zufrieden und sah zu mir herüber.
Wir erzählten uns auf dem Flug vieles, was uns in der letzten Zeit widerfahren war, mal ausgenommen von meiner Gefangenschaft versteht sich.
Dann erfuhr ich, dass Dingo Vater geworden war, vor etwa zwei Monaten.
Ein Junge wurde es, welchen sie Robert nannten.
Freudig übermittelte ich ihm meine Glückwünsche und äußerte den Wunsch, ihn einmal kennenzulernen, wenn es seine Frau Michelle und auch die Zeit zulasse.
Er versprach mir, dass ich ihn auf jeden Fall kennen lernen würde.
So verging der restliche Flug doch sehr angenehm und bald vergaß ich die Schmerzen.
Wir kamen im Dam Neck an, wobei es leider gerade erst vier Uhr morgens war.
Die Schmerzmittel ließen auch langsam nach, weshalb sich die Schmerzen wieder in den Vordergrund drängten.
Auf dem Weg zur Stube stützten mich Dingo und Harper.
Von draußen konnte ich sehen, dass noch Licht in Captain Wittfords Büro brannte.
Deshalb bat ich die beiden, mich dorthin zu bringen.
Vor der Tür schickte ich beide weg, wobei sich Harper dazu entschied, zur Sicherheit bei mir zu bleiben.
Dingo verabschiedete sich und verschwand auch gleich zu seiner Stube.
Drei Mal klopfte ich an die Tür.
<Herein> hieß es leicht verzerrt aus dem Inneren des Büros.
Ich drückte die Türklinke herunter und öffnete die Tür.
Auf Captain Wittfords Gesicht machte sich sofort ein großes und erleichtertes Lächeln breit.

<Commander Frost, sie haben es überlebt, welch ein Glück> meinte er stolz, stand auf und ging zu mir herüber.
<Ja Sir> gab ich zurück und salutierte.
Wittford schüttelte den Kopf und reichte mir seine Hand.
Ich ließ von meinem Salutieren ab und erwiderte seine Geste.
<Ab mit ihnen Commander, ruhen sie sich aus> befahl er.
<Ja Captain> antwortete ich respektvoll und ging in Richtung der Tür.
Als die Tür sich schloss, griff mir Harper direkt wieder um die Arme.
Dieses Mal verneinte ich seine Hilfe, da sich die Schmerzen allmählich milderten.
Gemeinsam gingen wir zur Stube zurück, wo Logan und King auch schon die gesamte Ausrüstung eingeräumt hatten und sich mit ein paar Bieren an unseren Tisch gesetzt hatten und auf uns warteten.
Harper öffnete die Tür und trat als erster in den Raum hinein.
Sofort setzten wir uns mit an den Tisch und tranken gemeinsam.
Ich freute mich darauf, endlich wieder etwas ordentliches zu trinken zu bekommen, nach den sechs langen Monaten.
Nun hatten wir endlich ruhe und konnten genau über alles geschehene sprechen.
Dabei ließ ich kein Detail aus, weder die Art der Folterung, noch die Arten der Demütigungen.
Zwei Stunden später legte ich mich schlafen, zwar konnte ich nur noch drei Stunden schlafen aber immerhin drei Stunden.
Aber leider schlief ich nur schwerlich ein und um Punkt neun Uhr klingelte auch schon der Wecker.
Trotzdem stand ich auf und ging mit meinen Jungs zur Kantine.
Dort haute ich gut rein und holte mir auch zwei bis drei Portionen mehr.
Dieses Essen genoss ich in allen Zügen und war letztendlich auch voll gesättigt.
Sofort danach holte ich mir eine neue Uniform, da meine alte bei meiner Gefangennahme verschwand.
Außerdem musste ich noch zur Waffenkammer, um mir zwei neue Waffen abzuholen und ich musste mich auch noch rasieren, und zwar dringend, da ich durch diese sechs Monate einen Vollbart hatte wie ein Taliban.
Das hatte also Vorrang.
Nach dem Rasieren holte ich meine Waffen ab.
<Commander Frost, was kann ich für sie tun, Sir?> frage der Waffenmeister, als ich das Lager betrat.
<Hey George, ich brauche zwei neue Waffen, das H&K 416 und die MP5, gleiche Ausstattung wie vorher> bat ich.

<Alles klar Commander, es wird eine kurze Zeit dauern, wir bringen die Waffen dann auf ihre Stube> versicherte er und ging sofort ins Lager um die beiden Waffen zu holen und auszustatten.

Auf dem Weg zurück zur Stube wurde ich dann von einem Soldaten aufgehalten und zu Captain Wittfords Büro geschickt, aus irgendeinem Grund wollte er mich sehen.

Schon vor dem Büro hörte ich den Captain mit einer weiteren Person lautstark reden.

Nach kurzen Bedenken öffnete ich die Tür und sah einen kleinen dickeren Mann mit halbglatze und Schnurrbart im schwarzen Anzug.

<Sir, sie wollten mich sehen?> fragte ich.

<Ja Commander, das hier ist Walther Ferris, er ist für das Fest am 16. Juni verantwortlich> erklärte er.

Der Mann kam zu mir herüber.

<Sir, es ist mir eine Ehre> meinte er stotternd.

<Danke> erwiderte ich.

Dann kam seine Bitte, er wollte, dass ich am Nationalfeiertag auf dem großen Fest das Lied „God bless the USA" singe.

Dies war eine große Ehre, dennoch zögerte ich mit meiner Antwort.

Nach einer kurzen Bedenkzeit willigte ich jedoch ein, da dies eine einmalige Chance war.

<Perfekt, dann trage ich das ein, weitere Informationen lasse ich dann ihrem Captain zukommen> sprach er und griff seine Aktentasche.

Danach verabschiedete er sich und ging.

<Es freut mich, dass sie eingewilligt haben Commander, unser Vorhaben passt perfekt dazu> meinte er und lächelte schelmisch.

<Was für ein Vorhaben?> fragte ich.

<Das werden sie früh genug sehen Commander> fuhr er fort und sagte danach nichts mehr zu diesem Thema.

Damit musste ich mich wohl begnügen und ging endlich zur Stube zurück.

Dort erzählte ich den Jungs von dem Angebot, was sie auch gleich in Staunen versetzte und sie dazu brachte, mir stolz auf die Schulter zu klopfen.

Bis zum 16. Juni blieben wir auf der Basis und ich bereitete mich auf alles vor.

Da mein Körper durch die sechs Monate Gefangenschaft sehr geschwächt war, befand ich mich die meiste Zeit lang im Kraftraum der Kaserne, um ausgiebig zu trainieren und meinen Körper wieder zu stärken.

Schon nach kurzer Zeit waren meine Muskeln wieder bei voller Kraft und mein Körper wieder gestärkt.

Um 13.00 Uhr, am 16. Juni fuhren wir dann mit Harpers Wagen, welcher auf dem Parkplatz stand, in den Potomac Park in DC, wo viele Stände und eine Bühne aufgestellt waren.
Überall hingen Girlanden und wehten im Wind.
Das Fest war in vollem Gange, überall liefen Menschen herum und lachten, aßen, tranken und sprachen miteinander.
Unter ihnen fielen wir mit unseren Uniformen auf wie bunte Hunde, was uns jedoch egal war.
Sofort entdeckte mich Ferris, welcher mir das Angebot vor ein paar Tagen vorgeschlagen hatte.
Nach einem kurzen Händeschütteln schickte er mich auch sofort zur Bühne, um mich vorzubereiten.
Sofort als ich dort oben stand, kam auch schon die Ansage über die Lautsprecher an den Mästen.
<In kürze beginnt die Performance unseres geliebten Patriotismus in Form des Liedes „God bless the USA", gesungen von einem unserer treuen Beschützer der US Navy> hieß es.
Es bildete sich eine riesige Menschenmenge um die Bühne herum, was mir den Schweiß auf die Stirn trieb.
Alle standen da, Harper, Logan, King, ihre Ehefrauen und Freundinnen, viele Soldaten aller Teilstreitkräfte und mitten in der Menge: Sarah, Harpers Schwester.
Sie umarmte Harper fest und sah dann zu mir hoch.
Auf ihrem Gesicht machte sich ein riesiges, erfreutes Lächeln breit und sie zwinkerte mir zu.
Ich schenkte ihr ebenfalls ein sehr erfreutes Lächeln, woraufhin sie errötete.
Plötzlich ertönte hinter mir die Melodie des Liedes.
Ich erschrak kurz, konzentrierte mich danach jedoch sofort wieder auf das Lied.
Das Lied dauerte drei Minuten und alle Blicke waren gespannt auf mich gerichtet, was mich fortlaufend mehr und mehr nervös machte.
Am Ende des Liedes fingen alle an zu klatschen, was mir vermittelte, dass ich es nicht vollends vermasselt hatte.
Vier Männer in schwarzen Anzügen kamen auf die Tribüne.
Verwundert sah ich mich um und erblickte eine schwarze Stretch Limousine am Straßenrand, aus der jemand ausstieg.
Bei dem nächsten Anblick ronn mir erneut der kalte Schweiß über die Stirn, es war der höchste Würdenträger unseres Landes, der Präsident der Vereinigten Staaten von Amerika, Barack Obama.
Mit weiteren Bodyguards kam er auf die Tribüne.
Er sah mich an und nahm eine kleine Schatulle hervor.
<Mr. President> sprach ich mit allergrößtem Respekt und salutierte vor ihm.

<Commander Frost, sie haben ihrem Land und auch den freien Bürgern des Irans einen großen Dienst und auch einen sehr großen Mut bewiesen.
Deshalb sehe ich es als angemessenes Geschenk, ihnen dies zu überreichen, die Medal of Honor> sprach er vor den Zuschauern und nahm die Ehrenmedaille aus der Schatulle heraus.
Sie glänzte m Licht der Sonne.
Ich lehnte meinen Kopf leicht nach unten, sodass mir der Präsident die Medaille umhängen konnte.
<Ihr Land und auch sein Volk dankt ihnen für ihre Taten Commander, Gott schütze Amerika> meinte er anschließend und reichte mir voller Stolz seine Hand.
Mit großer Freude und großem Respekt erwiderte ich seine Geste und bedankte mich höflich bei Präsident Obama für diese Ehre.
Wieder ertönte ein starker Applaus.
Der Präsident verließ nun die Tribüne und stieg mit seinen Personenschützern zurück in die Limousine.
Unglaublich, dass sich POTUS (**P**resident **O**f **T**he **U**nited **S**tates) extra diese kurze Zeit für mich frei genommen hatte, nur um mir persönlich die Medal of Honor zu überreichen.
Es erfüllte mich mit Stolz, diese größte aller Ehrenmedaillen zu tragen.
Nach meinem ersten Schritt von der Tribüne herunter, rannte Sarah mir schon entgegen und fiel mir um den Hals.
Sie drückte sich so fest an mich, dass mir das Atmen etwas schwerer fiel, obwohl ich nicht genau wusste, ob es nun wegen der Umarmung oder wegen meiner erlittenen Verletzungen war.
Dennoch erwiderte ich ihre Umarmung und gab ihr einen freundschaftlichen Kuss auf die Wange.
Sie wurde sofort rot und ihre Wange wurde wärmer.
Danach sah sie mich mit einem Lächeln an und wischte sich einige Tränen aus dem Gesicht.
<Sarah, ist alles okay?> fragte ich leicht besorgt.
<Ja, ich hatte nur Sorgen um dich, Harper meinte, du wärst verschleppt worden und ich habe gedacht...> erklärte sie, wobei ich sie jedoch unterbrach.
<Sarah, wie du siehst bin ich ja noch in einem Stück, also brauchst du das nächste gar nicht auszusprechen.
Es freut mich dich wiederzusehen> gab ich zurück und legte ihr meinen Zeigefinger auf die Lippen.
Sie nickte und schenkte mir ein weiteres Lächeln, welches ich auch sofort erwiderte.
<Hey ihr kleinen Turteltäubchen, kommt rüber> rief Harper witzelnd zu Sarah und mir herüber, was uns beide gleichermaßen erröten ließ.

Dieser Anblick brachte meine Jungs zum Lachen.
Nun gingen wir beide zu ihnen herüber.
<Scheiße D, ich wusste gar nicht, dass du so ne Singstimme hast> meinte Logan erstaunt und klopfte mir brüderlich auf die Schulter.
Harper und King bejahten dies ebenfalls.
<Danke Jungs> erwiderte ich und zwinkerte jedem zu.
<Okay, lasst uns was essen gehen> schlug King vor und zeigte auf einen Hot Dog Stand vor uns.
Wir alle willigten ein, doch auf dem Weg dorthin stoppte ich.
<Was ist los?> fragte Sarah.
<Geht schon mal vor, ich muss kurz was regeln> meinte ich hastig und steuerte geradewegs auf ein junges Paar zu.
An einer Wand, abgeschottet vom Fest stand Cooper Fishburn, der Ex Freund von Kings Tochter Melina.
Er trug eine Uniform des Marine Corps und machte sich gerade an ein Mädchen, gerade mal 20, ran.
Selbst wenn Melina es nicht wollte, so konnte ich nicht einfach darüber hinweg sehen und musste ein Wörtchen mit diesem kleinen Mistkerl reden.
<Hey Kleines, lass mich kurz einmal mit diesem Herrn hier sprechen, genieß das Fest und kauf dir davon was schönes> meinte ich, als ich hinter Cooper stand und gab ihr einen 20 Dollar Schein.
Sie bedankte sich bei mir und salutierte zum Spaß vor mir, worauf ich ein stolzes Lächeln und leichtes Lachen zurück gab.
Cooper drehte sich zu mir und sah mich wütend an.
Seine Hände ballten sich zu Fäusten.
<Was soll der Mist Alter, du hast mir gerade die Tour versaut> fluchte er.
Ich griff ihn am Kragen, hob ihn grob hoch gegen die Wand und drückte ihn daran.
<Also erstens, für dich heißt es Sir und zweitens, du bist doch Cooper oder? Cooper Fishburn?>
<Ja, wieso?> entgegnete er und versuchte sich vergeblich aus meinem Griff zu lösen.
<Du kennst doch noch bestimmt Melina, Melina King oder?> fragte ich weiter.
<Ja, dieses kleine Luder kenne ich, die hatte ja mal gar keinen Sinn für Vergnügen> antwortete er und bekam ein hämisches Grinsen.
<Du kleiner Mistkerl, ich bin ein Freund ihres Vaters also würde ich genau darüber nachdenken, was du über sie sagst> erwiderte ich auf seine freche Antwort und packte fester zu.
Bevor er etwas weiteres sagen konnte, unterbrach ich ihn und erhob meine Stimme weiter.
<Du bist ein Nichts, weißt du das, du bist hier auf einem Fest zum

Gedenken des mutigen Einsatzes lebender und gefallener Soldaten und was machst du? Du versucht hier in einer Uniform Mädchen aufzureißen, nur um mal ran zu dürfen, du bist erbärmlich
Wenn dein Vater dich jetzt sehen würde, dann würde er sich schämen, selbst wenn er mindestens genauso wenig Selbstachtung hat wie du> hing ich an.
<Hey, meinen Vater lassen sie gefälligst aus dem Spiel> forderte er lautstark.
Sein Vater, Marcus Fishburn war Private im Marine Corps, bei dem ich mich frage, wie er überhaupt durch die Grundausbildung gekommen war.
Er wurde mir während eines Einsatzes zum Schutz der ISAF Truppen in Afghanistan unterstellt und sowohl im Einsatz, als auch auf der Basis konnte ich immer wieder seine mangelnde Disziplin beobachten.
Des Weiteren bekam er schon mehrere mündliche Ermahnungen aufgrund von Gewalttätigkeiten gegenüber Kameraden und auch wegen unerlaubten Glücksspiels.
Meiner Meinung nach sollte er unehrenhaft entlassen werden aber das war die Entscheidung der obersten Stellen, nicht meine.
<Lassen sie mich jetzt in Ruhe, sie können mir sowieso nichts Alter> meinte er selbstgefällig.
<Hey Kleiner, ich bin Navy SEAL, ich kenne Mittel und Wege um Leute verschwinden zu lassen oder für eine lange Zeit unschädlich zu machen und bei dir miesen Ratte habe ich keine Scheu> gab ich selbstsicher zurück und lächelte ihn hämisch an, so als würde ich es ernst meinen.
Die ganze Zeit über konnte ich an seinen Blicken ablesen, dass er eine riesige Angst hatte, doch das brach nun endgültig das Eis und ich dachte schon, dass er sich direkt vor mir vor Angst in die Hose scheißen würde, was man an seinem Gang gleich auch meinen konnte.
Es hatte also gereicht, weshalb ich ihn herunter ließ und mit einem leichten Stoß auf den Boden warf, natürlich ohne ihn zu verletzen.
Er zitterte am ganzen Leib und sah erschreckt zu mir hoch.
<Also, du wirst jetzt Melina anrufen und für den ganzen Mist der aus deinem Mund gekommen ist entschuldigen> befahl ich.
Ich sah mit an, wie er meiner Forderung folge leistete und sich für alles bei Melina entschuldigte.
Nach dem Gespräch stand er auf und ging mit wackligen Beinen den Weg zurück zum Fest entlang.
Er erschrak, als ich ihm erneut hinterherrief.
<Und zieh die Uniform aus, du bist es nicht wert, diese stolze Kleidung zu tragen>
Die Jacke zog er sich sofort aus und entfernte sich schneller von

mir.
Nun, das das geregelt war, konnte ich zu den anderen zurück und einen Hot Dog genießen.
Nachdem mich alle mit ihren Fragen durchlöchert hatten, was da eben so wichtiges war, erklärte ich ihnen die ganze Situation, was King sehr glücklich stimmte.
Mein Handy klingelte.
Es war General Morgan, welcher mich darum bat, sofort Harper zu ihm zu schicken.
Anscheinend hatte Harper sein Handy auf dem Stützpunkt vergessen, deshalb rief er mich an.
Doch anstatt nur ihn zu schicken, gingen wir alle zurück zu seinem Wagen, da ich auch den Grund erfahren wollte, warum er nur Harper sehen wollte.
Wir verabschiedeten uns von Sarah und fuhren auch sofort los.
Auf dem Stützpunkt angekommen, ließen wir uns auch nicht lange aufhalten und gingen sofort zu General Morgan´s Büro, um herauszufinden, was er von Harper wollte.

Kapitel 16: Ein neuer Reaper

Schon vor der Tür zum Büro des Generals konnten wir ihn mit mehreren Personen sprechen hören.
Ich klopfte an und betrat auch als erster den Raum.
Im Büro standen drei Personen, General Morgan, Captain Wittford und Special Agent Diaz, die nun schweigend zu uns hinübersahen.
Auf Agent Diaz Gesicht war ein Lächeln zu sehen, als er mich erblickte, offenbar hatte er auch von meiner Gefangennahme erfahren und war erfreut mich unversehrt zu sehen.
Ich ging zu ihm herüber und reichte ihm meine Hand.
Er versuchte sich etwas mehr aus seinem Rollstuhl zu erheben und erwiderte meinen Gruß.
<Commander, es freut mich, sie unversehrt wieder zu sehen> hieß es von ihm.
<Gleichfalls Diaz aber von unversehrt kann man nicht ganz sprechen> erwiderte ich mit einem kurzen Lachen.
Sofort unterbrach der General das freudige Wiedersehen und trat in den Vordergrund.
<Commander, ich hatte ihnen ausdrücklich gesagt, dass ich nur Master Sergeant Johnson zu sehen wünsche> meinte er und sah mich mit einem emotionslosen Blick an.
<Sir, bei allem Respekt, Harper gehört zu meinem Team, da habe ich auch das Recht zu erfahren, was sie von ihm wollen> sprach ich und fragte weiter <Also, was wollen sie von ihm General?>
Das geht nur mich, Agent Diaz, Captain Wittford und Master Sergeant Johnson etwas an> antwortete er.
<Sir, Verzeihung aber sie haben meine Frage nicht beantwortet>
Agent Diaz nahm eine Akte vom Tisch und kam näher.
<Nun General, da jetzt schon einmal alle hier sind, können wir es auch allen verraten.
Er reicht mir die Akte in die Hände, welche ich auch sogleich öffnete.
In ihr war das Bild eines Mannes zu sehen, ein Kasache mit dem Namen Alexei Borodov.
Laut den Informationen, die ich der Akte entnehmen konnte, war er der Anwerber von neuen Truppen für Siderovs Söldnerarmee.
<Alexei Borodov, gesuchter Kriegsverbrecher, Söldner und jetzige rechte Hand von Siderov.
Er ist laut unseren Informationen in den 90ern, während der NATO weiten Jagd nach serbischen Kriegsverbrechern für tot

erklärt worden, was sich jedoch nun als falsch herausgestellt hat.
Er befindet sich unserem Wissens nach momentan in Sarajevo, wo er bosnische Rebellen für Siderovs Armee anwerben möchte> erklärte
er ausführlich.
<Und das haben sie alles aus Mendozas Laptop geholt?> fragte ich erstaunt.
<So gut es ging, Mendoza wusste, was es heißt, seine Daten zu verschlüsseln
Aber wir haben noch viel Arbeit vor uns, sobald wir noch mehr wissen, lassen wir ihnen und ihren Vorgesetzten die Informationen zukommen> sprach er.
Ich bedankte mich bei Agent Diaz und wandte mich erneut zu General Morgan.
<Und General, warum wollten sie jetzt unbedingt Harper und nicht uns alle sehen?> fragte ich gerade heraus und blickte dem General mit einem ernsten Blick in die Augen.
Er seufzte und sah zu Boden.
<Also gut, Master Sergeant Johnson sollte mit seinem Delta Team und der Unterstützung eines Einsatzteams der kanadischen Joint Task Force 2 nach Sarajevo reisen, Borodov ausfindig machen und gefangen nehmen> erklärte General Morgan und sah wieder zu mir hoch.
<Und warum schicken sie nicht uns alle dorthin, warum nur Harper?> fragte ich empört.
<Weil sie immer noch verletzt sind Commander und in einem geschwächten Zustand kann und darf ich sie nicht in den Einsatz schicken> antwortete er stumpf, worauf ich beteuerte, dass es mir gut ginge.
Der General verneinte meine Bitte immer wieder, bis sich auch Captain Wittford in das Gespräch einschaltete und General Morgan ansprach.
<Harrold, ich glaube auf Commander Frost können wir uns verlassen.
Wenn er sagt, dass es ihm gut geht, dann glauben wir ihm das, du müsstest ihn doch jetzt auch schon gut genug kennen> beteuerte er.
Dadurch willigte der General ein und erlaubte mir und auch Logan und King dort zu agieren.
Nun verabschiedete sich Agent Diaz mit der Begründung, dass es noch viel zu entschlüsseln gäbe.
Wir gingen noch kurz einige Details der Operation durch, bis uns dann unsere beiden Vorgesetzten zur Vorbereitung auf die Stube schickten.

Captain Wittford verließ mit uns das Büro des Generals, weshalb ich mich, als die Tür vollends geschlossen war, ein weiteres Mal stark dafür bedankte, dass er sich eben so für mich eingesetzt hatte.
Auf unserer Stube suchten wir als erstes unsere Ausrüstung für die
Operation aus.
Meine neuen Waffen wurden ebenfalls schon fertig für mich ausgestattet und lagen bereits in unserer „privaten Waffenkammer".
Da in Sarajevo viele serbische Scharfschützen verschanzt waren und ganze Gebiete beherrschten, war es von Vorteil, selbst als Scharfschütze zu agieren.
Deshalb nahm ich mein McMillan M-68, welches ich in einer Gewehrtasche verstaute, die ich auf meinem Rücken trug, sowie mein H&K 416 mit.
Schalldämpfer waren für diese Operation nicht von Nöten, zur Sicherheit trug ich jedoch einen bei mir, rein provisorisch.
Logan wählte seine Kriss Vektor, Harper sein FN Scar-H und King sein M249 SAW.
In drei Stunden, 18.00 Uhr, ging unser Flug, welcher uns in den bosnischen Luftraum bringen sollte.
Dann sollten wir mit dem Fallschirm abspringen und ein paar Kilometer vor Sarajevo, an einem kleineren Dorf, anlanden und nach Sarajevo vorrücken.
Der Zusammenschluss mit der Joint Task Force 2 würde an der Grenze des nördlichen und östlichen Stadtbezirkes, abseits des Sichtbereiches der Scharfschützen erfolgen.
Unser erstes Operationsziel ist die Neutralisierung einiger Scharfschützenposten innerhalb der Hochhäusern und schließlich das Ausfindig machen und die Gefangennahme von Borodov.
Nach erfolgreichem Abschluss der Operation sollten wir zunächst zum Debriefing zur USS Mount Whitney, einem Zerstörer der Blue-Ridge Klasse, im Mittelmeer zurückkehren, wo wir dann Borodov zum Verhör lassen konnten.
Auf der Stube besprachen wir noch einmal einige Details, bis mir etwas in den Kopf kam.
Ich blickte zu Logan herüber und sprach ihn an.
<Logan, ich wollte dir noch was sagen>
<Was gibt es Boss?> fragte er verwundert.
<Also, erstens, pass mehr auf deinen Arsch auf, ich hatte tierische Angst um dich als du dort schwer verletzt vor mir lagst.
Zweitens, danke, dass du uns dann aus der Scheiße geritten

hast, deswegen habe ich etwas für dich> erklärte ich ihm, wobei ich ihm zu erst einen festen, stolzen Schulterklopfer gab.
Er blickte mich nur fragend an und sagte nichts.
Ich konnte seinen Puls schon fast hören, während er mich so gespannt ansah.
<Ich habe mich mit General Morgan darüber unterhalten und er hat
zugestimmt: Logan, ich als dein Vorgesetzter und Commander der United States Navy ernenne dich wegen deiner Tapferkeit zumute zum Master Sergeant>
Nun sah er mich nur noch mit einem offenen Mund und einem überraschten Blick an.
<D...Da...Danke> stotterte er, was ich mit einem Kopfschütteln und den Worten <Nichts zu danken Junge, du hast es dir verdient> erwiderte.
Als wir dann um 18.00 Uhr im Flugzeug saßen und uns in die Luft begaben, ging mir die gesamte Operation noch einmal durch den Kopf, wo würde Borodov sein? Wie viele Feinde würden uns erwarten? Und wie viele Soldaten hatte Borodov wohl schon angeworben?
All das fragte ich mich, was jedoch momentan nicht sehr nützlich war und wir den Mistkerl persönlich fragen könnten, wenn wir ihn hätten.
Harper riss mich aus meinen Gedanken.
<Derek, verbesser mich wenn ich mich irre aber ist da irgendetwas zwischen dir und Sarah? Knistert es etwa zwischen euch beiden?> fragte er und schaute mich mit einem breiten, schelmischen Grinsen an.
Verwundert blickte ich ihm in die Augen und meinte <Nein Harper, sie und ich sind nur Freunde, ich glaube nicht das ich ihr Typ bin>
<Glaube ich doch, sie mag dich sehr, Mann> sprach Logan links von mir.
<Meint ihr?> fragte ich.
<Ja Mann> entgegnete Harper und lachte mich dabei weiter an.
Logan tippte mir auf die Schulter.
Ich sah ihm ins Gesicht und sah ein breites Lächeln.
<Logan, was ist los?> fragte ich leicht lachend.
< Ich hab ganz vergessen, euch was zu erzählen> meinte er voller Vorfreude.
<Was denn?> fragte King.
<Kate und ich, wir werden heiraten!> rief er übermäßig froh im gesamten Frachtraum umher.
Sofort wurde ein freudiger Gesichtsausdruck auf unseren

Gesichtern sichtbar.
Ich schlug ihm drei mal fest gegen die Schulter.
Er fragte mich nach einem kurzen Schmerzensschrei, warum ich das gemacht hätte.
<Weil du es uns erst jetzt erzählt hast> antwortete ich.
Er lachte nur und nickte entschuldigend.
Dann kam endlich der Zeitpunkt, nach zwölf langen Stunden Flugzeit nur noch eine Minute bis zum Absprung.
Ich schickte King zum Schalter, um die Laderampe zu öffnen.
Während er dies tat, checkten wir anderen drei gegenseitig schon einmal unsere Fallschirme und ob unsere Waffen und die Ausrüstung
auch fest an uns gezurrt waren.
Die Laderampe senkte sich und ein eisiger Wind kam uns entgegen.
Langsam gingen wir weiter zur Laderampe.
Die tiefschwarze Nacht erstreckte sich vor uns, in welche wir nun hinausspringen mussten.
Ich trat einige Schritte zurück und lief zum Rand der Rampe, von diesem ich dann hinaussprang.
Vorher rief ich noch scherzhaft <Wir sehen uns dann unten!>
Das rote Licht des Flugzeugfrachtraumes verschwand immer weiter in der Ferne und hinter mir nur meine Jungs, die immer schneller zu mir herunter sanken.
Ein paar kurze Augenblicke danach vernahm ich das Piepen meines Höhenmessers und griff an die Reißleine meines Fallschirmes.
Dieser öffnete sich und mein Sinkflug verlangsamte sich.
Gemeinsam landeten wir vier an unserer LZ, fünf Kilometer westlich von Sarajevo.
Ich sicherte meinen Sektor und wartete darauf, dass die anderen ihre Fallschirme ablegten.
Einen kurzen Augenblick später tippte mir Logan auf die Schulter, um mir zu signalisieren, dass wir weiter konnten.
Vor uns erstreckte sich das kleine Dorf mit dem riesigen angrenzenden Bahnhof.
Ich nahm die kleine Gewehrtasche von meinem Rücken und nahm mein McMillan M-86 heraus.
Nachdem wir alle unsere Nachtsichtgeräte aufgesetzt hatten, überprüfte ich mithilfe meines Zielfernrohres schnell von unserer LZ, die sich auf einem Hügel befand, die Umgebung nach Feinden.
Zurzeit machte ich nur sieben Feinde im Dorf aus, die ihre Patrouillengänge liefen.
Leichte Ziele für uns.

Harper wechselte seine Position mit Logan und kniete sich zu mir.
Mit einem Fernglas mit eingebautem Entfernungs- und Windmesser, gab er mir alle nötigen Infos für einen Schuss durch.
Nach kurzem Einstellen des Zielfernrohres visierte ich mein erstes Ziel an.
Er stand auf einem Dach am Rand des Dorfes.
Kein weiterer Feind hatte ihn im Blickfeld, was uns ein unbemerktes Ausschalten ermöglichte.
Ich übte einen leichten Druck auf den Abzug aus und drückte ihn im
Anschluss ganz durch.
Der Schuss löste sich und nur das gedämpfte Mündungsgeräusch war zu hören.
Das Geschoss fand sein Ziel und brachte den Feind lautlos zu Boden.
Nun verließen wir den Hügel und rückten langsam im Schutze der
Dunkelheit zum Dorf vor.
Mein Scharfschützengewehr verstaute ich in der Tasche und packte sie mir wieder auf den Rücken.
Langsam und vorsichtig rückten wir zum ersten Gebäude am Rand des Dorfes vor.
Um die Ecke brannte Licht und wir hörten mehrere Personen miteinander sprechen.
Ich erhaschte einen kleinen Blick auf die Männer und konnte drei schwer bewaffnete Soldaten entdecken, Siderovs Männer.
Einer von ihnen trug ein PKP Pecheneg Maschinengewehr, die anderen beiden HK UMP 45. Maschinenpistolen.
Per Handzeichen informierte ich meine Jungs über die Anzahl der Feinde und trat einen Schritt zurück.
Ich bat King, an dieser Ecke zu bleiben und aufzupassen, während ich um die andere Ecke hinter das Haus ging, um die Feinde gut flankieren zu können.
Wie erwartet war hinter dem Haus alles sicher.
Ich ging zu anderen Ecke und lehnte mein Gewehr leicht um die Ecke.
King tat das gleiche und wartete auf mein Signal, welches mit meinem ersten Schuss kam.
Lautlos überwältigten wir die Feinde und zogen weiter.
Vor uns erstreckte sich nun der riesige Bahnhof mit den vielen und großen Schienen.
Überall standen Waggons still und Feinde patrouillierten das ganze Gebiet.

Logan schnalzte zwei Mal mit der Zunge, was bei uns das
Zeichen war, dass alle sofort zu demjenigen kommen sollten.
Rückwärts ging ich zu Logan, ließ meinen Sektor aber nicht
außer Sicht.
<Was gibt's?> fragte ich leise.
<Über 20 Feinde aus Norden und Westen, Osten ist blockiert,
was machen wir?> fragte er.
<Shit, lass mich nachdenken...> erwiderte ich und blickte in
der Gegend herum.
<Ich hab´s, da unter den Zug, wir kriechen> hing ich an, als ich
den langen Zog vor uns sah und deutete darauf.
Schnurstracks liefen wir zum Zug, legten uns flach auf den
Boden und krochen unter ihm her.
Das Eisen der Schienen scheuerte auf der Haut, selbst durch
die Kleidung.
Die riesige Gruppe von Feinden nährte sich immer weiter
unserer Position, weshalb wir stetig langsamer beim Kriechen
wurden, um
unsere Geräusche zu vermindern.
Der letzte Waggon lag über uns und drei Feinde waren etwa 30
Meter vor uns zu sehen.
Als sie weitergingen krochen wir unter dem Waggon hinweg
und schlichen uns zu ihnen.
Mit unseren Messern überwältigten wir sie leise, doch um die
Leichen zu verstecken war keine Zeit, da wir nur noch knapp
im Zeitplan lagen.
Um 7.00 Uhr Morgens sollten wir das Team der Joint Task
Force Two treffen, wir hatten es zurzeit 3.00 Uhr Morgens, wie
ich auf meiner Uhr entziffern konnte und noch etwa vier
Kilometer trennten uns von Sarajevo.
Die Schienen führten uns durch einen dichten Wald, wo wir auf
weitere Feinde trafen.
Mehrere, schwer bewaffnete Rebellengruppen in der Größe
von etwa 20 Mann durchstreiften den Wald.
Vorsichtig schlichen wir uns durch dichtes Gestrüpp, um
unbemerkt an ihnen vorbeizukommen, da es einfach zu
gefährlich für uns war, auch nur einen von ihnen anzugreifen.
Mit jedem Schritt, mit dem die Rebellen uns näher kamen,
schlug mein Herz höher und mein Finger übte stetig stärkeren
Druck auf den Abzug meines Gewehres aus.
Ein Fuß traf neben mir auf, weshalb ich erschrak und mein
Gewehr hastig wegzog.
Der Soldat bemerkte dies und sah sich um, anscheinend wusste
er nicht, woher das Geräusch kam.
Mein Puls wurde noch stärker, weshalb mein Herz schon leicht

zu stechen begann.
Doch bevor mich der Feind sah, forderte ihn einer seiner Kameraden auf, weiter zu gehen.
Wir hatten riesiges Glück gehabt, denn hätten sie uns entdeckt wäre das unser Todesurteil gewesen.
Langsam erhoben wir uns aus den Büschen und gingen langsam weiter.
Wir lagen wieder perfekt, da wir nur noch auf vereinzelte Feinde trafen und um 06:30 waren wir in Sarajevo.
Die Sonne erhob sich am Himmel und schien hell auf uns herab, unglaublich zu dieser Zeit.
Unser Treffpunkt mit der Joint Task Force 2 lag auf einem kleinen Platz am westlichen Rand von Sarajevo, am alten Eisstadion.
Wir überquerten eine alte Brücke und warteten vor einem großen Eisentor.
King und Logan standen an den beiden Seiten des Tores und warteten.
Logan sicherte unseren Rücken, während ich meinen Blick auf das Tor richtete.
<Wie heißt das Signal?> fragte Logan und blickte kurz zu mir nach hinten.
<Red Virgin> antwortete ich.
<Rote Jungfrau, ernsthaft?> hörte ich von Harper.
<Jo> bestätigte ich.
<Nett> erwiderte Logan.
<Red!> rief ich nun laut zum Eisentor.
<Virgin> hallte es von der anderen Seite des Tores, welches sich auch sofort danach öffnete.
<OK, gehen wir es an> sprach King und trat auf den Platz.
Wir folgten ihm und vor uns stand das Einsatzteam der JTF2.
Ihr Teamleiter kam zu mir herüber und musterte mich von oben bis unten.
<Sind sie Panther, von Havoc?>
<Nein, ich bin Voodoo, von AFO Reaper, das hier ist Panther, alias Master Sergeant Johnson> erwiderte ich und zog Harper zu mir hin.
<Hey, schön euch Jungs zu sehen> meinte Harper und hielt dem Einsatzleiter der JTF2 seine Hand hin.
Dieser schlug ein und reichte mir danach seine Hand.
<Voodoo> meinte ich erneut.
<Major Butch Andrews oder einfach nur „Butch"> erwiderte er.
<Meine Fresse, hat hier jetzt jeder nen Codenamen außer King und mir?> fragte Logan spöttisch von hinten.

<Jo> antwortete Harper und lächelte Logan sarkastisch an.
<Also, wie sieht unser Plan aus Voodoo?> fragte Butch.
<Scharfschützen lokalisieren, ausschalten, dann Borodov finden und gefangen nehmen> erklärte ich rasch und fragte im Anschluss nach Informationen über Borodov.
Anscheinend hatte ihn Butch´s Team lokalisiert und über einen längeren Zeitraum beobachtet.
Borodov befand sich in einem alten Gebäude am Westrand Sarajevos, was für uns hieß, dass wir erst durch die ganze Stadt mussten, um an ihn heranzukommen.
Und zu allem Übel waren in der gesamten Stadt serbische Scharfschützen in den Hochhäusern, die allzeit Bereit am Abzug saßen.
<OK, gehen wir es an>
<Haben sie Scharfschützen im Team?> fragte ich und musterte seine Männer.
<Ja, einen habe ich, Taylor, komm hier rüber> rief er einem seiner Männer entgegen, welcher dann auch in den Vordergrund trat.
<Das ist Jack Taylor, wir nennen ihn „Trigger", einer der besten Scharfschützen der kanadischen Streitkräfte> sprach Butch
<Sehr erfreut> erwiderte ich.
Nun war es aber genug der Höflichkeiten und wir begannen endlich mit unserer Operation.
Wir teilten noch kurz unsere Teams auf, da wir über zwei getrennte Routen zu Borodov vorstoßen würden.
Taylor, Harper, ein weiterer von Butchs Männern und ich gingen durch die Hochhäuser, um die feindlichen Scharfschützen zu neutralisieren und Butch, King, Logan und einem seiner Soldaten Deckung zu geben, während sie auf der Straße vorrücken.
<OK, klingt gut, also los> meinte Butch und ging mit seinem Trupp vor, während ich mit Taylor und den anderen ein Gebäude links von uns betrat.
Hastig liefen wir die Treppe bis zum Dach hinauf, da einige Gebäude durch Stege miteinander verbunden waren und so eine perfekte Route für uns bildeten.
Sofort, als wir auf dem Dach waren, nahm ich mein McMillan M-86 hervor und überprüfte die Umgebung.
Taylor packte ebenfalls sein Gewehr aus.
Es war ein Remington R11 Scharfschützengewehr mit montiertem Zweibein, einem PSO Zielfernrohr mit 24-facher Vergrößerung und einem verstärktem Schaft mit Wangenablage für eine erhöhte Präzision und die Ablage verhinderte

Nackenbeschwerden durch das lange Aufliegen der Wange in einer schrägen Position.
Der Handschutz und auch der Lauf waren ebenfalls modifiziert, Taylor kannte sich also auch gut mit Waffen aus.
Er sah sich im Westen um, während ich den Osten überprüfte.
Danach zielten wir beide auf Butchs Trupp, um die Lage bei ihnen zu checken.
Es schien alles sicher zu sein, bis sich plötzlich ein Schuss löste.
Butchs Trupp wurde von einem Scharfschützen ins Visier genommen.
Ich suchte diesen, konnte ihn aber nicht lokalisieren, Taylor anscheinend schon.
Er saß konzentriert am Gewehr und umklammerte fest den Abzug, er
hatte anscheinend einen starken Widerstand am Abzug modifizieren lassen, ich mochte das zwar nicht sehr, weshalb ich nur einen Widerstand von etwa 900 Gramm eingestellt hatte, aber jedem das seine, solange er damit gut zurecht kam und schießen konnte, mischte ich mich nicht ein..
Er drückte ab und Stille erfüllte die Luft, er hatte den Feind ausgeschaltet.
Der Feind hatte sich in einem Gebäude, etwa 500 Meter nördlich von uns verschanzt und Taylor hatte ihn sofort entdeckt, ein verdammt guter Scharfschütze, Butch hatte recht.
<Guter Schuss Taylor, Respekt> meinte ich stolz.
<Danke> antwortete er, erhob sich vom Boden und reichte mir seine Hand.
Er half mir hoch und wir gingen weiter.
Der erste Steg lag vor uns.
Er war alt und rostig und keiner von uns wusste, ob er sicher war
oder nicht.
Um seine Stabilität zu prüfen, machte ich zwei Schritte auf den Steg.
Es quietschte zwar verdächtig, aber er war sicher.
Langsam überquerte einer nach dem anderen den Steg zum Dach des nächsten angrenzenden Gebäudes.
Mein Blick richtete sich sofort wieder zu Butchs Gruppe, die weiterhin auf der Straße unterwegs waren, jedoch in eine Seitengasse abbogen und so aus unserem Sichtfeld verschwanden.
<Voodoo, hier Butch, wir machen uns jetzt zum Aufenthaltsort der Zielperson auf, geht ihr weiter euren Weg und kümmert euch um die Heckenschützen.

Wir treffen uns dann dort> vereinbarte er, was ich sofort bestätigte.
Nun herrschte eine Funkstille und jeder Trupp hatte seine eigene Aufgabe, in unserem Falle, feindliche Heckenschützen zu eliminieren und Butchs Trupp Deckung zu geben.
Wir berieten uns kurz über eine gute Route und einigten uns auf einen dichten Häuserkomplex nördlich von uns.
Von dort hatten wir eine gute Sicht auf Borodovs voraussichtliche Position und konnten wenn möglich auch weitere Heckenschützen erledigen.
Nun mussten wir uns aber auf den Weg machen, da wir schon etwas hinter dem Zeitplan lagen und Borodov sich jederzeit aus dem Staub machen konnte.
Wir verließen das Dach und gingen über die Straßen und durch einige Gassen zum Gebäudekomplex, keine Angriffe oder Hinterhalte ereilten uns, welch ein Glück.
Keiner von uns sprach auch nur ein Wort, stattdessen achteten wir
auf jede Position, von der aus ein Heckenschütze schießen konnte: Balkone, Fenster, Dächer, Räume oder auch Löcher in den Wänden der Häuser und bei einer so zerbombten und auch voll gebauten Stadt waren das nicht gerade wenig Plätze, die wir im Auge behalten mussten.
Kurz vor dem Komplex detonierte etwas vor unseren Füßen, ein alter USBV Sprengsatz, der wohl noch aus der Zeit des Bürgerkrieges in Sarajevo vergraben lag.
<Scheiß USBV´s> fluchte ich, als ich vor Schreck und auch durch die Druckwelle zu Boden ging.
Idealerweise flog mir auch noch Schutt ins Gesicht und hinterließ einige zeitweilige „Schönheitsflecken", zum Glück hatte ich meine Oakley auf, sonst hätte das auch böse ins Auge gehen können.
Ich konnte das innerliche Gelächter meiner Jungs schon beinahe hören, konnte es ihnen aber auch nicht verübeln.
<Lieber so, als wenn dir die Beine weggefetzt wären, wenn das Ding unter dir explodiert wäre> sagte Taylor, was ich mit nur einem Nicken bejahte.
Doch das sollte uns jetzt nicht weiter aufhalten, weshalb wir rasch weitergingen und uns eine gute Position auf einem der Gebäude suchten.
Zu unserem Nachteil hatten sich gerade hier feindliche Rebellen
verschanzt, soweit ich es auf die schnelle erkennen konnte, Tschetschenische Soldaten, was sich auch, nachdem wir sie erschossen hatten, bestätigte.

Im dritten Stock des Gebäudes fanden wir einen guten Raum aus dem wir schießen konnten, wobei ich Taylor den Vortritt ließ und ich mir eine andere Position suchte.
So konnten wir die Umgebung besser überwachen.
Das Dach des angrenzenden Gebäudes schien eine gute Idee zu sein, weshalb ich mit Harper auch Schnurstracks dorthin ging.
Der JTF2 Operator blieb bei Taylor hier im Zimmer.
Kaum hatte ich mich umgedreht und war zur Tür hinaus gegangen, hörte ich schon das Schaben der Füße eines Bettes auf den kargen Fußboden des Zimmers, Taylor baute sich also gerade sein Scharfschützennest auf.
Auf dem Dach suchte ich nach einigen Utensilien, mit denen ich mir mein „Nest" bauen konnte und fand nur eine alte Decke, immerhin etwas.
Damit musste ich mir jedenfalls nicht den Bauch auf dem kalten Boden abfrieren.
Das Dach zäunte eine alte kaputte Mauer ab, die ich als Deckung verwenden konnte.
Da lag ich nun, an einer alten Mauer, mit einem großen Loch durch das ich perfekt durchschießen konnte und auch die gesamte Umgebung erspähen konnte, unter mir eine alte Decke, wo wer weiß schon wer drauf gelegen hat und Harper neben mir, der mit einem Entfernungsmesser die Gegend auskundschaftete.
<Hab einen, 300 Meter, 12 Uhr, drittes Fenster von links, dritte Etage> informierte mich Harper.
Sofort stellte ich mein Gewehr darauf ein, während ich auf den feindlichen Soldaten zielte.
Er lehnte sich mit einem halbautomatischen Dragunov Scharfschützengewehr aus dem Fenster und zielte nach unten, wahrscheinlich auf Butchs Team, was für ein Amateur.
Ich umklammerte den Abzug und wenige Sekunden später fiel das Ziel tot in den Raum zurück, in dem er stand.
<Treffer> meinte Harper und suchte nach weiteren Zielen.
Jetzt schienen die feindlichen Rebellen mutiger zu werden und erschienen vor Butchs Trupp auf der Straße.
Sein Trupp ging sofort in Deckung und erwiderte das Feuer, während wir sie von oben unterstützten.
Das ging eine Weile so und es schien kein Ende zu nehmen.
Ich weiß nicht, wie viele Feinde ich an diesem Tag erschossen hatte aber es waren auf keinen Fall wenige.
Und es lief immer nach dem gleichen Schema ab, ein Ziel lief mir vor mein Zielfernrohr, dann ein paar kurze Angaben von Harper, die bei den Feinden am Boden, die dicht beieinander waren eigentlich unnötig waren und schließlich ein Schuss und

ein Treffer.
Es klingt zwar etwas zu selbstsicher und leicht angeberisch, es so auszudrücken, es war aber wahr, denn besonders ein gut ausgebildeter Scharfschütze konnte und durfte auch so etwas von sich behaupten, sie sind eine sehr verschworene Gemeinschaft und auch schon eine Elite für sich.
Nach einem längeren Gefecht beruhigte sich die Lage wieder auf den Straßen und Butchs Trupp verließ die Deckung, um weiter zu gehen, was auch für uns hieß, weiter zu gehen.
<Wir sehen euch nicht mehr> gab ich durch.
<Roger, wir sehen uns dann> kam nur von Butch zurück.
Ich klappte das Zweibein ein und stand auf.
Nach einem kurzen Strecken meines Rückens verließen Harper und ich das Dach und trafen Taylor und den anderen JTF2 Operator im Treppenhaus.
Beim Weg hinunter erschrak ich, ein lauter Schuss hatte sich gelöst.
<Shit!> rief ich und erhöhte mein Schritttempo.
Harper, Taylor und der Operator blieben dicht hinter mir.
Der Schuss hatte sich aus der Richtung gelöst, in die Butchs Trupp gegangen war, also gingen wir auch dorthin.
Über den Funk hörte ich nur ein Rauschen, das verhieß nichts gutes.
Es lösten sich weitere Schüsse, darunter Sturm- und Maschinengewehre, sowie mehrere RPG´s und wahrscheinlich auch ein großkalibriges Scharfschützengewehr.
Den Scharfschützen galt es als erstes auszuschalten.
Dafür bot sich ein Gebäude links von uns perfekt an, es war groß und schon leicht zerstört, wir konnten also in das angrenzende Gebäude springen, um dem Schützen näherzukommen.
So taten wir es dann auch.
Auf der sechsten Etage des Hochhauses war ein riesiges Loch in die Mauer gesprengt worden, und hatte einen perfekten Blick auf ein Wohnzimmer im nächsten Gebäude.
Wir nahmen Anlauf und sprangen hinüber.
Kurze Zeit hatte ich Herzklopfen und dachte ich würde durch einen dummen Zufall abstürzen aber nach wenigen Sekunden, in denen ich meine Flugbahn sah, verschwanden die Bedenken.
Wir landeten im Wohnzimmer, doch sicher waren wir nicht, denn sofort nach der Landung löste sich ein Schuss, weshalb ich mich zu Boden warf.
Ein feindlicher Schütze hatte uns im Visier, ebenfalls mit einem großkalibrigen Scharfschützengewehr bewaffnet.
Er musste sich auf der anderen Straßenseite befinden, was sich

durch das Glänzen seines ZF´s auch bestätigte.
Wir krochen langsam zur Tür des Raumes und immer wieder prasselten Bruchstücke der Wand auf uns herunter, der Schütze meinte es wirklich ernst.
An der Tür standen wir einer nach dem anderen auf und gingen weiter, bis Taylor plötzlich stehen blieb.
<Was ist Taylor, Bewegung!> rief ich gegen die lauten Schussgeräusche an.
<Geht ihr schon vor, ich krall mir diesen Schweinehund> erwiderte er selbstsicher und ging langsam in das Wohnzimmer zurück.
Ich nickte und ging mit Harper und dem Operator weiter.
Doch auch der Operator blieb nun stehen und wandte seinen Rücken zu uns.
<Shit, ich kann meinen Buddie da nicht einfach alleine lassen> meinte er nur, bevor er zu Taylor zurückrannte.
Und genau so etwas war es, was einen Soldaten stark machte, der Teamgeist.
Das war das allerwichtigste in unserem Job, nicht die Muskeln oder
die Intelligenz, es war der Teamgeist und das Vertrauen auf unsere Buddies, das uns zu dem machte, was wir sind.
Sofort, nachdem er zu Taylor gerannt war, gingen Harper und ich weiter, um uns um den zweiten Schützen zu kümmern.
Er musste sich irgendwo in diesem Gebäude befinden, da die Lautstärke der Schüsse mit jedem Meter, den wir voranschritten stieg.
Und da war er, einen Stock über uns hatte er sein Nest, wahrscheinlich mit einigen anderen Rebellen.
Ein paar waren uns schon vors Gewehr geraten, stellten aber kein Problem dar.
Wir gingen das Treppenhaus hinauf und standen an der Tür zur Wohnung.
Jetzt hieß es, den Schützen zu erledigen.
Wir stellten uns auf und warteten noch einen Augenblick, bis ich die Tür auftrat und Harper eine Blendgranate in den Raum warf.
Nach der Detonation rannten wir hinein und eröffneten das Feuer.
Der Feind konnte sich nicht rechtzeitig orientieren und formieren und wurde deshalb auch ohne weitere Probleme von uns erledigt.
Der erste Schütze war somit ausgeschaltet.
Auch das Feuer des zweiten Schützen war nicht mehr zu hören, Taylor hatte ihn also erledigt.

Aber das Problem war noch nicht gebannt, es waren immer noch viele feindliche Rebellen am Boden, die unsere Jungs beschossen.
Von diesem Gebäude aus hatte man eine perfekte Sicht auf die Straße, was wir auch nutzten, um Butchs Team mal wieder den Arsch zu retten.
Mit unserer Unterstützung mähte Butchs Team den Feind nieder.
Die letzten Überlebenden flüchteten in alle Himmelsrichtungen, was aber auch hieß, dass wir uns beeilen mussten, da sie Borodov bestimmt warnen würden.
Deshalb vereinbarten wir ein schnelleres Voranschreiten zum Zielort und schlossen uns am Boden auch wieder zusammen.
Unsere Arbeit als Scharfschützen war vorerst getan, weshalb wir unsere Gewehre wieder in den Taschen verstauten.
Laut den Geheimdienstinformationen, waren wir nicht mehr weit von Borodovs Unterschlupf entfernt, jedoch sollte sich auch dieser kurze Weg als große Herausforderung herausstellen.
Kurz vor dem alten Gebäude, wo Borodov sich versteckt hielt, als wir erneut in einen Hinterhalt von Heckenschützen gerieten.
Sofort liefen wir in Deckung und warteten ab, wie es weiter ging.
Stille kehrte langsam ein und sofort darauf erschallten von jeder Seite aus Explosionen, die uns zu Boden warfen.
Die Rebellen hatten die Straße zu Borodovs Unterschlupf mit USBV's versehen und nur auf uns gewartet.
Nach einer kurzen Orientierungslosigkeit hatten wir uns erneut formiert und versuchten uns in eine bessere Deckung zu begeben.
Harper, Logan, King und ich gaben dem Team der JTF2 Feuerschutz, während sie sich zu einer Mauer begaben.
Danach gaben sie uns Feuerschutz, damit wir uns sicher zu ihrer
Position begeben konnten.
An der Wand des linken Gebäudes hatten wir einen guten Schutz und konnten so auch unsere Angreifer gezielt ausschalten.
Aus mehreren Etagen des rechten Gebäudes hatten uns ebenfalls Scharfschützen und RPG Schützen ins Visier genommen, woraufhin wir gleich das Feuer eröffneten.
Sie zogen sich kurzzeitig in die Räume zurück, was uns die Chance bot, zum Gebäude vorzurücken, zumindest die Hälfte des Teams.
Butch ging mit mir, Harper, Logan und Taylor, während King

das Team der JTF2 zum rechten Gebäude führte und mit ihnen eindrang.
Wir gingen in das linke Gebäude, um die Rebellen zu neutralisieren.
Ein schwungvoller Tritt gegen die Tür und sie öffnete sich, so machten wir es mit jeder Tür, die uns im Weg stand und sofort danach eröffneten wir das Feuer auf jeden der sich bewegte.
Die Rebellen wurden jedes mal so von uns überrascht, dass sie kein Problem darstellten.
An der letzten Tür machten wir kurz Halt und überprüften unsere Magazine.
Jeder von uns lud nach und wir stellten uns dann nacheinander an der Tür auf.
Ich machte mich zum Vorstoß bereit, doch bevor ich die Tür auftreten konnte, warf sich Taylor auf mich und schrie <RUNTER!>
Mit einem dumpfen Knall fielen Taylor und ich auf den harten Boden.
Er konnte sich glücklich schätzen, dass er mir sympathisch war, sonst hätte ich ihm nachher bestimmt eine verpasst.
Er stand auf und reichte mir seine Hand, welche ich sofort ergriff.
<Danke Taylor, ohne sie wäre ich jetzt Schweizer Käse> meinte ich und versuchte die angespannte Situation etwas aufzulockern.
<Nichts zu danken Voodoo, Sniper Brüdern muss man doch zur Seite stehen> erwiderte er und hielt mir nun seine Faust hin.
Ich schlug ein.
Ich nahm eine Granate hervor, zündete sie und warf sie durch ein etwas größeres Loch in der Tür.
Mit der Detonation betraten wir den Raum und erschossen die Überlebenden ohne Gnade.
Das Gebäude war damit gesichert.
Auch das feindliche Feuer im rechten Gebäude milderte sich und verstummte nun gänzlich, anscheinend hatten es unsere Jungs etwa zeitgleich mit uns gesichert.
Unten auf der Straße trafen wir uns erneut und rückten nun endgültig zu Borodov vor.
Die Tür zum Gebäude war nicht verschlossen, jedoch entschieden
wir uns dafür, sie zu sprengen.
King und der Sprengstoffexperte der JTF2 setzten jeweils einen C4 Sprengsatz an der linken und rechten Tür und gingen zurück an ihre Position.
Wir alle traten einen Schritt zurück und warteten auf die

Detonation.
Kurz vorher sahen wir weg und sofort nach der Detonation rannten wir hinein und sicherten die Lobby, kein Feind war anwesend.
Schritt für Schritt und Raum für Raum durchsuchten wir das Gebäude, doch Borodov ließ sich nirgends auffinden.
<Tja, eins zu null für die militärische Aufklärung> meinte King spöttisch und rieb sich seinen Schnurrbart.
<Das kann nicht sein, Borodov war hier, wir haben ihn doch hier lokalisiert!> beteuerte Butch lautstark.
<Ja, er WAR hier Butch, er war hier> erwiderte ich.
Plötzlich hörten wir ein Geräusch, es kam von unterhalb der Lobby, doch was war es?
Nach einer gründlichen Durchsuchung des Raumes fanden wir unter einem alten Teppich eine Stahlluke, die in einen riesigen Tunnel führte, wahrscheinlich ein Bunkersystem unterhalb des Häuserblocks.
Ein perfekter Fluchtweg für einen gesuchten Kriegsverbrecher und Soldaten Anwerber.
Der Tunnel war dunkel, weshalb unsere NSG´s hier von großem Nutzen waren.
Wir klappten sie herunter und ich übernahm die Führung, Butch blieb dicht hinter mir.
Ich übernahm zwar gerne die Führung eines Trupps, jedoch war ich somit auch der Point man, der Soldat, welcher immer als erster einen Raum betritt und somit auch immer als erstes angeschossen werden kann.
Aber damit war ich zum Glück schon vertraut, da ich schon oft genug während meiner Laufbahn als SEAL (fast) dabei angeschossen wurde, ich hatte oft genug Glück gehabt.
Außerdem hatte ich während meiner Dienstzeit bei der DEVGRU schon oft genug als Pointman agiert.
Wir folgten dem Geräusch nun durch das ganze Tunnelsystem, welches wir ein unterirdisches Labyrinth verlief.
Doch schließlich standen wir vor einer schweren, verschlossenen Bunkertür aus verstärktem Edelstahl.
Dahinter hörten wir die vielen Schritte mehrerer Personen und ihr Gespräch.
Borodov musste bei ihnen sein.
Doch leider kamen wir mit Sprengsätzen bei so einer Panzertür nicht
weit, weshalb wir uns nicht durch diese, sondern durch eine der Steinwände hindurch sprengten.
Das klappte auch wunderbar und wenige Sekunden später waren wir Borodov wieder auf den Fersen.

Sie hatten jedoch einen großen Vorsprung, weshalb wir sie durch das ganze Bunkernetzwerk verfolgten, bis sie schließlich durch eine Leiter und einen Gullideckel wieder an die Oberfläche kamen.
Jetzt hatten wir sie, da sie das Hinaufsteigen der Leiter etwas bremste.
Einen Mann erschossen wir noch im Untergrund, als er gerade die Leiter herauf steigen wollte.
Oben angekommen, erschossen wir einen weiteren von Borodovs Bodyguards, welcher extra zurückgeblieben war, um uns zu erledigen, was für ein Trottel er doch war.
Borodov nahmen wir schließlich fest, als er sich gerade mit einem SUV aus dem Staub machen wollte.
Er fuhr rückwärts und machte eine schnelle Umdrehung, wobei er nun zu uns gewandt war.
Trotz erhobener Waffen, wollte er sich von uns keine Angst einjagen lassen und drückte heftig aufs Gaspedal, weshalb wir das Feuer eröffneten.
Unsere Kugeln trafen den Motorblock und der Wagen begann langsamer zu werden und zu stoppen.
Butch und ich rannten als erstes zu Borodov und forderten ihn auf, aus dem Wagen zu steigen.
Da er nicht wollte, „baten" wir ihn noch einmal „höflich", was einige blutige Flecken und eine gebrochene Nase in seinem Gesicht hinterließ.
Jetzt mussten wir ihn nur noch zur USS Whitney bringen, was sich jedoch nicht als leicht erweisen sollte.
Wir hatten uns auf einen Ort geeinigt, der genug Platz bot, wo uns ein Helikopter abholen konnte, doch auf dem Weg dorthin und auch auf dem Platz selbst gerieten wir in mehrere Hinterhalte der Rebellen.
Sie wollten Borodov wohl zurück haben.
Mit Glück entkamen wir jedem der Hinterhalte ohne Schaden und brachten auch noch ein paar Rebellen unter die Erde.
Am vereinbarten Platz, wir nannten ihn OP Falcon, gerieten wir erneut in ein Feuergefecht.
Hier hatten wir jedoch mehr Deckung und konnten uns auch besser behaupten.
Immer mehr Rebellen tauchten vor uns auf, kamen aus Gebäuden, feuerten aus Fenstern oder feuerten von dem umliegenden Dächern
aus.
<Shit, wie viele gibt es von den Bastarden!?> rief Taylor und wechselte auf sein Scharfschützengewehr.
<Viele, und es werden noch mehr, glaub mir!> erwiderte ich.

Ich fragte mich, wie wir dieses Feuergefecht überlebten, alle Feinde mitgezählt, waren sie uns bestimmt um ein hundertfaches überlegen und auch nicht gerade schlecht bewaffnet.
In einem normalen Fall hätten wir natürlich auf volles Risiko gespielt und auch noch massig Luftunterstützung angefordert aber da wir jetzt Borodov mitschleppen mussten, mussten wir langsamer machen und konnten uns auch nicht einfach ins Kreuzfeuer begeben.
Hier war nun also Geduld und Vorsicht angebracht.
Ich hatte Harper dazu angewiesen, Borodov die ganze Zeit bei sich zu führen und zu beschützen.
Das tat er dann auch, mit viel Gejammer, aber ich konnte es ihm auch nicht verübeln, denn ich hätte diesem serbischen Bastard auch lieber direkt eine Kugel verpasst, aber Befehl ist und bleibt Befehl und wir führten die uns aufgetragenen immer aus.
Nach einem kurzen Vorstoß blieben wir hinter einer dichten, etwa 1.20 Meter hohen Mauer in Deckung.
Sofort wandte sich mein Blick zu Harper und Borodov, um sicher zu stellen, dass sie es beide in einem Stück hier her schafften.
Die Mauer fing wegen des starken feindlichen Feuers stark an zu bröckeln und wir wussten, dass sie sich bald von uns verabschieden würde.
Ich war mir ab diesem Moment sicher, dass ich draufgehen würde, doch eine Funkmeldung der USS Whitney gab mir mehr Hoffnung.
<Reaper 0-1, hier USS Whitney, wir haben sie mit einer UAV im Blick, da unten ist ja ganz schön was los, sollen wir Luftunterstützung schicken?>
<Wäre verdammt nett von euch Jungs, die treten uns gerade nämlich ganz schön in den Arsch> erwiderte ich.
<Roger, verstanden, Luftunterstützung ist unterwegs, sie wird in etwa zwanzig Minuten eintreffen, haltet solange durch>
<Roger Whitney>
Der Funkkontakt endete, jetzt hieß es weitere zwanzig Minuten zu überleben, bis Hilfe kommt.
<OK, zwanzig Minuten meine Herren, dann sind wir hier raus!> rief ich mit einem leicht enthusiastischem Unterton.
<Roger, hoffen wir, dass wir solange durchhalten> rief Butch von meiner rechten Seite aus.
Ich fing allmählich an, immer weiter auf volles Risiko zu gehen, erhob mich für lange Zeit aus der Deckung und feuerte auf jeden

Rebellen, der mir ins Visier gerannt kam.
Dabei war es wirklich ein Wunder, dass mich die Feinde immer wieder verfehlten, oder sie schossen einfach nur grottenschlecht.
Doch trotz ihrer mangelnden Präzision machte sie ihre maßlose Überzahl gefährlich.
Zu allem Übel ging jedem von uns auch langsam die Munition aus.
Ich hatte noch ein einziges Magazin für mein Scharfschützengewehr und ein Magazin für mein H&K 416.
Beide schoss ich leer und war nun fast schutzlos.
<Bin leer!> rief ich schließlich und zückte meine Colt aus meinem Beinholster.
Ich schoss dessen Magazin auf eine Gruppe Rebellen, die auf uns zugerannt kamen, ab.
Ich nahm mein Gewehr wieder hervor und kurz darauf warf mir einer der JTF2 Operator ein volles Magazin zu.
Mit einem schnellen Nicken bedankte ich mich und schoss weiter.
<Letztes Magazin> rief Logan und lud nach.
Von links kam ein Rebell angerannt, eine AK mit einem Bajonett im Anschlag.
Ich versuchte ihn zu erwischen, musste mich jedoch erst auf eine feindliche Gruppe vor mir konzentrieren.
Mein Herz raste vor Angst, denn ich glaubte, dass es Logans letzte Stunde gewesen wäre, doch zum Glück konnte King rechtzeitig reagieren und den Feind niederschießen, bevor er Logan erreichte.
Ich konnte mir diese Situation nie selbst verzeihen, fast hätte ich einen meiner Schützlinge, einen meiner Brüder verloren, nur weil ich auf mein eigenes Leben acht gab.
Das widersprach jeglichen Grundsätzen der SEALs oder aller Special Forces, denn der Teamgeist ist das wichtigste, selbst wenn es bedeutet, sein eigenes Leben hinter das der Kameraden zu stellen.
Jetzt kam der entscheidende Zeitpunkt, unser Munition ging uns aus, lediglich ein paar Patronen waren zwischen uns und unserem Tod.
Es tauchten erneut Feinde auf und ich dachte es wäre aus, doch ein lautes Grölen riss mich aus meinen Gedanken.
Es waren Helikopter, unsere Helikopter.
Zwei Huey's der Marines flogen über unsere Köpfe hinweg und einer eröffnete mit seiner Minigun das Feuer auf die feindlichen Rebellen.
Der andere setzte Soldaten auf einem der umliegenden

Gebäude ab, die sich nun zu uns vorarbeiteten, um uns aus der Scheiße zu ziehen.
Einige Augenblicke später öffnete sich hinter uns eine Tür, jedoch wagte sich keiner von uns, sich umzudrehen.
Plötzlich tippte mir jemand auf die Schulter, weshalb ich mich umdrehen musste.
Es war ein Delta Operator, einer von Harpers Jungs.
<Hey Jungs, schön euch zu sehen> sagte ich zu ihm.
<Klar, immer wieder eine Freude, euch SEALs den Arsch zu retten> erwiderte er und eröffnete das Feuer auf die Feinde vor uns.
Diese zogen sich nun zurück, da sie wussten, dass wir, mit den Helikoptern auf unserer Seite, zu stark waren.
Das Feuer milderte sich und verstummte schließlich, unser Zeichen zu verschwinden.
Gemeinsam gingen wir alle zurück auf das Dach, wo der Helikopter eben Harpers Männer abgesetzt hatte und warteten auf die Evakuierung.
Beide Hueys landeten auf dem Dach und nahmen uns auf.
Gemeinsam brachten uns die Helikopter nun zur USS Whitney, wo wir Borodov zum Verhör bringen konnten.
Auf dem Deck des Schiffes empfingen uns drei Marines, die uns die miese Ratte abnahmen und unter Deck brachten.
Auch der Admiral des Schiffes erschien auf dem Deck, um uns persönlich zu beglückwünschen.
<Sehr gute Arbeit da oben Commander, sie haben einen großen Dienst für ihr Land geleistet> meinte er stolz und reichte mir seine Hand.
<Ja, das höre ich öfters, aber ich bin nicht der einzige, dem dieses Kompliment gebührt, jedem meiner Männer, den Operators der JTF2 und auch den Delta Operators hier, gebührt ihr Dank> erwiderte ich und trat einen Schritt zurück.
Sogleich ich dies gesagt hatte, schüttelte der Admiral jedem der hier anwesenden die Hand und beglückwünschte sie ebenfalls.
Der Admiral musste nun zurück auf die Brücke, es gab wohl eine dringende Nachricht für ihn.
Auch wir verschwanden nun alle unter Deck, um uns erst einmal von all den Strapazen der Operation zu erholen und etwas zu essen.
Leider war die Verpflegung auf dieser Fregatte zweitklassig, oder die Vorräte gingen einfach nur zur Neige, ich hatte nicht nachgehakt.
Nur schwerlich bekamen wir den Kantinenbrei hinunter, doch etwas essen mussten wir.
Wir saßen an getrennten Tischen und Harper verbrachte die

meiste Zeit damit, mit seinen Jungs zu reden.
Ich nutzte die Zeit um mich genauer mit Taylor zu unterhalten und ihn besser kennen zu lernen.
<Und Taylor, wie lange sind sie jetzt schon bei der Joint Task Force 2?> fragte ich.
<Puh, das sind jetzt beinahe acht Jahre> erwiderte er stolz und sah
seine Jungs an.
<Wow, das ist eine gute Zeit Taylor, Glückwunsch> war meine Antwort, worauf er mich fragte, wie lange ich denn jetzt schon ein SEAL war.
<Zwölf> war meine Antwort.
<Wow, ebenfalls Respekt Voodoo> entgegnete er mit Erstaunen.
Wir redeten noch lange miteinander und mit jeder Minute wurde Taylor mir sympathischer.
Er war außerdem ein Rätselfreak und kannte auch wirklich verdammt gute Rätsel.
Zum Beispiel: „Ein Mann erhängt sich in einem Hotelzimmer. Jedoch ist kein einziges Möbelstück in dem Zimmer und der Raum ist zu hoch, um einfach so an die Decke zu kommen, wie hat er es geschafft sich zu erhängen?"
Um die Sache etwas spannender zu machen, wetteten wir alle um 20 Dollar, dass wir es lösen konnten.
Einen kleinen Tipp gab er uns: es geht nur in sehr warmen Ländern.
Dieses Rätsel beschäftigte mich einige Minuten, bis ich schlussendlich aufgab und um eine Lösung bat.
Auch King und Logan gaben auf und warteten gespannt auf die Lösung.
Taylor sah uns an und lächelte.
<Tja meine Herren, wenn ich sie vorerst zur Kasse bitten dürfte> meinte er hämisch und hielt seine Hand offen auf den Tisch.
Jeder von uns zahlte wie abgemacht 20 Dollar und bat um die Lösung.
<Er hat den Zimmerservice um einen Eisklotz gebeten, ist auf ihn gestiegen, hat das Seil an der Decke befestigt, sich das Seil um den Hals gelegt und gewartet bis der Eisklotz schmilzt> erklärte er.
Wir alle fluchten und fingen lautstark an zu lachen.
<Du bist'n Arsch Taylor> meinte Butch spaßig, als er Taylor seine 20 Dollar in die Hand drückte.
Doch der Spaß legte sich, als einer der kommandierenden Offiziere der Whitney in die Kantine kam und uns bat, ihn zu

begleiten.
Borodov war bereit zum Verhör.
Im Verhörraum saß er, seinen starren Blick auf den grauen Tisch vor sich gerichtet.
<Wer will als erster hinein?> fragte der CIA Offizier.
<Ich gehe, Taylor, Butch, ihr begleitet mich> meinte ich stur und ging blitzartig in den Raum.
<Ah, da kommt ja endlich jemand, um mir Gesellschaft zu leisten, haben sie mir auch Pelmeni mitgebracht, so wie ich einen ihrer Marines, der mich hier herein gebracht hat, gebeten habe?> war sein
erster Satz, als er das Maul aufmachte.
Das war sein erster Fehler, mich nach dieser ganzen Scheiße in Sarajevo noch wütender zu machen.
Taylor jedoch hielt mich zurück, wofür ich ihm sehr dankbar war.
<OK, Borodov, es gibt von jetzt an zwei Möglichkeiten, entweder...> fing ich an worauf Borodov mich unterbrach.
<Entschuldigen sie Soldat aber glauben sie im allen Ernst, dass Siderov mich nicht vorgewarnt hat?
Ich werde nichts sagen, egal was sie mit mir anstellen.> sagte er, was mich erneut wütend machte.
Jetzt ließ auch Taylor von mir ab, sodass ich ihm eine verpassen konnte.
Borodov blieb hart, mehrmals hatte ich seinen Kopf während des Verhörs auf den Tisch gehauen und er sprach immer noch nicht.
Ich gab es auf, verließ den Raum und knallte die Tür zu, sollten sich doch unsere geliebten CIA Verhörspezialisten mit dieser Ratte befassen.
Doch meine Wut linderte sich wieder, als ich diesen Drecksack nicht mehr sehen musste und zu aller Freude traf ich einen alten bekannten wieder.
Es war ein alter College Freund von mir und gleichzeitig auch Marine, Sebastian Rower.
Er erkannte mich sofort und kam auf mich zu.
<Derek, bist du es wirklich?>
Er umarmte mich brüderlich.
<Du bist es, verdammt nochmal ich freue mich so dich zu sehen, du hast dich kaum verändert>
<Danke du auch nicht Sebastian, ich freue mich auch dich wiederzusehen>
<Was macht ihr hier Derek?> fragte er.
<Siehst du diesen Mistkerl im Verhörraum?>
<Ja, Borodov oder, wir wurden schon alle informiert, habt ihr

etwas aus ihm herausbekommen?>
<Nein Bruder, leider nicht, die CIA kann ihn übernehmen> entgegnete ich
<Oh nein, wir kümmern uns um ihn, diese Anzugschnösel haben da drin nichts verloren>
Und genauso meinte er es auch, er bat den leitenden Offizier darum, das Verhör selbst in die Hand zu nehmen, was ihm jedoch verwehrt wurde.
Trotzdem wollte Sebastian nicht aufgeben und machte mir das Angebot, nachts ein Verhör zu starten, wenn niemand da ist.
Aus Trotz und Hass auf Borodov stimmte ich dummerweise zu.
Die Idee hätte mich meinen Job kosten können, wenn jemand uns erwischt hätte, jedoch machte ich mir damals keine Gedanken darum.
Als alle auf dem Schiff schliefen, die Wachposten ausgenommen, schlichen wir uns zum Verhörraum.
Gegen seine Bitte, nahm ich jedoch meine Jungs, sowie Taylor, Butch und seine zwei Männer mit.
Wir alle hatten Borodov unter den schlimmsten Bedingungen erwischt, als hatten alle von ihnen auch das Recht, bei dem Verhör anwesend zu sein.
Im Verhörraum schmiss Sebastian Borodov aus seiner kleinen engen Schlafkuhle und drückte ihn zu Boden.
Danach ließ er ihn aufstehen und schlug ihn mit voller Wucht gegen die Wand.
Ich versuchte ihn zu bändigen aber Sebastian war nicht aufzuhalten, bis er sich darauf einließ, seine Schläge und Tritte erst einmal ruhen Borodov, welcher noch ganz angeschlagen war, blieb jedoch wie heute Nachmittag stur und verriet nichts.
Jedoch machte mir irgendetwas zu schaffen, etwas an seinem Blick, jedes mal wenn er Sebastian ansah, so als würden sich die beiden schon kennen.
Wahrscheinlich bildete ich mir das nur ein.
Borodovs Sturheit nagte langsam auch an Sebastians Geduld und so war er schlussendlich nicht aufzuhalten.
Er zog ein Messer aus seinem Stiefel und griff Borodovs rechte Hand.
Diese schlug er nun mit voller Wucht auf den Tisch und hielt sie dort fest.
Dann setzte er sein Messer an und schnitt ihm eiskalt seine Hand ab.
Borodov schrie vor Schmerz und gleich im Anschluss hatte er seine linke Hand verloren.
So kannte ich Sebastian nicht, er hatte sich verändert.
Er wurde zu einem Psychopathen.

Ich versuchte ihn aufzuhalten, doch seine Methode wirkte, Borodov begann zu singen wie ein Vogel.
<Okay, okay ich rede, ich rede!!!> reif er mit Tränen unterlaufenden Augen.
<Also, wo ist Siderov und was hat er vor?> fragte ich gerade heraus.
<Siderov versteckt sich in seinem Hauptquartier in...> begann er, worauf sich Sebastian vor ihn stellte.
<So, das war ja ein lustiges Spiel Borodov aber ich glaube du das reicht> meinte er und hielt Borodov seine Pistole, welche komischerweise schallgedämpft war, an den Kopf.
Gnadenlos und ohne mit der Wimper zu zucken drückte er den Abzug und verteilte Borodovs Gehirn an der Wand.
<Sebastian, was zur Hölle...!!!> rief ich.
<Sorry Derek aber Siderov zahlt gut und wir wollen doch nicht, dass ich nur wegen so einer Ratte meinen Gehalt verliere...Es ist nicht persönlich gemeint, aber...>
Nun hielt er mir seine Pistole entgegen und spielte am Abzug.
Ich versuchte seinen Arm zu greifen, wobei er jedoch auswich und mir seinen Pistolengriff in den Nacken haute.
Er zielte wieder auf mich und drückte den Abzug.
Der Schuss löste sich, doch ich war noch am Leben.
Taylor hatte ihn von hinten umklammert und seinen Schuss somit zur Decke gelenkt.
Jedoch steckte Taylor jetzt in Schwierigkeiten.
Sebastian war ein Nahkampfspezialist, er beherrschte fünf Kampfsportarten wie ein Meister, darunter Jiu Jitsu, Wing Tsun, Kickboxen, Taekwondo und Krav Maga.
Ich war zwar auch nicht schlecht im Nahkampf und beherrschte Krav Maga und auch dank Dmitri russisches Systema tadellos aber gegen Sebastian hatte ich noch nie eine Chance gehabt, da er wusste wie man die verschiedenen Kampfarten kombinieren konnte und damit schwer einzuschätzen war.
Ich versuchte aufzustehen aber ein Schlag mit dem Pistolengriff war nicht so einfach einzustecken wie man es sich vorstellen wollte, es ließ einen schon ein paar Sternchen sehen.
Aber da ich Angst um Taylor und die anderen hatte und mein Körper gerade deshalb von Adrenalin durchflutet wurde, stand ich auf und ging auf Sebastian los.
Es war ein Kampf einer gegen acht aber Sebastian hielt erstaunlich lange durch.
Irgendwann aber, als er sich gerade auf mich konzentrierte und mich zu Boden warf, nutzte Butch seine Chance und griff Sebastian von hinten.

Taylor, der schwer verletzt am Boden lag, aber nicht aufgeben wollte, stand als erster von uns auf und schlug ihm mehrfach in die Magengrube.
Butch ließ Sebastian los und Taylor schlug gnadenlos hintereinander zu, bis Sebastian Blut spuckte.
Schlussendlich ging er mit einem harten Aufprall zu Boden, Taylor trat jedoch nach.
Er war ein verdammt harter Hund, ihm wollte man nicht nachts auf der Straße begegnen.
Er wurde mir wirklich immer sympathischer.
Wir alle waren von Sebastian blutig geschlagen worden, irgendwie peinlich, wenn man bedachte, dass wir mehrere und auch Mitglieder von Tier-1 Spezialeinheiten waren aber zum Glück war diese Strapaze nun vorbei.
Etwa zeitgleich mit dem Ende des Kampfes erreichten uns auch einige Marines in Begleitung des kommandierenden Offiziers und des leitenden CIA Agents.
Beide waren bei diesem Anblick nicht erfreut, ein toter Gefangener, acht verdroschene Tier-1 Operator und ein fast toter Marine.
Wir versuchten es zu erklären, jedoch ohne Erfolg.
Die beiden Vorgesetzten schenkten uns kein Gehör, bis Butch richtig aufdrehte und lauter gegenüber unseren Vorgesetzten wurde.
Er schilderte ihnen den gesamten Verlauf des Verhörs uns Sebastians Verrat.
Wir unterstützten Butch und gaben immer tiefere Details, bis uns die beiden Vorgesetzten glaubten.
Und da Sebastian anscheinend schon des öfteren psychisch labil aufgefallen war, glaubten sie uns schlussendlich gänzlich und führten ihn ab.
Das Problem war jetzt nur, dass die ganze scheiß Operation für die Katz war, Borodov war tot und wir hatten keine Informationen über Siderovs Verbleib oder seine Pläne.
Wie konnte ich das nur Wittford, Morgan und Diaz erklären?
Irgendetwas musste ich mir einfallen lassen.
Aber zuerst gingen wir mit den Offizieren das ganze Geschehen für einen Bericht durch und dabei beschleichte mich immer wieder das Gefühl, dass sie das nur taten, um es gegen uns verwenden zu können.
Sofort nach dieser „Besprechung" gingen wir hinauf auf das Flugdeck, um von diesem Schiff zu verschwinden.
Ein Helikopter sollte uns zurück nach Dam Neck bringen.
Nach fünf Minuten Wartezeit, waren zwei Blackhawks Einsatzbereit und luden uns auf.

Der Flug zog sich eine ganze Weile hin, was uns nach diesem ganzen Mist mit Borodov langsam aggressiv machte.
Ich war noch nie so froh in meinem Leben, als die Helikopter landeten und ich auf dem Landeplatz der Kaserne stand.
Ich hätte wirklich den mit Kies und Schotter bedeckten Boden küssen können, so glücklich war ich.
Doch nun kam auch der traurige Abschied von unseren guten kanadischen Kameraden.
Butch kam geradewegs auf mich zu und reichte mir seine Hand.
Ich schlug ein und wünschte ihm alles Gute und hoffte auf ein baldiges Wiedersehen.
Nacheinander verabschiedeten wir uns von Butchs Männern.
Taylor kam zum Schluss dran.
Während Butch und seine Jungs schon zum Flugzeug gingen, sprachen Taylor und ich noch kurz ein paar Worte zum Abschied.
<Also Voodoo, jetzt heißt es auf Wiedersehen> meinte Taylor und
hielt mir seine Hand hin.
<Ja, ein trauriger Abschied Taylor, es ist schwer, einen so verdammt guten Scharfschützen wie dich einfach ziehen zu lassen> erwiderte ich und erwiderte seinen Handschlag.
<Taylor, Jemanden wie dich könnte ich wirklich sehr gut in meinem Team gebrauchen.
Wie wär's? Schließ dich doch der AFO Reaper an> bot ich an und gab ihm ein erwartendes Lächeln.
<Ein reizendes und verlockendes Angebot, aber ich muss leider ablehnen, die JTF2 ist meine Familie, trotzdem vielen Dank> antwortete er und lachte mich an.
Ich erwiderte sein Lachen und packte ihm mit meiner freien Hand auf die Schulter.
<Alles klar, das ist auch gut so, aber denk dran, unsere Tür steht dir immer offen>
<Danke Voodoo, alles Gute und man sieht sich> sprach er schließlich und rannte zur startbereiten Frachtmaschine.
Schade eigentlich, ein so fähiger Soldat wie er wäre eine wahre Bereicherung für das Team geworden aber er hatte trotzdem meinen Respekt, da er zu seiner Einheit stand und diese auch wie wir als „Familie" sah.
Nachdem das Flugzeug gestartet war, gingen wir gemeinsam in Richtung von Captain Wittfords Büro, um ihm die Lage zu schildern, jedoch kam er uns zuvor und lief uns entgegen.
<Commander, auf ein Wort!> rief er in einem rauen Ton.
<Ja, Sir!> entgegnete ich und ging einen Gang schneller.

<Ich wurde eben von dem leitenden Agenten der CIA auf der Whitney kontaktiert, was ist dort geschehen?> fragte er so einen Ton einschlug, dass ich dachte, er würde mir gleich meinen Kopf abreißen.
So wütend hatte ich ihn seit Ewigkeiten schon nicht mehr gesehen.
<Captain, wir haben Borodov geschnappt und zur Whitney gebracht.
Bei dem Verhör entpuppte sich eine enger damaliger Freund und Marine als Verräter und brachte ihn um, bevor wir etwas aus ihm herausholen konnten> erklärte ich, worauf mich Wittford mit einem weiteren ernsten Blick ansah.
<Das weiß ich, nur warum haben sie ein eigenwilliges Verhör gestartet?>
<Ich weiß nicht, Captain, ich habe nicht darüber nachgedacht, ich hatte nur die Chance, Siderov endlich schnappen zu können, im Kopf und habe nicht über mögliche Folgen oder Risiken nachgedacht.
Ich übernehme die volle Verantwortung über meine Taten>
<Commander, es ist zwar äußerst schade, dass wir solche wichtige Informationen verloren haben, aber ich kann sie verstehen...deshalb geben sie sich nicht selbst die Schuld, niemand konnte das mit Private Rower erahnen>
<Wer weiß, vielleicht bekommen wir ja aus ihm Informationen heraus, ich habe der CIA die Bewilligung erteilt, jede gewünschte „Verhörmethode" einzusetzen, um Informationen zu sammeln> erklärte er und sah mich mit einem aufmunternden Lächeln an.
Auf Captain Wittford konnte man sich immer verlassen.
<Also gut ruhen sie sich aus Soldaten und jetzt wegtreten!> befahl er und zwinkerte mir zu.
<Sir, ja, Sir> erwiderten wir und gingen zu unserer Stube.

Kapitel 17: DEVGRU-Gold Team

Nach der ganzen Scheiße in Sarajevo und auf der Whitney saßen wir etwa um die zwei Monate auf der Basis fest, ohne irgendeinen Auftrag.
Das war für uns das schlimmste, wir wussten, dass dort draußen Krieg herrschte, in dem wir mitkämpfen durften, hatten aber keine Chance versetzt zu werden.
Aus Verzweiflung hatte Logan sogar bei seinem Team, welches übrigens wieder in den Irak versetzt wurde, nachgefragt, ob sie nicht seine Hilfe brauchten.
Die brauchten sie momentan unglücklicherweise nicht.
Wir hockten in unserer Stube herum, tranken Bier oder Kaffee, spielten Poker, natürlich ohne Wetteinsatz, offiziell gesehen oder vertrieben uns die Zeit mit Einsatzübungen oder ein paar Runden im Boxring gegeneinander.
Doch auch das wurde immer mehr zur Gewohnheit, bis sich schließlich etwas neues anbot.
Als wir wieder einmal in der Stube hockten, klopfte es plötzlich an der Tür.
<Herein!> reif ich.
Langsam öffnete sich die Tür und beim Anblick unseres Besuchers erschrak ich leicht.
Es war Taylor.
Was wollte er hier? Müsste er nicht bei seinem Team sein?
Die Fragen schwirrten mir nur so durch den Kopf, bis King sich als erster von uns traute und ihn nach den Gründen seiner Anwesenheit fragte.
<Das Angebot> antwortete er.
Keiner von uns verstand.
<Na dein Angebot Voodoo, ich nehme es an, ich möchte Reaper beitreten> erklärte er, wodurch sich ein riesengroßes, breites Lächeln in meinem Gesicht abzeichnete.
<Taylor, du verarschst mich oder?> fragte ich und sprang von meinem Stuhl auf.
<Nein, ich meine das ernst, ich habe schon mit Butch drüber gesprochen und mich schon bei eurem Vorgesetzten, Captain...ähm...Will...>
<Wittford> sprach Logan.
<Ah ja, Captain Wittford, danke> entgegnete er.
<Ich habe mich schon bei ihm gemeldet und er hat nichts dagegen, wie steht´s mit euch?>
Taylor, du bist 100%ig drin> antwortete ich mit Stolz.
Er freute sich tierisch und wir ebenso.
Doch bevor er sich wirklich unserem Team anschließen

konnte, mussten wir ihn einige Lehrgänge durchgehen lassen.
Das mussten Logan und Harper ebenfalls über sich ergehen lassen, auch wenn es eigentlich nur ein erweiterter Schwimmtest der SEALs war.
Daneben schloss sich noch eine kurze Überprüfung seiner Reflexe, einer Hand to Hand Combat Übung mit King und mehrere Tests seiner allgemeinen Fitness an.
Er hielt wie wir alle nicht sehr lange gegen King im Nahkampf durch, King war einfach ein Tier, ein Koloss, den man nicht besiegen konnte.
Ein Kinnhaken oder Uppercut von ihm und man lag auf der Matte und sah Sternchen.
King war ja schon bei der Navy, also hatte er diese Ehre leider nicht, noch einmal ein erweitertes Fitnessprogramm ausführen zu müssen.
Aber bestimmt hätte er uns alle in den Schatten gestellt.
Das zog sich auch zwei Monate hin, doch Taylor bestand mit Bravur, wir hatten einen neuen Reaper.
Er stach besonders beim Schießtest heraus.
Seine Präzision war tadellos, besonders beim Schießen mit der Pistole war er ein wahrer Meister.
Er übertraf mich dabei bei weitem.
Er passte sich perfekt an unser Team an, ein lautloser Profi wie wir.
Wir waren jetzt also zu fünft, doch leider gab es immer noch nichts zu tun, was uns wieder in eine leichte Depression mit begleiteter Aggression verfielen ließ.
Ich erklärte Taylor währenddessen unsere Privilegien, was unsere Ausrüstungswahl anging, was in auf eine gewisse Weise in Erstaunen versetzte.
<Mein Gott, ihr Jungs habt es gut, wir hatten nur unser Colt Canada Diemaco 8, das wir selbst modifizieren konnten und zwei Scharfschützengewehre, aus denen wir wählen konnten> erklärte er spöttisch.
<Tja Taylor, jetzt gehörst du zu uns und hast freie Wahl, du kannst dir drei Waffenpakete zusammenstellen, alles was auf dem internationalen Waffenmarkt der NATO verfügbar ist>
Ich führte ihn zur Waffenkammer, wo unser Waffenwart schon ungeduldig wartete.
<Hey Scott, das ist Taylor, unser neues Mitglied, er braucht neue Waffenpakete, kümmer dich gut um ihn> bat ich unseren Waffenwart und ging zur Stube zurück, Taylor war ja schon groß und man musste ihm nicht über die Schulter schauen.
Es dauerte eine Ewigkeit, bis er zurückkam, doch schließlich betrat er die Stube mit zwei vollen Taschen und ging in

Richtung unserer privaten Waffenkammer, um alles abzulegen, doch wir hielten ihn vorher auf.
<Jungblut, nicht so schnell, zeig her, was du hast!> rief Logan.
Taylor setzte sich und öffnete die Taschen.
Die Waffen breitete er auf dem Tisch aus und wir betrachteten jede davon genauestens.
Sein erstes Waffenpaket bildete sein neues Scharfschützengewehr, ein halbautomatisches SL9 Scharfschützengewehr des deutschen Top Herstellers Heckler und Koch, ein weiterer Sympathiepunkt für Taylor, weil er Geschmack hatte.
Das Gewehr hatte einen Schalldämpfer an seinem modifizierten Lauf angebracht und war als DMR anzusehen, da er ein Mittelstreckenzielfernrohr des Modells PSO, mit 10 facher Vergrößerung angebracht hatte.
Außerdem war über dem Zielfernrohr ein kleines Reflexvisier angebracht, für Kämpfe auf kurze Distanzen.
Es hatte ein Zweibein und eine Ready Mag Halterung an der linken Seite.
Für den offenen Landkampf war hinter dem Zweibein ein Vordergriff angebracht.
Seine Zweitwaffe bildete eine Glock 17 mit Schalldämpfer und einem Griff aus Aluminium.
Als zweite Primärwaffe besaß er eine H&K UMP Maschinenpistole im Kaliber 45. ACP, welche mit einem Vordergriff und einer Ready Mag Halterung ausgestattet war.
Den Standartschaft hatte er durch einen Knochenschaft ausgetauscht und am Lauf hing ebenfalls ein Schalldämpfer.
Den Lauf hatte er durch einen schwereren, jedoch kürzeren 24 Zoll Lauf ausgetauscht, um in Häuserkämpfen einen Vorteil zu haben.
Er trug eine offene Visierung auf der Waffe, zwar nicht mein Fall, aber jedem das seine.
Für den langen Distanzkampf hatte Taylor sich ein APR, der schweizerischen Waffenfirma Brügger&Thomet, welches er im Kaliber 338. Lapua Magnum führte, ausgesucht.
Ich persönlich kannte mich zwar mit Scharfschützengewehren aus, aber diese Gewehr war mir völlig neu.
Aber Taylor schien es zu mögen und er konnte damit umgehen, also warum sollte ich ihn hinterfragen.
Das Gewehr besaß ein Langstreckenzielfernrohr, ebenfalls des Modells PSO, jedoch mit 24 facher Vergrößerung, so wie das, meines M-86.
Ein Zweibein und ein Schalldämpfer waren angebracht, sowie eine Patronenhalterung am Schaft.

Der Griff war aus Aluminium, für ein besseres Haltegefühl.
Als zweite Sekundärwaffe hatte er sich einen Smith & Wesson 60
Revolver, im Kaliber 357 Magnum, mit einem 3 Zoll Lauf und einem rutschfesten Carbongriff ausgesucht.
Eine Waffe mit viel Wucht und sehr effektiv auf kurze Distanzen.
Alles in allem eine ordentliche Zusammenstellung und das sagte
schon einiges über einen Soldaten, gerade über einen Tier-1 Operator , aus.
Tayor war also mehr der präzise, ruhige Schütze, da keine seiner Waffen, bis auf die UMP, einen vollautomatischen Modus besaß.
Das mit der Ausrüstung war nun geklärt, doch saßen wir immer noch tatenlos auf der Kaserne fest, bis unser Glückstag kam, denn auf dem Weg zum Killhouse, um Taylors neue Waffen auszuprobieren, trafen wir auf Dingo und Patron, die mit voller Ausrüstung in Richtung des Flugfeldes gingen.
<Hey Dingo!> rief ich.
<Voodoo, hey du Drecksack> entgegnete er.
<Na du Sackratte, wo geht es denn hin?>
<Eine Operation in Afghanistan, General Morgan hat uns angefordert> erklärte er.
<Ah, verstehe, ihr braucht nicht zufällig Verstärkung?> fragte ich hoffnungsvoll und klimperte mit meinen Augen.
<Klar, wieso nicht, Big Dog freut sich über jede Hilfe, die er bekommen kann, holt eure Sachen und kommt zum Flugfeld> befahl er und ging weiter mit Patron zum Flugfeld.
Die ganze Zeit über schauten mich meine Jungs komisch an und ich verstand einfach nicht warum.
Schlussendlich sprach Logan mich an und fragte mich, warum Dingo und ich uns solche Beleidigungen an den Kopf warfen.
<SEALs> antwortete ich <SEALs>
<Ah, verstehe, so eine Art Ritual> sprach er vor sich hin, worauf ich nur zustimmend meinen Kopf schüttelte.
Wir holten unsere gesamte Ausrüstung und gingen zum Flugfeld.
Eine riesige Ansammlung von SEALs war anwesend und ich kannte den Großteil von ihnen.
Nur einige von ihnen waren neue Gesichter, Jungblüter wie ich annahm.
<Hey Big Dog, ist das ganze Gold Team dabei?> fragte ich verblüfft.
<Ah Voodoo, ja klar, wenn schon, dann alle, wir wollen ja

nicht, dass meine Jungs hier so ohne Operation vergammeln, so wie ihr> meinte er und sah mich spöttisch an.
<Fick dich> entgegnete ich und zeigte ihm meinen Mittelfinger.
Mit unserem 45 Mann Platoon stiegen wir in die C130 Hercules und warteten auf den Start.
Als wir in der Luft waren, nutzten wir wieder die Zeit, um vor der Operation etwas auszuspannen.
Mehrere Jungs hatten sich Badmintonschläger und Federbälle mitgenommen, um im Flugzeug etwas zu spielen, Patron hatte sich
einen kleinen Gameboy und Kick sich ein Buch zum Lesen mitgenommen.
Ich schaute mich um, um mir all die Dinge zum Zeitvertreib anzusehen, bis ich eine kleine Bibel in Taylors Händen sah.
Ich war erstaunt, denn das hätte ich nie im Leben von Taylor gedacht.
Aber seine Gläubigkeit in Ehren, ich hatte großen Respekt davor.
Der Flug zog sich leider in die Länge, aber das kannten wir alle ja schon.
Die Freude war wieder einmal groß, als wir auf dem Luftwaffenstützpunkt in Bagram ankamen.
Das Flugpersonal ließ die Container mit unserer Ausrüstung aus dem Flugzeug bringen, während wir uns schon einmal bei General Morgan meldeten.
Wir alle versammelten uns um den Kartentisch und schauten darauf.
Der General blickte zu uns hoch und drückte seine Zigarre aus.
<Commander?> fragte er und sah mich überrascht an.
<Was tun sie hier?> <Wir unterstützen Big Dog und das Gold Team>
<Hmm...na schön, ich bin über jeden Mann froh, der professionell handeln kann>
Er zeigte auf Satellitenbilder und auf die weit ausgebreitete Landkarte.
<Meine Herren, seit mehreren Monaten schon greifen Talibankämpfer US Army und Marine Corps Konvois entlang dieser Straßen an.
Wir vermuten, dass sich die Taliban das alte Höhlensystem bei Tora Bora wieder angeeignet haben>
<Ich dachte das Höhlensystem wurde nach Operation Anaconda und Operation Tora Bora zerstört> warf Patron ein.
<Das ist nicht 100%ig korrekt Soldat, das Höhlensystem erlitt gravierenden Schaden und wir dachten, dass die Taliban diese

deswegen meiden würden...war ein Irrtum, nun lautet ihr Auftrag: Höhlensystem ausfindig machen, eindringen und jeden Taliban erledigen, der ihnen vor den Lauf läuft, dann Sprengladungen innerhalb des Systems anbringen und es ein für allemal zum Einsturz bringen> befahl er und ließ uns wegtreten.

Auf dem Weg zur Ausrüstungskammer sprach ich mich noch etwas mit Big Dog ab.

<Big Dog, also, wie machen wir das, stürmen wir alle gemeinsam rein oder wie?> fragte ich.

<Nein, ich hab gehört, du hast ein neues Mitglied, einen Scharfschützen> <Also gehe ich mit der Hälfte des Gold Teams rein,
die andere Hälfte bleibt als Extraktionsteam in Stellung und ihr unterstützt uns als Scharfschützen, etwa 750 Meter von unserer Einsatzposition entfernt>

<Alles klar, das schaffen wir> antwortete ich selbstsicher und schlug mit ihm ab.

Die genaue Aufteilung der Teams nahmen wir früher schon immer den Abend vor der Operation vor, Big Dog änderte auch nichts daran.

Nun hatten wir insgesamt einen ganzen Tag, um uns vorzubereiten und unser genaues Vorgehen zu planen, wobei ich Big Dog den größten Teil der Planung überließ.

Das hieß aber nicht, dass ich meine „Ideen" und „Kommentare" zurückhielt.

Auf unserer Stube besprach ich mich mit meinen Jungs über unsere Rollen in dieser Operation.

Da Taylor und ich die einzigen beiden voll ausgebildeten Sniper im Team waren (Harper wurde während seiner Ausbildung zum Delta Operator auch leicht an DMR´s mit Zielfernrohr und einigen wenigen Geradezugverschluss Scharfschützengewehren ausgebildet), übernahmen wir auch diese Rolle.

Harper spielte meinen und Logan spielte Taylors Spotter.

King deckte unseren Rücken mit seinem MG.

Wir erhielten für diese Entfernung zwei Kaliber 50. Scharfschützengewehre des Modells Barrett M82A1 oder auch „light fifty" genannt.

Ich persönlich schoss gerne damit, da es einfach sehr präzise war und auch sehr großen Schaden anrichten konnte, sowohl gegen Menschen, als auch gegen Fahrzeuge.

Jedoch hatte ich nicht so oft die Chance, das Gewehr einzusetzen, wie ich es gerne wollte, da es unsere Operationen früher bei der DEVGRU und auch jetzt bei Reaper fast nie

benötigten.
Jetzt hieß es nur noch auf das „GO" zu warten, was schließlich auch mit etwas Verzögerung erteilt wurde.
Ein hoch auf Washington und seine schnelle Entscheidungen.
Für die Operation wählte ich wie üblich mein H&K 416, ein Barrett M82A1 bekam ich von der Kaserne bereitgestellt.
Harper wählte sein FN Scar-H Sturmgewehr, Logan wählte seine
IMI UZI, King wie oft sein SAW und Taylor nahm sein neu erworbenes H&K SL9 mit.
Er bekam ebenfalls ein Barrett M82A1 vom Waffenwart
Es standen etwa 40 Mann am Flugfeld, nachts um drei Uhr morgens, alle schwer bepackt.
Sie warteten auf die Helikopter, die sich gerade zum Abflug bereit machten.
Ich suchte innerhalb der Menge nach Big Dog, fand ihn jedoch nirgends.
Nur Dingo stand vor mir und drehte sich zu mir um.
<Und Voodoo, bereit, uns den Arsch zu decken?>
Ich gab ein Handzeichen zur Bestätigung.
Ich erschrak, als eine laute Stimme schrie <Einsteigen, es geht los!>
Als ich aufsah, sah ich Big Dog in einem der Chinooks stehen und uns zu ihm winken.
Für uns stand ein Blackhawk bereit, welcher uns zu bei unserer Schützenposition, welche wir uns ausgesucht hatten, absetzen sollte.
Ich begab mich in dessen Richtung, als mich Dingo ein letztes mal aufhielt und seine Hand auf meine Schulter setzte.
<Ganz ehrlich, ich wär lieber mit dir da unten als mit Big Dog aber ist vielleicht auch besser so, so passt du wenigstens perfekt auf unsere Ärsche auf, du liebst ja Ärsche oder?> scherzte er.
<Ja, ich wär auch lieber mit dir da unten, aber egal...und fick dich, pass lieber auf, dass ich dir deinen Arsch nicht mit dem Light Fifty wegballere, dann ist dein Arschloch nämlich größer, als deine Pussy jetzt> entgegnete ich, worauf er zu lachen begann und nur witzelnd antwortete <Tja, ich bin stolz auf sie>
Danach schlug er mir drei mal fest auf den Helm und lief in den Chinook zu seinen Jungs.
Nun flogen wir alle gemeinsam von der Basis weg und trennten uns in der Luft.
Unser Helikopter flog eine Strecke durch ein kleines Tal, während die beiden Chinooks des Gold Teams weiterhin durch

den freien Himmel schwebten.
Nach kurzer Zeit wies uns unser Pilot an, unser Ausrüstung zu nehmen, da er uns gleich absetzen müsse.
Wir leisteten Folge und nahmen all unsere Ausrüstung, die wir dabei hatten.
Wir verstauten alles, was man verstauen konnten, banden alles an unseren Schutzwesten fest, was man festbinden konnte und trugen den Rest in unseren Händen.
Diese Absicherung führten wir durch, da gleich ein „fast jumping" Manöver anwenden mussten.
Beim „fast jumping" flog der Helikopter mit einer moderaten bis schnellen Geschwindigkeit und einer moderaten, eigentlich ungefährlichen Höhe über der Landezone und die Operator mussten abspringen und sich am Boden abrollen.
Das war ein schwieriges und nicht ungefährliches Manöver, was zwar immer wieder geübt wurde, jedoch bei nur einem kleinen Fehler schief gehen konnte.
Zum Glück hatten wir dieses Manöver schon oft während Operationen eingesetzt und waren Profis darin.
Wir landeten auf dem harten, felsigen Boden des Shahi-Kot Gebirges.
Überall um uns herum erstreckten sich Berge, Felsen und Bäume.
Der Boden war von einer leichten Schneehülle bedeckt.
Die tiefschwarze Nacht und ein leichter Nebel umschlossen uns.
Wir setzten unsere Nachtsichtgeräte auf und gingen in Richtung unserer Schützenposition, welche sich einige hundert Meter westlich von uns befand.
Mit eiligen Schritten liefen wir einen kleinen Trampelpfad hinauf, bis wir Stimmen vor uns hörten.
Klang nach Taliban Kämpfern.
Ich gab das Zeichen zum Anhalten und verharrte in einer gefechtsbereiten Position, meine Jungs dicht hinter mir.
Am Felsenkamm erschienen zwei Silhouetten.
Wir griffen nicht an.
Die beiden Personen sahen sich in der Gegend um, konnten uns aber anscheinend nicht entdecken.
Sie zogen weiter, worauf wir uns einigten, sie zu verfolgen und mögliche feindliche Nachzügler zu erledigen.
Sie gingen einen engen Trampelpfad hinunter zu einem kleinen Lager.
Dort waren mehrere Kämpfer um ein Lagerfeuer versammelt, Kalashnikows in ihren Händen.
Laut Protokoll hatten wir Angriffserlaubnis, welche wir auch

ausführten.
Ohne einen einzigen Mucks gingen die Feinde zu Boden, wir konnten nun ohne Probleme weiterziehen.
Auf dem weiteren Weg trafen wir kaum auf weitere Feindbewegungen, einzelne Ausreißer aber mehr auch nicht.
Schließlich kamen wir an unserem OP an.
Wir suchten uns eine gute Position zum Liegen und von der wir eine gute Sicht auf Big Dog und seine Jungs hatten.
Zwischen einer Baumreihe fanden wir einen guten Platz.
Ich legte mich auf den Boden und bat Harper, mir das Light Fifty zu
reichen.
Er legte es direkt neben mich, sodass ich es nur noch vor mich schieben und ausrichten musste.
Danach legte Harper sich rechts neben mich und nahm seinen Wind- und Entfernungsmesser hervor.
Links von mir lag Taylor, ebenfalls mit dem light fifty vor sich und neben ihm Logan mit dem Wind- und Entfernungsmesser.
King hockte an einer Felsmauer hinter uns, beobachtete die Umgebung hinter uns und hielt sein MG im Anschlag.
Jetzt hieß es einfach abwarten.
Wenige Minuten später hörten wir in der Ferne die herannahenden Helikopter.
Sie flogen über uns hinweg, geradewegs in die Richtung des Einsatzgebietes.
Kurz vorher drehten sie jedoch ab und flogen etwas weiter ostwärts, um die Jungs abzusetzen.
Der Lärm hatte einige Taliban aus dem Höhlensystem kommen lassen, jedoch wussten sie nicht genau, wo unsere Jungs waren.
<Gold 1-1, hier Voodoo, ihr Jungs habt Gesellschaft, westlich am Bergkamm, drei Arschlöcher> meldete ich und stellte mein Gewehr auf Harpers Anweisungen ein.
<Danke Voodoo, es seilt sich gerade der letzte Mann ab, wenn sie uns nicht ausmachen können, nicht schießen>
<Verstanden Gold 1-1>
Die Taliban schlichen langsam und wachsam den Bergpfad zum Ursprung des Lärms hinunter, welcher nun zum Glück verstummt war.
Jetzt durften sich Big Dog und die Jungs nicht erwischen lassen.
Aber sie waren SEALs und dazu noch DEVGRU Operator, sie wussten was sie tun.
Ich konnte sie am Bergkamm ausmachen, da einer der Jungs, wahrscheinlich Dingo, uns mit seinem Infrarot-Laser seine Position vermittelte.

Die Taliban rückten weiter voran und auch unsere Jungs schlichen leise an den Feinden vorbei.
Es kamen weitere Feinde aus dem Höhlensystem.
Es waren jetzt insgesamt fünf Feinde, die sich um unsere Jungs herum bewegten.
Einer unserer Jungs befand sich leider an einer so ungünstigen Position, dass ihn die Taliban ausmachen konnten.
<Hey, was machst du da, verschwinde hinter die Felsen, die entdecken dich sonst> befahl ich.
<Scheiße Voodoo, ich kann nicht mehr zurück, wenn ich mich auch
nur ein Stück bewege, sehen sie mich und knallen mich ab>
An seiner Stimme erkannte ich, dass es Pirate war, ein etwas jüngerer DEVGRU Operator und einer der Funker im Team.
Er agierte auch als Pointman, weshalb er auch vorausgegangen war.
Jetzt kam die schwerste Entscheidung, die man als Scharfschütze zu tragen hat, schießen oder nicht schießen.
Ich spielte am Abzug herum und dachte kurz über die Situation nach.
Die Feinde waren zu fünft und Taylor und ich konnten jeweils nur einen erledigen.
<Gold 1-1, Pirate braucht Hilfe, könnt ihr ihn unterstützen, over?> fragte ich über den Operationskanal.
<Klar, wir geben Feuerschutz> kam von Big Dog zurück.
Ich visierte den linken Taliban am Höhleneingang an.
<OK Taylor, ich nehm den linken und du den rechten>
<Klar, was hat zwei Arme, zwei Beine, einen langen Bart und verwandelt sich gleich in ein Stück Schweizer Käse?>
Ich schaute nur kurz verwirrt zu Taylor und erschrak leicht, als er plötzlich schoss und dabei sein Rätsel auflöste < Der dreckige Terrorist in meinem Fadenkreuz>
Ich schoss direkt im Anschluss auf meinen Feind.
Pirate, Big Dog und Patron erledigten die drei Taliban am unteren Pfad.
Nach einigen kurzen Momenten der Stille waren wir uns sicher, dass dies kein weiterer Taliban gehört hatte, unsere Operationssicherheit war also weiterhin abgesichert.
<OK Gold 1-1, ihr könnt weiter gehen, aber sag Pirate, dass er mehr aufpassen soll>
<Roger Voodoo, aber sei nachsichtig, er ist noch ein Jungblut>
<Roger Big Dog, wir melden uns, wenn es was neues gibt, Voodoo out>
Immer weiter rückten Big Dog und die Jungs vor und mit jeder Minute, die ich so auf dem Bauch lag und mit einem Auge

durch mein Zielfernrohr blinzelte, wurde meine Position stetig ungemütlicher und schließlich erlitt ich das schlimmste, was einem Scharfschützen widerfahren kann...meine Beine und auch mein Hintern schliefen ein und egal wie sehr ich sie bewegte, sie wurden nicht wach.
Doch das durfte mich jetzt nicht ablenken, weshalb ich meinen Blick sofort wieder auf die Kammlinie des Berges fokussierte.
Kein Feind weit und breit, Big Dog und die Jungs konnten ungehindert weiter vorrücken.
Der Eingang war in ihrer unmittelbaren Nähe, jetzt hieß es also für uns nur noch abwarten.
<Voodoo, hier Big Dog, wir gehen jetzt rein, schaltet alle Nachzügler aus, die sich dem Höhlensystem nähern>
<Roger Bruder, wir decken euch> erwiderte ich.
Panther, reich mir mal bitte meinen Infrarotaufsatz> bat ich Harper, dessen Codename ja wie einmal erwähnt, Panther lautete.
Logan blickte auf und sah mich genervt an.
<Alter, ihr könnt mich doch mal alle kreuzweise, hat jeder von euch nen scheiß Codenamen außer mir und King?>
<Um ehrlich zu sein hat King auch einen Codenamen, und zwar King Lion, ich mein King war, bzw. ist ja beim MARSOC> meinte ich.
Logan drehte sich erneut mit dem Kopf weg und stöhnte genervt.
<Hey, nimm´s nicht so schwer Bruder, ein Codename macht einen nicht besonders> meinte Harper und klopfte ihm auf die Schulter.
Während Harper Logan tröstete, setzte ich den Infrarotaufsatz an meinem Zielfernrohr an.
Keine Wärmesignaturen waren zu sehen und mir wurde wieder langweilig.
Doch der Funkverkehr riss mich aus meiner Langeweile.
<Voodoo, hier Big Dog, die Arschlöcher haben uns entdeckt, das sind mehr als wir erwartet hatten...brauchen Unterstützung...sofort...OH SCHEIßE DINGO, GRANATE LINKS...RAUS DA!!> hallte es über den Einsatzkanal.
Das Signal verstummte und nur noch ein unangenehmes Rauschen war zu hören.
<Shit, okay Jungs neuer Auftrag, wir holen unsere Buddies da raus, irgendwelche Fragen?>
<Ja, wie sollen wir so schnell da hin kommen?> fragte Taylor, als er sich vom Boden erhob.
<Aufklärungstrupp Wolfpack hat uns einige Geschenke dagelassen> meinte King, worauf wir ihn alle überrascht

ansahen.
<Was? Ich habe halt genauer nachgefragt, die ATV´s befinden sich ein Stück den Berg runter, südlich von unserer Position>
<Okay, dann nehmen wir die> sprach ich selbstsicher und rannte voraus.
ATV´s waren Geländefahrzeuge, welche an Quads erinnern, jedoch mit einem Offroad 4x4 Fahrwerk ausgestattet sind und eine leichte Panzerung, sowie eine Frontschutzscheibe besitzen.
Auf einer Ladefläche vorne und hinten können Gegenstände oder verletzte transportiert werden.
Wir rannten einen schmalen Trampelpfad hinunter, welcher sehr steil nach unten führte.
Ich musste mich sehr darauf konzentrieren, nicht auszurutschen oder auf eine Absenkung zu treten, da dies böse ausgehen würde.
Wie King es gesagt hatte, waren die ATV´s hier verschanzt, mit Tarnnetzen bedeckt.
Einen riesigen Dank an das Aufklärungsteam Wolfpack, dafür schuldeten wir ihnen ein Bier.
Es waren drei ATV´s, dass hieß, wir mussten jeweils zu zweit fahren.
Da King von uns die meiste und schwerste Ausrüstung trug, konnte er alleine fahren.
Ich fuhr zusammen mit Taylor und Harper zusammen mit Logan.
Schnurstracks starteten wir die ATV´s und fuhren einen unebenen Weg zum Fuß des Berges hinab.
Die Sonne hob sich langsam über den Bergen des Shahi-Kot Gebirges, wir mussten uns beeilen.
Wir rasten die Strecke ab, ohne auf eine sichere Route zu achten, wir sorgten uns gerade nur um Big Dog und die Anderen.
Auf unserer Route durchquerten wir ein kleines Tal mit einem kleinen Fluss, wo wir auf eine Gruppe von Talibankämpfern trafen.
Ich zog meine P226 aus meinem Holster und zielte in die Richtung der Terroristen, welche auf einem kleinen Hügel standen und das Feuer auf uns eröffneten.
Taylor zog sein H&K SL9 und eröffnete das Feuer, Logan unterstützte ihn von Harpers ATV aus.
Wir schalteten die Gruppe aus und fuhren geradewegs weiter zum Eingang des Höhlensystems.
Am Pfad zum Eingang hinauf stellten wir die ATV´s ab und gingen zu Fuß weiter.

Vor dem Eingang prüfte ich noch einmal die Funkverbindung des Operationskanals.
Immer noch nur ein Rauschen, dort unten hatte man also kaum Empfang.
<Gold 2, hier Voodoo, Heavy, kannst du mich hören?>
<Roger Voodoo, was gibt es?>
<Heavy, Big Dog und den Jungs ist im Rattenloch irgendetwas zugestoßen, wir holen sie raus, Extraktion vorbereiten, wenn wir uns in 30 Minuten nicht melden, dann verschwindet und schickt Hornets, die alles hier plattmachen sollen over> befahl ich, worauf ich nur ein Roger zu hören bekam.
Heavy war ein guter SEAL, stark, mutig und clever und auch ein herausragender Schütze, aber wenn man mit ihm sprach war er immer sehr kurz um und gab nur kurze aber dennoch klare Antworten.
Das nannte man dann also wirklich den stillen Profi.
Aber egal, sie hatten ihre Befehle und diese würden sie auch ausführen, wenn es zum Äußersten kommen würde.
Wir betraten nun das Höhlensystem, es war dunkel und kalt und wir gingen nur langsam aber bedacht voran.
<Okay Jungs, NSG´s runter und immer dicht beieinander bleiben> befahl ich den Jungs.
<Klar Boss> erwiderte Logan und schob sein Nachtsichtgerät vor
seine Augen.
Mit eiligen aber vorsichtigen Schritten gingen wir voran, da wir nicht wussten, was hier alles auf uns warten würde...Minen, Stolperfallen oder sonst irgendetwas, was uns den Arsch aufreißen könnte.
Und genau wie ich es gedacht hatte, passierte es auch dann, ich trat auf einen Draht und blieb sofort stehen.
<King, komm mal her> flüsterte ich und winkte ihn nach vorne.
<Ja was gibt es?>
Ich zeigte nach unten auf meinen Fuß und er sah sofort was los war.
<Shit> fluchte er leise <Warte, dass haben wir gleich>
Er zog eine kleine Zange aus seinem Rucksack hervor und drückte mit dieser so fest auf den Draht wie er konnte.
Dann gab er mir das Zeichen, dass ich vom Draht runter gehen könnte und zu unserem Glück passierte dabei auch nichts, King war ein wahrer Experte wenn es um Sprengstoffe und deren Entschärfung ging.
<Sucht den Sprengsatz> sprach er.
Wir suchten nach dem weiteren Draht und folgten der Spur.

Sie führte ein Stück weiter den Gang entlang und war im Boden vergraben.
Wir buddelten etwas im Sand und zogen den Sprengstoff heraus.
Und es war schlimmer als wir gedacht hatten, denn es war eine selbstgebaute Bombe aber nicht wie normalerweise, es war eine kompliziertere Apparatur, eine zusammenhängende Bombenkette etwa insgesamt 75 KG Sprengstoff, genug um uns alle in den Himmel zu schicken.
<King...>
<Oh shit, okay Logan du nimmst die Zange und übernimmst meine Stellung, drück so fest drauf wie du kannst> meinte er und übergab Logan vorsichtig die Zange.
Dann kam er zu uns herüber und sah sich die Bombe genauer an.
<Oh man, das ist ne riesige Bombe und wenn wir hierbei scheiße bauen, dann sehen wir uns alle bei Jesus wieder>
<Dann entschärf sie, alter Mann> meinte ich.
<Das ist leichter gesagt, als getan Derek> fluchte er <Gib mir aus
meinem Rucksack die zweite Zange.
Ich kam seiner Aufforderung nach und reichte ihm die Zange in die Hände.
Er sah sich die Bombe noch einmal genauer an und setzte die Zange an einem der Drähte an.
Er zitterte und zögerte mit dem kappen des Drahtes.
Er wechselte mehrmals den Draht, bis er sich schlussendlich für
einen entschied und ihn kappte.
Es kehrte Stille ein und wir warteten.
King hatte es geschafft, doch um zu feiern war keine Zeit, denn wir mussten Bog Dog und die Jungs suchen.
Wir liefen einen engen Gang entlang, soweit bis er sich in drei weitere Gänge gabelte.
<Shit, okay wir müssen uns aufteilen> meinte Harper und sah in einen der Gänge hinein.
<Hmm...mir gefällt das zwar nicht ab er wir müssen unsere Jungs finden also aufteilen Männer> antwortete ich.
Harper ging mit mir, während Logan mit Taylor ging.
King entschied sich dafür, alleine den dritten Gang zu durchsuchen, das gefiel mir zwar nicht aber er bestand darauf und wenn ich ganz ehrlich bin, er hatte auch die meiste Erfahrung von uns allen, er war ein waschechter Veteran.
Er sollte also keine all zu großen Schwierigkeiten bekommen.
<Hey King, schrei einfach wenn was ist> witzelte Logan.

<Danke und du fang einfach an zu heulen, wenn was ist> entgegnete King mit einem scherzhaften, breiten Grinsen und schlug ihm einmal brüderlich gegen die Schulter.
Nun teilten wir uns auf und vereinbarten unseren Treffpunkt, welcher sich genau hier befand, in zehn Minuten, hoffentlich mit Big Dog und den anderen.
Harper ging voraus, während ich ihm Deckung gab und auch unseren Rücken sicherte.
Er hielt an, ein Taliban tauchte vor uns auf.
Ich drehte mich zu diesem um und gab zusammen Mit Harper zwei Schüsse auf den Kopf und die Brust ab.
Der Terrorist fiel tot zu Boden.
Wir folgten weiter dem Gang, bis wir eine alte Holztür vor uns sahen.
<Okay, Prozedere wie immer, bereit?> fragte ich rasch, worauf Harper mir nur zunickte.
Ich trat die Tür auf und betrat den Raum dahinter, während Harper mich deckte.
Zwei Taliban waren im Raum, sie hatten anscheinend geschlafen und
waren durch unser Eindringen in den Raum schreckhaft aufgewacht.
Sie versuchten noch schnell ihre Kalashinkows zu greifen, bekamen jedoch vorher meine Kugeln in den Kopf.
<Save> gab ich zu Harper durch.
Wir verließen den Raum und suchten weiter nach Big Dog und den anderen.
Mitten im Gang hörte ich ein leises Keuchen.
Ich sah mich um, konnte jedoch niemanden ausmachen.
Ich suchte also nach der Quelle des Keuchens und sah eine weitere Holztür, welche ich nun langsam öffnete.
Ich hielt mein Gewehr zu erst in den Raum und sicherte diesen.
Ich erschrak, als ich mich umsah und Big Dog, Pirate und einige andere Jungs blutend auf dem Boden lagen.
<Shit, Harper, komm rein, ich hab die Jungs> rief ich.
<Klar>
Er stieß zu mir in den Raum, ließ sein Gewehr am Riemen hängen und half mir dabei, die Jungs zu versorgen und ihre Wunden zu stillen.
Hinter uns erschienen drei Taliban.
Im nächsten Moment zogen Harper und ich unsere Pistolen aus den Holstern und schossen mehrere Kugeln in deren Richtung ab.
Einer ging zu Boden, der andere verschanzte sich an einer Wand.

<Harper, schnapp ihn dir> befahl ich.
Er nickte und rannte los.
Ich hörte viele und schnelle Schritte, Harper verfolgte ihn bestimmt durch den gesamten Gang.
Irgendwann hörte ich nur einen weit entfernten dumpfen Aufprall, Harper hatte ihn anscheinend erwischt.
Big Dog packte mich bei meinem Arm und sah mich an.
<Voodoo...Derek...> keuchte er.
Er drehte seinen Kopf von mir weg und spuckte Blut auf den kargen Boden.
<Derek...es tut mir leid, ich war unachtsam...>
<Nein Alter, es ist nicht deine Schuld, du konntest es nicht wissen...wir bringen dich und die Jungs hier raus, versprochen>
<Derek...ich werd´s nicht schaffen, glaub mir, dass war mein letzter Auftritt>
<Nein Mann, sag so etwas nicht, ich bringe dich hier raus und die anderen auch>
Ich hob ihn hoch und stützte ihn.
Harper kam zurück zu uns und half Dingo auf, welcher mit einem glatten Durchschuss am Bein am Boden lag.
Es erschallten Schüsse im Höhlensystem und zwar verdammt viele.
Ich hoffte, dass es nicht das war, was ich befürchtete.
Doch als ich Logan rufen hörte, bewahrheitete sich meine Befürchtung, man hatte uns entdeckt.
<Derek, hilf deinen Jungs, wir bleiben hier> keuchte Dingo.
<Halt´s Maul, wir bringen euch hier raus, hört ihr mich, wir bringen euch lebend hier raus> meinte Harper und stütze Dingo nun gänzlich.
Wir brachten die beiden aus dem Raum heraus, in die Richtung der Schussgeräusche, um den Jungs zu helfen.
Wir kamen nur langsam voran, aber die Sicherheit von Big Dog, Dingo und den anderen hatte Vorrang.
Plötzlich rannten vor uns Feinde im Gang entlang.
Wir hielten sofort an und duckten uns.
Sie sahen uns nicht und rannten einfach weiter.
Wir hatten Glück gehabt, mit unseren verletzten Kameraden im Arm konnten wir uns nur schwerlich verteidigen.
Wir folgten ihnen langsam, da sie uns wahrscheinlich zu Logan und Taylor führen würden.
Harper ging schon mit Dingo vor, da ich mit Big Dog, aufgrund seiner vielen, schweren Verletzungen etwas langsamer machen musste.
Doch nachdem wir in den Gang links von uns gegangen waren,

tauchten weitere Taliban hinter uns auf.
Bevor wir reagieren konnten und unsere Waffen auch nur ziehen konnten, hatten sie auch schon das Feuer auf uns eröffnet.
Ich zog meine Pistole aus meinem Beinholster und erwiderte das Feuer.
Harper bekam anscheinend nichts davon mit, was hieß, dass ich auf mich allein gestellt war.
Doch dann traf es uns, ein Schuss traf Big Dog direkt in die obere Brust, nur ein Stück über den kugelsicheren Einlagen seiner Schutzweste.
Er schrie auf und krümmte sich, sodass ich ihn nicht mehr halten konnte und er zu Boden fiel.
Ich zog am Gewehrriemen meines H&K 416 und nahm es in beide Hände.
Voller Adrenalin eröffnete ich das Feuer auf die Taliban und streckte sie alle mit mehreren Schüssen in die Brust und auf den Kopf nieder.
<Shit, Fuck, was eine verfluchte Scheiße> fluchte ich und bückte mich zu Big Dog herunter.
<Big Dog...BIG DOG...REDE MIT MIR!!!> rief ich und rüttelte an ihm.
Ich wollte es einfach nicht wahr haben, Big Dog, mein Freund war tot.
Doch wurde ich aus meiner Trauer gerissen, als Bog Dogs Hand mich plötzlich fest am Arm packte.
<Big Dog, Bruder du lebst> meinte ich erfreut.
<Voodoo, hör mir zu...ich werd´s nicht schaffen...doch ich habe nur eine Bitte> fing er an, keuchend.
<Bruder, du schaffst das> unterbrach ich, worauf er mich fester am Arm packte.
<Voodoo...Derek...ich bitte dich, übernimm du die Leitung über DEVGRU Gold...bitte>
<Big Dog, ich könnte dich niemals ersetzen>
<Derek, du ersetzt mich nicht, du warst immer der Beste Anführer...ich wollte nie DEVGRU Leader sein...ich wollte immer nur unter dir kämpfen...du warst immer der Beste für uns...> sprach er leise uns spuckte Blut auf den sandigen Boden.
<Big Dog? Big Dog?> fragte ich, bevor ich realisierte, dass er endgültig von uns gegangen war.
Harper eilte zu uns zurück und sah mich, wie ich trauernd am Boden kniete.
<Voodoo?...Boss? Ist alles in Ordnung?>
<Nein, wir haben Big Dog verloren...aber wo ist Dingo?>

fragte ich.
<Er ist weiter vorne bei King> antwortete er und reichte mir seine Hand.
<Danke Bruder> sprach ich und ergriff diese.
<Harper, ich habe eine Bitte, geh heraus und triff das Extraktionsteam, sag ihnen, dass sie die Verwundeten und die Gefallenen hier heraus bringen sollen> bat ich ihn.
<Klar Boss, ich bin gleich zurück> meinte er und packte mir brüderlich auf die Schulter.
Auch King, Logan, Taylor und auch Dingo kamen nun zu mir und leisteten mir Beistand.
Doch zum Ausruhen und Trauern blieb keine Zeit, denn weitere Feinde stellten sich uns zum Kampf.
Ohne viel nachzudenken eröffneten wir das Feuer gegen die Taliban.
Leider schien der Kampf kein Ende zu nehmen, da immer mehr Feinde auftauchten.
Anscheinend wollten sie es jetzt ganz beenden.
Wir blieben standhaft, bis uns langsam die Munition ausging.
Immer weiter zogen wir uns in das Gewölbe zurück, bis nur noch King Munition hatte.
Plötzlich kamen weitere Feinde aus einer Tür links von uns, ein Hinterhalt inmitten eines Hinterhaltes, die Taliban waren wohl doch nicht so dumm wie ich dachte.

Logan reagierte blitzschnell und erschoss zwei der drei Taliban.
Den letzten stieß er mit einem harten Stoß seines Ellenbogens an die Wand, zog sein Messer und rammte es ihm in den Nacken.
<Danke Hedgehog, sehr gute Reflexe>
Er sah mich nur überrascht an und gab mir eine kleines Lächeln.
Anscheinend hatte er bemerkt, dass er endlich einen Spitznamen hatte.
Hedgehog, das passte zu ihm, denn er war zwar etwas kleiner aber sein Mut war wie die Stacheln eines Igels und er konnte sich auch dementsprechend verteidigen.
Doch auch King ging die Munition langsam aus, schwirig zu glauben bei ihm als MG-Gunner.
Ich gab die Hoffnung langsam auf, hier lebend heraus zu kommen, doch das hieß nicht, dass ich kampflos untergehen würde, weshalb ich meine letzten Patronen aus meinen Pistolen verschoss und meine Messer nach den Feinden warf.

Jetzt standen wir dort, ohne jegliche Munition und von Feinden umringt, bis uns ein riesiger Hoffnungsschimmer traf.
Aus dem Gang vor uns, hinter den Taliban erschienen einige schwer bewaffnete Silhouetten und eröffneten das Feuer.
Die Taliban konnten nicht mehr reagieren und wurden ohne Probleme überwältigt.
Einer der Männer kam zu mir gerannt und warf mich zu Boden.
Seine Pistole drückte er mir in den Nacken.
<Sicherheitscode!> rief er.
<Texas> meinte ich, worauf er mir die Pistole aus dem Nacken nahm und mir hoch half.
Ein anderer SEAL kam zu uns.
<Hey Skinny, bleib ruhig, das sind doch ganz klar unsere Jungs, also scheiß doch auf die Vorschriften> meckerte er den jüngeren SEAL an.
<Ja aber...> stotterte er.
<Nichts aber, das ist Voodoo, der ehemalige DEVGRU Gold Leader, er ist eine Legende unter uns, hab also etwas Respekt...tut mir leid Voodoo, er ist neu im Team> erklärte Heavy.
<Danke Heavy, aber er wollte doch nur ein vorbildlicher SEAL sein also geh nicht zu hart mit ihm ins Gericht und hör auf mich Legende zu nennen, das bin ich nicht und ich hasse es so genannt zu werden> entgegnete ich.
<Bescheiden wie immer Voodoo> meinte Heavy und schlug mit mir ab.
<Also, wie ist die Lage?> fragte er.
<Im Gang weiter hinten liegen noch einige von den Jungs, der Großteil leicht verletzt, einige stark...einige wenige...tot>
<Shit, okay Jungs, sammeln und Voodoo folgen, wir müssen unsere Jungs raus schaffen, die Hornets kommen in fünf Minuten> rief Heavy und wies mich an, voranzugehen.
Ich lief voraus, um so schnell wie möglich zu den Jungs zu kommen, Heavy, meine Jungs und einige andere des Gold Teams begleiteten mich, während einige andere den Bereich um Big Dog und Dingo herum absuchten und sicherten.
Am Raum angekommen, brachten wir einen nach dem anderen zum zentralen Gang, um sie hier herauszubringen.
Von dort aus brachten wir alle auf den Bereich vor dem Höhlensystem.
Bis auf einige Nachzügler war der Bereich vollkommen sicher, doch diese stellten kein Problem für uns dar.
Anscheinend hatte Heavy schon Vögel für unsere Evakuierung gerufen, da diese gerade am Horizont erschienen.

Drei Chinooks schwebten an der Felskante vor uns und warteten darauf, bis wir alle hineingebracht hatten.
Als alle verladen waren, flogen wir zum Basislager zurück.
Der Pilot ließ unsere Laderampe während des Fluges für uns offen, damit wir das Feuerwerk der Hornets mitansehen konnten.
Per Funk hörte ich schon die Ankündigung.
<Gold Team, hier Anvil-2, seid ihr bereit für ein Feuerwerk?> witzelte der Pilot des Kampfjets.
<Klar Hornet, ihr könnt loslegen>
Man hörte nur das Zischen der Raketen und zwei Sekunden später erschien ein greller Lichtstrahl am Berg, gefolgt von einem riesigen Knall und einer riesigen Sandwolke.
Wir jubelten im Helikopter und schlugen miteinander ab, teils um den Sieg schon vorab zu feiern, teils um die Trauer um unsere gefallenen Kameraden zu verdrängen.
Doch was mir nie aus dem Kopf ging, waren Big Dog´s letzten Worte, die er an mich richtete...

Kapitel 18: Ganz wie in alten Zeiten

Einen Monat war die Operation in Afghanistan jetzt schon her, doch Big Dogs Tod verfolgte mich weiterhin.
Er verfolgte mich selbst in meinen Träumen.
Immer wieder dachte ich darüber nach, dass es vielleicht besser gewesen wäre, wenn ich da unten gewesen wäre und nicht er und immer wieder gab ich mir selbst die Schuld für seinen Tod.
Meine Jungs bemerkten dies trotz meiner Überspielung dieser Gefühle und versuchten, mir diese Vorwürfe auszureden.
Irgendwann hatten sie damit auch Erfolg.
An diesem besonderen Tag wollte ich auch nicht die gute Stimmung aller vermiesen.
Heute war es soweit, die Hochzeit von Logan und Kate.
In unseren Anzügen standen wir im Hinterzimmer der Washington National Cathedral, voller Freude in unseren Herzen.
Logan war sehr nervös, lief hin und her und stotterte viel.
Irgendwann, als es nicht mehr so lustig für uns war, packte ich ihn an den Schultern und hielt ihn fest.
<Logan, es ist alles gut, du bist nervös, das ist normal, aber denk mal nach, du heiratest heute Kate, die Frau deiner Träume und ihr gründet damit eine wahre Familie>
Er wurde langsam ruhiger.
<Ja Bürschchen, die Ehe ist etwas herrliches, sie erfüllt dein Leben vollkommen und macht dich wirklich glücklich, glücklicher als du je sein könntest> hing King an.
Logan atmete einmal tief durch und beruhigte sich nun gänzlich.
<Danke Jungs, ich würde euch gegen niemanden auf dieser gottverfluchten Welt eintauschen, ihr seid meine Brüder und ich will euch nie verlieren> sprach er und breitete seine Arme weit aus, um jeden von uns einmal fest zu umarmen.
Danach gab es noch eine lange Gruppenumarmung.
<Alles klar Logan, jetzt heißt es heiraten> meinte Harper und erhob ein letztes Mal sein Whiskyglas, worauf wir uns alle auch noch einen einschenkten und ihn zusammen tranken.
Dann begann die Zeremonie, eine helle und geschmückte Kirche mit vielen Blumen.
Logan stand angespannt am Altar in der Mitte, wir, seine Brüder hinter ihm und ich als sein Trauzeuge neben ihm.
Wir fünf kamen uns in unseren Anzügen irgendwie fehl am Platz vor, denn alle Anwesenden, selbst unsere Freunde und auch Vorgesetzten im Militär trugen schwarze Anzüge mit einem weißen Hemd und wir, wir trugen unsere

Ausgehuniformen aber das wir uns
von allen unterschieden war uns egal, wenn man schon als
Soldat heiratet, dann auch mit Stil.
Plötzlich wurde es still, das Gerede der Gäste stellte sich ein
und die Tür der Kirche öffnete sich.
Logan schluckte schwerlich und ich konnte seinen Schweiß
schon fast seinen Nacken runterfließen hören.
Ich packte ihm vorsichtig und sanft auf die Schulter.
<Ganz ruhig Logan, alles wird gut verlaufen, bleib ruhig>
flüsterte ich ihm ins Ohr.
Er atmete noch einmal tief durch und sah sich seine Braut an.
Die Melodie der Orgel ertönte und füllte die gesamte Kirche.
Kate kam langsam näher, ihr Vater führte sie zu uns.
Ein langes weißes Hochzeitskleid, in welchem sie aussah wie
eine Prinzessin.
Logan hatte sein wahres Glück gefunden und ich hoffte, dass er
es nie wieder hergeben würde.
Harpers Schwester Sarah stand gegenüber von mir, denn sie
war Kate´s Trauzeugin und sie hätte wahrlich keine Bessere
dafür auswählen können.
Kate´s Vater übergab nun ihre Hand an Logan und klopfte ihm
einmal stolz auf die Schulter, bevor er sich neben seine Frau
setzte.
Nun trat der Pfarrer heran und begann mit dem
standartmäßigen Prozedere.
Eigentlich hörte ich bei Hochzeiten gar nicht dabei hin, aber an
diesem besonderen Tag tat ich es und außerdem hatte ich ja
auch etwas zu tun.
Als der Zeitpunkt da war, trat ich vor und überreichte Logan
den ersten Ring, während Sarah Kate den zweiten Ring
übergab.
Sie steckten sich diese gegenseitig an und hörten weiter auf die
Predigt des Pfarrers.
Der besondere Augenblick begann, das finale „Ja ich will"
Mit weit geöffneten Augen standen wir alle da.
Dieser Moment entzog uns den Atem.
Dann kam es von den beiden <Ja ich will> sprachen beide, als
der Pfarrer sie fragte.
Schlussendlich folgte der Kuss und als dieser vollendet war,
gingen die beiden voran in Richtung der Kirchentür.
Wir waren direkt hinter ihnen und folgten ihnen.
Sarah lief neben mir und als ich sie ansah, fiel mir auf, dass sie
sich viele Tränen aus dem Gesicht wischen musste.
Der Moment hatte sie emotional ziemlich mitgenommen, aber
es wäre ja auch schade, wenn es nicht so wäre.

Ich nahm sie seitlich in den Arm und zog sie an meine Seite heran,
Sie erschrak kurz, blickte danach aber lächelnd zu mir auf.
Draußen vor der Kirche hatte ich eine Überraschung für Logan und Kate und ich hoffte, dass sie ihnen gefiel.
Als die Tür sich öffnete, konnte ich seine Überraschtheit schon förmlich spüren und er drehte sich kurz zu mir um, um mich per Blickkontakt zu fragen, ob ich das war.
Ich nickte und lachte ihn an, worauf er fröhlich seinen Blick wieder nach vorne wand.
Eine Gruppe von Soldaten, viele davon waren Freunde, aus allen Bereichen des US Militärs standen dort mit Uniformen und silbernen Säbeln Spalier und warteten auf das frische Ehepaar.
Hinter ihnen stand jeweils eine Reihe von Soldaten mit M14 Karabinern in den Händen, welche Salutschüsse abgaben, als Logan und Kate durch den Gang der Soldaten gingen.
Alle Gäste versammelten sich nun vor der Kirche, bewunderten die Überraschung und applaudierten für das Ehepaar.
Wir stellten uns ebenfalls dazu und machten mit.
<Überraschung gelungen> meinte Taylor und klopfte mir auf die Schulter.
Als die beiden zurückkamen, ließ Logan Kate für einen Augenblick bei Harper und King stehen und rannte voller Freude zu mir.
Er umarmte mich fest, es fühlte sich fast so an, wie der Griff einer Boa Constrictor.
<Derek, du Mistkerl, ich bin dir so dankbar dafür, das hättest du doch nicht machen brauchen> meinte er und fing fast an zu weinen.
<Hey, nur das Beste für den Besten> antwortete ich und erwiderte seine Umarmung.
Jetzt spürte ich förmlich, wie seine Tränen sich durch den Stoff meiner Uniform hindurchdrückten und ich war stolz darauf, dass er seine Gefühle offen zeigte, denn das war das, was uns menschlich machte.
Eine große, weiße Stretch-Limousine wartete vor der Kirche.
Kate und Logan stiegen ein und der Chauffeur schloss die Tür und stieg ein.
Sofort ging die Tür wieder auf und Logan streckte seinen Kopf hinaus.
<Steigt ihr jetzt ein oder was> rief er lachend und winkte uns zu ihm.
Wir gingen eilig zur Limousine und stiegen ein.
Der Chauffeur fuhr uns zu einem kleinen Tennisclub, wo dann

die Feier stattfinden sollte.
Alle Gäste waren schon dort, was uns stark verwunderte.
Sie hatten schon alle ihren Sekt oder Whisky in der Hand und warteten nur noch auf uns, um anzustoßen.
Kate und Logan eröffneten damit offiziell die Feier.
Wir feierten lange, bis es dann zu diesem einen schicksalhaften Moment kam.
Mein Handy klingelte und ich ahnte dabei schon nichts gutes.
Auf dem Display sah ich es dann schon, „Larry Wittford"
<Commander Derek Frost> sprach ich.
<Commander, es gibt etwas zu erledigen, schnappen sie ihre Männer und kommen sie sofort zur Basis> erklärte er und das mit einem eiligen und direkten Ton.
<Bei allem Respekt Captain aber wir...> fing ich an, bis ich nur noch das Piepen des abgebrochenen Telefonats hörte.
Der Mistkerl hatte einfach aufgelegt, es musste also etwas ernstes und dringliches gewesen sein, wenn er so kurzum war.
Ich ging zu Taylor hin, welcher sich an der Bar einen weiteren Whisky holte.
<Taylor, wir haben ein Problem, Wittford will uns sehen> meinte ich leise, sodass uns keiner hörte.
<Shit, na gut, ich sage es King und Logan> meinte er, worauf ich ihn unterbrach.
<Sag du es bitte King und Harper, ich glaube es ist besser, wenn ich es Logan sage>
Alles klar Derek>
Er ging sofort los und auch ich sah mich um, um Logan zu finden.
Er saß an einem kleinen Tisch alleine mit Kate.
Sie saßen nur dort, hielten sich im Arm und kuschelten miteinander.
Ich hasse es, so etwas zu zerstören aber es musste sein.
<Logan> meinte ich, als ich vor ihnen stand.
Er ahnte schon, das etwas nicht stimmte und stand auf.
<Ist es etwas ernstes?> fragte er.
<Laut Wittford ja>
<Wir müssen sofort los Bruder>
<Hmm...na gut...es tut mir leid mein Engel, aber es gibt etwas zu tun> sprach er traurig zu Kate und hielt ihre Hand.
Ihr kamen sofort die Tränen, obwohl sie versuchte, sie zu unterdrücken.
<Kate, ich schwöre dir, er wird zurückkommen und wenn ich mein Leben dafür geben muss> gab ich als Versprechen und winkte Sarah zu uns her.
Ich bat sie, Kate zu trösten und auf andere Gedanken zu

bringen, während wir weg wären.
Logan gab seiner Frau noch einen langen Kuss und folgte mir zu den anderen.
Dann gingen wir zu Sarahs Auto, Harper hatte sich den Schlüssel „ausgeborgt", aber irgendwie mussten wir ja zur Kaserne kommen.
Leider war der Wagen nicht besonders groß und drei von uns mussten auf der Rücksitzbank „kuscheln".
Dort angekommen gingen wir als erstes zu unserer Stube, um uns unsere Einsatzuniformen anzuziehen.
In der Stube wunderte ich mich über das fünfte Bett, was noch in der Mitte des Raumes stand, aber dann fiel mir ein, dass das Taylors Bett war.
Wir hatten von einem Basarhändler in der Green Zone von Kunduz in Afghanistan ein altes Bett gekauft, da Taylor schließlich in der Stube auch irgendwo schlafen musste.
Wir hatten es in unserer Frachtmaschine mitgenommen und in Dam Neck aufgestellt.
Es stand in der Mitte der Stube, wo eigentlich immer unser Mülleimer stand, in welchen wir immer versuchten, Papierbälle von unseren Betten aus hineinzuwerfen.
Also war es kein Wunder, dass Taylor in der ersten Zeit immer wieder solche Papierbälle abbekam und nicht gerade selten ins Gesicht.
Er sagte zwar, dass er sich daran gewöhnt hatte, aber wir wussten alle, dass es ihn ankotzte.
Aber als Neuling im Team musste er sich unseren Strapazen und Verarschungen fügen, sozusagen als Aufnahmeritual, so wie es bei uns US Special Forces (Diesmal ist der Begriff Special Forces als allumgreifender Begriff für die US Spezialeinheiten gemeint und nicht nur für die Green Berets) üblich war.
Als wir uns umgezogen hatten, ging ich zu Captain Wittofords Büro, doch vorerst alleine.
Der Captain sah mich mit einem ernsten Blick an und bat mich, mich zu setzen.
<Captain, melde mich und AFO Reaper zum Dienst>
<Ja Commander, schön, dass sie hier sind, bitte richten sie Master Sergeant Blackthorn meine Glückwünsche zur Hochzeit und eine Entschuldigung, dass ich ihn aus der Feier reißen musste aus, aber es ist etwas wichtiges> entgegnete er.
<Ja Sir, was gibt es denn für uns zu tun?>
<Peru, was wissen sie über das Land Commander?> frage er und nahm eine Akte hervor.

\<Nun, ein Land in Südamerika, tropisches Klima, ein Kaffeeexportland und natürlich eines der größten Drogenländern dieser Welt\>
\<Exakt und genau deswegen schicken wir sie dorthin\>
\<Wegen des Kaffees?\> witzelte ich, um die Spannung etwas zu lockern.
Wittford lachte sarkastisch und reichte mir die Akte in die Hand.
Als ich hineinsah, war das Bild eines Mannes zu sehen, unter diesem Bild stand Alejandro Renalti: Kartellführer des Renalti Kartells, Drogenboss von ganz Peru, Menschenhändler und Prioritätsziel Klassifizierung 1
\<Wow, das ist ein riesengroßer Fisch\>
\<Richtig und deshalb schicken wir sie dorthin, um sein Kartell zu zerschlagen und ihn zu schnappen\> erklärte er.
\<Jawohl Captain, wir machen das\>
\<Sehr gut, ach ich sollte vielleicht noch erwähnen, dass er lebend gefangen genommen werden sollte, da er der letzte von den uns bekannten Verbündeten von Boris Siderov ist\>
Ich spitzte sofort meine Ohren.
\<Was, Diaz hat den Laptop also endgültig geknackt?\> fragte ich erfreut.
\<Ja Commander, Agent Diaz hat ihn geknackt und Renalti war der letzte Verbündete auf der Liste, wir brauchen ihn also lebend\> meinte er, diesmal mit einer etwas gelockerten Stimme.
\<Sir, ja, Sir\> erwiderte ich respektvoll und motiviert.
Bevor ich das Büro verließ, musste ich Wittford noch eine Frage stellen.
\<Sir, ich habe noch eine Bitte, besser gesagt die Bitte eines alten Freundes\>
\<Hmm?\>
\<Major Heresworth bat mich vor seinem Tod in Afghanistan um eine letzte Sache gebeten...ich soll erneut die Leitung über das Gold Team übernehmen\> meinte ich und dachte an diesen traurigen Moment zurück, wie Big Dog sterbend vor mir lag.
\<Nun, das ist...eine überaus große Bitte, aber auch eine wohl bedachte, ich stimme zu\> meinte er und sah mich mit einem breiten Lächeln an.
\<Wirklich? Vielen Dank Captain\> sprach ich mit riesiger Freude.
\<Nicht dafür Gold Leader und keine Sorge, ihr jetziges Team macht natürlich mit, es wäre doch zu schade, wenn ich ein so herausragendes Team wie das ihre auflösen müsste.
Sie sind zwar keine SEALs aber dennoch DEVGRU Operator,

das sind zwei völlig unterschiedliche Dinge> witzelte er und reichte mir seine Hand.
Ich erwiderte dies und bedankte mich erneut bei ihm.
Er schickte mich mit der Akte fort und bat mich, ihn um Punkt 18.00 Uhr im Planungsraum der Basis zu treffen.
Auf der Stube sahen mich meine Jungs gespannt an.
<Und, was hat Wittford gesagt?> fragte Logan.
Nun, wir sollen einen Kartellführer in Peru einsacken, Prioritätsstufe 1 und nebenbei sein Kartell zerschlagen, also ein normaler 0815 Einsatz> antwortete ich scherzhaft.
<Und unser Bonus: dieser Drogenbaron ist unser Ticket zu Siderov, unser letztes Ticket> hing ich an.
<Shit wirklich?! okay dann schnappen wir ihn uns> rief Taylor motiviert.
<Klar, briefing um 18.00 im Planungsraum> antwortete ich und freute mich über seine Motivation.
<Klar Boss> sprach King.
Nun setzte ich mich zu ihnen an den Tisch und nahm eine ernste Miene an.
<Boss, was ist los?> fragten sie besorgt.
<Nun, ich hab mit Wittford gesprochen und nach dem Tod von Big Dog möchte er, dass ich wieder die Leitung über DEVGRU Gold übernehme...>
<Das ist doch toll, Glückwunsch> rief Logan und unterbrach mich.
<Ja warte, es gibt einen Haken...AFO Reaper wird aufgelöst...>
<Was? Das kann nicht dein Ernst sein!> riefen alle empört und sahen mich auch dementsprechend an.
<Doch, es ist mein Ernst>
<Verdammt, unsere Partner- und Bruderschaft soll also hier enden, so kurz vor dem Ende unserer Jagd>
<Verdammt und ich bin gerade mal ein paar Monate dabei und soll mich wieder verziehen?> fragte Taylor wütend und verschränkte seine Arme.
<Wartet, wartet, es ist zwar scheiße aber ein Gutes hat die Sache>
Alle sahen mich wieder fragend an.
<Nun, ich mag zwar jetzt DEVGRU Gold Leader sein aber...ihr seid auch mit dabei>
Ihre Kinnladen fielen fast gleichzeitig in die Tiefe
<Ja Jungs, ihr seid jetzt offiziell DEVGRU Operator, zwar keine SEALs aber das ist ja ein himmelweiter Unterschied>
<Scheiße, wie geil ist das denn!> rief Logan, sodass man einen Hörschaden hätte bekommen können.
<Ja Logan, es ist geil> erwiderte ich lachend und schlug mit

ihm ein.
Wir durften zwar wegen des bevorstehenden Einsatzes kein Bier trinken aber wir stießen dann mit Wasser und frischem Saft an.
Um kurz vor sechs gingen wir dann zum Planungsraum los.
Dingo und die anderen Jungs vom Gold Team waren schon da und standen versammelt um einen Tisch herum.
Als ich den Raum betrat drehten sich die Jungs um, um zu sehen, wer angekommen war.
<Aaachtung! Gold Leader betritt den Raum!> rief Dingo witzelnd,
was uns alle, vor allem mich zum Lachen brachte.
<Fick dich Dingo, das war früher schon nicht witzig>
<Na gut Voodoo, aber es ist der Hammer, dass du wieder Leader bist, aber schade, dass dafür Big Dog von uns gehen musste>
<Ja, eine wahre Tragödie aber wir werden ihn immer als Bruder und als wahren Leader im Herzen tragen, schnappen wir uns Siderov und seine Männer, auf das sein Tod nicht umsonst gewesen sein mag>
<Hooyah, auf Big Dog> rief Dingo und hob seine Faust in die Luft, was wir alle nachmachten und wie die drei Musketiere posierten.
<Ha, SEALs> hörte ich von Harper.
Ich drehte mich zu ihm um und holte ihn in den Kreis.
Die anderen winkte ich ebenfalls herein.
Wie von alleine hoben sie ihre Fäuste zu unseren hoch und jubelten mit.
Plötzlich wurden wir ganz still, als wir bemerkten, dass Captain Wittford den Raum betrat.
<Sir> meinte ich und stand stramm.
Die anderen folgten.
<Meine Herren, vielen Dank, aber das Strammstehen können wir ruhig weglassen, wir kennen uns ja jetzt schon alle eine längere Zeit.
Wie ich sehe, haben sie sich alle schon wieder zu einer sehr engen Gemeinschaft verbunden, gut Commander, mit ihnen haben sie es als Leader richtig getroffen.
Nun zum eigentlichen Tagesgeschäft, Alejandro Renalti, ein gnadenloser Drogenbaron aus Peru, gesucht in mehr als drei Ländern wegen Drogen-, Waffen- und Menschenhandelns, Mord, und sogar Verübung terroristischer Akte für den Terroristenführer Boris Siderov>
Der Captain zeigte uns auf einer Leinwand mittels eines Beamers verschiedene Fotos und Karten.

<Sie werden mit einer Frachtmaschine den Luftraum Perus auf 10000 Fuß betreten und mit dem Fallschirm abspringen. Sie landen auf folgenden Koordinaten: Charlie Whisky Yankee 8-8-9-5-2-7, bitte merken oder aufschreiben für die Vergesslichen unter ihnen, ja ich spreche mit ihnen CPO Anderson> witzelte er zum Schluss, worauf wir alle lachen mussten, weil es wahr war.
<Also, nach ihrer Landung melden sie sich bei uns und bestätigen die Landung, wir werden sie während der ganzen Operation mit mehreren UAV´s beobachten, denn dieser Einsatz hat höchste Priorität, wieder einmal Präsidentenstufe-1 Klassifizierung, also
Versagen ist keine Operation, wir vertrauen auf sie alle.
Wir schicken ihr ganzes Platoon los Commander.
Dann müssen sie irgendwie den Standort von Renalti ausfindig machen, dazu ist es am besten, einen seiner Vertrauten aufzuspüren,
zu verfolgen und ihm Informationen zu entlocken.
Wenn sie den Aufenthaltsort haben übermitteln sie uns diesen unverzüglich und machen sie sich sofort zu diesem auf.
Auf dem Weg zerstören sie einige von Renaltis Drogenlagern und bringen, soweit möglich, seine Lieferanten und auch Partner unter die Erde.
Wenn sie Renalti haben, überführen sie ihn über die Grenze nach Brasilien.
Von dort aus können sie einen Helikopter rufen, welcher sie dann auf einen Flugzeugträger im Atlantik bringen wird.
Glücklicherweise hat sich Admiral Darwin Torcher freiwillig dazu entschieden, die USS Varan zu entsenden, um sie zu empfangen>
Ich sah auf und konnte nicht still sein.
<Die USS Varan ist wieder instand gesetzt worden?!> rief ich.
<Ja Commander Frost, sie hat es überstanden und der Admiral wird sicher froh sein, sie wiederzusehen, aber das sehen wir später.
Also zusammengefasst: Landen, melden, Infos über Renalti und seinen Aufenthaltsort sammeln, erneut melden, Renalti einkassieren und seine Drogenlager zerstören, seine Lieferanten und Partner ausschalten und ihn dann zur USS Varan bringen.
Von dort aus bringen sie ihn dann hierher, Fragen?> fasste er schnell zusammen.
<Ja Sir, werden wir alle zusammen an einem Ort landen, denn wäre es nicht sinnvoller, wenn wir uns in mehrere Gruppen aufteilen würden? So könnten wir Renaltis Drogenlager

schneller zerstören und seine Partner gleichzeitig ausschalten und somit für Verwirrung sorgen> meinte Blackbeard, einer der älteren DEVGRU Operator, welcher schon dabei war, als ich gerade einmal SEAL geworden war.
<Guter Einwand Chief Rottner, das ist eine sehr gute Idee, dann geben sie uns noch etwas Zeit, um neue Koordinaten auszuwählen.
Stellen sie ihre Gruppen zusammen, sie sollten Gruppen von neun Männern zusammenstellen, sodass wir insgesamt fünf Teams entsenden können.
Wir treffen uns um 07.00 wieder hier, schlafen sie ausreichend und wählen sie ihre Gruppenkameraden, denn direkt nach der morgigen Besprechung geht es los oder gibt es noch Fragen?>
<Nein, Sir> meinte ich.
<Gut, dann bringen sie ihre Männer hier raus Gold Leader>
<Sir, ja Sir>
Wir gingen nun nicht direkt zu unseren Stuben zurück, sondern liefen alle in den Aufenthaltsraum, um uns abzusprechen.
Einige setzten sich auf das Sofa, einige standen und einige lehnten
sich an dem Billardtisch an.
Sie bildeten sie einen Kreis um mich herum, sodass sie mich auch alle hören konnten.
Ich zog mir einen Stuhl heran und stellte mein linkes Bein auf darauf.
<Also, der Captain hat uns die Lage erklärt, nun liegt es an uns, die Feinheiten anzupassen.
Wer geht mit wem?> fragte ich ganz direkt, als wenn es um die Wahl der Abschlussball Pärchen ginge.
<Am besten passt du erst einmal dein Team an Voodoo> meinte Blackbeard.
<Okay, ich gehe mit Panther, King Lion, Trigger, Hedgehog, Dingo, Pirate, Patron und Kick...wir bilden das erste Team, Kennung Echo- 1>
Mein Team war schon einmal ausgewählt, nun hieß es nur noch abwarten, bis die anderen sich zusammengefunden hatten.
Dies ging recht schnell, eine gut funktionierende Maschine eben, wo jeder Operator wie ein Zahnrad mit jedem zusammenarbeitet.
Da die Teams nun bereitstanden beschäftigten wir uns mit der Akte, welche Wittford mir ein paar Stunden zuvor gegeben hatte und mit einigen Landkarten Perus, auf denen wir mögliche Drogenverstecke und Aufenthaltsorte der Partner von Renalti mithilfe von CIA Drohnenbildern einzeichneten.
Aber so wie ich die Zuverlässigkeit von Informationen der

Bürohengste von der CIA kannte, waren die Drogenverstecke eh nicht dort, wo sie zu sein schienen.
Aber egal, wir mussten damit arbeiten, was wir hatten.
Der Einsatz war soweit klar, jetzt mussten wir nur noch ein letztes Briefing machen, bevor es losging.
Um Punkt 07.00 des nächsten Tages standen wir erneut im Planungsraum, in unsere Gruppen aufgeteilt.
Der Captain betrat den Raum, mit ihm General Morgan und eine uns unbekannte CIA Analytikerin.
<Sir´s und Mam, DEVGRU-Gold hat sich in die besprochenen Teams aufgeteilt und ist alles für die Operation durchgegangen>
<Guten Morgen erst einmal Commander und schön das zu hören, dann können wir ja sofort beginnen> sprach General Morgan.
Ich nickte.
Die Vorgesetzten und die Analytikerin stellten sich vor uns an den Tisch.
Sie legte einige Akten und Satellitenbilder hinauf.
Pirate neben mir folgte ihr mit seinen Augen wie ein verliebtes Schulmädchen.
Da hatte sich wohl jemand verschossen.
Ich gab ihm eine Hinterkopfschelle, um ihn zurück in die reale Welt
zu holen, was auch perfekt funktionierte.
<Nun, können wir dann weiter machen> fragte Captain Wittford und
räusperte sich auffällig.
Die Analytikerin hatte das eben gerade wohl mitbekommen und kicherte Pirate niedlich an.
Er war jetzt schon im siebten Himmel.
Der Beamer zeigte nun wieder die selbe Karte wie gestern auf der Leinwand an, doch dieses mal war nicht nur eine Landezone, sondern fünf eingezeichnet.
Die Landezone meines Teams befand sich etwa 20 Km Süd-Westlich der Stadt Iquitos im Norden Perus.
Wir waren alle über ganz Peru verstreut, zwar sinnvoll, um unsere Operationsziele gleichzeitig auszuführen, aber nicht gerade sinnvoll, wenn wir uns erneut zusammenschließen sollten.
Aber ich stellte weder die Planung unserer Vorgesetzten, noch Blackbeards Idee in Frage, da ich jedem von ihnen vertraute.
<Nun, sie haben ihre Koordinaten, sie haben
Entscheidungsfreiheit, in welcher Reihenfolge und auf welche Weise sie die Operationsziele abschließen, höchste Priorität hat

aber Renalti...lebend, verstanden?>
<Verstanden, wir schaffen das schon> gab ich selbstsicher zurück.
<Nun gut, dann wegtreten, ihr Flug geht in zwei Stunden meine Herren> hieß es als Abschlusswort des Generals.
Wir gingen nun alle zu unseren Stuben, um unsere Ausrüstung vorzubereiten.
Da wir keinen Stützpunkt in Peru hatten, mussten wir nur mit der Ausrüstung zurechtkommen, die wir bei uns trugen.
Dabei hieße es nun je kompakter desto besser, daa Peru in weiten Teilen ein Dschungelgebiet war, mussten wir leicht und kompakt unterwegs sein, viel Ausrüstung und Gepäck wäre hierbei nur eine Last.
Ich nahm mein H&K 416 aus unserer Waffenkammer und kam zurück in die Stube.
Zusätzlich dazu nahm ich das Gerber Werkzeug und auch einige Utensilien zur Waffenreinigung mit, da der Schlamm des Dschungels einer Waffe schon einiges anhaben konnte.
Dies verstaute ich beides in meinem Kampfrucksack.
Nun legte ich die kugelsicheren Einlagen in meine Schutzweste und legte diese dann auf den Tisch.
Zur Sicherheit montierte ich mein Nachtsichtgerät an meinen Helm, verstaute diesen jedoch vorerst in meinem Rucksack.
Was ich nicht vergessen durfte, war mein Boonie, welcher inmitten eines Urwaldes doch sehr von Nutzen sein konnte.
Meine Abseilausrüstung durfte auch auf keinen Fall fehlen, nur für
den Fall der Fälle.
Soweit stand meine Ausrüstung bereit und auch die anderen waren soweit bereit.
Logan hatte Glück, da er ja nur mit Maschinenpistolen schoss, konnte er sich gleich zwei mitnehmen.
Die eine trug er bei sich, die andere packte er in seinen Rucksack.
Jedoch hieß das auch, dass er mehr Munition mitnehmen musste.
Er hatte seine MP7 und seine Vector dabei.
Harper hatte seine Honey Badger ausgewählt und wegen des integrierten Schalldämpfers und seiner Kompaktheit perfekt zum lautlosen Vorgehen geeignet war.
King war mit seinem H&K 21 ausgerüstet, denn es war kompakt, hatte jedoch durch das doppelte Trommelmagazin eine gewaltige Magazinkapazität.
Taylor nahm wie Logan zwei Waffen mit, da war zum einen sein APR und zum anderen sein SL9.

Also wieder der ruhige präzise Schütze, das war Taylor wie wir ihn kannten.
Unsere Ausrüstung war bereit, Granaten und all das bekamen wir kurz vor dem Flug noch vom Waffenwart am Flugfeld ausgehändigt.
Mit unseren Waffen und den Rucksäcken gingen wir nun zum Flugfeld, in Hangar Nummer 5.
Dort sollten wir uns mit den anderen und auch ein letztes mal mit Captain Wittford treffen.
Von General Morgan fehlte mal wieder jede Spur, bestimmt wieder ein Kaffeeklatsch mit den Parlamentsmitgliedern oder so etwas.
Aber es war vielleicht auch gut so, denn wir kannten Captain Wittford länger und mochten ihn auch ehrlich gesagt mehr als General Morgan, denn der Captain behandelte uns zwar wie Soldaten und setzte auch dementsprechend viel Disziplin an den Tag aber er verstand uns und setzte sich für uns ein, anders als der General.
Er war immer nur der disziplinierte Offizier, der uns bestimmt alle als Maschinen sah, die er befehligen konnte.
Im Hangar stand unsere Maschine, aufgetankt und zum großen Teil schon beladen.
Die Fallschirme lagen schon auf den Sitzflächen, einen für jeden von uns.
Captain Wittford war schon dort, neben ihm unser Waffenwart und einige Flugingenieure.
Der Großteil des Platoons stand auch schon im Hangar, nur noch Dingo, Pirate und Kick fehlten, soweit ich sehen konnte.
Doch wenn man vom Teufel sprach, da kamen sie auch schon angerannt.
<Verzeihung Captain und Gold Leader, unser kleiner Pirate hier hat seinen Schalldämpfer für das Gewehr verschludert und wir mussten
zum Waffenwart einen neuen besorgen> erklärte Dingo und holte tief Luft.
<Ja, nur blöd, dass unser Waffenwart die ganze Zeit hier war, wegen der restlichen Ausrüstung> entgegnete ich.
<Ja, das merken wir jetzt auch, wir haben satte 15 Minuten gewartet, bis uns das jemand gesagt hat, aber glücklicherweise hat Pirate jetzt einen neuen Schalldämpfer>
<Perfekt, jetzt kommt her, die letzten Ausrüstungsgegenstände werden uns überreicht und dann geht es los> meinte ich und vermittelte ihnen per Handzeichen, dass sie schnell machen sollten.
Sie brachten ihre Waffen und Rucksäcke an Bord und kamen

zu uns.
<Also, bitte jeder einzeln vortreten, um Atemmasken für den Sprung, Hand-, Rauch- und Blendgranaten, sowie Sprengsätze und Bolzenschneider für die Breacher und Signalfackeln entgegenzunehmen> sprach Scott Welkins, unser Waffenwart.
<Alles klar, meine Herren, aufstellen> befahl ich und stellte mich seitlich von ihnen auf.
Einer nach dem anderen bekam die Granaten und unsere Breacher auch C4 Sprengsätze, Claymore Minen und auch einen Bolzenschneider.
Ich trat als letztes an, um die Ausrüstung entgegenzunehmen.
Danach betrat ich auch unsere Maschine und setzte mich an meinen Platz.
Das Flugzeug hatte noch nicht einmal die Laderampe geschlossen, da fingen die Jungs schon an, sich mit irgendwelchen Dingen zu beschäftigen.
Kick spielte wieder mit seinem Gameboy und so wie ich sehen konnte, hatten sich zwei von uns sogar einen Fußball mitgenommen.
Nur schade, dass sie nicht bedacht hatten, dass wir später abspringen mussten, nun ja, ihr Pech.
Aber ich war nicht wie unsere Vorgesetzten auf der Kaserne, ich war sogar froh, dass die Jungs sich vor einer Operation noch so viel Spaß gönnten.
So waren sie motivierter und konnten bessere Leistungen vollbringen.
Der Captain kam ein letztes Mal zu uns an Bord.
<Also Männer, sie kennen die Befehle und ich erwarte von ihnen, dass sie diese auch erfolgreich ausführen.
Sie sind die Besten der Besten, meine Besten, ich vertraue in sie, in sie alle.
Viel Glück Männer und immer dran denken, niemand wird zurückgelassen> meinte er und ging sofort wieder aus dem Flugzeug ohne das auch nur jemand von uns eine Antwort geben konnte.
Aber wir alle wussten was zu tun war und auch jeder war bereit diese Operation erfolgreich abzuschließen, egal ob es sein Leben kostet oder nicht.
Die Maschine startete und die Langeweile breitete sich schon jetzt aus.
Glücklicherweise hatten sich ja einige, wie ich es eben schon einmal erwähnt hatte, Dinge zum Zeitvertreib mitgenommen.
Ich zog es ja vor, mich noch etwas mit meinen Männern zu unterhalten, denn immerhin bestand bei jeder Operation die Chance, dass es das letzte Gespräch sein könnte.

Ich sah zu Taylor herüber und sah wieder diese kleine Taschenbibel in seinen Händen.
<Hey Taylor, darf ich dich mal was fragen?>
<Klar>
<Diese Bibel da, ist die irgendwie Kugelsicher und soll dein Herz vor feindlichen Kugeln schützen oder bist du wirklich religiös?>
<Nun, ich bin nicht gerade so religiös, dass ich schön brav jeden Sonntag für mehrere Stunden in die Kirche gehe, beichte und bete aber ich bin schon gläubig...ich mein meine Chance in den Himmel zu kommen haben wir aufgrund unserer Arbeit des Tötens schon vergeigt aber der Glaube kann einem vieles schon leichter machen> erklärte er und schlug seine Taschenbibel zu.
<Wow, das hätte ich von dir nie gedacht aber dafür hast du wirklich meinen Respekt Taylor>
<Danke> entgegnete er.
<Und du hast recht, der Himmel ist uns schon verwehrt aber wenn wir abkratzen sollten, dann sehen wir uns zumindest in der Hölle wieder und mischen den Laden richtig auf, hab ich nicht recht?> rief ich überzeugt im Flugzeug umher.
Von allen Seiten schallte es nur „Hooyah" im Chor.
Taylor schüttelte fröhlich den Kopf und vergrub sich erneut in der Bibel, nun wollte ich ihn auch nicht weiter stören.
Als ich mich umdrehte erschrak ich, da Blackbeards dichter Vollbart direkt vor meiner Nase war.
<Whoa Blackbeard, pass auf wo du mit deinem Urwald hingehst>
<Haha, fick dich, du weißt doch, je größer der Bart, desto größer das Lustwerkzeug>
<Träum weiter alter Mann, was gibt es?> fragte ich und schlug mit ihm ein.
<Danke, dass du Pirate immer so unter deine Fittiche nimmst, der Junge muss noch viel lernen und du bist der geeignetste dafür, ihm ein paar professionelle Kniffe zu zeigen> meinte er und lächelte.
<Hey, dafür bin ich doch da aber du bist hier der Veteran, du könntest ihm noch mehr beibringen> antwortete ich.
<Nun ja, ich hasse es, andere auszubilden, dieser alte Haudegen ist nur was für die Front, nicht für die Einweisung von Frischfleisch>
<Na gut stimmt, keine Sorge Blackbeard, ich zeige ihm was>
Er bedankte sich mit einem zwinkern bei mir und ging zu seinem Platz zurück.
Langsam schlief mir der Hintern ein, weshalb ich aufstand und

im Laderaum des Fliegers umher ging.
Plötzlich ertönte eine Stimme auf unserem Operationskanal.
<Achtung Achtung, hier spricht Christopher Meyers, ihr Kapitän.
Wir haben leichte Turbulenzen aber werden unseren ersten Urlaubsort in etwa fünf Minuten erreichen, die erste Gruppe sollte sich schon einmal bereit machen auszusteigen.
Vielen dank, dass sie mit unserer Fluglinie mitgeflogen sind, wir wünschen einen angenehmen Aufenthalt> sprach unser Pilot.
Wir alle hatten unsere Fallschirme direkt nach dem Start angelegt, damit wir schneller bereit zum Absprung waren.
<Echo-1 antreten und aufstellen!> rief ich, worauf mein ganzes Team aufstand und sich zu mir begab.
<Okay, noch 2 Minuten, in einer Reihe aufstellen und schon einmal die Fallschirme prüfen> befahl ich und sah auf meine Uhr.
Noch zwei Minuten bis zum Sprung
Ich wies King nun an, die Laderampe des Fliegers herunterzulassen.
Der frische Wind füllte den Frachtraum, zum Glück waren wir in einem tropischen Land, irgendwo anders wären wir auf dieser Höhe durch den Wind zu Eisblöcken gefroren.
Ich gab allen das Zeichen, ihre Atemmasken anzuziehen und sich erneut aufzustellen.
Dann stellte ich mich an die erste Stelle in der Reihe und wartete, bis Logan meinen Fallschirm überprüft hatte.
Nachdem er mir das „Save" Zeichen gegeben hatte, schaute ich erneut auf meine Uhr.
Eine Minute bis zum Absprung.
Ich zeigte mit einem Finger in die Luft und rief <Eine Minute!>
Die anderen wiederholten dies.
Nun schlossen wir die Kinnschnallen unserer Atemmasken, gingen zum Ende der Laderampe und machen uns zum Absprung bereit.
Ich sah ein letztes mal zu den anderen Jungs zurück.
Heavy sah mich an und rief uns etwas zu.
<Guten Flug meine Herren> rief er, zumindest glaubte ich das, denn ein so guter Lippenleser war ich nicht gerade und wegen des Lärms des Flugzeuges und dem Pfeifen des Windes konnte ich nicht allzu gut hören.
Egal was er uns zugerufen hatte, ich zeigte einfach das Taucherzeichen für „Okay" und sah wieder nach vorne.
Nun lief ich einfach gerade aus und sprang aus dem Flugzeug,

meine Jungs folgten mir und sanken so schnell wie möglich auf die gleiche Höhe ab wie ich.
Wir bildeten eine Formation und verharrten in dieser.
Auf 500 Metern Höhe fingen unsere Höhenmesser an zu piepen.
Das war unser Zeichen, die Fallschirme zu öffnen und in den Sinkflug zu gehen.
Ich zog die Reißleine und der Schirm öffnete sich.
Ich glitt nun nach unten bis zur Landezone und meine Jungs blieben dicht hinter mir.
Am Boden gelandet, zog ich den Fallschirm zu Boden und faltete ihn grob.
Meine Jungs machten das genau so und legten ihre Schirme zu meinem.
Diese verscharrten wir dann in einem der vielen Gebüsche, damit feindliche Patrouillen von unserer Anwesenheit vorerst nichts mitbekommen würden.
Wir waren also gelandet, wo die anderen jetzt wohl waren?
Beim Blick auf die Uhr war ich mir sicher, dass mindestens zwei weitere unserer insgesamt fünf Teams nun auch ihre Landezone erreicht haben sollten.
<Echo-2 und Echo-3, hier Echo-1 Actual, habt ihr eure LZ erreicht, over?>
Es kam nichts.
Ich wiederholte meine Frage.
Immer noch nichts.
Plötzlich ertönten gedämpfte Schüsse auf dem Kanal.
Ich hörte kurz danach Blackbeards Stimme.
<Echo-1 Actual, hier Echo-2 Actual, haben LZ erreicht und sind auf ein paar Arschlöcher gestoßen.
Die sind ausgeschaltet und unsere Anwesenheit weiterhin unbekannt, over>
<Roger Echo-2, erneut melden, wenn ihr was von Echo-3, Echo-4 und oder Echo-5 hört, sonst weiter mit Sekundärzielen, Echo 1 out> gab ich als Befehl und behielt wieder Funkstille.
<Also Jungs, hört mir alle mal zu, von jetzt an sprechen wir uns nur
noch mit Codenamen an, verstanden?> fragte ich und drehte mich zu meinem Team.
<Verstanden aber wieso?> fragte Logan überrascht.
Daran merkte man, dass er vorher noch nie einen speziellen Codenamen besessen hatte war, er wusste nicht bescheid über die Gefahren, die nur ein einfacher Name in den falschen Ohren verursachen konnte.
<Ganz einfach Hedgehog, diese Kartelljungs sind keine

Stutzer.
Die haben ein Gedächtnis wie ein Elefant und einen Racheinstinkt wie eine Bärenmutter, dessen Junges angefasst wurde, wenn die dein Gesicht sehen merken die es sich.
Und wenn dazu noch ein Name kommt, dann suchen sie dich und die, die dir am wichtigsten sind> erklärte ich kurz aber verständlich, um ihm die Gefahren darzulegen.
<Oh...nun...alles klar, verstanden Boss> gab er zurück und gab gleichzeitig das Taucherzeichen für „Okay".
Jetzt mussten wir erst einmal von unserer Position verschwinden.
Wir standen auf offenem Gelände, ein flaches Grasland ohne viele Bäume oder Gebüsche.
Der Feind könnte uns jederzeit ausfindig machen und uns überrennen, denn hier war auch keine Deckung.
Am besten war es, wenn wir zunächst eines der möglichen Drogenverstecke ausheben würden.
Dingo hatte eine der Karten in seinem Rucksack dabei.
Das nächstgelegene Versteck lag etwa zweieinhalb Kilometer östlich von unserer Position, ein kleines Lagerhaus mitten in der Pampa.
Es lag jedoch an einem Fluss, dass hieß, dass sie ungesehen ihre Drogen hin und her schmuggeln konnten, ohne das es jemand mitbekam.
Das war unser erstes Ziel.
Wir machten uns gleich auf und versuchten dabei immer in der Nähe von Bäumen, Büschen und oder hohen Gräsern zu bleiben, um uns notfalls tarnen zu können.
Wir hatten uns nach der Landung unsere Boonie Hüte aufgezogen, der Operator Standard, wie man sie auch aus jedem guten Film kennt.
Je länger wir durch die pralle Hitze gingen, desto schwerer wurden die Beine und auch unsere Ausrüstung.
Aber keiner von uns meckerte oder gab auf, schließlich waren wir eine Elite und hatten schon während der Ausbildung schlimmeres erlebt.
Langsam veränderte sich das Gebiet, das Gras wurde mit jedem Meter den wir gingen immer höher, was hieß, dass der Dschungel
nicht mehr weit entfernt sein konnte.
Eine Straße trennte das Grasland.
Genau wie auf der Karte aufgezeichnet.
Das Lagerhaus war nicht mehr weit entfernt, wir sahen sogar schon den Eingang in das Dschungelgebiet.
Motorengeräusche ertönten.

Ein weißer Pick Up Truck fuhr auf uns zu.
Sofort warfen wir uns in das hohe Gras und warteten, bis er vorbeifuhr.
Sie mussten ja nicht unbedingt jetzt schon von unserer Anwesenheit erfahren.
Er fuhr mit lautem Getöse an uns vorbei und die Duftwolke aus seinem Auspuff, bestehend aus dem Gestank von altem Diesel und Rost reizte unsere Nasen und Augen, doch Husten durften wir nicht, sonst hätten wir auffliegen können.
Wir blieben so lange versteckt, bis das Motorengeräusch soweit entfernt war, dass wir es kaum noch hören konnten.
Nun erhoben wir uns und liefen weiter in Richtung des Dschungels.
Wir suchten nach dem Lagerhaus am Fluss und wir fanden es auch, und zwar genau dort, wo es die CIA Überwachungsdrohne erspäht hatte.
Vielleicht war auf die CIA Aufklärung doch mehr Verlass als gedacht.
Wir gingen von Osten aus an das Lagerhaus heran, zumindest glaubte ich das, dem Stand der Sonne zufolge doch auf halbem Wege stoppte ich mein Team.
Wir gingen in die hocke und wartete.
<Was ist los Voodoo?> fragte Dingo.
<Hier sind so wenige Wachen, das gefällt mir nicht.
Wir teilen uns auf, ich will, dass die Hälfte der Gruppe Schussposition bezieht und das Gebiet überwacht, während die andere Hälfte das Lagerhaus stürmt> erklärte ich und deutete auf eine kleine Erhöhung 50 Meter nördlich von unserer Position.
<Klar, wer macht was?> fragte King von der Seite aus und checkte sein MG.
<Okay also ich übernehme die Sturmgruppe, mit mir kommen Dingo, Logan, Harper und Kick.
Ihr anderen sichert uns von der Erhöhung aus, verstanden?>
<Verstanden Voodoo> stimmten alle ein.
Ich rückte mit meinem Trupp langsam zum Flussufer vor und tauchte unter.
Die anderen gingen zu ihrer Sicherungsposition und warteten auf unser Signal.
Es war schwer, etwas in diesem verdreckten und salzigen Flusswasser zu sehen aber als ich den Umriss eines Stützbalkens des Stegs sah, tauchte ich langsam auf, sodass nur mein Boonie und meine Augen aus dem Wasser ragten.
Die anderen folgten und sicherten mich und unseren Rücken.
Ich blickte kurz zu der anderen Hälfte des Teams.

Sie waren in Stellung, es konnte also los gehen.
Nun hob ich mein ganzes Gewehr aus dem Wasser und schwamm in Richtung des Stegs.
Einer nach dem anderen kletterte hoch und schlich zur Tür.
Von innen konnten wir Musik und leise Stimmen vernehmen.
Es waren also Renaltis Männer anwesend.
Wir stellten uns auf und machten uns zum Vorstoß bereit.
Ich zählte mit den Fingern leise von drei herunter.
Einen Moment danach trat Dingo die Tür auf und gab den ersten Schuss ab.
Der erste Feind ging zu Boden, während ich den zweiten Feind erschoss.
<Save> sagte ich und betrat das Lagerhaus.
Überall waren Drogen, diese Junkies wollten sie wohl gerade zum verschiffen bereit machen.
Über Funk gab ich zum Sicherungsteam <Jackpott> durch.
Doch so früh konnten wir uns nicht freuen, denn wir wurden darüber informiert, dass weitere Kartellgangster auf dem Weg waren.
Und nicht nur das war unser einziges Problem.
Denn plötzlich ertönten viele Schüsse im Lagerhaus.
Aus dem Raum nebenan traten eine riesige Anzahl von Patronen durch die Holztür.
Ich warf mich so schnell es ging zu Boden und zog Dingo mit mir herunter.
Es dröhnte in meinen Ohren.
<Alles okay?> rief ich und sah mich um, als das Feuer sich milderte.
In der dichten Staubwolke des zerschossenen Holzes konnte ich die anderen nur schwerlich erkennen aber soweit ich sah, bewegte sich noch jeder von ihnen, das war ein gutes Zeichen.
Dann meldeten sie sich alle.
<Ja!> riefen sie.
Nur Kick antwortete nicht.
Doch bevor ich nachsah, was mit ihm war, stand ich auf und richtete mein Gewehr auf die zerschossene Tür.
Dingo gab mir Deckung.
Die Tür sprang auf und ein irrer kleiner Mann, der aussah wie ein Mexikaner kam heraus und trug ein russisches RPK Maschinengewehr mit einem Trommelmagazin.
Er sah uns und erschrak, doch dann trafen ihn schon jeweils eine Patrone von Dingo und mir in den Schädel.
Nun sah ich nach, was mir Kick los war.
Neben seinem Körper lag eine kleine Blutlache, ich rechnete mit dem schlimmsten und untersuchte ihn.

Er atmete schwer.
Dann sah ich es, dieser irre kleine Junkie hatte ihn erwischt.
Eine Kugel hatte ihn an der Schulter getroffen und sich hineingebohrt.
Doch das war nicht das Schlimmste.
Eine zweite Kugel hatte wohl sein Gewehr getroffen und war daran abgesplittert.
Die Splitter schossen ihm dann direkt durch sein Gesicht, nur einige Millimeter unter seinem Auge entlang.
Außerdem haben die heißen Splitter auch noch einige Verbrennungen hinterlassen.
Der Bereich unter seinem Auge sah so aus, wie die verbrannte Gesichtshälfte vom Gangster *Two Face* aus *Batman*
Er hatte ein riesiges Glück gehabt, denn es hätte auch noch schlimmer ausgehen können.
Über Funk versuchte ich Logan und die anderen zu kontaktieren, konnte aber nur gedämpfte Schüsse vernehmen.
Anscheinend kümmerten sie sich gerade um die feindlichen Nachzügler.
<Boss, Boss hört ihr uns, was ist da gerade passiert!?> rief King über den Einsatzkanal.
<So´n scheiß Junkie ist passiert, er hat mit einem RPK aus dem Nebenzimmer auf uns geschossen.
Allen geht es gut, bis auf Kick, wir brauchen Hedgehog hier unten, sofort!> antwortete ich und stampfte nervös und ungeduldig mit den Füßen.
Sie kamen alle auch sofort zu uns und Logan sah sich das ganze einmal genauer an.
Nut Taylor blieb draußen auf der Anhöhe, da er das Scharfschützengewehr dabei hatte und so das gesamte Gebiet im Auge behalten konnte.
<Okay Voodoo, Kick wird es überleben, er hat Glück gehabt, hätten ihn die Projektilsplitter ein paar Millimeter weiter oben getroffen, hätte er sein eines Auge und vielleicht sogar sein Leben verloren, denn dann wären die Splitter über den seitlichen Stirnlappen in seinen Kopf eingedrungen und hätten die Adern in seinem Kopf oder noch schlimmer sein Gehirn geschädigt> erklärte Logan.
<Ja danke Hedgehog, er hat also verdammtes Glück gehabt, aber er lebt, das ist das wichtigste>
<Jaja aber wir müssen ihn erst einmal hier herausbringen, er wird eine Zeit lang kampfunfähig sein> erklärte er.
<Shit, okay, Hedgehog, Patron, ihr tragt ihn, wir geben Deckung> befahl ich.
<Ähm, ich glaube aus dem weggehen wird nichts, weitere

Feinde im Anmarsch> sprach Harper und sah durch einen winzigen Spalt in
der Eingangstür.
<Wie viele?> fragte King und nahm seine MG in Anschlag.
<Etwa 10 Männer, Ak´s und RPK´s, einer hat ne abgesägte 12er>
Ich wies jedem eine Position innerhalb des Lagerhauses zu und versteckte mich hinter einem umgeworfenen Tisch.
Nun hieß es nur noch abwarten.
Einige wenige Augenblicke später öffnete sich langsam die Tür.
<Pepe, bist du hier?> fragte einer der Drogenschmuggler und winkte seine Jungs hinter sich her.
Er kam ganz herein und fragte erneut.
Drei weitere Feinde kamen hinein, jetzt war der richtige Augenblick.
Ich erhob mich und gab den ersten Schuss ab.
Ein Feind ging zu Boden.
Von draußen hörte ich das Geschrei eines weiteren Feindes, Taylor leistete also auch sehr gute Arbeit.
Wir alle kamen aus unseren Deckungen und feuerten auf die Feinde.
Ohne einen einzigen Kratzer töteten wir alle Feinde.
Und es schienen auch keine weiteren nachzukommen.
Nun trugen die beiden Kick nach draußen, während wir Deckung gaben.
Tiefer im Dschungel machten wir dann Halt, damit Logan noch einmal über Kick´s Wunden schauen konnten.
Dabei brachen wir unsere Funkstille, da sich die Teamleiter von Echo-3, Echo-4 und Echo-5 meldeten.
Sie alle hatten nach ihrer Landung Feindkontakt und konnten sich somit nicht direkt bei mir melden, aber sie blieben weiterhin unentdeckt, was das wichtigste für unsere Operation war.
Da wir alle nun Kontakt hatten, konnten wir uns endlich bei Captain Wittford melden.
<Panther, hol den Master Signal raus> befahl ich Harper.
Der Master Signal war ein modernes und tragbares Kommunikationsrelais, welches in einem Rucksack verstaut werden konnte.
Der Master Signal konnte von jedem Ort aus eine sichere Verbindung zu weit entfernten Orten aufbauen, sogar von hier bis
zur Kaserne in Dam Neck.
Harper stellte ihn neben mir auf und stellte ihn auf unseren

Operationskanal-2, der für den Kontakt mit Captain Wittford genutzt wurde, ein.
<Command Center, hier Voodoo, bitte kommen Command Center>
<Voodoo, hier Command Center, wir hören>
<Wow, ich hätte nicht gedacht, dass der Master Signal so weit reicht, cool.
Also, wir sind vor etwa einer Stunde hier angelandet, Echo-2, -3, -4 und -5 hatten Feindkontakt, unsere Anwesenheit wurde aber nicht aufgedeckt over>
<Sehr gut, wie geht es mit den Operationszielen voran, over?>
<Wir haben bereits ein Drogenversteck ausgemacht und gesichert, haben jedoch einen verletzten>
<Voodoo, bitte wiederholen, haben letzten Bericht nicht verstanden>
Nun ertönte ein lautes Rauschen und die Stimme des Captains verschwamm.
War der Master Signal doch kein so gutes Gerät oder woran hätte es legen können?
Plötzlich spürte ich etwas eisiges im Nacken.
<Hände hoch und keinen Mucks> sprach eine tiefe Stimme hinter mir.
Wir waren soeben in einen Hinterhalt geraten.
Vier Männer waren es gewesen.
Der hinter mir schien ihr Anführer zu sein.
Ich nahm meine Hände hoch und ging auf die Knie.
<Wer seid ihr?> fragte der Mann und drückte mir die Pistole tiefer in den Nacken.
<Gegenfrage, wer seid ihr?> entgegnete ich.
<Wenn ihr schon so anfangt, dann kann ich euch auch gleich wegpusten> drohte er mir an.
Plötzlich fing Harper an, mit ihm zu sprechen.
<Baxter, bist du es?>
Der Mann sah zu Harper.
<Johnson, was zum Teufel machst du hier?> fragte er Harper.
Die beiden kannten sich also, das verwirrte mich jetzt vollkommen.
<Ähm, würde mir das bitte jemand erklären?> fragte Dingo verwirrt.
Ich nahm an, dass diese Männer uns nicht töten würden und nahm meine Hände wieder herunter.
Der Anführer half mir hoch und sah mich an.
<Jeder Buddy von Panther ist auch ein Buddy von mir, also wer seid ihr?> fragte er erneut und steckte seine Pistole zurück in sein Holster.

<SEALs und ihr?>
<Green Berets, Ghost Team aber SEALs? das kann doch gar nicht sein, Panther ist bei Delta> meinte er verwirrt und sah mich mit auch so einem Blick an.
<Ja, er ist ein Delta, das ist ein Marine, er ist Ranger und er ist ehemaliger Canadian JTF2 Operator, ich habe eine komische Truppe, aber das erkläre ich alles später> meinte ich hastig und zeigte erklärend auf Harper, King, Logan und Taylor.
Harper war vor seiner Zeit bei Delta bei den Army Special Forces (Hier ist der Name Special Forces für die Green Berets gemeint) gewesen und dieser Mann oder vielleicht auch jeder der vier Männer muss wohl in seinem früheren Team gewesen sein.
<Also, wenn ich vorstellen darf Männer, das ist First Sergeant Roy Baxter, alias Scarecrow, Green Beret und mein ehemaliger Buddy> erklärte Harper und stellte uns jeden seiner ehemaligen Teamkameraden vor.
<Hey, ich bin Voodoo, freut mich, euch kennenzulernen> meinte ich und gab jedem meine Hand.
<Schon gut, schon gut, was ist mit eurem Buddy passiert?> fragte mich Scarecrow.
<Er wurde im Kampf im Lagerhaus dort hinten verwundet, eine Patrone ist an seinem Gewehr abgesplittert und hat ihm das Gesicht ganz schön ramponiert> meinte Logan hinter mir.
<Hmm okay, hier kann er nicht bleiben, wir bringen ihn in unsere Operationsbasis, ein altes CIA Safehouse hier in Peru, es ist nur drei Kilometer entfernt, wir gehen vor> erklärte Scarecrow und ging voran.
Logan und Patron nahmen Kick wieder hoch und trugen ihn hinter uns her.
Auf dem Weg trafen wir auf keine größeren Feindverbände, nur etwa 500 Meter vor dem Safehouse versperrte uns eine große Gruppe bewaffneter Guerilla Kämpfer den Weg.
Es waren etwa um die 25 Männer, stark bewaffnet und ein Fahrzeug dabei.
Wir waren wieder aus dem Dschungel heraus und vor uns erstreckte sich eine hügelige Landschaft, an die sich ein Gebirge anschloss.
Das hieß also, dass wir uns nicht einfach an ihnen vorbei schleichen konnten, da die Landschaft uneben war und hier nur wenige
Möglichkeiten zum Umgehen vorhanden waren.
<Leuchtender Pfad, eine Guerilla Truppe, die sich seit mehreren Jahren mit allen Mitteln gegen das Regime Perus wehren> erklärte Scarecrow.

<Also können wir wahrscheinlich nicht einfach an ihnen vorbeispazieren?> fragte ich witzelnd.
<Wenn sie ein Messer an der Stelle haben wollen, wo die Sonne nie hinkommt, dann gerne, gehen sie vor...diese Jungs kämpfen gegen jeden außer die Ihren und glauben sie mir, die lieben das Foltern> entgegnete er.
<Okay, dann lieber doch kein Kaffeekränzchen> witzelte Harper.
Scarecrow dachte kurz nach und sah dann Taylor an.
<Sie, wie ist ihr Name?> fragte er.
<Ich bin Trigger>
<Sehr schöner Name, der passt zu ihnen...aber wie dem auch sei, ich brauche sie.
Sie nehmen ihr Scharfschützengewehr und bleiben hier in Stellung, suchen sie sich eine gute Deckung> sprach er und wies danach seinem Scharfschützen eine Position zu.
<Wir anderen greifen frontal an, zusammen sollten wir genug Feuerkraft haben, um alle gleichzeitig wegzupusten>
<Alles klar, aber ich denke, dass wir dann von verschiedenen Seiten aus angreifen und die Feinde einkreisen sollten> warf ich als Idee ein.
<Sie nehmen mir die Worte aus dem Mund Voodoo, wir gehen in Zweierteams, aufteilen und dann los geht´s>
Wir bildeten schnell Zweiergruppen und schlichen uns durch das Gras voran.
Dabei mussten wir immer wieder zwischen kriechen und hocken wechseln, da sich die Höhe des Grases stetig änderte.
Als wir nah genug dran waren, checkten wir kurz unsere Munition und warteten auf die ersten Schüsse von Taylor und dem SF Sniper.
Diese hatten erspäht, dass wir in Stellung waren und gaben jeweils einen Schuss ab.
Zwei Ziele weniger.
Sofort erhoben wir uns aus dem Gras und eröffneten das Feuer.
Nur wenige konnten schnell genug auf unseren Angriff reagieren und selbst diese konnten nicht so schnell handeln, um auch nur einen von uns zu beschießen.
Wir sicherten das Gebiet um uns herum und warteten ab.
<Gebiet gesichert> meinte einer von Scarecrows Männern und Harper schloss sich an und rief erneut <Gebiet gesichert>
Taylor und der SF Sniper kamen schnell zu unserer Position.
Wir hatten nun ein Fahrzeug, was mich auf eine Idee brachte.
<Scarecrow, sie nehmen das Fahrzeug und bringen meinen Verletzten so schnell wie möglich ins Safehouse, nehmen sie ihren Medic und meinen Medic Hedgehog hier mit.

Wir treffen uns dann am Safehouse, Panther du begleitest die drei>
befahl ich und half, Kick auf die Ladefläche des Pick Up´s zu legen.
Dann stiegen Scarecrow und Harper ein, während der SF Medic und Logan auf die Ladefläche stiegen.
Der Wagen fuhr davon und wir machten uns bereit weiter zu Fuß zum Safehouse zu kommen.
Es war zum Glück auch nicht mehr allzu weit von unserer Position entfernt.
Das Safehouse lag im Keller einer alten Tankstelle auf einer der weitflächigen Straßen mitten in der Pampa Perus.
Wir folgten der Straße, blieben jedoch so gut es ging im hohen Gras.
Zum Glück trafen wir auf keine weiteren Feindverbände.
Die Tankstelle war in Sicht.
Einer der Green Berets führte uns hinein und zeigte uns die Luke zum Keller.
Die Luke selbst sah schon wie die eines Atombunkers aus, groß und aus Stahl gefertigt.
Der Keller selbst war riesig und in zwei Räume unterteilt.
Dicke Betonwände umgaben die Räume, dementsprechend war auch das Kommunikationssignal schwach.
Kick lag auf einem Tisch und wurde von Logan und dem Medic von Scarecrows Team versorgt.
<Kommt er durch?> fragte ich, als ich die Leiter ganz hinabgestiegen war.
<Ja, er wird wieder, wir haben ihm Morphium gegen die Schmerzen gegeben, sein Gehirn ist unbeschadet geblieben und sehen kann er auch noch, er braucht nur etwas Ruhe> informierten mich die beiden.
<Sehr gut, danke Jungs> antwortete ich und legte mein Gewehr und auch meinen Boonie auf einem Tisch ab.
Scarecrow kam mit einer Flasche Wasser aus dem zweiten Raum heraus.
<Also Voodoo, jetzt bitte ich endlich um eine Erklärung, warum sind sie hier?> fragte er und setzte sich auf einen alten Campingstuhl.
<Nun, wir sind auf der Suche nach einem gewissen Alejandro Renalti, kennen sie ihn zufällig?>
<Ja aber wenn sie doch auf der Suche nach ihm sind, warum waren sie dann in diesem Drogenversteck am Fluss?> fragte er weiter, ohne auf meine erste Antwort richtig einzugehen.
<Wir haben mehrere Operationsziele, Renalti gefangennehmen, seine Partner eliminieren und seine Drogenverstecke

hochgehen lassen> erklärte ich.
<Wow, wir sind jetzt seit vier Wochen hier und kundschaften diese Lagerhalle aus, um die Zeitpunkte der Verschiffung zu erfahren und
plötzlich kommen ein paar Froschmänner und machen unsere ganzen Beobachtungen zunichte, super> sprach er abfällig und nahm einen Schluck aus der Flasche.
<Hey, hätte ich gewusst, dass ihr hier seid, dann hätte ich mich auch etwas zurückgehalten!> rief ich vorwurfsvoll und wurde stetig lauter, bis Harper sich zwischen die Fronten stellte.
<Hey Baxter, Derek, haltet jetzt beide den Mund, Streitereien bringen jetzt nichts!> rief er.
Er hatte recht, das war jetzt nicht angebracht.
Wenn die Green Berets wirklich schon vier Wochen hier waren, dann wäre es doch sinnvoll, wenn sie uns bei unserer Operation unterstützen würden, doch zuvor musste ich mich erneut mit Wittford in Verbindung setzen, um einige Dinge zu klären.
Ich nahm den Master Signal und kletterte die Leiter hoch.
In der Tankstelle selbst stellte ich ihn auf einem Tisch auf und stellte ihn auf OP Kanal-2 ein.
Das Signal wurde besser.
<Command Center, hier Voodoo, bitte kommen Command Center>
<Voodoo, hier Command Center, wir hören, was war das los?> fragte der Captain.
Ich konnte seine Wut und das Runzeln seiner Stirn fast schon hören.
<Captain, wir haben eine Army Special Forces Einheit getroffen, Codename Ghost> erklärte ich, worauf der Captain nur mit einem <Oh, sie haben sie also doch getroffen> antwortete.
<Was? „doch getroffen?", warum wurden wir nicht über ihre Anwesenheit in Kenntnis gesetzt?> fragte ich leicht wütend nach.
<Black Ops> meinte einer von Scarecrows Männer, welcher gerade aus der zweiten Etage der Tankstelle von seiner Wache zurückkam.
<Er hat recht, General Morgan hatte das Ghost Team dorthin entsendet, und da es als Black Ops eingestuft wurde, hielt er es auch nicht für nötig, sie davon in Kenntnis zu setzen, aber ich habe schon mit ihm darüber ausführlich diskutiert und er wird es sich nächstes Mal besser überlegen, was die Angabe von Infos an sie angeht Voodoo, keine Sorge>
<Danke Captain Wittford, was ist das nächste Ziel?>
<Nun, Echo-2, Echo-3 und Echo-4 sind bereits dabei, weitere

Drogenverstecke ausfindig zu machen.
Echo-5 sucht nach guten Exfiltrationswegen, um Renalti sicher über die Grenze nach Brasilien zu überführen.
Ihre nächste Aufgabe wird es sein, einen von Renaltis Verbündeten ausfindig zu machen und Infos aus ihm herauszuholen> erklärte Captain Wittford.
<Verstanden, gibt es Infos über diesen Verbündeten?>
<Ja, die gibt es in der Tat> sprach Agent Diaz, welcher nun an das Mikro kam und mit mir sprach.
<Ah, Diaz, freut mich von ihnen zu hören> meinte ich freudig und konnte mir kein Lächeln verkneifen.
<Gleichfalls Commander, also der Mann heißt Miguel Gonzales, ehemaliger Operator einer peruanischen Spezialeinheit und jetzt Tätig für Alejandro Renalti.
Er sorgt dafür, dass der Drogenfluss in Peru schwimmt und kümmert sich auch um weitere Verbindungsmänner für Renaltis Drogenhandel>
<Und wo finden wir den Drecksack?> fragte ich motiviert.
<Laut unseren Informationen befindet er sich ich der kleinen Stadt Nauta und ist gerade dabei, neue Verbindungen aufzubauen.
Sie müssen undercover agieren, ihn an eine ungesehene Stelle folgen und einfangen, die Green Berets müssten mehr darüber wissen und können ihnen dann bei der Beschaffung der Infos helfen> meinte Diaz.
<Danke Diaz, haben verstanden, wir melden uns, wenn wir Gonzales haben...ach ja und Diaz, einer meiner Jungs hat sich total in ihre kleine Analystin verschossen> sprach ich, worauf Diaz überrascht reagierte.
<In Anna, wow, das ist überraschend, aber dann sollten sie dafür sorgen, dass ihre Männer auch lebend zurückkommen, vielleicht wird daraus ja noch was> meinte er schlussendlich mit viel Humor, bevor er das Gespräch beendete.
Wir hatten nun unsere Befehle und vielleicht konnten uns diese Green Berets ja wirklich dabei behilflich sein.

Kapitel 19: Eine Kugel im Dunkeln

Im Keller hatten sich alle erst einmal von ihrer Ausrüstung befreit und sich etwas hingesetzt, um sich eine kleine Pause zu gönnen, jedoch musste ich diese nun beenden.
<Aufstehen Männer, wir haben neue Befehle!> rief ich.
<Scarecrow und King sahen mich an und fragten nach diesen Befehlen.
<Nun, in Nauta gibt es einen Verbindungsmann von Renalti, Miguel Gonzales, wir sollen undercover rein und ihn einkassieren.
Er hat Infos über Renalti> erklärte ich ganz kurzum.
Meine Männer standen alle auf, woraufhin ich einigen sagte, dass sie sitzen bleiben konnten.
Ich brauchte Dingo und Patron hier bei den Green Berets und Kick, als Unterstützung und Absicherung.
Die anderen kamen mit mir und auch Scarecrow konnte ich in der Stadt ganz gut gebrauchen.
Scarecrow stand auf und sah mich an.
Er kam näher.
<Gonzales hmm, den kennen wir, ich begleite sie Voodoo> meinte er.
Jetzt nahm er mir die Worte aus dem Mund.
Ich nickte zustimmend mit dem Kopf und sah zu meinen Jungs.
<Also, umziehen Männer, wir brauchen etwas...unauffälliges> meinte ich und sah mich um.
Hier im Keller konnte ich momentan nichts entdecken, was man sich für eine Undercover Operation anziehen konnte.
<Wir haben da was, einen Augenblick> meinte Scarecrow und holte mit einem seiner Männer eine große Kiste aus dem Nebenraum.
<So meine Herren, die Modenschau kann losgehen> witzelte er und öffnete die Kiste.
Dort lagen viele Kleidungsstücke, von T-shirts, über Hemden, bis hin zu Tuniken und Lederjacken.
Auch Jeans, Cargohosen und auch Shorts lagen darin.
Hier hatten wir eine große Auswahl.
Ich suchte mir eine khakifarbene Cargohose und ein dunkelblaues Hemd hieraus, das reichte für mich.
Die Ärmel krempelte ich bis zu meinen Ellenbogen hoch.
Scarecrow nahm sich eine der Tuniken, er wollte sich wahrscheinlich so gut an die Einheimischen anpassen wie möglich, war von den Army Special Forces ja auch nicht anders zu erwarten, unsere schlauen Guerilla Kämpfer.
Harper nahm sich ebenfalls eine der Tuniken, also kam nach all

den
Jahren der Green Beret in ihm wieder zum Vorschein.
King zog sich eine dunkelbraune Lederjacke mit einer schwarzen Anzughose an, er sah aus wie ein Filmproduzent aus den 60ern, besonders mit seinem dicken Schneuzer.
Und Logan, Logan zog ein dunkelrotes T-shirt, eine hellblaue Jeans und eine taktische Uhr, sowie ein Paracord Armband an.
Dazu noch eine beige Army Cap, jedoch ohne Klettabzeichen oder irgendeinem anderen Druck darauf und eine edle Sonnenbrille von Ray Ben.
<Whoa, ganz ruhig special Agent 00-Blackthorn, übertreib mal nicht> meinte ich und lachte ihn an.
Es war sein erster richtiger Undercover Auftrag, ich konnte und wollte es ihm nicht verübeln.
<Danke Boss, das nehme ich mal als Kompliment> entgegnete er und lachte mich ebenfalls an.
Ich wusste, dass er es jedoch ernster genommen hatte, als ich es meinte.
Ich sah ihn an und versuchte ihm mit meinem Blick zu vermitteln, dass es ein Spaß war und er es nicht so ernst nehmen sollte.
Es dauerte zwar etwas aber schlussendlich merkte er, was ich ihm vermitteln wollte und gab mir wieder ein entspanntes Lächeln.
So, wir waren soweit bereit
Taylor brauchte keine Verkleidung, denn ihn brauchte ich als Beobachter, der Gonzales immer im Blick behielt und uns seinen Standort durchgibt.
Und wenn wir Gonzales haben und aus irgendeinem Grund auf uns geschossen werden sollte, musste er uns von seiner Position aus Deckung geben.
<Alles klar Jungs, bis später, wir bringen euch ein paar Souveniers mit...ach ja und räumt für unseren Gast später etwas auf> meinte ich als Scherz und kletterte die Leiter zur Tankstelle hinauf.
Wir hatten ja immer noch den Pick Up Truck der Leuchtender Pfad-Guerillas, den konnten wir nehmen, um bis nach Nauta zu kommen.
Doch wenn wir Gonzales erwischen sollten, brauchten wir ein anderes Fahrzeug, eines in dem man Gonzales nicht sehen konnte, wie etwa einen SUV oder einen Bulli.
Aber dafür hatte Scarecrow wohl schon einen Plan.
Er fuhr den Pick Up, während ich mich zusammen mit Logan und King auf die Ladefläche setzte.
Harper setzte sich auf den Beifahrersitz, so sah es aus, als ob

sie Einheimische wären, die ein paar Touristen für Geld in die Stadt bringen würden.
Die perfekte Tarnung für uns.
Es ging los.
Taylor saß mit uns auf der Ladefläche, jedoch ließen wir ihn kurz vor Nauta raus, damit er sich eine gute Position zum Beobachten suchen konnte.
Die Fahrt dauerte etwa eine dreiviertelstunde und in der Hitze Perus war es einfach nur eine Qual.
Und die Ladefläche erhitzte sich leider viel zu schnell.
Egal wo man hinpackte, man verbrannte sich die Finger.
Scarecrow und Harper fuhren mit uns durch die Stadt und wir drei auf der Ladefläche taten so, als wenn wir uns über etwas wichtiges unterhielten, damit unser Auftreten auch glaubwürdig wirkte.
Der Wagen hielt und wir alle stiegen aus.
Harper und Scarecrow gingen in den östlichen Bezirk der Stadt, während ich mit Logan und King zum Hafen ging, um an der Werft nach Gonzales zu suchen.
Wir gingen immer in genügend Abstand zueinander, um nicht aufzufallen.
Über Ohrhörer waren wir untereinander in Kontakt.
Wir behielten auch immer Sichtkontakt miteinander.
Logan ging auf der linken Straßenseite und King und ich auf der rechten.
Dabei war ich weiter vorne und King etwa 50 Meter hinter mir.
Bisher gab es keine Spur von Gonzales, doch zur Absicherung kontaktierte ich Taylor.
<Trigger, bitte kommen Trigger>
<Voodoo, was gibt es?> fragte er.
<Wir sitzen hier etwas auf dem trockenen, siehst du Gonzales?>
<Bisher nicht...warte! Ich hab ihn, er befindet sich auf dem Markt, Panther und Scarecrow sind in der Nähe> informierte er uns.
<Dann sag ihnen, dass sie sich an ihn dranhängen sollen, wir sind auf dem Weg> antwortete ich und drehte um.
Ich wurde immer schneller, bis ich schließlich anfing zu laufen.
Logan und King folgten mir in einem sicheren Abstand.
Wir versuchten so gut wie möglich nicht mehr als nötig aufzufallen, besonders nicht vor der Polizei oder irgendwelchen komischen Gestalten.
Für den Fall der Fälle hatten wir zwar Pistolen dabei, aber für ein größeres Feuergefecht reichten sie nicht aus.
Als wir auf dem Markt ankamen war keine Spur von Gonzales,

aber ich sah Harper und Scarecrow, sie waren beide auf dem Markt.
<Panther, Scarecrow, habt ihr Gonzales entdeckt?>
<Nein, Trigger meinte, dass er auf dem Markt wäre aber als wir hier ankamen, war er nicht da> meinten die beiden.
<Shit, Trigger, brauchen ein Update über die Position des Pakets> forderte ich hastig an.
<Okay Voodoo, kurzen Augenblick...hab ihn, er bewegt sich jetzt vom Markt weg, nördlich eurer Position er hat drei Männer bei sich>
<Roger Trigger, wir verfolgen sie>
Sofort rannten wir schnell in Gonzales Richtung, um ihn nun endlich auf den Fersen zu sein.
Als er mit seinen Partnern etwa 50 Meter vor uns war, wurden wir langsamer und gingen ihnen getrennt unauffällig hinterher.
Plötzlich blieben sie stehen.
Sie gaben sich die Hände und gingen getrennter Wege.
<Panther, Scarecrow, ihr geht dem Kerl links hinterher, King Lion, Hedgehog, ihr geht dem Kerl rechts hinterher, ich schnappe mir Gonzales> befahl ich und ging langsam weiter.
<Roger> meldeten alle.
Gonzales ging eine enge Seitenstraße entlang.
Hier konnte ich ihn schnappen.
Ich folgte ihm, doch plötzlich sah er sich um und erblickte mich.
Er fing an zu rennen.
<Shit, er hat mich gesehen> dachte ich, zog meine Pistole aus dem Holster hinten aus meiner Cargohose und rannte ihm hinterher.
Verdammt war der Kerl schnell.
Am Ende der Gasse teilte sich eine Straße.
Wo war er nun langgelaufen?
<Voodoo, bitte kommen Voodoo> meldete sich Agent Diaz.
Was wollte er nun von mir?
<Ja Diaz, höre>
<Wie es aussieht, könnten sie etwas Hilfe gebrauchen, wir haben Gonzales auf dem Schirm, er ist die Straße links von ihnen entlanggelaufen>
<Danke Diaz, ich schulde ihnen was> bedankte ich mich und folgte seinen Angaben.
Am Ende der Straße musste ich laut Diaz rechts in eine weitere Straße und dann links in eine kleine Seitengasse, welche zu einer Reihe von Appartementgebäuden führte.
Genau dorthin ging ich auch.
Ich kontaktierte die Jungs, welche wohl nun auch von den

Zielen entdeckt worden waren.
Eine der Zielpersonen war tot, er hatte versucht, sich gegen King zu wehren und erlitt dabei leider einen Genickbruch von dem alten Herrn.
Also konnte ich King und Logan anfordern.
Ich nannte ihnen meine Position und ging weiter zum Gebäudekomplex.
<Gebäude Nummer 6> meinte Diaz
Ich ging zur Tür und schaute mich in der Gegend um, kein weiterer Zivilist war auf der Straße.
Nun zückte ich einen Dietrich und mein Messer.
So konnte ich unbemerkt das Schloss knacken, denn mich durch das Auftreten der Tür bemerkbar zu machen, war das letzte was ich wollte.
Es war ein einfaches Schloss, ein Stift verriegelte das Türschloss, es war also ein leichtes, sie zu knacken.
Es machte einmal „klick" und die Tür war offen.
Währenddessen waren King und Logan schon zu mir aufgerückt und hielten die Pistolen schon im Anschlag.
Es war die erste Wohnung im ersten Stock, auf der linken Seite.
Ebenfalls nur ein Scharnier mit einem Stift und da wunderte man sich, warum es hier in Peru so viele Einbrüche gab.
Ich öffnete die Tür langsam und hielt meine Pistole in den Flur.
Von einem Nebenraum aus, konnte ich Gonzales mit jemandem sprechen hören.
Wir folgten der Stimme und sicherten gleichzeitig die Wohnung.
Gonzales stand in einem Schlafzimmer und telefonierte.
Möglicherweise mit Renalti und wir mussten verhindern, dass er ihn vor uns warnen konnte.
Ich stieß die Schlafzimmertür auf und schlug Gonzales den Griff meiner Pistole in den Nacken.
Dabei konnte ich es mir einfach nicht verkneifen und musste einen coolen Spruch, wie sie die Agenten in den Filmen immer sagten, rauslassen.
<Verdammt, weißt du nicht, dass die Kosten für ein Telefonat hier arschteuer sind, man, denk doch mal mehr nach> sprach ich und sah dann King und Logan an.
Beide sahen mich nur verwundert an.
Ja ich weiß, der Spruch war jetzt nicht der Beste, aber ich war auch nicht besonders gut darin.
Das Sprücheklopfen überließ ich also weiterhin James Bond und anderen Agenten.
Aber egal, wir hatten Gonzales und mussten ihn jetzt zum Safehouse zurückbringen.

Ich versuchte Scarecrow und Harper zu kontaktieren.
Für eine lange Zeit kam nichts.
Ich fing an, mir Sorgen zu machen.
Doch irgendwann meldeten sie sich zum Glück.
Anscheinend war ihre Zielperson auch nicht bereit zu kooperieren
und ist leider „unglücklicherweise" von einem Dach gestürzt.
Aber egal, wir hatten Gonzales und wir konnten alle Infos aus ihm herausholen und Scarecrow und Harper hatten auch schon ein Fluchtfahrzeug parat.
Sie kamen gleich zu unserer Position, um uns abzuholen.
Sie hatten einen weißen Bulli, perfekt zur unauffälligen Flucht.
Wir luden Gonzales ein und fuhren zum CIA Safehouse zurück.
Doch als wir ankamen, waren wir vom Anblick schockiert.
Die Wände der Tankstelle waren vollkommen zerschossen und auch einige Teile waren gänzlich zerstört, hier muss ein schweres Gefecht getobt haben.
Sofort stieg ich aus, zog meine Pistole und rannte in die Tankstelle hinein.
Harper und Logan blieben hinter mir, während Scarecrow mit King im Bulli blieb.
Alles war zerstört und auch die Luke zum Keller war aufgebrochen worden.
Ich hoffte, dass unsere Jungs noch am Leben waren.
Langsam stieg ich die Leiter hinab und suchte nach Überlebenden.
<Fallenlassen!> rief Dingo, er war also noch am Leben.
Er realisierte, dass ich es war und nahm seine Pistole aus meinem Gesicht.
<Voodoo, du bist es, Glück gehabt, ich hätte dir fast ins Gesicht geschossen>
<Alles okay, aber Dingo, was ist hier passiert!?> rief ich empört und musterte ihn nach Verletzungen.
<Der Scheiß Leuchtende Pfad ist passiert, ich war gerade draußen eine Rauchen und da löste sich schon ein Schuss, ein Sniper hatte uns im Visier.
Er verfehlte mich und ich konnte gerade noch in Deckung gehen.
Und dann, dann tauchten weitere Guerilla Kämpfer auf, und zwar mit allen Waffen die sie hatten> schilderte Dingo.
<Wurde jemand verletzt?> fragte ich besorgt.
<Nein, zumindest nichts ernstes und Kick geht es soweit auch wieder besser, der Bastard hat die Guerilla Kämpfer sogar ganz schön aufgemischt>

Wow, das hätte ich überhaupt nicht erwartet, aber Kick war schon immer ein zäher Hund.
Harper und Logan kamen die Leiter hinunter.
<Alles Okay> fragte Harper.
<Ja Panther, alle sind soweit unverletzt, die Guerilla Kämpfer haben sie hier angegriffen aber wurden von ihnen zurückgeschlagen> erklärte ich den beiden.
So ein Scheiß und da meinte man, ein CIA Safehouse sollte auch wirklich "safe" sein.
Ich musste nun erst einmal das Command Center darüber informieren.
Oben schickte ich auch gleich Scarecrow und King zusammen mit Gonzales nach unten.
Taylor war währenddessen auch wieder zu uns gestoßen, er hatte sich ein Transportmittel, ein Crossbike, besorgt und war sofort zum Safehouse zurück gefahren, nachdem wir Gonzales in den Bulli verfrachtet hatten.
Er blieb mit mir oben und kontaktierte mit mir das Command Center.
Danach rauchten wir noch zusammen eine Zigarette, denn nach der ganzen Aufregung heute brauchten wir etwas Entspannung.
Diaz und Captain Wittford waren empört über die Nachricht des Angriffes auf das Safehouse, wurden aber entspannter, als wir ihnen von der erfolgreichen Gefangennahme von Gonzales erzählten.
Unsere neuen Einsatzbefehle lauteten nun, Gonzales zu verhören und endlich Renalti zu fangen.
Unsere Männer hatten schon mit dem Verhör angefangen und es zeigte sogar schon Wirkung.
In diesen insgesamt zehn Minuten, in denen Taylor und ich mit dem Command Center Kontakt hielten und eine rauchten, hatten sie schon wertvolle Infos aus ihm herausbekommen.
Hut ab vor dem Können der Green Berets.
Laut Gonzales hatte Renalti vor, neue Verbindungen einzugehen, und zwar mit einigen privaten Militärs, einem Drogenkartell aus Ecuador und auch mit dem Leuchtendem Pfad.
Wenn das wirklich funktionieren sollte, dann waren wir am Arsch, denn so hatten wir keine Chance, Renalti zu erwischen, ohne eine folgende und großflächige Invasion Perus zu befürchten.
Zum Glück war der Deal noch nicht über die Bühne gegangen, wir hatten also noch Zeit, aber nicht viel.
Plötzlich hörte ich Schritte.
Ich nahm mein Gewehr vom Tisch und zielte nach oben auf die

Luke.
<Code> sagte eine Stimme.
<Insurgent> erwiderte ich.
Ein SEAL kam die Leiter herunter.
Es war Heavy und gleich hinter ihm Ozone.
Heavy war Teamleiter von Echo-3 und Ozone von Echo-4 Dingo und die anderen hatten sie wohl zur Unterstützung während des Angriffs angefordert, doch leider hatten sie nun den „Spaß" verpasst.
Aber je größer unsere Gruppe wurde, desto besser.
<Shit, ist alles okay bei euch?> fragte Ozone und sah zu uns nach unten.
Ich gab das Taucherzeichen für „OK"
Er nickte und kam nach unten.
Heavy kam ebenfalls.
Die anderen von Echo-3 und -4 blieben oben und sicherten den Bereich ab.
Ich hörte hinter mir das Zischen des Funkenschlags einer Autobatterie.
Irgendwie tat mir Gonzales leid aber je mehr ich darüber nachdachte, hatte er keine bessere Behandlung verdient.
Ich schilderte kurz Hevy und Ozone die Lage und sie informierten mich über ihre Fortschritte.
Um dem Lärm von Gonzales Geschrei etwas zu entgehen, gingen wir nach oben in die Tankstelle.
So wie sie mir es erzählten, hatten sie wohl insgesamt vier Drogenverstecke hopsgenommen und einen von den uns bekannten Partnern von Renalti ausgeknipst.
Das waren die Profis, die ich kannte.
<Was ist mit Blackbeard und seiner Gruppe?> fragte ich die beiden, in der Hoffnung, dass sie etwas von ihm gehört hatten.
<Soweit ich es gehört habe, haben sie wohl ein größeres Anwesen entdeckt und haben sich ein Nest gebaut, um es auszuspähen>
Das klang interessant, ob es wohl Renaltis Anwesen war, über das sie da gestolpert waren?
Wir sollten es wohl bald genug herausfinden.
Gonzales war nun auch bereit, weitere Informationen an uns weiterzugeben.
So wie ich es von oben verstehen konnte, gab er den Standort von Renaltis Verhandlungspartnern preis.
Sie wollten sich diese Nacht auf einer großen Yacht an der Küste Perus versammeln und endgültig eine Vereinbarung über einen Zusammenschluss treffen.
Sie fuhren von einem kleineren privaten Yachthafen aus los, so

etwa gegen 20.00 Uhr.
Damit hatten wir alles, was wir brauchen, jetzt mussten wir nur noch schnellstens dorthin kommen.
Blackbeard und die Jungs waren laut der Aussage von Heavy und Ozone zu weit von der Küste entfernt und Echo-5 war wohl immer noch an der Grenze zu Brasilien, um einen sicheren Überführungsweg zu finden.
Also lag es wieder einmal an uns, diese Aufgabe zu übernehmen.
Ein Blick auf meine Uhr reichte nun aus, um mir das Adrenalin durch meine Adern zu jagen, denn es war schon 16.45 Uhr, wir hatten also wenig Zeit, um zu dem Yachthafen zu kommen.
<Shit, Männer, Sachen packen, wir müssen zum Yachthafen, wir haben noch drei Stunden und 15 Minuten, um dorthin zu kommen>
Alle hatten nun den gleichen Gesichtsausdruck und fingen an, ihre Sachen zu holen.
Dieses Mal brauchte ich alle Männer, zur Sicherheit.
Auch Kick meldete sich erneut zur Einsatzbereitschaft.
Es gefiel mir zwar nicht besonders, da ich ihn noch schonen wollte aber er wollte kämpfen und ihm, einem erfahrenen DEVGRU Operator, dies zu verwehren, war einfach unmenschlich, ich sprach aus Erfahrung.
Es war ein grausames Gefühl, nicht mit in den Einsatz zu dürfen.
Nachdem alle ihre Sachen gepackt hatten, gingen wir nach draußen und versammelten uns.
Wir hatten ein Crossbike und den grauen Bulli.
Das passte für uns perfekt, da Ozone und Heavy mit ihren Teams weitere Drogenverstecke ausheben wollten.
Sie gingen zu Fuß in Richtung Südosten.
Wir wünschten uns viel Glück und ließen sie ziehen.
Während Taylor erneut auf dem Crossbike vorfuhr, versuchten wir anderen uns alle in den Bulli zu quetschen.
Mit etwas Einfallsreichtum und viel Tetris Erfahrung klappte das auch, ich liebte dieses Spiel, selbst heute liebe ich es noch, denn es war so simpel, dass es einfach süchtig machte.
Wir hatten den Beifahrersitz aus dem Bulli ausgebaut und im Keller des Safehouse gelassen, gleich neben dem bewusstlosen und an einen Stuhl gefesselten Gonzales.
Jetzt mussten wir uns sputen, denn uns blieb nicht viel Zeit und bis zum Yachthafen, welcher in Salavery lag und das war schon ein ganzes Stück von unserer Position entfernt.
Sofort fuhren wir los, während der Fahrt beriet ich das Command Center über unsere derzeitige Lage, was Agent Diaz

und Captain Wittford in eine freudige Stimmung versetzte.
Sie gaben uns weitere Befehle: Wir sollten das Treffen infiltrieren und weitere Informationen über Renalti und sein Kartell sammeln.
Seine Partner sollten wir filmen und die Bilder an das Command Center schicken.
Leider durften wir sie nicht sofort erledigen, wir sollten das Treffen weiter überwachen und dann Renaltis Partner alle getrennt überwachen.
Ich verstand zwar nicht, was sie damit erreichen wollten aber Befehle waren Befehle.
Zu unserem Glück kamen wir noch rechtzeitig am Yachthafen an.
Das Boot für Renaltis Partner stand bereit zum Ablegen und seine Yacht schwamm schon draußen auf dem Meer.
Zeit, einzugreifen.
Wir ließen den Wagen vor dem Eingang des Yachthafens stehen und gingen zu Fuß weiter.
Er war abgeriegelt und überall waren Sicherheitsleute und auch Renaltis Kartellgangster aufgestellt, also war Vorsicht angesagt, denn ein offener Kampf würde ihnen unsere Anwesenheit verraten.
Über eine etwa 2 Meter hohe Mauer konnten wir in den Yachthafen gelangen, denn hier war nicht nur ein Teil des Stacheldrahtes herausgebrochen, sondern hier war auch ein toter Winkel für die Überwachungskameras.
Agent Diaz und Captain Wittford blieben die ganze Zeit über mit uns in Kontakt und lenkten uns mithilfe einer CIA Drohne sicher durch den Yachthafen.
Er war nicht gerade groß und bot auch nicht viele Verstecke aber einen guten Platz zum Beobachten hatte er zumindest: Ein zweistöckiges Gebäude, welches sowohl als Sicherheits- und Überwachungszentrale, als auch als Büro diente.
Von dort aus konnten wir das Treffen bestimmt gut beobachten und ich wusste auch schon genau, wer diese Aufgabe übernehmen würde.
Ein netter Kanadier, welcher „zufällig" sein Scharfschützengewehr dabei hatte, erklärte sich bestimmt freiwillig dazu, das zu übernehmen.
Und in der Tat hatte ich damit recht.
Wir gingen alle gemeinsam zum Turm.
Als wir kurz vor der Tür waren, erschien eine patrouillierende Wache am Fuß des Gebäudes.
Ich zielte schnell während des Gehens mit meiner Waffe auf seinen Brustkorb und drückte den Abzug nach hinten.

Der Feind fiel zu Boden und seine Waffe mit ihm.
Dingo und Kick zogen ihn aus dem offenen Blickfeld und sicherten den Bereich.
Währenddessen zogen die anderen Jungs weiter und Taylor und ich sicherten das Gebäude.
In der ersten Etage befand sich die Sicherheitszentrale, von hier aus konnte man den Hafen über die Kamerabilder überwachen.
Leider befanden sich hier aber auch viele Feinde.
Die ersten beiden saßen an einem Tisch, der eine trank gerade etwas und der andere tippte auf seinem Handy herum, sie waren also leicht
zu überwältigen.
Zwei Kopfschüsse und die Sache hatte sich erledigt.
Doch sofort sprang eine Tür links von uns auf und ein weiterer Feind stürmte hinaus.
Seine Waffe war auf uns gerichtet und er hätte uns möglicherweise sogar erwischen können, wären Dingo und Kick nicht gewesen.
Die beiden schossen den Feind nieder und kamen zu uns in das Gebäude.
<Danke Jungs, der Wichser hätte uns fast auffliegen lassen> bedankte ich mich.
<Hey, dafür sind wir doch da Voodoo> antwortete Kick und sah sich in diesem Raum um.
Die beiden blieben hier und überwachten die Kameras, während Taylor und ich in das zweite Stockwerk vordrangen.
Ein Feind stand oberhalb der Treppe.
Ein zweiter stand am Fenster und sah einfach hinaus.
Ich zog meine P226 aus meinem Brustholster, da sie schallgedämpft war und nahm mein Bowiemesser in die andere Hand.
Oben an der Treppe stürzte ich mich auf den ersten Feind, stach ihm das Messer seitlich in die Kehle und erschoss den zweiten Feind mit einem Kopfschuss und zwei Schüssen in die Brust.
Sein Blut verteilte sich breitflächig auf der Fensterscheibe.
Die Leichen schoben wir in die linke Ecke des Büros, damit sie uns nicht im Weg lagen.
Von hier aus hatten wir eine perfekte Sicht auf den gesamten Hafen und auch auf Renaltis Yacht.
Während wir hier Stellung bezogen und uns ein „Nest" aufbauten, sicherten die anderen Jungs immer weiter den Hafen und kamen auch Renaltis neuen Partner immer näher.
Jetzt mussten sie sich etwas einfallen lassen, das Treffen zu infiltrieren und ich wusste auch schon wie.

Per Funk gab ich ihnen durch, dass sich insgesamt vier Pagen bei Renaltis Partnern aufhielten, sie konnten sich also ihre Kleidung „borgen" und dann mit den Partnern zusammen auf die Yacht gelangen.
Sie stimmten der Idee zu, doch ein Problem blieb, denn es waren nicht genug Pagen dort, damit jeder sich verkleiden konnte und zu viele wären auch zu auffällig gewesen.
<Hier am Yachthafen gibt es einen Laden, der Tauchgeräte zum Sporttauchen anbietet, wie wäre es damit?> fragte Scarecrow und ließ es schon wie eine Idee klingen.
Ich stimmte zu und ließ die Gruppe teilen.
Die eine Hälfte verkleidete sich als Pagen, während die andere Hälfte zur Absicherung mit den Tauchgeräten unter die Yacht taucht und für den Fall der Fälle zum Eingreifen bereitstand.
Gesagt, getan Scarecrow, zwei seiner Green Berets und Harper warteten auf die Pagen und
überwältigten sie an einem ungesehenen Ort.
Währenddessen nahmen sich King, Logan, Patron und Twist die Tauchausrüstung.
Den Letzten von Scarecrows Green Berets brauchte ich am Eingang des Yachthafen, damit er in Verkleidung eines Sicherheitsmannes aufpassen konnte, dass keine weiteren ungeladenen Gäste eintreffen.
Taylor und ich hatten es uns ganz nett auf dem Balkon eingerichtet, sein APR war voll geladen und stand bereit.
Ich lag neben ihm und hielt den Entfernungsmesser fest in der Hand, nur für den Fall der Fälle.
Alle von Renaltis Partnern und auch unsere verkleideten Jungs gingen an Bord des Speedbootes, um zu der Yacht zu kommen.
Die Operation konnte beginnen.
Der Funkkontakt zum Command Center stand und auch der Yachthafen war abgesichert, kein Feind war hier mehr vorzufinden...nun, zumindest keine lebenden Feinde.
Taylor sah durch sein ZF und überwachte die Yacht.
Er konnte jeden der Männer sehr gut erkennen, da die Yacht nicht allzu weit vom Hafen entfernt lag und die Zoomkraft seines ZF's somit vollkommen ausreichte.
Das Treffen begann, zu gerne hätte ich Taylor angewiesen, Renalti ins Visier zu nehmen und diesem Bastard das Gehirn wegzupusten, aber das stand nicht zur Option.
Unsere verkleideten Jungs machten tolle Arbeit auf dem Boot, sie passten sich perfekt an die Rolle als Pagen an und fingen nun an, Bilder zu schießen.
Ich sah zwar nicht, dass sie es taten aber Diaz und Wittford bestätigten es über den Operationskanal-2.

Also, der erste Partner war Juan Benitos, Drogenbaron des Benitos Kartell aus Ecuador, er war mit einer der Obersten auf der Liste der meist gesuchten NATO Prioritätsziele.
Immer, wenn es einen Prozess gegen ihn gab, verschwanden plötzlich der Richter, die Zeugen und der Staatsanwalt, die gegen ihn handelten...aus ungeklärten Gründen.
Also auch ein sehr großer Fisch.
Der zweite war Christiano Pervori, der Anführer des leuchtenden Pfades, der peruanischen Guerillatruppe, die sich für den Sturz der peruanische Regierung zusammengeschlossen hatte.
Er war es auch, der den Angriff auf das Safehouse angeordnet und auch angeführt hatte.
Über ihn war nicht allzu viel bekannt, er diente in der peruanischen Armee und war genau wie Gonzales früher Mitglied der gleichen peruanischen Spezialeinheit, also ein gewitzter und gefährlicher Mann.
Und der dritte, nun über ihn war so gut wie gar nichts bekannt.
Ein weißer, etwa 43, aber der Suchlauf über die Gesichtserkennung im Command Center gab uns einige Antworten.
Leonid Orlow, seine Akte war erstaunlich leer, keine Aufzeichnungen über sein vorheriges Leben, oder seine Arbeit, nur die Daten seiner Geburt...dabei konnte etwas nicht stimmen.
<Okay, haben einen Aufnahmegerät hier auf der Yacht angebracht, wir sollten jetzt eine Übertragung von ihrem Gespräch hören> informierte uns Scarecrow.
Das war perfekt für uns.
<Meine Herren, vielen dank, dass sie sich bereit erklärt haben, diesem Treffen beizuwohnen.
Mit unserer Partnerschaft, können und werden wir einiges erreichen.
Mit dem Zusammenschluss unserer zwei großen Kartelle und der patriotischen Armee von General Pervori hier, werden wir das Antlitz dieses Landes verändern und zu einer besseren Heimat machen.
Natürlich wäre all dies nicht ohne die Unterstützung und Finanzierung eines Mannes möglich gewesen...> sprach Renalti und erhob sein Glas dabei, um mit den anderen anzustoßen.
Ich wartete gespannt auf den nächsten Namen, genau wie das Command Center.
<...Boris Siderov, trinken wir auf ihn und sein Wohl...>
Sofort wurde ich wütend und ich war auch kurz davor, mit

Taylors Gewehr zu schnappen und einfach abzudrücken aber wir mussten cool bleiben und Taylor tat auch sein Bestes, um mich zu beruhigen, genauso wie die anderen von meinen Jungs.
<Richten sie ihrem Anführer bitte aus, dass die Verhandlungen erfolgreich verlaufen sind und wir einen Zusammenschluss erreicht haben, Siderov ist hier immer herzlich willkommen und soll wissen, dass er weiterhin auf unsere Unterstützung zählen kann> sagte er zu dem russischen Verhandlungspartner.
Es stand also fest, dieser Mann war Siderovs Stellvertreter bei diesen Verhandlungen.
Wenn Siderov diese neu gegründete Organisation der zwei der größten Kartelle Südamerikas und einer der gefährlichsten Guerillaeinheiten Südamerikas unterstützte und sie wiederum ihn unterstützten, dann waren sie gefährlich für uns.
Aber nicht nur für uns, sondern für den gesamten Frieden, der momentan noch halbwegs herrschte.
Damit verabschiedete sich auch Siderovs Stellvertreter und ging die eine Treppe zum Helikopterlandeplatz hinauf.
Dort stand ein Luxushelikopter bereit.
Einer war weg, nun waren nur noch drei da.
Sie sprachen noch über Profit, über einige Verhandlungsbedingungen und einiges, was für uns nicht sonderlich relevant war, bis sie etwas über das verschiffen von einer riesigen Ladung Kokain besprachen.
Sie wollten die Ladung von hier nach Brasilien bringen, um es dort zu verkaufen.
Das klang sehr interessant und auch schmackhaft für uns.
Das Treffen endete, also konnten wir uns auch auf den Weg machen, doch plötzlich schlug einer unserer Männer am Eingangstor Alarm, gepanzerte Fahrzeuge betraten das Gelände und stießen die Eisentore auf.
Die Männer, die aus den Panzerfahrzeugen herausstürmten sahen nicht aus, wie Kartellgangster oder wie die normalen Sicherheitskräfte, sie trugen pechschwarze Uniformen, Helme mit Skimasken, trugen militärische Kevlarwesten und drangen in taktischer Formation in den Yachthafen ein.
Taylor und ich wechselten unsere Position und nahmen die Männer ins Visier.
Sie hatten schon das Feuer auf den einen Green Beret eröffnet, welcher immer noch die Uniforme der Sicherheitskräfte trug und hinter einer dichten Mauer in Deckung gegangen war.
<Shit, hier Voodoo, an alle, sofort hierhin zurück, wir haben Gesellschaft, wiederhole, wir haben Gesellschaft!> rief ich laut in mein Mikrofon, sodass mich auch jeder verstehen konnte.

Unsere Taucher schwammen sofort zurück zum Pier, während unsere Männer auf der Yacht versuchten, unauffällig zurück zu kommen.

Dingo und Kick kamen aus dem Gebäude und halfen dem Green Beret.

Wir unterstützten vom zweiten Balkon aus.

Die unbekannte Einheit war härter als gedacht.

Zum Glück konnten unsere Taucher uns noch erreichen und unterstützen, sonst hätten wir den Kampf bestimmt nicht überlegt, denn momentan war uns die Einheit noch überlegen.

Das Command Center überprüfte genauestens die Drohnenaufnahmen und informierte uns, dass diese Männer der peruanischen Spezialeinheit angehörten, welcher auch Gonzales und Pervori angehörten.

Sie drangen immer weiter zu uns vor.

Ich befahl Dingo, ihnen zu vermitteln, dass wir zu den US Spezialkräften gehören, doch anscheinend wollten sie das nicht wissen, denn selbst als Dingo sich unbewaffnet aus der Deckung erhob und sie das Abzeichen und auch die amerikanische Flagge auf seinem Arm sehen konnten, beschossen sie uns weiter.

Sie hatten es also nicht anders gewollt.

Ich erschoss zuerst zwei ihrer Männer, sozusagen als Warnung, dass wir es nun auch ernst meinten aber ihre Antwort darauf war nur ein Dauerfeuer auf mich und Taylor.

Ich verschanzte mich hinter der kleinen Holzmauer des Balkons.

Alles Kugeln der Feinde zerschossen diese Wand, nur einige knappe Zentimeter über meinem Kopf hinweg.

Doch mit der Unterstützung aller unserer Männer, überlebten wir und konnten die peruanische Spezialeinheit zurückschlagen.

Unglaublich, wir hatten soeben drei der am meisten gesuchten Männer Südamerikas den Arsch gerettet, ich glaube diese Erfahrung sollte mich mein Leben lang verfolgen.

Jetzt mussten wir erst einmal verschwinden, unser Van stand zum Glück noch am Eingang.

Wir fuhren für´s erste zum Safehouse zurück, um unser weiteres Vorgehen zu planen.

Unsere Vorgesetzten regten sich derweil darüber auf, dass wir so gegen die Spezialeinheit gehandelt hatten und das wir es uns so mit den Peruanern verscherzt hatten.

Ich verstand zwar ihren Standpunkt aber wir konnten nicht anders handeln und das versuchte ich ihnen eine ganze halbe Stunde lang zu erklären.

Da dies keinen Erfolg hatte, wechselte ich ohne Rücksicht auf die Folgen den Kanal auf unseren Operationskanal-1.
Nun waren wir fünf Teams wieder unter uns.
Ich fragte nach der derzeitigen Lage und kurz zusammengefasst: Echo-5 war immer noch an der Grenze zu Brasilien, während Echo-2, -3 und -4 weiterhin Drogenverstecke aushoben.
Also lief momentan alles wie am Schnürchen.
Im Safehouse breiteten wir eine Karte Perus auf dem Tisch aus und zeichneten den Ort der Drogenlieferung ein.
Ich schlug vor, die Lieferung dort direkt abzufangen, jeden zu erledigen und die Lieferung zu zerstören.
Niemand hatte etwas dagegen, frontal zuzuschlagen, zumal jeder von uns seinen eigenen Hass auf Siderov und somit auch auf jeden, der mit ihm zusammenarbeitete, hatte.
Doch Scarecrow warf eine Idee ein, die meine Idee in den Schatten stellte.
<Machen wir es doch auf die listige Art, das Abkommen zwischen
den drei Parteien ist noch frisch und keiner vertraut dem anderen, also nutzen wir das zu unserem Vorteil und greifen die Lieferung an, zerstören sie und schieben es einem der drei Parteien in die Schuhe> meinte er.
Ich konnte nicht anders, als ihn überrascht und respektvoll anzusehen.
<Wow, das ist eine perfekte Idee Scarecrow, das wäre mir nie in den Sinn gekommen, so machen wir's> entgegnete ich und klopfte im auf die Schulter.
<Erste Regel in der Guerilla Taktik: Wenn du mehrere Gegner hast, die dir gegenüberstehen, dann spiel sie gegeneinander aus>
Scarecrow war ein echter Profi, die Green Berets waren wirklich um einiges besser, als ich je gedacht hätte.
Ich hatte nie oft mit den Green Berets zusammengearbeitet aber meine Meinung über sie war dank Scarecrow nun auf dem absoluten Höhepunkt.
Und als kleines Extra zu unserer Operation, gab ich allen Echo Teams durch, dass sie von nun an bei jedem Drogenversteck, welches sie ausholten, Spuren hinterlassen sollten, Spuren, die entweder das Renalt Kartell, das Benitos Kartell oder den Leuchtenden Pfad belasten sollten.
So konnten wir das perfekte Psychospielchen mit ihnen treiben, ihr Vertrauen ineinander noch weiter brechen und sie gegeneinander ausspielen.
Der Plan stand also, doch nun mussten wir leider Gottes wieder

das Command Center darüber informieren.
Zuerst konnte ich mir eine riesige Standpauke anhören aber schlussendlich hörten die beiden mir auch einmal zu, sodass ich ihnen den Plan erklären konnte.
Sie waren fasziniert von unserer Idee und stimmten ohne auch nur einmal mit der Wimper zu zucken zu.
Wir konnten nun auch keine Pause machen, sondern fuhren sofort los.
Die Lieferung fand in einem kleinen Dorf, hinter der Gebirgskette, welche sich vor uns im Norden erstreckte, statt.
Die Fahrt dauerte insgesamt vier Stunden, welch ein Glück, dass unser Tank so lange durchhielt.
Einen Kilometer vor dem Dorf stellten wir den Van ab und gingen durch ein kleines bewaldetes Stück zu Fuß weiter.
Wir standen auf einem Abhang mit einem Wasserfall und das Dorf lag direkt unter uns.
Taylor blieb hier oben und kletterte auf einen Baum.
Auf einem sicheren Ast saß er und stütze sein Gewehr auf einen
zweiten dicken Ast vor seiner Brust.
Er unterstützte uns also von hier oben aus, während wir durch das Dorf gingen.
Im Dorf selbst waren sehr viel Feinde und das von jeder der drei Parteien.
Wir schlichen uns langsam von Gasse zu Gasse, von Hütte zu Hütte und erschossen dabei mehrere Feinde, aber auch nur, wenn es notwendig erschien.
So kamen wir unbemerkt durch das Dorf.
Im Zentrum stand die Ware, riesige Kisten,voll beladen mit Kokain.
<Jackpott, Trigger, siehst du das>
<Roger ja...shit, da kommen drei auf euch zu, sechs Uhr, der eine gehört mir> klärte uns Taylor auf und erschoss einen der Feinde hinter uns.
Sofort drehten Dingo und ich uns um und kümmerten uns um die restlichen beiden.
Doch anscheinend hatten wir damit die Aufmerksamkeit von weiteren Feinden erregt.
Sie kamen auf uns zu, eine riesige Gruppe, von bestimmt 25 Mann und sie waren alle schwer bewaffnet.
Wir versteckten uns in einer der Hütten und standen für den Frontalangriff bereit, sobald wir entdeckt werden würden, was glücklicherweise nicht geschah.
Aber anscheinend hatten wir mit den beiden Toten schon ein wenig Disbalance in die Verbindung der beiden Kartelle und

der Guerilla Einheit gebracht.
Denn in ihren Gesichtern war nun ein vorsichtiger und heuchlerischer Blick zu sehen, wenn sie einen der anderen Parteien ansahen.
Die Gruppe ging wieder zu ihren Wachposten zurück, weshalb wir uns aus unserem Versteck begaben und einen Plan ausarbeitete, an die Ware zu kommen.
Twist kam plötzlich zu mir nach vorne machte mich auf Operationskanal-2 aufmerksam.
Ich wechselte nun zu diesem Kanal.
<Voodoo, hier spricht Agent Diaz, es sind zu viele Feinde um das Paket herum, wenn sie darauf losstürmen, werden sie das nicht überleben> meinte er.
<Ach, danke für die Info, noch etwas> antwortete ich spöttisch, worauf er mir einen Vorschlag machte.
Wir sollten eine der Signalfackeln, die uns mitgegeben wurden, auf
das Paket werfen und uns dann davon entfernen, am besten sollten wir dann aus dem Dorf verschwinden.
<Diaz, das wird die Mistkerle hier auf uns aufmerksam machen und dann sterben wir eh> meinte ich leicht wütend, redete jedoch so
leise, dass uns keiner der Feinde hören konnte.
<Machen sie es einfach> versicherte uns Diaz.
Wenn das schiefgehen sollte, dann hatten Diaz und ich noch einiges zu bereden, wenn ich das überleben sollte.
Dann musste er sich aber ganz schnell ein sicheres Versteck vor mir suchen.
Ich nahm eine der roten Signalfackeln in die Hand und sah um die Ecke der Hütte, aus der wir gerade wieder herausgekommen waren.
Das war eine riesige Ansammlung an Feinde, wir waren tote Männer, wenn das nicht funktionieren sollte.
Aber egal, ich zündete die Signalfackel und wollte sie gerade werfen, als aus der Hütte gegenüber von uns ein Feind hinauskam.
Ich sagte leise, jedoch hektisch <King!> worauf er sich auf den Feind warf, ihm den Mund zuhielt und ihm das Genick brach.
Da hatten wir noch einmal Glück gehabt.
Nun warf ich die Signalfackel genau neben die Kisten mit dem Kokain, nahm dann mein Gewehr wieder in beide Hände und rannte zurück zum Rand des Dorfes.
Meine Männer folgten mir, doch einige Feinde folgten uns schon.
Sie eröffneten das Feuer auf uns, doch wir erwiderten es nicht,

sondern rannten einfach weiter.
Über Funk hörte ich Diaz, welcher leise etwas murmelte.
Ich konnte zunächst nichts verstehen, bis ich dann ein etwas lauteres <Bon Voyage> von ihm vernahm.
Ich verstand nicht, mit wem er sprach oder warum er es überhaupt sagte, bis ich ein lautes Zischen vernahm.
Im nächsten Augenblick ertönte der Knall einer monströsen Explosion und das mehrmals hintereinander.
In unserem Rücken wurde es langsam mächtig heiß, weshalb wir nun noch schneller sprinteten, um von hier wegzukommen.
Außerhalb des Dorfes stoppten wir und sahen uns das Ende des Feuerwerks an.
Diaz hatte also eine CIA Reaper Drohne zu unserer Unterstützung losgeschickt.
Die Reaper Drohne war eine ferngesteuerte Kampfdrohne, welche mit 25mm Ladungen bestückt war und somit Bodentruppen unterstützen konnte.
Das ganze Dorf stand in Flammen und überall lagen verbrannte Leichen herum.
Von dem Kokain war ein einziges Stück übrig geblieben.
Wir räumten die Anzeichen, dass das Kokain zerstört wurde, weg und versuchten es so aussehen zu lassen, als ob hier ein Kampf um das Kokain zwischen den drei Fronten geherrscht hätte, begonnen von dem Benitos Kartell.
Dazu nahm ich ein Stück Papier, schrieb einige gefälschte Befehle
darauf und fackelte es leicht an der oberen Ecke an.
Danach steckte ich es einem der Benitos Gangster in die Jackentasche, aber so, dass man es gut sehen konnte.
Jetzt mussten wir nur noch von hier verschwinden.
<Hahaaa! Diaz, sie sind echt ein kranker Scheißkerl> rief ich, als wir uns im Laufschritt vom Dorf, zurück zu Taylor, entfernten.
<Gleichfalls Voodoo, ich liebe es, die Aufnahmen davon mitanzusehen> entgegnete er.
Ich weiß nicht wieso, aber Diaz wurde mir gerade noch sympathischer.
Taylor beglückwünschte uns und sprang von dem Baum herunter.
Nun zogen wir uns vorerst zurück.
Doch um zum Safehouse zurückzugehen blieb keine Zeit, da schon Guerillas vom Leuchtendem Pfad in unserer Nähe waren, um das Dorf zu durchsuchen.
Nun war höchste Vorsicht angesagt, denn diese Jungs wusste, wie man sich in einem Urwaldgebiet verhält und sie konnten

auch ganz schnell merken, wenn etwas sich nicht anpasste, weshalb ich auch Scarecrow die Führung durch den Dschungel überließ, da er in Guerillataktik ausgebildet worden war.
Er und seine Jungs führten uns sicher durch die Reihen der Guerillas hindurch.
Es erstaunte mich immer wieder, wie diese Männer in dieser Umgebung zurechtkamen.
Wir trafen ein paar Minuten später auf einige Ausreißer aus der Guerillatruppe, doch bevor sie auch nur Alarm schlagen konnten, durchbohrte schon jeweils ein Pfeil ihre Kehlen.
Ja, ich meine wirklich richtige Pfeile.
Green Berets sind an jeder Art von Waffe ausgebildet, auch an alternativen Langbögen und sie wissen auch, wie man sich einen solchen baut.
Jeder von Scarecrows Männern hatte sich einen gebaut aber dazu musste man sagen, es waren die lautlosesten Waffen.
Wir verließen den Dschungel wieder und gingen geradewegs auf die Bergkette zu.
Den Van hatten wir ja bei dem Dorf stehen lassen, also mussten wir gehen.
Zwei ganze Tage waren wir über die Berge unterwegs.
Der Hunger nagte an uns, denn unsere letzten Rationen gingen noch am selben Tag drauf, an dem wir das Dorf verlassen hatten.
Aber wir kamen heile am Safehouse an und freuten uns, als wir etwas essen konnten.
Wir mussten uns zwar eine winzig kleine Portion untereinander aufteilen, die sogar für einen normalen Menschen klein war aber Hauptsache etwas Essbares.
Ich meine, wir hätten ja auch Wurzeln oder dergleichen essen können, Scarecrow hätte uns ja sagen können, was essbar ist und was nicht aber im Gebirge gab es rein gar nichts.
Der Plan verlief stetig besser, denn die anderen Echo Teams hatten schon weitere Verstecke hopsgehen lassen und es einer der drei Parteien in die Schuhe geschoben.
Wahrscheinlich fingen diese schon an, sich selbst anzugreifen und zu zerfetzten und möglicherweise bringen sie ihre „Partner" jetzt auch mit den ersten Drogenverstecken, die wir gleich nach unserer Landung haben hopsgehen lassen, in Verbindung.
Jetzt mussten wir nur noch das Anwesen von Renalti finden und ihn einkassieren und das sollte wohl schneller passieren als wir glauben wollten.
Endlich meldete sich Blackbeard.
Ich fing mit der Zeit an zu glauben, dass ihm etwas zugestoßen

war aber ich hätte eigentlich wissen müssen, dass man diesen alten Hund nicht töten kann.
Anscheinend war das Anwesen, welches sie beobachteten, das von Renalti.
Die ganze Zeit über lag er direkt vor unserer Nase, faul in der Sonne liegend und Cocktails schlürfend oder etwas Dergleiches.
Wir trommelten alle Teams zusammen, selbst Echo-5, welches nun auch einen sicheren Grenzübergang nach Brasilien gefunden hatte.
Das Anwesen lag etwa 120 Kilometer südlich vom Safehouse entfernt, hinter der Gebirgskette, über die wir in den letzten Tagen zurückgekehrt waren.
Jetzt mussten wir nur noch irgendwie dorthin kommen.
Doch ich wusste nicht, wie wir ohne Fahrzeuge dorthin kommen sollten.
Jedoch hatte Twist eine Idee.
Wir hatten noch jede menge Sprengladungen dabei und unser Master Signal Funkgerät funktionierte noch einwandfrei.
Mit diesen Informationen konnte ich jedoch nicht allzu viel anfangen und sah Twist mit einem unverständlichen Blick an.
<Und wie kommen wir so zum Anwesen?> fragte ich darauf.
<Ganz einfach, wir haben das Psychospielchen mit diesen ganzen Mistkerlen abgezogen, die hassen sich jetzt bis auf´s Blut und wenn wir eine der Parteien kontaktieren und uns als einer der Ihren ausgeben und ihnen verklickern, dass wir von einem anderen
„Partner" angegriffen werden, dann werden sie bestimmt Verstärkung schicken...mit Fahrzeugen> erklärte er und blickte selbstsicher lächelnd zu uns allen herüber.
Das war ein verdammt guter Plan und seine weitere Idee, die Feinde zusammen mit dem Safehouse in die Luft zu jagen, war auch eine gute Variante, unsere gesamten Spuren zu verwischen.
<Sehr gut Twist, das wäre selbst mir nicht in den Sinn gekommen> lobte ihn Scarecrow.
Tja, wir SEALs waren wohl in vielerlei Hinsicht doch bessere Guerilla Kämpfer, als man annahm.
Ich überließ Twist die Aufgabe, die Feinde zu kontaktieren, während ich King und Patron half, die Sprengladungen im Safehouse zu platzieren.
Die beiden hatten als Breacher mehr Ahnung über eine perfekte Sprengung als ich, also fragte ich immer nur, wo die nächste Ladung hin sollte.
Es dauerte zwar etwas aber Twist konnte schlussendlich einen

der Anführer vom Benitos Kartell erreichen.
Um es noch glaubwürdiger zu machen, schossen wir mit unseren Waffen, von denen wir die Schalldämpfer dafür einmal abnahmen, im Hintergrund, um einen Kampf zu simulieren.
Sie glaubten uns und schickten gleich Verstärkung.
Alles lief wie am Schnürchen.
In der Zeit, wo die Feinde sich zu unserer Position aufmachten, suchten wir uns ein Versteck, von dem aus wir sie gut beobachten konnten und vor der Explosion des Safehouse sicher waren.
Ein paar hohe und dichte Büsche dienten uns als perfektes Versteck, gerade mit unseren Multicam Uniformen passten wir uns perfekt an.
Insgesamt trafen fünf Wagen voller Feinde ein, gepanzerte Wagen, mit getönten Scheiben.
Perfekt für uns.
Es stiegen immer vier Männer aus den Wagen aus.
Einer blieb jeweils immer am Wagen, während die restlichen drei sich am Eingang des Safehouse sammelten.
Sie stießen die Tür auf und durchsuchten es.
Wir hörten sie die ganze Zeit über ab.
<Scheiße, Gonzales ist tot, das ist eine Falle, da hat uns jemand verarscht> rief einer der Benitos Gangster, als sie Gonzales im Keller fanden.
Zeit, um unser kleines Geschenk zu offenbaren.
King zog seinen Zünder und hielt den Abzug fest.
Währenddessen machten wir anderen unsere Waffen bereit.
Nur die Läufe unserer getarnten Waffen ragten aus dem Gebüsch und hohem Gras.
Ich blinzelte durch mein Holovisier und wartete auf Kings Zeichen.
Nur wenige Sekunden danach ging das Safehouse in einem grellen Licht hoch.
Sofort suchte ich mir ein Ziel und versuchte die Kartellgangster auszuschalten, ohne einen der fünf Wagen zu beschädigen.
Als das Gebiet sicher zu sein schien, überprüften wir die Wagen.
Leider hatten zwei sehr schwere Schäden durch die Explosion erlitten.
Die drei anderen jedoch waren zum größten Teil unbeschadet und die Schäden sahen auch mehr nach Schusswechsel aus, als nach einer Explosion.
Die konnten wir nehmen.
Unterwegs gabelten wir noch Ozones Team auf, welches sich in einem Feuergefecht mit den Leuchtenden Pfad Rebellen

befanden, als wir eintrafen.
Wir unterstützten unsere Jungs und nahmen sie in den Fahrzeugen mit.
Gen Abend kamen wir dann am Anwesen an.
Die Wagen ließen wir in einigen Kilometern Entfernung stehen und gingen hinauf zu Blackbeard und seinen Männern in deren OP.
Dort versammelten sich auch schon alle anderen Teams, wir waren also die letzten die eintrafen.
Ich durfte mir viele flache Witze von meinen Jungs anhören, von wegen, dass „Pünktlichkeit für einen Anführer immer an oberster Stelle stehen sollte" oder, dass sie wohl „deswegen zu einem Disziplinarvorgesetzten gehen müssten".
Ich hörte gar nicht genau hin, sondern nickte einfach gelassen.
<Wie ist die Lage> fragte ich Blackbeard.
<Also, wir beobachten das Anwesen jetzt seit etwa 24 Stunden, vorerst gab es keine Anzeichen darauf, dass es Renaltis Anwesen war, doch heute traf er hier wieder ein, mit einer riesigen Armee von Kartellmännern>
<Dumme Junkies> meinte Logan aus dem Hintergrund heraus.
Er wurde langsam immer mehr wie ein SEAL, konnte seine Klappe einfach nie halten und musste einfach sagen, was er dachte.
So waren wir SEALs und ich liebte es auch so zu sein.
Es freute mich also auch, dass etwas von uns auf Logan abfärbte.
Blackbeard fuhr fort.
<Auf dem Gelände sind überall Kameras, überall Wachen und es gibt wohl Wachhunde...monströse Wachhunde> erklärte er.
<Also wäre ein Frontalangriff Selbstmord, selbst für uns. Also machen wir es auf die gute alte SEAL Art, wir schleichen uns rein, schalten die Kerle, die uns im Weg stehen aus und verschwinden mit dem Paket, ohne auch nur eine Spur zu hinterlassen>
Meine Idee schien jedem zu gefallen und keiner hatte einen Gegenvorschlag.
Also war die Sache beschlossen.
Blackbeard und sein Team hatten auch den Bereich um das Anwesen herum ausgekundschaftet und einen toten Winkel der Kameras entdeckt.
Darüber konnten wir über die Mauer in das Anwesen gelangen.
Den Draht auf der Mauer konnten wir mit unseren Bolzenschneidern durchschneiden.
Ich brauchte drei Männer hier oben am OP, damit sie die Operation von oben aus leiten konnten.

Scarecrow meldete sich freiwillig dafür, hier zu bleiben, sein Scharfschütze mit ihm.
Aber auch seine anderen zwei Männer wollten bei ihnen bleiben, also ließ ich sie alle gewähren und sie sollten uns von hier aus lenken.
Scarecrows Scharfschütze konnte uns somit auch Deckungsfeuer geben.
Wir warteten auf den Einbruch der Nacht, ehe wir die Operation starteten.
Um 22.00 Uhr begann unsere Operation.
Wir schlichen uns den Hügel hinab und nährten uns dem Anwesen.
Schnell sicherten wir den Bereich um den toten Winkel und bildeten eine Räuberleiter.
Blackbeard kam mit mir auf die Mauer und wir kappten mit den Bolzenschneidern, welche wir auf dem Rücken trugen, den Stacheldraht.
Für einen Moment hatte ich die Sorge, dass das Ding möglicherweise unter Strom stehen könnte aber zum Glück traf meine Sorge nicht ein.
Einer nach dem anderen kletterte mit unserer Unterstützung über die Mauer in den Innenhof.
Ich sprang zuletzt und rannte zu meinen Männern, die an einer Mauer eines großen Gebäudes Schutz suchten.
Das Anwesen war riesig, es bestand aus einem riesigen Hauptgebäude, bestimmt dreistöckig, einem mittelgroßen Gebäude
auf der linken Seite, wo anscheinend die Kartellgangster schliefen und einem großen Schuppen auf der rechten Seite des Anwesens.
Der Innenhof selbst war eine freie Fläche, ein kleiner Brunnen in der Mitte und einige Kisten standen herum.
Auf der linken Seite, noch vor dem Schlafplatz der Kartellmänner
stand noch ein kleines Gebäude, jedoch wussten wir nicht, wozu es diente.
Wir standen an der Mauer des Schuppens und checkten die Lage.
Überall auf dem Gelände waren Wachen postiert, die Patrouille liefen und Scharfschützen standen auf jedem der Gebäude bereit.
Mit unseren Nachtsichtgeräten hatten wir zwar einen Vorteil aber ihre zahlenmäßige Überlegenheit machte uns das Leben schwer.
Und dazu kam noch, dass sie nicht wie einfache Junkies oder

Terroristen mit AK´s ausgestattet waren, sie hatten top moderne Waffen, ballistische Schutzwesten und noch einiges mehr.
Hier war also Vorsicht angesagt.
<Voodoo, hier Ghost 0-2> funkte uns der SF Sniper an.
<Höre Ghost 0-2>
<50 Meter östlich von ihnen befindet sich eine lange Reihe von gestapelten Vorratskisten, über die sie näher zum Hauptgebäude gelangen können, ich kann den Sniper, der dieses Gebiet im Blick hat ausknipsen, ich warte nur auf ihr Zeichen> meinte er.
<Roger Ghost 0-2> antwortete ich.
Ich gab meinen Jungs mit taktischen Handzeichen die Lage durch und gab ihnen dann den Befehl auf mein „GO" zu den Kisten hinüber zu laufen.
Ich sah mir die Wachen im Innenhof an und wartete auf einen sicheren Moment, in welchem sie die Kisten nicht im Blick hatten.
<Ghost 0-2, sie haben grünes Licht aber passen sie nach dem Schuss auf die Wachen im Innenhof auf und warnen sie uns wenn die Sache zu heiß werden sollte>
<Roger Voodoo, setze den Schuss an>
Ein paar Sekunden danach sah ich, wie der Scharfschütze umfiel, das war unser Zeichen.
Ich schickte eine Gruppe von fünf Mann zu den Kisten, wir mussten kleine Grüppchen bilden, denn bei den Patrouillengängen der Wachen wären wir 45 als Gruppe sofort entdeckt worden.
Die nächsten fünf konnten gehen.
Ich ging ganz zum Schluss, zusammen mit Dingo, Blackbeard, King, und Harper.
Entlang der Kisten hatten wir eine sichere Deckung, von der wir uns zum Haupthaus vorarbeiten konnten.
Eine wache kam in unseren Sichtbereich hinter die Kisten.
Sofort reagierte Logan, welcher ganz vorne in unserer Reihe stand und zog ihn ganz hinter die Kisten.
Er hielt ihm den Mund zu und schlug ihm sein Messer in die Luftröhre.
Wir stoppten und sicherten den Bereich hinter uns und die Seiten,
nur falls ein weiterer Ausreißer kommen sollte.
Am Ende der Kisten schien es ein kleines Problem zu geben, denn dort gab es kein weiteres Versteck, von wo aus wir weiter unentdeckt vorrücken konnten.
Es blieb uns nur eine Möglichkeit, eine Möglichkeit, die ich

eigentlich nie in Betracht ziehen wollte.
Wir mussten durch das offene Fenster in das Schlafhaus der Gangster eindringen und uns dadurch vorarbeiten.
Es war risikoreich aber wir mussten irgendwie an Renalti drankommen.
Ich machte erneut den Anfang, denn wenn ich schon so eine dumme Idee hatte, dann sollte ich wenigsten auch der erste sein, der möglicherweise direkt eine Kugel abbekommt und draufgeht.
Ich hob mich langsam über den Fensterrahmen hinweg, während Logan und Ozone mich von draußen sicherten.
Alle Kartellgangster schliefen.
Vorsichtig ging ich über den Boden, welcher unglücklicherweise bei jedem Schritt zu knatschen begann.
Aber es weckte die Feinde zum Glück nicht.
Einer nach dem anderen kam in das Gebäude.
Als alle drin waren, hatten wir die Möglichkeit, alle von ihnen auszuschalten.
Jeder suchte sich einen Mann und stellte sich an seine Koje.
Auf mein Zeichen, schnitten wir ihnen alle die Kehlen durch, ohne dass sie einen Mucks von sich gaben.
Einer fiel mit einem lauten Rumms aus seinem Bett, was einige Wachen im Raum nebenan alarmierte.
Der erste, der unseren Raum betrat, hatte ein Gewehr dabei, war aber noch im Halbschlaf.
Da er uns so überraschte, reagierte Dingo dementsprechend, nahm seinen Tomahawk und warf ihm diesen in die Brust.
Er fiel zu Boden und der zweite Feind kam herein.
Unsere Kugeln durchlöcherten ihn und er fiel genau auf seinen toten Partner.
Das machte zu unserem Glück kein allzu lautes Geräusch.
Trotzdem warteten wir, ob weitere Feinde aufgewacht waren und nun den Raum durchsuchten.
Es war sicher, wir konnten also weitergehen.
Im Nebenraum schliefen sie alle und ein weiteres Fenster lag am Ende des Raumes.
Links ging ein weiterer Gang entlang, welcher zu den Toiletten und einem weiteren Schlafraum führte.
Als Absicherung für uns, befahl ich King, einige Sprengsätze dort zu
platzieren, um eine Ablenkung zu schaffen oder um unsere Flucht zu decken, wenn wir Renalti eingesackt haben.
Die restlichen Feinde ließen wir schlafen, denn alle auszuschalten, würde uns wieder wertvolle Zeit stehlen.
Das Fenster war verschlossen, weshalb ich mir kurz Zeit

nehmen musste, um es zu knacken.
Meine Männer sicherten mich dabei.
King gesellte sich erneut zu uns.
Er hatte mehrere Sprengsätze deponiert, das sollte ein nettes Feuerwerk geben.
Wir verließen das Gebäude, als das Fenster sich öffnete und gingen an der Mauer des Schlafhauses in Deckung.
Die Wachen hatten ihre Patrouillenrouten verändert, das waren wirklich Profis.
Die Scharfschützen stellten ein weiteres Problem dar.
Sie behielten den Hof fest im Auge, als wenn sie wüssten, dass wir hier waren, aber das konnte nicht sein.
Ein SUV stand auf dem Hof, er konnte uns als nächste Deckung dienen.
Wir warteten auf das „GO" des SF Snipers und rannten erneut in Grüppchen zum SUV und dann auf eine mit hohem Gras bestückte Wiese, auf der wir uns verstecken konnten.
Wir legten uns auf dieser flach auf dem Bauch liegend und ließen nur die Läufe unserer Gewehre aus dem hohen Gras schauen.
15 Meter links von uns war die Eingangstür, doch durch diese in das Haupthaus zu gelangen, hätte zu viel Aufsehen erregt und eine Räuberleiter zu dem Fenster über uns zu bilden wäre noch idiotischer gewesen.
Wir saßen also etwas in der Klemme, doch dies sollte sich bald ändern.
Schüsse ertönten und versetzten die Scharfschützen und auch die Wachen auf dem Hof in Alarmbereitschaft.
Das Tor des Anwesens wurde gesprengt und viele schwer bewaffnete Männer kamen hineingestürmt.
Aber es waren keine Soldaten, es waren ebenfalls Kartellgangster.
Unser Psychospiel fand also endlich die finale Wirkung, denn das Benitos Kartell wollte es nun endlich zu Ende bringen.
Genauso der Leuchtende Pfad, dessen Kämpfer ein paar wenige
Minuten später auftauchten.
Es war nun ein Kampf aus vier Fronten, die beiden Kartelle, die Guerillakämpfer und wir.
Der Kampf sorgte für genug Ablenkung, sodass wir in das Haupthaus gelangen konnten und eine der Parteien half uns auch
unbewusste dabei.
Einer von ihnen schoss mit einer RPG genau auf die riesige Eingangstür und öffnete somit einen Weg.

Schnell liefen wir im Schutze des Rauchs hinein und sicherten die Lobby.
Jetzt mussten wir nur noch Renalti finden.
Am besten war es wohl, wenn wir uns aufteilen würden.
Ich ging mit meinem Team und mit Echo-2 in das zweite Stockwerk, während Echo-3 und Echo-4 das dritte Stockwerk durchsuchen und sichern sollten.
Echo-5 blieb hier unten im Erdgeschoss und sah sich um.
Vereinbartes Treffen in 15 Minuten hier unten in der Lobby.
Ich lief als erster die Stufen zur dritten Etage hinauf.
Ein Kartellmann mit einem Sig 552 Sturmgewehr zeigte sich und sah uns kommen.
Anstatt zu schießen, rannte er zurück, wahrscheinlich wollte er die anderen warnen.
Wir wurden schneller, doch ein Geräusch ließ uns zurückfallen, eine Granate rollte die Treppe hinunter.
<Shit, Granate!> rief ich und warf mich nach hinten.
Ich rutschte zwar schmerzhaft die Treppen hinunter, aber dieser Schmerz war besser, als von einer Granate zerfetzt zu werden.
Ozone und Taylor halfen mir auf und gingen mit mir weiter vorwärts.
Die anderen hatten ihren Sturz die Treppe hinunter ebenfalls gut überstanden und folgten uns.
Das Arschloch mit den Granaten war immer noch da und hörte damit auch nicht auf.
Als wir im dritten Stockwerk ankamen, warf er wieder eine Granate in den Flur.
Dieses Mal jedoch waren wir darauf vorbereitet und konnten reagieren.
Als die Granate vor uns entlang rollte, rutschte ich über den Boden zu ihr, nahm sie in meine rechte Hand und warf sie in den Raum, aus der sie gekommen war.
Sie explodierte und riss den Kartellgangster mit in den Tod.
Das alarmierte aber auch weitere Feinde, die sich uns nun in den Weg stellten.
Über Funk bekam ich auch mit, dass unsere Männer in den Stockwerken unter uns Schwierigkeiten bekamen, denn nicht nur, dass sie gegen die Renalti Männer kämpften, es waren nun auch Benitos Gangster und Guerilla Kämpfer in das Haupthaus eingedrungen.
Bald kamen sie also auch zu uns hoch.
Deshalb gab ich den Befehl, dass ab jetzt immer mindestens drei Männer unseren Rücken decken sollten.
Ozone und Harper blieben freiwillig an der Treppe, um die nachkommenden Feinde aufzuhalten.

Das Anwesen war riesig und jedes Stockwerk teilte sich in eine hohe Anzahl an Räumen auf.
Wir gingen von Raum zu Raum und von Gang zu Gang, jedoch war hier keine Spur von Renalti.
Auch in den anderen Stockwerken gab es keine Anzeichen.
Ich bezweifelte langsam, dass er wirklich hier war, bis ich mehrere Stimmen hinter einer dichten und kostspielig verzierten Eichentür vernahm.
Es war zum Einen die Stimme von Benitos, die wir hörten.
Er sprach mit zwei anderen Personen.
Ein Blick durch das Schlüsselloch mit der Stielkamera brachte uns die Antwort.
Neben Benitos waren noch Renalti und Pervori, der General des Leuchtenden Pfades anwesend.
Sie standen sich feindselig gegenüber und richteten die Waffen aufeinander.
Ein waschechter „Mexican Standoff" zwischen drei der widerlichsten Mistkäfern, die es auf diesem Planeten gab.
Aber wir mussten verhindern, dass einer von ihnen Renalti eine Kugel verpasste, sonst war unsere letzte Chance, Siderov zu erwischen, futsch.
Für den Überraschungsmoment, sprengten wir die Tür auf.
King und Heavy setzten jeweils eine Ladung an die Tür und gingen dann mit uns einige Schritte in Deckung.
Die Ladungen explodierten und die Tür, sowie auch ein kleiner Teil der linken und rechten Seite der Wand waren zerstört.
Wir rannten hinein und richteten unsere Gewehre auf die drei Parteiführer.
<Waffen runter, sofort!> rief ich und richtete mein Gewehr auf Renalti.
Dieser nahm seine Pistole auch gleich widerstandslos herunter, während Benitos und Pervori nun auf uns zielten.
<Waffen runter habe ich gesagt!> forderte ich erneut.
<Scheiße, wenn ich schon draufgehe, dann gehen wir alle drauf!> schrie Benitos und zielte mit seiner Pistole auf Renaltis Kopf.
Nun musste ich eingreifen.
Ich schoss Benitos in den Kopf und er fiel zu Boden.
Pervori wurde auch mutiger und wollte mich erschießen, wurde jedoch von King daran gehindert.
Er erschoss Pervori, welcher dann vor Renaltis Füßen zu Boden ging.
Sein Blut verteilte sich in einiger riesigen Lache vor ihm.
Er fing auf Spanisch an zu fluchen...zumindest hörte es sich so an, es könnte aber auch Quechua oder Aymara gewesen sein.

Aber egal, eines stand fest, wir hatten Renalti und nun mussten wir ihn nur noch sicher über die Grenze nach Brasilien bringen.
Doch auch das sollte sich als schwieriger herausstellen, als wir glauben wollten.
Die Kämpfe der drei Parteien und unseren Männern auf dem Gelände des Anwesens und auch innerhalb dieses Gebäudes wurden von Minute von Minute schlimmer.
Immer mehr feindliche Kämpfer tauchten auf und als einzige Verstärkung hatten wir Scarecrow und seine Männer, die immer noch auf dem Hügel in Stellung waren.
Doch zu allem Übel mischte sich eine weitere Partei ein.
<Scarecrow, hier Voodoo, Paket erreicht und eingesackt, wiederhole, wir haben das Paket> informierte ich das Außenteam.
<Roger Voodoo, Achtung, diese peruanische Spezialeinheit, die uns beim Yachthafen in die Quere gekommen ist...anscheinend wollen sie jetzt auch ein Stück vom Kuchen abhaben> warnte Scarecrow.
Toll, nun hatten wir auch noch diese Operator am Arsch hängen und wir hatten es uns schon einmal mit ihnen verspaßt.
Diese Jungs waren Tough und wir mussten uns irgendwie sicher an ihnen vorbei kämpfen.
Zuerst jedoch trafen wir alle Teams unten in der Lobby, um dann gemeinsam zurück in den Innenhof zu gelangen.
Dort sah es aus, wie auf den Feldern des 2. Weltkrieges.
Überall waren Leichen, Blut, lodernde Flammen und Explosionen.
Möglicherweise war das genau die Ablenkung, auf die wir gewartet hatten.
Um hier schnellstens hinauszukommen, hatte ich die Idee, ein oder zwei feindliche Fahrzeuge zu kapern.
Und es waren sogar vier passende direkt hier im Hof.
Drei SUV´s, einer der Renalti Kartellgangster, ein einfacher Landrover, kaum gepanzert, aber Hauptsache ein fahrbarer Untersatz.
Dann ein gepanzerter SUV der Spezialeinheit, sogar mit montiertem Browning M2 oben drauf.
Und zu guter Letzt, eine weiße Luxus Stretch Limousine, wahrscheinlich die von Renalti.
Wir machten uns so schnell wie möglich zu diesen auf und erschossen dabei nur jeden Feind, der für uns gefährlich wurde und
versuchte, sich uns in den Weg zu stellen.
Bei diesem Chaos waren dies zum Glück nicht viele und es kostete uns deshalb auch nicht zu viel Zeit.

Ich achtete immer darauf, dass Renalti sicher bei Dingo und Blackbeard blieb, die ihn beide hier hindurch bringen sollten.
Sie stiegen mit mir zusammen in die Stretch Limousine.
Ozone, King, Harper, Pirate und ein paar andere stiegen mit ein.
Die anderen verteilten sich auf die beiden anderen Fahrzeuge.
Mit quietschenden Reifen fuhren wir los und rasten genau durch die Reihen der Feinde.
Die Sprengsätze im Schlafhaus zündeten wir, um unsere Flucht zu verschleiern, die Explosion riss zudem noch einige Feinde in den Tod.
Auch die Straßensperren stellten kein Problem für uns da, da Patron mit dem gepanzerten SUV vor uns fuhr.
Ein paar Feinde wollten uns aber anscheinend nicht ziehen lassen und verfolgten uns.
Mehrere Cross Motorräder, besetzt mit Benitos Gangstern verfolgten uns über eine Anhöhe, rechts von uns.
Die Hintermänner feuerten mit ihren Maschinenpistolen auf unsere Limousine.
Doch damit nicht genug, rechts von uns fuhr ein weißer Pick Up Truck, besetzt mit Guerilla Kämpfern gefährlich nahe ran.
Und schlussendlich folgte uns dann auch noch ein Helikopter der Peruaner, alle wollten uns und Renalti haben.
Dingo hielt Renaltis Kopf unten, während wir anderen unsere Waffen bereit machten.
Ich lud ein neues Magazin in mein H&K 416, schlug die Fensterscheibe neben mir ein und schoss hinaus.
Ich kümmerte mich um die Cross bikes, während sich Ozone und Twist um den Pick Up kümmerten.
Immer mehr Kugeln drangen in unser Fluchtfahrzeug ein, immer knapp an uns vorbei.
Sie konnten also doch besser zielen als gedacht.
Ich traf einen der Gangster, die hinten auf den Motorrädern saßen.
<Shit, wenn das so vorangeht, dann sind wir tot, bevor wir Brasilien überhaupt erreichen!> rief ich in der Limousine umher, als plötzlich
eine Kugel genau vor meinem Gesicht entlang flog.
Sofort drückte ich mich so fest ich konnte hinten in den Sitz, man konnte meinen, dass ich versuchte, den Sitz durch die Wand zu drücken, so fest saß ich nun darin.
Das Adrenalin schoss mir durch den Körper und ließ mich mutiger werden.
Ich ging wieder mit dem Oberkörper nach vorne, lehnte mich jedoch nun ganz aus dem Wagen heraus und schoss.

Ich traf den vordersten Fahrer mit einem Schuss in die Brust, was
seine Maschine außer Kontrolle brachte und fallen ließ.
Sie drehte sich seitlich und rutschte über den felsigen Boden und die anderen Fahrer fuhren genau in das Motorrad hinein.
Einer nach dem anderen fiel von seiner Maschine, oder sprang auch freiwillig ab, beides war uns recht, denn sie fielen alle die Anhöhe hinunter und lagen nun auf der Fahrbahn.
Entweder sie starben beim Aufprall oder sie wurden überrollt.
Eine Feindgruppe war erledigt und soweit ich sehen konnte, hatten Ozone und Twist den Pick Up unter Kontrolle.
Das einzige Problem war der feindliche Helikopter.
Er blendete uns mit seinen Scheinwerfern, weshalb es für uns schwerer wurde ihn zu treffen.
Außerdem waren ein Scharfschütze und ein MG Gunner an Bord.
Trotzdem lehnte ich mich zusammen mit King aus dem Schiebedach und eröffnete das Feuer auf den Helikopter.
Er erwiderte sofort das Feuer und zwar ein stärkeres, als wir bieten konnten.
Trotzdem verließ uns nicht der Mut und wir schossen weiter.
Irgendwann landeten wir einen Glückstreffer und dank King flog der MG Schütze aus dem Helikopter.
Dann holte Taylor, der das M2 auf dem gepanzerten SUV übernommen hatte, den Helikopter endgültig vom Himmel.
Er feuerte auf seine Motoren, bis diese anfingen zu rauchen und schließlich Feuer fingen.
Er drehte sich mehrfach um die eigene Achse und stürzte irgendwo inmitten der vielen Bäume ab.
<Numero Dos!> rief ich selbstsicher und sah zu Taylor nach vorne.
<Guter Schuss, Trigger!>
<Danke Voodoo, immer wieder gerne> rief er lachend zurück und gab mir einen Daumen hoch.
Der Pick up war nun wohl auch erledigt, was für uns hieß, dass wir uns endlich einfach nur entspannt anlehnen konnten und die Fahrt genießen konnten.
Logan drückte zwar immer noch sehr sehr stark auf die Tube aber
das war uns allen egal.
Dingo kontaktierte das Command Center und informierte Diaz und Captain Wittford von unserem Erfolg.
Die beiden waren außer sich zur Freude und baten uns nun noch einmal höflich, Renalti so schnell wie möglich in die Staaten zu schaffen.

Die weitere Fahrt überstanden wir ohne weiteren Feindkontakt oder sonstige Probleme.

Kapitel 20: Für Gott und das Vaterland

Wir brachten Renalti über die sichere Route, die Echo-5 ausgekundschaftet hatte, nach Brasilien.
Von dort aus, konnte Diaz uns einen Helikopter schicken, da wir es uns mit den Brasilianern nicht so verscherzt hatten, wie mit den Peruanern.
<Man, also hierhin brauche ich nicht mit Kate in die Flitterwochen fliegen> witzelte Logan, als wir alle in den Chinooks zur Varan flogen.
<Nein, es sei denn, ihr wollt gerne von der Decke eines dreckigen Kellers der Regierung, irgendwo in der Pampa hängen> erwiderte ich und schlug mit ihm ab.
Wir machten noch einige solcher Witze, bis wir erst einmal ein wenig die Augen zumachen und schlafen wollten.
Kurz vor dem Erreichen der Varan weckte mich Taylor, der neben mir wieder seine Nase in der kleinen Taschenbibel vergrub.
Ich ließ ihn in ruhe Lesen und sah zu Renalti herüber, welcher stumm auf seine Hände starrte.
<Hey, kleiner mies gelaunter Junkie> meinte ich.
Er sah zu mir auf.
<Hmm?> brummte er.
<Du solltest uns dankbar sein, hätten wir dich nicht vor Benitos und diesem Guerilla geschützt, lägst du jetzt bestimmt drei Meter unter der Erde verscharrt> sagte ich, um ihm seine momentane Lage zu verdeutlichen und ihn hoffentlich etwas kooperativer zu machen.
Allem Anschein nach brachte es nicht viel, noch nicht.
Die Helikopter setzten auf dem Flugdeck auf.
Ich fühlte mich gleich wieder daheim.
Seitdem ich mich mit der AFO Reaper für den aktiven Seeeinsatz gemeldet hatte, wurde dieser Flugzeugträger zu meiner zweiten Heimat.
All diese Dinge, die ich hier erlebt hatte, sowohl mit meinen Jungs, als auch alleine.
Die Laderampen öffneten sich und sofort sah ich schon einige alte Bekannte Gesichter.
Darunter auch Admiral Torchers Gesicht.
Er stand einfach dort, hatte eine seiner Zigarren im Mund und musterte uns von oben bis unten.
Ich stand auf und ging zu ihm nach draußen.
<Admiral Torcher> meinte ich respektvoll.
<Voodoo, es ist schön, sie nach dieser langen Zeit wiederzusehen> erwiderte er und reichte mir seine Hand.

Ich nahm diese Geste an und schüttelte sein Hand.
<Die Varan, ist sie wieder vollständig funktionstüchtig?>
<Ja, Commander, wir konnten sie rechtzeitig in einen sicheren Hafen steuern und von einigen Experten wieder reparieren lassen...dank ihnen und ihren Männern, alle auf diesem Schiff sind ihnen immer noch zu riesengroßen Dank verpflichtet> sprach er und bedankte sich noch einmal sehr stark bei mir.
<Sir, es gibt nichts wofür sie sich bedanken müssen, es ist unsere Pflicht und diese führen wir auch aus> entgegnete ich, worauf er mich anlächelte.
Nun brachten Dingo und Blackbeard Renalti aus dem Helikopter.
<Ist er das?> fragte der Admiral.
<Ja, Sir, das ist der Mann, der unser letztes Ticket zu Siderov ist>
<Nun gut, dann bringen sie ihn unter Deck, wir behalten ihn hier, bis ihre Helikopter wieder aufgetankt und sie wieder ganz ausgeruht sind, sie waren eineinhalb ganze Wochen da unten und ehrlich gesagt Commander, von Soldat zu Soldat...sie sehen scheiße aus> meinte er und schickte uns unter Deck.
Das war guter alter Militärjargon.
Wenn ein Soldat zu einem anderen Soldaten sagte, dass er scheiße aussah, war es eigentlich immer so gemeint, dass jemand nicht gerade sehr gesund aussah, nach einer Operation oder einem Feuergefecht.
Wir brachten Renalti in den Verhörraum und gingen alle erst einmal zur Kantine, um etwas ordentliches zu essen und zu trinken.
Dort sprachen wir noch einmal genau über die Operation und alles was dort geschehen ist.
Ich fragte mich auch, was nun aus Scarecrow und seinem Ghost Team geworden war, denn nach unserer Flucht hatte ich ein letztes Mal Kontakt mit ihnen aufgenommen und das letzte was Scarecrow zu mir sagte war: „Denken sie dran Voodoo...wir sind Ghosts...und uns gibt es gar nicht"
Dann brach der Kontakt ab.
Selbst Harper der diese Jungs am allerbesten kannte, wusste keine Antwort darauf.
Aber ich war mir sicher, dass man sie irgendwo, irgendwann wieder treffen würde.
Nach dem Essen konnten wir uns endlich etwas schlafen legen, und zwar liegend, nicht mit steifem Rücken anlehnend in einem Helikoptersitz.
Einige Marines hatten uns ihre Kojen zur Verfügung gestellt, eine sehr nettes Angebot von ihnen.

Am nächsten Tag, ausgeruht und wieder bei vollen Kräften, ging es dann wieder los für uns.
Ich meldete mich erneut bei Admiral Torcher, um mit ihm über unsere Abreise zu sprechen.
Er war genauso wie ich etwas enttäuscht, dass wir schon wieder weiterziehen mussten, gerade weil es schon so lange her war.
Aber da die Varan wieder in Betrieb war, sah man sich ab jetzt bestimmt öfters.
Er fragte mich, ob ich nicht erneut ein Interesse daran hätte, auf der Varan zu bleiben und mich dafür wieder für den aktiven Seeeinsatz zu melden.
Ich lehnte dankend ab, da ich nun nicht mehr der Leiter von Reaper war, sondern mir nun wieder DEVGRU Gold unterstand.
Anscheinend wusste der Admiral davon noch nichts, beglückwünschte mich aber dafür.
Die Chinooks waren aufgetankt und bereit, uns nach Dam Neck zu bringen.
Nachdem Ich zusammen mit Dingo Renalti aus der Zelle geholt hatte, ging es los.
Der Flug zog sich zwar etwas aber wir kamen sicher in Dam Neck an.
Agent Diaz, Captain Wittford, General Morgan und einige weitere CIA Agenten empfingen uns am Flugfeld.
Sie nahmen Renalti gleich mit zum Verhörraum.
Diaz machte mir das Angebot, mitzukommen, was ich jedoch ablehnte, da ich schon mehr als genug Zeit mit dieser Schlange verbracht hatte.
Sie sollten mich nur darüber informieren, wenn er anfing zu reden, damit ich endlich Siderov erwischen konnte.
<Viel Spaß Renalti, ich hoffe diese Gentleman sind nicht zu grob zu ihnen> meinte ich mit einem sarkastischen Unterton.
Er sah mich an und spuckte vor mir auf den Boden.
<Sie können ihn nicht aufhalten Commander...> flüsterte er.
<Was hast du gesagt?!> fragte ich mit erhobener Stimme und packte ihn bei seinem Kinn, sodass er mich anschauen musste.
<Sie können ihn nicht aufhalten Commander...Er wusste, dass das hier passieren würde, aber das hält ihn nicht auf...er ist näher als sie denken und bald sind wir alle tot...sie werden sehen> meinte er und lächelte ganz besonders dreckig.
Was meinte er damit? Wir sollten es wohl schon bald herausfinden, früher als wir glauben wollten.
Wir gingen in die Kaserne hinein, um unsere Ausrüstung in die Stuben zu bringen und uns etwas auszuruhen, doch gerade, als

ich mich auf einen Stuhl in unserer Stube setzte, klingelte mein Handy.
Es war Justin.
<Justin, was gibt es? Weißt du eigentlich, wie scheiße teuer Auslandstelefonate sind?> meckerte ich leicht, freute mich jedoch sehr, nach so langer Zeit etwas von ihm zu hören.
<Ja ich weiß, entschuldige Derek aber es ist wichtig> meinte er, was mich nachdenken ließ.
Sein Tonfall war anders als sonst, er klang ziemlich ernst und das hatte bei ihm schon etwas zu bedeuten.
<Was ist los Bruder?> fragte ich besorgt und war gespannt, weswegen er anrief.
<...Nun...es geht um diesen Terroristen...Siderov>
Ich konnte nicht anders, als ihn zu unterbrechen <WAS!...Was ist mit Siderov?> fragte ich.
<Wir waren auf einer Operation in Tschechien, es sollte dort wohl ein Deal über die Bühne gehen, sowohl die Parteien, die daran beteiligt waren, als auch die Ware waren uns unbekannt...>
<Und weiter?> forderte ich.
<Nun...Siderov hat diesen Deal abgeschlossen, und zwar mit einem der tschechischen Regierungsmänner
Er hat Kampfflugzeuge Derek: F-16 Hornets und noch einige andere Modelle, soweit wir sehen konnten>
Das war fatal, wenn Siderov jetzt auch noch Kampfjets hatte, dann bereitete er sich auf etwas großes vor, als wenn er vorhatte, einen Krieg anzuzetteln.
<Und ihr habt ihn nicht ausgeschaltet?!> fragte ich mit einer leicht wütenden Stimme.
<Wir wollten, haben aber kein grünes Licht bekommen und überall auf dem Gelände flogen Helikopter herum, wir wären draufgegangen> erklärte er mir.
<Hmm...Nun gut, besser so, ich will dich nicht verlieren Bruder...danke für die Info, ich leite sie gleich weiter> versicherte ich ihm.
<Danke Bruder> antwortete Justin und bat mich, dass ich auf mich aufpassen sollte.
<Mache ich, du bitte auch auf dich, ich melde mich bald> versprach ich ihm und beendete das Gespräch.
Verdammt, erst Panzerfahrzeuge, dann Panzer, dann Kampfhelikopter und jetzt Kampfjets! Was hatte Siderov vor. Aber zu aller erst musste ich unseren Vorgesetzten Bericht erstatten.
Als ich zur Tür ging, sprang diese auf und Dingo stolperte mir stark hecheln entgegen.

Er war wohl zu uns gesprintet ist los?> fragte ich besorgt.
<Voodoo...ihr alle...kommt mit, ihr müsst euch was ansehen!> rief er und lief erneut davon.
Wir folgten ihm zum Aufenthaltsraum, wo alle gebannt auf den Fernseher starrten.
Der Ton war auf Maximum gestellt.
Was zu sehen war erschütterte uns alle.
Bomben schlugen überall in New York ein, ein B-52 Bomber warf seine Ladungen über der ganzen Stadt ab.
Alles brannte.
Tief in meinem Herzen fing ich an zu bluten, meine alte Heimat lag in Flammen und all diese Leute waren diesem Grauen schutzlos ausgeliefert.
Doch das sollte nicht das einzige Grauen sein.
Die Sirene unserer Kaserne ertönte, was nichts gutes bedeutete.
Doch bevor wir wussten, was vor sich ging, begann es schon.
Überall auf der Kaserne erschienenen Explosionen, die alles mit sich rissen.
Die Druckwellen warfen uns alle zu Boden und kurz darauf wurde die Wand links von uns aus der Mauer gesprengt.
<Was zum Teufel ist hier los!?> rief Blackbeard und rappelte sich wieder auf, nur um von einer weiteren Explosion erneut niedergeworfen zu werden.
<Blackbeard, unten bleiben!> rief ich ihm zu und faltete meine Hände über meinem Kopf zusammen und presste sie fest an ihn, um mich vor dem umher fliegenden Schutt zu schützen.
Als sich die Explosionen um uns herum etwas milderten, standen wir alle auf, überprüften, ob es allen gut ging und holten unsere Ausrüstung.
Von überall ertönten immer noch Explosionen und das Geschrei von Soldaten und auch von Zivilisten war zu hören.
Es war grauenvoll.
Wir liefen hinaus, um nach Überlebenden zu suchen, vor allem Captain Wittford, Agent Diaz und Renalti.
Sie waren wohl noch beim Verhörraum.
Als wir dort ankamen, war die Tür sperrangelweit offen und keiner von ihnen war zu sehen.
Wir durchsuchten den gesamten Bereich, bis schlussendlich nur noch ein Raum in Frage kam.
Der Abstellraum.
Als wir uns der Tür näherten, stellten wir uns auf.
Jemand war darin und hörte dies, weshalb er oder sie drei Kugeln nach draußen durch die Tür feuerte.
<Captain Wittford, Feuer einstellen, Voodoo und DEVGRU Gold sind hier, um sie zu sichern!> rief ich gegen den Lärm an,

worauf sich die Tür öffnete.
Der Captain, Diaz und Renalti kamen hinaus, Diaz und Wittford trugen eine Pistole in der Hand.
<Wow, Diaz, ich wusste gar nicht, dass sie noch wissen, wie man so ein Ding benutzt> witzelte ich, um die Lage etwas aufzulockern, was jedoch niemand momentan gern haben wollte.
<Commander, was ist hier los> fragte der Captain.
Ich gab keine Antwort, sondern packte Renalti bei seinem Hals und drückte ihm mit dem Gesicht voran fest an die Wand.
<Du kleines Arschloch, was habt ihr getan?!> brüllte ich und drückte fester zu.
<Ich habe ihnen gesagt, dass sie ihn nicht aufhalten können und das er näher ist, als sie glauben...und nun haben sie hier das Ergebnis...> meinte er heuchlerisch lachend und hustete.
Ich hätte ihm zu gerne eine Kugel verpasst, aber wir brauchten diesen Mistkäfer noch um Siderov zu finden.
<Sir, mein Bekannter vom deutschen KSK hat mich vor etwa einer halben Stunde angerufen, anscheinend hat Siderov mit der tschechischen Regierung einen Handel abgeschlossen.
Für irgendetwas haben sie ihm Kampfflugzeuge geboten, F-16´s und wahrscheinlich auch diese B-52er> informierte ich die beiden und ließ Renalti zu Boden fallen.
<Verdammt, nun hat Siderov anscheinend alles, was er braucht, um eine Großoffensive zu starten...unser vorrangiges Ziel ist es, die Bürger der Stadt zu evakuieren.
Andere Staaten sind ebenfalls von diesen Angriffen betroffen, aber Rettungseinheiten wurden schon losgeschickt.
Gehen sie nach DC und suchen sie nach Überlebenden, für weitere Befehle bleiben wir in Kontakt> befahl er.
<Sir, ja, Sir!> rief ich und rannte nach draußen zu unseren Hummern.
In DC halfen wir den Rangers, Bürger zu evakuieren und in einen sicheren Unterschlupf zu bringen.
Doch beim Evakuieren blieb es nicht, denn schon bald nach den Luftangriffen, landeten Siderovs Soldaten mit Fallschirmen überall in der gesamten USA.
Er hatte seine Armee immer weiter vergrößert und war nun bereit, Krieg zu führen.
Nach den Kampf und Rettungseinsätzen in DC, wurden wir in den gesamten Vereinigten Staaten herumgeschickt, seit einer Woche führten unzählige Geiselrettungen und auch Assistenzeinsätze mit den Deltas, Marines, Rangers, Green Berets oder auch mit anderen SEAL Teams aus.
Einen der kniffligsten Fälle hatten wir in New York.

Siderovs Soldaten hatten sich in einem der Wolkenkratzer in der Wall Street verschanzt und diesen mit Sprengstoff und auch mit Flugabwehrgeschützen bestückt.
Das hieß, dass wir mit einem Helikopter nicht hineinkamen.
Außerdem hatten sie zur Absicherung gegen uns Geiseln im Gebäude gehalten, was bedeutete, dass wir es nicht einfach hochjagen konnten.
Wir fuhren mit einem Hummer an und stoppten an einer Straßensperre der Green Berets.
Diese verschanzten sich hier, um das Gebäude für einen Luftangriff zu markieren, was jedoch wie gerade erwähnt nicht möglich war.
Deswegen hielten sie momentan hier nur die Position und hielten die Feinde in Schach.
<Sind sie von DEVGRU?!> fragte mich der Anführer der beiden SF Teams.
<Roger ja, wir sind hier um ihnen zu helfen!> rief ich zurück.
Er zeigte auf das Zielgebäude.
<Das ist das Gebäude, dort befinden sich immer noch Geiseln und so lange die da drin sind, können wir keine Luftunterstützung anfordern>
<Alles klar, irgendwelche Unterstützung vor Ort oder dürfen wir alleine rein?>
<Ein SWAT Team ist weiter vorne in Kämpfe verwickelt, vielleicht können die ihnen helfen, aber beeilung, ich weiß nicht, wie lange die noch durchhalten> erklärte er und schickte uns nun in deren Richtung.
Das SWAT Team kämpfte am alten Memorial Gebäude gegen eine riesige Gruppe von Feinden.
Wir kamen von hinten heran und überraschten die Feinde.
Als der Bereich gesichert war, sprach ich mit dem SWAT Einsatzleiter und sein Anblick erfreute und überraschte mich.
<Frank?!> fragte ich und nahm ihn in den Arm.
<Derek, was zum Teufel?...Egal, es tut gut dich zu sehen, wir brauchen Unterstützung> bat er mich und erwiderte meine schnelle Umarmung.
<Ja ich weiß, wir sind hier, um euch zu helfen, in dieses Gebäude reinzukommen und die Geiseln rauszuholen>
<Danke Mann, du übernimmst die Führung> meinte er und ließ mich vor.
Ich nickte nur und rannte zum Eingang.
Wir ließen zwei seiner SWAT Männer und auch Patron und Pirate hier, um feindliche Nachzügler auszuschalten.
Die Lobby war leer, nun blieb es an uns, die Geiseln zu finden und

raus zu schaffen.
Die Überwachungskameras leisteten uns dabei große Hilfe.
Soweit wir sehen konnten, befanden sich die meisten Geiseln auf den Etagen 19 und 23, also in der unmittelbaren Nähe der Flugabwehrgeschütze.
Wir teilten uns auf, Frank ging mit seinem SWAT Team das linke und wir das rechte Treppenhaus hoch.
Doch leider war unsere Seite ab der 15. Etage zum Einsturz gebracht worden, weshalb wir hier halt machen mussten.
Wir durchsuchten die 15. Etage und suchten nach einem weiteren Weg.
Leider blieb als einzige Möglichkeit nur der Fahrstuhl.
Dieser war außer Betrieb, was bedeutete, dass wir am Stahlseil, das ihn hoch und runter zog, hinaufklettern konnten und auch mussten.
Vorsichtig und immer dicht beieinander kletterten wir das Seil hinauf.
Fast wäre Dingo abgestürzt, hätte er seine Einsatzhandschuhe nicht angehabt, um das Seil sofort wieder fest zu greifen.
Mein Herz fing stark und schnell zu schlagen an und ich sah zu ihm nach unten.
Das hätte ich nicht machen sollen, denn wir waren verdammt weit oben und hier abzustürzen wäre sofort tödlich ausgegangen.
Selbst wenn ich keine Höhenangst hatte, wurde einem bei dem Anblick dieses tiefen Abgrunds schon anders im Magen.
Aber zum Glück kamen wir unbeschadet auf der 19. Etage an.
Wir hörten Schüsse in den Gängen, anscheinend war Frank mit seinem Team schon eingetroffen und fing an das Stockwerk zu sichern.
Wir kletterten einer nach dem anderen aus dem Fahrstuhlschacht heraus und sicherten unsere Position.
Plötzlich kamen Frank und seine Officers um die Ecke.
<Runter auf den Boden sofo...Derek? Scheiße Mann, ich dachte ihr geht durch das rechte Treppenhaus> fragte er und sah mich auch fragend an.
<Ja, das hatten wir auch vor aber es gab einige Komplikationen...bitte frag nicht weiter okay> erwiderte ich und stieß in den nächsten Gang vor.
Dort standen zwei Soldaten, die den Gang und die einzelnen Appartements bewachten.
Sie eröffneten sofort das Feuer auf uns.
Ich verschanzte mich wieder an der Ecke und wartete auf den perfekten Moment.
Einer musste nachladen, einen besseren Moment würde es

nicht geben.
Der zweite feuerte weiter, wurde jedoch von Frank und Harper erledigt.
Den der nachlud erschoss ich mit drei Kugeln in die Brust.
<Save!> rief ich und lief zu ihren Leichen.
Zeit, nach den Geiseln zu suchen.
In dem ersten Appartement befanden sich zwei Frauen und vier Kinder, sie waren an einen Tisch gekettet und um sie waren Sprengstoffgürtel gekettet.
<King, übernimm das, wir sichern weiter, Logan du bleibst bei ihm> befahl ich und rannte wieder hinaus.
<Roger ja> hörte ich beim Hinauslaufen von Logan.
Im zweiten Appartement befand sich niemand.
Im dritten und vierten stießen wir auf Feindkontakte, schwer bewaffnete Einheiten, die wohl auf uns gewartet hatten.
Wir konnten uns nach diesem Hinterhalt schnell wieder formieren, verloren jedoch einen der SWAT Officer.
Er war beim betreten des dritten Appartements von einem MG Feuer zerfetzt worden.
Ich glaube um die zehn Kugeln haben ihn in den Kopf getroffen und dazu noch genau in sein Gesicht.
So etwas hatte keiner verdient.
Aber wir rächten ihn und erledigten alle Feinde in diesem Stockwerk.
Wir fanden hier noch weitere Geiseln und schickten sie mit Ozone und Twist in die Lobby zurück.
<Jungs, dran denken, das LINKE Treppenhaus> rief ich ihnen hinterher, sie wussten ja was es zu bedeuten hatte.
Und da Frank wieder einmal Ungewissheit hatte, war die Situation wieder für mich ein Stück witziger geworden.
Aber die Geiseln waren sicher und das war die Hauptsache.
Auch King und Logan kamen wieder zu uns, sie hatten die Bomben entschärft und mit den anderen Geiseln nach unten geschickt.
<Bomben entschärft Boss> meinte King.
<Auf dich ist immer verlass alter Mann> entgegnete ich und schlug mit King ab.
Nun mussten wir in die 23. Etage, um die restlichen Geiseln zu sichern, doch da wir nun Aufmerksamkeit erregt hatten, waren Feinde auf jedem Stockwerk über uns wohl in Stellung gegangen.
Also mussten wir erst jede Etage von Feinden säubern, um überhaupt zu den Geiseln zu gelangen und einen sicheren Rückweg für sie zu schaffen.

Die Feinde hatten jeden Ein- und Ausgang abgeriegelt und vollkommen abgesichert, entweder mit Sprengsätzen oder mit drei oder mehr schwer bewaffneten Wächtern.
Mit etwas Glück kamen wir aber an einer Absperrung vorbei und
befanden uns nun in der 20. Etage.
Das Spiel konnte beginnen.
Wir sicherten den ersten Gang und warteten an der Ecke der Wand.
Ich erhaschte einen Blick dort herum und sah ein platziertes Maschinengewehr, welches genau in unsere Richtung zielte.
Sie wussten, das wir da waren und auch von wo wir kamen.
Deswegen waren mir Schalldämpfer immer etwas lieber, denn so konnte man seine Anwesenheit wenigsten verschleiern.
Aber auch hier würden wir einen Weg hindurch finden.
Ich hielt Blickkontakt mit meinen Jungs und Frank.
Alle nickten und waren bereit für den Vorstoß.
Ich nahm also eine Blendgranate hervor, zündete sie und warf sie mitten in den Gang.
Nach der Detonation lehnte ich mich um die Ecke und feuerte auf die geblendeten Feinde.
Das MG feuerte unkontrolliert in unsere Richtung.
Sofort nachdem ich einen Feind ausgeschaltet hatte, ging ich zurück in Deckung.
Einige Stücke der Wand bröckelten durch das Feuer in meine Richtung.
Wir mussten einen zweiten Versuch wagen, aber dieses mal einen etwas rabiateren.
Anstatt einer weiteren Blendgranate nahm ich nun eine Splittergranate und zog den Stift.
Ich bat Frank und Logan darum, für Ablenkung zu sorgen, damit er sich nicht auf mich und die Granate konzentrierte.
Sie liefen um die Ecke und feuerten auf den Kerl am MG.
Er griff sie sofort an, nun hieß es jetzt oder nie.
Ich ließ den Griff los und warf die Granate genau vor das MG.
Er hatte sie nicht gesehen und feuerte weiter.
Einige Sekunden später waren nur noch Einzelteile von ihm im gesamten Gang verteilt.
Frank und Logan war zum Glück nichts passiert, aber was sollte man auch anderes erwarten, denn sie waren Profis.
Von diesen aufstellbaren MG´s gab es noch einige in den weiteren Etagen doch wir kamen durch jedes hindurch, mal schneller, mal etwas langsamer und knapper.
Doch die 23. Etage stellte das größte Hindernis dar.

Hier hatten Siderovs Feinde überall den Boden vermint und die Minen auch miteinander verbunden.
Es standen wieder aufstellbare Maschinengewehre in den Gängen Aufstellbare Barrikaden aus verstärktem Stahl wurden platziert und die Feinde waren durch eine verstärkte Körperpanzerung geschützt.
Siderov hatte wirklich Geld ohne Ende und ich fragte mich immer
wieder woher.
Hier war allerhöchste Vorsicht gefragt und wir mussten jede taktische Möglichkeit ausnutzen, um hier unbeschadet durchzukommen.
Die verbundenen Minen waren das erste Hindernis.
Ich schickte King voran, um sie zu entschärfen, während wir Deckung gaben.
Er bückte sich zu ihnen herunter und nahm eine Zange in die Hand.
Während er dort unten rumhantierte, kamen drei Feinde in den Gang.
Sie dachten wohl, dass sie uns überraschen würden, jedoch drehten wir den Spieß um und erschossen alle drei.
Nun waren alle Feinde hier in Kampfbereitschaft und warteten nur auf uns.
<Shit, Boss, diese Verbindung kann ich nicht kappen> meinte King und legte die Zange zurück an seinen Gürtel.
<Was? Wieso nicht King?> fragte ich ihn.
<Nun, wenn ich nur eine Verbindung dieser ganzen Minen kappe, dann entsteht hier eine Kettenreaktion und wir werden von der Explosion zerfetzt> erklärte er und kam zu uns zurück, um weiterhin den Gang sicher zu halten.
<Aber ich habe eine Idee, bitte einen Schritt zurücktreten, hinter die Ecke, Gentleman> bat er und schickte uns zurück.
Wir taten was er sagte und warteten auf ihn.
Er stellte sich vor mich und hielt einen Zünder in der Hand.
Kurz darauf explodierten alle Minen im Korridor.
Wir spürten die Vibrationen unter unseren Füßen.
Nun, dieses Hindernis wäre damit überwunden, doch der Boden war leider auch zum größten Teil gesprengt worden.
Nur einige Stahlträger, die in dem Boden für das Halten der Lampen verantwortlich waren, blieben übrig.
Über diese mussten wir jetzt langsam herüber balancieren.
Alle einzeln nacheinander balancierten wir darüber, denn wenn wir alle darüber gegangen wären, wäre es sicherlich eingestürzt.
Als ich drüben war, sicherte sich den weiteren Gang ab und

wartete auf meine Männer.
Taylor, welcher eben hinter mir in der Reihe stand, klopfte mir als Signal ein mal auf die Schulter.
Er war als letzter hinübergegangen, wir konnten weiter.
Um die Ecke herum warteten die Barrikaden und auch ein aufgestelltes MG.
Sie fingen an zu feuern, woraufhin wir uns erneut verschanzten.
Gleiches Spiel wie eben, zwei lenken die Feinde ab, während ich
eine Granate warf.
Doch dieses mal war es kniffliger, denn ich musste genau das MG
treffen, da die Barrikaden aus verstärktem Stahl so eine Granate locker abhalten konnten.
Harper und einer von Franks Officers lenkten den Schützen ab.
Schnell blinzelte ich noch einmal um die Ecke, peilte den Feind an und warf.
Die beiden kamen zurück in Deckung.
Leider hatte der Schütze die Granate gesehen und war in Deckung gegangen.
Dieser Mistkerl kostete uns wertvolle Zeit.
<Geht ihr weiter, wir halten das Arschloch hier auf und sichern diese Appartements, sucht ihr die anderen ab!> rief Frank und griff den MG Schützen an.
Seine Officers leisteten ihm Unterstützung.
Ich nickte und rannte in den abzweigenden Gang vor uns.
Aber da ich Frank dort nicht alleine mit seinen Männern lassen wollte, ließ ich ihm Dingo und Heavy hier.
<Wir sehen uns dann später Jungs, wenn ihr noch mehr Unterstützung braucht, dann schreit!> rief ich gegen das ratternde Maschinengewehrfeuer an.
Heavy zeigte mir einen Daumen nach oben und rannte zu Frank und den SWAT Officers.
Auf meine Jungs konnte ich mich immer verlassen, furchtlos und bereit für die Sicherheit der Bürger und den Frieden ihr Leben zu lassen.
Der nächste Gang war komischerweise wie leer gefegt, doch ich ließ mich nicht davon täuschen.
Die Feinde hatten bestimmt noch etwas in der Hinterhand.
Aber als erstes mussten wir die Appartements nach Geiseln durchsuchen.
Als ich mich gerade an der ersten Tür aufstellen wollte, zog Ozone mich zurück und sah mich an.
<Ozone was ist los?>

<Voodoo, das stinkt gewaltig nach einer Falle, geht ihr in den nächsten Korridor, wir übernehmen diese Appartements> meinte er und stieß mich leicht in die Richtung des nächsten Korridors.
Er stellte sich nun an der Tür auf, an der ich zuvor gestanden hatte.
Blackbeard, Twist, Rocket und Tex blieben bei ihm.
Nun waren nur noch Harper, Logan, King, Taylor und ich übrig, irgendwie war das zu erwarten.
Aber als wir zum nächsten Korridor gingen hoffte ich inniglich, dass den anderen nichts passieren würde, denn wenn das wirklich eine
Falle sein sollte, dann war sie gut bedacht und tödlich, denn Siderovs Soldaten waren keine Amateure, sie waren gewitzte, gut ausgebildete Killer.
Aber ich musste mich jetzt darauf konzentrieren, was vor uns lag, eine weiterer schwer bewachter Gang, in dessen Appartements sich wahrscheinlich weitere Geiseln aufhielten.
Ich ging um die Ecke und blickte durch mein holographisches Visier.
Der erste Feind, der mir vor mein Visier rannte, erschoss ich mit einem Kopfschuss.
Die anderen Feinde gingen hinter den Stahlbarrikaden in Deckung und luden ihre Waffen durch.
Ich winkte meine Jungs zu mir und wir warteten darauf, dass die Feinde zum Angriff ausholen würden.
Unsere Waffen waren auf die Barrieren gerichtet, voll geladen und zum feuern bereit.
Die Feinde kamen aus der Deckung und im selben Augenblick drückten wir alle den Abzug.
Mehrere Kugeln durchstießen die Köpfe der Soldaten, welche dann tot zu Boden fielen.
<Save!> rief Taylor, worauf ich mich anschloss und ebenfalls <Save!> rief.
Nun waren die Appartements dran.
Das erste war auf der linken Seite, doch für den Überraschungsmoment schickte ich Taylor und Harper zum Appartement neben dem unseren.
King hielt im Gang Wache und behielt gleichzeitig auch die anderen Türen im Auge.
Ich blickte zu Taylor und Harper, sie standen bereit und warteten auf mein Kommando.
Langsam begann ich mit den Fingern von drei herunter zu zählen.
Bei Null traten wir fast synchron die beiden Türen auf und

drangen in das Appartement ein.
Ein Feind lief mir vor mein Gewehr.
Ich gab eine kurze Feuersalve ab und tötete ihn.
Harper kam herein und erschoss einen zweiten Feind, welcher sich hinter einer der Geiseln, einem älteren Mann, welcher danach erschrocken auf die Knie ging.
<Save!> rief ich und überprüfte, ob es dem Mann gut ging.
Er sprach nicht mit mir.
<Sir...Sir, können sie mich verstehen, wie heißen sie?> fragte ich.
<Das ist mein Vater, er leidet an einer Herz-Rhythmusstörung, das war alles zu viel für ihn> erklärte eine Frau, etwa 31 Jahre alt.
Von drüben hörte ich Taylor rufen <Save!>
<Hedgehog, komm hier rüber!> rief ich, da ich Logan als Sani hier brauchte.
Er kam zu uns in das Appartement, während Taylor draußen bei King blieb und den Gang sicherte.
<Was gibt es Boss?>
<Logan, ihr Vater hat eine Herz-Rhythmusstörung, er braucht Versorgung, kannst du da was machen?>
<Ja klar, Ma´m, hat ihr Vater irgendwelche Herztabletten?> fragte Logan die Frau.
<Ja aber die Soldaten haben alles durchforstet und alles kurz und klein geschlagen> erklärte sie uns, worauf Logan nachdenklich zu Boden sah.
<Shit, das ist schlecht, ich kann versuchen, seinen Blutdruck mit etwas Morphium zu senken, aber es besteht auch die Möglichkeit, dass sein Herz dann einen Aussetzer erleidet> meinte er und nahm die Spritze mit Morphium hervor.
<Tu, was du für richtig hälst> meinte ich und erhob mich wieder vom Boden.
Ich ging zurück auf den Gang, um Taylor und King die Lage zu schildern.
Aus dem Appartement hörte ich das Weinen der Frau, sie tat mir leid, denn niemand sollte die Entscheidung treffen, ob der eigene Vater leben oder sterben sollte, selbst wenn nur eine Möglichkeit dazu bestand, dass er sterben könnte.
Aber ich vertraute darauf, dass Logan das Richtige tun würde.
Er kam wieder heraus.
<Job erledigt, sein Blutdruck ist gesenkt, hoffen wir auf das Beste> meinte er und zückte wieder seine MP7.
Nun waren die letzten beiden Appartements in diesem Korridor und auch die letzten dieser Etage dran.
Wieder teilten wir uns auf, dieses Mal ging ich mit King,

während Logan und Harper das zweite Appartement sicherten.
Wieder fast synchron traten wir die Türen auf und sicherten den Bereich von Feinden.
Als ich einen genaueren Blick auf die Geiseln warf, blieb mir fast der Atem stehen.
<Henrietta? Abraham?> stotterte ich.
Sie sahen mich beide verwirrt an.
Ich nahm meinen Helm ab hoffte, dass sie mich nun erkannten.
<Derek? Bist du es?> fragte mich der Mann.
<Boss, du kennst die beiden?> fragte King.
Auch Logan und Harper waren in den Raum gekommen, genauso wie Taylor.
Jungs, wenn ich vorstellen darf...Henrietta und Abraham Richards...meine ehemaligen Schwiegereltern> erklärte ich meinen Jungs.
Ich hatte die beiden seit der Beerdigung von Amanda nicht mehr gesehen, wahrscheinlich wollten sie mich auch nicht sehen, denn seit ihrem und Kellys Tod hatten mir die beiden immer wieder die Schuld dafür gegeben...nun Henrietta hatte mir die Schuld gegeben, wie Abraham darüber dachte wusste ich nie.
<Aha, Derek, trotz dem Tod meiner Tochter...deiner Ehefrau...machst du immer noch weiter mit diesem Unsinn? Du tötest immer noch?> meinte Henrietta und sah mich mit einem verurteilenden Blick an.
<Henrietta, ist das dein Ernst, jetzt immer noch? Du gibst mir immer noch die Schuld an Amandas und Kellys Tod?> rief ich wütend.
<Ja das tue ich, du hättest besser auf deine Mädchen aufpassen sollen aber dein Kopf hat das anscheinend nie realisiert, für dich gab es immer nur dein Land, deine Kameraden und das ganze Töten!> schrie sie.
<Verdammt! Denkst du ich wollte das!? Woher hätte ich wissen sollen, dass dieser irre Russe sie findet?! Die beiden waren immer das wichtigste in meinem Leben, ich hätte nie zugelassen, dass ihnen etwas passiert!>
Wir wurden beide immer lauter.
<Das hast du aber, du bist Schuld daran, dass sie tot sind, du solltest dich was schämen!>
<Henrietta! Derek! Es reicht, Streitereien über die Vergangenheit bringen uns nicht weiter!> rief Abraham.
Nun fingen die beiden auch noch zu Streiten an.
Abraham stand momentan auf meiner Seite, vielleicht lag es daran, dass er selbst Soldat war und wusste, was es bedeutet, eine Familie zu haben und gleichzeitig für sein Land zu

kämpfen.
Er verstand mich und dafür war ich ihm sehr dankbar.
<Henrietta, er konnte nichts dafür, ein Soldat kämpft für sein Land, dafür hat er sich entschieden und Amanda wusste das und hat es respektiert.
Und sie wusste von der Gefahr, die Frau eines Navy SEALs zu sein> meinte er schlussendlich und schlichtete damit den Streit.
<Danke Abraham> sprach ich.
<Derek mein Junge, ich weiß was für eine schwere Bürde du auf deinen Schultern trägst, aber du hast getan, was du tun musstest> sagte er und versuchte mir so mein Gewissen etwas zu lockern.
Ich dachte kurz über seine Worte nach, verlagerte meine Konzentration aber sofort wieder auf die Operation.
Wir mussten sie immer noch hier herausschaffen.
Frank und seine Gruppe hatten die Geiseln in ihrem Korridor gesichert, genau so wie Ozone und seine Gruppe.
Sie warteten vor dem Appartement, in welchem wir uns gerade befanden.
<Okay, wir müssen euch hier herausbringen> meinte ich und setzte meinen Helm wieder auf.
Als ich den Raum verließ, sah ich Pirate und Patron, welche beide in einem schnellen Tempo angerannt kamen.
<Jungs, was ist los?> fragte ich.
<Voodoo, die Geiseln wurden durch einen Konvoi aus Notärzten, SWAT und Rangers evakuiert, aber eine riesige Anzahl von Feinden ist im Gebäude, über 30 Mann stark. Wir konnten sie nicht aufhalten> keuchte er und atmete einmal tief durch.
<Schon gut, ihr habt eure Sache super gemacht Jungs, dann müssen wir einen anderen Weg finden> meinte ich und dachte über eine neue Fluchtmöglichkeit nach.
Nach unten konnten wir nicht, mit den Geiseln dabei wäre dieser Weg zu riskant gewesen, also blieb uns als einzige Möglichkeit nur noch das Dach.
Wir hatten unsere Abseilausrüstung dabei und sie müsste für diese 25. Etagen reichen.
Also ging es zum Dach.
Es befanden sich keine größeren Feindgruppen auf dem Weg, nur einige Wächter, die die Flugabwehrstellungen bewachten.
Sie stellten kein Problem dar, sodass wir schnell zum Dach gelangen konnten.
Wir hakten die Karabiner am Geländer ein und machten uns zum Abseilen bereit.
Jeder von uns nahm eine der Geiseln mit.

Doch die große Feindgruppe, von der Patron und Pirate sprachen kam währenddessen auf das Dach und sah unsere Seile.
Sie versuchten sie zu kappen.
Selbst wenn es nur eine geringe Chance war, auf die hohe Entfernung einen Feind mit meiner Pistole zu treffen, zumal wir uns auf der Höhe des 14. Stockwerkes befanden, zog ich meine Colt 1911 aus meinem Beinholster und schoss nach oben.
Ich traf zwar keinen der Feinde aber sie dachten, dass die Kugeln sie möglicherweise erreichen würden und gingen einen Schritt zurück in Deckung.
Aber das hielt sie nicht lange auf, weshalb wir uns etwas anderes
einfallen lassen mussten.
Sonst hätten sie die Seile gekappt und wir wären in den Tod gestürzt.
Ich dachte kurz nach, bis Dingo dann die rettende Idee hatte.
<Voodoo, die Fenster!> rief er.
Zu erst verstand ich nicht, was er meinte, doch dann merkte ich, was er meinte.
Wir stoppten alle bei einer Fensterreihe der 10. Etage, nahmen Schwung nach hinten und stießen mit den Beinen voran durch die Fenster.
Das Glas zersprang und wir landeten auf dem harten und mit Glasscherben bedeckten Boden.
Nun fielen die gekappten Seile zu uns hinunter.
<Super gemacht, vielen Dank ihr Idioten!> rief Pirate hämisch zum Fenster hinaus.
Nun mussten wir uns aber sputen und aus dem Gebäude verschwinden.
Wir rannten schnell das Treppenhaus hinunter und kamen auch sicher aus dem Haupteingang des Gebäudes heraus.
<Foxtrott, hier Voodoo, wir haben alle Geiseln evakuiert, legen sie los> informierte ich den Teamleiter der Green Berets, welche immer noch an der Straßensperre die Position hielten und anrückende Feindgruppen dezimierten.
<Roger Voodoo, Lightning 1-1, hier Foxtrott-9, sie haben Angriffserlaubnis auf folgende Koordinaten: Zulu – November – Mike – 5 – 2 – 2 – 8 - 0 – 1> befahl er einem unserer Kampfjets, die vom Hafen aus angeflogen kamen.
<Roger, hier Lightning 1-1 und 1-2, greifen an, in Deckung gehen> antwortete der Pilot und griff das Gebäude mit mehreren JDAM Raketen an.
Wir waren derweil in Sichere Entfernung gerannt und gingen

bei dem SF Team in Deckung.
Mehrere Explosionen kamen auf dem Dach des Wolkenkratzers auf.
Schlussendlich stürzte es in sich zusammen.
<Oh shit, wir haben gerade Sachbeschädigung begangen, wie viel Jahre bekommt man dafür?> fragte Heavy und versuchte damit die Stimmung zu heben.
<Für das hier? etwa...hmm...lebenslänglich?> antwortete Taylor und ging auf Heavy´s Witz ein.
Super, dass Taylor in der kurzen Zeit, in der er bei uns war, sich schon so gut mit allen verstand.
Doch mit diesem Auftrag war die Sache in New York nicht beendet, wir halfen noch bei unzähligen Operationen, welche jedoch alle viel zu viele und zu umfangreich wären, um jede einzeln zu erzählen.
Als wir jedoch aus New York zurück nach DC beordert wurden, wusste ich schon, dass nun eine viel größere Operation auf uns wartete.
Und ich hatte recht, denn als ich mich mit Blackbeard, Preacher, Hogan und die restliche Hälfte des Platoons an einem abgemachten Ort, nahe der Colombia Universität traf, bekamen wir per Funk von Captain Wittford, welcher sicher in einem Bunker unter dem Pentagon verschanzt war, unsere neuen Befehle.
Nun, da unser Platoon wieder vereint und bei voller Stärke war, (Wir hatten uns vor unserer Beorderung nach New York aufgeteilt, um an mehreren Fronten kämpfen und Operationen ausführen zu können) waren wir bereit für die wichtigste Operation in dieser Apokalypse.
Siderovs Soldaten hatten es geschafft, durch den Ausgang des Präsidentenbunkers in das weiße Haus einzudringen und den Präsidenten der Vereinigten Staaten von Amerika und auch seine Familie als Geiseln zu nehmen.
Unser Auftrag lautete nun, sie vor den Soldaten zu retten und in den Bunker unterhalb des Pentagons zu bringen.
Leichter gesagt als getan.
Wir wussten nicht, wo sie den Präsidenten und seine Familie im Gebäude festhielten, also war es auch fast unmöglich, eine Strategie zu entwickeln.
<Captain Wittford, hier Voodoo, wenn möglich, schicken sie zwei Aufklärer zum Weißen Haus, die herausfinden sollen, wo POTUS und seine Familie festgehalten werden.
Wir brauchen jede Info, die wir kriegen können, Raum, Feindanzahl, Gefährdungsgrad, Alles> bat ich und wartete angespannt auf seine Antwort.

<Commander Frost, hier Captain Wittford, zwei Scharfschützen vom SEAL Team 3 sind auf dem Weg dorthin, sie beziehen Stellung und lassen ihnen die Infos per Funk zukommen, Kanal 3-3> meinte Captain Wittford und wünschte uns allen viel Glück.
Jetzt mussten wir nur noch auf die Infos warten, doch machten wir uns schon einmal zum weißen Haus auf.
Der Weg war von Feinden blockiert und wir versuchten uns so gut wie möglich, an ihnen vorbei zu schleichen.
Denn jede Sekunde und jede Patrone in unseren Magazinen zählte von nun an.
Das Umgehen der Feinde klappte auch ganz gut, denn sie bewachten meist nur die Straßen sehr genau und ließen die meisten Gebäude
und oder Gärten fast unbewacht.
Durch diese konnten wir uns also durchschlagen.
So kamen wir rasch voran, doch ab einem größeren Einfamilienhaus, machten wir Halt.
Hier befanden sich mehrere Feinde und durchsuchten das ganze
Areal.
Hatten sie gewusst, dass wir da waren und suchten nun nach uns? Oder suchten sie etwas anderes ganz Bestimmtes?
Egal, solange unsere Anwesenheit geheim blieb, sollte uns das nicht interessieren, dachte ich zumindest.
Twist und Kick waren da anderer Meinung.
Sie wollten der Sache auf den Grund gehen.
Nach mehreren erfolglosen Versuchen und auch Drohungen, um sie umzustimmen, gab ich nach und ging mit ihnen der Sache nach.
Wir schalteten lautlos von einem anderen Garten aus, die beiden Wachen im Garten beim Zielgebäude aus.
Dann sprangen wir einer nach dem anderen über den Zaun und bezogen Stellung zur Sicherung.
Danach ging ich zusammen mit Twist, Kick, Dingo, Preacher und Taylor in das Gebäude hinein.
Im Erdgeschoss waren insgesamt fünf Feinde.
Zwei in der Küche, einer im Hauptraum, welcher als Wohnzimmer genutzt wurde und die zwei letzten waren auf dem Weg in den Keller.
<Aufteilen> flüsterte ich leise und schickte die Jungs in Zweierteams los.
Ich ging mit Preacher, während Kick mit Taylor und Twist mit Dingo ging.
Wir erschossen den Feind im Wohnzimmer und dann die

Feinde in der Küche.
Kick und Taylor blieben hier, während Dingo und Twist zur Kellertreppe gingen.
Blieb für mich und Preacher also nur noch der erste Stock übrig.
<Preacher, vorgehen, ich gebe Deckung> vermittelte ich ihm per Handzeichen und zielte mit meinem Gewehr die Treppe hinauf.
Als er oben war und mir ein Zeichen dafür gab, dass es sicher war, folgte ich ihm.
Ich kam gerade die letzte Stufe hinauf, als sich drei Feinde aus einem Raum rechts von uns nährten.
Ich reagierte und erschoss einen von ihnen.
Die anderen beide flüchteten zurück in den Raum
<Shit!> fluchte ich leise und ging langsam zur Tür.
Preacher deckte meinen Rücken.
Als ich genau vor der offen stehenden Tür stand, streckte ich zur Absicherung zu erst nur meinen Lauf in den Raum hinein.
Ein Schuss löste sich und die Wand neben mir wurde durchlöchert.
Ich lehnte mich mit meinem Rücken an die sichere Wand neben mir und atmete tief durch.
Einer der Feinde hatte eine Schrotflinte und auf die kurze Entfernung würde sie mir kurzerhand den Arsch aufreißen.
Sie schossen immer weiter und zerfetzten die ganze Wand.
Die Schrotmunition durchdrang die Wand, nur einige Zentimeter über meinem Kopf.
Ich rutschte an der Wand hinunter und saß nun dort.
Sie nahmen durch das Geräusch wohl an, dass sie mich erwischt hatten, weshalb sie aus dem Raum kamen.
Sofort zog ich meine Colt 1911 aus meinem Beinholster, zielte hastig in deren Richtung und gab drei Schüsse ab.
Einen Feind streckte ich nieder, den anderen übernahm Preacher, der nach dem ersten Schuss, der sich aus der Schrotflinte löste, wie ich in Deckung gegangen war.
<Danke Bruder> bedankte ich mich.
<Kein Ding Voodoo> entgegnete er und half mir auf.
Wir gingen nun in den Raum, aus dem sie uns gerade beschossen hatten.
Dort lag ein Mann, er war tot...bis zum Tode geprügelt von diesen Mistkerlen.
Neben ihm lag ein Koffer.
<Shit, Voodoo, sieh dir das mal an, das sind Regierungsdokumente.
Ich blickte auf die Papiere und durchsuchte danach den Mann.

Ich fand seinen Ausweis.
Walther Donovan war sein Name.
Ich schaltete auf den Kanal zu Captain Wittford um.
<Captain Wittford, hier spricht Commander Frost, wir haben hier etwas gefunden, einige Regierungsdokumente, top secret und einen Mann...tot...sein Name war Walther Donovan> informierte ich den Captain.
<Donovan? Tot? Verdammt, er war stellvertretender Leiter des Secret Service und auch einer der Sprecher des nationalen Sicherheitsrates>
Er war also doch ein verdammt hohes Tier.
<Dokumente bergen und nach ihrer Operation mit in den Bunker unter dem Pentagon bringen> befahl er.
<Roger Captain> antwortete ich und wechselte wieder den Kanal.
Die beiden Scharfschützen meldeten sich nun auch bei uns.
<Voodoo, hier Haymaker 2-1 und 2-2>
<Los Haymaker>
<Wir haben das Weiße Haus in Sicht und konnten den Präsidenten und die Geiselnehmer ausfindig machen, sie befinden sich im dritten Stock, im Schlafzimmer des Präsidenten>
<Und die First Lady? Was ist mit ihr und den Kindern?> fragte ich
hektisch.
<Wir haben sie bisher nicht ausmachen können, vermuten aber, dass sie sich bei POTUS befinden> erklärte uns Haymaker 2-1
<Roger Haymaker, wir sind nicht weit entfernt, sind an der G. Street North-West und kommen jetzt zu ihnen> gab ich durch.
<Roger Voodoo, wir warten auf euch Jungs>
Wir erreichten das Nest von unseren Jungs ohne viel Widerstand und trafen uns mit Haymaker 2-2, welcher aus dem Nest von ihm und seinem Partner gekommen war, um uns zu empfangen.
<Hey, Haymaker nehme ich an> meinte ich freundlich und schüttelte dem SEAL kurz die Hand.
<Roger und ihr müsst von DEVGRU sein> gab er zurück.
<Jo, also, ihr Jungs bleibt im Nest und gebt uns falls möglich Feuerunterstützung> sprach ich schnell und drehte mich schon zum Weißen Haus.
<Hey, warten sie einen Augenblick, wissen sie überhaupt wie sie dort reinkommen? Ich geb ihnen einen Tipp, die Vordertür ist eine Todesfalle!> rief er mir hinterher, worauf ich einmal mehr hellhörig wurde.
<Was schlagen sie denn vor?> fragte ich und wartete auf seine

Idee.
<Nun, da der Haupteingang vollkommen abgeriegelt ist und von Wachen umstellt wurde, würde ich sagen, dass sie über das Dach reingehen, denn die oberste Etage sollte am wenigsten gesichert sein> meinte er und zeigte auf das Dach.
<Guter Plan...da bleibt nur ein Makel, wie sollen wir da verdammt noch mal raufkommen?>
<Ganz einfach, wir haben oben in unserem Nest eine Seilrutsche, die können wir auf unserem Dach aufstellen und euch damit einen direkten Weg zum Dach des Weißen Hauses schaffen> meinte er und lächelte selbstgefällig.
<Nun gut, das klingt nach einem Plan, dann mal los, holen wir uns die Seilrutsche> meinte ich schlussendlich und ließ den SEAL vorgehen.
Er führte uns zu deren Nest und öffnete die Tür.
<Stoner, ich habe Besuch mitgebracht> witzelte er zu seinem Partner.
<Ah perfekt, ich habe hier sogar alles sauber gemacht> entgegnete er und fing an zu lachen.
Danach blickte er sofort wieder durch sein Zielfernrohr und beobachtete die Lage im Weißen Haus.
Haymaker 2-2 nahm die Seilrutsche, die neben seinem Partner lag und ging mit uns zum Dach.
Er stellte sie auf und richtete sie auf das Weiße Haus.
<Und was ist, wenn das Seil nicht reicht?> fragte ich nachdenklich.
<Nun, dann erleben sie einen spektakulären Absturz> antwortete er ganz direkt.
<Sehr gut, meine Motivation steigt> gab ich zurück und lachte ihn an.
Zwei Wachen standen auf dem Dach.
<Stoner, zwei Wachen versperren uns den Weg, du hast grünes Licht> gab er seinem Partner durch.
Er landete zwei schnelle Kopftreffer und sicherte das Dach für uns.
Nun schoss Haymaker 2-2 das Seil los.
Es hakte sich am Dach des Weißen Hauses ein und blieb fest.
Also mussten wir uns zumindest keine Sorgen machen, jetzt noch nicht.
Ich nahm meinen Karabiner mit dem kleinen Seil und hakte mich an der Seilrutsche ein.
Meine Jungs standen hinter mir in einer Reihe und nahmen ebenfalls ihre Karabiner hervor.
Ich rutschte los.
Mit einer sehr schnellen Geschwindigkeit flog ich über dem

Boden hinweg.
Wären wir hier abgestürzt, hätten wir uns die Radieschen von unten angesehen...oder wären alle im Rollstuhl gelandet.
Es befanden sich mehrere Feinde am Boden, über die wir einfach so hinweg rutschten.
Der Lärm der Panzer und Flakgeschütze verschleierte unser Eindringen auf das Dach.
Sofort als ich landete, koppelte ich mich von dem Seil ab und ging hinter einer Dachmauer in Deckung.
Dort wartete ich auf meine Jungs.
Einer nach dem Anderen kam zu mir.
Inzwischen war ein Konvoi bestehend aus Marines und unseren Fallschirmjägern des 1st Airborne Battalion vor dem Weißen Haus versammelt und hatten es abgeriegelt.
Diese Idioten, wussten sie etwa nicht, dass wir hier eine Operation durchführten?
Sie umstellten den gesamten Eingang zum Gelände und richteten alle Waffen die sie hatten darauf.
Die Feinde waren in Alarmbereitschaft.
Sie waren nun wachsamer auf dem Gelände unterwegs und behielten den Eingang zum Gelände immer im Auge.
Unser Zeitfenster schloss sich also schneller, denn es war nur eine Frage der Zeit, bis sie den Präsidenten etwas antun würden...oder Schlimmeres.
Ich erhob mich aus der Deckung und hatte einen guten Blick auf unsere Männer.
Ich versuchte sie per Handzeichen auf uns aufmerksam zu machen und erhob mich ganz von der Mauer.
Sie sahen mich und richteten die Waffen auf mich.
Ein Schütze, welcher am Browning M2 eines Humvees saß, eröffnete das Feuer.
Sofort rissen mich Harper und Blackbeard zurück hinter die Deckung und die Kugeln des 50. Kaliber Maschinengewehrs flogen über unsere Köpfe hinweg.
Das war der Auslöser für ein Feuergefecht.
Die Feinde griffen die Barrikade an und die Barrikade schoss zurück.
<Shit, wir müssen schnell machen, dank unseren netten Verbündeten schwebt der Präsident jetzt in Lebensgefahr> fluchte ich.
<Voodoo, hier Haymaker, was ist da los?>
<Habt ihr das nicht gesehen, die Marines haben auf mich geschossen und deswegen tobt hier jetzt ein beschissener Kampf, sofort Kontakt zu den Marines aufnehmen und Rückzug anordnen!> rief ich gegen die Schussgeräusche und

Explosionen an.
Eine Rakete schlug am Dach ein und drückte uns mehr zu Boden.
<Shit, sofort kontaktieren!> schrie ich lauter in das Mikrofon.
<Roger, wird erledigt> antwortete Haymaker 2-2.
Aber wir hatten immer noch eine Aufgabe, mitten in diesem Gefecht mussten wir in das Weiße Haus gelangen.
Ich hatte eine Idee, wir hatten ja immer noch die Karabiner mit den Seilen dabei, also konnten wir uns abseilen und in die oberste Etage über verschiedene Seiten aus eindringen.
Ich gab jedem meiner Männer Positionen durch, welche sie dann auch bezogen.
An den Seilen kletterten wir dann bis kurz vor die Fenster hinunter.
Wir konnten sehen, wer am Fenster stand, sie konnten uns aber nicht sehen.
Ein Feind stand am Fenster, der Präsident befand sich hoffentlich in einer Ecke und nicht direkt in der Mitte des Raumes.
Aber wir mussten auf Risiko spielen.
Man, wenn ich einen Schuss versaue, dann bin ich der meist gehasste Mensch der gesamten USA.
„Derek Frost, der Mann, der den Präsidenten der USA erschossen hat"...dieser Gedanke jagte mir einen kalten Schauer über den Rücken, aber ich musste cool bleiben, denn Stress durfte ich mir jetzt nicht erlauben.
Ich nahm eine Blendgranate hervor und bereitete mich auf den Vorstoß vor.
<Einmal tief durchatmen und den Blick auf das Fenster richten> sagte ich zu mir selbst und sah zu Blackbeard und Harper, welche neben mir an ihren Seilen hingen.
Ich atmete tief durch und machte die Blendgranate scharf.
Dann warf ich sie durch das offene und leicht verbarrikadierte Fenster.
Ich stieß mich von der Wand ab und schwang hinein.
Die wenigen Holzbretter, die als Schutz dienen sollten, trat ich dabei einfach ein.
Ich traf auch einen der Feinde mit meinen Beinen und trat ihn zu Boden.
Er stand danach aber auch nicht mehr auf, ich glaube mein Tritt gegen seinen Kopf war härter als gedacht.
Sofort nahm ich weitere Feinde ins Visier.
Einer stand links, einer rechts und zwei kamen aus dem Gang.
Der linke war mein erstes Ziel, da er genau vor dem Präsidenten stand.

Aus den anderen Räumen hörte ich ebenfalls die Detonationen der Blendgranaten und die Schüsse.
Der Feind rechts war auch kein Problem für mich.
Die Feinde aus dem Gang jedoch konnten sich recht schnell formieren, unterlagen jedoch dem Angriff von Harper und Blackbeard, welche beide um das Fenster herum postiert waren.
Harper hing kopfüber vom Dach herunter und Blackbeard schoss verschanzt hinter der Gebäudemauer von der rechten Seite aus an mir vorbei.
<Save!> rief ich, worauf ein weiterer Feind mit einer Schrotflinte den Raum betrat.
Wir erschossen ihn zu dritt und er ging zu Boden.
<Sorry, jetzt ist es save!> rief ich hinterher.
Wir gingen zum Präsidenten und sicherten und überprüften ihn.
Er hatte nichts abbekommen.
Welch ein Glück.
<Sir, geht es ihnen gut?> fragte ich.
Er nickte und sah mich an.
Dann half ich ihm hoch und fragte ihn zur Sicherheit nach dem Initialisierungscode.
<Zulu-Yankee> antwortete er.
<Alles klar, dann raus hier> meinte ich und schickte Harper zur Tür.
<Warten sie, meine Familie> meinte POTUS.
Ich drehte mich zu ihm um.
<Save> rief Taylor aus einem anderen Raum heraus.
<Wir haben die First Lady und die Kinder!> rief er hinterher.
<Sehen sie, ihnen geht es gut, jetzt müssen wir sie hier raus bringen> meinte ich und lief mit Harper in den Flur.
Blackbeard beschütze den Präsidenten.
Aus einem Raum sah ich eine AK heraushängen.
Sofort eröffnete ich das Feuer, da ich annahm, dass es ein Feind war.
Der Lauf glitt zurück in den Raum.
<Hey du Arschgeige, ich bin es!> rief Dingo.
<Shit, sorry Bruder> antwortete ich und nahm die Waffe runter.
Dingo war ein Fanatiker von russischen Waffen, seine Waffenpakete bestanden eigentlich nur aus russischen Waffen, zumindest seine Primärwaffen.
Da war zu erst seine über alles geliebte Ak 74M, die er mit einem Hybritvisier, bestehend aus holographischem Visier und Infrarotzielfernrohr (Wie bei meinem H&K 416), einem vertikalen Vordergriff, einem Ready Mag und einem einklappbaren Schaft ausgestattet hatte.

Am Lauf hing zusätzlich meist ein Schalldämpfer und wie bei uns anderen auch eine Kombination aus Infrarot-Laser und Lampe.
Außerdem hatte er noch eine AS Val Maschinenpistole, welche mit einem Knochenschaft, einem russischen Cobra Rotpunktvisier, einem angewinkelten Griff und einer Lampe bestückt war.
Als dritte Waffe führte er eine speziell für ihn halbautomatisch gemachte Ak 12, welche mit einem ACOG Mittelstreckenzielfernrohr ausgestattet war.
Die Ak hatte einen vertikalen Vordergriff, einen Infrarot-Laser und einen verlängerten 14 Zoll Lauf für weitere Distanzen angebracht.
Das war seine Waffe, wenn für Operationen mehr Präzision benötigt wurde.
Sein Zweitwaffen bildeten die bei den SEALs so beliebte Sig Sauer P226 und eine Desert Eagle für das frontale Close Quarter Battle, kurz CQB.
Und genau wegen dieser Liebe zu den russischen Waffen, wurde es für uns ab und zu sehr schwer, ihn von Feinden zu unterscheiden, wenn man nur seine Waffe sah.
<Schieß noch einmal auf mich und ich stecke die deine scheiß Gewehr so tief in den Arsch, dass es dir zum Hals wieder rauskommt> drohte er mir zum Spaß, bemerkte aber nicht, dass der
Präsident genau neben uns stand.
Ich deutete unauffällig in seine Richtung.
Dingo sah ihn an und schluckte einmal stark.
<Mr. President, verzeihung, dass sie das gerade von mir mitbekommen mussten, Sir> meinte Dingo.
Der Präsident allerdings sah ihn entspannt an und meinte.
<Alles gut Soldat, ich kenne den militärischen Humor und sie haben gerade mich und auch meine Familie unter Einsatz ihres Lebens gerettet, also warum sollte ich ihnen dies verübeln?>
Dingo war nun wieder beruhigt und ließ mir den Vortritt nach draußen.
Dieses Mal konnten wir nicht über das Dach fliehen, wir mussten einen anderen Weg finden, doch mir kam eine Idee.
Die Feinde waren durch den Präsidentenbunker in das Weiße Haus eingedrungen, wieso sollten wir ihn dann nicht nutzen, um wieder herauszukommen?
Wir kämpften uns nach unten in das Erdgeschoss vor, immer mit besonderem Augenmerk auf die Sicherheit von POTUS und seiner Familie.
Wir erreichten unbeschadet die Tür zum Bunker.

Sie war stark zerstört, wahrscheinlich aufgesprengt.
Diese Soldaten waren wirklich Profis, selbst wenn ich Siderov über alles verabscheue, aber er wusste, wie man sich professionelle Soldaten „erschafft".
Harper und King gingen mit dem Präsidenten und seiner Familie zur zersprengten Bunkertür, während Dingo und Pirate mit mir zusammen die Treppe hinter uns deckten.
Es waren einige Stimmen zu hören, wieder viele verschiedene Sprachen.
Ich konnte Ukrainisch, Albanisch und auch deutsch heraushören.
Und es waren viele, verdammt viele.
<Shit, meine Herren und auch meine Damen, wir müssen leider etwas schneller machen, eine menge Feinde sind unterwegs hier runter>
<Dann stoppen wir sie, Sir und Ma´m, gehen sie schon einmal vor, wir halten sie auf...> meinte Dingo.
Das konnte nicht sein Ernst sein.
<...Du auch Voodoo, bring sie hier raus> hing er an und stieß mich leicht zurück.
<Dingo, verdammt ich lass euch hier nicht zurück!> meinte ich sauer.
<Voodoo, wir kriegen das hin, das haben wir immer und nun schaff die VIP´s hier raus, wir kommen nach> antwortete er erneut und sah
mich selbstsicher mit einem warmen Lächeln an.
<Verdammt, wehe du lügst mich an!...wir treffen uns im Bunker...passt auf euch auf> meinte ich schlussendlich und schlug ihm einmal brüderlich auf die Schulter.
Pirate, Blackbeard, Twist und Kick blieben bei ihm.
Die anderen kamen mit uns.
Das waren wirklich die mutigsten Bastarde die ich kannte und dafür gebührte ihnen immer wieder meinen Respekt.
Die Treppe , die in den Bunker hineinführte, war ebenfalls zerstört
und wir mussten etwa 1 Meter tief hinunterspringen.
Ich ging voran, Taylor folgte und gab mir dann Deckung.
Dann kam der Präsident.
Er sprang wie wir herunter, jedoch etwas langsamer.
Dann kamen die First Lady und die Kinder.
Allen halfen wir vorsichtig herunter.
Die Kinder reichte mir Harper langsam in die Hände.
Als ich die jüngere Tochter des Präsidenten in den Armen hielt, schenkte sie mir ein süßes und unschuldiges Lächeln.
Dies brachte mich unweigerlich zum Lächeln und schenkte mir

neuen Mut.
Sie würde nicht sterben, nicht während ich sie alle beschützte.
Das versprach ich mir selbst und auch unseren VIP´s.
Nun gingen wir schnell weiter, jedoch blieb ich mit meinen Gedanken ständig bei Dingo und den anderen.
Und die vielen Schüsse und Schreie im Hintergrund machten es nicht gerade besser.
Aber ich kannte sie in und auswendig und ich wusste somit, dass ich ihnen vertrauen konnte und sie auch heil wiedersehen würde.
Der Bunker selbst war nicht von Feinden besetzt, nur am Ausgang waren fünf schwer bewaffnete Wachen postiert.
Doch da wir das Überraschungsmoment auf unserer Seite hatten, konnten wir sie schnell und lautlos erledigen.
Als wir sie sahen, machten wir Halt, ließen unsere Gewehre am Riemen hängen und nährten uns mit Messern und auch mit unseren Tomahawk Äxten.
Ich persönlich mochte den Tomahawk, vor allem, weil er kompakt und sehr tödlich war, jedoch war das Messer kleiner und man war auch somit schneller damit.
Aber hin und wieder, wenn die Situation es erlaubte, griff ich auch zum Tomahawk.
Dieses Mal war die perfekte Situation dafür, denn die Feinde wussten nicht, dass wir da waren und da sie auch einen schmerzhaften Tod verdienten, war der Tomahawk hier die perfekte
Wahl.
Ich nahm ihn von meiner Gürtelkoppel ab und hielt ihn fest in der rechten Hand.
Mein Nicken gab das „Go".
Als ich zusammen mit Preacher, King, Logan und Harper direkt hinter den Feinden befand, nickte ich kurz.
Fast synchron überwältigten wir sie.
Ich schlug dem Feind vor mir den Tomahawk genau in den Nacken und ich hörte das Brechen seines Halswirbels lauter als ich
eigentlich hören wollte.
Aus lauter Wut ließ ich aber nicht locker.
Ich zog die Axt aus seinem Nacken, drehte ihn zu mir um und schlug sie ihm noch einmal genau in den Brustkorb.
Danach warf ich ihn stark zu Boden.
King packte mich bei meiner Schulter, worauf ich leicht erschrak.
<Boss, bleib ruhig, Dingo und die anderen werden das schaffen, sie sind tough> versicherte er mir.

Er hatte zwar recht, aber gerade als Leader machte man sich starke Sorgen um seine Jungs.
King verstand das besser als jeder andere.
<...Du hast recht King, entschuldige> meinte ich leicht enttäuscht von mir selbst.
<Kopf hoch Voodoo, wir alle werden das hier überleben...und wenn ich alle sage, dann meine ich auch wirklich ALLE> warf Harper ein und sah mich mit einem aufmunternden Lächeln an.
<Danke Jungs, ihr habt recht, also los, bringen wir unsere VIP´s in Sicherheit> befahl ich und ging weiter voraus.
Als wir den kleinen Hügel nach draußen hoch liefen, sah die gesamte Umgebung aus wie ein verdammtes Schlachtfeld.
Überall brannte es, Trümmer von abgestürzten Jets und Helikoptern und auch Wracks von Humvees und Panzern bedeckten die Rasenflächen und Straßen.
Die Gebäude waren größtenteils zerstört und von überall dröhnten die Schüsse von Maschinengewehren, Sturmgewehren und auch RPG´s.
Aber zum Glück war unser Weg frei von Feinden...zumindest jetzt.
Denn als wir weiter vordrangen und eine Straße überquerten, gerieten wir in einen Hinterhalt.
Von den Gebäuden aus, griffen uns Feinde an.
Scharfschützen und RPG Schützen nahmen uns ins Visier.
Wir suchten Schutz hinter dem Wrack eines M1 Abrams Panzers
Überall an ihm prallten die Kugel der Scharfschützen ab, doch die Raketen bereiteten uns ein größeres Problem.
Denn anders als die Taliban konnten diese Soldaten wirklich damit umgehen und wirklich zielen, was für uns immer gefährlicher wurde.
Und von unserer Position aus war es schwer, die Feinde ins Visier zu nehmen.
Wir waren ihnen wohl schutzlos ausgeliefert.
Doch dann hörte ich eine Stimme auf dem Operationskanal.
<Wieder eine Hilfe gefällig?> fragte Agent Diaz und kurz darauf schlug eine gewaltige Ladung auf dem Dach ein, von welchem uns die meisten Feinde beschossen.
Auf die anderen Feinde gingen ebenfalls einige Ladungen los.
<Diaz dieser Schweinehund> rief ich freudig lachend zu meinen Jungs und gab noch einige Schüsse auf die restlichen Feinde ab.
Als alle Feinde tot waren, riefen wir alle gleichzeitig <save!> und kamen aus der Deckung.
Jetzt musste ich erst einmal mit Diaz sprechen.

<Shit Diaz, danke> meinte ich lautstark.
<Nicht dafür Voodoo, ich dachte ich könnte ihnen etwas zur Hand gehen und die Sicherung unserer Luftwaffenbasis in Nevada kam da recht gelegen> erwiderte er und lachte freudig.
<Alles klar, wenn der ganze Scheiß hier vorbei ist, dann geb ich ihnen ein Bier aus> versprach ich ihm, worauf er nur mahnend meinte <Darauf komme ich zurück Commander, denn sie schulden mir jetzt schon zwei>
Wir folgten nun der Straße und kamen an eine Kreuzung.
Wieder nahm uns eine Feindpatrouille unter Beschuss.
Doch dieses Mal hatten wir eine bessere Position und konnten uns auch gut verteidigen.
Wir achteten stets darauf, dass unsere VIP´s geschützt waren und ihre Köpfe unten behielten.
Diese Aufgabe wies ich besonders Ozone, Preacher, Tex und King zu.
Wir arbeiteten uns Stück für Stück vor und mit jedem Feind, den wir erschossen, stieg mein Mut und meine Hoffnung, dass wir das überleben würden.
Doch so langsam ging uns die Munition aus und gerade in diesem Augenblick kamen mehr Feinde aus den Gebäuden.
Ich suchte gerade mit Logan und Harper Schutz hinter einem abgestürzten MI-24 Hind, als die Feinde angriffen.
Ich verschoss die letzte Patrone aus meinem Magazin, griff an meine Einsatzweste, realisierte dann jedoch, dass ich völlig leergeschossen war.
Im nächsten Augenblick kam ein Feind von links angerannt.
Ich zog meine Colt 1911 aus meinem Beinholster und zielte schnell auf ihn.
Ich drückte den Abzug drei Mal schnell hintereinander und meine Kugeln durchdrangen seinen Brustkorb und er fiel Blut spuckend zu Boden.
Von rechts nährte sich ein weiterer Feind und da Harper und Logan noch mit den Feinden auf der Straße vor uns beschäftigt waren und nicht so schnell reagieren konnten, musste ich mich darum kümmern.
Ich griff also mit meiner rechten Hand an mein Hüftholster und zog meine Desert Eagle heraus.
Ich gab erneut drei Schüsse ab, die den Feind zerfetzten, denn auf die kurze Distanz bewirkte eine 50. Kaliber Kugel einen verheerenden Schaden.
Zwei Kugeln drangen in den oberen Brustkorb ein und die dritte in den Kopf.
Sie alle traten auch wieder aus seinem Körper aus.
Er war nach den Treffern sofort tot und ging zu Boden.

Ich atmete einmal tief durch, mein Herz raste, doch kam ich schnell wieder zur Ruhe und blickte über meine Deckung hinweg.
Die Straße war leer, nur Tote Soldaten lagen auf ihr.
<Gute Arbeit Jungs, gehen wir weiter> meinte ich, klopfte den beiden auf die Schulter und rief die anderen mit unseren VIP´s per Funk zu uns.
Vor uns lag eine Kreuzung und dennoch war es noch ein weiter Weg bis zum Pentagon.
Und mit unserer wenigen Munition, würden wir es bei diesen vielen Feuergefechten nicht lange überleben.
Doch kam ein Glücksfall, denn die Marines und Fallschirmjäger des 1st Airbone Battalion, die das Weiße Haus umstellt hatten und auch auf uns geschossen hatten, fuhren an der Kreuzung entlang.
Ich rief ihnen hinterher und wedelte mit den Armen.
Einer der MG Schützen bemerkte mich und rief dem Fahrer zu, dass er anhalten solle.
Der Einsatzleiter stieg aus und kam zu uns, während die restlichen Soldaten das Gebiet sicherten.
<Ausweisen Soldat> meinte der Einsatzleiter.
Er war vom Rang her Captain und sein Name war Morel.
<Wir sind von DEVGRU, ich bin Voodoo> antwortete ich.
<Was machen sie hier?> fragte er mürrisch, wahrscheinlich weil wir ihn aus seinem Zeitplan warfen, denn er sah wie jemand aus, der alles genau auf die Minute plante und auch einhielt.
<Wir haben eben den Präsidenten und seine Familie gerettet!> meinte ich leicht wütend, wegen seinem respektlosen Tonfall.
<Ach ja und vielen Dank, dass sie mir fast den Kopf weggeballert haben> hing ich an.
<Oh Mist, sie waren das also auf dem Dach? Verzeihung, meine Männer haben sofort reagiert und gedacht, dass sie eine Granate in der Hand halten würden...die beiden Scharfschützen haben uns darauf aufmerksam gemacht> erklärte er und entschuldigte sich dafür bei mir.
<Moment einmal, sagten sie, dass ihr Name Voodoo ist? Verdammt, sie sind eine Legende innerhalb der Navy, Sir> hing er an und wurde mit seinem Tonfall schon freundlicher und respektvoller.
<Sie müssen mich nicht "Sir" nennen, wir sind alle Waffenbrüder, besonders wir Navy Soldaten> meinte ich und lächelte ihn an.
Ich vergab seinen Männern auch, dass sie mich fast umgebracht hätten.

<Also, wir brauchen eine Eskorte zum Pentagon, wir bringen den Präsidenten und seine Familie dorthin, haben sie noch Platz?> fragte ich und winkte meine Jungs zusammen mit unseren VIP´s heran.
<Natürlich haben wir noch Platz, steigen sie mit dem Präsidenten in den Bradley, da haben wir noch genügend Plätze frei> erklärte er und bat den Fahrer des Bradleys, den Motor anzuschmeißen.
Wir verluden also die VIP´s in den Bradley und besetzten die restlichen freien Plätze.
Ich blieb bis zum Schluss draußen und wartete, bis alle Plätze belegt waren.
Als der Bradley voll war, verteilte sich der Rest meiner Jungs auf die Humvees und den Truck.
Doch waren nun alle Plätze belegt.
Da mir nichts anderes übrig blieb, kletterte ich auf den Bradley und setzte mich hin.
Harper, Ozone, Preacher und Taylor kletterten ebenfalls hinauf, da sie ebenfalls keinen anderen Platz fanden.
Wir waren damit zwar das leichteste Ziel, aber ich vertraute auf die Marines und Airbornes, dass sie in der Lage waren, uns mit den Fahrzeuggeschützen zu beschützen.
Wir fuhren nun geradewegs zum Pentagon.
Ich hätte niemals gedacht, dass uns so etwas passieren könnte, dass unser Land einmal so zerstört sein könnte.
Es brach mir das Herz, die Stadt so in Trümmern zu sehen.
Die Monumente, die an die Geschichte erinnern, alles zerstört.
Und das nur wegen dem Willen eines einzigen Mannes.
Ich schwor mir bei meinem Leben, Siderov zur Strecke zu bringen und wenn es das letzte ist, was ich tue.
Die Fahrt zog sich etwas, aber zum Glück gab es keine Feindkontakte mehr auf unserem Weg.
War der Angriff vorbei oder waren die Feinde nur damit beschäftigt, weitere unserer mutigen Soldaten oder Unschuldige zu töten?
Dieser Gedanke machte mich nur wütender, aber wir hatten eine Aufgabe, eine der wichtigsten Aufgaben überhaupt und diese mussten wir auch erfüllen.
Als wir am Pentagon ankamen, wollte ich wissen, wie es Dingo und den anderen ging, die im Weißen Haus die Stellung hielten.
Keiner von ihnen meldete sich, das verhieß nichts gutes.
Ich Idiot, ich hätte sie nicht dort zurücklassen dürfen.
Ich hatte zwar wenig Hoffnung aber ich hoffte einfach, dass es ihnen gut ging.

Wir betraten das Pentagon und machten uns zum Bunker auf.

Kapitel 21: The only easy day was yesterday

Als wir das Pentagon betraten, erinnerte es uns an einen Horrorfilm.
Die Lichter waren aus oder flackerten, ein langer Gang erstreckte sich vor uns und einige tote Sicherheitsmänner lagen auf dem Boden, ihr Blut an den Wänden verschmiert.
Die Feinde waren also auch in das Pentagon eingedrungen, hoffentlich hatten sie den Bunker noch nicht gefunden und ihn eingenommen.
Das galt es nun herauszufinden.
Die VIP's blieben immer in der Mitte unserer Schlange.
Wir fingen auch gar nicht erst an, die ganzen Räume zu sichern, sondern nahmen den direkten Weg nach unten zum Bunker.
Die Fahrstühle konnten wir nicht benutzen, da DEFCON 5 ausgerufen und aktiviert wurde.
Die Gebäudesicherung war also über allem Maße verschärft, möglicherweise mussten wir uns den Weg zum Bunker frei sprengen.
Die Fahrstühle zu den unteren Ebenen waren gesperrt, also mussten wir die Treppe nehmen.
Doch auch die Türen, die zu den Treppenhäusern führten waren versperrt.
Unsere Breacher mussten ans Werk
Preacher gab King eine große Tasche in die Hand.
Er zog eine Kreissäge heraus und setzte sie am Türschloss an.
Diese Kreissägen waren extra für Stahl und anderes Edelmetall ausgelegt, kamen aber aufgrund ihres Gewichtes nicht oft zum Einsatz.
Preacher hielt den Rammbock in der Hand und wartete darauf, dass King das gesicherte und verstärkte Türschloss öffnete.
Die Funken sprühten und flogen an uns vorbei.
Durch mein Nachtsichtzielfernrohr waren die Funken so hell, dass sie mich blendeten, weshalb ich meinen Blick des öfteren vom Visier nehmen musste.
Irgendwann wurde der Ton der Kreissäge leiser und King legte die Kreissäge auf den Boden.
Dann holte Preacher zum Schlag aus und stieß die Tür mit einem gewaltigen Hieb auf.
Sofort löste ich unsere Sicherungsposition, welche wir alle eingenommen hatten, auf und betrat das Treppenhaus.
Es sah sicher aus.
Langsam gingen wir die Stufen hinab, Etage für Etage näherten wir uns dem Bunker.

Es lagen noch so einige verriegelte Türen auf unserem Weg, jede schwerer zu öffnen als die vorherige, aber wir knackten sie alle.
Es gab bisher noch keinen Feindkontakt...irgendwas stimmte hier nicht, denn die toten Sicherheitsmänner des Secret Service hatten sich ja nicht selbst oder gar gegenseitig umgebracht.
Wir kamen dem Bunker näher und immer beschlich mich das Gefühl, dass uns Irgendjemand verfolgen würde.
Die Schritte hinter uns wurden immer schneller und immer lauter.
Unauffällig gab ich meinen Jungs das Zeichen, anzuhalten und Sicherungspositionen zu beziehen.
Als alle an ihrem Platz waren, drehten wir uns alle blitzschnell um und richteten die Waffen auf unsere Verfolger.
Glücklicherweise hatte ich keinen Schießbefehl erteilt, denn unsere Verfolger waren keine anderen als Dingo und die anderen, die beim Weißen Haus geblieben waren.
Sie hatten also überlebt, ich freute mich innerlich so wie nie zuvor.
<Shit Dingo, wir hätten euch fast eure verdammten Ärsche weg gepustet> flüsterte ich, um mögliche Feinde nicht auf uns aufmerksam zu machen.
<Sorry aber hier ist so eine gruselige Horrorfilm Atmosphäre, wir konnten einfach nicht anders> antwortete er.
Mal wieder eine passende Antwort von ihm.
Seine Antworten passten immer zum Geschehen.
Als ich einen genaueren Blick auf sie warf und durchzählte, fiel mir auf, dass einer fehlte.
<Dingo...wo ist Pirate?> fragte ich, mit großer Angst vor der Antwort.
<Nun...Pirate hat sich tapfer geschlagen...er war bis zum Ende ein waschechter SEAL> antwortete Kick.
Ich konnte es nicht glauben, Pirate war gerade einmal ein halbes Jahr bei DEVGRU gewesen und nun war er tot...das hatte niemand für ihn gewollt, der Junge hatte Potential.
Und er hatte eine Freundin und sogar einen kleinen Sohn, die beide auf seine Rückkehr warteten.
Dieser Krieg war zu grausam, wir mussten ihn beenden und das so schnell wie möglich.
<Voodoo, er wollte, dass du als sein großes Vorbild diese hier zu seiner Freundin und seinem Sohn bringst> meinte Dingo und gab mir seine Hundemarken in die Hand.
Verdammt, der Junge sah mich als Vorbild? Und nur dank mir war er nun von dieser Welt gegangen.
Hätte ich ihn doch nur nicht bei Dingo bleiben lassen, ein erfahrener SEAL hätte dort bleiben sollen, vielleicht wäre er dann noch am
Leben.

King sah meinen enttäuschten Blick und packte mich bei meiner Schulter.
<Derek, gib dir nicht wieder die Schuld, er war ein tapferer Junge und er wollte dir zeigen, dass er auch genau dieser war, er hatte es für sich selbst entschieden> meinte er.
King hatte recht, er wusste, wie man mich aufmuntern kann, jeder von meinen Jungs wusste das, besonders Harper, Logan und King.
Aber Trauern mussten wir später, wir hatten nämlich noch eine Aufgabe vor uns.
Wir waren nur noch einen Gang von dem Bunker entfernt und genau hier waren Feinde anwesend, verdammt viele Feinde.
Sie standen an der Bunkertür und versuchten sie zu öffnen.
Neben ihnen lagen Kreissägen, Rammböcke für mehrere Personen und auch Sprengsätze.
Wir mussten sie aufhalten und da wir Nachtsichtgeräte und auch Nachtsichtvisiere hatten, hatten wir auch den Vorteil.
Wir bezogen Positionen und machten uns zum Angriff bereit.
Ich checkte mein Magazin und lud nach, da sich nur noch einige wenige Patronen in meinem jetzigen Magazin befanden.
Wir konnten uns durch den Konvoi der Marines und Airbornes zum Glück etwas aufmunitionieren.
Ich hob meine rechte Hand, mit der ich immer meinen Vordergriff festhielt und zählte von drei herunter.
Eine riesige, schallgedämpfte Feuersalve folgte und traf die Feinde wie ein Orkan.
Keiner von ihnen überlebte dies, bis auf einer.
Er kroch blutend über den Boden und versuchte an seine Waffe zu kommen, welche er fallen gelassen hatte.
Ich kam näher und trat sie weg.
Er sah mich mit einem vor Schmerz verzerrten Gesicht an.
Ich bückte mich zu ihm herunter und griff ihn bei seiner ballistischen Schutzweste.
<Du verdammter Mistkerl, ihr hättet euch dieser Ratte Siderov nicht anschließen sollen, denn jetzt bezahlt ihr den Preis dafür> meinte ich mit einer bedrohlichen und wütenden Stimmlage und hob ihn näher zu mir hoch.
<Ihr könnt ihn nicht aufhalten, dieser Angriff war noch gar nichts, es kommt noch viel schlimmer> antwortete er und lächelte hämisch.
Siderov hatte wirklich nur Psychos in seiner Armee, passte aber auch zu ihm.
<Verdammt, wo ist er, spuck es aus!> rief ich und rüttelte an ihm, um ihm mehr Schmerzen zu bereiten.
<Leck mich> entgegnete er und gab mir mit letzter Kraft eine Kopfnuss.

Sie bereitete ihm mehr Schmerzen als mir, da er genau meinen Kevlarhelm traf.
Ich wiederholte meine Frage, dennoch kam wieder keine Antwort.
Es hatte keinen Sinn.
Ich ließ ihn wieder zu Boden fallen, zog meine Colt und brachte ihn direkt in die Hölle.
Der Schuss hallte im gesamten Gang.
Nun überprüften wir die Bunkertür.
Die Idioten hatten sie nicht aufbekommen, ich sage es ja, ein perfektes Stück amerikanischer Handwerkskunst.
Jetzt mussten wir nur noch hineinkommen und da hier unten der Funk nicht funktionierte, mussten wir anderweitig mit den Leuten drinnen Kontakt aufnehmen.
<Versuch doch mal zu ziehen> witzelte Harper.
<Hahaha Schlauberger, wieso hilfst du mir dann nicht dabei?> witzelte ich zurück.
Der Witz kam wirklich gut von Harper, dass musste ich ihm lassen.
<Aber ganz im Ernst, uns bleibt nichts anderes übrig als zu klopfen> meinte er und wurde wieder etwas ernster.
Er hatte recht, uns blieb keine andere Möglichkeit.
Ich nahm meine Gewehr und schlug mit dem Schaft mehrmals gegen die riesige Bunkertür.
Harper, Dingo, Blackbeard und Tex machten mit.
<DEVGRU Operator, wir haben den Präsidenten und müssen ihn in Sicherheit bringen!> rief ich.
Zu erst kam nichts, doch dann meldete sich einige Sekunden später eine Stimme.
<Code!> rief sie.
Der Präsident trat hervor und gab den Code durch.
<Zulu-Yankee> rief er.
<Und der Initialisierungscode> fragte der Sicherheitsmann hinter der Tür.
<Red Spirit> hing der Präsident an.
Von diesem Code hatte ich gar nichts gewusst, entweder Captain Wittford hatte ihn uns nicht gesagt oder dieser Code war wirklich top secret für was auch immer.
Aber es zeigte Wirkung, denn die Bunkertür öffnete sich.
Vier Agents des Secret Service standen an der Tür und richteten ihre Gewehre und Maschinenpistolen auf uns.
<Ganz ruhig Jungs, wir sind auf der selben Seite> meinte ich und folgte dem Präsidenten, seiner Frau und den Kindern hinein.
Der Bunker war riesig, er spaltete sich in weitere riesige Räume auf.
Der Funk funktionierte hier auch wieder einwandfrei.
Die Bunkertür schloss sich und die Agents bezogen erneut ihre

Stellung.
Hier waren alle wichtigsten Staatsmänner und -frauen anwesend, der Verteidigungsminister, der Parlamentsvorsitzende, der Vizepräsident, viele weitere und nun auch der Präsident persönlich.
Unsere Operation war ein Erfolg, bis auf den Tod von Pirate, aber er starb für sein Land, etwas Ehrenvolleres gab es nicht.
Wir trauerten einige Minuten, bis uns dann der Vizepräsident bat, ihn in den Raum nebenan zu folgen.
Dort waren überall Tische und Stühle aufgestellt, es erinnerte von den Reihen her an einen Klassenraum.
Vorne an der Wand hing ein riesiger Bildschirm, auf dem mehrere Befehlshaber, verschiedener Spezialeinheiten weltweit zu sehen waren.
Hinter ihnen sah man ebenfalls zerstörte Gebäude oder man hörte viele Soldaten im Hintergrund herumschreien.
Also hatte Siderov nicht nur die USA angegriffen, sondern auch andere Länder, jedoch bei diesen nur die Städte, wo auch Spezialeinheiten stationiert waren.
Das KSK in Calw, die GSG9 in Sankt-Augustin, die Kampfschwimmer der deutschen Bundesmarine in Eckernförde, die GIGN in Satory, die GROM in Warschau, der SAS in Hereford und viele viele Andere.
Captain Wittford sprach ganz vorne mit dem Präsidenten, dem Verteidigungsminister und den Kommandeuren der NATO Spezialeinheiten.
Als wir den Raum betraten schloss sich eine Tür hinter uns.
Nun blieb alles, was in diesem Raum ausgesprochen wurde, auch in diesem Raum.
<Meine Herren, bitte nehmen sie Platz> meinte unser Verteidigungsminister.
Alle setzten sich, nur wir standen an der Wand ganz hinten.
Der Verteidigungsminister sah uns an und winkte uns nach vorne.
<Sie auch meine Herren, die ersten Reihen sind noch frei> meinte er.
Die ersten Reihen wurden extra für uns frei gehalten, das war ein komisches und ungewohntes Gefühl.
Überall in diesem Raum saßen die wichtigsten Männer und Frauen dieses Landes und trotzdem überließen sie uns die wichtigsten Plätze.
Wir setzten uns und der Bildschirm wechselte das Bild.
Eine Satellitenaufnahme war zu sehen.
Sie zeigte einen Helikopter, welcher sich von den Schlachtfeldern von DC. nach Osten entfernte.
Zu erst schien es für mich nichts besonderes zu sein, doch als immer mehr Satellitenbilder aufeinanderfolgten und die Route des

Helikopters zeigten, verstand ich.
Agent Diaz trat vor und erklärte uns die Lage.
<Meine Herren und Damen, sehr geehrte Minister und Ministerinnen diese Nation musste in den letzten Tage viel erleiden.
Uns wurde gezeigt, dass wir doch verwundbarer sind, als wir dachten.
Aber nicht nur wir erlitten großen Schaden, auch andere Verbündete der USA.
Ein Mann hat das alles verursacht und heute haben wir die Chance, ihn endgültig zur Strecke zu bringen.
Mit einer Drohne konnten wir den Helikopter eine lange Zeit lang verfolgen und konnten auch den Ort ausmachen, den er ansteuerte> erklärte uns Agent Diaz.
Ich konnte es einfach nicht glauben, wir hatten die Chance Siderov zu schnappen und dieses Mal wirklich, denn die Drohne hatte eine Aufnahme von Siderov aufgenommen.
Er war es, daran bestand kein Zweifel.
Ich war über allem Maße wütend aber auch froh zur selben Zeit.
Captain Wittford trat hervor.
<Commander Frost, treten sie vor> meinte er und winkte mich zu ihm.
Ich stand auf und ging zu ihm.
<Commander Frost, wir haben uns ausführlich darüber beraten und sind uns einig, dass sie und ihr Team die Besten dafür sind, Siderov ein für alle Mal auszuschalten> erklärte er mir und sah mich ernst an.
Er vertraute mir vollkommen und bat mir gerade eine riesengroße Chance an.
Dazu konnte ich nicht nein sagen.
<Sir, ja, Sir, wir nehmen den Auftrag an>
<Sehr gut, ich wusste, dass ich auf sie zählen kann> entgegnete er und packte mich bei der Schulter.
<Ach ja, ich soll ihnen noch etwas von General Morgan ausrichten, er hat sie immer gemocht und selbst wenn er es nicht immer so zum Ausdruck gebracht hat, er hat ihnen immer am meisten als Operator vertraut> hing er an.
Das gab mir ein komisches Gefühl, denn mir war gar nicht aufgefallen, dass General Morgan nicht hier war.
Ich konnte mir denken was geschehen war und Captain Wittford bestätigte es mir auch.
Er war in der Schlacht gefallen, aber er hatte sich bis zum Ende tapfer geschlagen.
Dieses Mal nicht nur als Offizier, sondern auch als waschechter Soldat.

Ich schwor mir, ihn und alle anderen, die ich durch Siderovs Willen verloren hatte, zu rächen.
Auf dem Bildschirm waren erneut die vielen Kommandeure zu sehen.
Ich hörte eine vertraute Stimme im Hintergrund.
<Derek? Derek! Du bist es, ist alles okay bei dir?> rief Justin und kam in das Bild.
<Ja Justin, mir geht es gut, wie ist die Lage bei euch?> fragte ich ihn und freute mich auch wirklich sehr, dass es ihm gut ging.
<Die Lage ist beschissen um ehrlich zu sein, aber uns geht es gut, viele Verletzte und auch einige Tote aber größtenteils sind wir in Ordnung> informierte er mich.
<Und Natascha? Was ist mit ihr? Und geht es Nic gut?> fragte ich weiter, da ich mich auch um die beiden sorgte.
<Ja, ihnen geht es auch gut, Nic ist sicher, wir haben ihn und seine Familie in einen Bunker gebracht.
Und Natascha ist auch unversehrt, sie hilft gerade in der Stadt, die Verwundeten in Sicherheit zu bringen.
Und ich hab mit den anderen gesprochen, also Dmitri geht es auch soweit gut, genauso wie Mikolaj> erklärte Justin, was mich wieder beruhigte, denn das wollte ich ihn als nächstes fragen.
<Danke Justin, das hier ist alles bald vorbei, das verspreche ich dir, wir haben den Drecksack gefunden> antwortete ich, woraufhin er mich überrascht ansah.
<Was? Wo steckt er?> fragte er hektisch.
<Sibirien, in einer alten sowjetischen U-Boot Basis> meinte ich.
<Shit, ich komme mit, warte, bis ich dort ankomme> verlangte er von mir, worauf ich ihn aber unterbrechen musste.
<Justin, nein, du bleibst wo du bist, deine Jungs und auch die deutschen Bürger brauchen dich und deine Männer.
Außerdem könnte ich es mir niemals verzeihen, wenn dir etwas passiert und bei dieser Operation gibt es eine hohe Wahrscheinlichkeit, dass wir nicht lebend zurückkehren>
<Shit, ich wünschte ich könnte dich begleiten, aber du hast recht...aber versprich mir, dass du das überlebst> forderte er und lächelte mich an.
<Immer doch Bruder, ich verspreche es dir, du mir aber auch> entgegnete ich.
<Alles klar, versprochen>
Nun forderte der Captain erneut meine Aufmerksamkeit.
<Commander, sie übernehmen die Planung, sie bekommen alle Mittel, die sie benötigen...zumindest von denen, die noch übrig geblieben sind>
<Alles klar, ich brauche vor allem eine mobile Operationsbasis, die USS Varan wäre perfekt, dann brauche ich Soldaten, mein

DEVGRU Platoon reicht nicht, ich brauche Harper´s Delta Team, King´s 1st Recon Marines und Logan´s Rangers.
Des Weiteren wäre eine aktive Luftunterstützung perfekt> meinte ich.
Der Captain sah mich an, dachte kurz über meine Wünsche nach und akzeptierte sie.
<Ich sehe, was ich tun kann, die weitere Planung übernehmen sie auf der Varan, drei Helikopter kommen in 5 Minuten, um sie dorthin zu bringen> bestätigte er und schickte uns nun zurück an die Oberfläche.
Ich ging langsam los, hielt jedoch noch einmal an und drehte mich zu ihm.
<Es war mir eine Ehre Larry> sagte ich zu Captain Wittford, als eine Art frühzeitige Verabschiedung.
Er sah mich mit weit geöffneten Augen an und entgegnete dies.
<Für mich auch Derek, du warst immer ein verdammt guter Soldat und es war mir auch eine Ehre, dass ich dein Vorgesetzter sein durfte...hol dir diesen Mistkerl> sprach er und ballte seine Faust.
Ich schlug ein und ging in Richtung des Ausgangs.
Agent Diaz rollte mit seinem Rollstuhl in meinen Weg.
<Commander Frost...Derek, ich wollte ihnen nur noch einmal für alles danken, was sie für mich getan haben> sprach er und hob seine rechte Hand.
Ich erwiderte den Handschlag und sah ihm in die Augen.
<Hey Diaz, ich bin derjenige, der sich bedanken muss, sie haben mir und meinen Jungs mehrmals den Arsch gerettet und nun haben sie uns auch diese einmalige Chance gegeben> erwiderte ich und lächelte ihn an.
<Wir haben wirklich einiges zusammen durchgemacht, besonders in der letzten Zeit...es war mir eine Ehre, sie gekannt zu haben und an ihrer Seite gekämpft und gearbeitet zu haben> entgegnete er.
<Danke Diaz, die Ehre und Freude ist ganz meinerseits...hoffen wir, dass dies nicht unser letztes Gespräch sein wird>
<Das hoffen wir lieber wirklich nicht mein Freund, denn denken sie dran, sie schulden mir noch zwei Bier> meinte er und sah mich mit einem schelmischen Lächeln an.
<Fick dich Diaz> gab ich lachend zurück und schlug ihm brüderlich auf die Schulter.
Danach ließ er uns vorbei und wir gingen weiter zum Ausgang.
Wir kamen auf dem selben Weg zurück, den wir gekommen waren.
Inzwischen hatten Secret Service Agenten, Agenten der CIA, der NSA und einige Soldaten der Marines, Rangers und auch unserer Nationalgarde das Pentagon gänzlich gesichert.
Alle sahen uns respektvoll an, als wir durch die Gänge des Pentagons eilten.

Die Soldaten salutierten vor uns, als wären wir Helden.
Ich betrachtete uns nicht als Helden, wir waren Soldaten, die ihren Job machten wie jeder andere auch, jedoch erfüllte mich ihr Respekt mich Freude und Stolz.
Sie öffneten die beiden Eingangstüren für uns.
Das zerstörte und brennende Schlachtfeld von Washington DC. erstreckte sich wieder vor uns.
Endlich, endlich konnten wir all das beenden und Siderov dafür büßen lassen.
Die Helikopter kamen und landeten auf dem Platz.
Wir stiegen in die Chinooks und warteten auf den Abflug.
Ich hatte mitbekommen, dass sich Logan, Harper und King sich schon bei ihren Angehörigen verabschiedet hatten, eben über ihre Telefone.
Alle von ihnen waren in Bunkern sicher untergebracht und sorgten sich um uns.
Wir wussten alle was kommt, doch wollte ich nicht, dass auch nur einem von meinen Jungs etwas passiert.
Keine Freundin, Ehefrau, Kinder oder Schwester sollte ihren eigenen Mann, Freund, Vater und oder Bruder begraben müssen.
Ich versprach mir, sie lebend nach Hause zurück zu bringen, dass sie ihre Leben mit denen die sie lieben weiterführen konnten.
<Kommen noch mehr> fragte unser Pilot.
<Nein, nur wir> antwortete ich.
<Okay, dann geht es jetzt zur Varan>
Wir hoben ab und flogen gen Osten zur Varan, welche an der Küste Sibiriens herumtrieb.
Der Flug dauerte sehr lange und unsere Angespanntheit machte es nicht gerade besser.
Durch die Fenster sah man die zerstörten Städte der USA, was unsere Herzen immer wieder auf's neue bluten ließ.
Aber damit war es bald vorbei, das versprach ich mir selbst und meinen Jungs.
Als wir auf der USS Varan ankamen, standen die Teams von Harper,
Logan und King schon bereit und auch einige weitere DEVGRU Operator vom Team Red, auch „Punisher Platoon" genannt, hatten sich bereit erklärt, uns bei unserer Operation zu unterstützen.
Sie warteten alle zusammen mit Admiral Torcher auf dem Flugdeck auf uns.
Unsere Chinooks setzten auf dem Deck auf und die Laderampen öffneten sich.
Wir nahmen unsere Ausrüstung und verließen die Vögel.
<Admiral> meinte ich respektvoll.
<Commander Frost, es ist schön sie in einem Stück zu sehen,

gerade bei unserer misslichen Lage daheim> antwortete er und reichte mir seine Hand, welche ich sofort ergriff und schüttelte.
<Ja, das ist wahr, aber ist alles vorbereitet?>
<Ja Commander Frost, ihre Helikopter werden nur noch aufgetankt und die Scooter werden noch ein letztes Mal überprüft> erklärte er.
<Danke Admiral, ich wusste, dass ich auf sie zählen kann> meinte ich und drehte mich zu allen mir unterstehenden Operator.
<Männer, ich danke euch allen, dass ihr bei dieser Sache mitmachen wollt.
Heute haben wir die Chance, das alles zu beenden und Siderov ein für allemal den Gar auszumachen.
Wir wissen wo er steckt und wir werden ihn dieses Mal nicht entkommen lassen.
Leider besteht auch eine 90%ige Chance, dass wir das heute nicht überleben, denn ich bin ganz ehrlich zu euch, es ist ein Himmelfahrtskommando.
Wer also aussteigen möchte, dem werde ich es nicht verübeln, denn das ist eine Bürde die eigentlich nur ich zu tragen habe und ihr sollt euch nicht wegen meiner Fehler opfern> sprach ich.
Alle standen stumm da und sagten nichts.
<Wir wissen, was uns bevorsteht und wir kennen auch das Risiko Derek, aber wir machen alle mit> meinte Harper, worauf jeder von den hier anwesenden einmal selbstsicher zur Bestätigung nickte.
<Danke Männer, ich wusste, dass ich auf euch zählen kann, auf jeden von euch> entgegnete ich und lächelte stolz.
<Denk dran Derek, „Semper Fidelis"> sprach King.
Logan sah mich an.
<„Rangers, lead the way">
Taylor ballte seine Faust und sah mich ebenfalls an.
<„Facta Non Verba"> sagte er.
<„De opresso liber"> hing Harper an.
Alle ihre Worte stimmten und ich war noch nie so stolz, sie diese aussprechen zu hören, gerade jetzt, im Anblick des letzten Kampfes.
Ich blickte sie alle an, hob meine Hand und ballte sie zur Faust.
<„The only easy day was yesterday> sprach ich, um den Kreis zu vollenden.
Mit diesen Worten kam dann auch unser Beginn der Operation.
Die Scooter standen bereit und die Helikopter waren voll aufgetankt.
Alle hatten bereits ihre Waffen und weitere Ausrüstung dabei und auch wir hatten uns schon aufmunitioniert.
Nun mussten wir nur noch die Aufteilung der Teams vornehmen.
Soweit ich informiert war, hatte sich ein DEVGU Red Team bestehend aus zwei Snipern und zwei Spottern schon vor ein paar

Stunden nach Sibirien aufgemacht, um die U-Boot Basis auszukundschaften.
Das war perfekt, so hatten wir schon jemanden dort, der uns dann über alles aufklären konnte.
Wir hatten dieses mal den Überraschungsvorteil.
Also, wir hatten insgesamt sechs Little birds und zwei Blackhawks zur Verfügung, das hieß, dass ungefähr 36 von uns mit den Helikoptern nach Sibirien fliegen konnten und der Rest mit den Scootern anrücken mussten.
Mir war es lieber, dass SEALs mit den Scootern anlanden würde, da wir darin geschult worden waren.
Nichts gegen die Deltas, Marines oder Rangers, aber dieses Fahrzeug kannten wir in und auswendig, also wäre es sinnvoller, wenn wir es auch verwenden würden.
Alles war sorgfältig von uns durchgeplant worden, wir landen an der U-Boot Basis an, töten jeden verdammten von Siderovs Soldaten und schnappen uns das Arschloch und beenden die Scheiße ein für allemal.
Das war unser Plan kurz ausgedrückt.
Aber mich beschlich während des Fluges immer wieder das Gefühl, dass uns dort etwas schlimmeres erwarten würde als bloße Soldaten.
Wir alle saßen angespannt in den Helikoptern.
Ich saß mit King, Harper, Dingo und Tex auf den Sitzflächen des ersten Little Birds.
Logan, Taylor, Blackbeard und Preacher saßen auf dem zweiten Little Bird.
Unsere Staffel flog in einer engen Formation, die bewaffneten Vögel flogen voraus, während wir folgten.
<U-Boot Team-1, hier Bravo-1, seid ihr auf dem Weg?> fragte ich über Funk.
<Roger Voodoo, wir sind noch ungefähr 2 Meilen von der Basis entfernt, melden uns, wenn wir angekommen sind> antwortete Patron.
<Roger Patron, Funkstille, bis wir angekommen sind>
Sofort meldeten sich unsere Sniper.
<Voodoo, hier Scavenger-1, wir haben die Basis in Sicht und haben
das Paket gesichtet> informierte er mich.
<Roger Scavenger, Ziel im Auge behalten und melden, wenn etwas neues passiert>
<Verstanden Voodoo> antwortete er.
Wir nährten uns der Basis.
Aber anstatt sie direkt anzugreifen, landeten wir einige Kilometer von ihr entfernt, um uns vorsichtig und ungesehen anzunähern.

Die Little Birds landeten auf einer Lichtung und ließen uns raus.
Die Besatzung der Blackhawks blieb jedoch in den Helikoptern und kreiste über dem Gebiet.
Wir rückten durch einen dichten Wald vor, entlang der Straßen.
Keine Feindpräsenz, das war ein gutes Zeichen...oder auch ein schlechtes, je nach dem wie man es nimmt.
Einen Kilometer vor uns hatten wir dann den ersten Feindkontakt, eine Gruppe von fünf Mann patrouillierte in dem Wald und sie hatten einen Hund dabei.
Ich hielt an und stoppte unseren Zug.
Ich sah nach hinten.
<Trigger, komm her> meinte ich leise und winkte ihn zu mir nach vorne.
<Was gibt's?> fragte er.
<Du übernimmst den Köter, während wir Positionen beziehen und die Gruppe flankieren, leg dich in den Schnee um nicht aufzufallen> befahl ich.
Er nickte und ich lief ein Stück vor, um eine gute Position zu beziehen.
Eine weitere Feindgruppe kam vorbei.
Sie zogen jedoch weiter, was ein gutes Zeichen für uns war.
<Warten...warten...warten...und...Feuer> flüsterte ich über Funk und wartete auf Taylors ersten Schuss auf den Hund.
Als dessen Kopf durch die Patrone zersplittert wurde, eröffnete ich das Feuer auf die Gruppe.
Wir erledigten sie ohne große Probleme und zogen weiter.
Die Leichen ließen wir liegen, zum Verstecken blieb keine Zeit.
Wir blieben nah an den Bäumen, um uns wenn nötig zu verstecken.
Immer wieder blickte ich nach hinten, um zu checken, ob wir auch alle vollzählig waren.
Alle waren noch da und wir näherten uns der Basis schnell.
<U-Boot Team-1, hier Voodoo, habt ihr euch mit U-Boot Team -2, -3 und -4 getroffen?>
<Roger, wir sind zusammengestoßen und befinden uns jetzt in der unmittelbaren Nähe zur Basis>
<Verstanden, wir melden uns, wenn wir da sind und angreifen> antwortete ich.
Bisher lief alles wie geplant, unsere Anwesenheit blieb ein Geheimnis und wir konnten unsere Feinde mit einem Überraschungsangriff einen kritischen Treffer verpassen.
Zumindest wenn alles so laufen wird wie jetzt.
Man merkte, dass wir uns der Basis näherten, denn Feindverbände waren hier mehr verstreut und hatten die Umgebung abgeriegelt.
Mehrere Sperren aus schwer gepanzerten Fahrzeugen und auch

schwer bewaffneten Infanteristen versperrten uns die Wege.
Wir mussten also Umwege außen herum nehmen, was uns im Zeitplan immer weiter zurückwarf.
Wir trennten uns, meine Hälfte ging weiter durch den Wald, während die andere Hälfte unter dem Kommando von Harper durch ein kleines Dorf, westlich von hier vordringen würde
Die ganze Zeit über hielten wir auch mit Captain Wittford und den gesamten Direktoren unserer Geheimdienste Kontakt, um sie über jeden unserer Schritte zu informieren.
Denn sie hatten keine UAV losgeschickt, um uns zu überwachen, da sie unsere Anwesenheit hier verraten könnte.
Unsere Umwege führten uns direkt an dem Haupteingang zur Basis vorbei.
Wir befanden uns dem Stand der Sonne zufolge am rechten Rand der Basis.
Zeit um einzudringen.
Eine hohe Mauer versperrte uns den Weg.
Oben drauf war ein Stacheldraht gespannt.
<Jungs, Räuberleiter> meinte ich, worauf sich Taylor und Dingo hinknieten und die Hände zusammenfalteten.
Ich stieg auf diese und dann auf ihre Schultern herauf, zog den Bolzenschneider von meinem Rücken und setzte ihn an dem Draht an.
Ich schnitt ihn an zwei Stellen durch und zog ihn vorsichtig heraus.
Danach hob ich mich auf die Mauer, nahm mein Gewehr wieder in die Hände und überprüfte die Umgebung.
Alles schien sicher zu sein.
<Voodoo, hier Bravo-2> kontaktierte mich Harper.
<Los Bravo-2>
<Wir sind durch das Dorf aus vorgerückt, moderater Feindwiderstand aber unsere Tarnung ist aufrecht geblieben, over
Wir sehen die U-Boot Basis von unserer Position aus, seht ihr uns?
>
Ich blickte in der Umgebung herum und westlich von unserer Position, auf einem kleinen Hügelkamm sah ich etwas Blinken.
Es war eine Reflektion der Sonne auf einem Fernglas.
<Roger, wir haben euch, auf dem Hügelkamm westlich von uns> meinte ich.
<Roger, perfekt, wie lauten deine Befehle Boss?> fragte er und beriet sich während ich nachdachte kurz mit seiner Gruppe.
<Alles klar, rückt zur Basis vor und infiltriert sie, seht ihr den Tank LKW, da treffen wir uns, over> befahl ich.
<Verstanden, zwei Minuten, dann sind wir da, Bravo-2 out>
Nun drehte ich mich wieder zu meinen Jungs, ließ mein Gewehr am Riemen hängen und streckte meine Hand nach unten.

Taylor griff zu und stützte sich mit seinen Füßen an der Mauer ab.
Dann hob ich ihn langsam an, während er die Mauer hinaufging.
Er kam zu mir nach oben und half mir dabei, jeden über die Mauer zu ziehen.
Wir sprangen alle in den Hof unter uns und verschanzten uns hinter einem Einsatzfahrzeug der Feinde.
Vorsichtig blicke ich über die Motorhaube und suchte nach Feinden.
Der Platz vor uns schien leer zu sein, zumindest im Moment.
Als ich mich weiter vorwagte, zog mich Tex an eine Gebäudemauer zurück.
<Vorsicht, da oben sind Scharfschützen und ein Truck kommt gerade> meinte er leise und zeigte auf die Scharfschützen auf den Türmen.
<Shit, danke Tex> bedankte ich mich.
Wir mussten irgendwie an den Feinden vorbeikommen, nur die Frage war wie?
<Voodoo, hier Scavenger-1, haben eure Position ausgemacht, wir kümmern uns um die Sniper, den Truck müsst ihr allerdings selbst übernehmen> meinte er.
<Roger Scavenger, lasst euch nicht aufhalten> antwortete ich und achtete auf die Sniper.
Der erste auf dem rechten Turm fiel tot zu Boden und kurz darauf ein zweiter auf dem linken Turm.
Der Truck schien ein größeres Problem darzustellen, denn er war voll beladen mit Soldaten und schweren Waffen.
Wir mussten also entweder angreifen oder auf eine Möglichkeit warten, ihn irgendwie zu umgehen.
Aber wenn wir warten würden, dann wären die Feinde auf dem ganzen Gelände verstreut und wir hätten es verdammt schwer, unentdeckt zu bleiben.
<Bravo-1, hier U-Boot Zug, sind angelandet und sind auf dem Steg,
gibt es einen Treffpunkt?> fragte Ozone.
<Roger ja aber von eurer Position aus kommt ihr da nicht hin, sichert euren Sektor und wartet auf weitere Anweisungen> entgegnete ich.
<Roger Bravo-1>
Das war nun geklärt aber wir wussten immer noch nicht, wie wir an dem Truck vorbeikommen konnten ohne die Aufmerksamkeit der gesamten Basis auf uns zu richten.
Wäre es eine kleine Anlage gewesen hätte ich ja nichts gegen einen direkten Angriff aber diese Basis war riesig.
Mehrere Gebäudekomplexe aus Lagerhäusern, Kontrollräumen, Türmen und weiteren Gebäuden lagen um uns herum.

Strategisch war dieser Ort ein perfektes Hauptquartier.
Die Feinde fingen an, sich zu verteilen.
Das war unsere Chance, doch mussten wir nun vorsichtiger vorgehen.
Langsam schlichen wir in kleinen Grüppchen zum Truck und zu weiteren naheliegenden Deckungen.
Zwei Feinde kamen zu uns zurück.
Wir mussten sie ausschalten.
Ich wartete am Truck, bis der erste sich zeigte, zog ihn hinter den Truck und schlug ihm mein Messer in den Brustkorb.
Seinen Mund hielt ich dabei fest zu.
Den zweiten Feind erschossen Tex und Logan gemeinsam und die Leichen versteckten wir dann unter dem Truck.
Ein Problem weniger.
Wir jagten den Feinden nun nach und versuchten jeden von ihnen schnell und gezielt auszuschalten.
Jedes Grüppchen von uns jagte zwei Soldaten.
Da Logan, Tex, Dingo und ich unsere schon erledigt hatten, bezogen wir Sicherungspositionen und überwachten das Gebiet.
Als alle ihre Ziele ausgeschaltet hatten, trafen wir uns wieder am Truck.
<Bravo-1, hier Bravo-2, wo bleibt ihr verdammt?> fragte Harper.
<Wir wurden etwas aufgehalten aber wir machen uns sofort auf den Weg...> meinte ich, doch als ich ein riesiges Lagerhaus zu unserer Rechten sah, änderte ich meine Meinung.
<Panther, Planänderung, wir haben hier ein verdächtiges Lagerhaus und ich will wissen, was da drin ist, over>
<Roger, dann bleibt da, wir kommen zu euch> meinte Harper.
<Alles klar, passt auf, dass euch niemand sieht> warnte ich ihn noch zusätzlich.
Die Tür des Lagerhauses war durch ein digitales Zahlenschloss versperrt, wir mussten uns also irgendetwas einfallen lassen, um dort hineinzukommen.
Dingo sah sich das Schloss genauer an und ich merkte dann schon, dass er eine Idee hatte.
<Voodoo, siehst du die Tasten, die sind alle eingefroren>
<Ja und?> fragte ich verwirrt.
<Na sie doch genauer hin, nicht alle Tasten sind gleich eingefroren und wenn wir der Reihenfolge nachgehen, die immer aufgetauter sind, dann müssten wir die Kombination rausbekommen> erklärte er und tippte auf die erste Taste, die „9".
<Dann leg mal los du Technikexperte> erwiderte ich und drehte mich zu den anderen.
Ich zog Logan zu mir hin.
<Ich brauche dich und deine Männer>

<Na klar, was sollen wir machen?> fragte er und zog seine Jungs zu
sich hin.
<Ihr Rangers wisst, wie man gut geplante Sicherungspositionen einrichtet, also, wenn wir gleich da rein gehen, dann will ich, dass ihr hier eine gute Position bezieht und uns den Rücken damit deckt okay?> erklärte ich Logan und seinen Jungs.
Alle verstanden und waren damit einverstanden.
<Alles klar D. Wir halten euch den Rücken frei> versicherte er mir und wies seinen Männern nun Positionen zu.
Ich wusste, dass ich mich auf ihn und die Rangers verlassen kann.
Zur Sicherheit ließ ich noch Tex, Preacher und Grizzly bei ihm, sie sollten auf seine Anweisungen hören.
Dingo hatte derweil das Türschloss geknackt und schob die gefrorene Eisentür auf.
Das Lagerhaus war dunkel und erstreckte sich weit nach hinten.
Wir drangen in einer dichten Formation ein und sicherten jeden Winkel.
Da wir sonst nichts sehen konnten, schoben wir unsere NSG´s vor unsere Augen.
Bisher war nichts verdächtiges zu sehen, doch dann gabelte ich der Gang.
Wir teilten uns auf, ich führte meine Hälfte nach rechts und Taylor übernahm die zweite Hälfte und führte sie nach links.
In den beiden Gängen waren keine Feinde, doch am Ende führten sie uns alle erneut zusammen.
Als ich als Erster den riesigen Raum betrat, konnte ich meinen Augen nicht trauen: Siderov hatte Atomraketen gelagert und davon sogar verdammt viele.
Ich konnte insgesamt acht davon erkennen.
Das wollte Siderov also mit dem Uran, er hatte es benutzt, um nukleare Massenvernichtungswaffen herzustellen.
Wenn er es schaffen sollte, diese zu verwenden, dann war das Ende dieser Welt vorprogrammiert.
Aber wir waren hier, um ihn aufzuhalten und das werden wir auch verdammt noch mal tun.
<Shit, Boss, eine große Feindgruppe kommt auf uns zu, mehr als 30 Mann und sie rücken mit einem gepanzerten SUV mit montierter Minigun an> warnte uns Logan über Funk.
<Shit, ist Harper schon da?>
<Nein, sie sind noch auf dem Weg, Boss, die werden uns entdecken, ich brauche Befehle> meinte Logan hektisch.
<...hmm...okay, greift an, wenn sich ein perfekter Moment für einen Angriff ergibt, wir müssen sie überraschen und ihre Formation zunichte machen, wir kommen raus> meinte ich und

rannte zurück
Richtung Ausgang.
Wir hörten kurz bevor wir das Gebäude verließen, die ersten Schussgeräusche.
Der Kampf hatte begonnen, wir waren aufgeflogen.
Ich trat die Tür auf und nahm einen Feind ins Visier.
Drei Schüsse gab ich ab und brachte ihn zu Fall.
Danach rannte ich zu Logan hinter eine kleine Mauer.
<Shit, was hat so lange gedauert?> fragte er, gegen den Lärm anrufend.
<Wir haben da drin Atomraketen gefunden, genug um diese Scheiß Welt untergehen zu lassen!> antwortete ich.
<Shit!> fluchte Logan und griff die Feinde an.
King hatte sich am Eingang des Lagerhauses postiert, sich auf den Boden gelegt und ein Dauerfeuer mit seinem MG abgegeben.
Eine laute Sirene ertönte, die ganze Basis war nun im Alarmzustand.
Wir mussten schnell handeln, es war nur eine Frage der Zeit, bis Siderov sich aus dem Staub machen würde.
Doch es kamen immer mehr Feinde auf uns zu.
Glücklicherweise kam Harper mit seinem Trupp gerade rechtzeitig, um uns zu unterstützen.
Sie überwältigten die Feinde von hinten und schlugen sich zu unserer Deckung durch.
Die erste Feindwelle war zerschlagen, doch es war nur eine Frage der Zeit, bis weitere auftauchen würden.
Wir nutzen jedoch die Ruhe, um uns weiter zum Zentrum der Basis vorzukämpfen, denn so wie ich es vermutete, war Siderov in dem großen Hauptgebäude fast in der Mitte der U-Boot Basis.
Doch als wir auf dem Platz ankamen, umkreisten uns die Feinde.
Mit schweren Geschützen ihrer Panzerfahrzeuge und einer großen Anzahl stark bewaffneter Infanteristen, griffen sie gnadenlos an.
Das schien wohl das Ende zu sein und als auch noch ein T-90 Panzer angerollt kam, gab ich die Hoffnung schon auf, anscheinend war das hier ein todsicheres Himmelfahrtkommando gewesen und ich habe diese mutigen Männer alle hier hineingeführt.
Doch plötzlich hörte ich eine Stimme auf dem Einsatzkanal.
<Bravo-1, hier Zeus-5, sind über ihnen im Luftraum, verschanzen sie sich besser, wir helfen ihnen ein bisschen> sagte der Operator in dem AC-130U Spectre Gunship über uns.
Ich lief zurück hinter eine solidere Deckung und hielt den Kopf unten.
Alle meine Männer suchten sich ebenfalls eine sichere Deckung, da sie genauso wussten wie ich, was nun passieren würde.

Einige Augenblicke später vernahm ich das laute Zischen dreier 40mm Ladungen, die genau in den Reihen der Feinde einschlugen und sie zerfetzten.
Danach schoss das Gunship eine 105mm Ladung genau auf den T-90.
Es war nur noch ein zerstörtes Wrack übrig geblieben.
<Danke Zeus, wir rücken vor> rief ich über Funk.
<Roger Bravo-1, haben noch Treibstoff für zehn Minuten, wiederhole Treibstoff für zehn Minuten> informierte uns der Operator.
<Roger Zeus>
Das Gunship gab uns nun die ganze Zeit über Luftunterstützung, doch wir mussten unsere Ziele nun immer mit rotem Rauch markieren, da die Operator im Flugzeug nur schwer von Freund und Feind unterscheiden konnten.
Wir kämpften uns immer weiter vor, doch das Problem war, dass wir das Lagerhaus nicht unbewacht lassen durften, denn so wie ich Siderov kannte, würde er entweder versuchen, die Raketen noch irgendwie raus zu schaffen oder wenn nötig, sie gleich hier zu zünden.
<U-Boot Zug, hier Bravo-1, es gibt ein Lagerhaus am westlichen Ende der Basis, dort gibt es kostbare Pakete, die der Feind nicht in die Hände bekommen darf, zum Lagerhaus vorrücken und Pakete sichern> befahl ich ihnen.
Ozone bestätigte meinen Befehl und führte seinen Zug nun dorthin.
Ein Helikopter startete auf einer Plattform rechts von uns.
<Shit, Zeus, Helikopter rechts von uns, tun sie was dagegen!> rief ich.
Doch Zeus schoss auf die Plattform, als der Helikopter schon weit abgehoben war.
Es war ein Mi-24 Hind, welcher uns nun mit der Gatling gun angriff.
Sofort ging ich in Deckung.
Er verfehlte uns mit seiner ersten Salve, doch als er das zweite Mal angriff, erlitten wir die ersten Verluste.
Drei Marines, zwei Ranger und auch Tex und Preacher hatte es erwischt, sie waren schwer verletzt.
Wir mussten sie hier rausschaffen.
<Zeus, Feuer auf roten Rauch konzentrieren!> rief ich, nahm eine Rauchgranate hervor und zündete sie.
<Jungs, schnappt euch die Verwundeten und zwar schnell!> befahl ich und ließ die Rauchgranate neben mir fallen.
<Bravo-1, roter Rauch gesichtet, aber der ist direkt neben ihnen, sollen wir schießen?>

<Ja, Feuer!!> rief ich und lief mit Tex im Arm schneller zurück.
Wir schafften es gerade noch so, weit genug vom Rauch
wegzukommen und Zeus Angriff zu entgehen.
Die Feinde waren uns gefolgt und genau in den Rauch gelaufen,
was auch genau das Ziel war, was ich erreichen wollte.
Der Angriff traf sie genau und löschte sie aus.
Der dunkle Qualm legte sich und ich setzte Tex an einer Kiste ab.
Er sah mich mit minimal geöffneten Augen an.
<Tex! Tex! Bleib bei mir Mann!> schrie ich ihm ins Gesicht und
rüttelte vorsichtig an ihm.
Sofort zog Logan eine Spritze mit Morphium aus seinem Sani
Rucksack und kam zu uns.
Er schlug sie Tex genau in die obere Brust.
Doch Tex rührte sich jedoch nicht viel mehr.
Sein Puls war schwach und sein Bein war zerfetzt.
Der Hind hatte ihn wirklich Schaden erleiden lassen.
Und wenn man vom Teufel sprach, griff er auch wieder an.
Doch sofort reagierte einer von Kings Marines, welcher unverletzt
war und holte den Helikopter mit einer Stinger vom Himmel.
Der Hind rauchte und stürzte in einen der Wachtürme, welcher
auch kurzerhand einstürzte.
Ich blieb mit meinem Finger immer an Tex Halsschlagader, um
seinen Puls zu fühlen, doch nun war nichts mehr zu spüren.
Ich ließ Logan noch einmal zur Absicherung ran, aber er bestätigte
mich.
Tex war tot.
Auch einer von King´s Marines war gestorben, der andere
überlebte jedoch zum Glück.
Auch die angeschlagenen Rangers überlebten, genauso wie
Preacher.
Bis auf Preacher und einen Ranger waren sie jedoch
kampfunfähig, wir mussten sie also in Sicherheit bringen.
<Kick, nimm dir Scar und Bolt, bringt alle zum Lagerhaus, dort
sind sie sicher> meinte ich voller Trauer und erhob mich vom
Boden.
Ich nahm mein H&K 416 wieder in beide Hände und drehte mich
zur Kommandozentrale.
Ich war mir ganz sicher, dass Siderov dort oben steckte und jetzt
auf uns herabsehen würde.
<Okay Jungs wir gehen jetzt geradewegs zur Kommandozentrale,
verstanden?> fragte ich zielstrebig.
Ich sah die Unsicherheit in den Augen meiner Männer.
Doch sie alle standen voll und ganz hinter mir, so wie immer.
<Roger D., wir sind alle hinter dir> meinte King und kam
ebenfalls vom Boden hoch.

<Also los, schnappen wir uns diesen Mistkerl!> rief Logan motiviert hinterher.
Ich konnte ihm nur zustimmen und rannte los.
Alle blieben dicht hinter mir und gaben sich gegenseitig Deckung.
Je näher wir der Kommandozentrale kamen, desto dichter wurden auch die Feindlichen Linien.
Weitere Panzer und gepanzerte SUV´s stellten sich uns in den Weg.
Und zu allem Übel gingen uns auch noch die Rauchgranaten aus.
Eine einzige blieb am Ende noch übrig.
Ich zündete sie und warf sie gegen den feindlichen Panzer.
<Zeus hat Ziel erfasst, Abstand halten> meinte der Operator der AC-130.
Wir rannten in Deckung, doch der Panzer bereitete uns weitere Probleme.
Eines seiner Geschosse flog knapp über uns hinweg und schlug etwa 10 Meter von uns entfernt ein.
Die Druckwelle warf uns zu Boden und der Panzer rollte auf uns zu.
In diesem Moment griff unser Gunship an.
Eine 105er Ladung schlug genau neben ihm ein und riss den Panzer und auch den Großteil der Soldaten mit in den Tod.
Wir hielten die ganze Zeit die Köpfe unten, bis der Angriff endete.
Danach kamen wir sofort wieder auf die Beine, um uns um die restlichen Feinde zu kümmern.
Der Angriff hatte ihre Formation zerstört, sie stellten also kein Problem für uns dar.
Damit waren alle unsere Rauchgranaten futsch und auch Zeus Treibstoff ging langsam zur Neige.
<Bravo-1, unser Treibstoff geht zur Neige, fliegen zur Basis zurück, um aufzutanken und aufzumunitionieren>
<Roger, danke Zeus, vielen Dank für die Hilfe> bedankte ich mich.
<Immer gerne Voodoo, ach ja und ich soll ihnen von Special Agent Diaz ausrichten, dass sie ihm nun schon drei Bier schulden> meinte der Operator schlussendlich, bevor sie kehrt machten und zurückflogen.
<Diaz, dieser Drecksack> murmelte ich fröhlich vor mich hin.
Wir erreichten die Kommandozentrale.
Es war ein riesiges Gebäude, mindestens vier Etagen, wahrscheinlich jede davon besser gesichert als die vorherige Etage.
Wir stellten uns an der Tür auf und sicherten den Sektor.
Der Platz war sicher, Zeit um anzuklopfen.

<King, los geht´s> meinte ich und assistierte ihm.
Er zog zwei Sprengsätze aus seinem Rucksack, gab mir einen in die Hand und zeigte mir, wo ich ihn anbringen sollte.
Er setzte den zweiten Sprengsatz an.
Wir traten nun auf einen sicheren Abstand zurück und zündeten die Sprengsätze.
Mit einem großen Knall verschwand die Tür.
Logan nahm eine Blendgranate hervor und warf sie hinein.
Nach dessen Detonation drangen wir in das Gebäude ein.
In der kleinen Eingangshalle waren fünf Feinde, zwei links, zwei rechts und einer an einem aufgestellten Colt M60 Maschinengewehr.
Ich übernahm zusammen mit Dingo die beiden rechten Feinde, während King und Preacher die beiden links ausschalteten.
Der MG Schütze, welcher stark geblendet im ganzen Foyer herum schoss, griffen wir gemeinsam an.
Die restlichen Jungs sicherten unseren Rücken und auch weiterhin den Platz draußen.
Fast 30 Kugeln durchstießen seinen Körper und brachten ihn sofort sterbend zu Fall.
<Save!> rief ich und holte alle Männer hinein.
<Preacher, Razor, Grizzly ihr drei bleibt hier und sorgt dafür, dass keiner rein oder raus kommt> befahl ich.
<Roger Voodoo, wir sorgen dafür> antwortete Preacher sicher.
Wir anderen gingen weiter.
Die Tür zum Treppenhaus war verschlossen und der Lift war ausgeschaltet.
Es war zum Glück noch eine alte Holztür, wir konnten sie also sehr einfach öffnen.
Ich zog meinen Tomahawk und schlug ihn mit einer großen Wucht gegen die Türklinke und das Schloss.
Beides fiel.
Ich trat sie mit einem festen Tritt auf, zielte mit meinem H&K 416 geradeaus und betrat das Treppenhaus.
Ein Feind kam heruntergerannt und schoss über das Geländer auf uns.
Wir waren jedoch schneller und setzten ihn mit drei präzisen Kopfschüssen außer Gefecht.
<Vollidiot> betitelte ihn einer von Harpers Deltas.
<Haha, du hast recht> bestätigte ich und lächelte ihn an.
Irrwitzigerweise verstand ich mich perfekt mit den Deltas, anders als so mancher SEAL.
Für mich waren sie genauso Waffenbrüder wie jeder andere SOF Operator.
Klar zogen wir uns auch gegenseitig auf, ich betitelte sie als

Landratten und sie mich als Wasserratte oder Fischlover, aber wir alle wussten wie es gemeint war.
Jetzt gingen wir hastig die Stufen hinauf.
Wir kamen am zweiten Stockwerk an.
Doch ab hier ging es nicht weiter hoch, das Treppenhaus befand sich auf der anderen Seite dieser Etage, wir mussten uns also dummerweise durch jede der fünf Etagen hindurch kämpfen, um zu Siderov zu gelange, wenn er nicht längst schon geflohen war.
Aber so durfte ich jetzt nicht denken, er war hier, er musste einfach hier sein.
Und ich würde ihn schnappen, heute, ein für alle mal.
Die erste Etage war wie gedacht besser gesichert als das Erdgeschoss.
Direkt vor uns lag ein weit ausgebreiteter Stacheldraht.
Darin lagen einige wenige scharfe Minen.
<Shit, irgendwelche Einfälle Boss?> fragte einer von King´s Marines.
<Nein momentan nicht, King, du bist der Breacher, wie kommen wir an diesen Sprengfallen vorbei?> fragte ich ihn.
<Ganz einfach, so> antwortete King.
Zuerst verstand keiner von uns, was er meinte, doch als er seine Remington 870 von seinem Rücken zog, verstanden wir sofort.
Wir gingen einige Schritte zurück hinter eine Ecke.
King schoss auf die Minen, welche dann mit samt dem Stacheldraht in die Luft gingen.
<So geht es auch> meinte ich scherzhaft und ging voran.
Die Feinde hatten die Explosion gehört und kamen und entgegen.
Wir hatten jedoch das Überraschungsmoment und auch eine gute Formation auf unserer Seite und konnten sie ausschalten.
Als ich an einem der anscheinend toten Soldaten entlangging, griff er mich bei meinem Bein.
Mit letzter Kraft zog er sein Messer und schlug es mir in die Wade.
Sofort griff ich an mein Hüftholster und zog meine Desert Eagle heraus.
Ich drückte drei Mal ab und schoss im in den Kopf.
Sein Blut war überall auf dem Boden verteilt.
Dieser Mistkerl, alles lief wie am Schnürchen, doch genau jetzt ging etwas schief, so kurz vor unserem Ziel.
Die Wunde schmerzte sehr und es fiel mir auch schwer zu gehen.
<Boss, bleib stehen, ich will mir das ansehen> meinte Logan mit ernster Stimme und hielt mich fest.
Ich löste mich aus seinem Griff und ging weiter.
<Ach, es passt schon Logan, es ist halb so wild, ein Kratzer, nicht weiter> versicherte ich ihm, wobei ich mich doch gern von ihm behandeln lassen wollte, doch dazu blieb keine Zeit, wir mussten

sofort in die vierte Etage, um Siderov zu schnappen.
Das Blut lief mir am Bein hinunter und färbte den unteren Teil meiner Einsatzhose rot.
<Boss verdammt, ich lasse dich nicht weiter gehen mit dieser Wunde, setzt dich, sofort!> befahl Logan mit erhöhter Stimmlage und zeigte auf eine Holzkiste neben mir.
Auch seine Rangers und auch Dingo, King und seine Marines versperrten mir den Weg nach vorne.
Ich musste also seiner Forderung nachkommen.
<Wenn ich dich nicht hätte Junge> meinte ich stolz und humpelte leicht zur Seite.
Selbst für diese wenigen Meter stützten mich King und Taylor.
Logan schob mein Hosenbein nach oben, sodass er die Wunde sehen konnte.
<Fuck, er hat dich schlimmer erwischt als ich dachte> meinte er.
<Das dachte ich mir auch aber was ist genau los?>
<Boss, das Messer hat sich eben tief in dein Fleisch eingebohrt und auch ein paar Venen durchtrennt, das Blut läuft also einfach an den Schnittstellen heraus, wir müssen erst die Blutung stoppen, bevor du weiter kannst> erklärte mir Logan.
Aber nach seiner Aussage hatte ich noch Glück gehabt, denn das Messer hatte wohl auch knapp meine große Körperarterie verfehlt. Wäre die beschädigt oder durchtrennt worden, dann hätte ich wohl gar nicht mehr gehen können.
<Logan, dann mach schnell, Siderov wird nicht mehr lange hierbleiben, nun da er weiß, dass wir hier sind.
<Ich lege dir erst einmal einen Druckverband an aber sobald das hier erledigt ist oder es auch gleich noch schlimmer wird, dann behandle ich dich richtig, verstanden?>
<Ay Ay Captain> antwortete ich scherzhaft und wartete darauf, dass er mir den Verband anlegte.
Sofort danach sprang ich wieder auf und wollte weiter.
Aber der Schmerz wurde schlimmer, durch meinen ruckartige Bewegung, doch ich ließ mir nichts von den Schmerzen anmerken und ging weiter.
Ich lehnte mich an der Wand an und schaute leicht um die Ecke in den Flur, welcher zum Treppenhaus führte.
<Save> flüsterte ich, immer wachsam, ob sich nicht doch Feinde irgendwo verschanzten.
Immer mit den Augen an den Seiten gingen wir durch den Flur.
Hier war wirklich niemand.
Das Treppenhaus war auch erstaunlich leer.
Die dritte Etage jedoch war sehr schwer bewacht, mehrere MG´s, stark gepanzerte Feinde und auch wieder Sprengsätze.
Das wurde langsam zu einem Running Gag.

Doch wir hatten ein Ziel vor Augen und das würden wir auch erfüllen.
Ich stellte mich an der Wand auf und blickte vorsichtig um die Ecke, um die Feine auszukundschaften.
Ihre Formation war Lückenlos, hier hereinzustürmen wäre ein Himmelfahrtkommando gewesen.
Und außerdem wurde unsere Gruppe immer kleiner, denn zur Sicherung ließ ich in jeder gesicherten Etage drei meiner Männer.
<Shit, das sind zu viele und ihre Formation ist makellos. Wir sterben, wenn wir da reinstürmen> meinte ich zu Harper, der neben mir an der Wand stand.
<Denkst du, dass eine Blendgranate dafür ausreicht?> fragte er.
<Nein, ich glaube nicht, dass wir sie damit alleine überwältigen können, wir müssen sie mit einem starken und kritischen Schlag ausschalten> antwortete ich.
Kurz standen wir da und überlegten uns eine Strategie.
Aber dann sah ich mir King und seine Marines genauer an.
Er und einer seiner Marines hatten ja ein Maschinengewehr dabei, genauso wie einer von Harpers Deltas.
Damit konnten wir sie flankieren, nachdem wir sie geblendet hatten und als Sahnehäubchen obendrauf schossen wir dann direkt eine Granate aus Harpers Unterlauf Granatwerfer zwischen ihre Reihen.
Das sollte stark genug sein, um sie auszuschalten und unbeschadet aus der Sache heraus zu kommen.
Ich bereitete eine Blendgranate vor und wies unseren MG Gunnern dann ihre Positionen zu, sie sollten siech in einer engen Formation auf den Boden legen und alle Feinde nach der Detonation der Blendgranate unter einen dauerhaften Beschuss nehmen.
Dann kommen Harper und Dingo und setzen sie mit zwei Granaten aus ihren Granatwerfern vollkommen außer Gefecht.
Es ging los, ich nahm einen letzten tiefen Atemzug und warf die Blendgranate um die Ecke.
Man hörte nur zwei der Soldaten <Bljad, Granat> rufen hören und schließlich der Knall der Granate.
Das Grelle Licht war auch bei uns gut zu sehen.
Sofort rief ich <Move, Move, Move>, lehnte mich um die Ecke und eröffnete das Feuer.
Die Gunner hatten ihre Positionen bezogen und setzten die Feinde unter andauernden Beschuss.
Taylor, Logan und einige von meinen SEALs und Harpers Deltas stellten siech hinter sie und feuerten ebenfalls.
Die geblendeten Feinde taumelten umher, schossen in alle Richtungen, überlebten unseren Angriff jedoch nicht.
Nur die Feinde mit der Körperpanzerung und zwei an den

montierten Maschinengewehren überlebten.
Nun war es Zeit für den finalen Schlag.
Harper und Dingo kamen hinter der Ecke weg und schossen zwei Granaten genau auf die Feinde, eine auf die MG´s und eine auf die gepanzerten Soldaten.
Die MG Schützen überlebten das nicht, die gepanzerten jedoch schon.
Doch die Explosion hatte sie stark verletzt und ließ sie taumeln.
Einer von ihnen trat dabei auf eine der scharfen Minen, welche sie im Gang platziert hatten und ging mit dieser zusammen hoch.
Von ihm blieb nichts mehr übrig, als Einzelteile und einige Rüstungsteile.
Den zweiten erschossen wir gemeinsam.
Mit dem lauten Klirren seiner Panzerung beim Aufprall, ging er zu Boden.
<Okay Jungs, weiter jetzt, wir sind so nah dran!> rief ich und lief vor.
Der Schmerz wurde langsam schlimmer, doch davon durfte ich mich jetzt nicht aufhalten lassen.
Logan ließ seine zwei Rangers zur Sicherung hier.
King´s MG Gunner blieb bei ihnen.
<Voodoo, hier Scavenger, wir sehen das Ziel, er macht sich aus dem Staub, er packt einige Dinge zusammen und befiehlt ihnen irgend etwas...wartet, er zeigt auf ein U-Boot am Steg> informierte uns unser Scharfschütze.
<Shit, ein U-Boot?! Was für eins?> fragte ich ihn hektisch rufend.
<Ein riesiges, so groß, dass es auch atomare Raketen geladen haben könnte> meinte er mit einer leisen Stimmlage, so als hätte er Angst, dass seine Vermutung stimmen könnte.
<Shit, danke Scavenger>
Ich drehte mich zu Harper und den anderen.
<Jungs, wir haben ein riesiges Problem, ein U-Boot ist im Hafen,es besteht eine Chance, dass sie atomare Raketen geladen haben und Siderov macht sich aus dem Staub, das ist keine gute Kombination> meinte ich.
<Und was schlägst du vor?> fragte Dingo.
<Ich brauche eure Hilfe dabei, Dingo, du gehst mit Rocket, Blackbeard und Logan zum Steg, sichert das U-Boot und verhindert, dass sie diese Raketen starten können.
Nimm alle Männer aus den unteren Etagen und auch King´s Marines und die Deltas mit!> befahl ich in einem rufenden Ton und schickte sie sofort zurück nach unten.
Logan wandte sich zu mir.
<Aber Boss...> fing er an.
Ich unterbrach ihn.

<Logan, das ist ein Befehl, ich würde dich nicht mitschicken, wenn ich dir nicht vertrauen würde> sprach ich und zeigte noch einmal zum Treppenhaus.
<Alles klar Derek, ich werde dich nicht enttäuschen> antwortete er.
<Das weiß ich doch mein Junge und jetzt los!> gab ich stolz zurück und hielt seine Schulter fest.
Danach lief er mit den anderen los.
Nun waren wir nur noch sechs Leute hier im Gebäude und die letzte Etage war wahrscheinlich am Besten gesichert.
Doch um Siderov zu erwischen, war ich bereit durch die Hölle und zurück zu gehen und alle meine Männer waren bereit mir dorthin zu folgen.
Ich war so stolz auf sie.
Schnell liefen wir das Treppenhaus hoch und standen vor der letzten Tür.
King zog seine Schrotflinte, schoss gegen die Scharniere und trat sie aus den Angeln.
Sofort stürmte ich nach vorne, mein Gewehr immer im Anschlag.
Doch jetzt zählte jede Kugel, denn dies war mein letztes Magazin.
Vor mir drehten sich zwei Feinde um und versuchten in letzter Sekunde an ihre MP5 zu kommen, doch ich war schneller und gab beiden einen Kopfschuss.
Als wir weiter gingen, stürmte einer aus einer kleinen Abstellkammer und griff mich mit einem Messer an.
Ich zog meine Colt und erschoss ihn.
Er fiel auf mich zu, worauf ich jedoch auswich.
Sofort gab ich weitere Schüsse mit meiner Pistole ab und schaltete einen weiteren Feind aus.
<Lade!> rief Harper von hinten und duckte sich zum Nachladen.
Wir gaben derweil Deckung und stießen schon weiter vor.
Auf dieser Etage mussten wir nun jeden Gang sichern, um Siderov zu finden.
Aber es gab nur einen Weg rein und raus, er konnte uns also nur vor das Visier laufen um zu entfliehen.
Die erste Tür überließ ich King und Harper, während Taylor und ich den Raum nebenan sicherten.
<Bereit?> fragte ich Taylor.
<Klar, immer doch> antwortete er und lächelte.
Ich trat die Tür auf und betrat den Raum.
Es war ein kleines Büro, aber kein Feind war hier drin.
Mit <Save!> informierte ich King und Harper.
Anscheinend war ihr Raum auch sicher.
Über den Funkkanal vernahm ich immer wieder Kampfgeräusche, anscheinend wollten diese Drecksäcke ihre Atomraketen

zurückhaben.
Aber ich vertraute meinen Jungs beim Lagerhaus, dass sie es halten würden.
Als wir aus den beiden Räumen wieder herauskamen, waren viele Feinde in den Flur gestürmt und eröffneten das Feuer auf uns.
Nachdem ich den ersten Feind mit vier Kugeln niedergestreckt hatte, vernahm ich nur noch das Klicken meines leeren Magazins.
<Leer!> reif ich und zog wieder meine Colt.
Zusätzlich zog ich meine Desert Eagle aus meinem Hüftholster.
Mit beiden Pistolen schoss ich auf jeden Feind, den ich sah.
Doch meine Magazine gingen mir schneller aus, als ich dachte.
Aus meinem Brustholster zog ich meine letzte Waffe, meine Sig Sauer P226, heraus und griff weiter an.
Die Feinde zogen sich in die Räume zurück, unsere Möglichkeit, weiter vorzupreschen.
Links hinten im Gang war das Treppenhaus und geradeaus befand ich die Kommandozentrale.
Siderov musste dort drinnen sein.
Aber es kam anders als erwartet, denn er kam zu uns heraus.
Er trug einen Kampfanzug und hielt ein Funkgerät und seinen 44 Magnum Revolver in den Händen.
Er sah uns und rannte zum Treppenhaus.
Meine beiden nächsten Schüsse verfehlten ihn leider und ich rannte ihm hinterher.
Meine Jungs folgten mir.
<Nur noch ein kleines Stück> dachte ich mir und sprintete schneller.
Plötzlich rollte aus einem der Räume Funkräume neben uns eine Splittergranate heraus.
Ich hatte sie nicht gesehen, meine Jungs aber schon.
<Granate!> rief King und stieß mich weiter den Gang entlang.
Die Granate explodierte nur wenige Meter vor ihnen und warf sie zu Boden.
Ich stand auf und sah zu ihnen.
<King!> rief ich und lief zu ihm.
Er war an seiner rechten Körperseite am Bluten und krümmte sich am Boden.
Er setzte sich auf und sah mich an.
<Derek, hol dir Siderov, wir schaffen das hier schon> versicherte er mir und hob sein MG auf.
Er blieb am Boden sitzen und schoss auf die Feinde, die uns die Granate in den Weg geschmissen hatten.
<King ich kann nicht...> stotterte ich.
Doch Harper erhob sich voller Schmerzen vom Boden.
Er sah mich mit Blut unterlaufenden Augen an und hob sein

Rechte Hand, in der er seine H&K USP festhielt.
<Los Jetzt! Verschwinde!> rief er.
Taylor ebenfalls.
Auch Tiger und Rock hatte es schwer erwischt, aber sie alle hielten die Feinde in Schach, um mir die letzte große Chance zu ermöglichen, Siderov ein für alle mal zu schnappen und für alles büßen zu lassen.
Diese Männer waren die Besten und auch die Tapfersten Männer, die ich je gekannt habe.
Und auch waren sie die Besten Freunde, die ich mir je wünschen konnte, denn sie standen bei allem was ich tat oder befahl zu 100% hinter mir und ermöglichten mir selbst in Anbetracht des sicheren Todes diese eine Chance, die Chance einen der gefährlichsten Männer auf diesem Planeten zu erledigen und auch persönliche Rache zu nehmen.
Nie verurteilten sie mich deswegen und ich wünschte, ich hätte ihnen mehr dafür zurückgeben können.
Ich rannte die Treppen hinter Siderov zum Dach hinauf.
Er drehte sich nicht um und schoss auf mich, so wie es ein psychopathischer Killer getan hätte, er rannte vor mir weg, wie ein feiges Huhn.
Anscheinend war er nur in der Gegenwart seiner Männer mutig.
Er betrat das Dach, die Tür fiel schnell zu.
Nachdem ich die letzten Stufen hinaufgesprungen war, warf ich mich mit vollem Körpereinsatz gegen die Tür.
Sie sprang auf und sich sah, wie ein Helikopter, mit Siderov an Bord, geradewegs abhob.
Ich sprintete so schnell ich konnte.
Mein Herz raste und fing schon an zu schmerzen.
Auch meine Beine schmerzten weiter, doch ich dachte nicht ein einziges Mal daran, aufzugeben.
Der Helikopter flog weiter vom Dach weg und als ich am Rand ankam, sprang ich ab.
Meine Hände verharrten schon in einer Griffposition und ich konnte die Kufen des Helikopters auch gerade so ergreifen.
Die Tür des Helikopters öffnete sich und eine Feind sah nach draußen.
Er trug ein Sig 550 Sturmgewehr in der Hand, welches ich am Handschutz ergriff und ihn mitsamt dem Gewehr aus dem Helikopter zog.
Er fiel hinaus und flog geradewegs nach unten.
Ich sah nur, wie er unten auf dem Platz vor der Kommandozentrale aufprallte.
Ich zog mich nun weiter an den Kufen hoch.
Unsere Ausbilder hatten wohl doch mehr recht gehabt, als wir

beim BUD/S glauben wollten, die vielen Klimmzüge würden uns wirklich auf eine solche Situation vorbereiten.
Ich nahm es ihnen nun auch nicht mehr so übel, dass sie uns ab und zu so viele Klimmzüge machen ließen, bis wir kotzen mussten (bildliche gesprochen versteht sich)
Ein weiterer Feind stieß mich gegen die Wand des Helikopters.
Er schlug mir danach den Schaft seines Gewehres gegen mein Brustbein.
Seinen zweiten Schlag konnte ich abblocken und ihn aus der offenen Seitentür hinaus schubsen.
Leider hielt er sich in letzter Sekunde an meinem Arm fest und hing nun an meinem Arm aus dem Helikopter heraus, während ich flach auf dem Boden lag und Halt suchte.
Er klammerte sich zu fest an mich und ich rutschte weiter nach draußen.
Ich ließ ganz schnell eine kleine Halterung der Sitzflächen los, griff mein Messer und schnitt den Teil des Ärmels meiner Uniform ab, an welchem er sich größtenteils festhielt.
Der Stofffetzten fiel ab, doch er hielt sich weiter an meinem Arm fest.
Bevor ich weiter gefährlich weit hinaus rutschte, schlug ich ihm mein Bowie Messer direkt in den Arm.
Er ließ los und fiel in den Abgrund.
Ich rollte mich auf den Rücken und zog mich wieder in den Helikopter hinein.
Als ich aufstand, war Siderov direkt vor mir.
Er trat mir fest in den Magen, was mich zurückfallen ließ.
Ich prallte zum Glück nur gegen die Helikopterwand und nicht schon wieder aus der offenen Tür hinaus.
Er schlug mehrmals zu und leider konnte ich auf die meisten Schläge nicht reagieren.
Irgendwann jedoch konnte ich mich neu koordinieren und blockte einen seiner Schläge.
Ich konterte, verpasste ihm einen Schlag in den Magen und trat ihn danach zurück an die Wand hinter ihm.
Er hielt einen Zünder in der Hand, wahrscheinlich für die Atomraketen.
Ich griff diesen, versuchte ihn aber nicht auszulösen.
Ich konnte ihn Siderov entreißen und warf ihn aus dem Helikopter heraus.
Nun konnte ich auf volles Risiko gehen.
Siderov jedoch zog sofort seinen Revolver und zielte auf mich.
Ich stürmte auf ihn los, griff den Revolver und drückte den Lauf von mir weg.
Siderov drückte ab und die Kugel schoss durch den Helikopter.

Sie traf den Piloten, welcher auch sofort durch diesen Kopftreffer starb.

Wir verfielen in Turbulenzen und der Helikopter fing an, sich mehrmals um die eigene Achse zu drehen.

Die Warnsirene ertönte und Siderov und ich schleuderten im Helikopter umher.

Er sank immer tiefer, man fühlte den ständig wechselnden Druckunterschied.

Ich konnte eine Sekunde aus dem Fenster sehen und sah den Boden, welcher immer näher kam.

Unser Aufprall stand kurz bevor.

Mein Herz raste immer weiter, unglaublich, dass es das alles mitmachte.

Als wir auf dem Boden auftrafen, wurde mir schwarz vor Augen.

Eine kurze Zeit später öffnete ich meine Augen wieder und alles um mich herum drehte sich.

Der Helikopter war in mehrere Teile zersprungen.

Die Laderampe war vollkommen herausgerissen und auch das Cockpit war zertrümmert, ganz zu schweigen von der Leiche des Piloten.

Ich versuchte aufzustehen und drückte mich mit aller Kraft vom Boden weg.

Danach stand ich auf, taumelte etwas herum, konnte aber den Helikopter verlassen.

Wir waren weit weg von der U-Boot Basis.

Wir waren an einer Klippe, vor uns erstreckte sich das eiskalte Meer.

Ich hustete mehrmals hintereinander und taumelte weiter.

Nur sehr verschwommen konnte ich Siderov aus dem Wrack des Helikopters humpeln sehen.

Aber ich wusste, dass er es war.

Ich zog mein Bowie Messer erneut, dies war die letzte Waffe, die mir außer meinen Händen noch blieb.

Er sah mich und blieb stehen.

Langsam ging ich auf ihn zu und hob mein Messer.

Als ich nah genug vor ihm stand, holte ich aus und schlug mit dem Messer zu.

Er ergriff meinen Arm, als dieser an der höchsten Position war und schlug mir seinen Ellenbogen ins Gesicht.

Ich taumelte zurück und ließ mein Messer fallen.

Es rutschte über den glatten und schneebedeckten Boden über die Kante in das Meer.

Als ich hochschaute, sah ich Siderov, wie er mit seinem Messer zum Schlag ausholte.

Ich tat das gleiche wie er und entwaffnete ihn.

Ich hielt nun sein Messer in den Händen und warf es den Abgrund hinunter.
Nun hieß es nur noch er und ich, keine Waffen, nur unsere eigene Kraft.
Und nur einer von uns würde das hier überleben.
Ich hob beide Hände und verharrte in einer defensiven Lage.
Er stand in einer aggressiven Position da und holte zum Schlag aus.
Ich blockte diesen und gab ihm einen Kinnhaken.
Danach setzte ich zu meinem Schlag an.
Ein fester Schlag in die Magengegend und danach ein fester Schlag mit dem Ellenbogen.
Er reagierte jedoch auf meinen dritten Schlag, blockte diesen und schlug mir mit der flachen und aufgestellten Hand ins Gesicht.
Ich taumelte zurück und prallte gegen die Laderampe des Helikopters, welche waagerecht im Eis steckte.
Ich stützte mich an dieser ab und atmete einmal kurz durch.
Das nutzte Siderov und trat mir gegen den Rücken, sodass ich mit dem Gesicht voraus dagegen prallte.
Er griff mich bei meinem Hinterkopf und schlug mich immer wieder gegen die Laderampe.
Ich fühlte, wie mir das Blut aus der Nase und aus dem Mund strömte
und langsam wurde meine Sicht auch etwas dunkler.
Irgendwann jedoch drückte ich mich so stark ich konnte von der Wand weg, gegen seine Druckkraft an.
Danach löste ich meinen einen Arm und schlug mit meinem Ellenbogen zurück.
Mit der Spitze voraus, traf ich ihn genau auf dem Nasenbein.
Das ließ ihn zurückfallen.
Meine Chance, die Oberhand zu gewinnen.
Ich trat ihm zwei Mal in den Magen, griff ihn bei seinem Arm und schleuderte ihn mit seinem Rücken voraus gegen die blutverschmierte Laderampe.
Dann drehte ich ihn um und schlug seinen Kopf ebenfalls so fest ich konnte und so oft ich konnte dagegen.
Bald drehte ich ihn wieder zu mir, stieß ihn mit voller Wucht gegen die Laderampe und zog ihn wieder zu mir.
Danach gab es einen festen Schlag ins Gesicht und wieder einen festen Stoß dagegen.
Das wiederholte ich mehrmals, bis er sich aus dieser Kette lösen konnte.
Er blockte und schlug mir in die Leber.
Ich ging zu Boden, dieser Schlag hatte wirklich gesessen.
Ich schloss kurz meine Augen und das erste, was ich sah, als ich

sie wieder öffnete, war Siderovs Stiefel, der schnell auf mein Gesicht zu kam.
Ich rollte mich zur Seite und wich seinem Tritt aus.
Danach drehte ich mich auf dem glatten Eis und tat ihm die Beine vom Boden weg.
Er fiel neben mich und wir versuchten beide als erster wieder auf den Beinen zu sein.
Keiner von uns hatte gerade einen Vorteil und keinem von uns fiel es leicht.
Ich war jedoch ein winziges Bisschen schneller und griff ihn bei seinem Kragen.
Drei Schläge ins Gesicht und ein starker Leberhaken folgten.
Er spuckte Blut.
<Siehst du jetzt, was du anderen angetan hast du Schwein!> schrie ich ihm ins Gesicht.
Er sah mich nur an.
Er sagte nichts.
<Du hast zu vielen Menschen das Leben genommen, darunter einige meiner besten Freunde, Waffenbrüder und jener beiden die ich am meisten auf dieser Welt geliebt habe!> schrie ich weiter.
<Nun wissen sie, wie ich mich gefühlt habe> keuchte er leise.
Das machte mich nur wütender.
Ich schlug erneut zu.
Er lächelte nur hämisch, als wenn er immer nur auf diesen Moment gewartet hätte, dass mich mein Zorn übermannt und ich eiskalt werden würde.
<Doch ich sterbe heute nicht alleine...> keuchte er zuletzt.
Ich spürte darauf ein starkes Ziehen in der unteren Magengegend und als ich hinuntersah, sah ich Blut unter meiner Uniform strömen.
Siderov hatte ein kleines abgesplittertes Stück vom Wrack des Helikopters in der Hand und hatte es mir genau unter meine Schutzweste gestochen.
Der Schmerz breitete sich durch den ganzen Körper aus.
<Du Hurensohn!> fluchte ich hustend und nun musste auch ich Blut spucken.
Siderov stieß mich weg und stand nun vor mir.
Ich ging auf die Knie.
War das das Ende für mich? War ich wirklich so weit gekommen und war nur einige Momente vor dem Ziel kläglich gescheitert? Nein! Ich durfte nicht scheitern!
Alle Menschen, die ich durch ihn verloren hatte, sollten nicht umsonst gestorben sein und auch King und die anderen vertrauten auf mich, dass ich das hier zu Ende bringen würde.

Siderov holte zum letzten Schlag aus.
Ich stürmte voller Schmerzen auf ihn zu und stieß ihn zurück.
Er taumelte nach hinten und stand nur noch mit einem Teil seiner Füße an der Klippe.
Er taumelte hin und her und fiel fast nach hinten.
Ich hielt ihn mit meiner rechten Hand an seiner Schulter fest.
Als er dann zu mir sah, kam ihm meine Faust schon entgegen.
Ich schlug ihn von der Klippe und das letzte was ich sah, war, dass er mit seinem Kopf auf einer spitzen Kante aufschlug.
Sie war mit seinem Blut verschmiert und seine Leiche fiel in das kalte, weite Meer und verschwand.
Ich hatte es geschafft, es war vorbei.
Nun konnten Amanda, Kelly, Big Dog, Tex und alle anderen, die ich verloren hatte, in Frieden ruhen.
<Ich hoffe, du verzeihst mir Amanda...> flüsterte ich, bevor ich zu Boden fiel.
Um mich herum wurde alles schwarz.
<Boss, Boss, wir haben das U-Boot gesichert, die Raketen sind abgeschaltet, wiederhole, Raketen abgeschaltet> sprach Logan voller Freude über den Funkkanal.
<Boss, die Feinde sind überwältigt, wir haben es alle überlebt, wie steht es bei dir?> fragte King danach.
Sie hatten es alle geschafft, doch ich konnte mein Versprechen, das hier zu überleben wohl doch nicht einhalten.
Ein letztes Mal öffnete ich meine Augen, ein junger Mann stand über mir.
Er hob mich hoch und stützte mich.
<Ich bringe dich hier raus, du überlebst das, halt durch> sprach er, was ich aber nur schwerlich verstand.
Er sah immer wieder zu mir.
<Du schaffst das...okay...Dad?>
Ich öffnete meinen Mund und versuchte zu sprechen.
<Dad?...Ich habe keinen Sohn> meinte ich flüsternd.
<Doch, damals in der Highschool, deine Freundin Emily Darson, sie ist meine Mutter und ich bin dein Sohn, Daniel Darson...ich meine Daniel Frost> erklärte er und lächelte mich stolz an.
Emily Darson war meine erste Freundin vor Amanda, damals in der Highschool.
Das zwischen mir und Emily lief nicht sehr lange aber nun verstand ich, warum sie mich früher so schlagartig verließ.
Sie war von mir schwanger geworden.
Ich war gerade einmal 18 Jahre alt zu dieser Zeit und sie hatte mir meinen Jungen all diese Jahre lang geheim gehalten.
Daniel erklärte mir, während er mich zu einem Helikopter trug, dass sie wohl vor einigen Jahren gestorben war, er von mir das

erste Mal erfahren hatte, dann meinen Namen angenommen hatte und SEAL geworden war.
Und er war gerade einmal 19 Jahre alt, das zeugte von wahrem Willen.
Er war auch der Sniper Scavenger 0-1 vom Punisher Platoon, der uns bei dieser Operation unterstützte.
Die ganze Zeit über war er mir so nah und ich wusste nichts davon.
Ich war überglücklich aber auch traurig zur gleichen Zeit.
Ich hatte einen Nachkommen, sogar einen, der die Soldatenlinie der Familie Frost weiterführte aber ich hatte ihn erst jetzt kennengelernt, nun wo ich so nah vor dem Tod stand.
Ich schloss die Augen und lächelte ein letztes Mal.
Mein Herzschlag wurde ruhiger und das Atmen fiel mir immer schwerer.
Alles um mich herum verschwand in der Dunkelheit, meine Zeit war
gekommen.
Ich bedauerte nur drei Dinge:
1. Das ich mein eigen Fleisch und Blut erst jetzt kennenlernte und nun nicht die Möglichkeit hatte, mein weiteres Leben mit ihm fortzuführen.
2. Das ich mein Versprechen, was ich meinen Jungs, Justin, Sarah und allen anderen gegeben habe, dass ich das hier überleben würde, nicht halten konnte.
Ich musste King, Logan, Harper, Taylor, Justin, Mikolaj, Dingo und alle Anderen zurücklassen und sah sie wohl nie wieder.
Und 3. Das ich Harpers Schwester Sarah nie meine wahren Gefühle gebeichtet habe und ihr nie die eine Frage gestellt habe..........

<u>Nachwort von Colonel Henry King:</u> *Ich konnte es kaum glauben, als der Junge uns mit seinem toten Vater entgegen kam.*
Im ersten Moment hatte ich Hoffnung, doch ich sah die Trauer und den Schmerz im Blick den Jungen.
Mein bester Freund und Leader Derek Frost war also tot.
Er hatte das nicht verdient, er war einer von den Guten, er hatte es verdient, gerade jetzt mit seinem Sohn sein Leben weiterzuführen.
Er hatte sich vor all diesen Jahren nach Amandas Tod an mich gewendet und mir die Chance geboten, mich ihm anzuschließen.
Zum Glück nahm ich das Angebot an und durfte für diese vielen tollen Jahre an seiner Seite kämpfen.
Er hatte mir schon damals gezeigt, dass er ein besserer Anführer für das Team war, als ich es je hätte sein können.
Wieso nahm sich die Welt einen so jungen und starken Soldaten,

als sich einen alten Veteran wie mich zu nehmen? Das war nicht fair.
Dein Sohn wird dein Erbe fortführen, er hat genau so viel Potential wie du es hattest.
Ich weiß von dort wo du jetzt bist, wirst du über uns alle wachen Bruder.
Wir werden dein Opfer für die ganze Welt nie vergessen.
Ruhe in Frieden alter Freund...
"Semper Fidelis"

<u>Nachwort von Master Sergeant Harper Johnson:</u> *Mein Herz blieb stehen als ich ihn sah.*
Leblos hing er im Arm seines eigen Fleisch und Blutes.
Keiner hatte sich dieses Ende für ihn gewünscht, besonders wir nicht.
Was sollten wir denn nun machen, es gab keinen besseren Leader als ihn.
Auch als ich Sarah die traurige Nachricht überbrachte, brach sie in Tränen aus.
Ich hatte all die Jahre über gewusst, dass er mehr für sie empfand als bloß Freundschaft und genauso sie für ihn.
Es hätte nur ein kleiner Schubs in eine der beiden Richtungen gefehlt.
Er war der mutigste von uns allen, das war er schon immer.
Er dachte immer erst an alle Anderen und schlussendlich erst an ihn selbst.
Aber er hatte bekommen was er wollte und ich war froh, ihm geholfen zu haben, dies zu ermöglichen.
Ich hoffe du bist nun an einem besseren Ort.
Ich wette du schaust gerade auf uns herab und würdest uns am liebsten dafür bestrafen, dass wir um dich trauern aber ich schwöre, wir werden weiterkämpfen, für dich Derek!
Leb wohl Bruder, wir alle vergöttern dich und deine Taten.
"De opresso liber"

<u>Nachwort von Master Sergeant Logan Blackthorn:</u> *Seit Derek...mein Boss mich zur AFO Reaper geholt hat, war er immer mein großes Vorbild.*
Ich wollte ihm immer zeigen, was ich drauf habe.
Er sagte es mir nie offen aber sein Blick genügte, um mir zu zeigen, dass er es bemerkte.
Allein das gab mir immer Motivation weiter zu machen und stärker zu werden.

Selbst wenn er immer wieder predigte, die Trauer nach hinten zu stellen, konnte ich mir die Tränen nicht verkneifen, als ich seine Leiche sah.
Mein Boss, mein bester Freund...mein Bruder, er war tot und niemand konnte ihn zurückholen.
Ich wünschte, dass ich bei ihm geblieben wäre oder an seiner Stelle
gestorben wäre.
Aber er lebte in seinem Sohn weiter und er hätte gewollt, dass wir weitermachen, für ihn, für unser Land und auch für die ganze Welt.
Ich werde nie vergessen, was er für mich, uns alle und die Welt getan hat.
Wir lieben dich Boss.
"Rangers lead the way"

<u>Nachwort von Sergeant Jack Taylor:</u> *Ich kannte Derek nicht so lange und so gut wie die anderen Jungs aber seit er mich zur AFO Reaper und später sogar zur DEVGRU geholt hat, war er mein Bruder.*
Er hatte sich so für mich eingesetzt und ich hatte ihm nie etwas dafür zurückgegeben.
Er sagte zwar immer, dass es nicht der Rede wert war aber ich fühlte mich schuldig deswegen.
Er war ein toller Anführer und ein toller Freund.
Wieso müssen immer die Besten so früh sterben?
Er hatte das nicht verdient, ich glaube ich spreche für jeden von uns wenn ich sage, dass wir alle lieber an seiner Stelle gestorben wären.
Aber um seines Willen blieb ich bei den anderen Jungs in der DEVGRU, sein Sohn führte sein Erbe weiter und würde uns in seinem Namen weiterführen.
Ich bete für dich, dass du nun an einem besseren Ort bist, ruhe in Frieden Bruder.
"Facta Non Verba"

<u>Nachwort von Petty Officer 1st Class Daniel Frost:</u> *Meine Mutter hatte mir erst kurz vor ihrem Tod von meinem Vater erzählt.*
Ich verstand nie, warum sie es mir verschwieg, aber ich schwor mir, in seine Fußstapfen zu treten und ihm zu zeigen, dass ich genauso ein tapferer Mann sein würde wie er.
Ich war ihm all die Jahre so nah aber traute mich nie, ihn mit der Wahrheit zu konfrontieren.

Jetzt bemerke ich erst, was das für ein großer Fehler von mir war, denn nun hatte ich ihn zwar kennengelernt aber konnte mein Leben nicht mit ihm weiterführen.
Ich trug ihn gemeinsam mit den anderen zum Helikopter und wir flogen ihn Heim.
Auf seiner Beerdigung waren alle anwesend, Harper, Logan, Taylor, King, Sarah, Kate, Kings Frau und seine Kinder, Alle von der DEVGRU, sowie weitere Soldaten aller Teilstreitkräfte und viele Vorgesetzte.
Selbst seine Freunde von anderen Spezialeinheiten weltweit waren mit ihren Vorgesetzten hier.
Die Sternenbanner flatterten im Wind, ihm hätte das sicherlich gefallen, so patriotisch wie er war.
Auch das wir mit einem Scotch auf ihn anstießen hätte ihn stolz gemacht.
Wir alle würden sein Opfer und seine Taten für diese Welt nie vergessen und ich schwor mir, sein Erbe weiterzuführen und seinen Platz einzunehmen.
Captain Wittford hatte nichts dagegen und die anderen nahmen mich auch gleich als ihren neuen Leader an.
Leb wohl Dad, ich hoffe du bist wieder mit meiner kleinen Schwester und Amanda vereint.
Ich liebe dich.
"The only easy day was yesterday"